Das Buch

In ›Humboldts Vermächtnis‹ zeichnet Saul Bellow das tragikomische Doppelporträt zweier Schriftsteller in den USA: des Dichters Humboldt Fleisher und seines Jüngers, des Broadwaybühnenautors Charlie Citrine. Jahre nach seinem Tod wird Humboldt Fleisher in der Erinnerung des erzählenden Citrine erneut befragt, zum Leben erweckt, bewundert, bezweifelt und neu begraben. Die Verflechtung beider Lebenswege, die Darstellung ihrer Beziehung zur erfolgbesessenen amerikanischen Gesellschaft, der Neid des Älteren auf den Jüngeren, Ehegeschichten, Bettgeschichten, Geschichten von Mafiosi, von Gebildeten und Ungebildeten verbinden sich zu einem intellektuellen Unterhaltungsroman höchsten Ranges.

Der Autor

Saul Bellow, am 10. 7. 1915 in Lachine (Kanada) geboren, wuchs in Chicago auf, studierte Anthropologie und Soziologie, war Journalist, Mitarbeiter der ›Encyclopaedia Britannica‹ und Hochschullehrer an verschiedenen Universitäten. Seit 1954 ist er Professor für Soziologie an der Universität Chicago. 1944 erschien sein erster Roman ›Der Mann in der Schwebe‹. Bellows Bücher wurden mit mehreren Literaturpreisen ausgezeichnet. 1976 erhielt er den Nobelpreis für Literatur. Weitere Werke u.a.: ›Das Opfer‹ (1947), ›Die Abenteuer des Augie March‹ (1953), ›Das Geschäft des Lebens‹ (1956), ›Der Regenkönig‹ (1959), ›Herzog‹ (1964), ›Mr. Sammlers Planet‹ (1970).

Saul Bellow: Humboldts Vermächtnis
Roman

Deutsch von Walter Hasenclever

Deutscher
Taschenbuch
Verlag

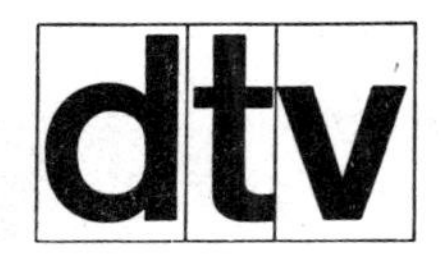

Von Saul Bellow
sind im Deutschen Taschenbuch Verlag erschienen:
Der Regenkönig (193)
Das Geschäft des Lebens (1255)
Herzog (1383)
Die Abenteuer des Augie March (1414)

Ungekürzte Ausgabe
April 1980
Deutscher Taschenbuch Verlag GmbH & Co. KG,
München
Lizenzausgabe mit freundlicher Genehmigung des Verlags
Kiepenheuer & Witsch, Köln

Titel der Originalausgabe: ›Humboldt's Gift‹
 · ISBN 3-462-01151-0
Umschlaggestaltung: Celestino Piatti
Gesamtherstellung: C. H. Beck'sche Buchdruckerei,
Nördlingen
Printed in Germany · ISBN 3-423-01525-X

Das Balladenbuch, das Von Humboldt Fleisher in den dreißiger Jahren herausbrachte, war sofort ein Schlager. Humboldt war genau das, worauf alle gewartet hatten. Fern im Mittelwesten hatte ich jedenfalls begierig gewartet, das kann ich nur versichern. Dieser Schriftsteller der Avantgarde, der erste einer neuen Generation, sah gut aus, war blond, groß, ernst, witzig, er war gebildet. Der Bursche hatte alles. Alle Zeitungen besprachen sein Buch. Sein Porträt erschien ohne Häme in *Time* und mit Lob in *Newsweek*. Ich las die *Harlekin Balladen* mit Begeisterung. Ich war Student an der Universität von Wisconsin und dachte Tag und Nacht an nichts als Literatur. Humboldt offenbarte mir neue Wege zum Ziel. Ich war hingerissen. Ich neidete ihm sein Glück, sein Talent, seinen Ruhm, und ich fuhr im Mai nach Osten, um ihn mir anzusehen – um vielleicht in seine unmittelbare Nähe zu gelangen. Der Greyhound-Bus, der über Scranton fuhr, brauchte für die Strecke etwa fünfzig Stunden. Das machte nichts. Die Busfenster waren offen. Ich hatte noch nie richtige Berge gesehen. Die Bäume hatten Knospen. Es war wie Beethovens *Pastorale*. Ich fühlte mich innerlich von dem Grün überschüttet. Auch Manhattan war schön. Ich mietete mir ein Zimmer für drei Dollar die Woche und fand eine Stellung als Hausierer für Bürsten aller Art. Und ich war über alles wahnsinnig erregt. Da ich Humboldt einen langen Verehrerbrief geschrieben hatte, wurde ich nach Greenwich Village eingeladen, um mich mit ihm über Literatur und Ideen zu unterhalten. Er wohnte in der Bedford Street, in der Nähe von Chumley's. Erst schenkte er mir Kaffee ein und goß dann Gin in dieselbe Tasse. »Sie sind ja ein recht nett aussehender Bursche, Charlie«, sagte er zu mir. »Sind Sie nicht vielleicht ein bißchen hinterhältig? Ich glaube, Sie werden früh kahl werden. Und so große gefühlvolle hübsche Augen. Aber Sie lieben jedenfalls die Literatur, und das ist die Hauptsache. Sie besitzen Sensibilität«, sagte er. Er war ein Pionier im Gebrauch dieser Vokabel. Sensibilität wurde später große Mode. Humboldt war sehr gütig. Er stellte mich Leuten im Village vor und verschaffte mir Bücher für Kritiken. Ich habe ihn stets geliebt.

Humboldts Erfolg hielt etwa zehn Jahre an. Gegen Ende der vierziger Jahre begann sein Niedergang. Anfang der fünfziger Jahre wurde ich selbst berühmt. Ich verdiente sogar einen Haufen Geld. Ach Geld, das Geld! Humboldt hat mir das Geld verübelt. Wenn er in den letzten zehn Jahren seines Lebens nicht zum Reden zu deprimiert oder in der Klapsmühle eingesperrt war, ging er in New York herum und führte bittere Tiraden über mich und meine »Millionen Dollar«. »Nehmen wir den Fall von Charlie Citrine. Er kam aus Madison, Wisconsin, und klopfte an meine Tür. Jetzt hat er eine Million Dollar. Welche Sorte Schriftsteller oder Intellektueller verdient denn einen solchen Haufen – ein Keynes? Okay. Keynes, eine Weltfigur. Ein Genie der Wirtschaftslehre, ein Prinz in Bloomsbury«, sagte Humboldt. »Mit einer russischen Ballerina verheiratet. Das Geld folgt. Aber wer zum Teufel ist Citrine, daß er so reich wird? Wir waren einmal eng befreundet«, sagte Humboldt wahrheitsgemäß. »Aber an diesem Kerl ist etwas verquer. Nachdem er all das Geld verdient hat, warum versteckt er sich dann in der Provinz? Wozu ist er in Chicago? Er hat Angst, daß man ihn entlarvt.«

Immer wenn er einigermaßen bei Verstand war, gebrauchte er seine Gaben, um mich anzuschwärzen. Das konnte er großartig.

Das Geld war es nicht, woran mir lag. O Gott, nein, was ich wollte, war Gutes tun. Ich war darauf versessen, etwas Gutes zu tun. Und dieser Drang nach dem Guten ging zurück auf meine frühe und eigentümliche Vorstellung von der Existenz – versenkt in die gläsernen Tiefen des Lebens, hoffend und verzweifelnd nach einem Sinn tastend, ein Mensch, der sich der farbigen Schleier, der Maya, der Kuppeln aus buntem Glas scharf bewußt ist, die die weiße Strahlung der Ewigkeit tüpfeln, zitternd in der tiefen Nichtigkeit spielen und so weiter. Ich war in solchen Dingen regelrecht verrückt. Eigentlich wußte das Humboldt, aber gegen Ende konnte er sich nicht aufraffen, mir sein Mitgefühl zu schenken. Krank und gekränkt wollte er nicht von mir ablassen. Er wies nur auf den Widerspruch zwischen den farbigen Schleiern und dem großen Geld hin. Aber die Summen, die ich verdiente, verdienten sich von selbst. Der Kapitalismus schaffte sie herbei, aus dunklen, komischen Gründen, die in ihm selbst beschlossen lagen. Die Welt tat es. Gestern las ich im *Wall Street Journal* etwas über die Melancholie des Wohlstands. »In allen fünf Jahrtausenden der schriftlich belegten Menschheitsgeschichte sind niemals so viele so wohlhabend gewesen.« Geister, die von fünf Jahrtausenden der Kargheit geprägt sind, sind verunstaltet. Das Herz kann solch einen Wechsel nicht vertragen. Manchmal weigert es sich, ihn hinzunehmen.

In den zwanziger Jahren suchten die Kinder in Chicago während des Märztauwetters nach Schätzen. Schmutzige Schneehügel erhoben sich an den Rändern der Rinnsteine, und wenn sie schmolzen, lief das Wasser in flimmernden Flechten in den Gossen, und man konnte herrliche Beute finden – Flaschenverschlüsse, Maschinenteile, Pennies mit Indianerkopfprägung. Und im vergangenen Frühjahr, nun fast schon ein älterer Herr, merkte ich, daß ich den Bürgersteig verlassen hatte, am Rinnstein entlangging und suchte. Was suchte? Was tat ich? Wenn ich nun eine Münze fand? Wenn ich nun einen halben Dollar fand? Was dann? Ich wußte nicht, wie die Kinderseele zurückgekehrt war, aber sie war zurück. Alles schmolz, Eis, Zurückhaltung, Reife. Was hätte wohl Humboldt dazu gesagt?

Wenn ich von den häßlichen Bemerkungen hörte, die er machte, dann fand ich oft, daß ich mit ihm einig war. »Man hat Citrine den Pulitzer-Preis für sein Buch über Wilson und Tumulty verliehen. Der Pulitzer-Preis ist Hühnerdreck – für die *poulets*. Er ist schlechtweg ein verkappter Preis für Zeitungsreklame, der von Schuften und Analphabeten verliehen wird. Man wird zur wandelnden Pulitzer-Reklame, und wenn man ins Gras beißt, lauten die ersten Wörter des Nachrufs: ›Träger des Pulitzer-Preises gestorben.‹« Da war was Wahres dran, dachte ich. »Und Charlie ist ein doppelter Pulitzer. Erst kam sein schmalziges Schauspiel. Das ihm am Broadway ein Vermögen einspielte, dazu die Filmrechte. Er erhielt einen Prozentsatz der Gesamteinnahmen! Und ich sage zwar nicht, daß er regelrecht ein Plagiat verübt hat, aber er hat etwas von mir gestohlen – meine Persönlichkeit. Er hat meine Persönlichkeit in seinen Helden eingebaut.«

Selbst hier, so ungereimt es sich auch anhört, war seine Behauptung vielleicht begründet.

Er war ein wunderbarer Sprecher, ein hektischer Non-Stop-Monologist, ein unübertroffener Lästerer. Von Humboldt verhackstückt zu werden, war tatsächlich eine Art von Auszeichnung. Es war, als sei man das Sujet eines zweinasigen Porträts von Picasso oder ein ausgenommenes Huhn von Soutine. Geld feuerte ihn immer an. Er sprach mit größter Wonne von den Reichen. Da er mit den New Yorker Skandalblättern aufgewachsen war, erwähnte er häufig die goldenen Skandale verblichener Zeiten, Peaches und Daddy Browning, Harry Thaw und Evelyn Nesbitt, dazu das Zeitalter des Jazz, Scott Fitzgerald und die Superreichen. Die Erbinnen von Henry James kannte er bestens. Es gab Zeiten, da er selbst komische Pläne schmiedete, sich ein Vermögen zu gewinnen. Aber sein eigentlicher Reichtum war literarisch. Er hatte viele Tausende von Büchern gelesen. Er sagte, die Geschichte sei ein Alptraum, bei dem er versuche, gut und gesund zu schlafen. Schlaflosigkeit machte ihn noch gebildeter. In den frühen Morgenstunden las er dicke Bücher – Marx und Sombart, Toynbee, Rostowzeff, Freud. Wenn er vom Reichtum sprach, war er imstande, römischen Luxus mit den Reichtümern amerikanischer Protestanten zu vergleichen. Gewöhnlich kam er dann auf die Juden zu sprechen – Joyces zylindertragende Juden vor der Börse. Und er brachte zum Schluß den vergoldeten Schädel oder die Totenmaske Agamemnons aufs Tapet, die Schliemann ausgegraben hatte. Humboldt konnte wahrhaftig reden.

Sein Vater, ein jüdisch-ungarischer Immigrant, war mit Pershings Kavallerie in Chihuahua geritten und hatte in einem Mexiko der Dirnen und Pferde Pancho Villa gejagt (ganz anders als mein Vater, der sich von so etwas fernhielt). Sein alter Herr hatte sich kopfüber in Amerika hineingestürzt. Humboldt sprach von Stiefeln, Trompeten und Biwaks. Später kamen Luxushotels, Limousinen, Paläste in Florida. Sein Vater hatte während der Wirtschaftsblüte in Chicago gelebt. Er handelte mit Grundbesitz und hielt sich eine Suite im Edgewater Beach Hotel. Im Sommer ließ er sich seinen Sohn kommen. Humboldt kannte Chicago auch. In den Tagen von Hack Wilson und Woody English hatten die Fleishers eine Loge im Footballstadion. Sie fuhren in einem Pierce-Arrow oder einem Hispano Suiza zum Spiel (Humboldt war ein Autonarr). Und da gab es liebliche John-Held-Jr.-Mädchen, bildschön, die Höschen trugen. Und Whisky und Gangster und die säulengeschmückten, schicksalsschwarzen Banken der La Salle Street mit Eisenbahngeld und Schweine- und Mähmaschinengeld, das in Stahlgewölben verschlossen war. Von diesem

Chicago wußte ich überhaupt nichts, als ich aus Appleton dort ankam. Ich spielte »Wechselt das Bäumelein« mit polnischen Kindern unter den Hochbahngeleisen. Humboldt aß bei Henrici Schokoladen-Schichttorte mit Kokosnuß-Marshmallow. Ich habe das Innere von Henrici nie zu sehen gekriegt.

Ich habe, ein einziges Mal, Humboldts Mutter in ihrer dunklen Wohnung in der West End Avenue gesehen. Ihr Gesicht glich dem ihres Sohnes. Sie war stumm, dick, hatte breite Lippen und war in einen Bademantel geschnürt. Ihr Haar war weiß, buschig, im Fidschi-Stil. Sie hatte Melanose auf den Handrücken und auf ihrem dunklen Gesicht noch dunklere Flecken von der Größe ihrer Augen. Humboldt beugte sich über sie, um mit ihr zu sprechen, aber sie antwortete nichts, sondern starrte nur hinaus mit mächtiger weiblicher Beschwer. Er war bedrückt, als wir das Haus verließen, und sagte: »Sie ließ mich früher nach Chicago fahren, aber dort sollte ich meinem alten Herrn nachspionieren, Bankauszüge und Kontonummern kopieren und die Namen seiner Nutten aufschreiben. Sie wollte ihn verklagen. Sie ist verrückt, verstehst du? Aber dann hat er in der großen Krise alles verloren. Ist unten in Florida an Herzschlag gestorben.«

Das war der Hintergrund dieser witzigen, fröhlichen Balladen. Er war ein Manisch-Depressiver (seine eigene Diagnose). Er besaß eine Sammlung von Freuds Werken und las psychiatrische Zeitschriften. Wenn man einmal *Zur Psychopathologie des Alltagslebens* gelesen hatte, wußte man, daß das Alltagsleben tatsächlich psychopathologisch war. Das paßte Humboldt durchaus in den Kram. Er zitierte mir oft *King Lear*: »In Städten Meuterei, auf dem Lande Zwietracht, in Palästen Verrat; das Band zwischen Sohn und Vater zerrissen . . .« Er betonte »Sohn und Vater«. »Zerstörende Umwälzungen folgen uns rastlos bis an unser Grab.«

Nun, genau dahin sind ihm zerstörende Umwälzungen vor sieben Jahren gefolgt. Und als jetzt neue Anthologien herauskamen, ging ich hinunter ins Souterrain von Brentanos Buchladen und prüfte sie. Humboldts Gedichte waren ausgelassen worden. Die Schweine, die literarischen Totengräber und Politiker, die diese Sammlungen zusammenstellen, konnten den altmodischen Humboldt nicht mehr brauchen. So zählte all sein Denken, Schreiben, Fühlen nichts, all die Streifzüge hinter die Linien, um die Schönheit einzufangen, hatten ausschließlich die Wirkung, ihn zu verbrauchen. Er fiel in einem schäbigen Hotel in der Nähe des Times Square tot um. Ich, ein andersartiger Schriftsteller, blieb am Leben, um ihn wohlbestallt in Chicago zu betrauern.

Der edle Gedanke, ein amerikanischer Dichter zu sein, gab Humboldt bestimmt zuweilen das Gefühl, daß er ein Witzbold, ein Kind, ein Komiker, ein Narr war. Wir lebten wie die Bohemiens und wie frisch gebackene Akademiker aufgelegt zu Spaß und Spielen. Vielleicht hatte Amerika keine Verwendung für Kunst und innere Wunder. Es hatte so viele äußere Wunder. Die USA waren ein großes Unternehmen, sehr groß. Je mehr *sie*, desto weniger *wir*. Daher benahm sich Humboldt wie ein Exzentriker und ein komischer Kauz. Aber gelegentlich gab es einen Bruch in seiner Exzentrik, wenn er anfing zu denken. Er versuchte, sich radikal von dieser amerikanischen Welt wegzudenken (ich tat es auch). Ich merkte, daß Humboldt überlegte, was zwischen *damals* und *jetzt* zu tun war, zwischen Geburt und Tod, um einigen großen Fragen zu genügen. Solches Brüten machte ihn geistig nicht normaler. Er versuchte es mit Drogen und Alkohol. Schließlich mußte viele Male Schocktherapie angewandt werden. Es war, wie er es sah, der Kampf Humboldt gegen den Wahnsinn. Der Wahnsinn war erheblich stärker.

Mir war selbst nicht sehr wohl zumute, als Humboldt sozusagen aus dem Grab heraus handelte und in meinem Leben einen grundlegenden Wandel bewirkte. Trotz unserer großen Auseinandersetzung und einer fünfzehnjährigen Entfremdung hinterließ er mir etwas in seinem Testament. Ich wurde der Empfänger eines Vermächtnisses.

Er war ein großer Unterhaltungskünstler, aber er verfiel dem Wahnsinn. Das pathologische Element konnte nur von jenen verkannt werden, die zu sehr lachten, um genauer hinzusehen. Humboldt, dieser großartige erratische Mensch mit seinem breiten, blonden Gesicht, dieser bezaubernde, überströmende, tief gestörte Mann, dem ich so ergeben war, lebte leidenschaftlich bis zur Neige das Thema des ERFOLGES. Natürlich starb er als VERSA-

GER. Was anderes kann sich aus der Großschreibung dieser Substantiva ergeben? Ich habe meinerseits stets die Zahl heiliger Wörter niedrig gehalten. Meiner Meinung nach hatte Humboldt eine zu lange Liste davon – Dichtung, Schönheit, Liebe, Einöde, Entfremdung, Politik, Geschichte, das Unbewußte. Und selbstverständlich Manisch und Depressiv, immer groß geschrieben. Nach seiner Darstellung war Amerikas großer Manisch-Depressiver Abraham Lincoln. Und Churchill mit seinen, wie er es nannte, »Schwarzen Hunds-Stimmungen« war ein klassischer Fall manischer Depression. »Wie ich, Charlie«, sagte Humboldt. »Aber überlege nur – wenn Energie Wonne ist und Überschwang Schönheit, dann versteht der Manisch-Depressive mehr von Wonne und Schönheit als sonst einer. Wer sonst hat so viel Energie und Überschwang? Vielleicht ist das eine Strategie der Psyche, um die Depression zu verstärken. Hat Freud nicht gesagt, daß das Glück nichts anderes sei als die Erlösung vom Schmerz? Je größer also der Schmerz, desto intensiver das Glück. Aber davor gibt es noch einen Ursprung, und die Psyche schafft sich den Schmerz mit Absicht. Jedenfalls ist die Menschheit vom Überschwang und der Schönheit bestimmter Personen benommen. Wenn ein Manisch-Depressiver seinen Furien entrinnt, ist er unwiderstehlich. Er macht sich die Geschichte untertan. Ich glaube, daß Mißmut eine geheime Technik des Unbewußten ist. Mit seiner Theorie, daß große Männer und Könige die Sklaven der Geschichte sind, war Tolstoj meiner Meinung nach auf der falschen Fährte. Mach dir nichts vor, die Könige sind die schwierigsten Kranken. Manisch-Depressive Helden ziehen die Menschheit in ihre Kreise und reißen alle mit sich.«

Der arme Humboldt hat seine Kreise nicht sehr lange wirken lassen. Er wurde nie der strahlende Mittelpunkt seines Zeitalters. Die Depression heftete sich für immer an ihn. Die Perioden von Manie und Dichtung hörten auf. Drei Jahrzehnte, nachdem ihn die *Harlekin Balladen* berühmt gemacht hatten, starb er an Herzversagen in einer Absteige der Vierziger Straßen von New Yorks Westseite, einem der Ausläufer der Bowery in der Mittelstadt. An jenem Abend war ich zufällig in New York. Ich war beruflich dort – d. h. zu keinem guten Zweck. Keins meiner Geschäfte hatte einen guten Zweck. Allen Menschen entfremdet, wohnte er in einem Haus mit Namen Ilscombe. Später bin ich hingegangen, um mir's anzusehen. Die Wohlfahrt hat dort alte Leute untergebracht. Er starb in einer grausig heißen Nacht. Selbst im Plaza Hotel war es mir unbehaglich. Kohlenstoffmonoxyd war dicht. Schütternde Klimaanlagen tropften auf die Straße und auf die Fußgänger. Eine schlimme Nacht. Und als ich am nächsten Morgen in der 727 Düsenmaschine nach Chicago zurückflog, öffnete ich die *Times* und fand den Nachruf auf Humboldt.

Ich wußte, daß Humboldt bald sterben würde, weil ich ihn zwei Monate zuvor auf der Straße gesehen hatte. Der Tod hatte ihn schon ganz mit Beschlag belegt. Er hatte mich nicht gesehen. Er war grau, dick, krank, staubig, er hatte eine Brezelstange gekauft, die er aß. Sein Lunch. Hinter einem geparkten Auto versteckt sah ich zu. Ich ging nicht zu ihm; ich fand es unmöglich. Dies eine Mal war mein »Geschäft« im Osten legitim; ich lief nicht irgendeiner Flunze nach, sondern traf Vorbereitungen für einen Zeitschriftenartikel. Und an eben diesem Morgen war ich in einer Prozession von Hubschraubern des Küstenschutzes mit den Senatoren Javits und Robert Kennedy über New York hinweggeflogen. Dann hatte ich an einem politischen Mittagessen im Central Park in der »Taverne im Grünen« teilgenommen, wo die Berühmtheiten alle beim gegenseitigen Anblick ganz ekstatisch wurden. Ich war, wie man so sagt, selbst »in großer Form«. Wenn ich nicht gut aussehe, sehe ich ramponiert aus. Aber ich wußte, daß ich gut aussah. Außerdem hatte ich Geld in der Tasche und hatte mir in der Madison Avenue die Schaufenster angesehen. Wenn mir irgendein Schlips von Cardin oder Hermès gefallen hätte, hätte ich ihn kaufen können, ohne nach dem Preis zu fragen. Mein Bauch war flach, ich trug Boxer-Unterhosen aus gekämmter Baumwolle, die acht Dollar das Stück kosteten. Ich war einem Athletenclub in Chicago beigetreten und hielt mich mit ältlicher Anstrengung in Form. Ich spielte schnellen, harten Paddle-Ball, eine Abart von Squash-Tennis. Wie konnte ich da mit Humboldt sprechen? Es war zu viel. Während ich im Hubschrauber über Manhattan brauste und New York betrachtete, als ob ich in einem Boot mit Glasboden über ein tropisches Riff dahinglitt, fahndete Humboldt wahrscheinlich unter seinen Flaschen nach einem Tropfen Fruchtsaft, den er mit seinem morgendlichen Gin mixen konnte.

Ich wurde nach Humboldts Tod ein noch intensiverer Anhänger der Körperkultur. Am letzten Thanksgiving-Tag bin ich in Chicago einem Wegelagerer davongerannt. Er sprang aus einer dunklen Einfahrt, und ich ergriff die Flucht. Es war eine reine Reflexhandlung. Ich sprang davon und sprintete auf der Straßenmitte entlang. Als Junge war ich kein hervorragender Renner gewesen. Woher kam es, daß ich in den Mittfünfzigern so begeistert die Flucht ergriff und zu großen Geschwindigkeitsausbrüchen fähig war? Später am selben Abend prahlte ich: »Ich kann immer noch einem Drogenhengst im Hundertmeterlauf davonrennen.« Und vor wem prahlte ich mit dieser Kraft meiner Beine? Vor einer jungen Frau namens Renata. Wir lagen im Bett. Ich erzählte ihr, wie ich mich davongemacht hatte – ich war gerannt wie der Teufel, geflogen. Und sie sagte zu mir, wie auf ein Stichwort (ach ja, die Höflichkeit, der Herzenstakt dieser schönen Mädchen): »Du bist toll in Form, Charlie. Du bist kein großer Mann, aber du bist robust, solide und dazu noch elegant.« Sie streichelte mir die nackten Flanken. Und nun war also auch mein Kumpel Humboldt dahin. Wahrscheinlich waren seine Gebeine auf dem Armenfriedhof auseinandergebröckelt. Vielleicht befand sich nichts anderes in seinem Grab als ein paar Klumpen Ruß. Aber Charlie Citrine lief immer noch verwegenen Verbrechern in den Straßen von Chicago davon, und Charlie Citrine war in toller Form und lag neben einer wollüstigen Freundin. Dieser Citrine konnte jetzt eine bestimmte Yoga-Übung ausführen und hatte gelernt, auf dem Kopf zu stehen, um seinem arthritischen Nacken Erleichterung zu schaffen. Über meinen niedrigen Cholesterinspiegel war Renata völlig im Bilde. Ich hatte ihr auch die Bemerkungen des Arztes über meine erstaunlich jugendliche Prostata und mein supernormales EKG wiederholt. In Illusion und Idiotie durch diese stolzen medizinischen Befunde bestärkt, umarmte ich eine vollbusige Renata auf dieser posturepädischen Matratze. Sie betrachtete mich mit liebesfrommen Augen. Ich sog ihre köstliche Feuchtigkeit ein und nahm persönlich teil an dem Triumph der amerikanischen Zivilisation (die jetzt mit den orientalischen Farben des Empire getönt war). Aber auf einer phantomhaften Bretterpromenade in Atlantik City sah ich im Geiste einen anderen Citrine, jenen am Rande der Senilität, den Rücken gebeugt und schwach. Ach ja, sehr, sehr schwach, im Rollstuhl an den kleinen

Salzriffeln vorbeigeschoben, Riffeln, die, wie ich, schwächlich waren. Und wer schob meinen Stuhl? War es Renata – die Renata, die ich in den Kriegen des Glücks mit einem schnellen Panzervorstoß erobert hatte? Nein, Renata war ein großartiges Mädchen, aber ich konnte sie mir nicht hinter meinem Rollstuhl vorstellen. Renata? Nicht Renata. Bestimmt nicht.

Weit weg in Chicago wurde Humboldt zu einem meiner wichtigen Toten. Ich verbrachte viel zuviel Zeit, für die Toten zu schwärmen und mit ihnen Verkehr zu pflegen. Zudem war mein Name mit dem Humboldts verknüpft, denn je mehr die Vergangenheit verdämmerte, gewannen die vierziger Jahre für Leute an Wert, die kulturelle Regenbogenstoffe fabrizierten; und das Wort ging um, daß in Chicago noch ein Mann lebe, der früher Von Humboldt Fleishers Freund gewesen sei, ein Mann namens Charles Citrine. Menschen, die Artikel oder Dissertationen und Bücher verfaßten, schrieben an mich oder kamen angeflogen, um sich mit mir über Humboldt zu unterhalten. Und ich muß sagen, daß in Chicago Humboldt ein naturgegebenes Thema war, über das man nachdenken mußte. Da die Stadt am südlichen Ende der Kanadischen Seen lag – zwanzig Prozent des Weltvorkommens von Süßwasser –, barg Chicago mit seinem gigantischen äußeren Leben das gesamte Problem der Dichtung und des inneren Lebens in Amerika in sich. Hier konnte man durch eine Art Süßwasser-Klarheit Einblick in derartige Dinge gewinnen.

»Was ist Ihre Erklärung, Mr. Citrine, für Von Humboldt Fleishers Aufstieg und Fall?«

»Ihr jungen Leute, was habt ihr mit den Fakten über Humboldt vor – wollt ihr Artikel veröffentlichen und damit eure Laufbahn vorantreiben? Das ist schierer Kapitalismus.«

Ich dachte mit mehr Ernst und Trauer über Humboldt nach, als in diesem Rechenschaftsbericht erkennbar sein mag. So sehr viele Menschen habe ich nicht geliebt. Ich konnte mir nicht leisten, einen zu verlieren. Ein untrügliches Zeichen der Liebe war, daß ich so oft von Humboldt träumte. Jedesmal wenn ich ihn sah, war ich zutiefst bewegt und weinte im Schlaf. Einmal träumte ich, daß wir uns in Whelans Drugstore an der Ecke der Sixth Street und Eighth Avenue in Greenwich Village trafen. Er war nicht der vom Schicksal geschlagene, bleierne gedunsene Mann, den ich in der 46th Street gesehen hatte, sondern noch der stämmige normale Humboldt der mittleren Jahre. Er saß neben mir an der Sodabar mit einer Cola. Ich brach in Tränen aus. Ich sagte: »Wo bist du gewesen? Ich dachte, du wärest tot.«

Er war sehr mild, ruhig, schien außerordentlich zufrieden, und er sagte: »Jetzt verstehe ich alles.«

»Alles? Was ist alles?«

Aber er sagte nur »alles«. Mehr konnte ich nicht aus ihm rausholen, und ich weinte vor Glück. Natürlich war es nur ein Traum, so wie man träumt, wenn einem seelisch nicht wohl ist. Wach ist mein Charakter keineswegs intakt. Ich werde nie einen Orden für Charakter kriegen. Und alle diese Dinge müssen den Toten unendlich klar sein. Sie haben endlich die problematische, umwölkte, irdische und menschliche Sphäre verlassen. Ich habe den Verdacht, daß man im Leben vom Ego, von der eigenen Mitte nach außen blickt. Im Tod ist man an der Peripherie und blickt nach innen. Man sieht die alten Freunde bei Whelans noch mit dem schweren Gewicht des Ichseins kämpfen, und man ermuntert sie mit der Andeutung, daß auch sie, wenn sie an der Reihe sind, in die Ewigkeit einzugehen, anfangen werden zu begreifen und schließlich eine Ahnung zu kriegen, was geschehen ist. Da von allem diesem nichts wissenschaftlich ist, fürchten wir uns, so zu denken.

Nun gut, dann will ich also versuchen zusammenzufassen: im Alter von zweiundzwanzig Jahren hat Humboldt Fleisher sein erstes Balladenbuch veröffentlicht. Man hätte denken sollen, daß der Sohn neurotischer Einwanderer von der 89th Street und West End Avenue – dessen extravaganter Papa Pancho Villa jagte und auf dem Foto, das Humboldt mir zeigte, einen so krausgelockten Kopf hatte, daß ihm die Soldatenmütze runterfiel, und dessen Mama aus einer jener mit Potasche und Perlmutter prunkenden fruchtbaren Baseball- und Business-Familien stammte und zuerst von dunkler Schönheit, dann verdüstert, verrückt und stumm war –, daß ein solcher junger Mann tolpatschig, daß seine Syntax für pedantische Goy-Kritiker, die das protestantische Establishment und die vornehme Tradition hüteten, unannehmbar sein würde. Weit gefehlt. Die Balladen waren rein, musikalisch, witzig, leuchtend, menschlich. Ich glaube, sie waren platonisch. Mit platonisch denke ich an eine ursprüngliche Vollkommenheit, zu der alle menschlichen Wesen sehnlichst zurückkehren wollen. Ja,

Humboldts Worte waren ohne Makel. Das vornehme Amerika hatte keinen Grund zur Besorgnis. Es war in panischer Angst – es erwartete, daß der Anti-Christ aus den Slums ausbrechen würde. Statt dessen trat dieser Humboldt Fleisher auf mit einem Liebesopfer. Er benahm sich wie ein Gentleman. Er war charmant. Daher wurde er warm willkommen geheißen. Conrad Aiken lobte ihn, T. S. Eliot nahm anerkennend Notiz von seinen Gedichten, und selbst Yvor Winter hatte ein gutes Wort für ihn. Was mich betrifft, so borgte ich mir dreißig Dollar und wallfahrtete begeistert nach New York, um mit ihm in der Bedford Street Gespräche zu führen. Das war im Jahr 1938. Wir überquerten den Hudson in der Christopher-Street-Fähre, um in Hoboken Muscheln zu essen, und redeten über die Probleme der modernen Dichtung. Ich meine, daß Humboldt mir darüber Vorträge hielt. Hatte Santayana recht? War die moderne Dichtung barbarisch? Moderne Dichter hatten mehr wundervollen Stoff als Homer oder Dante. Was sie nicht besaßen, war eine stetige und gesunde Idealisierung. Christ sein war unmöglich, Heide sein ebenso. Das ließ nur man-weiß-schon-was übrig.

Was ich hören wollte, war, daß das Große auch wahr sein könnte. Das hörte ich auf der Fähre. Wundersame Gesten waren vonnöten, und Humboldt machte sie. Er sagte mir, daß die Dichter sich ausdenken sollten, wie das pragmatische Amerika zu umgehen sei. Er trug an jenem Tag für mich dick auf. Und da war ich nun, mit Wonneschauern, in der Aufmachung eines Bürstenhausierers mit erstickendem Wollanzug, der von Julius auf mich überkommen war. Die Hose war mir um die Hüften zu weit, und das Hemd blähte sich auf, denn mein Bruder Julius hatte eine fette Brust. Ich wischte mir den Schweiß mit einem Taschentuch ab, in das ein J. gestickt war.

Humboldt selbst begann gerade Fett anzusetzen. Er war breit in der Schulterpartie, aber noch schlank in den Hüften. Später bekam er einen vorstehenden Bauch wie Babe Ruth. Seine Beine waren unruhig, und seine Füße machten nervöse Bewegungen. Unten trippelnde Komödie, oben Fürstlichkeit und Würde, ein gewisser angeknackster Charme. Ein aufgetauchter Walfisch neben dem Boot könnte einen so ansehen, wie er mich mit seinen weit auseinanderstehenden grauen Augen ansah. Er war feingegliedrig und massiv, schwer, aber auch leicht, und sein Gesicht war zugleich blaß und dunkel. Goldbräunliches Haar staute sich hoch – zwei kleine Wülste und eine dunkle Rinne. Seine Stirn war narbig. Als Kind war er auf eine Schlittschuhkufe gefallen; der Knochen selbst war eingedrückt. Seine bleichen Lippen waren aufgeworfen, und sein Mund war voller unreif aussehender Zähne, wie Milchzähne. Er rauchte seine Zigaretten bis zum letzten Funken auf und fleckte seinen Schlips und sein Jackett mit Brandlöchern wie mit Sommersprossen.

Das Thema des Nachmittags war der Erfolg. Ich kam aus dem Hinterland, und er versetzte mir die nackte Wahrheit. Konnte ich mir vorstellen, fragte er, was es bedeutete, das Village mit seinen Gedichten umzuschmeißen und dann mit kritischen Essays in der *Partisan Review* und der *Southern Review* nachzufassen? Er hatte mir viel über Modernismus, Symbolismus, über Yeats, Rilke, Eliot mitzuteilen. Zudem war er ein recht guter Trinker. Und natürlich gab es auch eine Unzahl Mädchen. Außerdem war New York damals eine sehr russische Stadt, deshalb hatten wir Rußland allerseits. New York war, wie Lionel Abel sagte, der Fall einer Metropole, die sich sehnt, zu einem anderen Land zu gehören. New York träumte davon, Nordamerika zu verlassen und sich mit Sowjetrußland zusammenzutun. Humboldt kam in diesem Gespräch ohne Schwierigkeiten von Babe Ruth auf Rosa Luxemburg und Béla Kun und Lenin. Dann und da erkannte ich, daß ich eines Gesprächs nicht wert wäre, wenn ich nicht auf der Stelle Trotzky läse. Humboldt sprach mit mir von Sinowjew, Kamenjew, Bucharin, dem Smolny Institut, den Schachty Ingenieuren, den Moskauer Prozessen, Sidney Hooks *Von Hegel zu Marx*, Lenins *Staat und Revolution*. Ja, er verglich sich sogar mit Lenin. »Ich weiß«, sagte er, »welche Gefühle Lenin im Oktober hatte, als er ausrief *›Es schwindelt!‹*. Er hat damit nicht gemeint, daß er alle beschwindelte, sondern daß er sich schwindlig fühlte. Lenin, so zäh er auch war, fühlte sich wie ein junges Mädchen, das Walzer tanzt. Ich auch. Ich habe Schwindelgefühle vom Erfolg, Charlie. Meine Ideen lassen mich nicht schlafen. Ich gehe ohne Alkohol ins Bett, und das Zimmer dreht sich. Dir wird es auch so gehen. Ich sage dir das, um dich vorzubereiten«, sagte Humboldt. Er besaß eine wunderbare Geschicklichkeit, einem zu schmeicheln.

Bei aller tollen Erregung sah ich ungläubig aus. Natürlich war ich im Zustand intensiver Vorbereitung und hoffte, sie allesamt umzuschmeißen. Jeden Morgen, wenn sich das Verkaufsteam der Bürstenfirma zur Aufmunterung versammelte, sagten wir im Chor: »Mir geht's prima, wie geht's dir?« Aber mir ging's tatsächlich prima. Ich brauchte nicht so zu tun. Ich hätte nicht eifriger sein können – eifrig, Hausfrauen zu begrüßen, eifrig, hereinzukommen und ihre Küchen zu besichtigen, eifrig, ihre Erzählungen und Klagen mit anzuhören. Die leidenschaftliche Hypochondrie jüdischer Frauen war mir damals fremd, ich brannte darauf, von ihren Tumoren und geschwollenen Beinen zu hören. Ich wollte, daß sie mir von Ehe, Kinderkriegen, Geld, Krankheit und Tod erzählten. Ja, und ich versuchte, sie in Klassen einzuteilen, wenn ich dasaß und Kaffee trank. Sie waren Kleinbürgerinnen, Gattenmörderinnen, soziale Aufsteiger, Hysterikerinnen usw. Aber das half nichts, diese analytische Skepsis. Ich war zu begeistert. Also verscheuerte ich eifrig meine Bürsten und ging ebenso eifrig abends zum Village und hörte den besten Gesprächskünstlern in New York zu – Schapiro, Hook, Rahv, Huggins und Gumbein. Unter ihrer Beredsamkeit saß ich wie eine Katze im Vortragssaal. Aber Humboldt war der Beste von allen. Er war schlichtweg der Mozart der Konversation.

Auf der Fähre sagte Humboldt: »Ich hab's zu jung geschafft. Mir geht's an den Kragen.« Dann war er auf und davon. Seine Suada bezog Freud, Heine, Wagner, Goethe in Italien, Lenins toten Bruder, die Kostüme von Wild Bill Hickok, die New Yorker Giants, Ring Lardner über die Oper, Swinburne über Geißelung und John D. Rockefeller über Religion ein. Inmitten dieser Variationen wurde das Thema stets geistreich und verblüffend wiederaufgenommen. An jenem Nachmittag sahen die Straßen aschenfarben aus, aber das Deck des Fährboots war ein helles Grau. Humboldt war schlampig und großartig, sein Geist wogend wie das Wasser und die Wellen von blondem Haar, die sich auf seinem Kopf erhoben, sein Gesicht weiß und voller Spannung mit den weit auseinanderstehenden grauen Augen, seine Hände tief in den Taschen und seine Füße in Polostiefeln dicht aneinandergestellt.

Wenn Scott Fitzgerald ein Protestant gewesen wäre, sagte Humboldt, dann hätte ihm der Erfolg nicht so sehr geschadet. Man sehe sich nur Rockefeller Senior an, der wußte, wie man mit dem Erfolg fertig wird, er sagte einfach, daß Gott ihm all seine Penunze gegeben hätte. Selbstverständlich mußte er's verwalten. Das war Calvinismus. Nachdem er einmal vom Calvinismus angefangen hatte, sah sich Humboldt gezwungen, auf Gnade und Verworfenheit zu sprechen zu kommen. Von der Verworfenheit ging es weiter zu Henry Adams, der gesagt hatte, daß uns in ein paar Jahrzehnten der technische Fortschritt sowieso das Genick brechen würde, und von Henry Adams kam er zur Frage des überragenden Menschen im Zeitalter der Revolutionen, der Schmelztiegel und Massen, wandte sich von dort Toqueville, Horatio Alger und Ruggles vom Red Gap zu. Kinobesoffen folgte Humboldt der Filmzeitschrift *Screen Gossip*. Er erinnerte sich persönlich an Mae Murray, die wie eine auf Goldmünzen geprägte Göttin von Loew's Bühne herunter die Kinder einlud, sie in Kalifornien zu besuchen. »Sie war der Star in *Die Königin von Tasmania* und *Circe die Zauberin*, aber sie endete als eine alte Vettel im Armenhaus. Und wie war das mit Soundso, der sich im Krankenhaus umgebracht hat? Er nahm eine Gabel und hämmerte sie sich mit dem Schuhabsatz ins Herz, der arme Kerl!«

Das war traurig. Aber mir war's eigentlich egal, wie viele Menschen ins Gras bissen. Ich war wunderbar glücklich. Ich hatte nie das Haus eines Dichters besucht, niemals Gin pur getrunken, niemals gedünstete Muscheln gegessen, niemals die Flut gerochen. Ich hatte niemals so etwas über Business sagen hören, über seine Macht, die Seele zu versteinern. Humboldt sprach wunderbar über die wunderbaren, abscheulichen Reichen. Man mußte sie im Schild der Kunst betrachten. Sein Monolog war ein Oratorium, in dem er alle Rollen sang und spielte. Sich noch höher aufschwingend begann er über Spinoza zu reden und wie der Geist durch das Ewige und Unendliche mit Freude erfüllt wurde. Das war Humboldt der Student, der vom großen Morris R. Cohen stets »Sehr gut« in Philosophie bekommen hatte. Ich bezweifle, ob er zu einem anderen als zu einem Jungen aus der Provinz so gesprochen hätte. Aber nach Spinoza war Humboldt ein wenig deprimiert und sagte: »Eine Menge Leute warten nur darauf, daß ich auf die Schnauze falle. Ich habe eine Million Feinde.«

»Wirklich? Aber warum?«

»Ich glaube kaum, daß du von der kannibalischen Gesellschaft der Kwakiutl-Indianer gelesen hast«, sagte der gelehrte Humboldt. »Wenn der Bewerber seinen Mannbarkeitstanz vollführt, überkommt ihn der Wahnsinn und läßt ihn Menschenfleisch essen. Begeht er jedoch einen rituellen Fehler, dann wird er von der gesamten Menge in Stücke gerissen.«

»Aber warum sollte die Dichtung dir eine Million Feinde einbringen?«

Er sagte, das sei eine gute Frage, aber es war offensichtlich, daß er es nicht meinte. Er wurde verdrießlich, und seine Stimme wurde flach – pling –, als gäbe es nur noch eine Blechnote auf seiner brillanten Tastatur. Die ließ er nun erklingen. »Ich kann mir ja einbilden, daß ich ein Opfer zum Altar bringe, aber so sehen die das nicht.« Nein, es war keine gute Frage, denn die Tatsache, daß ich sie gestellt hatte, bewies, daß ich das BÖSE nicht kannte, und wenn ich das BÖSE nicht kannte, war meine Bewunderung wertlos. Er vergab mir, weil ich noch ein Junge war. Aber als ich das blecherne Pling hörte, sah ich ein, daß ich lernen mußte, mich zu wehren. Er hatte meine Zuneigung und meine Bewunderung angezapft, und sie flossen mit gefährlichem Strom. Dieser Blutsturz des Eifers würde mich schwächen, und wenn ich schwach und wehrlos war, würde ich einen aufs Dach kriegen. Und daraus schloß ich, aha! er will, daß ich ihm ganz zu Willen bin, bis ins Letzte. Er wird mich tyrannisieren. Ich sollte auf der Hut sein.

In der schwülen Nacht, in der ich *meinen* Erfolg erzielte, organisierte Humboldt eine Streikkette vor dem Belasco Theater. Er war gerade aus der Klapsmühle entlassen worden. Eine riesige Tafel *Trenck von Charles Citrine* schimmerte über der Straße. Sie bestand aus Tausenden von Glühbirnen. Ich kam im Smoking und fand dort Humboldt mit einer Bande von Genossen und Schreihälsen. Ich sprang mit meiner Freundin aus dem Taxi und geriet auf dem Bürgersteig in den Aufruhr. Die Polizei hielt die Menge in Schach. Seine Genossen schrien und machten Krawall, und Humboldt trug sein Sabotageschild, als sei es ein Kreuz. In fließender Schrift, Mercurochrom auf Leinwand, stand geschrieben: »Der Verfasser dieses Stückes ist ein Verräter.« Die Demonstranten wurden von der Polizei zurückgedrängt, und Humboldt und ich begegneten uns nicht von Angesicht zu Angesicht. Ob ich ihn verhaften lassen wollte, fragte mich der Produktionsassistent.

»Nein«, erwiderte ich verletzt, zitternd. »Ich war einmal sein Schützling. Wir waren Freunde, dieser verrückte Schweinehund. Lassen Sie ihn in Ruhe.«

Demmie Vonghel, die Dame, die mich begleitete, sagte: »Du guter Mann. Ja, das stimmt, Charlie, du bist ein guter Mann.«

Trenck lief acht Monate am Broadway. Fast ein Jahr lang hatte ich das Ohr des Publikums und brachte ihm nichts bei.

Was nun Humboldts tatsächlichen Tod betraf: Er starb im Ilscome, gerade um die Ecke vom Belasco. In seiner letzten Nacht, wie ich es rekonstruiert habe, saß er in diesem vermodernden Haus auf seinem Bett, wahrscheinlich lesend. Die Bücher in seinem Zimmer waren die Gedichte von Yeats und Hegels *Phänomenologie*. Außer diesen visionsträchtigen Autoren las er die *Daily News* und die *Post*. Er hielt sich auf dem laufenden über Sport und Nachtleben, über Jet-set und die Aktivitäten der Kennedy-Familie, über die Preise von Gebrauchtwagen und Kleinanzeigen. Verkommen wie er war, pflegte er doch noch seine normalen amerikanischen Interessen. Dann entschloß er sich um drei Uhr nachts – gegen Ende schlief er nicht mehr viel –, seinen Mülleimer auszuleeren und erlitt im Fahrstuhl einen Herzanfall. Als der Schmerz einsetzte, scheint er gegen die Schalttafel gefallen zu sein und auf alle Knöpfe gedrückt zu haben, einschließlich des Alarmknopfes. Klingeln läuteten, die Tür öffnete sich, er stolperte in einen Gang und fiel, wobei er Konservendosen, Kaffeesatz und Flaschen aus seinem Eimer verstreute. Um Atem ringend, riß er sich das Hemd vom Leibe. Als die Polizei kam, um den toten Mann ins Krankenhaus zu bringen, war seine Brust nackt. Das Krankenhaus nahm ihn nicht mehr; man brachte ihn daher ins Leichenschauhaus. Im Leichenschauhaus gab es keine Leser moderner Dichtung. Der Name Von Humboldt Fleisher sagte nichts. So lag er da, ein Heruntergekommener unter vielen.

Ich habe vor nicht langer Zeit seinen Onkel Waldemar in Coney Island besucht. Der alte Pferdenarr ist in einem Altersheim. Er sagte mir: »Die Polizei hat Humboldt gefleddert. Sie hat ihm die Uhr und das Geld und selbst seinen Füllfederhalter abgenommen. Er hat immer einen richtigen Federhalter benutzt. Er schrieb keine Gedichte mit einem Kugelschreiber.«

»Sind Sie sicher, daß er Geld hatte?«

»Er ist nie ausgegangen, ohne mindestens hundert Dollar bei sich zu tragen. Sie sollten wissen, wie er mit dem Geld umging. Der Junge fehlt mir. Wie er mir fehlt!«

Ich teilte Waldemars Gefühle ganz und gar. Ich war von Humboldts Tod mehr betroffen als von dem Gedanken an meinen eigenen. Er hatte sich so in Szene gesetzt, um betrauert und vermißt zu werden. Humboldt gab sich diese Art von Gewicht und kehrte in seinem Gesicht alle ernsteren, bedeutenderen menschlichen Gefühle hervor. Ein Gesicht wie seins würde man nie vergessen. Aber zu welchem Ende war es geschaffen worden?

Erst vor kurzem, im vergangenen Frühjahr, mußte ich in einem seltsamen Zusammenhang darüber nachdenken. Ich war mit Renata in einem französischen Zug, auf einer Reise, die ich, wie die meisten Reisen, weder zu machen brauchte noch wünschte. Renata deutete auf die Landschaft und sagte: »Ist das da draußen nicht wunderschön?« Ich blickte hinaus, und sie hatte recht. WUNDERSCHÖN war es da in der Tat. Aber ich hatte WUNDERSCHÖN so viele Male gesehen und schloß daher die Augen. Ich wies die Gipsidole der ERSCHEINUNGEN zurück. Ich war zusammen mit allen anderen abgerichtet worden, diese Idole zu sehen, und ich war ihrer Tyrannei müde. Ich dachte sogar: Der farbige Schleier ist nicht mehr das, was er war. Das verdammte Ding wird fadenscheinig. Wie ein Rollhandtuch in einer mexikanischen Männertoilette. Ich dachte an die Macht kollektiver Abstraktionen und so weiter. Wir begehren immer mehr die strahlende Frische der grenzenlosen Liebe, und immer mehr wird das durch die dürren Idole vereitelt. Eine Welt der Kategorien, vom Geist entblößt, wartet darauf, daß das Leben zurückkehrt. Humboldt sollte ein Werkzeug dieser Wiederbelebung sein. Diese Sendung oder Berufung spiegelte sich in seinem Gesicht. Die Hoffnung auf eine neue Schönheit. Die Verheißung, das Geheimnis der Schönheit.

In den Vereinigten Staaten übrigens gibt so etwas den Menschen ein sehr fremdländisches Aussehen.

Es war nur folgerichtig, daß Renata meine Aufmerksamkeit auf das WUNDERSCHÖNE lenken wollte. Sie war daran persönlich beteiligt, sie war mit dem Schönen vermählt.

Immerhin ließ Humboldts Gesicht klar erkennen, daß er verstand, was zu tun war. Es ließ auch erkennen, daß er noch nicht dazu gekommen war, es zu tun. Und auch er lenkte meine Aufmerksamkeit auf Landschaften. Gegen Ende der vierziger Jahre zogen er und Kathleen, frisch verheiratet, von Greenwich Village ins ländliche New Jersey, und als ich sie besuchte, war er ganz Erde, Bäume, Blumen, Orangen, die Sonne, Paradies, Atlantis, Rhadamanthys. Er sprach von William Blake in Felpham und Miltons Eden, und er machte die Stadt schlecht. Die Stadt war gräßlich. Um seinem verwickelten Gespräch zu folgen, mußte man die Urtexte kennen. Ich wußte, welche das waren: Platos *Timaios*, Proust über Combray, Vergil über die Landwirtschaft, Marvell über Gartenbau, Wallace Stevens' Karibische Gedichte und so weiter. Ein Grund, weshalb Humboldt und ich so eng befreundet waren, lag darin, daß ich bereit war, den ganzen Kurs zu belegen.

So lebten also Humboldt und Kathleen in einem Landhäuschen. Humboldt kam mehrmals die Woche geschäftlich nach New York – für dichterische Geschäfte. Er stand auf der Höhe seines Ruhms, wenn auch nicht seines Könnens. Er hatte sich vier Pfründe gesichert, von denen ich wußte. Vielleicht gab es mehr. Da ich es für normal hielt, mit fünfzehn Dollar die Woche auszukommen, hatte ich keine Möglichkeit, seine Bedürfnisse und sein Einkommen abzuschätzen. Er hielt damit hinter dem Berge, sprach aber andeutungsweise von großen Summen. Und jetzt erhielt er einen Ruf, Professor Martin Sewell in Princeton ein Jahr lang zu vertreten. Sewell war unterwegs, um in Damaskus Fulbright-Vorlesungen über Henry James zu halten. Sein Freund Humboldt sollte an seine Stelle treten. In dem Programm wurde noch ein Dozent gebraucht, und Humboldt schlug mich dafür vor. Da ich meine Chancen in der kulturellen Hochkonjunktur nach dem Weltkrieg ausnutzte, hatte ich scheffelweise Bücher für *The New Republic* und *The Times* besprochen. Humboldt sagte: »Sewell hat deine Sachen gelesen. Findet dich recht gut. Du *scheinst* so nett und harmlos zu sein mit deinen dunklen *ingénu*-Augen und deinen hübschen mittelwestlichen Manieren. Der alte Knabe will dich mal 'ner Musterung unterziehen.«

»Musterung unterziehen? Der ist zu besoffen, um sich aus einem Satz richtig rauszuwursteln.«

»Wie gesagt, du *scheinst* ein netter *ingénu* zu sein, bis man deine Reizbarkeit reizt. Sei nicht so hochmütig. Das ist eine bloße Formalität. Die Sache ist schon gelaufen.«

»Ingénu« war eins von Humboldts schlimmen Worten. Bewandert in psychologischer Literatur, wie er war, durchschaute er meine Taten recht gut. Meine Geistesabwesenheit und Weltfremdheit täuschten ihn keinen Augenblick. Er kannte Schärfe und Ehrgeiz, er kannte Aggression und Tod. Er fächerte seinen Gesprächsstoff so breit, wie er nur konnte, und als wir in seinem altgekauften Buick aufs Land fuhren, trug Humboldt angesichts der vorbeibrausenden Felder dick auf – den Cäsarenwahn, Julien Sorel, Balzacs *jeune ambitieux*, Marx' Porträt von Louis Bonaparte, Hegels welthistorisches Individuum. Humboldt war besonders von dem welthistorischen Individuum angetan, dem Dolmetscher des Geistes, dem mysteriösen Führer, der der Menschheit die Aufgabe auferlegte, ihn zu verstehen, und so weiter. Derartige Themen waren im Village nur zu häufig, aber Humboldt trug in derartige Diskussionen eine ganz eigene Erfindungsgabe und eine manische Energie hinein, eine Leidenschaft für Verwicklungen und für Finneganssche Wortspiele und Andeutungen. »Und in Amerika«, sagte er, »würde dieses Hegelsche Individuum wahrscheinlich von ungefähr kommen. Etwa: geboren in Appleton, Wisconsin, wie Harry Houdini oder Charlie Citrine.«

»Warum mit mir anfangen? Mit mir liegst du völlig falsch.«

Gerade zu dieser Zeit war ich auf Humboldt ärgerlich. Auf dem Land hatte er eines Abends meine Freundin Demmie Vonghel vor mir gewarnt und war beim Essen herausgeplatzt: »Sie müssen vor Charlie auf der Hut sein. Ich kenne Frauen wie Sie. Die legen zuviel in einen Mann hinein. Charlie ist ein wahrer Teufel.« Entsetzt über das, was er da von sich gegeben hatte, stemmte er sich vom Tisch hoch und rannte aus dem Haus. Wir hörten ihn, als er schwerfällig auf dem Kies der dunklen Landstraße entlangstapfte. Demmie und ich saßen eine Weile mit Kathleen zusammen. Schließlich sagte Kathleen: »Er ist vernarrt in dich, Charlie. Aber etwas spukt ihm im Schädel. Daß du eine Mission hast – irgend etwas Geheimes – und daß solche Leute nicht richtig vertrauenswürdig sind. Und er mag Demmie. Er glaubt, daß er sie beschützt. Aber es ist nicht mal persönlich gemeint. Du bist doch nicht böse, oder?«

»Böse auf Humboldt? Er ist zu phantastisch, als daß man ihm böse sein könnte. Und besonders, wenn er sich zum Beschützer von jungen Damen aufwirft.«

Demmie schien belustigt. Und jede junge Frau würde eine solche Fürsorge zu schätzen wissen. Sie fragte mich später in ihrer abrupten Art: »Was ist an dieser Missions-Sache dran?«

»Unsinn.«

»Aber du hast mir mal so was gesagt, Charlie. Oder hat Humboldt nur gefaselt?«

»Ich habe gesagt, ich hätte manchmal so ein komisches Gefühl, als sei ich mit Porto versehen und in einen Briefkasten gesteckt worden, und man warte darauf, daß ich an eine wichtige Adresse abgeliefert würde. Ich könnte ungewöhnliche Informationen enthalten. Aber das ist ganz gewöhnlicher Blödsinn.«

Demmie – ihr voller Name war Anna Dempster Vonghel – unterrichtete Latein an der Washington Irving Schule, gleich östlich vom Union Square, und wohnte in der Barrow Street. »Es gibt im Staat Delaware eine holländische Ecke«, sagte Demmie. »Da stammen die Vonghels her.« Sie war zur Frauenschule gegangen, hatte in Bryn Mawr klassische Philologie studiert, aber war als Jugendliche auch straffällig geworden und hatte mit fünfzehn Jahren zu einer Bande von Autodieben gehört. »Da wir uns lieben, hast du ein Recht darauf, das zu wissen«, sagte sie. »Ich bin vorbestraft – Diebstahl von Radkappen, Marihuana, Unzuchtsdelikte, frisierte Autos, Polizeijagd, Unfall, Krankenhaus, Bewährungshelfer, die ganze Latte. Aber ich kenne auch etwa dreitausend Bibelverse. Bin mit Höllenfeuer und Verdammnis aufgewachsen.« Ihr Vater, ein Millionär aus dem Hinterland, brauste in seinem Cadillac durch die Gegend und spuckte aus dem Fenster. »Putzt sich die Zähne mit Vim und Ata. Zahlt den Zehnten an die Kirche. Fährt den Sonntagsschulbus. Der letzte der altmodischen Fundamentalisten. Außer daß sie da unten massenweise vorkommen«, sagte sie.

Demmie hatte blaue Augen in reinem Weiß und eine aufgestülpte Nase, die einen fast so ausdrucksvoll und eindringlich ansprach wie die Augen. Durch ihre langen Vorderzähne stand der

Mund ein wenig offen. Ihr langer, eleganter Kopf war von goldenem Haar bedeckt, das sie gleichmäßig teilte, wie die Vorhänge eines ordentlichen Hauses. Ihr Gesicht war von der Sorte, die man vor einem Jahrhundert auf einem Planwagen hätte sehen können, ein sehr weißes Gesicht. Aber zuerst verliebte ich mich in ihre Beine. Sie waren außergewöhnlich. Und diese schönen Beine hatten einen aufregenden Defekt – die Knie berührten sich, und die Füße waren auswärts gekehrt, so daß die straffe Seide ihrer Strümpfe beim schnellen Gehen einen leichten Reibungston von sich gab. Bei einer Cocktailparty, wo ich sie traf, konnte ich kaum verstehen, was sie sagte, denn sie murmelte in der unverständlichen modischen Maulsperrenmanier des Ostens. Aber im Nachtgewand war sie das vollkommene Mädchen vom Lande, die Tochter des Landwirts, und sprach ihre Wörter klar und deutlich aus. Regelmäßig wurde sie um 2 Uhr nachts von ihren Alpträumen geweckt. Ihr Christentum war delirischer Art. Sie mußte unreine Geister austreiben. Sie fürchtete sich vor der Hölle. Sie stöhnte im Schlaf. Dann setzte sie sich schluchzend auf. Selber mehr als halb schlafend versuchte ich sie zu beruhigen und zu beschwichtigen. »Es gibt keine Hölle, Demmie.«

»Ich weiß, daß es die Hölle gibt. Es *gibt* die Hölle – es *gibt* sie.«

»Leg nur deinen Kopf auf meinen Arm. Schlaf wieder ein.«

An einem Sonntag im September 1952 holte mich Humboldt vor Demmies Mietshaus in der Barrow Street, nicht weit vom Cherry Lane Theater, ab. Ganz anders als der junge Dichter, mit dem ich nach Hoboken gefahren war, um Muscheln zu essen, war er nun dick und massig. Die heitere Demmie rief von der Feuerleiter des dritten Stockwerks, wo sie Begonien züchtete, herunter – am Morgen gab's keine Spur von Alptraum: »Charlie, hier kommt Humboldt in seinem Buick mit den vier Löchern.« Er knatterte die Barrow Street entlang, der erste Dichter in Amerika mit Servo-Bremsen, wie er sagte. Er mystifizierte das Auto, wußte aber nicht, wie man parkt. Ich sah ihm zu, wie er versuchte, in eine passende Lücke zurückzustoßen. Ich hatte mir die Theorie entwickelt, daß die Art, wie die Menschen parkten, viel mit ihrem innersten Selbstbildnis zu tun hätte und offenbarte, wie sie ihr eigenes Hinterteil einschätzten. Humboldt geriet zweimal mit seinem Hinterrad auf den Bürgersteig und kapitulierte dann schließlich, indem er die Zündung abstellte. Dann stieg er in einem karierten Sportjackett und mit riemengeschnürten Polostiefeln aus und schlug die Tür zu, die zwei Meter lang zu sein schien. Sein Gruß war stumm, seine großen Lippen waren geschlossen. Seine grauen Augen schienen weiter auseinander zu stehen als je zuvor – der aufgetauchte Wal neben dem Fischerboot. Sein hübsches Gesicht war verquollen und häßlicher geworden. Es war ausladend, es war buddhistisch, aber es war nicht ruhig. Ich selbst war für das formelle Interview mit dem Professor angezogen, zu geschniegelt, gebügelt und geknöpft. Ich fühlte mich wie ein Regenschirm. Demmie hatte meine Erscheinung zu ihrer Sache gemacht. Sie plättete mir das Hemd, suchte mir den Schlips aus und bürstete mir das dunkle Haar, das ich damals noch hatte, flach. Ich ging nach unten. Und da waren wir, inmitten der rauhen Backsteine, der Mülltonnen, der abschüssigen Gehsteige, der Feuerleitern, während Demmie von oben winkte und ihr weißer Terrier auf dem Fensterbrett bellte.

»Einen schönen Tag wünsche ich.«

»Warum kommt Demmie nicht mit? Kathleen erwartet sie.«

»Sie muß die Lateinarbeiten zensieren. Ihre Stunden vorbereiten«, sagte ich.

»Wenn sie so gewissenhaft ist, kann sie das auch auf dem Land tun. Ich bringe sie dann zum Frühzug.«

»Das tut sie nicht. Außerdem würden sich deine Katzen nicht mit ihrem Hund vertragen.«

Humboldt drängte nicht weiter. Er hing an seinen Katzen.

Ich sehe daher aus der Gegenwart zwei seltsame Figurinen auf dem Vordersitz der dröhnenden, knirschenden Luxuskarosse. Dieser Buick war völlig mit Schlamm überzogen und sah aus wie ein Stabsauto im Flandernfeldzug. Die Räder waren nicht ausgewuchtet, und die großen Reifen stampften exzentrisch. Durch das schüttere Sonnenlicht des frühen Herbsts fuhr Humboldt schnell und machte sich die sonntägliche Leere der Straßen zunutze. Er war ein schrecklich schlechter Fahrer, bog von der rechten Straßenseite nach links ab, beschleunigte, um gleich danach zu bummeln, fuhr zu dicht auf seinen Vordermann auf. Ich mißbilligte das. Natürlich konnte ich viel besser mit einem Auto umgehen, aber Vergleiche waren absurd, denn dies war Humboldt, kein Autofahrer. Beim Fahren bückte er sich riesenhaft über das

Lenkrad, zitterte wie ein kleiner Junge an Händen und Füßen und hielt die Zigarettenspitze zwischen die Zähne geklemmt. Er war erregt, redete in einem fort, unterhielt, provozierte, informierte und begrub mich unter seinem Gerede. Er hatte die vorige Nacht nicht geschlafen. Er schien bei schlechter Gesundheit. Selbstverständlich trank er, und er putschte sich mit Pillen, vielen Pillen auf. In seiner Mappe hatte er den Katalog der Firma Merck. Dieser war schwarz gebunden wie die Bibel, er zog ihn oft zu Rate, und es gab Apotheker, die ihm verkauften, was er verlangte. Das war etwas, was er mit Demmie gemeinsam hatte. Auch sie war eine unbefugte Pillenschluckerin.

Das Auto hämmerte aufs Pflaster und brauste auf den Holland-Tunnel zu. Dicht neben der großen Gestalt Humboldts, diesem motorisierten Riesen, in dem gräßlich gepolsterten Luxus des Vordersitzes, spürte ich die Ideen und Illusionen, die zu ihm gehörten. Er war stets von einem Schwarm, einem Riesenbehälter von Vorstellungen begleitet. Er sagte, wie sehr selbst zu seiner Lebenszeit sich die Sümpfe von New Jersey durch Straßen, Mülldeponien und Fabriken verändert hätten, und was hätte ein Buick wie dieser mit Servobremsen und Servolenkung noch vor fünfzig Jahren bedeutet. Man stelle sich Henry James als Autofahrer vor oder Walt Whitman oder Mallarmé. Das war der Startschuß: wir sprachen über Maschinen, Luxus, Herrschaft, Kapitalismus, Technologie, Mammon, Orpheus und Dichtung, die Reichtümer des menschlichen Herzens, Amerika, Weltzivilisation. Seine Aufgabe war es, all dies, und noch mehr, zusammenzufügen. Das Auto fuhr schnarchend und quietschend durch den Tunnel und kam in hellem Sonnenschein wieder heraus. Hohe Schornsteine, eine Dreckartillerie, feuerten stumm mit bildschönen Rauchausbrüchen in den Sonntagshimmel. Der Säuregeruch der Ölraffinerien stach einem in die Lungen wie ein Sporn. Das Schilf war braun wie Zwiebelsuppe. Seetüchtige Tanker saßen in den Kanälen auf Grund, der Wind brauste, die großen Wolken waren weiß. Die massierten Bungalows in weiter Ferne sahen aus wie künftige Totenstädte. Durch die bleiche Sonne der Straßen gingen die Lebenden zur Kirche. Unter Humboldts Polostiefeln keuchte der Vergaser, die exzentrischen Reifen klopften schnell auf die Platten der Fahrbahn. Die Windstöße waren so stark, daß selbst der schwere Buick flatterte. Wir rasten über die hohe Pulaski-Brücke, während uns die Streifen der Strebenschatten durch die bebende Windschutzscheibe entgegenkamen. Auf dem Rücksitz befanden sich Bücher, Flaschen, Bierdosen und Tüten – Tristan Corbière, wie ich mich erinnere, *Les Amours Jaunes* in einem gelben Umschlag, die *Police-Gazette*, rosa, mit Bildern roher Polizisten und sündiger Schmeichelkätzchen.

Humboldts Haus lag im westlichen Teil des Staates Jersey, nicht weit von der Eisenbahn. Dieses Randgebiet war zu nichts zu brauchen als zur Hühnerzucht. Die Zufahrtswege waren ungepflastert, und wir fuhren in einer Staubwolke. Dornengestrüpp peitschte das Auto, als wir auf der mächtigen Federung durch abfallübersäte Felder schwankten, auf denen weiße Felsstücke lagen. Der kaputte Auspuff war so laut, daß wir nicht zu hupen brauchten, obwohl das Auto die ganze Wegbreite einnahm. Man hörte uns kommen. Humboldt schrie: »Hier ist unser Besitz!« und bog jäh seitlich ab. Wir rollten über einen Hügel oder eine Bodenwelle. Der Buick hob sich vorn und tauchte dann ins Unkraut. Humboldt drückte mit aller Macht auf die Hupe, weil er um die Katzen Angst hatte, aber die Katzen sprangen davon und suchten ihre Zuflucht auf dem Dach des Holzschuppens, der im letzten Winter unter der Schneelast zusammengebrochen war.

Kathleen, groß, hellhäutig und schön, wartete auf dem Hof. Ihr Gesicht war, nach der weiblichen Lobesformel, »wundervoll geschnitten«. Aber sie war blaß und hatte überhaupt keine Landfarbe. Humboldt sagte, daß sie selten ins Freie ginge. Sie saß zu Haus und las Bücher. Es war hier genau wie in der Bedford Street, außer daß die umgebenden Slums ländlich waren. Kathleen freute sich, mich zu sehen, und berührte freundlich meine Hand. Sie sagte: »Willkommen, Charlie.« Sie sagte: »Danke, daß du gekommen bist. Aber wo ist Demmie, konnte sie nicht kommen? Das tut mir sehr leid.«

Dann ging in meinem Kopf eine weiße Leuchtkugel auf. Ich hatte eine Erleuchtung von seltsamer Klarheit. Ich sah die Lage, in die Humboldt Kathleen versetzt hatte, und faßte sie in die Worte: Bleib dort liegen. Halte still. Zappel nicht. Mein Glück ist vielleicht ungewöhnlich, aber wenn ich glücklich bin, dann mache ich dich glücklich, glücklicher, als du dir je hast träumen lassen. Wenn ich befriedigt bin, werden die Segnungen der Erfüllung der gesamten Menschheit zufließen. War das nicht, dachte ich, die Botschaft moderner Macht? Das war die Stimme des verrückten Tyrannen, der da sprach, dessen ausgefallene Lüste befriedigt werden mußten. Dafür mußten alle stillhalten. Das begriff ich sofort. Dann meinte ich, daß Kathleen geheime weibliche Gründe haben mußte, weswegen sie mitmachte. Auch ich sollte da mitmachen, und auf andere Weise sollte auch ich stillhalten. Humboldt hatte auch für mich Pläne, die über Princeton hinausgingen. Wenn er kein Dichter war, war er ein fanatischer Pläneschmied. Und ich war für seinen Einfluß besonders empfänglich. Warum das so war, habe ich erst vor kurzem verstehen gelernt. Aber er faszinierte mich ständig. Alles, was er tat, war köstlich. Kathleen schien das zu merken, und sie lächelte vor sich hin, als ich aus dem Wagen stieg. Ich stand auf dem niedergetretenen Gras.

»Atme die Luft«, sagte Humboldt. »Anders als Bedford Street, oder?« Dann zitierte er: »Dies Schloß hat eine angenehme Lage. Und: Der Himmelsatem haucht lieblich hier.«

Dann fingen wir an, Football zu spielen. Er und Kathleen spielten immerzu. Deshalb war das Gras so niedergetrampelt. Kathleen verbrachte den größten Teil des Tages mit Lesen. Um zu verstehen, wovon ihr Mann redete, mußte sie, wie sie sagte, sich mit James, Proust, Edith Wharton, Karl Marx, Freud und so weiter vertraut machen. »Ich muß ihr eine Szene machen, damit sie aus dem Haus geht und ein bißchen Football spielt«, sagte Humboldt. Sie spielte sehr gut ab – mit einer harten, gut berechneten Spirale. Ihre Stimme verhallte, als sie barfüßig rannte, um den Ball vor der Brust zu fangen. Der Ball wippte im Flug wie ein Entenschwanz. Er flog unter die Ahornbäume, über die Wäscheleine. Nach der Enge des Autos und in meiner Interviewkleidung machte mir das Spielen Spaß. Humboldt war ein schwerfälliger Läufer mit kurzen Spurts. In ihren Sweatern sahen er und Kathleen aus wie zwei Neulinge, groß, blond, ausgepolstert. Humboldt sagte: »Sieh dir Charlie an, der springt wie Nijinsky.«

Ich war mit gleichem Recht Nijinsky wie sein Haus Macbeths Schloß war. Die Wegkreuzung hatte sich in den kleinen Abhang gefressen, auf dem das Häuschen stand, so daß es anfing, sich zu neigen. Mit der Zeit würde man es abstützen müssen. Oder den Bezirk verklagen, sagte Humboldt. Er wollte alle verklagen. Die

Nachbarn züchteten Hühner auf diesem elenden Land. Kletten, Disteln, Zwergeichen, Filzkraut, kreidige Löcher und weißliche Pfützen überall. Das Ganze war verarmt. Selbst die Sträucher schienen reif für die Wohlfahrt. Die Hühner, auf der anderen Seite der Straße, klangen kehlig – sie hatten die Stimmen von eingewanderten Frauen –, und die kleinen Bäume, Eichen, Sumach, Ailanthus, erschienen unterprivilegiert, staubig, verwaist. Die Herbstblätter waren zermahlen, und der Geruch des verwesenden Laubes war angenehm. Die Luft war leer, aber gut. Als die Sonne unterging, war die Landschaft wie der Bildrahmen eines alten Filmfotos in Sepia. Sonnenuntergang. Ein roter Wasserfarbfleck, der sich vom fernen Pennsylvania ausbreitete, scheppernde Schafsglocken, Hunde in den braunen Scheunenhöfen. Ich war in Chicago daran gewöhnt worden, solche spärlichen Kulissen zu schätzen. In Chicago wurde man zum Kenner des Fast-Nichts. Mit klarem Auge blickte ich auf eine klare Szene. Ich genoß den roten Sumach, die weißen Steine, den Rost des Unkrauts, die Perücke aus Grün auf dem Abhang über der Wegkreuzung.

Es war mehr als Genuß. Es war bereits Zuneigung. Es war sogar Liebe. Der Einfluß des Dichters trug wahrscheinlich zum Gefühl für diesen Ort bei, das sich so schnell entwickelte. Ich spreche nicht von dem Privileg, zum literarischen Leben zugelassen zu werden, obwohl auch davon eine Spur vorhanden gewesen sein mag. Nein, der Einfluß war der: eins von Humboldts Themen war die immerwährende menschliche Empfindung, daß es eine ursprüngliche Welt, eine Heimat-Welt gegeben habe, die verloren sei. Manchmal sprach er von der Dichtung als von einem barmherzigen Ellis Island, wo die Schar der Fremden die Einbürgerung begann, und von diesem Planeten als einer faszinierenden, aber nicht genügend menschlich gemachten Nachahmung dieser Heimat-Welt. Er sprach von unserer Gattung als Ausgestoßenen. Aber der gute, alte, wunderliche Humboldt, dachte ich (und ich war selbst doch wunderlich genug), hat jetzt die Herausforderung aller Herausforderungen angenommen. Man brauchte das Vertrauen eines Genies, um zwischen diesem Fleck Nirgendwo, New Jersey, und der Heimat-Welt unseres glorreichen Ursprungs zu pendeln. Warum machte sich dieser verrückte liebe Schweinehund die Dinge so schwer? Er mußte dieses Loch in einem Aufflammen der Manie gekauft haben. Aber als ich jetzt weit ins Unkraut rannte, um den wippschwänzigen Ball zu fangen, der in der Dämmerung über die Wäscheleine flog, war ich wirklich sehr glücklich. Ich dachte: Vielleicht kann er's deichseln. Vielleicht sollte man, wenn man verloren ist, noch verlorener sein; ist man für eine Verabredung sehr verspätet, könnte es am besten sein, langsamer zu gehen, wie einer meiner geliebten russischen Schriftsteller geraten hat.

Ich war vollkommen schief gewickelt. Es war keine Herausforderung, und er versuchte nicht mal, etwas zu deichseln.

Als es zum Spielen zu dunkel wurde, gingen wir ins Haus. Das Haus war Greenwich Village in den Feldern. Es war aus Gelegenheitsläden, Ramschverkäufen und Kirchenbasars eingerichtet worden und schien auf einem Fundament aus Büchern und Papieren zu stehen. Wir saßen im Wohnzimmer und tranken aus Gläsern für Erdnußbutter. Die große, blonde, blasse, liebreizende, hell sommersprossige Kathleen mit ihrer barocken Büste lächelte freundlich, blieb aber meistens stumm. Wunderdinge werden von Frauen für ihre Männer getan. Sie liebte einen Dichterkönig und erlaubte ihm, sie auf dem Land gefangenzuhalten. Sie schlürfte Bier aus der Dose. Das Zimmer war niedrig. Mann und Frau waren groß. Sie saßen zusammen auf dem Klappsofa. An der Wand war nicht genügend Platz für ihre Schatten. Sie flossen über an die Decke. Die Tapete war rosa – das Rosa weiblicher Unterkleidung oder von Schokoladefüllungen. Sie hatte ein Rosen-Rautenmuster. Wo einst eine Ofenröhre die Wand durchbohrt hatte, war jetzt ein Astbestpflock mit vergoldeten Rändern. Die Katzen kamen und starrten humorlos durch das Fenster. Humboldt und Kathleen ließen sie abwechselnd ein. An den Fenstern waren altmodische Bolzen, die man ziehen mußte. Kathleen lehnte sich mit der Brust gegen die Scheiben, hob den Rahmen mit der Handkante und half mit dem Busen nach. Die Katzen kamen herein und knisterten vor nächtlicher Elektrizität.

Dichter, Denker, problematischer Trinker, Pillenschlucker, Mann von Genie, Manisch-Depressiver, listenreicher Ränkeschmied, Erfolgsmensch schrieb er einst Gedichte von großem Witz und großer Schönheit, aber was hatte er letzthin geleistet? Hatte er die großen Worte und Lieder hervorgebracht, die er in sich trug? Er hatte es nicht. Ungeschriebene Gedichte brachten ihn um. Er hatte sich an diesen Fleck zurückgezogen, der ihm manchmal wie Arkadien erschien und manchmal wie die Hölle. Hier hörte er die schlimmen Dinge, die seine Neider über ihn sagten – andere Schriftsteller und Intellektuelle. Er wurde seinerseits hämisch, aber er schien nicht zu hören, was er selbst von andren sagte, wie er sie verunglimpfte. Er brütete und intrigierte fantastisch. Er wurde zu einem der großen Einsamen. Und es war ihm nicht bestimmt, einsam zu sein. Es war ihm bestimmt, im tätigen Leben zu stehen, als soziales Wesen. Seine Pläne und Projekte offenbarten es.

Um diese Zeit war er Adlai Stevenson verfallen. Er glaubte, daß Adlai Ike bei den Novemberwahlen schlagen könne. Die Kultur würde in Washington ihren Einzug halten. »Jetzt, wo Amerika eine Weltmacht ist, ist das Philistertum am Ende. Am Ende und politisch gefährlich«, sagte er. »Wenn Stevenson an der Macht ist, ist die Literatur an der Macht – wir sind an der Macht, Charlie. Stevenson liest meine Gedichte.«

»Woher weißt du das?«

»Ich darf dir nicht sagen wie, aber ich habe Kontakte. Stevenson trägt meine Balladen während der Wahlkampagne bei sich. Die Intellektuellen sind in diesem Land im Kommen. Die Demokratie ist endlich im Begriff, in den Vereinigten Staaten die Zivilisation zu errichten. Deshalb sind Kathleen und ich aus dem Village ausgezogen.«

Er war inzwischen zum wohlhabenden Mann geworden. Als er in das trostlose Hinterland zog, unter die Hillbillies, meinte er, daß er sich dem Hauptstrang des amerikanischen Lebens anschloß. Das war auf alle Fälle seine Maske. Denn es gab andere Gründe für den Umzug – Eifersucht, sexuelle Wahnideen. Er hatte mir einmal eine lange und verworrene Geschichte erzählt. Kathleens Vater habe versucht, sie ihm, Humboldt, wegzunehmen. Bevor sie heirateten, habe der alte Herr sie genommen und einem der Rockefellers verkauft. »Sie verschwand eines Tages«, sagte Humboldt. »Sagte, sie ginge zur französischen Bäckerei, und war fast ein Jahr lang fort. Ich beauftragte einen Privatdetektiv, aber man kann sich ja denken, was für Sicherheitsvorkehrungen die Rockefellers mit ihren Milliarden treffen. Da gibt es Tunnels unter der Park Avenue.«

»Welcher Rockefeller hat sie denn gekauft?«

»Gekauft ist das Wort«, sagte Humboldt. »Sie wurde von ihrem Vater verscheuert. Lächle nie wieder, wenn du in den Sonntagsbeilagen von Weißer Sklaverei liest.«

»Ich nehme an, daß das alles gegen ihren Willen geschah.«

»Sie ist sehr nachgiebig. Du siehst, was für 'ne Taube sie ist. Hundert Prozent gefügig diesem bösen alten Mann gegenüber. Er sagte ›geh‹, und sie ging. Vielleicht war das ihr wahres Vergnügen, das ihr Zuhälter-Vater nur guthieß . . .«

Klarer Fall von Masochismus. Das war ein Teil des Psycho-Spiels, das Humboldt bei seinen modernen Meistern studiert hatte, ein viel subtileres und abwechslungsreicheres Spiel als irgendein patentiertes Salonspiel. Draußen auf dem Land lag Humboldt auf dem Sofa, las Proust und grübelte über Albertines Motive nach. Er gestattete Kathleen nur selten, ohne ihn zum Supermarkt zu fahren. Er versteckte vor ihr den Zündschlüssel und hielt sie unter Verschluß.

Er war immer noch ein gutaussehender Mann, Kathleen betete ihn an. Er jedoch empfand ein scharfes jüdisches Grauen auf dem Land. Er war ein Orientale, sie war eine christliche Maid, und er hatte Angst. Er erwartete, daß der Ku-Klux-Klan ein Kreuz in seinen Hof brennen und durchs Fenster auf ihn schießen würde, wenn er auf dem Klappsofa lag und Proust las oder einen Skandal austüftelte. Kathleen erzählte mir, daß er unter der Haube des Buick nach Schreckminen suchte. Mehr als einmal wollte Humboldt mich zu dem Geständnis veranlassen, daß ich wegen Demmie Vonghel ähnliche Angstzustände ausstand.

Ein benachbarter Bauer hatte ihm grünes Holz verkauft. Das rauchte in dem kleinen Kamin, als wir nach dem Abendessen davor saßen. Auf dem Tisch war das abgenagte Skelett eines Truthahns. Wein und Bier schwanden schnell dahin. Es gab einen Kaffeekuchen vom Supermarkt und schmelzendes Eis aus Ahornzucker und Walnüssen. Ein leichter Sickergrubengeruch erhob sich am Fenster, und die Propangaszylinder glichen silbernen Artilleriegranaten. Humboldt sagte, daß Stevenson wirklich ein kultivierter Mann sei, in der Tat der erste seit Woodrow Wilson. Aber Wilson war in dieser Hinsicht Stevenson und Abraham Lincoln unterlegen. Lincoln kannte seinen Shakespeare gut und zitierte ihn in kritischen Phasen seines Lebens. »Es gibt nichts

Ernstes mehr im Leben. Alles ist Tand ... Duncan ging in sein Grab; sanft schläft er nach des Lebens Fieberschauern ...« Das waren Lincolns Ahnungen, als Lee schon im Begriff stand, zu kapitulieren. Leute von der Grenze hatten niemals Angst vor Dichtung. Es war das Big Business mit seiner Angst vor der Femininität, es war die eunuchenhafte Geistlichkeit, die vor der vulgären Maskulinität kapitulierte, die Religion und Kunst in den Geruch brachten, weibisch zu sein. Stevenson begriff das. Wenn man Humboldt glauben konnte (und ich konnte es nicht), dann war Stevenson Aristoteles' Mann mit der großen Seele. In seiner Regierung würden die Kabinettsmitglieder Yeats und Joyce zitieren. Die neuen Chefs des Generalstabes würden Thukydides kennen. Humboldt würde jedesmal zur Rede über die Lage der Nation befragt werden. Er würde der Goethe der neuen Regierung werden und in Washington ein neues Weimar errichten. »Du solltest darüber nachdenken, was du gern tun würdest, Charlie. Etwas in der Library of Congress, für den Anfang.«

Kathleen sagte: »Es gibt heute im Mitternachtsprogramm eine gute Sendung. Einen alten Film mit Bela Lugosi.«

Sie sah, daß Humboldt übermäßig erregt war. Er würde in der Nacht nicht schlafen.

Sehr gut. Wir stellten den Horrorfilm an. Bela Lugosi spielte einen wahnsinnigen Wissenschaftler, der synthetisches Fleisch erfunden hatte. Er beklebte sich selbst damit, machte sich ein grauenhaftes Gesicht und brach in die Zimmer von schönen Mädchen ein, die schrien und bewußtlos zu Boden sanken. Kathleen, die märchenhafter war als alle Wissenschaftler und schöner als alle dargestellten Frauen, saß mit einem verschleierten, abwesenden, sommersprossigen Halblächeln da. Kathleen war eine Traumwandlerin. Humboldt hatte sie in die gesamte Krise der westlichen Kultur eingehüllt. Sie schlief ein. Was konnte sie anderes tun? Ich verstehe diese Schlafdekaden. Das ist ein Gegenstand, mit dem ich mich auskenne. Indessen hinderte uns Humboldt daran, zu Bett zu gehen. Er nahm Amytal, um dem Benzedrine entgegenzuwirken, und trank zu alledem noch Gin.

Ich ging hinaus und lief in der Kälte umher. Licht fiel aus dem Haus in Rinnen und Furchen, über die von wilden Rüben und Sumpfholunder überwucherte Straßenmitte. Jaulende Hunde, vielleicht auch Füchse, stechende Sterne. Der Mitternachtsspuk zitterte durch die Fenster, der wahnsinnige Wissenschaftler im Schußwechsel mit der Polizei, sein Laboratorium explodierte, und er starb in den Flammen, während das synthetische Fleisch von seinem Gesicht schmolz.

Demmie in der Barrow Street sah wahrscheinlich denselben Film. Sie litt nicht an Schlaflosigkeit. Sie graute sich vor dem Schlaf und zog Horrorfilme den schlechten Träumen vor. Um die Schlafenszeit wurde Demmie immer unruhig. Sie sah sich die Nachrichten um zehn Uhr an, ging mit dem Hund auf die Straße, spielte Backgammon und Doppel-Solitaire. Dann saßen wir auf dem Klappbett und sahen uns Lon Chaney an, der mit den Füßen Messer warf.

Ich hatte nicht vergessen, daß Humboldt sich zu Demmies Beschützer aufwerfen wollte, aber ich war ihm deshalb nicht mehr gram. Sobald sie sich sahen, fingen Demmie und Humboldt an, von alten Filmen und neuen Pillen zu sprechen. Wenn sie Dexamil so leidenschaftlich und fachkundig diskutierten, verlor ich den Faden. Aber es freute mich, daß sie so viel gemein hatten. »Er ist ein großartiger Mann«, sagte Demmie.

Und Humboldt sagte von Demmie: »Dieses Mädchen kennt wahrhaftig seine Pharmazeutica. Das ist ein außergewöhnliches Mädchen.« Aber sich nicht einzumischen war mehr, als er ertragen konnte, deshalb fügte er hinzu: »Sie muß sich noch einiges abreagieren.«

»Quatsch. Was denn? Sie hat bereits eine Jugendstrafe.«

»Das genügt nicht«, sagte Humboldt. »Wenn das Leben nicht berauscht, dann lohnt sich's nicht. Hier heißt es Brennen oder Modern. Die Vereinigten Staaten sind ein romantisches Land. Wenn du nüchtern sein willst, Charlie, dann nur deshalb, weil du ein Einzelgänger bist und alles versuchst.« Dann senkte er die Stimme und sagte, den Blick auf den Boden geheftet: »Sieh dir doch Kathleen an, sieht sie wild aus? Aber sie hat sich stehlen und von ihrem Vater an Rockefeller verkaufen lassen . . .«

»Ich weiß immer noch nicht, welcher Rockefeller sie gekauft hat.«

»Ich würde keine Pläne für Demmie machen, Charlie. Dieses Mädchen hat noch eine Menge Qualen durchzustehen.«

Er mischte sich ein, wollte einfach mitmischen. Immerhin

nahm ich mir das zu Herzen. Denn in Demmie steckte ein ganzer Haufen Qual. Manche Frauen weinten so sanft wie eine Gießkanne im Garten. Demmie weinte leidenschaftlich, wie nur eine Frau weinen kann, die an die Sünde glaubt. Wenn sie weinte, spürte man nicht nur Mitleid, sondern bewunderte auch ihre Seelenstärke.

Humboldt und ich saßen die halbe Nacht auf und unterhielten uns. Kathleen borgte mir einen Pullover; sie sah, daß Humboldt nur wenig schlafen würde, und machte sich vielleicht auch meinen Besuch zunutze, um sich etwas auszuruhen, da sie voraussah, daß eine ganze Woche manischer Nächte folgen würde, in denen sie kein Gast ablösen konnte.

Zur Einführung in diesen Gesprächsabend mit Von Humboldt Fleisher (denn es war eine Art Vortrag) möchte ich eine knappe historische Feststellung machen: Es kam eine Zeit (Frühe Moderne), da offenbar das Leben die Fähigkeit einbüßte, sich selbst zu arrangieren. Es mußte von außen arrangiert *werden*. Die Intellektuellen betrachteten das als ihre Aufgabe. Von, sagen wir, Machiavellis Zeit bis heute ist dieses Arrangement ein großes, gewaltiges, bedrückendes, irreführendes, katastrophales Projekt gewesen. Ein Mann wie Humboldt, beflügelt, schlau, verrückt, sprudelte über von der Entdeckung, daß das menschliche Tun großartig und unendlich vielfältig, wie es war, jetzt von überragenden Menschen in die Hand genommen werden mußte. Er war eine überragende Persönlichkeit und daher ein geeigneter Kandidat für die Macht. Ja, und warum nicht? Einflüsterungen der gesunden Urteilskraft sagten ihm geradeheraus, warum nicht, und zogen die ganze Sache ins Komische. Solange wir lachten, war es mit uns in Ordnung. Zu jener Zeit war ich selbst mehr oder weniger ein Kandidat. Auch ich sah große Möglichkeiten, Szenen von ideologischem Sieg und persönlichem Triumph.

Und jetzt ein Wort über Humboldts Gespräch. Wie war das Gespräch des Dichters tatsächlich beschaffen?

Er hatte das Aussehen eines ausgewogenen Denkers, als er begann, aber er bot nicht das Bild eines normalen Menschen. Ich selbst liebte das Gespräch und stand ihm Rede und Antwort, solange ich konnte. Eine Zeitlang war es ein Doppelkonzert, aber dann wurde ich vom Podium gefiedelt und getrompetet. Begründend, formulierend, debattierend, entdeckend erhob sich Humboldts Stimme, erstickte, hob sich wieder, sein Mund verbreiterte sich, dunkle Flecke bildeten sich unter seinen Augen. Seine Augen schienen geschwollen. Arme schwer, Brust groß, Hose mit viel zuviel Gürtel unter dem Bauch zusammengehalten, wobei das lose Lederende herunterhing, wanderte er vom Thema zum Rezitativ, vom Rezitativ schwebte er empor zur Arie, und hinter ihm spielte ein Orchester von Andeutungen, Tugenden, Liebe zu seiner Kunst, Ehrfurcht vor deren großen Männern – aber auch von Argwohn und Schäbigkeit. Vor meinen Augen rezitierte und sang sich der Mann in den Wahnsinn hinein und wieder heraus.

Er fing damit an, daß er vom Platz der Kunst und Kultur in Stevensons Regierung sprach – seiner Rolle, *unserer* Rolle, denn wir wollten zusammen die Gelegenheit nutzen. Er begann das mit einer kritischen Würdigung Eisenhowers. Eisenhower hatte keinen Mut in der Politik. Man bedenke nur, was er Joe McCarthy und Senator Jenner über General Marshall sagen ließ. Er hatte keinen Mumm. Aber er glänzte in Logistik und volkstümlicher Werbung, und er war kein Dummkopf. Er war der beste Typ des Garnisonsoffiziers, großzügig, ein Bridgespieler, er mochte Mädchen und las Western-Romane von Zane Grey. Wenn das Volk eine bequeme Regierung wollte, wenn es sich genügend von der Depression erholt hatte und nun Ferien vom Krieg wünschte, sich stark genug fühlte, um ohne Sozialreformer auszukommen, und wohlhabend genug, um undankbar zu sein, dann würde es für Eisenhower stimmen, die Art Prinz, die man aus einem Versandhauskatalog bestellen konnte. Vielleicht hatte das Volk genug von großen Persönlichkeiten wie Franklin Delano Roosevelt und energischen Männern wie Truman. Aber er wollte Amerika nicht unterschätzen. Stevenson könnte es schaffen. Jetzt würden wir sehen, wozu Kunst in einer liberalen Gesellschaft führte, ob sie sich mit sozialem Fortschritt vereinbaren ließ. Da Humboldt nun aber Roosevelt einmal erwähnt hatte, deutete er an, daß FDR eventuell etwas mit dem Tod von Bronson Cutting zu tun gehabt hätte. Senator Cuttings Flugzeug war abgestürzt, als er nach einer Kontrollzählung der Wählerstimmen von seinem Heimatstaat abflog. Wie war das geschehen? Vielleicht war J. Edgar Hoover vom FBI in die Sache verstrickt. Hoover blieb an der Macht, weil er die schmutzige Arbeit für die Präsidenten erledigte. Man erinnere sich nur, wie er versuchte, Burton K. Wheeler aus Montana madig zu machen. Von da wandte sich Humboldt Roosevelts Geschlechtsleben zu. Dann von Roosevelt und J. Edgar Hoover zu Lenin und Dschersinsky von der GPU. Dann zurück zu Sejanus und den Ursprüngen der Geheimpolizei im Römischen Reich. Als nächstes sprach er von Trotzkys literarischen Theorien und ein wie schweres Gewicht große Kunst im Gepäckwagen der Revolution darstellte. Danach kehrte er zu Ike zurück und dem Leben der Berufssoldaten während des Friedens in den dreißiger Jahren. Die Trinkgewohnheiten der Militärs. Churchill und die Flasche. Vertrauliche Vorkehrungen, um die Großen vor Skandalen zu schützen. Sicherheitsmaßnahmen in den Männerbordellen von New York. Alkoholismus und Homosexualität. Das Ehe- und häusliche Leben von Päderasten. Proust und Charlus. Homosexualität in der deutschen Armee vor 1914. Spät in der Nacht las Humboldt Militärgeschichte und Kriegserinnerungen. Er kannte Wheeler-Bennett, Chester Wilmot, Liddell Hart, Hitlers Generäle. Er kannte auch Walter Winchell und Earl Wilson und Leonard Lyons und Red Smith, und er ging ungezwungen von den Skandalblättern zu General Rommel über und von Rommel zu John Donne und T. S. Eliot. Von Eliot schien er seltsame Tatsachen zu wissen, von denen noch nie jemand gehört hatte. Er war voll von Klatsch und Halluzination sowie von literarischer Theorie. Verzerrung war Bestandteil, jawohl, jeglicher Dichtung. Aber welches von beiden war zuerst da? Und das rieselte auf mich herunter, teils Privileg, teils Schmerz, illustriert aus den Klassikern und mit Aussprüchen von Einstein und Zsa Zsa Gabor, mit Bezug auf den polnischen Sozialismus und die Football-Taktik von George Halas und die geheimen Motive von Arnold Toynbee und (irgendwie) den Gebrauchtwagenhandel. Reiche Jungen, arme Jungen, Judenjungen, Goyjungen, Ballettmädchen, Prostitution und Religion, altes Geld, neues Geld, Gentlemen-Clubs, Back Bay, Newport, Washington Square, Henry Adams, Henry James, Henry Ford, St. Johannes vom Kreuz, Dante, Ezra Pound, Dostojewsky, Marilyn Monroe und Joe DiMaggio, Gertrude Stein und Alice, Freud und Ferenczi. Bei Ferenczi machte er immer dieselbe Feststellung: nichts konnte der Rationalität ferner liegen als der Instinkt, und daher war, nach Ferenczi, Rationalität zugleich höchste Tollheit. Zum

Beweis: wie verrückt Newton geworden ist! Und bei dieser Gelegenheit sprach Humboldt zumeist von Antonin Artaud. Artaud, der Dramatiker, lud die brillantesten Intellektuellen von Paris zu einem Vortrag ein. Als sie versammelt waren, gab es keinen Vortrag. Artaud trat auf die Bühne und brüllte sie an wie ein wildes Tier. »Öffnete den Mund und brüllte«, sagte Humboldt. »Wütendes Gebrüll. Während diese Pariser Intellektuellen furchtgebannt dasaßen. Für sie war es ein köstlicher Vorfall. Und warum? Artaud war als Künstler ein verkrachter Priester. Verkrachte Priester sind Spezialisten in Blasphemie. Blasphemie zielt auf eine Gemeinde von Gläubigen. In diesem Fall, welche Art von Glauben? Glauben an den Intellekt allein, den Ferenczi nun des Wahnsinns bezichtigt hat. Aber was bedeutet das im größeren Zusammenhang? Es bedeutet, daß die einzige Kunst, für die sich Intellektuelle interessieren können, eine Kunst ist, die den Vorrang der Ideen zelebriert. Künstler müssen Intellektuelle interessieren, diese neue Klasse. Das ist der Grund, weswegen der Stand der Kultur und die Geschichte der Kultur zum Thema der Kunst werden. Das ist der Grund, weswegen ein kultiviertes Publikum von Franzosen sich respektvoll Artauds Gebrüll anhört. Für sie liegt der ganze Sinn der Kunst darin, Ideen und Meinungsaustausch anzuregen und zu beflügeln. Die gebildeten Menschen moderner Länder sind denkender Pöbel auf einer Stufe, die Marx die ursprüngliche Anhäufung nannte. Ihr Geschäft ist es, Meisterwerke zum Gesprächsstoff zu erniedrigen. Artauds Gebrüll ist etwas Intellektuelles. Zunächst eine Attacke auf die »Kunstreligion« des neunzehnten Jahrhunderts, die die Religion des Gedankenaustauschs zu ersetzen sucht . . .

»Und du kannst dir selbst sagen, Charlie«, sagte Humboldt nach weiteren Ausführungen dieser Art, »wie wichtig es für Stevensons Regierung ist, einen Kulturberater wie mich zu haben, der diesen weltweiten Prozeß versteht. In etwa.«

Über uns ging Kathleen zu Bett. Unsere Decke war ihr Fußboden. Die Bretter waren nackt, und man hörte jede Bewegung. Ich beneidete sie ziemlich. Ich zitterte jetzt und wäre selbst gern unter die Decken gekrochen. Aber Humboldt erläuterte, daß wir nur fünfzehn Minuten von Trenton entfernt seien und zwei Stunden Zugfahrt von Washington. Er konnte im Nu da sein. Er vertraute mir an, daß Stevenson sich schon mit ihm in Verbindung gesetzt habe und daß eine Begegnung arrangiert werde. Humboldt bat mich, ihm bei der Vorbereitung von Notizen für dieses Gespräch behilflich zu sein, und darüber redeten wir bis drei Uhr morgens. Dann ging ich in mein Zimmer und ließ Humboldt zurück, der sich ein letztes Glas Gin einschenkte.

Am nächsten Tag war er noch voller Energie. Es machte mich schwindlig, so viel komplizierte Analyse zu hören und beim Frühstück so viel Weltgeschichte über den Kopf geschüttet zu kriegen. Er hatte überhaupt nicht geschlafen.

Um sich zu beruhigen, machte er einen Geländelauf. Mit ausgelatschten Schuhen trampelte er auf dem Kies. Bis zur Hüfte im Staub, die Arme gegen die Brust gewinkelt, lief er den Weg herunter. Er schien darin zu versinken unter den Sumachbüschen und den kleinen Eichen, zwischen Böschungen von sprödem Fingergras, Disteln, Wolfsmilch und Bovisten. Kletten klebten an seiner Hose, als er zurückkam. Auch fürs Laufen hatte er einen Text. Als Jonathan Swift Sekretär von Sir Wm. Temple war, rannte er jeden Tag meilenweit, um Dampf abzulassen. Zu reiche Gedanken, zu geballte Gefühle, dunkle, drängende Bedürfnisse? Du könntest auch Geländelauf machen. Auf diese Weise hättest du auch den Gin ausgeschwitzt.

Er nahm mich auf einen Spaziergang mit, und die Katzen begleiteten uns durch das tote Laub und Gestrüpp. Sie übten den Beutesprung. Sie attackierten das Spinngewebe auf dem Boden. Mit langgestrecktem Schwanz machten sie Sprünge, um sich die Krallen an den Bäumen zu schärfen. Humboldt hing besonders an ihnen. Die Morgenluft war mit irgend etwas sehr Schönem versetzt. Humboldt ging ins Haus und rasierte sich, und dann fuhren wir im schicksalsträchtigen Buick nach Princeton.

Meine Stellung war gesichert. Wir waren mit Sewell zum Lunch verabredet – ein murmelnder, verschmitzter, betrunkener, zuvorkommender, hohlwangiger Mann. Er hatte mir wenig zu sagen. Im französischen Restaurant wollte er mit Humboldt über New York und Cambridge sprechen. Sewell, Kosmopolit wie keiner zuvor (nach seinem eigenen Urteil), war noch nie im Ausland gewesen. Auch Humboldt kannte Europa nicht. »Wenn Sie dorthin wollen, alter Freund«, sagte Sewell, »dann könnten wir das arrangieren.«

»Ich fühle mich noch nicht ganz bereit dazu«, sagte Humboldt.

Er hatte Angst, daß er von ehemaligen Nazis oder GPU-Agenten entführt werden könnte.

Und als Humboldt mich zum Zug begleitete, sagte er: »Ich habe dir ja gesagt, daß es eine reine Formalität ist, dieses Interview. Wir kennen uns seit Jahren, und wir haben über einander geschrieben, Sewell und ich. Aber deswegen sind wir uns überhaupt nicht feind. Nur frage ich mich, warum Damaskus etwas über Henry James wissen will. Ja, Charlie, das müßte eine fröhliche Zeit für uns werden. Und wenn ich nach Washington gehen sollte, dann weiß ich, ich kann auf dich rechnen, daß du den Laden hier in Schwung hältst.«

»Damaskus!« sagte ich. »Unter den Arabern wird er der Scheich der Apathie werden.«

Ein blasser Humboldt öffnete den Mund. Durch kleine Zähne kam sein fast stummes Lachen.

Zu jener Zeit war ich Lehrling und Statist, und so hatte mich Sewell auch behandelt. Er hatte, wie ich vermute, einen weichen jungen Mann in mir gesehen, der ganz nett aussah, aber schlaff war, mit großen verschlafenen Augen, ein bißchen zu dick und mit einem gewissen Widerstreben (das zeigte sich in seinem Blick), sich für die Unternehmungen anderer Leute zu begeistern. Daß er mich nicht zu schätzen wußte, machte mich böse. Aber solche Ärgerlichkeiten erfüllten mich auch mit Energie. Und wenn ich später zu einem hochgelobten Klotz wurde, dann deshalb, weil ich aus derartigen Kränkungen meine Lehren zog. Ich rächte mich, indem ich Fortschritte machte. Daher verdanke ich Sewell eine Menge, und als ich Jahre danach in einer Chicagoer Zeitung von seinem Ableben las und dabei meinen Whisky schlürfte, war es undankbar von mir, zu sagen, was ich bei solchen Gelegenheiten hin und wieder sage – der Tod ist für manche Menschen ein Segen. Dann erinnerte ich mich an die spöttische Bemerkung, die ich Humboldt gegenüber machte, als wir zum Bahnhof von Princeton gingen, von dem man zur Hauptlinie gelangte. Die Menschen sterben, und die verletzenden Worte, die ich über sie gesagt habe, steigen aus ihren Gräbern und kommen zurückgeflogen, um sich an mich zu heften. Wie *steht's* mit seiner Apathie? Paulus von Tarsus wachte auf dem Weg nach Damaskus auf, aber Sewell würde auch dort fest weiterschlafen. Das war der häßliche Sinn. Ich gebe zu, daß es mir heute leid tut, so etwas gesagt zu haben. Zu diesem Interview sollte ich außerdem noch sagen, daß es ein Fehler war, mich von Demmie Vonghel in Anthrazitgrau mit ans Hemd geknöpften Kragenspitzen, einem rotbraunen Strickschlips und mit rotbraunen Korduanschuhen hinschicken zu lassen: der *Instant Princetonian*.

Jedenfalls nicht lange nachdem ich um 4 Uhr nachmittags gegen den Küchentisch gelehnt mit einem Glas Whisky und einem Stück eingelegten Hering Sewells Todesanzeige in der *Daily News* von Chicago gelesen hatte, trat Humboldt, der schon fünf oder sechs Jahre tot war, wieder in mein Leben. Er kam von ungefähr. Ich will mich auf die Zeit nicht zu genau festlegen. Ich wurde damals nachlässig in meinen Zeitangaben, ein Symptom dafür, daß ich mich immer mehr in größere Probleme versenkte.

Und jetzt die Gegenwart. Eine andere Seite des Lebens – ganz und gar zeitgenössisch.

Es war in Chicago und liegt nach dem Kalender noch nicht lange zurück, daß ich eines Morgens im Dezember das Haus verließ, um Murra, meinen Buchhalter, zu besuchen; und als ich auf die Straße kam, fand ich, daß mein Mercedes in der Nacht überfallen worden war. Ich meine damit nicht, daß er von einem rücksichtslosen oder betrunkenen Fahrer, der dann Fahrerflucht beging, ohne unter dem Scheibenwischer einen Zettel zu hinterlassen, angestoßen oder zerkratzt worden war. Ich meine, daß mein Mercedes von vorn bis hinten zertrümmert worden war, und zwar vermutlich mit Baseballschlägern. Dieses Elitegefährt, nicht mehr neu, aber vor drei Jahren achtzehntausend Dollar wert, war mit einem schwer faßbaren Ingrimm verwüstet worden – schwer faßbar meine ich auch in ästhetischer Hinsicht, denn diese Mercedes-Limousinen sind schön, vor allem die silbergrauen. Mein lieber Freund George Swiebel hat sogar einmal mit einer gewissen bitteren Bewunderung gesagt: »Juden morden und Maschinen bauen, darauf verstehen sich diese Deutschen wirklich.«

Das Attentat auf den Wagen setzte mir auch in soziologischer Hinsicht zu, denn ich hatte immer behauptet, daß ich mein Chicago kenne, und ich war überzeugt, daß auch Gauner schöne Automobile respektierten. Vor kurzem war ein Auto in die Lagune des Washington Park versenkt worden, und man fand einen Mann im Kofferraum, der versucht hatte, sich mit dem Wagenheber daraus zu befreien. Offenbar war er das Opfer von Räubern, die beschlossen hatten, ihn zu ertränken – sich eines Zeugen zu entledigen. Aber ich erinnere mich, wie ich gedacht hatte, daß sein Wagen nur ein Chevrolet war. Einem Mercedes 280 SL hätten sie so etwas niemals angetan. Ich sagte zu meiner Freundin Renata, daß man *mich* mit Messern fertigmachen oder auf einem Bahnsteig der Illinois Central überfallen könnte, aber daß dieses mein Auto niemals angerührt werden würde.

An diesem Morgen wurde ich also auch als Stadt-Psychologe fertiggemacht. Ich erkannte, daß es nicht Psychologie gewesen war, sondern nur Großtuerei oder vielleicht schützende Magie. Ich wußte, daß man in einer amerikanischen Großstadt eine tiefreichende Zone des Sich-nicht-Kümmerns, eine entscheidende Masse an Gleichgültigkeit besitzen mußte. Für den Aufbau einer derartigen Schutzmasse waren auch Theorien sehr nützlich. Der Zweck war auf alle Fälle, sich Schwierigkeiten vom Leibe zu halten. Aber jetzt hatte das stupide Inferno mich eingeholt. Mein elegantes Auto, meine schimmernde, silberne Motorenterrine, die ich kein Recht hatte zu kaufen – ein Mensch wie ich, der kaum gefestigt genug war, diese Kostbarkeit zu fahren –, war verkrüppelt. Alles! Das zierliche Dach mit der Schiebevorrichtung, die Kotflügel, Haube, Kofferraum, Türen, Schlösser, Lampen, das augenfällige Emblem auf dem Kühler waren zerschlagen und zerschmettert. Die unzerbrechlichen Fenster hatten standgehalten, aber sie sahen aus, als hätte man sie überall bespuckt. Die Windschutzscheibe war mit Blütensprüngen übersät. Sie hatte eine Art kristallene innere Blutung erlitten. Entsetzt, wie ich war, wäre ich fast zusammengebrochen; ich fühlte mich einer Ohnmacht nahe.

Jemand hatte meinem Auto angetan, was Ratten, wie ich gehört hatte, taten, wenn sie zu Tausenden durch die Speicher rasten und nur zum Spaß die Mehlsäcke aufrissen. Ich fühlte einen ähnlichen Riß an meinem Herzen. Das Gefährt gehörte einer Zeit an, als mein Einkommen hunderttausend Dollar überstiegen hatte. Ein derartiges Einkommen hatte die Aufmerksamkeit der

Steuerbehörde erregt, die jetzt alle meine Erklärungen jedes Jahr sorgfältig prüfte. Ich war an diesem Morgen aufgebrochen, um William Murra zu konsultieren, jenen gutgekleideten, wunderbar glattzüngigen Experten, den diplomierten Buchprüfer, der mich in zwei Fällen gegen die Bundesregierung verteidigte. Obwohl mein Einkommen auf den tiefsten Stand seit vielen Jahren gesunken war, waren sie noch immer hinter mir her.

Ich hatte diesen Mercedes 280 SL eigentlich meiner Freundin Renata zuliebe gekauft. Als sie das kleine Dodge-Modell sah, das ich fuhr, als wir uns kennenlernten, sagte sie: »Was für ein Auto ist das für einen berühmten Mann? Da stimmt was nicht.« Ich versuchte, ihr zu erklären, daß ich zu leicht dem Einfluß von Sachen und Menschen unterlag, um ein Automobil für achtzehntausend Dollar zu fahren. Man mußte sich einer so großartigen Maschine würdig erweisen, und folglich war man am Steuer nicht man selbst. Aber Renata wies das zurück. Sie sagte, ich wisse nicht, wie man Geld ausgibt, ich vernachlässigte mich und drückte mich vor den Möglichkeiten meines Erfolges und hätte Angst davor. Sie war von Beruf Innenarchitektin, und Stil oder Großtuerei lagen ihr im Blut. Plötzlich kam mir die Erleuchtung. Ich versetzte mich in die von mir sogenannte Antonius-und-Kleopatra-Stimmung. »Schmilz in den Tiber, Rom.« Laß die Welt wissen, daß solch ein Paar auf Gegenseitigkeit durch Chicago in einem silbernen Mercedes kutschieren konnte, in dem der Motor tickte wie ein Zauberspielzeug von Tausendfüßlern und feiner als ein Schweizer Accutron – nein, ein Audemars Piguet mit juwelenbesetzten peruanischen Schmetterlingsflügeln! Mit anderen Worten, ich hatte dem Auto eingeräumt, zur Erweiterung des eigenen Ichs zu werden (nach der Seite der Dummheit und Eitelkeit hin), so daß ein Attentat darauf ein Attentat auf mich selbst war. Es war ein Moment, in dem die Reaktionen fürchterlich ins Kraut schossen.

Wie konnte so etwas in einer öffentlichen Straße passieren? Es muß mehr Lärm gemacht haben als Nietpistolen. Gewiß wurden in allen großen Städten der Welt die Lektionen der Dschungelguerillataktik angewandt. Bomben explodierten in Mailand und London. Dennoch war meine Wohngegend in Chicago relativ ruhig. Mein Wagen war um die Ecke von meinem Hochhaus geparkt, in einer schmalen Seitenstraße. Aber hätte der Pförtner nicht ein solches Geschepper mitten in der Nacht hören müssen? Nein, die Menschen verkriechen sich meistens unter die Decke, wenn es Störungen gibt. Wenn sie Pistolenschüsse hören, sagen sie zueinander: »Fehlzündung.« Und was den Nachtportier angeht, so schließt der um ein Uhr ab und wischt den Fußboden auf. Er zieht sich im Keller seinen grauen Drillich-Anzug an, der mit Schweiß getränkt ist. Wenn man spät in die Eingangshalle kommt, riecht man das Geruchsgemisch von Seifenpulver und dem Gestank seiner Drillichs (wie faulende Birnen). Nein, die Gauner, die mein Auto zertrümmert haben, hatten keine Schwierigkeiten mit dem Pförtner. Und auch nicht mit der Polizei. Sobald das Streifenauto vorbei war, und sie wußten, daß es in den nächsten Minuten nicht zurückkehren würde, waren sie aus ihrem Versteck gesprungen und über mein Auto mit Schlägern, Keulen und Hammern hergefallen.

Ich wußte sehr wohl, wer dafür verantwortlich war. Ich war immer wieder gewarnt worden. Spät in der Nacht klingelte oft das Telefon. Während ich ins Bewußtsein zurückstolperte, nahm ich den Hörer auf und hörte, schon bevor ich ihn ans Ohr bringen konnte, den Anrufer schreien: »Citrine! Sie! Citrine!«

»Ja? Ja, hier spricht Citrine. Ja?«

»Sie verdammte Sau! Zahlen Sie mir. Sehen Sie doch, was Sie mir antun.«

»Ihnen antue?«

»Mir. Scheißrichtig. Der Scheck, den Sie gesperrt haben, war auf mich ausgestellt. Lassen Sie ihn durchgehen, Citrine. Lassen Sie den lausigen Scheck durchgehen. Zwingen Sie mich nicht, was zu unternehmen.«

»Ich habe fest geschlafen . . .«

»*Ich* schlafe ja nicht, warum sollten Sie's dann?«

»Ich versuche aufzuwachen, Mr . . .«

»Keine Namen! Wir brauchen von nichts anderem zu reden als dem gesperrten Scheck. Keine Namen! Vierhundertfünfzig Dollar. Das ist unser einziges Gesprächsthema.«

Diese nächtlichen Gangsterdrohungen gegen mich – mich! von allen Menschen! ein sonderbarer Heiliger und, nach eigenem Urteil von fast komischer Unschuld – brachten mich zum Lachen. Meine Art zu lachen ist oft kritisiert worden. Gutgesinnte Leute sind darüber belustigt. Andere sind zuweilen ungehalten.

»Lachen Sie nicht«, sagte mein nächtlicher Anrufer. »Schluß damit! Das ist kein normaler Laut. Übrigens, wen, zum Teufel, glauben Sie denn auszulachen? Hören Sie, Citrine, Sie haben die Penunze beim Pokern gegen mich verloren. Sie werden sagen, es war lediglich ein Familienspiel, oder Sie waren betrunken, aber das ist ein Haufen Scheiße. Ich habe Ihren Scheck angenommen, und ich laß mir nicht ohne weiteres eine runterhauen.«

»Sie wissen, warum ich die Zahlung gesperrt habe. Sie und Ihre Spießgesellen haben betrogen.«

»Haben Sie uns gesehen?«

»Der Gastgeber hat's gesehen. George Swiebel schwört, daß sie sich gegenseitig Karten gezeigt haben.«

»Warum hat er nichts gesagt, der dumme Pimmel. Er hätte uns rausschmeißen sollen.«

»Vielleicht hatte er Angst, sich mit Ihnen einzulassen.«

»Wer, dieser Gesundheitsprotz, mit all der Farbe im Gesicht? Mein Gott, der sieht aus wie ein Apfel, wo der jeden Tag fünf Meilen trabt, und mit den Vitaminen, die ich in seinem Medizinschrank gesehen habe. Sieben, acht Leute waren bei dem Spiel dabei. Die hätten uns rausschmeißen können. Ihr Freund hat keinen Mumm.«

Ich sagte: »Nun ja, es war kein guter Abend. Ich war beschwipst, obwohl Sie das nicht glauben wollen. Niemand war bei Vernunft. Alle spielten eine falsche Rolle. Seien Sie vernünftig.«

»Was, ich muß von meiner Bank hören, daß Sie den Scheck gesperrt haben, das ist wie ein Tritt in den Hintern, und dann noch vernünftig sein? Glauben Sie, ich bin ein Würstchen? Es war ein Fehler, dieses ganze Gespräch über Bildung und Colleges anzuschneiden. Ich habe gesehen, was für ein Gesicht Sie beim Namen des Mistcollege geschnitten haben, das ich besucht habe.«

»Was haben Colleges damit zu tun?«

»Begreifen Sie nicht, was Sie mir antun? Sie haben all das Zeug geschrieben. Sie sind im *Wer ist Wer*. Aber Sie dämliches Arschloch, Sie begreifen gar nichts.«

»Um zwei Uhr morgens ist es schwer für mich, etwas zu begreifen. Können wir uns nicht bei Tage treffen, wenn mein Kopf klar ist?«

»Kein Gerede mehr. Es hat sich ausgeredet.«

Er sagte das jedoch viele Male. Ich muß zehn solcher Anrufe

von Rinaldo Cantabile erhalten haben. Der verstorbene Von Humboldt Fleisher hatte auch die dramatischen Eigenschaften der Nacht benutzt, um Leute zu tyrannisieren und belästigen.

George Swiebel hatte mich aufgefordert, den Scheck zu sperren. Meine Freundschaft mit George reicht zurück bis zur fünften Klasse, und für mich sind solche Gefährten eine geheiligte Kategorie. Ich bin oft vor dieser schrecklichen Schwäche oder Abhängigkeit von langjährigen Beziehungen gewarnt worden. George, der früher einmal Schauspieler war, hatte sich vor Jahrzehnten von der Bühne zurückgezogen und war Unternehmer geworden. Er war ein breit gebauter Bursche von rötlicher Farbe. Sein Auftreten, seine Kleidung, sein persönlicher Stil kannten keine Zurückhaltung. Jahrelang war er mein selbsternannter Fachmann für die Unterwelt gewesen. Er hielt mich über Verbrecher, Nutten, Rennen, die Ringvereine, die Rauschgiftszene, Politik und Mafiamachenschaften auf dem laufenden. Da er in Rundfunk und Fernsehen und Journalismus gewirkt hatte, waren seine Verbindungen ungewöhnlich weitreichend »von Schwein bis rein«, wie er zu sagen pflegte. Und ich stand durchaus im oberen Rang der Reinen. Ich erhebe selbst keine solchen Ansprüche. Das soll nur erklären, wie George mich sah.

»Du hast dieses Geld an meinem Küchentisch verloren und solltest lieber auf mich hören. Diese Strolche haben geschummelt.«

»Dann hättest du sie deswegen zur Rede stellen sollen. Cantabile hat da recht.«

»Er hat nichts, und er ist niemand. Wenn er dir drei Dollar schuldete, müßtest du ihm nachlaufen. Außerdem war er zeitweise durch Drogen unzurechnungsfähig.«

»Davon habe ich nichts gemerkt.«

»Du hast überhaupt nichts gemerkt. Ich habe dir das ein dutzendmal signalisiert.«

»Ich hab's nicht gesehen. Ich kann mich nicht erinnern . . .«

»Cantabile hat dich jede Minute in der Mangel gehabt. Er hat dich zugedeckt. Er hat Hasch geraucht. Er sprach von Kunst und Kultur und Psychologie und dem Book-of-the-Month-Club und hat mit seiner gebildeten Frau angegeben. Du hast auf jedes Blatt gewettet, das man dir ausgeteilt hat. Und jedes einzelne Thema, das ich dich gebeten hatte, nicht zu erwähnen, hast du eingehend diskutiert.«

»George, diese nächtlichen Anrufe von ihm machen mich fertig. Ich zahle ihm. Warum nicht? Ich zahle jedem. Ich muß dieses Gespenst loswerden.«

»Nicht zahlen!« Als ausgebildeter Schauspieler hatte George gelernt, die Stimme theatralisch anschwellen zu lassen, mit den Augen zu funkeln, erstaunt zu scheinen und eine erstaunliche Wirkung zu erzielen. Er schrie mich an. »Charlie, hörst du mich!«

»Aber ich hab's mit einem Gangster zu tun.«

»Es gibt keine Cantabiles mehr in den Ringvereinen. Sie sind alle vor Jahren rausgeschmissen worden. Ich habe dir gesagt . . .«

»Dann macht er sie verdammt gut nach. Um zwei Uhr morgens. Ich bin überzeugt, daß er ein richtiger Ganove ist.«

»Er hat *Der Pate* gesehen oder sonstwas und hat sich einen Spaghetti-Schnauzer stehen lassen. Er ist nur ein wirrer großmäuliger Bengel und eine Niete. Ich hätte ihn und seinen Vetter nicht ins Haus lassen sollen. Schlag dir das jetzt aus dem Kopf. Die haben Gangster gespielt, und sie haben betrogen. Ich habe dich davon abzuhalten gesucht, ihnen den Scheck zu geben. Dann habe ich dich den Scheck sperren lassen. Ich will nicht, daß du nachgibst. Und auf alle Fälle ist das Ganze – da kannst du sicher sein – erledigt.«

Also habe ich mich gefügt. Ich konnte mich gegen Georges Urteil nicht auflehnen. Jetzt hatte Cantabile mein Auto mit allem, was er hatte, ruiniert. Das Blut wich mir aus dem Herzen, als ich sah, was er getan hatte. Ich trat zurück ans Gebäude, um einen Halt zu haben. Ich war eines Abends ausgegangen, um mich in vulgärer Gesellschaft zu amüsieren und war in ein Inferno der Narren geraten.

Vulgäre Gesellschaft stammte nicht aus meinem eigenen Wortschatz. Was ich tatsächlich in den Ohren hatte, war die Stimme meiner verflossenen Frau. Es war Denise, die Wörter wie »mieses Volk« und »vulgäre Gesellschaft« gebrauchte. Das Schicksal meines armen Mercedes hätte sie mit tiefer Befriedigung erfüllt. Das war so etwas wie Krieg, und sie war eine überaus martialische Persönlichkeit. Denise haßte Renata, meine Freundin. Sie identifizierte zu Recht Renata mit diesem Automobil. Und sie verabscheute George Swiebel. George seinerseits hatte eine komplexe

Meinung über Denise. Er sagte, sie sei eine große Schönheit, aber nicht ganz menschlich. Und gewiß unterstützten Denises riesige, radiale Amethystaugen in Verbindung mit einer niedrigen Stirn und scharfen sibyllinischen Zähnen diese Interpretation. Sie ist erlesen und fürchterlich heftig. Der erdhafte George hat auch seine eigenen Mythen, besonders wenn es sich um Frauen handelt. Er hat von Jung beeinflußte Ansichten, die er mit derben Worten wiedergibt. Er hat schöne Gefühle, die ihn frustrieren, weil sie an seinen Herzsaiten zupfen, und er ist gräßlich theatralisch. Jedenfalls hätte Denise beim Anblick des zertrümmerten Autos vor Freude gelacht. Und ich? Man hätte denken sollen, daß ich durch die Scheidung dem ehelichen »Was habe ich dir gesagt« entgangen wäre. Aber hier war ich nun und hielt es mir selber vor.

Denn Denise sprach mit mir dauernd über mich. Sie sagte etwa: »Ich kann's einfach nicht fassen, daß du so bist. Der Mann, der alle diese wunderbaren Erkenntnisse hatte, der Autor aller dieser Bücher, anerkannt von Gelehrten und Intellektuellen überall in der Welt. Ich muß mich manchmal fragen ›Ist das *mein* Mann? Der Mann, den *ich* kenne?‹ Du hast an den großen Universitäten der Ostküste Vorlesungen gehalten und hattest Stipendien und Forschungshilfen und Ehrungen. De Gaulle hat dich zum Ritter der Ehrenlegion gemacht, und Kennedy hat uns ins Weiße Haus eingeladen. Du hast ein Erfolgsstück am Broadway gehabt. Und was, zum Teufel, kommt dir *jetzt* in den Sinn? Chicago! Du vertrödelst deine Zeit mit alten Mitschülern aus Chicago, mit Halbidioten. Das ist eine Art von geistigem Selbstmord, Todessehnsucht. Du willst nichts mit wirklich interessanten Leuten zu tun haben, mit Architekten oder Psychologen oder Universitätsprofessoren. Ich habe versucht, dir ein Leben zu schaffen, als du darauf bestandst, hierher zurückzukehren. Ich habe mein möglichstes getan. Du wollest weder London noch Paris noch New York, du mußtest hierher zurück – zu diesem tödlichen, häßlichen, vulgären gefährlichen Ort. Denn im Herzen bist du ein Kind der Slums. Dein Herz gehört in die Gossen der alten Westseite. Ich habe bis zur Erschöpfung versucht, Gastgeberin zu sein . . .«

In alldem steckten große Körner Wahrheit. Die Worte meiner alten Mutter für Denise wären gewesen: »Edel, gebildet, gelassen«, denn Denise war eine Frau der gehobenen Klasse. Sie war in Highland Park aufgewachsen. Sie hatte im Vassar College studiert. Ihr Vater, ein Bundesrichter, stammte auch aus den Gossen der Westseite Chicagos. *Sein* Vater war ein Polizeihauptmann unter Morris Elder gewesen, in den stürmischen Tagen von Big Bill Thompson. Denises Mutter hatte den Richter genommen, als er fast noch ein Junge war, nichts weiter als der Sohn eines korrupten Politikers, und sie brachte ihn auf den Pfad der Tugend und heilte ihn von seiner Vulgarität. Denise hatte erwartet, daß sie mit mir das gleiche machen könne. Aber seltsamerweise war ihr väterliches Erbe stärker als das mütterliche. An Tagen, an denen sie kurz angebunden und barsch war, hörte man in ihrer hohen gepreßten Stimme den alten Revierhauptmann und Helfershelfer, ihren Großvater. Vielleicht haßte sie George wegen dieser Herkunft abgründig. »Bring ihn mir nicht ins Haus«, sagte sie. »Ich kann's nicht ertragen, seinen Arsch auf meinem Sofa, seine Füße auf meinem Teppich zu sehen«, sagte Denise. »Du bist wie eines dieser überzüchteten Rennpferde, das eine Ziege in der Box haben muß, um seine Nerven zu beruhigen. George Swiebel ist dein Ziegenbock.«

»Er ist für mich ein guter Freund, ein alter Freund.«

»Deine Schwäche für Schulspezis ist schon nicht mehr glaubhaft. Du hast die *nostalgie de la boue*. Nimmt er dich mit zu den Nutten?«

Ich versuchte, eine würdevolle Antwort zu geben. Aber tatsächlich wollte ich den Konflikt verschärfen und forderte Denise heraus. Als das Dienstmädchen Ausgang hatte, brachte ich einmal George zum Abendessen mit. Der Ausgang des Dienstmädchens versetzte Denise in seelische Panik. Hausarbeit war ihr unerträglich. Es brachte sie um, kochen zu müssen. Sie wollte ins Restaurant gehen, aber ich sagte, ich hätte keine Lust auszugehen. Daher machte sie um sechs Uhr hastig eine Mischung aus Hackfleisch, Tomaten, weißen Bohnen und Chilipulver. Ich sagte zu George: »Iß mit uns heute abend Chili con carne. Wir können ein paar Flaschen Bier aufmachen.«

Denise machte mir Zeichen, daß ich in die Küche kommen solle. Sie sagte: »Ich lasse mir das nicht gefallen.« Sie war kämpferisch und schrill. Ihre Stimme war klar, vibrierend und sorgfältig artikuliert – die aufsteigenden Arpeggios der Hysterie.

»Was soll das? Denise, er kann dich hören.« Ich senkte die

Stimme und sagte: »Laß George doch ein bißchen von diesem Chili con carne haben.«

»Es ist nicht genug davon da. Es ist bloß ein halbes Pfund Hackfleisch. Aber das ist nicht der springende Punkt. Der Punkt ist, daß ich's ihm nicht vorsetzen werde.«

Ich lachte. Teils aus Verlegenheit. Ich habe normalerweise einen tiefen Bariton, fast einen Basso profundo, aber bei gewissen Herausforderungen entschwindet meine Stimme in die höheren Register, vielleicht in den Fledermausdiskant.

»Was für ein Gekrächz«, sagte Denise. »Du verrätst dich, wenn du so lachst. Du bist in einem Kohlenkasten geboren. In einem Papageienhaus aufgewachsen.«

Ihre großen Veilchenaugen waren unnachgiebig.

»Nun gut«, sagte ich. Ich ging mit George in den Pump Room. Wir aßen Schaschlik, das brennend von turbantragenden Mohren gebracht wurde.

»Ich will mich nicht in deine Ehe einmischen, aber mir fällt auf, daß dir der Atem ausgegangen ist«, sagte George.

George meint, daß er für die Natur sprechen kann. Natur, Instinkt, Herz lenken ihn. Er ist biozentrisch. Wenn man sieht, wie er seine großen Muskeln, seine römische Ben-Hur-Brust und die Arme mit Olivenöl einreibt, dann ist das eine Lektion der Frömmigkeit vor dem Organismus. Zum Schluß nimmt er einen langen Zug aus der Flasche. Olivenöl ist die Sonne und das alte Mittelmeer. Nichts ist besser für die Gedärme, das Haar, die Haut. Er widmet seinem Körper Wertschätzung wie einem Gott. Er ist der Priester seines Naseninneren, seiner Augäpfel, seiner Füße. »Du kriegst bei dieser Frau nicht genug Luft. Du siehst aus, als ob du erstickst. Dein Gewebe kriegt keinen Sauerstoff. Sie wird dir Krebs machen.«

»Oh«, sagte ich. »Sie glaubt vielleicht, daß sie mir die Segnungen einer amerikanischen Ehe bietet. Echte Amerikaner sollen an ihren Frauen und die Frauen an ihren Männern leiden. Wie Mr. und Mrs. Abraham Lincoln. Das ist die klassische amerikanische Beschwer, und ein Kind von Einwanderern wie ich sollte wahrscheinlich dankbar sein. Für einen Juden ist es ein Schritt nach oben.«

Ja, Denise wäre überglücklich, von dieser Greueltat zu hören. Sie hatte Renata in dem silbernen Mercedes vorbeiflitzen sehen.

»Und du als Beifahrer«, sagte Denise, »und dabei bist du bald so kahl wie eine Friseursäule, selbst wenn du das Haar von der Seite darüberkämmst, um es zu verbergen, und dabei grinst. Sie wird dir was zu grinsen geben, diese fette Nutte.« Von der Beleidigung ging Denise zur Prophezeiung über. »Dein Geistesleben wird verdorren. Du opferst es deinen erotischen Bedürfnissen (wenn damit ausgedrückt ist, was du hast). Worüber könnt ihr zwei euch nach dem Geschlechtsverkehr unterhalten . . .? Na schön, du hast ein paar Bücher geschrieben, du hast ein berühmtes Schauspiel geschrieben, und selbst das war halb von einem Ghostwriter. Du warst mit Menschen wie Von Humboldt Fleisher zusammen. Du hast es dir in den Kopf gesetzt, daß du eine Art Künstler bist. *Wir* wissen das besser, oder nicht? Und in Wirklichkeit willst du dich doch nur aller Menschen entledigen, dich ausschalten und dir dein eigenes Gesetz sein. Bloß du und dein mißverstandenes Herz, Charlie. Du konntest eine ernste Bindung nicht ertragen, deshalb hast du mich und die Kinder abgeschoben. Jetzt hast du diese Vagabundin mit der dicken Figur, die keinen BH trägt und der Welt ihre großen Titten zeigt. Du hast unwissende Itzigs und Gauner um dich. Du bist wahnsinnig mit deiner eigenen Marke Stolz und Snobismus. Niemand ist gut genug für dich . . . *ich* hätte dir helfen können. Jetzt ist es zu spät!«

Ich debattierte nicht mit Denise. Ich hatte irgendwie Mitleid mit ihr. Sie sagte, ich lebte schlecht. Das fand ich auch. Sie glaubte, ich sei nicht ganz bei Sinnen, und ich hätte total verrückt sein müssen, um es zu leugnen. Sie sagte, ich schriebe Zeug, das niemandem verständlich sei. Vielleicht. Mein letztes Buch, *Manche Amerikaner*, mit dem Untertitel *Der Sinn, in den USA zu leben*, wurde schnell verramscht. Die Verleger hatten mich angefleht, es nicht zu veröffentlichen. Sie boten mir an, Schulden von zwanzigtausend Dollar zu streichen, wenn ich's in der Schublade ließe. Aber jetzt habe ich perverserweise den zweiten Teil davon geschrieben. Mein Leben war in großer Unordnung.

Einer Sache war ich jedoch treu. Ich hatte eine Idee.

»Warum hast du mich nur nach Chicago zurückgebracht?« sagte Denise. »Manchmal glaube ich, daß du's getan hast, weil hier deine Toten begraben sind. Ist das der Grund? Land, wo meine jüdischen Väter starben? Und du hast mich auf euren Friedhof geschleppt, damit du in die Hymne ausbrechen konntest? Und wozu das alles? Nur damit du dir einreden konntest, daß du ein wunderbarer, nobler Mensch bist. Ja, das bist du – im Arsch!«

Solche Beschimpfungen helfen Denise mehr als Vitamine. Was mich betrifft, so finde ich gewisse Arten von Mißverständnissen voll nützlicher Tips. Aber meine letzte, wenn auch stumme Antwort an Denise war stets die gleiche. Trotz ihrer Intelligenz war sie wahrhaftig schlecht gewesen für meine Idee. Von diesem Standpunkt aus war Renata die bessere Frau – besser für mich.

Renata hatte mir verboten, einen Dart zu fahren. Ich versuchte, mit dem Verkäufer wegen eines gebrauchten Mercedes 250 C zu verhandeln, aber in dem Ausstellungsraum hatte Renata – erregt, blühend, duftend, groß – ihre Hand auf die silberne Haube gelegt und gesagt: »Diesen hier – das Coupé.« Die Berührung ihrer Hand war sinnlich. Selbst was sie dem Auto zukommen ließ, fühlte ich an meiner eigenen Person.

Aber nun mußte etwas mit diesem Wrack geschehen. Ich ging zum Empfangsraum und holte Roland, den Portier – den hageren, schwarzen, ältlichen, nie rasierten Roland. Wenn ich mich nicht täuschte (was sehr wahrscheinlich war), stand Roland Stiles auf meiner Seite. In meinen Fantasien von einem einsamen Tod war es Roland, den ich in meinem Schlafzimmer sah, wo er einen Flugkoffer mit ein paar Gegenständen füllte, bevor er die Polizei rief. Er tat es mit meinem Segen. Er brauchte vor allem meinen elektrischen Rasierapparat. Sein ungeheuer schwarzes Gesicht war löchrig und stachlig. Das Rasieren mit einer Klinge mußte fast unmöglich gewesen sein.

Roland in der elektrisch-blauen Uniform war verstört. Er hatte das zertrümmerte Auto gesehen, als er am Morgen zur Arbeit kam, aber, so sagte er: »Ich konnte 's nicht sein, der's Ihnen erzählte, Mist' Citrine.« Mieter auf dem Weg zur Arbeit hatten es ebenfalls gesehen. Sie wußten natürlich, wem es gehörte. »Das ist regelrecht Scheiße«, sagte Roland sachlich, wobei sein hageres altes Gesicht verzerrt und Mund und Schnurrbart gespitzt waren. Nicht auf den Mund gefallen, hatte er mich immer wegen der schönen Damen geuzt, die mich besuchten. »Sie kommen in Volkswagen und Cadillacs, auf Fahrrädern und Motorrädern, in Taxis und zu Fuß. Sie fragen, wann Sie ausgegangen sind und wann Sie zurückkommen, und sie hinterlassen Nachrichten. Sie kommen, kommen, kommen. Sie sind ein Frauenmann. Viele Ehemänner sind böse auf Sie, möchte ich wetten.« Aber das war kein Scherz mehr. Roland war nicht umsonst sechzig Jahre lang ein schwarzer Mann gewesen. Er kannte die Infernos der Narren. Ich hatte die Immunität verloren, die meine Lebensweise so unterhaltend machte. »Sie haben Sorgen«, sagte er. Er murmelte etwas über »Miß Universum«. Er nannte Renata Miß Universum. Manchmal bezahlte sie ihn, damit er ihren kleinen Jungen im Empfangsraum betreute. Das Kind spielte mit Paketen, während seine Mutter in meinem Bett lag. Mir gefiel das nicht, aber ein lächerlicher Liebhaber sein ist keine halbe Sache.

»Was nun?«

Roland drehte die Hände nach außen. Er hob die Schultern. Achselzuckend sagte er: »Rufen Sie die Polizei.«

Ja, ein Protokoll mußte aufgenommen werden, schon der Versicherung wegen. Die Versicherungsgesellschaft würde diesen Vorfall sehr verdächtig finden. »Ja, geben Sie doch dem Streifenwagen Bescheid, wenn er vorbeikommt. Sollen sich diese unnützen Burschen die Ruine ansehen«, sagte ich. »Und schicken Sie sie dann nach oben.«

Ich gab ihm einen Dollar für seine Mühe. Das tat ich gewöhnlich. Und jetzt mußte der Fluß des Übelwollens umgelenkt werden.

Durch meine Wohnungstür hörte ich das Telefon. Es war Cantabile.

»Na, Sie Klugscheißer.«

»Irrsinnig!« sagte ich. »Vandalismus! Auf eine Maschine einzudreschen . . .!«

»Sie haben Ihr Auto gesehen – Sie haben gesehen, wozu Sie mich getrieben haben!« Er schrie. Er strengte seine Stimme an. Dennoch zitterte sie.

»Was ist los? Sie geben mir die Schuld?«

»Sie waren gewarnt.«

»*Ich* habe Sie auf dieses schöne Automobil loshämmern lassen?«

»Sie haben mich dazu getrieben. Ja, Sie. Ganz gewiß Sie. Glauben Sie, ich habe keine Gefühle? Sie würden nicht glauben, welche Gefühle ich einem solchen Auto entgegenbringe. Sie sind dumm. Daran ist niemand schuld als Sie.« Ich versuchte zu antworten, aber er schrie mich nieder. »Sie haben mich gezwungen! Sie haben mich dazu getrieben! Okay, vorige Nacht war nur der erste Schritt.«

»Was soll das heißen?«

»Zahlen Sie nicht, und Sie werden sehen, was das heißen soll.«

»Was soll diese Drohung? Das führt zu weit. Meinen Sie meine Töchter?«

»Ich gehe zu keinem Inkassobüro. Sie wissen nicht, worauf Sie sich einlassen. Oder wer ich bin. Wachen Sie auf!«

Ich habe oft zu mir »Wach auf!« gesagt, und viele andere Leute haben gerufen: »Erwache, erwache!« Als hätte ich ein Dutzend Augen und hielte sie alle hartnäckig geschlossen. »Ihr habt Augen und seht nicht.« Das war selbstverständlich absolut richtig.

Cantabile sprach immer noch. Ich hörte ihn sagen: »So, gehen Sie zu George Swiebel und fragen Sie ihn, was Sie tun sollen. Er hat Ihnen den Rat gegeben. *Er* hat sozusagen Ihren Wagen zertrümmert.«

»Wir wollen mit der ganzen Sache aufhören. Vergleichen wir uns.«

»Kein Vergleich. Zahlen. Lassen Sie den Scheck durchgehen. Die volle Summe. Und in bar. Keine Postanweisungen, keinen Verrechnungsscheck, keinen Klimbim mehr. Bar. Ich rufe Sie später wieder an. Wir treffen eine Verabredung. Ich will Sie sehen.«

»Wann?«

»Ganz egal, wann. Sie bleiben beim Telefon, bis ich anrufe.«

Im nächsten Augenblick hörte ich das endlose, universale, elektronische Miau des Telefons. Und ich war verzweifelt. Ich mußte jemandem mitteilen, was passiert war. Ich brauchte Rat.

Ein sicheres Zeichen des Leidens: Telefonnummern stürmten mir durch den Kopf – Vorwahlnummern, Anschlußnummern. Ich mußte jemanden anrufen. Die erste Person, die ich anrief, war natürlich George Swiebel; ich mußte ihm erzählen, was passiert war. Außerdem mußte ich ihn warnen. Cantabile könnte ihn auch attackieren. Aber George war mit einer Kolonne außer Hause. Sie gossen irgendwo einen Betonsockel, sagte Sharon, seine Sekretärin. George war, wie schon gesagt, Schauspieler, bevor er Geschäftsmann wurde. Er begann seine Karriere im Federal Theater. Später war er Rundfunkansager. Er hatte zudem Fernsehen und Hollywood ausprobiert. Unter Geschäftsleuten sprach er von seiner Erfahrung im Show-Business. Er kannte seinen Ibsen und Brecht, und er flog oft nach Minneapolis, um Inszenierungen im Guthrie-Theater zu sehen. Im südlichen Chicago identifizierte man ihn mit der Boheme und den Künsten, mit Schöpfergeist und Fantasie. Und er war vital, großzügig, hatte ein offenes Wesen. Er war ein guter Mensch. Die Leute schlossen ihn sehr ins Herz. Zum Beispiel diese kleine Sharon, seine Sekretärin. Sie war eine »Hillbilly«, zwergenhaft und mit komischem Gesicht, und sah aus wie Mammy Yokum in den Li'l Abner Comics. Aber George war ihr Bruder, ihr Doktor, ihr Priester, ihr Stammesgenosse. Sie hatte gewissermaßen Süd-Chicago überprüft und nur einen Mann dort gefunden, George Swiebel. Als ich mit ihr sprach, hatte ich genügend Geistesgegenwart, harmlos zu tun, denn hätte ich Sharon erzählt, wie haarsträubend die Dinge standen, dann hätte sie George meinen Anruf nicht ausgerichtet. Georges durchschnittlicher Tag, so wie er und seine Leute es sahen, war eine Krise nach der anderen. Ihre Pflicht war es, ihn zu schützen. »Sagen Sie George, er soll mich anrufen«, sagte ich. Ich legte auf, dachte an die Einstellung zu Krisen in den Vereinigten Staaten, ein Vermächtnis aus der alten Pionierzeit, und so weiter. Ich dachte an diese Dinge aus reiner Gewohnheit. Die bloße Tatsache, daß einem die Seele entzweigerissen wird, bedeutet nicht, daß man aufhört, die Phänomene zu analysieren.

Ich unterdrückte meinen eigentlichen Wunsch, nämlich zu schreien. Ich merkte, daß ich meine Fassung ohne fremde Hilfe wiedergewinnen mußte. Ich rief nicht Renata an. Renata hat keine besondere Gabe, übers Telefon Trost zu spenden. Man muß ihn von ihr persönlich erhalten.

Jetzt mußte ich auf Cantabiles Anruf warten. Und zugleich auch auf die Polizei. Ich mußte Murra, dem Buchhalter, erklären, daß ich nicht zu ihm kommen könne. Er würde mir sowieso die Stunden berechnen, wie die Psychologen und andere Spezialisten. An jenem Nachmittag hatte ich meine kleinen Töchter Lish und Mary zur Klavierstunde bringen sollen. Denn, wie die Klavierfirma Gulbransen & Co an den Mauern verkündete: »Das reichste Kind ist arm ohne musikalische Ausbildung.« Und meine waren Töchter eines reichen Mannes, und es wäre eine Katastrophe, wenn sie groß würden, ohne »Für Elise« und »Den fröhlichen Landmann« spielen zu können.

Ich mußte meine Ruhe wiederfinden. Um das innere Gleichgewicht zu gewinnen, machte ich die einzige Yogaübung, die ich kenne. Ich nahm Münzen und Schlüssel aus der Tasche, zog mir die Schuhe aus, nahm auf dem Boden eine Stellung ein, indem ich die Zehen vorstreckte, und stand mit einer Rolle auf dem Kopf. Meine schönste Maschine, mein silberner Mercedes 280, mein Prachtstück, meine Liebesgabe stand zerschlagen auf der Straße. Für zweitausend Dollar Arbeit an der Karosserie würde im Leben nicht die ursprüngliche Glätte der Metallhaut wiederherstellen. Die Scheinwerfer waren bis zur Blindheit zerstört. Ich hatte nicht den Mut gehabt, die Türen zu probieren; sie könnten verklemmt sein. Ich versuchte, mich auf Haß und Wut zu konzentrieren – Rache, Rache! Aber damit erreichte ich nichts. Ich sah nur den deutschen Vertreter in der Werkstatt vor mir, mit seinem langen weißen Kittel, wie ein Zahnarzt, der mir sagte, daß die Teile importiert werden müßten. Und ich, den halbkahlen Kopf wie in Verzweiflung in beide Hände gepreßt, mit verschränkten Fingern, hatte meine zitternden, schmerzenden Beine in der Luft, wobei Büschel von Schläfenhaaren vorstanden und der grüne Perserteppich unter mir dahinfloß. Ich war herzversehrt. Ich war untröstlich. Die Schönheit des Teppichs war wie Balsam. Ich habe zu Teppichen eine tiefe Zuneigung gefaßt, und dieser war ein Kunstwerk. Das Grün war weich und mit großer Meisterschaft schattiert. Das Rot war eine jener Überraschungen, die unmittelbar aus dem Herzen zu springen schienen. Stribling, mein Fachmann aus der Innenstadt, hat mir gesagt, daß ich viel mehr erzielen könnte, als ich für diesen Teppich bezahlt hatte. Alles, was nicht Massenproduktion war, war ungeheuer im Wert gestiegen. Stribling war ein unförmiger, großartiger Mann, der sich Pferde hielt, aber jetzt zum Reiten zu schwer war. Wenige Menschen schienen dieser Tage etwas Gutes genießen zu können. Zum Beispiel ich. Es konnte doch nicht mein Ernst sein, daß ich in diese grotesk-komische Mercedes-und-Unterwelt-Affäre verwickelt war. Wie ich da auf meinem Kopf stand, wußte ich (und *sollte* es wissen), daß hinter dieser Groteske auch eine Art theoretischer Impuls steckte, denn es war eine der mächtigen Theorien der modernen Welt, daß es für die Selbstverwirklichung nötig ist, die Entstellung und Absurdität des innersten Seins (*wir wissen*, daß es vorhanden ist!) gutzuheißen. Heile dich durch die beschämende Wahrheit, die im Unbewußten enthalten ist. Ich stand nicht auf dieser Theorie, aber das bedeutete nicht, daß ich davon frei war. Ich hatte ein Talent für das Absurde, und man wirft seine Talente nicht einfach so weg.

Ich überlegte mir, daß ich für eine derart verrückte Forderung niemals einen Penny von der Versicherung kriegen würde. Ich hatte jede Art von Schutz gekauft, den sie zu bieten hatte, aber irgendwo im Kleingedruckten hatte sie unzweifelhaft die üblichen listigen Klauseln. Unter Nixon wurden die großen Gesellschaften trunken vor Immunität. Die guten alten bürgerlichen Tugenden sind, selbst als Aufmachung, für immer dahin.

Von George hatte ich diese Kopfunter-Stellung gelernt. George warnte mich, weil ich meinen Körper vernachlässigte. Vor einigen Jahren begann er darauf hinzuweisen, daß mein Hals faltig werde, meine Farbe schlecht und ich schnell außer Puste sei. Zu einer gewissen Zeit im mittleren Alter müsse man Abwehrmaßnahmen ergreifen, erklärte er, bevor die Unterleibswand nachgebe, die Schenkel schwach und dünn würden und die Brüste weiblich. Es gab einen Weg ins Alter, der körperlich ehrbar war. George erläuterte das für sich selbst mit besonderem Eifer. Gleich nach seiner Gallenblasenoperation stand er aus dem Bett auf und machte fünfzig Liegestütze – sein eigener Naturopath. Von dieser Anstrengung bekam er Bauchfellentzündung, und zwei Tage lang glaubten wir, daß er sterben müsse. Aber Krankheiten schienen ihn zu beflügeln, und er hatte für alles seine eigenen Heilmethoden. Jüngst sagte er mir: »Ich bin vorgestern aufgewacht und entdeckte eine Schwellung unter dem Arm.«

»Bist du zum Arzt gegangen?«

»Nein, ich habe sie mit Zahnseide abgebunden. Ich habe sie fest, fest, fest abgebunden . . .«

»Was ist passiert?«

»Als ich sie gestern untersuchte, war sie zur Größe eines Eis angeschwollen. Trotzdem habe ich nicht den Arzt geholt. Zum Teufel damit! Ich habe noch mehr Zahnseide genommen und sie fest, fest, sogar noch fester abgebunden. Und jetzt ist sie geheilt, sie ist fort. Willst du's sehen?«

Damals, als ich ihm von meinem arthritischen Hals erzählte, verschrieb er mir den Kopfstand. Obwohl ich die Hände hochwarf und vor Lachen schrie (dabei aussah wie eine von Goyas Froschkarikaturen in der Visión Burlesca – das Wesen mit den Schlössern und Riegeln), tat ich, was er geraten hatte. Ich übte und lernte den Kopfstand, und ich wurde von meinen Genickschmerzen geheilt. Als ich dann als nächstes eine Harnröhrenstriktur bekam, bat ich George um ein Heilmittel. Er sagte: »Das ist die Prostatadrüse. Du fängst an, dann hörst du auf, dann tröpfelst du wieder, es brennt ein bißchen, du fühlst dich beschämt?«

»Stimmt alles.«

»Keine Sorge. Wenn du jetzt auf dem Kopf stehst, kneife die Schenkel zusammen. Sauge sie ein, als wolltest du die Backen zusammenpressen.«

»Warum muß man das tun, wenn man auf dem Kopf steht? Ich fühle mich bereits wie der alte Vater William aus *Alice im Wunderland*.«

Aber er war unerbittlich und sagte: »Auf dem Kopf.«

Wieder funktionierte seine Methode. Die Striktur ging vorüber. Andere sehen in George vielleicht einen soliden, gutmütigen Bauunternehmer mit lebhafter Gesichtsfarbe; ich sehe eine hermetische Person; ich sehe eine Figur aus dem Tarockspiel. Wenn ich jetzt auf dem Kopf stand, rief ich George als Mentor an. Wenn ich verzweifelt bin, ist er stets der erste, den ich antelefoniere. Ich habe ein Alter erreicht, in dem man die neurotischen Impulse auf sich zukommen sieht. Es gibt nicht viel, was ich tun kann, wenn das schlimme Bedürfnis nach Hilfe mich übermannt. Ich stehe am Rand eines psychischen Teiches, und ich weiß, daß mein Karpfen an die Oberfläche schwimmt, wenn man Krümel reinwirft. Man hat, wie die äußere Welt, die eigenen Phänomene im Innern. Es gab eine Zeit, da glaubte ich, es sei die zivilisierte Lösung, ihnen einen Park und einen Garten einzurichten, um mir dort diese Eigenheiten, Verschrobenheiten zu halten wie Vögel, Fische und Blumen.

Die Tatsache jedoch, daß ich außer mir niemanden hatte, an

den ich mich wenden konnte, war fürchterlich. Darauf warten, daß die Glocken läuten, ist eine Tortur. Die Spannung krallt sich in mein Herz. Tatsächlich hat mir der Kopfstand Erleichterung gebracht. Ich atmete wieder. Aber ich sah, als ich noch Kopf zuunterst war, zwei große Kreise vor mir, sehr hell. Die erscheinen gelegentlich während der Übung. Wenn man so umgekehrt auf dem Schädel steht, denkt man natürlich, daß man vom Hirnschlag getroffen wird. Ein Arzt, der vom Kopfstand abriet, sagte mir, daß ein Huhn, das man so kopfunter hielte, in sieben oder acht Minuten sterben würde. Aber das geschieht wahrscheinlich aus reiner Panik. Der Vogel hat Todesangst. Ich vermute, daß die hellen Kreise durch einen Druck auf die Hornhaut des Auges verursacht werden. Das Gewicht des Körpers, das auf dem Schädel ruht, krümmt die Hornhaut und verursacht die Illusion großer durchsichtiger Ringe. Wie wenn man die Ewigkeit sieht. Wofür ich, man glaube mir, an diesem Tag gerüstet war.

Hinter mir hatte ich den Anblick des Bücherregals, und als mein Kopf durch die Verlagerung von mehr Gewicht auf die Arme wieder in Ordnung war, schwammen die durchsichtigen Ringe davon und mit ihnen die Schatten eines tödlichen Blutsturzes. Ich sah Reihen über Reihen von meinen eigenen Büchern. Ich hatte sie hinten in meinen Schränken gestapelt, aber Renata hatte sie wieder zum Vorschein gebracht, um sie zur Schau zu stellen. Ich ziehe vor, wenn ich auf dem Kopf stehe, den Himmel zu sehen und die Wolken. Es ist sehr lustig, die Wolken kopfunter zu betrachten. Aber jetzt sah ich auf die Titel, die mir Geld gebracht hatten, Anerkennung, Preise: mein Drama *Trenck* in vielen Auflagen und Sprachen und ein paar Exemplare meines Lieblingsbuchs, den Reinfall *Manche Amerikaner: Der Sinn, in den USA zu leben*. Solange *Trenck* noch gespielt wurde, brachte es mir etwa achttausend Dollar die Woche ein. Die Regierung, die bis dahin kein Interesse an meiner Seele bewiesen hatte, verlangte sofort siebzig Prozent von dem Ergebnis ihrer schöpferischen Mühen. Aber das sollte mich nicht stören. Man gab dem Kaiser, was des Kaisers war. Zumindest wußte man, daß man das sollte. Geld gehörte dem Kaiser. Da hieß es auch *Radix malorum est cupiditas*. Das wußte ich auch alles.

Ich wußte alles, was ich wissen sollte, und nichts, was ich wirklich zu wissen nötig hatte. Ich hatte die ganze Geldsache vermasselt. Das war natürlich im höchsten Grad erzieherisch, und Erziehung ist zur großen und umfassenden amerikanischen Belohnung geworden. Sie hat sogar die Bestrafung in den Bundeszuchthäusern ersetzt. Jedes große Gefängnis ist jetzt ein gutgehendes Seminar. Die Tiger des Zorns werden mit den Rossen der Belehrung gekreuzt und schaffen so einen Bastard, den sich die Apokalypse nicht hat träumen lassen. Um auf der Sache nicht zu sehr herumzureiten: ich hatte den größten Teil des Geldes verloren, dessen Erwerb mir Humboldt vorgeworfen hatte. Das Geld trat sofort zwischen uns. Er löste einen Scheck für Tausende von Dollar ein. Ich habe das nicht angefochten. Ich wollte nicht vor Gericht gehen. Humboldt wäre von einem Prozeß wild entzückt gewesen. Er war ein richtiger Prozeßhansl. Aber der Scheck, den er einlöste, war tatsächlich von mir unterschrieben, und es wäre mir schwergefallen, das vor Gericht zu erklären. Außerdem sind Gerichte mein Tod. Richter, Anwälte, Gerichtsdiener, Stenografen, die Bänke, das Holzwerk, die Teppiche, selbst die Wassergläser hasse ich wie den Tod. Zudem war ich tatsächlich in Südamerika, als er den Scheck einlöste. Er lief damals wild in New York umher, nachdem er aus der Klapsmühle entlassen worden war. Er kannte keine Schranken. Kathleen hatte sich versteckt. Seine verrückte alte Mutter war in einem Pflegeheim. Sein Onkel Waldemar war einer jener ewigen jüngeren Brüder, denen Verantwortung fremd ist. Humboldt sprang und tänzelte in New York herum, denn er war toll. Vielleicht spürte er verschwommen die Befriedigung, die er der kultivierten Öffentlichkeit bereitete, wenn sie über seinen geistigen Zusammenbruch tratschte. Rasende, verzweifelte, schicksalsgeschlagene, verrückte Schriftsteller und Selbstmord verübende Maler sind von dramatischem und sozialem Wert. Und zu dieser Zeit war er ein feuriger VERSAGER und ich ein neugeborener ERFOLG. Der Erfolg verblüffte mich. Er erfüllte mich mit Schuld und Scham. Das Stück, das allabendlich im Belasco gespielt wurde, war nicht das Stück, das ich geschrieben hatte. Ich hatte nur einen Ballen Stoff geliefert, aus dem der Regisseur seinen eigenen *Trenck* geschnitten, geformt, geheftet und genäht hatte. Dumpf brütend murmelte ich vor mich hin, daß schließlich der ganze Broadway an den Konfektionsbezirk grenzt und in ihn übergeht.

Polypen haben ihre eigene Art, die Türklingel zu betätigen. Sie klingeln wie die Tiere. Wir treten allerdings in eine ganz neue Phase in der Geschichte des menschlichen Bewußtseins ein. Polizisten nehmen Kurse in Psychologie und haben ein gewisses Gefühl für die Komödie des städtischen Lebens. Die beiden schweren Männer, die auf meinem Perserteppich standen, trugen Pistolen, Schlagstöcke, Stulpen, Kugeln, Walkie-talkies. So ein ungewöhnlicher Fall – ein Mercedes, der auf der Straße zusammengeschlagen worden war – belustigte sie. Dieses Paar schwarzer Riesen trug den Geruch des Streifenwagens, den Geruch enger Quartiere. Ihre Klempnerware klirrte, ihre Hüften und Bäuche schwollen und quollen über.

»Ich habe nie ein Auto so massakriert gesehen«, sagte einer von ihnen. »Sie haben ein paar wirklich häßliche Vögel zu Feinden.« Er sondierte, machte Andeutungen. Er wollte nicht eigentlich etwas von der Mafia hören, von Erpressern oder Banden-Zwistigkeiten. Kein Wort. Aber es war ganz offensichtlich. Ich *sah nicht aus* wie ein Typ der Ringvereine, aber vielleicht war ich einer. Selbst die Polypen hatten *The Godfather* und *The French Connection*, *The Valachi Papers* und andere Päng-und-Bäng-Knüller gesehen. Ich selbst fühlte mich als Bürger Chicagos zu diesem Gangsterkram hingezogen, und ich sagte: »Ich weiß gar nichts.« Ich hielt den Mund, und ich glaube, die Polypen waren damit einverstanden.

»Lassen Sie Ihren Wagen auf der Straße stehen?« fragte einer der Polypen – er hatte mächtige Muskelpakete und ein großes schlaffes Gesicht –, »wenn ich keine Garage hätte, würde ich nur noch 'nen Schrotthaufen besitzen.« Dann sah er meine Medaille, die Renata in Plüsch gerahmt und an die Wand gehängt hatte, und er sagte: »Waren Sie in Korea?«

»Nein«, sagte ich. »Die französische Regierung hat mir das gegeben. Die Ehrenlegion. Ich bin ein Ritter, ein *chevalier*. Ihr Botschafter hat mich dekoriert.«

Bei dieser Gelegenheit hatte mir Humboldt eine seiner nicht unterzeichneten Postkarten geschrieben. *»Schaufelier! Dein Name ist jetzt Laesion!«*

Er hatte jahrelang diesen Tick mit *Finnegans Wake* gehabt. Ich erinnerte mich an unsere zahlreichen Diskussionen über Joyces Auffassung von der Sprache, von der Leidenschaft des Dichters, die Rede mit Musik und Meinung aufzuladen, von den Gefahren, die um alle Werke des Geistes lauern, von der Schönheit, die in Abgründe der Vergessenheit fällt wie in Schneeschlünde der Antarktik, von Blake und Vision gegen Locke und *tabula rasa*. Als ich die Polypen hinausbegleitete, erinnerte ich mich mit traurigem Herzen an die herrlichen Gespräche, die Humboldt und ich zu führen pflegten. Menschlichkeit, göttlich und unbegreiflich!

»Bringen Sie diese Sache lieber in Ordnung«, riet mir der Polizist leise und freundlich. Sein großes schwarzes Gewicht bewegte sich zum Fahrstuhl. Der »Schaufelier« verneigte sich höflich. Ich fühlte meine Augen vor ratlosem Begehr nach Hilfe schmerzen.

Ja, der Orden erinnerte mich an Humboldt. Ja, als Napoleon den französischen Intellektuellen Bänder, Sterne und Tand gab, wußte er, was er tat. Er nahm eine Bootsladung Gelehrte mit sich nach Ägypten. Er setzte sie dort aus. Sie entdeckten den Rosettastein. Seit der Zeit Richelieus und davor waren die Franzosen groß im Kulturgeschäft gewesen. Man hätte de Gaulle nie dabei erwischt, daß er eins dieser lächerlichen Anhängsel trug. Er hatte zuviel Selbstachtung. Die Burschen, die Manhattan von den Indianern kauften, trugen selbst keine Glasperlen. Ich hätte Humboldt gern diese Goldmedaille gegeben. Die Deutschen versuchten, ihn zu ehren. Er wurde im Jahr 1952 eingeladen, an der Freien Universität Vorlesungen zu halten. Er wollte nicht hin. Er hatte Angst, von der GPU oder NKWD entführt zu werden. Er war ein langjähriger Mitarbeiter der *Partisan Review* gewesen und ein prominenter Anti-Stalinist, deshalb fürchtete er, daß die Russen ihn kidnappen und töten würden. »Überdies, wenn ich ein Jahr in Deutschland zubrächte, würde ich nur an eins denken«, erklärte er öffentlich (ich war der einzige, der zuhörte). »Zwölf Monate lang wäre ich ein Jude und sonst nichts. Ich kann mir nicht leisten, dafür ein ganzes Jahr herzugeben.« Ich glaube, die bessere Erklärung ist, daß er es herrlich fand, in New York verrückt zu sein. Er besuchte Psychiater und machte Szenen. Er erfand für Kathleen einen Liebhaber und versuchte dann, den Mann umzubringen. Er fuhr seinen Buick Roadmaster zu Klump. Er bezichtigte mich, seine Persönlichkeit für den Charakter Trencks gestohlen zu haben. Er löste zu meinen Lasten einen Scheck für sechstausendsiebenhundertunddreiundsechzig

Dollar und achtundfünfzig Cents ein und kaufte sich dafür, unter anderem, einen Oldsmobile. Auf alle Fälle wollte er nicht nach Deutschland reisen, einem Land, wo niemand seinem Gespräch folgen konnte.

Aus der Zeitung hat er später erfahren, daß ich ein »Schaufelier« geworden war. Ich hatte gehört, daß er mit einem hinreißenden schwarzen Mädchen zusammen lebte, das an der Juilliard School Waldhorn studierte. Aber als ich ihn in der 46th Street sah, wußte ich, daß er viel zu zerstört war, um mit irgendwem zusammen zu leben. Er war zerstört – ich kann nicht umhin, es zu wiederholen. Er trug einen großen grauen Anzug, in dem er schlotterte. Sein Gesicht war totengrau, East River-grau. Sein Kopf sah aus, als wäre der Große Schwammspinner darin eingezogen und hätte sich in seinem Haar eingenistet. Trotzdem hätte ich zu ihm gehen und ihn ansprechen sollen. Ich hätte mich nähern, nicht hinter den geparkten Wagen Deckung suchen sollen. Aber wie konnte ich? Ich hatte im Edwardian Room des Plaza Hotel gefrühstückt, bedient von behenden Lakaien. Dann war ich mit Javits und Bobby Kennedy in einem Hubschrauber geflogen. Ich schwirrte in New York umher wie eine Eintagsfliege, mein Jakkett war mit hübschem psychedelischem Grün gefüttert. Ich war aufgeputzt wie Sugar Ray Robinson. Nur hatte ich keinen Kampfgeist, und als ich sah, daß mein alter, enger Freund ein toter Mann war, türmte ich. Ich ging zum Flugplatz und nahm eine 727 zurück nach Chicago. Ich saß bedrückt im Flugzeug, trank Whisky on the rocks, überwältigt von Grauen, Gedanken an Verhängnis und anderen humanistischen Firlefanz – Mitleid. Ich war um die Ecke gegangen und hatte mich in der Sixth Avenue verlaufen. Meine Beine zitterten, und meine Zähne waren fest zusammengebissen. Ich sagte zu mir, Humboldt, leb wohl, auf Wiedersehen in der nächsten Welt. Und zwei Monate später ging er im Ilscombe Hotel, das inzwischen eingestürzt ist, um drei Uhr morgens mit dem Mülleimer die Treppe hinunter und starb auf dem Gang.

Bei einer Cocktailparty im Village hörte ich in den vierziger Jahren ein schönes Mädchen zu Humboldt sagen: »Wissen Sie, wie Sie aussehen? Sie sehen aus wie jemand aus einem Bild.« Gewiß, Frauen, die von Liebe träumen, könnten Visionen von einem zwanzigjährigen Humboldt haben, der aus einem Meisterwerk der Renaissance oder des Impressionismus herabsteigt. Aber das Bild auf der Nachrufseite in der *Times* war erschrekkend. Ich schlug die Zeitung eines Morgens auf, und da war Humboldt, verwüstet, schwarz und grau, ein verheerendes Zeitungsgesicht, das mich aus dem Reich des Todes anstarrte. Auch an jenem Tag flog ich von New York nach Chicago – hin und her geweht und nicht immer wissend warum. Ich ging auf die Toilette und schloß mich dort ein. Leute klopften, aber ich weinte und wollte nicht rauskommen.

Tatsächlich ließ mich Cantabile nicht zu lange warten. Er rief kurz vor Mittag an. Vielleicht kriegte er Hunger. Ich erinnerte mich, daß irgendwer gegen Ende des neunzehnten Jahrhunderts immer Verlaine in Paris sah, wie er betrunken und aufgedunsen mit dem Spazierstock wild aufs Pflaster stieß, wenn er zum Mittagessen ging, und kurz danach den großen Mathematiker Poincaré, ehrbar gekleidet und der mächtigen Stirn folgend, wobei er mit den Fingern Kurven in die Luft schrieb – auch er auf dem Weg zum Essen. Mittagessenszeit ist Mittagessenszeit, ob man nun Poet ist oder Mathematiker oder Gangster. Cantabile sagte: »Schön, Sie dummer Pimmel, wir treffen uns gleich nach dem Mittagessen. Bringen Sie Bargeld. Und das ist alles, was Sie bringen. Tun Sie nicht noch mehr falsche Schritte.«

»Ich wüßte nicht, was oder wie«, sagte ich.

»Das stimmt, solange Sie nicht irgendwas mit George Swiebel auskochen. Sie kommen allein.«

»Selbstverständlich. Es ist mir nicht mal eingefallen . . .«

»Also jetzt, wo ich's gesagt habe, soll's Ihnen lieber nicht auch noch einfallen. Also allein und bringen Sie neue Scheine. Gehen Sie zur Bank und holen Sie sich sauberes Geld. Neun Noten zu fünfzig. Neu. Ich will keine Fettflecken auf diesen Dollars. Und seien Sie froh, daß ich Sie den beschissenen Scheck nicht fressen lasse.«

Welch ein Faschist! Aber vielleicht hat er sich auch nur hochgeputscht oder angefeuert, um seinen Wutpegel hochzuhalten. Inzwischen hatte ich jedoch nur noch das Ziel, ihn durch Unterwerfung und Einwilligung loszuwerden. »Wie immer Sie's wollen«, sagte ich. »Wohin soll ich das Geld bringen?«

»Das Russische Bad in der Division Street«, sagte er.

»Das alte Kabuff? Du großer Gott!«

»Sie stehen davor, um ein Uhr fünfundvierzig, und warten. Und allein!« sagte er.

Ich antwortete: »Gut.« Aber er hatte meine Zustimmung nicht abgewartet. Wieder hörte ich das Amtszeichen. Ich identifizierte dieses endlose Winseln mit dem Angstpegel meiner aus den Fugen geratenen Seele.

Ich mußte mich in Bewegung setzen. Und ich konnte nicht erwarten, daß Renata etwas für mich tat. Renata, die heute geschäftlich zu tun hatte, wohnte einer Versteigerung bei, und sie wäre ungehalten gewesen, wenn ich die Auktionsräume angerufen hätte, um sie zu bitten, mich zur Nordwestseite zu bringen. Sie ist eine gefällige und schöne Frau, sie hat herrliche Brüste, aber sie nimmt gewisse Kränkungen übel und gerät schnell in Zorn. Nun, ich würde es irgendwie schon schaffen. Vielleicht ließ sich der Mercedes zur Werkstatt fahren. Ein Abschleppauto wäre vielleicht nicht nötig. Und dann müßte ich ein Taxi finden oder einen Leihwagendienst anrufen. Ich wollte nicht mit dem Bus fahren. Es gibt in den Omnibussen und Zügen zu viele bewaffnete Säufer und Heroinsüchtige. Aber nein, warte! Erst mußte ich Murra anrufen und dann zur Bank eilen. Zudem mußte ich erklären, daß ich Lish und Mary nicht zur Klavierstunde fahren konnte. Das machte mir das Herz besonders schwer, weil ich vor Denise ziemliche Angst habe. Sie übt immer noch eine gewisse Macht aus. Denise hat viel Wind gemacht um diese Stunden. Aber bei ihr war alles eine Hauptaktion, war alles lebenswichtig, kritisch. Alle auf die Kinder bezogenen psychologischen Probleme wurden mit großer Eindringlichkeit vorgetragen. Fragen der Kindesentwicklung waren verzweifelt, grausig, tödlich. Wenn diese Kinder ruiniert wurden, war es mein Fehler. Ich hatte sie im gefährlichsten Augenblick der Zivilisationsgeschichte sitzenlassen, um mit Renata anzubändeln. »Diese Nutte mit den fetten Titten« – so wurde sie regelmäßig von Denise genannt. Sie sprach von der schönen Renata immer wie von einer ungerüschten, derben Dirne. Die Tendenz ihrer Bezeichnungen wollte anscheinend aus Renata einen Mann und aus mir eine Frau machen.

Denise geht wie mein Reichtum auf das Belasco-Theater zurück. Trenck wurde von Murphy Verviger gespielt, und der Star hatte sein Gefolge (einen Kostümier, einen Presseagenten und einen Laufburschen). Denise, die mit Verviger im St. Moritz zusammen wohnte, kam täglich mit seinen anderen Gefolgsleuten und trug ihm das Rollenmanuskript. Sie steckte in einem pflaumenfarbenen samtenen Fallschirmspringeranzug und trug offenes, langes Haar. Elegant, schlank, etwas flachbrüstig, hochschultrig, breit in der Oberpartie wie ein altmodischer Küchenstuhl, hatte sie große Veilchenaugen, eine wunderbar lebhafte, feine Farbe im Gesicht und einen geheimnisvollen, selten sichtbaren Flaum, selbst auf der Nase. Wegen der Augusthitze waren die großen Türen hinter der Bühne zu den asphaltierten Einfahrten hin geöffnet, und das sich einstehlende Tageslicht zeigte die erschreckende Kahlheit und den Verfall des alten Luxus. Das Belasco war wie eine vergoldete Tortenschüssel, die von Zuckergußresten überzogen war. Verviger, dessen Gesicht am Mund tiefe Falten zeigte, war groß und muskulös. Er glich einem Skilehrer. Irgendeine Vorstellung von geballter Vornehmheit verzehrte ihn. Sein Kopf war geformt wie eine Husarenmütze, ein hoher, solider, arroganter Fels, der mit dichtem Moos bedeckt ist. Denise bewahrte für ihn die Probenotizen auf. Sie schrieb mit fürchterlicher Konzentration, als sei sie die klügste Schülerin in der Klasse, und der Rest der fünften Klasse sei ihr auf den Fersen. Wenn sie kam, um etwas zu fragen, hielt sie das Skript an die Brust und sprach zu mir wie bei einer Opernkrise. Ihre Stimme schien ihr eigenes Haar zu sträuben und ihre erstaunlichen Augen zu erweitern. Sie sagte: »Verviger wüßte gern, wie Sie möchten, daß er dieses Wort ausspricht« – sie schrieb es mir mit Druckbuchstaben auf: FINITE. »Er sagte, er kann daraus *finit* machen oder *fein-it* oder *fein-eit*. Meine Entscheidung – *fein-eit* – läßt er nicht gelten.«

Ich sagte: Warum so vornehm? . . . Mir ist gleich, was er daraus macht.« Ich habe nicht hinzugefügt, daß ich an Verviger sowieso verzweifelte. Er hatte das Stück von Anfang bis Ende falsch verstanden. Vielleicht machte er seine Sache im St. Moritz richtig. Das ging mich nichts an. Ich ging nach Hause und erzählte meiner Freundin Demmie Vonghel von der augenfunkelnden, kratzbürstigen Schönheit im Belasco, Vervigers Freundin.

Nun ja, zehn Jahre später waren Denise und ich Mann und Frau, und wir wurden von Präsident und Mrs. Kennedy im Smoking zu einem Kulturabend eingeladen. Denise befragte zwanzig oder dreißig Frauen wegen Kleidern, Schuhen, Handschuhen. Hochintelligent, wie sie war, hielt sie sich immer im Schönheitssalon über nationale und Weltprobleme auf dem laufenden. Ihr Haar war üppig und wurde hochgesteckt. Es war nicht leicht, mit Sicherheit zu sagen, wann sie es hatte machen lassen, aber ich konnte immer an der Unterhaltung beim Abendessen erkennen, ob sie am Nachmittag beim Friseur gewesen war, denn sie war eine Blitzleserin und informierte sich über alle Einzelheiten einer Weltkrise unter der Trockenhaube. »Ist dir klar, was Chruschtschow in Wien getan hat?« fragte sie. Daher bewältigte sie im Schönheitssalon, um sich für das Weiße Haus vorzubereiten, *Time* und *Newsweek* und *The U.S. News and World Report*. Auf dem Flug nach Washington fragten wir uns die Schweinebucht, die Raketenkrise und das Diem-Problem ab. Ihre nervöse Intensität ist eine Veranlagung. Nach dem Essen kriegte sie den Präsidenten zu fassen und sprach mit ihm unter vier Augen. Ich sah, daß sie ihn im Roten Zimmer abfing. Ich wußte, daß sie eilig über das Liniengewirr vorstieß, das ihre eigenen schrecklichen Probleme – und sie waren alle schrecklich! – von den Wirren und Katastrophen der Weltpolitik trennte. Es war alles eine unteilbare Krise. Ich wußte, daß sie sagte: »Mr. Präsident, was läßt sich in dieser Sache tun?« Nun denn, wir umwerben einander mit allem, was wir haben. Ich kicherte in mich hinein, als ich die beiden zusammen sah. Aber JFK wußte sich zu helfen, und er schätzte hübsche Frauen. Ich vermutete, daß er auch *The U.S. News and World Report* las und daß er nicht viel besser informiert sein mochte als sie. Sie hätte für ihn einen hervorragenden Außenminister abgegeben, wenn man ein Mittel gefunden hätte, sie vor elf Uhr vormittags zu wecken. Denn sie ist schon großartig. Und eine wirkliche Schönheit. Und viel prozeßsüchtiger als Humboldt Fleisher. Er drohte hauptsächlich. Aber seit unserer Scheidung bin ich in endlose ruinöse Prozesse verwickelt gewesen. Die Welt hat selten eine aggressivere, listigere, erfindungsreichere Klägerin erlebt als Denise. Vom Weißen Haus habe ich vor allem den eindrucksvollen Hochmut von Charles Lindbergh in Erinnerung, die Beschwerde Edmund Wilsons, daß die Regierung ihn zum armen Mann gemacht hätte, die Kurmusik aus den Catskills, gespielt von einer Kapelle des Marine-Corps, und Mr. Tate, der dazu den Takt auf dem Knie einer Dame schlug.

Eine von Denises großen Klagen war, daß ich sie nicht diese Art von Leben führen ließ. Der große Kapitän Citrine, der einst die Schnallen seiner Rüstung in heroischen Prügeleien gesprengt hatte, kühlte jetzt die Lust der Zigeunerin Renata und hatte ihr in seiner Hörigkeit einen Luxus-Mercedes-Benz gekauft. Wenn ich kam, um Lish und Mary abzuholen, sagte mir Denise, ich solle darauf achten, daß das Auto gut gelüftet sei. Sie wollte nicht, daß es nach Renata roch. Zigarettenstummel, die mit ihrem Lippenstift befleckt waren, mußten aus dem Aschbecher geleert werden. Einmal marschierte sie aus dem Haus und tat es selbst. Sie sagte, es dürfe keine Papiertaschentücher geben, die mit Gott weiß was beschmiert waren.

Ängstlich wählte ich Denises Telefonnummer. Ich hatte Glück, das Dienstmädchen antwortete, und ich sagte ihr: »Ich kann die Mädchen heute nicht abholen. Ich habe Pech mit dem Auto gehabt.«

Unten entdeckte ich, daß ich mich in den Mercedes quetschen konnte, und obwohl die Windschutzscheibe schlimm war, glaubte ich doch fahren zu können, wenn mich die Polizei nicht anhielt. Ich machte die Probe, als ich zur Bank fuhr, wo ich das neue Geld abhob. Es wurde mir in einem Plastikumschlag überreicht. Ich faltete das Bündel nicht, sondern legte es neben meine Brieftasche. Dann vereinbarte ich von einer Telefonzelle aus einen Termin mit der Mercedes-Werkstatt. Man muß einen Termin vereinbaren – man platzt nicht einfach in die Werkstatt hinein wie in alten Mechanikertagen. Dann, immer noch im Münzfernsprecher, versuchte ich noch einmal George Swiebel zu erreichen. Anscheinend hatte ich gesagt, als ich beim Kartenspiel schwadronierte, daß George gern mit seinem alten Vater in die Bäder in der Division Street geht, in der Nähe der ehemaligen Robey Street. Wahrscheinlich hatte Cantabile die Hoffnung, George dort stellen zu können.

Als Kind ging ich mit meinem eigenen Vater in die Russischen Bäder. Diese alte Anstalt gibt es dort schon seit Urzeiten, heißer als die Tropen und süß vermodernd. Unten im Keller stöhnten die Männer auf dampfgeweichten Planken, während sie mit in Gurkeneimern eingeschäumten Eichenlaubbesen gewissermaßen abgeschmirgelt wurden. Die hölzernen Pfosten wurden langsam von einem wunderbaren Moder angefressen, der ihnen eine weiche Bräunung verlieh. Sie sahen in dem goldenen Dampf aus wie Biberpelz. Vielleicht hoffte Cantabile, hier George nackt abzufangen. Konnte es einen anderen Grund geben, weshalb er diesen Treffpunkt genannt hatte? Er könnte ihn schlagen, er könnte ihn erschießen wollen. Warum hatte ich so viel geschwatzt?

Ich sagte zu Georges Sekretärin: »Sharon? Er ist noch nicht zurück? Nun, hören Sie zu, sagen Sie ihm, er soll heute nicht ins *Schwitz* in der Division Street gehen. *Nicht!* Es ist ernst.«

George sagte von Sharon: »Sie versteht sich auf Notlagen.« Das ist begreiflich. Vor zwei Jahren war ihr von einem total Fremden die Kehle aufgeschnitten worden. Ein unbekannter schwarzer Mann trat in Georges Büro in Süd-Chicago mit einem offenen Rasiermesser. Er zog es über Sharons Kehle wie ein Virtuose und verschwand für immer. »Das Blut fiel wie ein Vorhang«, sagte George. Er knotete ein Handtuch um Sharons Hals und brachte sie schnellstens ins Krankenhaus. George versteht sich selbst auf Notlagen. Er ist ständig auf Ausschau nach etwas Grundlegendem, »Ehrlichem«, »Erdhaftem«, Ursprünglichem. Als er Blut sah, eine Lebenssubstanz, wußte er, was zu tun war. Aber George ist natürlich auch Theoretiker; er ist ein Primitivist. Dieser rothäutige, muskulöse George mit den großen Händen und den braunen, menschlich verständnisvollen Augen ist nicht dumm, wenn er nicht gerade seine Ideen verkündet. Das tut er laut und wild. Und dann kann ich ihn nur angrinsen, weil ich weiß, wie gutherzig er ist. Er kümmert sich um seine alten Eltern, seine Schwestern, seine verflossene Frau und ihre erwachsenen Kinder. Er verdammt Eierköpfe, aber er hat eine echte Liebe zur Kultur. Er verbringt ganze Tage mit dem Versuch, schwierige Bücher zu lesen, und bringt sich damit fast um. Nicht mit sehr viel Erfolg. Und wenn ich ihn Intellektuellen vorstelle wie meinem gelehrten Freund Durnwald, dann brüllt er und provoziert sie, gebraucht schmutzige Wörter, und sein Gesicht läuft rot an. Nun ja, es sind derartige seltsame Augenblicke in der Geschichte des menschlichen Bewußtseins, in denen der Geist allgemein erwacht und die Demokratie beginnt – ein Zeitalter des Aufruhrs und der ideologischen Wirrnis, das bedeutendste Phänomen der Gegenwart. Humboldt, jungenhaft, liebte das Leben des Geistes, und ich teilte seine Begeisterung. Aber die Intellektuellen, denen man begegnet, sind von anderem Kaliber. Ich benahm mich nicht gut in dem geistigen *beau monde* von Chicago. Denise lud überragende Persönlichkeiten aller Arten ins Haus in Kenwood ein, um Politik und Wirtschaft, Rasse, Psychologie, Sex und Verbrechen zu diskutieren. Obwohl ich die Getränke servierte und eine Menge lachte, war ich nicht besonders lustig und gastlich. Ich war nicht mal freundlich. »Du verachtest diese Leute!« sagte Denise zornig. »Nur Durnwald ist eine Ausnahme, dieser Griesgram.« Dieser Vorwurf war berechtigt. Ich hoffte, sie alle aufs Kreuz zu legen. Das war in der Tat einer meiner Lieblingsträume und eine der schönsten Hoffnungen. Sie waren gegen das *Wahre*, das *Gute*, das *Schöne*. Sie leugneten das Licht. »Du bist ein Snob«, sagte sie. Das traf nicht den Kern. Aber ich wollte mit diesen Schweinekerlen, den Anwälten, Kongreßabgeordneten, Psychologen, Soziologieprofessoren, Geistlichen und Künstlertypen (das waren meistens Galeriebesitzer), die sie einlud, nicht das geringste zu tun haben.

»Du mußt richtige Menschen kennenlernen«, sagte George zu mir bei späterer Gelegenheit. »Denise hat dich mit Windbeuteln umgeben, und jetzt bist du tagaus, tagein mit Tonnen von Büchern und Papier allein in dieser Wohnung, und ich schwöre, du verlierst dabei den Verstand.«

»Aber nein«, sagte ich, »da bist du und Alec Szathmar und mein Freund Richard Durnwald. Und zudem Renata. Und vergiß nicht die Leute vom Downtown Club.«

»Von diesem Burschen Durnwald wirst du nicht viel haben. Er ist der Professor für Professoren. Und niemand kann ihn interessieren. Er hat es alles schon gehört oder gelesen. Wenn ich versuche, mit ihm zu reden, habe ich das Gefühl, daß ich mit dem Pingpongmeister von China spiele. Ich schlage auf, er schmettert den Ball zurück, und damit hat sich's. Ich muß wieder aufschlagen, und ziemlich bald habe ich keine Bälle mehr.«

Er machte Durnwald immer besonders madig. Da bestand eine gewisse Rivalität. Er wußte, wie eng ich Dick Durnwald verbunden war. Im ungeschliffenen Chicago war Durnwald, den ich bewunderte und sogar verehrte, der einzige Mann, mit dem ich

Ideen austauschte. Aber seit sechs Monaten war Durnwald an der Universität Edinburgh, wo er über Comte, Durkheim, Tönnies, Weber und so weiter Vorlesungen hielt. »Dieses abstrakte Zeug ist Gift für Menschen wie dich«, sagte George. »Ich werde dich mit Leuten von Süd-Chicago bekannt machen.« Er begann zu schreien. »Du bist zu exklusiv, du trocknest allmählich aus.«

»Okay«, sagte ich.

Auf diese Weise wurde das fatale Pokerspiel um mich herum organisiert. Aber die Gäste wußten, daß sie als Lumpengesellschaft eingeladen worden waren. Heutzutage werden die Kategorien von denen, die jeweils dazu gehören, erkannt. Es wäre ihnen sonnenklar gewesen, daß ich eine Art Vertreter des Geistes war, selbst wenn George mich nicht als solchen angepriesen hätte, indem er prahlte, daß mein Name in Nachschlagewerken stehe und daß ich von der französischen Regierung zum Ritter geschlagen worden sei. Na und? Es war ja nicht so, daß ich ein Dick Cavett gewesen wäre, eine echte Berühmtheit. Ich war nichts als noch ein gebildeter Trottel, und George brüstete sich mit mir vor ihnen und führte sie mir vor. Es war nett von ihnen, daß sie mir diesen großen Reklamerummel verziehen. Ich war von George dorthin gebracht worden, um ihre wahren amerikanischen Qualitäten zu genießen, ihre Eigenheiten. Aber sie bereicherten den Abend mit ihrer eigenen Ironie und drehten den Spieß um, so daß am Ende meine Eigenheiten viel offensichtlicher waren. »Im Laufe des Spieles hast du ihnen immer besser gefallen«, sagte George. »Sie fanden dich ziemlich menschlich. Und außerdem war Rinaldo Cantabile da. Er und sein Vetter zeigten sich gegenseitig die Karten, und du hast dich betrunken und nicht gewußt, was, zum Teufel, da gespielt wurde.«

»Dann habe ich nur durch den Kontrast gewonnen«, sagte ich.

»Ich dachte, Kontrastgewinner sei lediglich dein Ausdruck für Ehepaare. Du magst eine Dame, weil sie einen Mann hat, ein regelrechtes Stinktier, der sie gut aussehen läßt.«

»Es ist eins der konstruierten Mischwörter.«

Ich bin kein großer Pokerspieler. Außerdem interessierte ich mich für die Gäste. Einer war ein Litauer aus dem Smoking-Verleihgeschäft, ein anderer ein junger Pole, der eine Computerausbildung erhielt. Dann war da auch ein Kriminalbeamter in Zivil von der Mordkommission. Neben mir saß ein sizilianisch-amerikanischer Leichenbestatter, und schließlich waren noch Rinaldo Cantabile und sein Vetter Emil da. Diese beiden, sagte George, waren uneingeladen erschienen. Emil war ein kleiner Gauner, dazu geboren, zu erpressen und Steine durch Schaufensterscheiben zu werfen. Er muß an dem Attentat auf meinen Wagen teilgenommen haben. Rinaldo sah ganz besonders gut aus mit einem dunklen pelzartigen Schnurrbart, fein wie Nerz, und war elegant gekleidet. Er bluffte wie verrückt, sprach laut, schlug mit den Knöcheln auf den Tisch und tat so, als sei er ein gußeiserner Banause. Immerhin sprach er dauernd von Robert Ardrey, dem territorialen Imperativ, Paläontologie in der Olduvai-Schlucht und den Ansichten von Konrad Lorenz. Er sagte laut und barsch, daß seine gebildete Frau Bücher rumliegen ließ. Das Buch von Ardrey hatte er in der Toilette gefunden. Gott weiß, warum wir uns zu anderen hingezogen fühlen und uns ihnen anschließen. Proust, ein Autor, mit dem mich Humboldt bekannt gemacht und in dessen Werk er mich schwer unterrichtet hatte, sagte, daß er sich oft zu Menschen hingezogen fühlte, deren Gesichter irgendeine Ähnlichkeit mit einer blühenden Weißdornhecke aufwiesen. Weißdorn war nicht Rinaldos Blume. Weiße Zimmercalla schon eher. Seine Nase war besonders weiß, und seine großen Nasenlöcher, die entsprechend dunkel waren, erinnerten mich in erweitertem Zustand an eine Oboe. Menschen, die man so genau sehen kann, haben Macht über mich. Aber ich weiß nicht, was zuerst da ist: die Anziehung oder die genaue Beobachtung. Wenn ich mich abgestumpft, gelangweilt, in meiner Urteilskraft verletzt fühle, dann hat eine verfeinerte Wahrnehmung, die sich plötzlich einstellt, großen Einfluß.

Wir saßen an einem runden Sockeltisch, und als die sauberen Karten flogen und flatterten, brachte George die Spieler zum Reden. Er war der Impresario, und sie taten ihm den Gefallen. Der Mordkommissar sprach von Totschlag auf der Straße. »Es ist ganz anders, jetzt töten die das arme Schwein, wenn er keinen Dollar in der Tasche hat, und sie töten das arme Schwein, wenn er ihnen fünfzig Dollar gibt. Ich habe zu ihnen gesagt, ›Ihr Schweine tötet für Geld? Für Geld? Das Billigste in der Welt. Ich habe mehr Kerle getötet als ihr, aber das war im Krieg.‹«

Der Smoking-Mann trauerte um seine Freundin, die bei der *Sun Times* telefonische Anzeigen entgegennahm. Er sprach mit einem wiehernden litauischen Akzent, scherzend, prahlend, aber auch trübsinnig. Als er seine Geschichte vortrug, glühte er vor Trauer und war verdammt nahe am Weinen. An Montagen sammelte er die ausgeliehenen Smokings ein. Nach dem Wochenende waren sie befleckt, sagte er, mit Soße, mit Suppe, mit Whisky oder Sperma, »was Sie wollen«. Dienstags fuhr er in einem Kombiwagen zu einem Betrieb in der Nähe des Loop, wo die Anzüge in Kesseln mit Reinigungsflüssigkeit eingeweicht wurden. Dann verbrachte er den Nachmittag mit einer Freundin. Ach, sie kamen nicht mal bis zum Bett, so geil waren sie aufeinander. Sie sanken auf den Boden. »Sie war der Typ Mädchen aus guter Familie. Sie war meine Art Mensch. Aber sie war zu allem bereit. Ich sagte ihr wie, und sie machte es, und keine Fragen.«

»Und Sie haben sie nur dienstags gesehen, sie nie zum Essen ausgeführt, niemals bei sich zu Hause besucht?« sagte ich.

»Sie ist um fünf Uhr nach Hause gegangen zu ihrer alten Mutter und hat das Abendessen gekocht. Ich schwöre, ich habe nicht mal ihren Nachnamen gekannt. Zwanzig Jahre lang hatte ich nichts anderes als ihre Telefonnummer.«

»Aber Sie haben sie geliebt. Warum haben Sie sie nicht geheiratet?«

Er schien erstaunt, sah die anderen Spieler an, als wolle er sagen, was ist los mit diesem Burschen? Dann antwortete er: »Was, eine heiße Flunze heiraten, die's in Hotelzimmern treibt?«

Während alle lachten, erklärte mir der sizilianische Leichenbestatter in dem besonderen Tonfall, mit dem man gebildeten Trotteln die Tatsachen des Lebens mitteilt: »Hören Sie, Professor, man soll die Dinge nicht durcheinanderbringen. Dafür ist eine Ehefrau nicht da. Und wenn man einen komischen Fuß hat, muß man einen komischen Schuh suchen. Und wenn man die passende Größe findet, dann läßt man es, wie's ist.«

»Auf alle Fälle ist mein Schatz im Grab.«

Ich lerne immer gern, bin dankbar für Belehrung, gut, wenn ich zurechtgewiesen werde, falls Eigenlob gestattet ist. Ich würde vielleicht lieber nicht widersprechen, aber ich weiß, wenn's echte Freundschaft ist. Wir saßen beim Whisky, bei Poker Chips und Zigarren in dieser Küche in Süd-Chicago, die von dem finsteren Atem der Stahlwerke und Raffinerien durchzogen wurde und unter einem Netz von elektrischen Drähten lag. Ich bemerke oft seltsame natürliche Fälle des Überlebens in diesem Bezirk mit Schwerindustrie. Karpfen und Wels leben noch in den benzingeschwängerten Teichen. Schwarze Frauen angeln danach mit Teigköder. Murmeltiere und Kaninchen sind nicht weit von den Mülldeponien zu sehen. Rotgeflügelte Drosseln mit ihren Schulterstreifen fliegen wie uniformierte Türhüter über die Rohrkolben. Bestimmte Blumen sind geblieben.

Dankbar für diesen Abend in menschlicher Gesellschaft, ließ ich mich gehen. Ich verlor beinahe sechshundert Dollar, einschließlich des Schecks an Cantabile. Aber ich bin so daran gewöhnt, daß man mir Geld wegnimmt, daß es mir fast nichts ausmachte. Ich habe mich an dem Abend sehr gut amüsiert, trank und lachte eine ganze Menge und redete. Ich redete und redete. Offenbar habe ich meine Interessen und Pläne ziemlich eingehend besprochen, und später teilte man mir mit, daß ich als einziger nicht mitbekommen habe, was sich zutrug. Die anderen Spieler schieden aus, als sie sahen, wie die Vettern Cantabile schummelten. Sie zeigten einander Karten, präparierten den Stock und stürzten sich auf jeden Einsatz.

»Das lasse ich ihnen auf meinem Turf nicht durchgehen«, schrie George in einem seiner theatralischen Ausbrüche von Irrationalität.

»Aber Rinaldo ist gefährlich.«

»Rinaldo ist ein Gartenzwerg!« gellte George.

Konnte ja sein, aber zur Zeit Capones waren die Cantabiles üble Kunden gewesen. Zu jener Zeit identifizierte die ganze Welt Chicago mit Blut – da gab es die Schlachthöfe, und da gab es die Gangsterkriege. In der Bluthierarchie Chicagos hatten die Cantabiles etwa im mittleren Rang gestanden. Sie arbeiteten für die Mafia, sie fuhren Whiskytransporte, und sie schlugen und erschossen Menschen. Sie waren durchschnittliche, kleinere Verbrecher und Gangster. Aber in den vierziger Jahren hatte ein schwachsinniger Cantabile-Onkel, der bei der Polizei von Chicago war, die Familie in Verruf gebracht. Er betrank sich in einer Bar, und zwei verspielte Flegel nahmen ihm seine Waffen ab und trieben ihren Spaß mit ihm. Sie ließen ihn auf dem Bauch kriechen, zwangen ihn, Dreck und Sägespäne vom Boden aufzulekken, und traten ihn in den Hintern. Nachdem sie ihn gequält und gedemütigt hatten und er weinend vor Wut dalag, rannten sie in aller Heiterkeit davon und warfen ihm seine Waffen hin. Das war ihr großer Fehler. Er verfolgte sie und erschoß sie auf der Straße. Seitdem, sagte George, hat niemand die Cantabiles wieder ernst genommen. Der alte Ralph (Moochy) Cantabile, jetzt lebenslänglich im Zuchthaus, machte die Familie durch den Mord an den beiden jungen Männern bei der Mafia unmöglich. Daher konnte es sich Rinaldo nicht leisten, von einem Menschen wie mir abgeschoben zu werden, der in Chicago gut bekannt war, gegen ihn im Poker verloren hatte und ihm dann den Scheck sperrte. Rinaldo, oder Ronald, hatte vielleicht keinen großen Namen in der Unterwelt, aber er hatte meinem Mercedes Schreckliches angetan. Ob seine Wut regelrechte Gangsterwut war, echt oder aufgelegt, wer konnte das sagen? Aber er war offensichtlich einer jener stolzen, sensiblen Burschen, die so viel Schaden anrichten, weil sie auf innere Vorgänge, die vernünftige Menschen nur sehr wenig interessieren, leidenschaftlich reagieren.

Ich war nicht so völlig wirklichkeitsfremd, daß ich nicht die Frage an mich stellte, ob ich mit dem vernünftigen Menschen mich selbst meinte. Als ich von der Bank zurückkehrte, rasierte ich mich und bemerkte, daß mein Gesicht, ein zur Fröhlichkeit bestimmtes und die metaphysische Voraussetzung einer universalen Hilfsbereitschaft bejahendes Gesicht, das die Erscheinung des Menschengeschlechts auf dieser Erde im großen und ganzen als etwas Gutes bejahte – daß dieses Gesicht, erfüllt von den Gegebenheiten, die der kapitalistischen Demokratie entstammten, jetzt niedergeschlagen war, ins Unglück versunken, unwirsch, unangenehm zu rasieren. War ich der obenerwähnte, vernünftige Mensch?

Ich unternahm ein paar unpersönliche Operationen. Ich praktizierte ein wenig Ontogenie und Phylogenie über mich. Zusammenfassung: Die Familie hieß Tsitrine und kam aus Kiew. Der Name wurde auf Ellis Island anglisiert. Ich wurde in Appleton, Wisconsin, geboren, dem Geburtsort auch von Harry Houdini, mit dem ich, wie ich glaube, eine gewisse Verwandtschaft besitze. Ich bin im polnischen Chicago aufgewachsen, ich ging zur Chopin-Grundschule, ich verbrachte mein achtes Lebensjahr in der Fürsorgestation eines Tuberkuloseheims. Gute Menschen stifteten ganze Stapel von bunten Comic-Heften an das Sanatorium. Die waren hoch neben jedem Bett gebündelt. Die Kinder folgten den Abenteuern von Slim Jim und Boob McNutt. Zudem las ich Tag und Nacht die Bibel. Ein Besuch pro Woche war erlaubt, meine Eltern wechselten sich ab, meine Mutter, den Busen in alten grünen Sergestoff gehüllt, mit großen Augen, einer geraden Nase und weiß vor Sorge – ihre tiefen Gefühle hinderten ihre Atmung –, und mein Vater, der eingewanderte verzweifelte Kämpfer, der aus der Kälte kam, den Mantel mit Zigarettenrauch durchsetzt. Kinder hatten Blutstürze bei Nacht, erstickten am Blut und waren tot. Am Morgen mußte die weiße Geometrie gemachter Betten bewältigt werden. Ich wurde dort sehr nachdenklich und glaube, daß sich meine Lungenerkrankung in einer Gemütserkrankung fortsetzte, so daß ich mich zuweilen vom heftigen Streben vergiftet fühlte – und noch fühle –, einer Stauung zarter Impulse, verbunden mit Fieber und verklärten Schwindelgefühlen. Auf Grund meiner Tuberkulose verband ich Atmung mit Freude, und auf Grund der Düsternis in der Station verband ich Freude mit Licht, und auf Grund meiner Irrationalität bedeutete mir das Licht an der Wand Licht in meinem Innern. Ich scheine ein Halleluja- und Gloria-Typ geworden zu sein. Darüber hinaus (abschließend) ist Amerika ein didaktisches Land, dessen Bevölkerung stets die eigenen Erfahrungen als hilfreiche Lektion für alle anderen anbietet und hofft, sie dadurch zu ermutigen und ihnen zu nützen – eine intensive Art persönlichen Public-Relation-Projekts. Zeitweise betrachte ich das als Idealismus. Zu anderen Zeiten erscheint es mir als reines Delirium. Wenn sich jeder dem Guten verschrieben hat, wie geschieht dann all das Böse? Wenn Humboldt mich einen *ingénu* nannte, wollte er dann nicht darauf hinaus? Da er viel Böses in sich kristallisierte, der arme Kerl, starb er als Beispiel und hinterließ der Öffentlichkeit als Vermächtnis eine Frage. Die Todesfrage als solche, in der Walt Whitman die Frage aller Fragen erblickte.

Wie dem auch sei, ich war gar nicht damit einverstanden, wie ich im Spiegel aussah. Ich sah engelhafte Substanzspuren, die sich zu Heuchelei verdichteten, besonders um den Mund. Ich rasierte mich daher nach dem Gefühl zu Ende und öffnete die Augen erst, als ich anfing, mich anzukleiden. Ich wählte einen ruhigen Anzug und Schlips. Ich wollte Cantabile nicht herausfordern, indem ich protzig auftrat.

Ich brauchte auf den Fahrstuhl nicht lange zu warten. Es war gerade nach der Hundezeit in meinem Haus. Während der Hunde-Ausgehstunden ist es hoffnungslos; man muß die Treppe benutzen. Ich ging hinaus zu meinem verbeulten Auto, dessen Wartung allein mich jährlich fünfzehnhundert Dollar kostete. Auf der Straße war die Luft schlecht. Es war die Zeit vor Weihnachten, düsterer Dezember, und eine braune Luft, mehr Abgase als Luft, kam über den See von den großen Stahl- und Ölwerken Süd-Chicagos, Hammonds und Garys in Indiana. Ich stieg ein und ließ den Motor an, während ich zugleich das Radio anstellte. Als die Musik einsetzte, wünschte ich, daß es mehr Knöpfe anzustellen gäbe, denn es war irgendwie nicht ausreichend. Die kulturellen UKW-Stationen boten Feiertagskonzerte von Corelli, Bach und Palästrina – Musica Antiqua, dirigiert von dem verstorbenen Greenberg, mit Cohen, Viola da Gamba, und Levi am Cembalo. Sie brachten fromme und schöne Kantaten auf alten Instrumenten dar, während ich versuchte, durch die Windschutzscheibe zu blicken, die Cantabile zersplittert hatte. Ich hatte die neuen Fünfzig-Dollar-Scheine in einem Bündel zusammen mit meiner Brille, der Brieftasche und dem Taschentuch. Ich hatte mich noch nicht entschieden, in welcher Reihenfolge ich vorgehen wollte. Ich entscheide derartige Dinge niemals, sondern warte, bis sie sich offenbaren, und auf dem Outer Drive kam mir die Idee, am Downtown Club anzuhalten. Meine Gedanken waren in einem ihrer Chicago-Zustände. Wie soll ich dieses Phänomen beschreiben? Im Chicago-Zustand fehlt mir irgend etwas ganz unerträglich, mein Herz schwillt, ich fühle einen zerrenden Drang. Der fühlende Teil der Seele will sich ausdrücken. Einige Symptome von übermäßigem Koffeingenuß stellen sich ein. Zu gleicher Zeit habe ich das Empfinden, das Werkzeug äußerer Mächte zu sein. Sie gebrauchen mich entweder als Beispiel für menschlichen Irrtum oder vielleicht auch als bloßen Schatten wünschenswerter kommender Dinge. Ich fuhr. Der riesige blasse See spülte vorwärts. Gegen Osten dehnte sich ein weißer sibirischer Himmel, und der McCormick Place lag wie ein Flugzeugträger an die Küste vertäut. Das Leben hatte sich aus dem Gras zurückgezogen. Es hatte seine winterlich braune Farbe. Autofahrer kreuzten neben mir auf, um sich den unglaublich verstümmelten Mercedes anzusehen.

Ich wollte mit Vito Langobardi im Downtown Club sprechen, um seine Meinung – wenn er eine hatte – über Rinaldo Cantabile zu hören. Vito war ein Gangster der Spitzenklasse, ein Freund des verstorbenen Murray the Camel und der Battaglias. Wir spielten oft miteinander Raquet Ball, ich mochte Langobardi. Ich mochte ihn sehr gern, und ich glaubte, daß er mich gut leiden konnte. Er war eine höchst bedeutende Figur der Unterwelt, stand so hoch in der Organisation, daß er sich zu einem Gentleman verfeinert hatte und wir nur über Schuhe und Hemden miteinander sprachen. Unter den Mitgliedern trugen nur er und ich maßgeschneiderte Hemden mit Schlaufen an der Unterseite des Kragens für den Schlips. Durch diese Schlaufen waren wir in gewisser Weise vereint. Wie in einem Stamm von Wilden, von dem ich einmal gelesen habe, in dem sich nach der Kindheit Bruder und Schwester erst wiedersehen, wenn sie an der Schwelle des Alters stehen, weil es ein fürchterliches Inzest-Tabu gibt, wenn plötzlich die Zeit der Prohibition vorbei ist . . . nein, der Vergleich taugt nichts. Aber ich hatte viele gewalttätige Kinder in der Schule gekannt, furchtbare Kinder, deren Leben als Erwachsene sich von meinem grundlegend unterschied, aber jetzt konnten wir vom Fischen in Florida plaudern und maßgeschneiderten Hemden mit Schlaufen oder den Problemen von Langobardis Doberman. Nach dem Spiel schlürften wir in der nackten Demokratie der Umkleideräume einträchtig einen Fruchtsaft und schwatzten über Filme, die als sittenwidrig eingestuft waren. »Da gehe ich nie hin«, sagte er. »Was wäre, wenn eine Razzia stattfände und ich verhaftet würde? Wie würde das in der Zeitung aussehen?« Zur »Qualität« braucht man eben ein paar Millionen Dollar, und Vito, der Millionen gehortet hatte, war unbedingt »Qualität«. Derbe Sprache überließ er den Maklern der Warenbörse und Anwälten. Beim Spiel taumelte er ein wenig, wenn er rannte, weil seine Wadenmuskeln nicht kräftig entwickelt waren, ein Mangel, der auch häufig bei nervösen Kindern auftritt. Aber sein Spiel war raffiniert. Er manövrierte mich immer aus, weil er genau wußte, was ich hinter seinem Rücken tat. Ich fühlte mich zu Vito hingezogen.

Racquet Ball oder Paddle Ball, das ich durch George Swiebel kennenlernte, ist ein äußerst schnelles und körperlich riskantes Spiel. Man rennt mit anderen Spielern zusammen oder kracht gegen die Wand. Man wird beim Rückschwung getroffen, und oft kriegt man das eigene Racquet ins Gesicht. Das Spiel hat mich einen Schneidezahn gekostet. Ich habe ihn mir selbst ausgeschlagen und mußte mir den Wurzelkanal behandeln und eine Krone machen lassen. Erst war ich ein schmächtiges Kind, ein Tbc-Patient, dann wurde ich kräftiger, darauf degenerierte ich, bis George mich zwang, wieder Muskelsubstanz anzusetzen. Manchmal bin ich am Morgen lahm, kaum imstande, meinen Rücken gerade zu kriegen, wenn ich aus dem Bett steige, aber mittags bin ich im Spielraum und spiele, springe, werfe mich der Länge nach auf den Boden, um tote Bälle hochzuschaufeln, werfe die Beine und wirble im Entrechat wie ein russischer Tänzer. Trotzdem bin ich kein guter Spieler. Ich bin zu verkrampft ums Herz, überreizt. Ich verfalle in eine kämpferische, eifernde Fieberhitze. Wenn ich dann auf den Ball eindresche, sage ich mir dauernd: »Tanze, tanze, tanze, tanze!« Überzeugt, daß die Beherrschung des Spieles vom Tanzen abhängt. Aber Gangster und Geschäftsleute, die ihren Berufsstil in diese Spiele übertragen, tanzen mich zu Boden und gewinnen. Ich sage mir, wenn ich geistige und seelische Klarheit gewinne und diese aufs Spiel übertrage, wird keiner imstande sein, mir das Wasser zu reichen. Keiner. Ich werde alle schlagen. Indessen spiele ich, ungeachtet meiner umwölkten geistigen Verfassung, die mich am Gewinnen hindert, leidenschaftlich, weil ich ohne anstrengende Tätigkeit in Verzweiflung gerate. Schlichte Verzweiflung. Und ab und zu bricht einer der Athleten mittleren Alters zusammen. Einige Spieler, die man eilends ins Krankenhaus geschafft hat, sind nie zurückgekehrt. Langobardi und ich haben Halsabschneiden gespielt (das Drei-Mann-Spiel), und zwar mit einem Burschen namens Hildenfisch, der einem Herzanfall erlag. Wir hatten gemerkt, daß Hildenfisch keuchte. Nachher ging er zur Erholung in die Sauna, und da kam einer rausgerannt und sagte: »Hildenfisch ist ohnmächtig geworden.« Als ihn die schwarzen Angestellten auf den Boden legten, spritzte er Wasser von sich. Ich wußte, was dieses Versagen des Schließmuskels bedeutete. Man schickte nach einem Beatmungsgerät, aber niemand wußte, wie man's bediente.

Manchmal, wenn ich mich beim Spiel zu sehr verausgabte, sagte mir Scottie, der Sportdirektor, ich solle aufhören. »Hören Sie auf und sehen Sie sich an, Charlie. Sie sind blaurot.« Im Spiegel sah ich grauenhaft aus, triefend von Schweiß, dunkel, schwarz, mein Herz hämmerte im Innern wie ein Kolben. Ich fühlte mich ein wenig taub. Die eustachischen Röhren! Ich stellte mir selbst die Diagnose. Infolge des Blutdrucks schrumpften die Röhren. »Laufen Sie sich's aus dem System«, sagte Scottie. Ich ging auf dem Stück Teppich, das für immer mit dem armen Hildenfisch, dem griesgrämigen, minderwertigen Hildenfisch verbunden war, auf und ab. Angesichts des Todes war ich nicht besser als Hildenfisch. Und einmal, als ich's beim Spiel überzogen hatte und keuchend auf der roten Kunststoffcouch lag, kam Langobardi herüber und nahm mich in Augenschein. Wenn er nachdachte, schielte er. Ein Auge schien das andere zu überkreuzen wie die Hand eines Klavierspielers. »Warum übertreiben Sie's so, Charlie«, sagte er. »In Ihrem Alter ist ein kurzes Spiel 'ne Menge. Sehen Sie, daß ich mehr spiele? Eines Tages hätten Sie sich rausgewürfelt. Denken Sie an Hildenfisch.«

Ja. Rausgewürfelt. Richtig. Ich könnte einen schlechten Würfel werfen. Ich muß diesem Uz-Akt mit dem Tod Einhalt gebieten. Ich war von Langobardis Besorgnis gerührt. Aber war das persönliche Anteilnahme? Diese Todesfälle im Gesundheitsklub waren schlimm, und zwei Herzkranzthrombosen hintereinander würden ihn in einen trübseligen Ort verwandeln. Immerhin wollte Vito für mich tun, was er konnte. Es gab wenig Wesentliches, was wir einander mitteilen konnten. Wenn er am Telefon sprach, beobachtete ich ihn zuweilen. Auf seine Weise war er ein amerikanischer Unternehmer. Der gutaussehende Langobardi kleidete sich viel besser als irgendein Aufsichtsratsvorsitzender. Selbst seine Jackenärmel waren geschickt gefüttert, und der Rükken seiner Weste bestand aus schönem Paisley-Stoff. Anrufe kamen auf den Namen Finch, den Schuhputzer ». . . Johnny Finch, Johnny Finch, Telefon, Apparat Nummer fünf . . .«, und Langobardi nahm diese Finch-Anrufe entgegen. Er war männlich, er hatte Macht. Mit seiner leisen Stimme gab er Anweisungen, machte Vorschriften, traf Entscheidungen, verhängte wahrscheinlich Strafen. Ja, hatte er mir dann etwas Wichtiges zu sagen? Konnte ich ihm denn erzählen, was mich beschäftigte? Konnte ich ihm erklären, daß ich an jenem Morgen Hegels *Phänomenologie des Geistes* gelesen hatte, die Seiten über Freiheit und Tod? Konnte ich sagen, daß ich über die Geschichte des menschlichen Bewußtseins nachgedacht hatte und besonders nachdrücklich über die Frage der Langeweile? Konnte ich sagen, daß ich mich mit diesem Thema schon seit Jahren beschäftigte und es mit dem verstorbenen Dichter Von Humboldt Fleisher durchgesprochen hatte? Niemals. Selbst mit Astrophysikern, mit Professoren der Volkswirtschaft oder der Paläontologie war es unmöglich, derartige Dinge zu besprechen. Es gab wunderschöne und bewegende Dinge in Chicago, aber Kultur gehörte nicht dazu. Was wir hatten, war eine kulturlose Stadt, die aber trotzdem vom Verstand durchdrungen war. Verstand ohne Kultur war der Name des Spiels, oder nicht? Wie gefällt dir das? Das trifft's genau. Ich hatte diesen Zustand schon lange akzeptiert.

Langobardis Augen schienen die periskopische Fähigkeit zu haben, um die Ecke zu sehen.

»Seien Sie vernünftig, Charlie. Machen Sie's so wie ich«, sagte er.

Ich hatte ihm aufrichtig für sein gütiges Interesse gedankt. »Ich werd's versuchen«, sagte ich.

So parkte ich also heute unter den frostigen Säulen am hinteren Ende des Clubs. Dann fuhr ich im Fahrstuhl hoch und stieg beim Friseurladen aus. Dort das übliche geschäftige Bild – die drei Friseure: der große Schwede mit gefärbtem Haar, der Sizilianer, sich immer gleich (nicht einmal rasiert), und der Japaner. Alle hatten die gleiche gebauschte Frisur, alle trugen eine gelbe Weste mit goldenen Knöpfen über einem Hemd mit kurzen Ärmeln. Alle drei benutzten Föhne mit blauen Läufen und formten das Haar von drei Kunden. Ich betrat den Club durch den Waschraum, wo Glühbirnen trübe über den Waschbecken leuchteten und Finch, der richtige Johnny Finch, die Pissoirrinnen mit Haufen von Eiswürfeln füllte. Langobardi war da, ein früher Gast. Vor kurzem hatte er sich angewöhnt, das Haar mit einem kleinen Pony zu tragen wie ein ländlicher Kirchenvogt in England. Er saß nackt da, überflog *The Wall Street Journal* und bedachte mich mit einem kurzen Lächeln. Was nun? Konnte ich mich in eine neue Beziehung zu Langobardi stürzen, einen Stuhl heranziehen, mit den Ellbogen auf den Knien dasitzen, ihm ins Gesicht schauen und meine eigenen Gesichtszüge der Wärme einer Eingebung öffnen? Konnte ich mit zweifelnd erweiterten Augen vertraulich sagen: »Vito, ich brauche ein bißchen Hilfe?« Oder »Vito, wie schlimm ist dieser Bursche Rinaldo Cantabile?« Mein Herz pochte heftig – wie es vor Jahrzehnten gepocht hatte, wenn ich im Begriff war, einer Frau einen Antrag zu machen. Langobardi hatte mir dann und wann kleine Gefälligkeiten erwiesen, Tische in Restaurants reserviert, wo man nur schwer Reservierungen bekam. Aber ihn über Cantabile zu befragen, wäre eine berufliche Konsultation. So was tat man nicht im Club. Vito hatte einmal Alphonse angepfiffen, einen der Masseure, weil er mir eine Frage über Bücher gestellt hatte. »Belästigen Sie diesen Mann nicht, Al. Charlie kommt nicht, um übers Geschäft zu sprechen. Wir kommen alle, um das Geschäft zu vergessen.« Als ich das Renata wiedererzählte, sagte sie: »Dann habt ihr zwei eine Beziehung.« Jetzt sah ich, daß Langobardi und ich etwa eine gleiche Beziehung hatten wie das Empire State Building zu seinem Dachboden.

»Hätten Sie Lust zu einem kurzen Spiel?«

»Nein, Vito. Ich bin nur gekommen, um mir etwas aus dem Spind zu holen.«

Der übliche Blick in die Runde, dachte ich, als ich zu dem demolierten Mercedes zurückging. Wie typisch für mich. Der übliche Wunsch. Ich suchte Hilfe. Ich sehnte mich nach jemandem, der mit mir die Kreuzstationen durchmachte. Genau wie Papa. Und wo war Papa? Papa war auf dem Friedhof.

In der Mercedes-Werkstatt war der vornehm aussehende Vertreter und Mechaniker im weißen Kittel natürlich neugierig, aber ich weigerte mich, Fragen zu beantworten. »Ich weiß nicht, wie das passiert ist, Fritz. Bringen Sie's in Ordnung. Ich will auch nicht die Rechnung sehen. Schicken Sie sie an die Continental Illinois Versicherung. Die wird's zahlen.« Fritz machte Preise wie ein Gehirnchirurg.

Ich winkte einem Taxi auf der Straße. Der Fahrer sah wild aus, mit einem ungeheuren Afro-Kopf wie ein Strauch im Park von

Versailles. Der hintere Teil des Taxis war staubig von Zigarettenasche und roch nach Kneipe. Zwischen uns befand sich eine kugelsichere Trennwand. Der Fahrer machte eine schnelle Kehre und raste westwärts auf der Division Street entlang. Ich konnte wegen des trüben Plexiglases und der Afrofrisur wenig sehen, aber ich brauchte eigentlich auch nicht hinzusehen. Ich kannte das alles auswendig. Große Teile von Chicago vermodern und stürzen ein. Einige werden wiederaufgebaut, andere bleiben einfach liegen. Es ist wie eine Filmmontage von Aufstieg, Fall, Aufstieg. Division Street, wo das alte Bad steht, war früher polnisch und ist jetzt fast ganz puertorikanisch. In den polnischen Tagen waren die kleinen Backsteinbungalows in frischem Rot, Rotbraun und Bonbongrün angestrichen. Die Rasenflächen waren mit Eisenstangen eingezäunt. Ich stellte mir immer vor, daß es baltische Städte geben müsse, die so aussahen, Gdingen zum Beispiel, mit dem einen Unterschied, daß auf unbebauten Grundstücken die Prärie von Illinois aus dem Boden schoß und Steppenläufer über die Straße rollte. Steppenläufer ist so melancholisch.

In den alten Tagen der Eis- und Kohlewagen schnitten die Hausbesitzer geplatzte Boiler in zwei Hälften, setzten sie auf den Rasen und füllten sie mit Blumen. Große polnische Frauen mit bebänderten Hauben gingen im Frühling mit Farbtöpfen ins Freie und bemalten diese Blumenboiler, daß sie gegen das grelle Rot der Backsteine silbern schimmerten. Die Doppelreihen der Nieten standen vor wie die Hautmuster afrikanischer Stämme. Hier züchteten die Frauen Geranien, Bartnelken und andere staubige und unscheinbare Blumen. Ich habe das alles vor Jahren Humboldt Fleisher gezeigt. Er kam nach Chicago, um für die Zeitschrift *Poetry* eine Lesung zu veranstalten, und bat mich, ihn in der Stadt herumzuführen. Wir waren damals eng befreundet. Ich war zurückgekommen, um meinen Vater zu besuchen und meinem Buch *Persönlichkeiten des New Deal* in der Newberry Bibliothek den letzten Schliff zu geben. Ich nahm Humboldt in der Hochbahn zu den Schlachthöfen mit. Er sah den Loop. Wir gingen zum Seeufer und hörten die Nebelhörner. Sie blökten melancholisch über das schlaffe, seidige, frische, violette ertränkende Wasser. Aber Humboldt war am meisten von dem alten Viertel angetan. Die versilberten Boilernieten und die flammenden polnischen Geranien entzückten ihn. Er lauschte bleich und gerührt dem Summen von Rollschuhrädern auf dem spröden Zement. Auch ich werde sentimental vor der städtischen Häßlichkeit. Und zwar mit der modernen Einstellung, daß man das Gemeinplätzige, dieses ganze Gerümpel und seine Jämmerlichkeit durch Kunst und Dichtung, durch die überlegene Kraft der Seele auslösen sollte.

Mary, meine achtjährige Tochter, hat das bei mir entdeckt. Sie kennt meine Schwäche für Ontogenie und Phylogenie. Sie bittet mich immer, zu erzählen, wie das Leben vor Urzeiten gewesen ist.

»Wir hatten Kohleöfen«, erzähle ich ihr. »Der Küchenherd war schwarz, mit Nickelrändern – riesig. Der Ofen im Wohnzimmer hatte eine Kuppel wie eine kleine Kirche, und man konnte das Feuer durch das Marienglas beobachten. Ich mußte den Kohleneimer nach oben tragen und die Asche runterbringen.«

»Und wie warst du angezogen?«

»Ich hatte eine Kunstledermütze mit Kaninchenfellklappen, hohe Stiefel mit einer Scheide für ein rostiges Klappmesser, lange schwarze Strümpfe und Knickerbockers. Darunter eine wollene Hemdhose, die im Nabel und anderswo Fussel hinterließ.«

»Wie war es sonst noch?« wollte meine jüngere Tochter wissen. Lish, die zehn Jahre alt ist, ist das Kind ihrer Mutter, und solche Auskünfte würden sie nicht interessieren. Aber Mary ist nicht so hübsch, obwohl sie in meinen Augen attraktiver ist (mehr wie ihr Vater). Sie ist verschwiegen und gierig. Sie lügt und stiehlt mehr als die meisten kleinen Mädchen, und das macht sie auch liebenswert. Sie versteckt Kaugummi und Schokolade mit rührendem Einfallsreichtum. Ich finde ihre Süßigkeiten unter den Polstern oder in meinem Aktenschrank versteckt. Sie hat erkannt, daß ich nicht oft in meinen Forschungsunterlagen nachschlage. Sie schmeichelt mir und erpreßt mich frühreif. Und sie will von alten Zeiten hören. Sie hat ihre eigenen Absichten, wenn sie meine Gefühle weckt und manipuliert. Aber Papa ist gern bereit, die altzeitlichen Gefühle zu offenbaren. Ja ich muß sogar diese Gefühle weitergeben. Denn ich habe Pläne für Mary. Ach nein, vielleicht nichts so klar Umrissenes wie Pläne. Ich habe eine Vorstellung, daß ich unter Umständen den Verstand meines Kindes mit meinem Geist durchsetze, so daß sie später die Arbeit aufnehmen kann, für deren Fortsetzung ich zu alt oder zu schwach oder zu schwachsinnig geworden bin. Sie allein oder vielleicht sie und ihr Mann. Mit ein bißchen Glück. Ich mache mir Sorgen um das Mädchen. In einer verschlossenen Schublade meines Schreibtischs habe ich Notizen und Ratschläge für sie, von denen viele unter dem Einfluß von Alkohol zustande gekommen sind. Ich verspreche mir, sie eines Tages zu sieben, bevor mich der Tod unerwartet beim Racquetballspiel oder auf den posturepädischen Matratzen irgendeiner Renata ereilt. Mary wird sicher einmal eine intelligente Frau. Sie interpretiert »Für Elise« viel besser als Lish. Sie fühlt die Musik. Andererseits ist mir wegen Mary oft beklommen ums Herz. Sie wird ein dünnes Weib mit gerader Nase werden, das die Musik fühlt. Und persönlich ziehe ich mollige Frauen mit schönen Brüsten vor. Daher tut sie mir heute schon leid. Und was das Projekt oder die Aufgabe anlangt, die sie für mich fortsetzen soll, so ist das eine sehr persönliche Auslegung der intellektuellen Komödie des modernen Geistes. Kein einziger Mensch könnte das zusammenfassend in Angriff nehmen. Gegen Ende des neunzehnten Jahrhunderts waren die einst umfänglichen Romane von Balzacs »Komödie« schon von Tschechow in seiner russischen *Comédie Humaine* zu Erzählungen reduziert worden. Jetzt ist es noch unmöglicher, umfassend zu sein. Ich habe niemals ein belletristisches Werk angestrebt, aber doch eine verwandte Art von fantasievoller Projektion. Anders also als Whiteheads *Abenteuer der Ideen* ... Jetzt ist nicht der Augenblick, das zu erklären. Was immer es war, ich habe es erdacht, als ich noch ein ziemlich junger Mann war. Es war tatsächlich Humboldt, der mir ein Buch von Valéry borgte, und in diesem Buch wurde es vorgeschlagen. Valéry schrieb über Leonardo: *»Cet Apollon me ravissait au plus haut degré de moi-même.«* Auch ich war überwältigt, mit andauernder Wirkung – vielleicht über meine geistigen Verhältnisse hinausgetragen. Aber Valéry hat am Rande eine Notiz hinzugefügt: *»Trouve avant de chercher.«* Dieses Finden vor dem Suchen war meine besondere Gabe. Falls ich eine Gabe besaß.

Meine kleine Tochter sagte mir jedoch mit tödlicher Treffsicherheit des Instinkts: »Erzähle mir, was deine Mutter zu tun pflegte. War sie hübsch?«

»Ich finde, sie war sehr hübsch. Ich sehe ihr nicht ähnlich. Sie hat gekocht und gebacken und gewaschen und geplättet und eingemacht und eingelegt. Sie konnte aus den Karten weissagen und zittrige russische Lieder singen. Sie und mein Vater wechselten sich jede zweite Woche bei den Besuchen im Sanatorium ab. Im Februar war das Vanilleneis, das sie mitbrachten, so hart, daß man es nicht mit dem Messer schneiden konnte. Und was sonst – ach ja, zu Hause, wenn ich einen Zahn verlor, dann warf sie ihn hinter den Ofen und bat die kleine Maus, einen besseren zu bringen. Du siehst, was für Zähne diese verdammten Mäuse mir angedreht haben.«

»Du hast deine Mutter geliebt?«

Ein drängendes, schwellendes Gefühl brach plötzlich über mich herein. Ich vergaß, daß ich mit einem Kind sprach, und sagte: »Oh, ich habe sie alle schrecklich geliebt. Abnorm. Ich war von Liebe ganz zerrissen. Tief im Herzen. Ich habe im Sanatorium geweint, weil ich vielleicht nie mehr nach Hause zurückkehren und sie sehen würde. Ich bin sicher, daß sie nie gewußt haben, wie ich sie liebte, Mary. Ich hatte Tuberkulosefieber und außerdem Liebesfieber. Ein leidenschaftlicher, kränklicher kleiner Junge. In der Schule war ich immer verliebt. Wenn ich zu Hause als erster am Morgen aufstand, dann litt ich, weil sie noch schliefen. Ich wollte sie aufwecken, damit das ganze Wunder andauern konnte. Ich liebte auch Menasha, den Untermieter, und Julius, meinen Bruder, deinen Onkel Julius.«

Ich werde diese gefühlsseligen Erinnerungen beiseite tun müssen.

Im Augenblick nahmen mich Geld, Schecks, Gangster, Automobile in Anspruch.

Ein anderer Scheck beschäftigte meine Gedanken. Er war von meinem Freund Thaxter geschickt worden, demjenigen, den Huggins bezichtigte, ein CIA-Agent zu sein. Versteht ihr, Thaxter und ich trafen Vorbereitungen, eine Zeitschrift herauszubringen, *The Ark*. Wir standen dicht davor. Wunderbare Dinge sollten darin gedruckt werden – zum Beispiel ganze Seiten meiner visionären Gedanken über eine Welt, die vom Geist verwandelt wird. Aber inzwischen hatte Thaxter versäumt, eine bestimmte Anleihe zurückzuzahlen.

Das ist eine lange Geschichte, und eine, die ich zu diesem Zeitpunkt nicht weiter erörtern will. Aus zwei Gründen. Einer ist, daß ich Thaxter liebe, was auch immer er tut. Der andere, daß ich tatsächlich zuviel über Geld nachdenke. Es hat keinen Zweck, das verheimlichen zu wollen. Es ist da, und es ist von Übel. Als ich früher beschrieb, wie George Sharons Leben gerettet hat, als ihr die Kehle durchgeschnitten wurde, sprach ich vom Blut als einer vitalen Substanz. Nun, auch das Geld ist eine vitale Substanz. Thaxter sollte einen Teil der Anleihe zurückzahlen, die er schuldig geblieben war. Pleite, aber großmannssüchtig hatte er einen Scheck von seiner italienischen Bank für mich angefordert, der Banco Ambrosiano in Mailand. Warum von der Banco? Warum aus Mailand. Aber alle Regelungen Thaxters fallen aus dem Rahmen. Er war jenseits des Ozeans aufgewachsen und in Frankreich und Kalifornien gleichermaßen zu Hause. Man konnte eine noch so entlegene Landschaft aufs Tapet bringen, Thaxter hatte dort einen Onkel oder Anteile an einem Bergwerk oder ein altes Château oder eine Villa. Thaxter mit seinen exotischen Manieren machte mir ebenfalls Kopfzerbrechen. Aber ich konnte ihm nicht widerstehen. Das muß jedoch auch noch warten. Nur ein letztes Wort: Thaxter wollte die Leute glauben machen, daß er einst CIA-Agent gewesen sei. Es war ein großartiges Gerücht, und er tat alles, um es zu unterstützen. Es trug beträchtlich zu seinem Mysterium bei, und Mysterium war eins von Thaxters kleinen Schwindeleien. Das war harmlos und tatsächlich sogar liebenswert. Es war zudem menschenfreundlich, wie der Charme immer ist – bis zu einem gewissen Grade. Charme ist immer ein bißchen Schwindel.

Das Taxi fuhr zwanzig Minuten zu früh vor dem Bad vor, und da ich dort nicht rumlungern wollte, sagte ich durch die Sprechlöcher der kugelsicheren Trennscheibe: »Fahren Sie weiter nach Westen. Fahren Sie gemächlich, ich will mich nur umsehen.« Der Fahrer hörte mich und nickte mit seinem Afro. Er war wie ein riesiger schwarzer Löwenzahn in vollem Samen, dessen weiche Spindeln alle aufrecht stehen.

In den letzten sechs Monaten waren noch weitere Wahrzeichen der alten Nachbarschaft niedergerissen worden. Das hätte mir nicht viel ausmachen sollen. Ich kann nicht sagen, warum es mich so tief bewegte. Aber ich war furchtbar erregt. Es kam mir fast so vor, als hörte ich mich auf dem Hintersitz schwirren und flattern wie einen Vogel, der die Mangrovenhaine seiner Jugend wiedersehen will, die jetzt Autofriedhöfe sind. Ich starrte mit vor Erregung klopfendem Herzen durch die schmutzigen Scheiben. Ein ganzer Block war verschwunden. Lovis ungarisches Restaurant war weggefegt, außerdem Bens Billardhalle und die alte backsteinerne Autoscheune und Grachts Bestattungsinstitut, von dem aus meine beiden Eltern beerdigt worden waren. Die Ewigkeit fand hier keinen malerischen Winkel. Die Ruinen der Zeit waren niedergewalzt, eingeebnet, auf Lastwagen verladen und als Füllstoffe ausgekippt worden. Neue Stahlträger wurden hochgezogen. Polnische Kielbasa hingen nicht mehr in den Fleischerläden. Die Würste in der *carniceria* waren karibisch, dunkelrot und schrumplig. Die alten Ladenschilder waren verschwunden. Die neuen sagten HOY. MUDANZAS. IGLESIA.

»Fahren Sie weiter nach Westen«, sagte ich dem Fahrer. »Über den Park hinaus. Biegen Sie bei der Kedzie Street rechts ein.«

Der alte Boulevard war jetzt wie eine absackende Ruine, die auf den Abbruch wartete. Durch große Löcher konnte ich in Wohnungen blicken, wo ich geschlafen, gegessen, meine Schularbeiten gemacht, Mädchen geküßt hatte. Man müßte sich schon heftig selbst verabscheuen, um einer solchen Zerstörung gegenüber gleichgültig zu bleiben, oder schlimmer noch, sich über die Vernichtung des Brennpunktes dieser Mittelklassen-Gefühle zu freuen; zufrieden zu sein, daß die Geschichte sie in Trümmer gelegt hat. Ich kenne tatsächlich solche rauhen Burschen. Gerade diese Nachbarschaft hat sie hervorgebracht. Spitzel bei der metaphysisch-historischen Polizei gegen Menschen wie mich, deren Herz bei der Zerstörung der Vergangenheit schmerzt. Aber ich war *hergekommen*, um wehmütig zu werden, traurig zu sein über die niedergerissenen Wände und Fenster, die fehlenden Türen, die aus der Wand gerissenen Leitungen und die weggezerrten und als Trödel verkauften Telefondrähte. Genauer noch, ich war gekommen, um zu sehen, ob das Haus noch stand, in dem Naomi Lutz gewohnt hatte. Es stand nicht mehr. Das machte mich sehr traurig.

In meinen höchst sentimentalen Jünglingsjahren hatte ich Naomi Lutz geliebt. Ich glaube, sie war das schönste und vollkommenste junge Mädchen, das ich je gesehen habe, ich betete sie an, und die Liebe brachte meine größten Absonderlichkeiten zur Blüte. Ihr Vater war ein ehrbarer Chiropodist. Er gab sich einen bedeutenden medizinischen Anstrich – jeder Zoll der Herr Doktor. Ihre Mutter war eine liebe Frau, schlampig, zerfahren, fast kinnlos, aber mit großen, glühenden romantischen Augen. Abend für Abend mußte ich mit Dr. Lutz Rommé spielen, und sonntags half ich ihm, seinen Auburn zu waschen und zu wachsen. Aber das war in Ordnung. Als ich Naomi Lutz liebte, war ich gesichert *inmitten des Lebens*. Seine Erscheinungen ergaben ein Ganzes, sie waren sinnvoll. Der Tod war ein letzten Endes annehmbarer Bestandteil des Unternehmens. Ich hatte mein eigenes romantisches Seegrundstück, den Park, in dem ich mit meiner billigen Platoausgabe, mit Wordsworth, Swinburne und *Un Cœur simple* umherwanderte. Selbst im Winter koste Naomi mit mir im Rosengarten. Unter den gefrorenen Zweigen wurde es mir warm in ihrem Waschbärmantel. Darin war eine köstliche Mischung von Waschbärfell und Mädchenduft. Wir atmeten den Frost und küßten uns. Bis ich viele Jahre später Demmie Vonghel begegnete, habe ich niemand so geliebt wie Naomi Lutz. Aber Naomi heiratete, während ich mich in Madison, Wisconsin, aufhielt, wo ich Gedichte las und im Ratskeller Rotationsbillard studierte, einen Pfandverleiher. Er handelte auch mit aufgearbeiteten Büromaschinen und hatte eine Menge Geld. Ich war zu jung, um ihr die Kreditkonten zu verschaffen, die sie bei Field's und Saks benötigte, und ich glaube, die geistigen Bürden und Verantwortlichkeiten, die der Frau eines Intellektuellen obliegen, hatten sie auch geängstigt. Ich hatte die ganze Zeit über meine billigen Buchausgaben geredet, über Dichtung und Geschichte, und sie hatte Angst, daß sie mich enttäuschen würde. Sie hat es mir gesagt. Ich sagte zu ihr, wenn eine Träne eine intellektuelle Sache sei, wieviel intellektueller dann die reine Liebe sein müsse. Denn diese brauche keine kognitiven Additive. Aber sie sah nur verwirrt aus. Genau durch diese Art von Geschwätz hatte ich sie verloren. Sie hat mich nicht einmal besucht, als ihr Mann sein ganzes Geld verlor und sie im Stich ließ. Er war ein Sportsmann, ein Glücksspieler. Er mußte sich schließlich verstecken, weil die organisierten Wucherer hinter ihm her waren. Ich glaube, sie haben ihm sogar die Knöchel gebrochen. Auf alle Fälle änderte er seinen Namen und ging oder humpelte in den Südwesten. Naomi verkaufte ihr vornehmes Winnetka-Haus und zog zum Marquette Park, wo die Familie einen Bungalow besaß. Sie fand eine Stellung in der Wäscheabteilung von Field's.

Als das Taxi nach der Division Street zurückfuhr, zog ich mißmutige Parallelen zwischen den Mafiaschwierigkeiten von Naomis Mann und meinen eigenen. Auch er hatte falsch getippt. Ich mußte daran denken, was für ein gesegnetes Leben ich mit Naomi Lutz geführt hätte. Fünfzehntausend Nächte Naomi im Arm, und ich hätte über die Einsamkeit und Öde des Grabes gelächelt. Ich hätte keine Bibliographie, keine Repertoiremappen, keine Medaille von der Ehrenlegion gebraucht.

So fuhren wir wieder durch das Viertel, das ein tropischer westindischer Slum geworden war und den Teilen von San Juan glich, die neben den Lagunen stehen und wie kochende Kaldaunen riechen. Da war derselbe zerstoßene Gips, das zerscherbte Glas, Abfall auf den Straßen, die gleichen primitiven dilettantischen Aufschriften in blauer Kreide auf den Läden.

Aber das Russische Bad, wo ich Rinaldo Cantabile treffen sollte, stand mehr oder weniger unverändert da. Es war auch ein proletarisches Hotel oder eine Herberge. Im zweiten Stock wohnten von jeher gealterte und durch Arbeit verkrüppelte Männer, einsame Großväter aus der Ukraine, frühere Straßenbahnangestellte, ein Tortenbäcker, der für seinen Zuckerguß berühmt war, aber aufhören mußte, weil seine Hände arthritisch wurden. Ich kannte das Haus seit meiner Kindheit. Mein Vater, genau wie der alte Mr. Swiebel, hatten geglaubt, daß es gesund und gut für das Blut sei, wenn man mit Eichenlaubbesen gepeitscht wurde, die in alten Gurkeneimern in Schaum getaucht wurden. Derartig rückschrittliche Menschen gibt es noch, die sich der Moderne widersetzen und lieber verweilen. Wie Menasha, der Untermieter, ein Amateurphysiker (aber vor allem wollte er dramatischer Tenor werden und nahm Gesangsunterricht: er hatte bei der Brunswick-Plattengesellschaft gearbeitet, wo er Platten stanzte), mir einmal erklärte, könnten Menschen den Kreislauf der Erde beeinflussen. Wie? Nun, wenn das gesamte Menschengeschlecht in einem verabredeten Augenblick mit den Füßen scharren würde, dann würde der Planet tatsächlich die Bewegung verlangsamen. Das hätte dann vielleicht auch eine Wirkung auf den Mond und auf die Gezeiten. Natürlich war Menashas eigentliches Thema nicht Physik, sondern Einklang oder Einheit. Ich glaube, daß einige aus Dummheit und andere aus Widerborstigkeit falsch rum scharren würden. Jedoch die alten

Männer im Bad scheinen tatsächlich unbewußt beschäftigt, mit kollektivem Einsatz der Geschichte entgegenzuwirken.

Diese Dampfbadkunden in der Division Street sehen jedenfalls nicht so aus wie die sehnigen stolzen Leute in der Stadt. Selbst der alte Feldstein, der mit achtzig Jahren sein Übungsfahrrad im Downtown Club trampelt, wäre in der Division Street fehl am Platze. Vor vierzig Jahren war Feldstein in der Rush Street ein Playboy, ein Lebemann, ein Hansdampf in allen Gassen. Trotz seines Alters ist er ein Mann von heute, während die Kunden des Russischen Bades in eine antike Form gegossen sind. Sie haben schwellende Schenkel und fettige Brüste, gelb wie Buttermilch. Sie stehen auf dicken Säulenbeinen, die von einer Art schleichendem Grünspan oder blauen Schimmelkäseflecken an den Knöcheln befallen sind. Nach dem Dampfbad essen die alten Kerle enorme Mahlzeiten von Brot und Salzhering oder dicke ovale Salami oder triefende gebratene Kutteln, und sie trinken Schnaps. Sie könnten mit ihren harten, dicken, altmodischen Bäuchen Mauern umstoßen. Alles ist hier sehr elementar. Man meint, daß diesen Leuten ihre Altertümlichkeit fast selbst bewußt ist, ihre Evolutionslinie, die von Natur und Kultur im Stich gelassen wurde. So lassen sich also unten in den überhitzten Unterkellern all diese slawischen Höhlenmenschen und Waldschrate mit hängenden Fettschößen und Beinen von Stein und Flechten sieden und planschen sich eimerweise Eiswasser über die Köpfe. Oben, auf dem Fernsehschirm im Umkleideraum reden kleine Stutzer und grinsende Weiber klug daher oder springen auf und nieder. Man beachtet sie nicht. Mickey, der die Konzession für die Küche hat, brät große Stücke Fleisch und Kartoffelpuffer, hackt mit riesigen Messern Kohlköpfe klein für Salat und viertelt Pampelmusen (die man aus der Hand ißt). Die stämmigen alten Männer, die aus der glühenden Hitze in ihre Bettlaken klettern, haben einen kräftigen Appetit. Unten erzeugt Franush, der Bademeister, Dampf, indem er auf die weiß-glühenden Steine Wasser schüttet. Diese liegen auf einem Haufen wie römische Wurfgeschosse. Um zu verhindern, daß sein Hirn anbackt, trägt Franush einen nassen Filzhut mit abgerissener Krempe. Sonst ist er nackt. Er kriecht darauf zu wie ein roter Salamander mit einem Stock, um den Riegel des Ofens zu heben, der zum Anfassen zu heiß ist, und dann, auf allen vieren, wobei die Hoden an langer Sehne baumeln und der saubere Anus herausstarrt, weicht er zurück, um nach dem Eimer zu tasten. Er schleudert das Wasser hinein, und die Steine lodern und zischen. Vielleicht gibt es in den Karpaten kein Dorf mehr, wo diese Gebräuche noch im Schwange sind.

Vater Myron Swiebel, der diesem Platz treu war, kam an jedem Tag seines Lebens. Er brachte seinen eigenen Hering, Pumpernickel mit Butter, rohe Zwiebeln und Bourbon Whisky mit. Er fuhr einen Plymouth, obwohl er keinen Führerschein hatte. Er konnte ganz gut geradeaus sehen, aber weil er in beiden Augen den Star hatte, streifte er viele Autos und verursachte auf dem Parkplatz großen Schaden.

Ich ging hinein, um zu kundschaften. Ich hatte große Befürchtungen für George. Sein Rat hatte mich in diese Klemme gebracht. Aber schließlich wußte ich ja, daß es ein schlechter Rat war. Warum hatte ich ihn befolgt? Weil er mit solcher Autorität die Stimme erhoben hatte? Weil er sich zum Experten der Unterwelt aufgeworfen hatte und ich ihn gewähren ließ? Nein, ich hatte nicht alle guten Geister beisammen gehabt. Aber jetzt waren meine guten Geister auf Draht, und ich glaubte, ich könnte mit Cantabile fertig werden. Ich vermutete, daß Cantabile seine Wut bereits am Auto ausgelassen hatte, und ich glaubte, die Schuld sei weitgehend bezahlt.

Ich fragte den Pächter, Mickey, der im Rauch hinter dem Tresen stand und fettglänzende Steaks und Zwiebeln anbriet: »Ist George gekommen? Wird er vom alten Mann erwartet?«

Ich dachte, wenn George hier wäre, dann würde Cantabile wahrscheinlich nicht in voller Kleidung in den Dampf hineinstürzen, um ihn zu boxen, zu schlagen oder zu treten. Allerdings war Cantabile eine unbekannte Größe. Man konnte nicht ahnen, wozu Cantabile fähig war. Sei es aus Wut oder aus Berechnung.

»George ist nicht hier? Der alte Mann ist im Dampfbad.«

»Gut. Erwartet er seinen Sohn?«

»Nein. George war am Sonntag hier, dann kommt er also nicht wieder. Er ist nur einmal die Woche bei seinem Vater.«

»Gut. Ausgezeichnet.«

Mickey, mit dem Körperbau eines Rausschmeißers, riesigen Armen wie Brechstangen und einer Schürze, die sehr hoch unter den Achselhöhlen gebunden ist, hat eine schiefe Lippe. Während der Depression mußte er in den Parks schlafen, und die Bodenkälte hat ihm die halbe Wange paralysiert. Das gibt ihm das Aussehen, als spotte oder höhne er. Ein irreführender Eindruck. Er ist ein milder, ernster und friedlicher Mann. Ein Musikliebhaber; er hat ein Abonnement für die Lyrische Oper.

»Ich habe Sie schon lange nicht mehr gesehen, Charlie. Gehen Sie und dampfen Sie mit dem alten Mann, er wird sich über die Gesellschaft freuen.«

Aber ich eilte wieder hinaus, an der Kassiererkabine mit den kleinen Stahlbehältern vorbei, in denen die Kunden ihre Wertsachen ließen. Ich ging an den sich drehenden Friseurpfosten vorüber, und als ich auf den Gehsteig kam, der so dicht mit Glas übersät war wie die Milchstraße mit Sternen, fuhr ein weißer Thunderbird vor dem puertorikanischen Wurstladen auf der anderen Straßenseite vor, und Ronald Cantabile stieg aus. Er sprang heraus, müßte ich sagen. Ich sah, daß er in einem fürchterlichen Zustand war. Er war mit einem braunen Raglanmantel bekleidet, trug einen dazu passenden Hut und Schuhe aus gelbbraunem Ziegenleder. Er war groß und stattlich. Ich hatte seinen dunklen dichten Schnurrbart schon beim Pokerspiel bemerkt. Er glich einem feinen Pelz. Aber durch diese knisternde Eleganz der Kleidung lief ein Strom, ein verzweifelter Schub, so daß der Mann sozusagen vom Hals aufwärts vor Wut siedend aus dem Auto stieg. Obwohl er noch auf der anderen Straßenseite war, konnte ich sehen, wie leidenschaftlich blaß er war. Er hat sich aufgeladen, um mich einzuschüchtern, dachte ich. Aber er machte auch ungewöhnliche Schritte. Seine Füße benahmen sich seltsam. Autos und Lastwagen kamen in dem Moment zwischen uns, so daß er die Straße nicht überqueren konnte. Unter den Autos hindurch konnte ich sehen, wie er versuchte, sich zu mir durchzuschlängeln. Die Stiefel waren ganz große Klasse. Bei der ersten kurzen Verkehrslücke zeigte Cantabile mir seinen offenen Mantel. Er trug einen großartigen breiten Gürtel. Aber es war doch sicherlich nicht der Gürtel, den er mir vorführen wollte. Gleich neben der Schnalle ragte etwas hervor. Er legte die Hand darüber. Er wollte mir zu verstehen geben, daß er eine Pistole trug. Dann kam wieder Verkehr, und Cantabile sprang auf und ab und funkelte mich über die Autodächer an. Aufs äußerste bedrängt, rief er mir zu, als der letzte Lastwagen vorbeigefahren war: »Sind Sie allein?«

»Allein. Ich bin allein.«

Er richtete sich mit einer sonderbaren gedrungenen, bis zu den Schultern reichenden Kraftanstrengung auf. »Haben Sie jemand versteckt?«

»Nein. Nur ich. Niemand.«

Er riß die Tür auf und brachte vom Boden des Thunderbird zwei Baseballschläger zum Vorschein. Einen Schläger in jeder Hand ging er auf mich zu. Ein Lieferwagen kam zwischen uns. Jetzt konnte ich nichts weiter sehen als seine Füße, die sich schnell in den tollen Stiefeln bewegten. Ich dachte, er sieht doch, daß ich gekommen bin, um zu zahlen. Warum sollte er mir eins über den Schädel hauen? Er muß wissen, daß ich nichts im Schilde führe. Er hat seinen Standpunkt am Auto bewiesen. Und ich habe die Pistole gesehen. Sollte ich davonlaufen? Da ich doch Thanksgiving bewiesen hatte, wie schnell ich noch laufen konnte, schien ich seltsam geneigt, diese Fähigkeit zu nutzen. Geschwindigkeit war eine meiner Stärken. Manche Leute sind schneller, als ihnen guttut, wie Asahel im Buch Samuel. Dennoch kam mir in den Sinn, daß ich vielleicht die Treppe zum Bad hinauflaufen und in der Kassiererkabine Zuflucht suchen sollte, wo die kleinen Stahlbehälter waren. Ich könnte mich auf den Boden ducken und den Kassierer bitten, die vierhundertfünfzig Dollar durch das Gitter an Cantabile auszuhändigen. Ich kannte den Kassierer recht gut. Aber der würde mich nie reinlassen. Er konnte es nicht. Ich war nicht befugt. Er hatte sich einmal auf diesen besonderen Umstand bezogen, als wir miteinander plauderten. Aber ich konnte mir nicht denken, daß Cantabile mich zusammenschlagen wollte. Nicht auf der Straße. Nicht während ich wartete und das Haupt beugte. Und gerade in dem Augenblick fiel mir Konrad Lorenz' Beschreibung der Wölfe ein. Der besiegte Wolf bot seine Kehle dar, und der Sieger schnappte, biß aber nicht zu. Also beugte ich das Haupt. Aber Fluch über mein Gedächtnis! Was sagte Lorenz dann? Die Menschen waren da anders, aber in welcher Hinsicht? Wie! Ich konnte mich nicht erinnern. Mein Hirn löste sich auf. Am Vortag hatte ich im Badezimmer nicht das Wort für die Isolierung ansteckend Kranker finden können und mich furchtbar gequält. Ich dachte, wen sollte ich deswegen anrufen? Mein Verstand ist im Schwinden. Und dann stand ich und umklammerte das Waschbecken, bis mir das Wort »Quarantäne« gnädig in den

Sinn kam. Ja, Quarantäne, aber ich hatte es nicht mehr auf Abruf. So etwas setzt mir zu. Im Alter hatte mein Vater auch das Gedächtnis verloren. Daher war ich erschüttert. Der Unterschied zwischen dem Menschen und anderen Gattungen ist mir nie wieder eingefallen. Vielleicht war die Gedächtnislücke zu einem solchen Zeitpunkt entschuldbar. Aber sie bewies mir, wie nachlässig ich in diesen Tagen las. Diese Unaufmerksamkeit und der Gedächtnisschwund verhießen nichts Gutes.

Als die letzte Autokette vorbeigefahren war, kam Cantabile mit langen Schritten und beiden Schlägern auf mich zu, als wolle er sich unverzüglich auf mich stürzen. Aber ich schrie: »Um Himmels willen, Cantabile!«

Er stoppte. Ich hielt die offenen Hände hoch. Dann warf er einen der Schläger in den Thunderbird und ging mit dem anderen auf mich los.

Ich rief ihm zu: »Ich habe das Geld mitgebracht. Sie brauchen mir nicht den Schädel einzuschlagen.«

»Haben Sie eine Pistole?«

»Ich habe nichts.«

»Sie kommen hierher«, sagte er.

Ich schickte mich bereitwillig an, die Straße zu überqueren. Er ließ mich in der Mitte anhalten.

»Bleiben Sie da stehen«, sagte er. Ich war inmitten des dichten Verkehrs, die Autos hupten, und die verärgerten Fahrer kurbelten schon in Kampfstimmung die Fenster herunter. Er warf den zweiten Schläger in den Thunderbird. Dann kam er zu mir und packte mich grob an. Er behandelte mich, als hätte ich die äußerste Strafe verdient. Ich hielt ihm das Geld hin, ich bot es ihm auf der Stelle an. Aber er weigerte sich, auch nur hinzusehen. Wütend stieß er mich auf den Bürgersteig und zu den Stufen des Bades, an den rotierenden rot-weiß-blauen Friseurpfosten vorbei. Wir eilten hinein, an der Kasse vorüber und den schmutzigen Korridor entlang.

»Weiter, weiter«, sagte Cantabile.

»Wo wollen Sie hin?«

»Zum Klo. Wo ist es?«

»Wollen Sie nicht das Geld?«

»Ich habe gesagt zum Klo! Dem Klo!«

Dann begriff ich. Seine Gedärme waren in Aufruhr, es hatte ihn überrumpelt, er mußte auf die Toilette, und ich sollte mit ihm gehen. Er wollte mir nicht erlauben, auf der Straße zu warten. »Okay«, sagte ich, »beruhigen Sie sich, und ich bringe Sie hin.« Er folgte mir durch den Umkleideraum. Der Eingang zum Lokus hatte keine Tür. Nur die einzelnen Kabinen haben Türen. Ich wies ihn nach vorn und war im Begriff, mich auf eine der Bänke im benachbarten Umkleideraum zu setzen, aber er gab mir einen kräftigen Stoß an die Schulter und trieb mich weiter. Diese Toiletten sind das Bad von seiner schlimmsten Seite. Die Heizungen erzeugen eine betäubende trockene Hitze. Die Kacheln werden nie abgewaschen, niemals desinfiziert. Ein heißer, trockener Uringeruch beißt einem in die Augen wie Zwiebeldunst. »Mein Gott!« sagte Cantabile. Er trat eine Kabine auf, wobei er mich immer noch vor sich her stieß. Er sagte: »Sie gehen zuerst rein.«

»Wir beide?« fragte ich.

»Beeilen Sie sich.«

»Es ist nur Platz für einen.«

Er zog die Pistole heraus und drohte mir mit dem Griff. »Wollen Sie das in die Zähne haben?« Der schwarze Pelz seines Schnurrbartes verbreiterte sich, als sich die Lippen seines verzerrten Gesichts dehnten. Seine Brauen waren über der Nase zusammengewachsen wie der Griff eines großen Dolches. »In die Ecke mit Ihnen!« Er knallte die Tür zu und zog keuchend seine Sachen aus. Er warf mir den Raglan und den dazu passenden Hut in die Arme, obwohl es einen Haken gab. Es gab sogar ein Stück Metall, das ich noch nie bemerkt hatte. An der Tür war ein Messinggerät, eine Rille mit der Aufschrift *Zigarre*, eine Spur Vornehmheit aus alten Tagen. Er saß nun, hielt die Pistole in beiden Händen, hatte die Hände zwischen den Knien, und seine Augen schlossen sich erst, um sich dann weit zu öffnen.

In einer derartigen Lage schalte ich immer geistig ab und denke über den Zustand des Menschen im allgemeinen nach. Natürlich wollte er mich demütigen. Weil ich ein *chevalier* der *Légion d'honneur* war? Nicht, daß er es tatsächlich gewußt hätte. Aber ihm war bekannt, daß ich, wie man in Chicago sagte, ein »Hirn« war, ein Mann mit Kultur oder intellektuellen Errungenschaften. War das der Grund, weshalb ich ihn grummeln und platschen hören mußte und seinen Gestank einatmen? Vielleicht waren ihm die Fantasien von Roheit und Ungeheuerlichkeiten, vom Schlag über meinen Kopf auf die Gedärme geschlagen. Die Menschheit steckt voller nervöser Erfindungen dieser Art, und ich begann (um mich abzulenken) an all die Bände über das Verhalten von Affen zu denken, die ich im Leben gelesen hatte, von Kohler und Yerkes und Zuckerman, von Marais über Paviane und Schaller über Gorillas, und an das reiche Repertoire emotioneller Empfindlichkeiten im Anthropoiden-Zweig, die die Gedärme in Wallung bringen. Es war sogar möglich, daß ich als Person begrenzter war als Cantabile, obgleich ich mich auf geistige Leistungen konzentrierte. Denn es wäre mir nie eingefallen, an jemandem mit solchen Mitteln meinen Zorn auszulassen. Das könnte eventuell ein Zeichen dafür sein, daß seine vitale Begabung oder natürliche Fantasie reichhaltiger und fruchtbarer war als meine. Auf diese Weise wartete ich unter gedeihlichen Gedanken und in guter Haltung, während er mit seinen drohenden Dolchbrauen gekrümmt dasaß. Er war ein gutaussehender schlanker Mann, dessen Haar natürlich gelockt war. Es war so kurz geschoren, daß man die Wurzeln dieser Locken sehen konnte, und ich beobachtete die starke Verkürzung seiner Kopfhaut in diesem Augenblick der Anspannung. Er wollte mir eine Strafe erteilen, aber das Ergebnis war nur, daß wir miteinander intimer bekannt wurden.

Als er stand und sich dann abwischte und dann sein Hemd runterzog, seine Hose mit der großen ovalen Schnalle gürtete und die Pistole wieder einsteckte (ich hoffte, daß sie gesichert war), wie ich sagte, als er sein Hemd runterzog, seinen stilvollen Gürtel an den Hüftenschlaufen festschnallte und seine Pistole hineinsteckte, die Toilette mit seinem spitzen, weichen Stiefel aufzog, zu penibel, um den Hebel mit der Hand zu berühren – sagte er: »Mein Gott, wenn ich mir hier Läuse hole . . .!« Als wäre das dann mein Fehler. Er war offensichtlich von heftiger Rücksichtslosigkeit im Tadel. Er sagte: »Sie wissen gar nicht, wie gräßlich es für mich war, hier zu sitzen. Diese alten Kerle müssen auf die Brille pissen.« Auch das wurde mir auf der Debetseite zur Last gelegt. Dann sagte er: »Wem gehört dieses Loch?«

Das war allerdings eine faszinierende Frage. Das war mir noch nie eingefallen, versteht ihr? Das Bad war so uralt, es war wie die Pyramiden von Ägypten, die Gärten von Assurbanipal. Es war wie Wasser, das seinen Pegel sucht, oder wie die Schwerkraft.

Aber wer war nun tatsächlich der Eigentümer? »Ich habe nie von einem Eigentümer gehört«, sagte ich. »Soviel ich weiß, ist es eine alte Gesellschaft irgendwo in Britisch-Kolumbien.«

»Werden Sie nicht frech. Sie sind zu beschissen frech. Ich habe nur eine Auskunft verlangt. Ich werde's schon rauskriegen.«

Um den Wasserhahn aufzudrehen, nahm er ein Stück Klosettpapier. Er wusch sich die Hände ohne Seife, denn die wurde von der Geschäftsleitung nicht zur Verfügung gestellt. In diesem Augenblick bot ich ihm wieder meine neun Fünfzig-Dollar-Scheine an. Er weigerte sich, sie anzusehen. Er sagte: »Meine Hände sind naß.« Er benutzte nicht das Rollhandtuch. Es war, wie ich zugeben muß, abstoßend verkrustet, verdreckt, wobei die Art der Verschmutzung eine gewisse Originalität aufwies. Ich hielt ihm mein Taschentuch hin, das er jedoch übersah. Er wollte nicht, daß sein Zorn nachließ. Die Finger weit spreizend, schüttelte er sie trocken. Von dem ganzen Ort angewidert, sagte er: »Ist das, was man ein Bad nennt?«

»Nun ja«, sagte ich. »Das Baden findet im ganzen unten statt.«

Sie hatten unten zwei lange Reihen von Duschen, die zu den schweren Holztüren des Dampfraums führten. Es gab dort auch eine kleine Zisterne, das Kaltbad. Das Wasser wurde jahrelang nicht erneuert, und es war ein Krokodilstümpel in Reinkultur.

Cantabile eilte jetzt zum Lunchtresen, und ich folgte ihm. Dort trocknete er sich die Hände mit Papierservietten ab, die er wütend aus dem metallenen Verteiler zog. Er zerknüllte diese geprägten dünnen Papiere und warf sie auf den Boden. Er sagte zu Mickey: »Warum habt ihr keine Seife und Handtücher auf dem Lokus? Warum putzt ihr das verdammte Loch nicht einmal? Es gibt dort keine Desinfektionsmittel.«

Mickey war sehr sanft und sagte: »Nein? Joe hat eigentlich die Aufgabe, sich darum zu kümmern. Ich kaufe Top Job und Lysol für ihn.« Er sprach mit Joe: »Tust du da keine Mottenkugeln mehr rein?« Joe ware schwarz und alt, und er gab keine Antwort. Er lehnte sich gegen den Schuhputzerstuhl mit dem Messingsokkel, den umgekehrten Beinen und befestigten Fußstützen (die an meine eigenen Beine und Füße während des Kopfstands erinnerten). Er war da, um uns alle an irgendwelche fernliegenden, großartigen Gedankengänge zu gemahnen, und gab auf zeitliche Fragen keine Antwort.

»Ihr Burschen werdet von mir Haushaltsmittel kaufen«, sagte Cantabile. »Desinfektionsmittel, flüssige Seife, Papierhandtücher, alles. Der Name ist Cantabile. Ich habe ein Haushaltsgeschäft in der Clybourne Avenue.« Er nahm eine längliche genarbte Brieftasche aus Straußenleder aus der Tasche und warf einige Geschäftskarten auf den Tresen.

»Ich bin nicht der Chef«, sagte Mickey. »Ich habe nur die Konzession fürs Restaurant.« Aber er nahm die Karte ehrerbietig auf. Seine großen Finger waren mit schwarzen Messermalen bedeckt.

»Ich kann nur raten, daß Sie von sich hören lassen.«

»Ich geb's der Geschäftsleitung weiter. Die sitzt in der Stadt.«

»Mickey, wem gehört das Bad?«

»Ich kenne nur die Geschäftsleitung in der Stadt.«

Es wäre doch komisch, dachte ich, wenn sich herausstellen sollte, daß das Bad der Mafia gehört.

»Ist George Swiebel hier?« fragte Cantabile.

»Nein.«

»Ich will ihm aber etwas ausrichten.«

»Ich gebe Ihnen was zum Schreiben«, sagte Mickey.

»Es gibt nichts zu schreiben. Sagen Sie ihm, er ist ein dummer Scheißer. Sagen Sie ihm, ich hätte's gesagt.«

Mickey hatte sich die Brille aufgesetzt, um ein Stück Papier zu suchen, und wandte uns nun sein bebrilltes Gesicht zu, als wolle er sagen, seine einzige Aufgabe sei Kohlsalat und gebratene Kutteln und Weißfisch. Cantabile fragte nicht nach dem alten Vater Myron, der unten im Dampf saß.

Wir gingen auf die Straße. Das Wetter war plötzlich klar geworden. Ich konnte mich nicht entscheiden, ob düsteres Wetter besser zur Umgebung paßte als helles. Die Luft war kalt, das Licht war rein, und die Schatten, die von den geschwärzten Gebäuden geworfen wurden, teilten die Bürgersteige.

Ich sagte: »So, lassen Sie mich Ihnen jetzt das Geld geben. Ich habe neue Scheine mitgebracht. Damit sollte die ganze Angelegenheit erledigt sein, Mr. Cantabile.«

»Wie – einfach so? Halten Sie das für so einfach?« sagte Rinaldo.

»Nun. Es tut mir leid. Es hätte nicht vorkommen sollen. Ich bedaure es wirklich.«

»Sie bedauern es! Sie bedauern Ihren ramponierten Wagen. Sie haben gegen mich einen Scheck gesperrt, Citrine. Alle haben darüber getratscht. Alle wissen es. Glauben Sie, ich kann Ihnen das durchgehen lassen?«

»Mr. Cantabile. Wer weiß es denn? Wer ist alle? War es wirklich so schlimm? Ich hatte unrecht . . .«

»Unrecht, Sie beschissener Affe . . .!«

»Okay, ich war dumm.«

»Ihr Kumpel George sagt Ihnen, Sie sollen einen Scheck sperren, und dann sperren Sie ihn. Lassen Sie sich von diesem Arschloch alles vormachen? Warum hat er Emil und mich nicht auf frischer Tat erwischt? Er läßt Sie dieses schmierige Spiel treiben, und dann verbreiten Sie und er und der Leichenbestatter und der Smokingfritze und die anderen Marionetten das Gerücht, daß Ronald Cantabile ein Gartenzwerg ist. Mann! Das wird Ihnen niemals durchgehen. Verstehen Sie das nicht?«

»Doch, jetzt verstehe ich's.«

»Nein, ich weiß nicht, was Sie verstehen. Ich habe Ihnen beim Spiel zugesehen, und ich begreife Sie nicht. Wann tun Sie denn etwas *und wissen, was Sie tun*?« Diese letzten Worte sprach er mit Zwischenpausen und heftiger Betonung; er schrie sie mir ins Gesicht. Dann riß er mir den Mantel aus der Hand, den ich immer noch hielt, den vornehmen braunen Mantel mit den großen Knöpfen. Circe könnte solche Knöpfe in ihrem Nähkästchen gehabt haben. Sie waren wirklich sehr schön, fast schon orientalische Schatzknöpfe.

Die letzte, dieser ähnliche Gewandung, die ich gesehen hatte, wurde von dem verstorbenen Colonel McCormick getragen. Ich war damals ungefähr zwölf Jahre alt. Seine Limousine war vor dem Turm der *Chicago Tribune* vorgefahren, und zwei kleine Männer stiegen aus, jeder mit zwei Pistolen in der Hand; sie umkreisten tief geduckt den Bürgersteig. Dann trat innerhalb dieser Vier-Pistolen-Fassung der Colonel aus dem Auto, in genau dem gleichen tabakfarbenen Mantel wie Cantabile, einem Hut mit Kniff und glänzendem, sprödem Flaum. Ein steifer Wind wehte, die Luft war wasserhell, der Hut schimmerte wie ein Nesselbeet.

»Sie glauben, daß ich nicht weiß, was ich tue, Mr. Cantabile?«

»Nein, das wissen Sie nicht. Sie könnten mit beiden Händen Ihren Arsch nicht finden.«

Je nun, vielleicht hatte er recht. Aber immerhin lud ich niemand aufs Kreuz. Offenbar war mir das Leben nicht so gekommen, wie es anderen Menschen kam. Aus irgendeinem nicht erkennbaren Grund war es ihnen anders gekommen, und deshalb war ich kein geeigneter Richter über ihre Sorgen und Wünsche. Da mir das klar war, gab ich diesen Wünschen öfter nach, als praktisch war. Ich beugte mich Georges Einschätzung der Unterwelt. Jetzt beugte ich mich vor Cantabile. Meine einzige Hilfe war, daß ich von meiner ethologischen Lektüre über Ratten, Gänse, Stichlinge und tanzende Fliegen die nützlichen Lehren im Gedächtnis behielt. Was für einen Zweck hat das ganze Lesen, wenn man in der Klemme nichts davon gebrauchen kann? Ich verlangte nichts weiter als einen kleinen geistigen Gewinn.

»Was wird denn nun aus diesen Fünfzig-Dollar-Scheinen?« fragte ich.

»Das teile ich Ihnen mit, wenn ich bereit bin, sie zu nehmen«, sagte er. »Was Ihrem Auto geschehen ist, hat Ihnen wohl nicht gepaßt, oder?«

Ich sagte: »Es ist eine schöne Maschine. Es war herzlos, so etwas zu tun.«

Anscheinend waren die Schläger, mit denen er mir gedroht hatte, auch die Werkzeuge, mit denen er meinen Mercedes bearbeitet hatte, und es gab wahrscheinlich noch andere Angriffswaffen im hinteren Teil seines Wagens. Er ließ mich in seinen Luxusschlitten einsteigen. Der hatte niedrige Einzelsitze aus Leder, die rot waren wie vergossenes Blut, und ein gewaltiges Armaturenbrett. Er startete mit Höchstgeschwindigkeit aus dem Stand und mit wild quietschenden Reifen wie ein jugendlicher Geschwindigkeitsnarr mit frisiertem Motor.

Im Wagen gewann ich einen etwas anderen Eindruck von ihm. Im Profil gesehen endete seine Nase in einer Art weißem Knubbel. Sie war wirklich auffallend, ja abnorm weiß. Sie erinnerte mich an Gips und hatte schwarze Ränder. Seine Augen waren größer, als sie hätten sein sollen, vielleicht künstlich erweitert. Sein Mund war breit, mit einer gefühlvollen Unterlippe; man erkannte daran die Andeutung früherer Kämpfe, für voll genommen zu werden. Seine großen Füße und dunklen Augen ließen auch ahnen, daß er einem Ideal nachstrebte und daß das teilweise Erreichen oder Nicht-Erreichen dieses Ideals ihn heftig bekümmerte. Ich hatte den Verdacht, daß auch das Ideal veränderlich sein könnte.

»Waren Sie es oder Ihr Vetter Emil, der in Vietnam gekämpft hat?«

Wir rasten ostwärts auf der Division Street. Er hielt das Lenkrad in beiden Händen, als sei es ein Preßluftbohrer, um den Asphalt aufzureißen. »Was? Emil im Heer? Nein, der nicht. Der war ausgemustert, praktisch ein Psychopath. Nein, die größte Kampfhandlung, die Emil erlebt hat, fand bei den Aufständen 1968 vor dem Hilton statt. Er wurde verprügelt und wußte nicht mal, auf welcher Seite er stand. Nein, ich war in Vietnam. Die Familie hatte mich in dieses stinkige katholische College bei St. Louis geschickt, das ich beim Spiel erwähnte, aber da ging ich ab und habe mich freiwillig gemeldet. Das ist schon einige Zeit her.«

»Haben Sie gekämpft?«

»Ich erzähle Ihnen, was Sie hören wollen. Ich habe einen Benzintank gestohlen – Sattelschlepper, Anhänger und alles. Ich verkaufte ihn an einen Schwarzmarkthändler. Ich wurde dabei erwischt, aber meine Familie schloß einen Vergleich. Senator Dirksen hat geholfen. Ich war nur acht Monate im Gefängnis.«

Er hatte seine eigene Vorstrafe. Er wollte mich wissen lassen, daß er ein echter Cantabile war, aus dem Holz der zwanziger Jahre geschnitzt, und kein bloßer Onkel Moochy. Ein Militärgefängnis – er hatte einen kriminellen Stammbaum, und er konnte mit eigenen Verdiensten Furcht wecken. Außerdem steckten die Cantabiles offenbar in kleinen Schiebungen der niederen Gangstersorte, wie zum Beispiel dem Geschäft für Klosettdesinfektionsmittel in der Clybourne Avenue. Vielleicht ein oder zwei Geldwechselbetriebe – der Geldwechsel war oft in den Händen ehemaliger kleiner Schieber. Oder im Kammerjägerbetrieb, einem anderen verbreiteten Lieblingsgewerbe. Aber er gehörte ganz klar zur Buschliga. Vielleicht war er überhaupt in keiner Liga. Als Bürger von Chicago hatte ich dafür ein gewisses Gespür. Ein richtiger Großkotz holt sich Hiwis. Kein Vito Langobardi transportiert Baseballschläger im hinteren Teil seines Wagens. Ein Langobardi fuhr zum Wintersport in die Schweiz. Selbst sein Hund reiste stilvoll. Seit Jahrzehnten war Langobardi an keiner Gewalttat persönlich beteiligt gewesen. Nein, dieser ruhelose, bemühte, nebulöse Cantabile war draußen und versuchte reinzukommen. Er gehörte zu der Sorte unannehmbarer Macher, den die Stadtreinigungsbehörden nach drei Monaten Verwesung immer noch aus den Gullys fischten. Personen dieses Typs wurden gelegentlich im Kofferraum von Autos entdeckt, die am Flugplatz parkten. Das Gewicht der Leiche im hinteren Teil wurde durch einen Schlackenstein ausgeglichen, den man auf den Motor legte.

Absichtlich überfuhr Rinaldo an der nächsten Ecke eine rote Ampel. Er heftete sich an die Stoßstange der vor ihm fahrenden Autos, so daß die anderen Fahrer Schiß hatten. Er war elegant, ein Blender. Die Sitze des Thunderbirds waren extra mit weichem Leder gepolstert – so weich, so rot! Er trug die Art von Handschuhen, die im feinsten Sportgeschäft an Herrenreiter verkauft werden. An der Stadtautobahn hielt er sich rechts, gab den Hügel hinauf Gas und fegte in den rasenden Verkehr. Autos bremsten hinter uns. Sein Radio spielte Rockmusik. Und ich erkannte Cantabiles Duftwasser. Es war »Canoe«. Ich hatte einmal eine Flasche davon zu Weihnachten von einer blinden Frau namens Muriel geschenkt bekommen.

In dem schmierigen Klosett im Bad, als seine Hosen runtergelassen waren und ich an Zuckermans Affen im Londoner Zoo dachte, war mir klargeworden, daß hier die bildnerischen und schauspielerischen Talente der menschlichen Kreatur im Spiel waren. Mit anderen Worten, ich war Zeuge einer Dramatisierung. Es hätte allerdings zum Image der Cantabiles nicht viel beigetragen, wenn er tatsächlich die Pistole abgefeuert hätte, die er zwischen den Knien hielt. Es hätte zu sehr nach seinem verrückten Onkel ausgesehen, der Schande über die Familie brachte. Das, glaube ich, war der ganze Kern der Sache.

Hatte ich Angst vor Cantabile? Nicht eigentlich. Ich weiß nicht, was er dachte, aber was ich dachte, war mir vollkommen klar. In die Erkenntnis vertieft, was ein menschliches Wesen ist, ging ich mit ihm mit. Cantabile mag geglaubt haben, daß er einen passiven Mann mißbrauchte. Keineswegs. Ich war, auf anderer Ebene, ein aktiver Mann. Beim Pokerspiel hatte ich einen visionären Eindruck von diesem Cantabile gewonnen. Gewiß war ich in jener Nacht sehr beschwipst, wenn nicht regelrecht betrunken, aber ich sah die Schneide seines Geistes von ihm, hinter ihm, hochsteigen. Als daher Cantabile schrie und drohte, lehnte ich mich nicht aus gekränktem Stolz gegen ihn auf – »Niemand geht so mit Charlie Citrine um, ich gehe zur Polizei« und dergleichen. Nein, die Polizei hatte mir derartiges nicht zu bieten. Cantabile hatte einen sehr eigenartigen und starken Eindruck auf mich gemacht.

Was ein menschliches Wesen ist – dafür hatte ich immer schon ein besonderes Gefühl. Denn ich brauchte nicht erst im Land der Pferde zu leben wie Dr. Gulliver, mein Gefühl für die Menschheit war auch ohne Reisen recht eigenartig. Ich reiste tatsächlich nicht, um ausländische Eigenarten zu suchen, sondern um ihnen zu entgehen. Ich fühlte mich auch zu den idealistischen Philosophen hingezogen, weil ich sicher war, daß *Dies* nicht *Es* sein konnte. Plato hat in seinem Mythos von Er meine Ahnung bestätigt, daß dies nicht meine erste Zeit auf Erden war. Wir sind alle schon mal hier gewesen und werden später wieder hier sein. Es gab einen anderen Ort. Vielleicht war ein Mann wie ich unvollkommen wiedergeboren. Die Seele soll in der Vergessenheit verschlossen sein, bevor sie zum irdischen Leben zurückkehrte. War es möglich, daß meine Vergessenheit ein wenig schadhaft ausgefallen war? Ich war nie ein gründlicher Platoniker. Ich konnte niemals glauben, daß man als Vogel oder Fisch wiedergeboren wird. Keine Seele, die einst menschlich war, wurde in eine Spinne eingepfercht. In meinem Fall (der, wie ich annehme, gar nicht so selten ist) mag unvollkommenes Vergessen des reinen Seelenlebens vorgelegen haben, so daß der minerale Zustand der neuen Leibwerdung anomal schien, so daß ich schon in einem frühen Alter verblüfft war, in Gesichtern sich bewegende Augen, atmende Nasen, schwitzende Haut, wachsende Haare und dergleichen zu sehen, und es komisch fand. Das war zuweilen für Leute, die mit der völligen Vergessenheit ihrer Unsterblichkeit geboren werden, anstößig.

Das veranlaßt mich, einen wundervollen Frühlingstag und eine Mittagszeit voll schwerster, stummer weißer Wolken, Wolken wie Stiere, Behemoths und Drachen ins Gedächtnis zu rufen und zu offenbaren. Der Ort ist Appleton, Wisconsin, und ich bin ein erwachsener Mann, der auf einer Kiste steht und in das Schlafzimmer zu spähen sucht, in dem ich 1918 geboren wurde. Ich war dort wahrscheinlich auch empfangen und von der göttlichen Weisheit angewiesen worden, im Leben als Soundso Derundder zu erscheinen (C. Citrine, Pulitzer-Preis, Ehrenlegion, Vater von Lish und Mary, Ehemann von A, Liebhaber von B, eine ernste Person und ein Spaßvogel). Und warum sollte diese Person auf einer Kiste stehen, teilweise von den geraden Zweigen und glänzenden Blättern eines blühenden Fliederbuschs verborgen? Und ohne die Dame des Hauses um Erlaubnis gebeten zu haben? Ich hatte geklopft und geklingelt, aber sie hatte sich nicht gemeldet. Und nun stand ihr Mann hinter mir. Er besaß eine Tankstelle. Ich sagte ihm, wer ich war. Zuerst war er sehr grantig. Aber ich erklärte, daß dies mein Geburtsort sei, und ich fragte nach den Namen alter Nachbarn. Erinnerte er sich an die Familie Saunders? Nun ja, sie waren seine Vettern. Das ersparte mir, dem Voyeur, einen Faustschlag auf die Nase. Ich konnte nicht sagen: »Ich stehe auf dieser Kiste unter diesen Fliederblüten, um das Rätsel der Menschheit zu lösen, und nicht, um Ihre dicke Frau im Schlüpfer zu sehen.« Was ich in der Tat zu sehen kriegte. Geburt ist Leid (ein Leid, das durch Fürsprache ausgemerzt werden kann), aber in dem Zimmer, wo sich meine Geburt ereignet hatte, sah ich mit einem sehr persönlichen Leid eine fette alte Frau in Unterhosen. Mit großer Geistesgegenwart tat sie so, als ob sie mein Gesicht nicht am Fliegenfenster sähe, sondern stahl sich langsam aus dem Zimmer und telefonierte ihrem Mann. Er kam von den Benzinpumpen angerannt und ergriff mich – legte ölige Hände an meinen feinen grauen Anzug – es war der Höhepunkt meiner eleganten Periode. Aber ich konnte erklären, daß ich in Appleton war, um einen Artikel über Harry Houdini vorzubereiten, der auch von hier stammte – wie ich zwanghaft erwähnt habe –, und ich wurde plötzlich vom Verlangen gepackt, in das Zimmer zu sehen, in dem ich geboren wurde.

»Und was Sie kriegten, war der Anblick meiner Frau.«

Er nahm es nicht krumm. Ich glaube, daß er verstanden hat. Diese spirituellen Angelegenheiten werden allenthalben und augenblicklich verstanden. Außer allerdings von Menschen, die sich in stark befestigten Stellungen befinden, geistigen Widersachern, die abgerichtet sind, sich dem entgegenzustemmen, was jeder von Geburt her weiß.

Sobald ich Rinaldo Cantabile an George Swiebels Küchentisch sah, war es mir klar, daß zwischen uns eine natürliche Verbindung bestand.

Ich wurde jetzt zum Playboy Club gebracht. Rinaldo war Mitglied. Er begab sich fort von seinem Superauto, dem Bechstein der Automobile, und überließ es dem Autojockey. Das Häschen an der Garderobe kannte ihn. Nach seinem Auftreten hier begriff ich allmählich, daß es meine Aufgabe war, ihn öffentlich zu rehabilitieren. Die Cantabiles waren herausgefordert worden. Vielleicht hatte man Rinaldo nach einem Familienrat befohlen, sich aufzumachen und den Schaden an ihrem guten schlechten Namen zu reparieren. Und diese Sache mit seinem Ruf würde einen Tag in Anspruch nehmen – einen ganzen Tag. Und es gab so viele dringende Bedürfnisse, ich hatte bereits so viele Probleme, daß ich wohl befugt gewesen wäre, das Schicksal um Dispens zu bitten. Ich hatte recht gute Gründe.

»Sind die Leute da?«

Er warf ihr seinen Mantel zu. Ich gab meinen auch ab. Wir traten in den Überfluß, das Halbdunkel, die dicken Teppiche der Bar, wo die Flaschen glänzten und verführerische weibliche Gestalten im Bernsteinlicht hin und her gingen. Er zog mich am Arm in einen Fahrstuhl, und wir stiegen sofort zum obersten Geschoß empor. Cantabile sagte: »Wir werden einige Leute treffen. Wenn ich Ihnen das Zeichen gebe, dann zahlen Sie mir das Geld und entschuldigen sich.«

Wir standen vor einem Tisch.

»Bill, ich möchte dir gern Charlie Citrine vorstellen«, sagte Ronald zu Bill.

»Heda, Mike, das ist Ronald Cantabile«, sagte Bill auf sein Stichwort.

Der Rest war Hallo, wie geht's, setz dich, was willst du zu trinken.

Bill war mir unbekannt, aber Mike war Mike Schneiderman, der Klatschspaltenjournalist. Er war groß, schwer, gebräunt, griesgrämig, erschöpft, sein Haar hatte einen Messerschnitt, seine Manschettenknöpfe waren so groß wie seine Augen, sein Schlips war ein häßlicher Lappen aus Seidenbrokat. Er sah hochmütig, zerknittert und schläfrig aus wie gewisse Indianer aus Oklahoma, die durch Öl reich geworden sind. Er trank einen Old Fashioned und hielt eine Zigarre. Sein Beruf verlangte, daß er mit Leuten in Bars und Restaurants saß. Ich war viel zu flatterhaft für eine derartig sitzende Arbeit und konnte nicht verstehen, wie sie geleistet wurde. Aber ich konnte auch keine Büroarbeit verstehen oder Verkaufstätigkeit oder irgendeine der einschränkenden Beschäftigungen oder Routinearbeiten. Viele Amerikaner bezeichneten sich als Künstler oder Intellektuelle, die nur hätten sagen sollen, daß sie unfähig waren, eine solche Arbeit zu tun. Ich hatte das viele Male mit Von Humboldt Fleisher durchgesprochen, und hin und wieder auch mit Gumbein, dem Kunstkritiker. Die Arbeit, sich mit Leuten hinzusetzen, um zu entdecken, *was interessant war*, schien auch Schneiderman nicht zu bekommen. In gewissen Augenblicken sah er leer und fast krank aus. Er kannte mich selbstverständlich, ich war einmal in seinem Fernsehprogramm aufgetreten, und er sagte: »Hallo, Charlie.« Dann sagte er zu Bill: »Kennen Sie Charlie nicht? Er ist ein berühmter Mann, der inkognito in Chicago lebt.«

Ich begriff nun, was Rinaldo getan hatte. Er hatte alles in Bewegung gesetzt, um diese Begegnung zu arrangieren, hatte viele Beziehungen spielen lassen. Dieser Bill, ein Verbindungsmann von ihm, war vielleicht den Cantabiles einen Gefallen schuldig und hatte sich bereit erklärt, Mike Schneiderman von der Klatschspalte herzuzaubern. Verpflichtungen wurden überall eingelöst. Die Buchführung mußte sehr verwickelt sein, und ich konnte sehen, daß Bill nicht sehr erfreut war. Bill sah nach Mafia aus. Irgendwas an seiner Nase war faul. Mit der tiefen Biegung an den Nasenlöchern war sie mächtig und doch verletzlich. Er hatte eine üble Nase. In anderem Zusammenhang hätte ich vermutet, daß er Geigenspieler war, der die Musik übergekriegt hatte und statt dessen mit Spirituosen handelte. Er war gerade von Acapulco zurückgekehrt, und seine Haut war gebräunt, aber er glänzte keineswegs vor Gesundheit und Wohlbefinden. Er hatte für Rinaldo nichts übrig; er schien ihn zu verachten. Meine Sympathie gehörte in diesem Augenblick Cantabile. Er hatte versucht etwas zu organisieren, was eine schöne angeregte Begegnung hätte werden sollen, die der Renaissance würdig war, und ich war der einzige, der es würdigte. Cantabile versuchte, sich in Mikes Spalte zu drängen. Daran war Mike natürlich gewöhnt. Die zu den wenigen Glücklichen gehören wollten, waren immer hinter ihm her, und ich nehme an, daß da hinter den Kulissen so mancher Kuhhandel geschlossen wurde, *quid pro quo*. Man gab Mike ein Klatschthema, und er ließ den Namen des Betreffenden in fettem Druck erscheinen. Das Häschen nahm unsere Bestellungen für Getränke entgegen. Bis zum Kinn war sie hinreißend. Darüber war alles kommerzielle Gier. Meine Aufmerksamkeit war zwischen der weichen Spalte zwischen ihren Brüsten und dem Ausdruck von Geschäftsschwierigkeiten auf ihrem Gesicht geteilt.

Wir waren in einem der vornehmsten Viertel von Chicago. Ich vertiefte mich in die Szenerie. Der Blick über das Seeufer war atemraubend. Ich konnte ihn nicht genießen, aber ich kannte ihn gut und fühlte seine Wirkung – die schimmernde Straße neben der glänzenden goldenen Leere des Lake Michigan. Der Mensch hatte die Öde dieses Landes besiegt. Aber die Öde hatte ihm ihrerseits ein paar tüchtige Streiche versetzt. Und hier saßen wir, in der Schmeichelsphäre von Reichtum und Macht, mit hübschen Mädchen und Getränken und maßgeschneiderten Anzügen, und die Männer trugen Schmuck und benutzten Duftwasser. Schneiderman wartete höchst skeptisch auf einen Vorfall, den er für seine Spalte benutzen konnte. Im richtigen Zusammenhang war ich ein gutes Thema. Die Leute in Chicago sind davon beeindruckt, daß ich anderswo ernst genommen werde. Ich bin hin und wieder von kulturell ehrgeizigen Emporkömmlingen zu Cocktailpartys gebeten worden und habe das Schicksal eines Symbols erlebt. Gewisse Frauen haben zu mir gesagt: »Sie *können* nicht Charles Citrine sein!« Viele Gastgeber sind über den Kontrast, den ich darstelle, erfreut. Nun ja, ich sehe aus wie ein Mann, der intensiv, aber unvollkommen nachdenkt. Mein Gesicht hält ihren pfiffigen Städtergesichtern nicht stand. Und es sind vor allem die Frauen, die ihre Enttäuschung nicht verbergen können, wenn sie sehen, wie der weithin bekannte Mr. Citrine in Wahrheit aussieht.

Uns wurde Whisky vorgesetzt. Ich trank meinen doppelten Scotch gierig aus, und da ich darauf schnell reagiere, fing ich an zu lachen. Niemand stimmte ein. Der häßliche Bill fragte: »Was ist so komisch?«

Ich sagte: »Mir ist gerade eingefallen, daß ich ganz in der Nähe, in der Oak Street, schwimmen lernte, bevor alle diese Wolkenkratzer hochgezogen wurden, der architektonische Stolz aller Werbeplakate von Chicago. Das war damals die Goldküste, und wir kamen immer mit der Straßenbahn aus den Slums. Die Bahn in der Division Street fuhr nur bis Wells. Ich nahm stets eine fettige Tüte mit Stullen mit. Meine Mutter kaufte mir im Ausverkauf einen Mädchenbadeanzug. Er hatte ein Röckchen mit einer Regenbogenborte. Ich schämte mich furchtbar und versuchte, ihn mit chinesischer Tusche zu färben. Die Bullen piekten uns in die Rippen, um uns schnell über den Drive zu treiben. Jetzt bin ich hier, trinke Whisky ...«

Cantabile gab mir unter dem Tisch einen Stoß mit dem ganzen Fuß und hinterließ einen staubigen Abdruck auf meiner Hose. Sein Stirnrunzeln verbreitete sich nach oben bis unters Haar, kräuselte sich unter den kurz geschorenen Löckchen, während seine Nase so weiß wurde wie Kerzenwachs.

Ich sagte: »Übrigens, Ronald ...«, und ich zog die Scheine hervor. »Ich schulde Ihnen Geld.«

»Was für Geld?«

»Das Geld, das ich beim Pokern an Sie verloren habe – das liegt schon einige Zeit zurück. Ich nehme an, Sie haben's vergessen. Vierhundertfünfzig Dollar.«

»Ich weiß nicht, wovon Sie reden«, sagte Rinaldo Cantabile. »Was für ein Spiel?«

»Können Sie sich nicht erinnern? Wir haben in George Swiebels Wohnung gespielt.«

»Seit wann spielt ihr Büchermenschen Poker?« fragte Mike Schneiderman.

»Warum? Wir haben unsere menschliche Seite. Poker wird von

jeher im Weißen Haus gespielt. Absolut respektabel. Präsident Harding hat gespielt. Sogar während des New Deal. Morgenthau, Roosevelt und so weiter.«

»Sie reden wie ein Junge aus West-Chicago«, sagte Bill.

»Chopin-Schule. Rice and Western College«, sagte ich.

»Nein, stecken Sie Ihr Geld wieder ein, Charlie«, sagte Cantabile. »Jetzt wird getrunken. Keine Geschäfte. Zahlen Sie mir später.«

»Warum nicht jetzt, wo ich dran denke und die Scheine rausgeholt habe? Sie müssen wissen, die ganze Sache war mir entfallen, und vergangene Nacht bin ich entsetzt aufgewacht und habe gedacht: ›Ich habe vergessen, Rinaldo sein Geld zu geben.‹ Mein Gott, ich hätte mir 'ne Kugel durch den Kopf jagen können.«

Cantabile sagte heftig: »Schon gut, schon gut, Charlie!« Er riß mir das Geld aus der Hand und stopfte es ungezählt in seine Brusttasche. Er warf mir einen Blick der äußersten Wut zu, einen flammenden Blick. Weswegen? Ich konnte mir's nicht erklären. Ich wußte lediglich, daß Mike Schneiderman einen in die Zeitung bringen konnte, und wenn man in der Zeitung war, hatte man nicht vergeblich gelebt. Dann war man nicht nur ein zweibeiniges Wesen, das eine kurze Stunde lang in der Clark Street gesehen wurde und die Ewigkeit mit häßlichen Taten und Gedanken verunreinigte. Man war . . .

»Was tun Sie so dieser Tage, Charlie?« fragte Mike Schneiderman. »Vielleicht wieder ein Stück? Einen Film? Wissen Sie«, sagte er zu Bill, »Charlie ist ein richtig berühmter Bursche. Die haben aus seinem Hit am Broadway einen tollen Streifen gemacht. Er hat eine Menge geschrieben.«

»Ich hatte einen Augenblick des Glanzes am Broadway«, sagte ich. »Ich könnte ihn nie wiederholen, warum also versuchen?«

»Jetzt erinnere ich mich. Jemand hat gesagt, sie wollten irgend so ein Intellektuellenmagazin herausgeben. Wann kommt das raus? Ich gebe Ihnen 'ne Starthilfe.«

Aber Cantabile blickte wütend drein und sagte: »Wir müssen gehen.«

»Ich rufe Sie gern an, wenn ich was für Sie habe. Das wäre eine große Hilfe«, sagte ich mit einem bedeutungsvollen Blick auf Cantabile.

Aber er war schon fort. Ich folgte ihm, und im Fahrstuhl sagte er: »Was, zum Teufel, ist mit Ihnen los?«

»Ich kann mir nicht denken, was ich falsch gemacht habe.«

»Sie sagten, Sie wollten sich 'ne Kugel durch den Kopf jagen, und Sie wissen verdammt gut, Sie Trottel, daß Mike Schneidermans Schwager sich vor zwei Monaten eine Kugel durch *seinen* Kopf geschossen hat.«

»Nein!«

»Sie müssen's in der Zeitung gelesen haben – den ganzen Lärm um die gefälschten Obligationen, die nachgemachten Obligationen, die er als Sicherheit gegeben hat.«

»Ach *der*, Sie meinen Goldhammer, der Knabe, der seine eigenen Schatzanweisungen gedruckt hat, der Fälscher!«

»Sie haben's gewußt, tun Sie nicht so«, sagte Cantabile. »Sie haben's mit Absicht getan, um mich unmöglich zu machen, um mir den Plan zu versalzen.«

»Das stimmt nicht, ich schwöre, daß es nicht stimmt. Mir 'ne Kugel durch den Kopf jagen? Das ist ein gängiger Ausdruck.«

»Nicht in so einem Fall. Sie wußten's«, sagte er wütend, »Sie wußten's. Sie wußten, daß sein Schwager Selbstmord begangen hat.«

»Ich habe die Dinge nicht miteinander in Verbindung gebracht. Das muß eine Freudsche Fehlleistung gewesen sein. Völlig unabsichtlich.«

»Sie tun immer so, als wüßten Sie nie, was Sie tun. Ich vermute, Sie haben auch nicht gewußt, wer der Mann mit der großen Nase war.«

»Bill?«

»Ja! Bill! Bill ist Bill Lakin, der Bankier, der mit Goldhammer zusammen angeklagt war. Er hat die gefälschten Schatzanweisungen als Sicherheit angenommen.«

»Warum sollte er deswegen angeklagt werden? Goldhammer hat ihn doch damit betrogen.«

»Weil, Sie Spatzenhirn, begreifen Sie eigentlich nicht, was Sie in der Zeitung lesen? Er hat die Firma ›Lekatride‹ für einen Dollar pro Aktie von Goldhammer gekauft, als sie sechs Dollar wert war. Haben Sie auch nichts von Kerner gehört? Alle diese großen Schwurgerichtsprozesse, alle diese Verhandlungen? Aber Sie kümmern sich nicht um die Dinge, um derentwillen sich andere

Menschen umbringen. Sie sind voller Verachtung. Sie sind überheblich, Citrine. Sie verspotten uns.«

»Wer ist uns?«

»Uns! Menschen der Welt . . .«, sagte Cantabile. Er redete wild daher. Es war nicht der Zeitpunkt für eine Debatte. Ich sollte ihn achten und fürchten. Es wäre eine Herausforderung, wenn er nicht glaubte, daß ich ihn fürchtete. Ich glaubte nicht, daß er mich erschießen würde, aber Prügel waren durchaus möglich, vielleicht sogar ein gebrochenes Bein. Als wir den Playboy Club verließen, steckte er mir das Geld wieder in die Hand.

»Müssen wir das noch mal machen?« fragte ich. Er erklärte nichts. Er stand da, den Kopf ärgerlich vorgeschoben, bis der Thunderbird ankam. Abermals mußte ich einsteigen.

Unsere nächste Station war das Hancock-Gebäude, irgendwo im sechzigsten oder siebzigsten Stock. Es sah aus wie eine Privatwohnung, schien aber auch eine Geschäftsstelle zu sein. Sie war im Schaufensterstil möbliert, mit Illusionskunstwerken aus Plastik, die an der Wand hingen, geometrischen Formen der *trompe d'œil*-Art, die Geschäftsleute faszinieren. Die sind Kunstschiebern besonders ausgeliefert. Der Herr, der hier lebte, war in vorgerücktem Alter, mit einem braunen Sportjackett aus grobem Wollstoff mit Goldfäden und einem gestreiften Hemd auf seinem undisziplinierten Bauch. Weißes Haar war auf seinem schmalen Kopf glatt zurückgebürstet. Die Leberflecken auf seinen Händen waren groß. Unter den Augen und um die Nase sah er nicht eben gut aus. Als er auf dem niedrigen Sofa saß, das, nach der Art zu urteilen, wie es unter ihm nachgab, mit Daunen gepolstert war, streckten sich seine Krokodilleder-Slipper weit in den elfenbeinfarbenen Plüschteppich hinein. Der Druck seines Bauches zeichnete die Form seines Phallus auf dem Schenkel ab. Lange Nase, klaffende Lippe und Kehllappen paßten genau zu diesem ganzen Samt, der groben Wolle mit Goldfäden, Brokat, Satin, dem Krokodilleder und den *trompe d'œil*-Kunstwerken. Aus dem Gespräch schloß ich, daß er in der Schmuckbranche war und mit der Unterwelt zu tun hatte. Vielleicht war er auch ein Hehler – wie sollte ich's wissen? Rinaldo Cantabile und seine Frau wollten bald ein Jubiläum feiern, und er wollte ein Armband kaufen. Ein japanischer Hausdiener bot Getränke an. Ich bin kein großer Trinker, aber heute wollte ich verständlicherweise Whisky, und ich nahm noch einmal einen doppelten Black Label. Von dem Wolkenkratzer aus konnte ich mir über die Luft von Chicago an diesem kurzen Dezembernachmittag Gedanken machen. Eine brüchige westliche Sonne verbreitete orangenes Licht über die dunklen Formen der Stadt, über die Flußarme und schwarze Brückenträger. Der See, vergoldetes Silber und Amethyst, war auf seine Winterdecke von Eis gerüstet. Ich mußte daran denken, daß ich, wenn Sokrates recht hatte und man nichts von den Bäumen lernen konnte, sondern nur die Menschen, die man auf der Straße traf, einem etwas über das eigene Ich beibringen konnten, in schlechter Verfassung sein müsse, wenn ich mich in die Aussicht flüchtete, statt meinen menschlichen Gefährten zuzuhören. Offenbar hatte ich keine besondere Lust auf menschliche Gefährten. Um Erleichterung von der Unruhe oder der Schwere des Herzens zu finden, grübelte ich über das Wasser nach. Sokrates hätte mir eine schlechte Note gegeben. Ich schien's eher mit Wordsworth zu halten – Bäume, Blumen, Wasser. Aber Architektur, Ingenieurswissen, Elektrizität, Technologie hatten mich zu diesem vierundsechzigsten Stockwerk gebracht. Skandinavien hatte mir dieses Glas in die Hand gegeben, Schottland hatte es mit Whisky gefüllt, und ich saß da und rief mir gewisse wundersame Tatsachen über die Sonne ins Gedächtnis, und zwar, daß das Licht anderer Sterne sich krümmen mußte, wenn es ins Schwerefeld der Sonne trat. Die Sonne trug einen Schal, der aus diesem universalen Licht gemacht war. Das hatte Einstein vorausgesagt, als er saß und über die Dinge nachdachte. Und Beobachtungen, die Arthur Eddington während einer Sonnenfinsternis anstellte, haben es bewiesen. Finden vor Suchen.

Unterdessen klingelte das Telefon unaufhörlich, und kein einziger Anruf schien ein Ortsgespräch zu sein. Es war alles Las Vegas, Los Angeles, Miami und New York. »Schicken Sie Ihren Diener rüber zu Tiffany und lassen Sie sich sagen, was die für ein solches Objekt verlangen«, sagte unser Gastgeber. Dann hörte ich ihn von Nachlaßjuwelen sprechen und von einem indischen Prinzen, der einen ganzen Haufen von dem Zeug in den Vereinigten Staaten verkaufen wollte und um Angebote ersuchte.

In einer Pause, während sich Cantabile über einem Tablett mit Diamanten wichtig machte (scheußliches weißes Zeug, so kam's mir vor), sprach mich der alte Herr an. »Ich kenne Sie irgendwoher, nicht wahr?«

»Ja«, sagte ich, »vom Strudelbassin im Downtown Gesundheits-Club, glaube ich.«

»O ja, gewiß. Ich habe Sie da mit diesem Anwalttyp kennengelernt. Er ist sehr gesprächig.«

»Szathmar?«

»Alec Szathmar.«

Cantabile sagte, während er Diamanten befühlte und sein Gesicht nicht vom Glitzern des Samttabletts hob: »Ich kenne diesen Schweinekerl Szathmar. Er behauptet, ein alter Spezi von Ihnen zu sein, Charlie.«

»Stimmt«, sagte ich, »wir sind alle zusammen zur Schule gegangen. Einschließlich George Swiebel.«

»Das muß in der frühen Steinzeit gewesen sein«, sagte Cantabile.

Ja, ich hatte diesen alten Herrn im heißen chemischen Bad des Clubs kennengelernt, dem runden wallenden Strudelbecken, wo die Leute schwitzend saßen und über Sport, Steuern, Fernsehprogramme, Bestseller tratschten oder sich über Acapulco und Nummernkonten in den Banken der Cayman-Inseln unterhielten. Mir schwante irgendwie, daß dieser alte Hehler eine dieser schändlichen *cabañas* in der Nähe des Schwimmbeckens hatte, in die junge Mädchen zur Siesta eingeladen wurden. Deswegen hatte es einigen Skandal und Protest gegeben. Was hinter den zugezogenen Vorhängen in den *cabañas* getrieben wurde, ging selbstverständlich niemand etwas an, aber einige der alten Kerle, die demonstrativ und exhibitionistisch waren, waren dabei beobachtet worden, wie sie ihre kleinen Puppen auf der Sonnenterrasse liebkosten. Einer hatte in aller Öffentlichkeit sein Gebiß aus dem Mund genommen, um einem Mädchen einen Zungenkuß zu geben. Ich hatte darüber einen interessanten Brief in der *Tribune* gelesen. Eine im Ruhestand lebende Geschichtslehrerin, die hoch oben im Clubgebäude wohnte, hatte einen Brief geschrieben, des Inhalts, daß Tiberius – das alte Mädchen gab mit seinem Wissen an –, Tiberius in den Grotten von Capri diesen grotesken alten Lüstlingen nichts voraus hatte. Aber was kümmerten sich diese alten Typen, die Schieber waren oder korrupte Kommunalpolitiker, um eine empörte Schulmeisterin und um klassische Anspielungen. Wenn sie sich Fellinis *Satyricon* im Woods Theater angesehen hatten, dann nur, um sich einige neue Sexideen zu holen, nicht, um das kaiserliche Rom zu studieren. Ich hatte selbst einige dieser spinnenleibigen alten Käuze gesehen, wenn sie auf dem Sonnendeck die Brüste von Teenager-Nutten in die Hände nahmen. Mir fiel ein, daß der japanische Diener auch ein Experte in Judo und Karate sein mußte, wie in den 007-Filmen, weil so viele Wertsachen in der Wohnung waren. Als Rinaldo sagte, er würde gern noch ein paar Accutron-Uhren sehen, brachte der Bursche ein paar Dutzend zum Vorschein, die flach waren wie Oblaten. Die mochten gestohlen sein oder auch nicht. Meine erhitzte Fantasie konnte mich hier nicht zuverlässig leiten. Ich war, wie ich zugebe, von diesen kriminellen Tendenzen erregt. Ich fühlte das Bedürfnis zu lachen sich regen und in mir aufsteigen, was immer ein Zeichen dafür war, daß meine Schwäche für das Sensationelle, meine amerikanische, chicagosche (sowie auch persönliche) Gier nach starken Reizen, nach Ungereimtheiten und Extremen geweckt war. Ich wußte, daß in Chicago der Luxusdiebstahl eine große Sache war. Es wurde behauptet, daß man Luxusgüter zum halben Verkaufspreis erhalten konnte, wenn man einen von diesen mordsreichen Fagintypen in den Wolkenkratzern kannte. Der eigentliche Diebstahl wurde von Süchtigen ausgeführt. Diese wurden mit Heroin entlohnt. Was die Polizei betraf, so sagte man, daß sie bestochen sei. Sie sorgte dafür, daß die Kaufleute kein allzu großes Geschrei machten. Und schließlich gab es ja die Versicherung. Da gab es auch die bekannte Abschreibung, oder den jährlichen Verlust, den man dem Finanzamt angab. Diese Informationen über Korruptionen waren, wenn man in Chicago aufgewachsen war, sehr glaubhaft. Sie befriedigten sogar ein gewisses Bedürfnis. Sie standen im Einklang mit der eigenen Chicago-Einstellung zur Gesellschaft. Naivität war etwas, was man sich nicht leisten konnte.

Stück um Stück versuchte ich zu schätzen, was Cantabile trug, als ich in weichen Polstern mit meinem Scotch on the rocks dasaß: seinen Hut, Mantel, Anzug, seine Stiefel (vielleicht waren die Stiefel ungeborenes Kalb), seine Reiterhandschuhe, und ich mühte mich, mir vorzustellen, wie er diese Gegenstände auf kriminellen Schleichwegen erhalten hatte, von Field's, von Saks in der Fifth Avenue, von Abercrombie & Fitch. Er wurde, soweit ich das beurteilen konnte, von dem alten Hehler nicht ganz ernst genommen.

Rinaldo war von einer Uhr fasziniert und streifte sie über. Seine alte Uhr warf er dem Japaner zu, der sie auffing. Ich fand, der Augenblick sei gekommen, um mein Verschen aufzusagen, und sagte: »Ach, übrigens, Ronald, ich schulde Ihnen von neulich abend noch Geld.«

»Von was?« sagte Cantabile.

»Vom Pokerspiel bei George Swiebel. Ich nehme an, es war mir entfallen.«

»Oh, ich kenne diesen Burschen Swiebel mit seinen ganzen Muskeln«, sagte der alte Herr. »Das ist ein großartiger Gesellschafter. Und wissen Sie, er kocht eine tolle Bouillabaisse, das muß man ihm lassen.«

»Ich habe Ronald und seinen Vetter Emil zu diesem Spiel angestiftet«, sagte ich. »Es war wirklich meine Schuld. Auf alle Fälle hat Ronald den ganzen Rahm abgeschöpft. Ronald ist einer von den großen Pokerern. Ich war schließlich mit sechshundert Dollar im Hintertreffen, und er mußte von mir einen Schuldschein annehmen – ich habe das Geld bei mir, Ronald, und gebe es Ihnen lieber, solange wir beide daran denken.«

»Okay.« Wieder stopfte sich Cantabile, ohne hinzusehen, die Scheine in die Jackentasche. Sein Spiel war besser als meins, obwohl ich mir die größte Mühe gab. Aber dann hatte er auch die Ehrenseite des Handels, die des Gekränkten. Er durfte zornig sein, und das war kein geringer Vorteil.

Als wir das Gebäude wieder verlassen hatten, sagte ich: »War das nicht in Ordnung?«

»In Ordnung – ja! In Ordnung!« sagte er laut und bitter. Offenbar war er immer noch nicht gewillt, mich laufenzulassen. Noch nicht.

»Ich denke doch, der alte Pelikan wird überall erzählen, daß ich Ihnen bezahlt habe. War das nicht der Zweck des Ganzen?«

Und fast zu mir selbst fügte ich hinzu: »Ich wüßte gern, wer solche Hosen macht, wie der alte Knabe sie getragen hat. Der Schlitz allein muß einen Meter lang gewesen sein.«

Aber Cantabile schürte noch immer seinen Zorn. »Verdammt«, sagte er. Mir gefiel die Art nicht, wie er mich unter diesen geraden Dolchbrauen anstarrte.

»Also schön, das war's«, sagte ich. »Ich kann mir ein Taxi nehmen.«

Cantabile erwischte mich am Ärmel. »Sie warten«, sagte er. Ich wußte tatsächlich nicht, wie ich mich verhalten sollte. Schließlich trug er eine Pistole. Ich hatte lange überlegt, ob ich auch eine Pistole haben müßte, so wie Chicago nun einmal war. Aber man hätte mir nie einen Waffenschein gegeben. Cantabile hatte sich ohne Waffenschein eine Pistole verschafft. Das war ein Hinweis für den Unterschied zwischen uns. Nur Gott wußte, was für Folgen solche Unterschiede haben konnten. »Macht Ihnen unser Nachmittag keinen Spaß?« fragte Cantabile und grinste.

Ich versuchte, darüber hinwegzulachen, aber das mißlang. Der globus hystericus vereitelte es. Meine Kehle war irgendwie verklebt.

»Steigen Sie ein, Charlie.«

Wieder saß ich auf dem blutroten Kübelsitz (das geschmeidige aromatische Leder erinnerte mich an Blut, Lungenblut) und fummelte mit dem Sicherheitsgürtel – man kann nie die verdammten Schnallen finden.

»Wursteln Sie nicht mit dem Gürtel, wir fahren nicht so weit.«

Aus dieser Auskunft holte ich mir so viel Erleichterung, wie ich konnte. Wir waren auf dem Michigan Boulevard und fuhren nach Süden. Wir hielten neben einem im Bau befindlichen Wolkenkratzer, einem kopflosen Rumpf, der sich nach oben reckte und von Lichtern wimmelte. Unter der frühen Dunkelheit, die sich jetzt mit Dezembergeschwindigkeit auf den schimmernden Westen senkte, war die Sonne wie ein Fuchs mit gesträubtem Fell hinter den Horizont gesprungen. Nichts als ein tiefrotes Nachglühen war geblieben. Ich sah es zwischen den Pfeilern der Hochbahn. Als die riesigen Träger des unvollendeten Wolkenkratzers schwarz wurden, füllte sich das hohle Innere mit Tausenden von elektrischen Punkten, die aussahen wie Schaumperlen im Champagner. Das vollendete Gebäude würde nie so schön sein. Wir stiegen aus, knallten die Wagentüren zu, und ich folgte Cantabile über Bretterpfade, die für die Lastwagen ausgelegt waren. Er schien sich dort auszukennen. Vielleicht hatte er Kunden unter den Helmträgern. Wenn er zum Wucherring gehörte. Wenn er jedoch ein Wucherer war, würde er nicht nach Einbruch der

Dunkelheit herkommen und riskieren, von einem dieser rauhen Gesellen vom Träger gestoßen zu werden. Die müssen verwegen sein. Sie trinken verwegen und geben verwegen Geld aus. Mir gefällt es, wie die Turmarbeiter die Namen ihrer Mädchen oder Freunde auf unzugängliche Streben malen. Von unten sieht man oft DONNA oder SUE. Ich vermute, sie bringen ihre Damen am Sonntag dorthin, um auf ihr Liebesopfer in mehr als zweihundert Meter Höhe zu deuten. Ab und zu fallen sie sich zu Tode. Auf alle Fälle hatte Cantabile seine eigenen Arbeitshelme mitgebracht. Wir setzten sie auf. Alles war vorher bedacht. Er sagte, er sei ein Blutsverwandter von einigen Bauaufsehern. Er erwähnte auch, daß er hier in der Gegend viele Geschäfte abwikkelte. Er sagte, er hätte Beziehungen zum Bauherrn und zum Architekten. Er erzählte mir die Sachen viel schneller, als ich sie bezweifeln konnte. Immerhin fuhren wir in einem der offenen Fahrstühle aufwärts, aufwärts.

Wie sollte ich meine Gefühle beschreiben? Furcht, Spannung, Anerkennung, Wonne – ja, ich zollte seiner Erfindungsgabe Anerkennung. Aber es kam mir so vor, als stiegen wir zu hoch, zu weit. Wo waren wir? Welchen Knopf hatte er gedrückt? Bei Tageslicht hatte ich oft die Krangruppen bewundert, die wie Gottesanbeterinnen standen und deren Spitze mit Orange bemalt war. Die winzigen Glühlampen, die von unten so dicht ausgesehen hatten, waren nur spärlich aufgereiht. Ich weiß nicht, wie weit wir tatsächlich fuhren, aber es war weit genug. Wir hatten um uns so viel Licht, wie die Tageszeit noch hergeben konnte, stählern und frostig, schneidend, mit einem Wind, der in den leeren Vierecken wundfarbenen Rostes hallte und gegen herabhängendes Segeltuch schlug. Im Osten lag in gewaltiger Starrheit das Wasser, eisig, zerkratzt wie ein Plateau aus solidem Stein, und in der anderen Richtung war ein riesiger Erguß niedrig liegender Farbe, das letzte Glühen, der Beitrag industrieller Gifte zur Schönheit des Abends in Chicago. Wir stiegen aus. Etwa zehn behelmte Arbeiter, die gewartet hatten, schoben sich sofort in den Fahrstuhl. Ich wollte ihnen zurufen: »Wartet!« Sie fuhren alle zusammen hinunter und ließen uns im Nirgendwo. Cantabile schien zu wissen, wohin er ging, aber ich hatte kein Vertrauen zu ihm. Er war imstande, alles vorzutäuschen. »Kommen Sie«, sagte er. Ich folgte, aber ich ging langsam. Er wartete auf mich. Es gab hier im fünfzigsten oder sechzigsten Stockwerk hin und wieder einen Windschutz, und dagegen stürmte es an. Meine Augen tränten. Ich hielt mich an einem Pfosten fest, und er sagte: »Komm, Oma, kommen Sie schon, Sie Schecksperrer.«

Ich sagte: »Ich habe Ledersohlen. Die rutschen.«

»Ich würde Ihnen nicht raten, jetzt davonzulaufen.«

»Nein. So weit und nicht weiter«, sagte ich. Ich umschlang den Pfosten mit meinen Armen. Ich wollte nicht weiter.

Tatsächlich waren wir weit genug für seine Bedürfnisse. »Jetzt«, sagte er. »Ich will Ihnen zeigen, wieviel mir Ihr Geld bedeutet. Sehen Sie dies?« Er hielt einen Fünfzig-Dollar-Schein hoch. Er lehnte sich mit dem Rücken gegen einen senkrechten Stahlträger, streifte sich seine eleganten Reiterhandschuhe ab und begann das Geld zu falten. Es war zuerst unverständlich. Dann begriff ich. Er machte einen Papierflieger für Kinder daraus. Er schlug den Ärmel seines Raglans zurück und warf das Flugzeug mit zwei Fingern in die Luft. Ich sah zu, wie es mit Rückenwind durch die Lichtschnüre und hinaus in die stählerne Atmosphäre segelte, die unten immer düsterer wurde. Am Michigan Boulevard hatte man schon die Weihnachtsdekorationen angebracht, von Baum zu Baum sich windende winzige Glasbläschen. Sie flossen dahin wie Zellen unter einem Mikroskop.

Meine Hauptsorge war nun, wie wir wieder runterkamen. Obwohl die Zeitungen das herunterspielen, fallen immer wieder Leute in die Tiefe. Aber wie verängstigt und eingeschüchtert ich auch war, meine sensationslüsterne Seele war zugleich auch befriedigt. Ich wußte, daß es zu schwierig wurde, mich zu befriedigen. Die Befriedigungsschwelle meiner Seele war zu hoch gestiegen. Ich mußte sie wieder niedriger stellen. Sie war übertrieben. Ich mußte, das war mir bewußt, alles ändern.

Er ließ mehr von den Fünfzigern steigen. Kleine Papierflieger. Origami (mein bewanderter Geist, der seine unermüdliche Pedanterie behielt – mein lexikalischer gschaftlhuberischer Geist!), die japanische Papierfaltkunst. Ein internationaler Kongreß von Irren, die Papierflieger machten, war, glaube ich, voriges Jahr abgehalten worden. Es schien wie voriges Jahr. Die Freunde dieses Hobbys waren Mathematiker und Ingenieure.

Cantabiles grüne Scheine flogen davon wie Finken, wie Schwalben und Schmetterlinge, die alle das Bild von Ulysses S.

Grant trugen. Sie brachten den Leuten unten auf den Straßen Glück in der Dämmerung.

»Die letzten zwei behalte ich«, sagte Cantabile. »Um sie für Getränke und ein Abendessen für uns auf den Kopf zu hauen.«

»Wenn ich je lebend wieder runterkomme.«

»Sie haben sich gut gehalten. Gehen Sie, machen Sie die Vorhut, gehen Sie zurück.«

»Diese Lederabsätze sind furchtbar gefährlich. Ich bin neulich auf ein Stück gewöhnliches Pergamentpapier getreten und zu Boden gegangen. Vielleicht sollte ich mir die Schuhe ausziehen.«

»Seien Sie nicht verrückt. Gehen Sie auf den Zehenspitzen.«

Wenn man nicht ans Fallen dachte, waren die Fußplanken mehr als ausreichend. Ich kroch einher und kämpfte gegen eine Lähmung in den Waden und Oberschenkeln an. Mein Gesicht schwitzte schneller, als der Wind es trocknen konnte, als ich den letzten Pfosten ergriff. Ich meinte, daß Cantabile viel zu dicht hinter mir hergegangen war. Andere Helmträger, die auf den Fahrstuhl warteten, hielten uns wahrscheinlich für Gewerkschaftsfunktionäre oder Leute des Architekten. Es war jetzt Nacht, und die Hemisphäre war bis runter zum Golf gefroren. Erleichtert ließ ich mich auf den Sitz des Thunderbird fallen, als wir unten angekommen waren. Cantabile nahm seinen Helm ab und ich den meinen. Er hob das Lenkrad und ließ den Motor an. Er sollte mich jetzt wirklich ziehen lassen. Ich hatte ihm jede Genugtuung gegeben.

Aber er war schon wieder unterwegs und fuhr schnell. Er raste davon, dem nächsten Verkehrslicht entgegen. Mein Kopf hing rückwärts über den Sitzrand, in der Stellung, die man einnimmt, wenn man Nasenbluten stoppen will. Ich wußte nicht genau, wo wir waren. »Hören Sie, Rinaldo«, sagte ich. »Sie haben erreicht, was Sie wollten. Sie haben mir das Auto demoliert, Sie haben mich den ganzen Tag rumgestoßen, und Sie haben mir gerade eben Todesangst eingejagt. Okay, ich sehe, es war nicht das Geld, was Sie aufgebracht hat. Stopfen Sie den Rest in einen Gully, damit ich nach Hause gehen kann.«

»Sie haben genug von mir?«

»Es ist ein langer Tag der Buße gewesen.«

»Sie haben genug von dem Wie-war-das-Noch? – Ich habe beim Poker ein paar neue Wörter von Ihnen gelernt.«

»Was für Wörter?«

»Proles«, sagte er. »*Lumps, Lumpenproletariat.* Sie haben uns einen kleinen Vortrag über Karl Marx gehalten.«

»Mein Gott, ich habe mich gehenlassen, was? Völlig enthemmt. Was ist da in mich gefahren?«

»Sie wollten sich mit Gesindel und kriminellen Elementen einlassen. Sie sind in die Niederungen herabgestiegen, Charlie, und Sie haben sich königlich amüsiert, als Sie mit uns Tölpeln, dem Abschaum der Gesellschaft, Karten spielten.«

»Aha. Ich war ausfallend.«

»Gewissermaßen. Aber es war interessant, was Sie hier und da in bezug auf die Gesellschaftsordnung sagten und wie besessen die Mittelklasse vom *Lumpenproletariat* war. Die anderen hatten keine Ahnung, worüber, zum Teufel, Sie geschwatzt haben.« Zum ersten Mal sprach Cantabile mit mir in milderem Ton. Ich setzte mich auf und sah zur Rechten den Fluß, in dem die Stadtlichter funkelten, und den weihnachtlich geschmückten Warenmarkt. Wir fuhren zum alten Steakhaus von Gene und Georgetti, das ganz dicht an den Hochbahngeleisen liegt. Nachdem wir zwischen anderen verdächtig aussehenden Luxusschlitten geparkt hatten, gingen wir in das düstere alte Gebäude, wo – ein Hurra auf wohlsituierte Intimität! – uns das Getöse von Jukeboxmusik überrollte wie die Brandung des Pazifik. Die Bar der leitenden Angestellten war von angestellten Trinkern und lieblichen Gefährtinnen bevölkert. Der prachtvolle Spiegel war mit Flaschen besetzt und glich einem Gruppenbild von himmlischen Abiturienten.

»Giulio«, sagte Rinaldo zu dem Kellner. »Einen ruhigen Tisch, und wir wollen nicht direkt neben der Toilette sitzen.«

»Oben, Mr. Cantabile?«

»Warum nicht?« sagte ich. Ich war zittrig und wollte nicht an der Bar auf einen Platz warten. Das würde außerdem den Abend verlängern.

Cantabile starrte, als wolle er sagen: Wer hat Sie gefragt! Aber dann stimmte er zu. »Gut, oben. Und zwei Flaschen Piper Heidsieck.«

»Gleich, Mr. Cantabile.«

In den Tagen von Capone haben die Gangster bei Banketten Scheingefechte mit Champagner veranstaltet. Sie schüttelten die

Flaschen auf und ab und schossen dann aufeinander mit Korken und schäumendem Wein, alles im Smoking, wie ein fröhliches Massaker.

»Jetzt will ich Ihnen was erzählen«, sagte Rinaldo Cantabile, »und das ist ein ganz anderes Thema. Ich bin verheiratet, müssen Sie wissen.«

»Ja, ich erinnere mich.«

»Mit einer wunderbaren, schönen, intelligenten Frau.«

»Sie haben Ihre Frau in Süd-Chicago erwähnt. In jener Nacht . . . Haben Sie Kinder? Was tut sie?«

»Sie ist keine Hausfrau, Kumpel, das schreiben Sie sich lieber hinter die Ohren. Glauben Sie denn, daß ich eine Flunze mit breitem Arsch heiraten würde, die mit Lockenwicklern im Haus rumsitzt und sich das Fernsehprogramm ansieht? Das ist eine richtige Frau, mit Kopf und mit Wissen. Sie unterrichtet im Mundelein College, und sie arbeitet an ihrer Dissertation. Wissen Sie, wo?«

»Nein.«

»In Radcliffe, Harvard.«

»Das ist sehr gut«, sagte ich. Ich leerte das Champagnerglas und füllte es von neuem.

»Tun Sie's nicht so ab. Fragen Sie mich, was das Thema ist. Der Doktorarbeit.«

»Na schön, was ist es?«

»Sie schreibt eine Studie über den Dichter, der Ihr Freund war.«

»Sie scherzen. Von Humboldt Fleisher? Woher wissen Sie, daß er mein Freund war? . . . Ach so. Ich habe bei George von ihm gesprochen. Jemand hätte mich an jenem Abend in eine Schrankkammer sperren sollen.«

»Man brauchte bei Ihnen nicht zu schummeln, Charlie. Sie haben nicht gewußt, was Sie taten. Sie haben wie ein Neunjähriger über Prozesse, Anwälte, Buchhalter, schlechte Investitionen und das Magazin schwadroniert, das Sie herausgeben wollten – ein tolles Verlustunternehmen, so wie es klang. Sie haben gesagt, Sie wollten Ihr eigenes Geld für Ihre eigenen Ideen ausgeben.«

»Ich rede nie über diese Dinge mit Fremden. Anscheinend bin ich in Chicago ein Opfer des arktischen Kollers geworden.«

»Nun, hören Sie zu. Ich bin sehr stolz auf meine Frau. Ihre Familie ist reich, Oberschicht . . .« Prahlerei verleiht den Menschen eine wunderbare Farbe, habe ich festgestellt, und Cantabiles Wangen glühten. Er sagte: »Sie fragen sich, was sie dann mit einem Ehemann wie mir anfängt.«

Ich murmelte: »Nein, nein«, obwohl das eine naturgegebene Frage war. Hingegen war es nicht eigentlich neu, daß hochgebildete Frauen von Halunken, Verbrechern und Spinnern erregt wurden und daß diese Halunken und so weiter sich zur Kultur, zum Gedanken hingezogen fühlten. Diderot und Dostojewsky haben uns damit vertraut gemacht.

»Ich will, daß sie ihren Doktor macht«, sagte Cantabile. »Verstehen Sie? Ich will's mit aller Macht. Und Sie waren ein Freund von diesem Fleisher. Sie werden Lucy die Informationen verschaffen.«

»Einen Augenblick bitte . . .«

»Sehen Sie sich das an.« Er übergab mir einen Umschlag, und ich setzte die Brille auf, um das darin enthaltene Schriftstück zu überfliegen. Es war mit Lucy Wilkins Cantabile unterzeichnet, und es war der Brief einer vorbildlichen Fachstudentin, höflich, detailliert, glänzend gegliedert, mit den üblichen akademischen Umschreibungen – drei Seiten mit einfachem Abstand, gespickt mit Fragen, schmerzlichen Fragen. Ihr Mann beobachtete mich eingehend, während ich las. »Nun, was halten Sie von ihr?«

»Ausgezeichnet«, sagte ich. Die Sache erfüllte mich mit Verzweiflung. »Was wollen Sie von mir?«

»Antworten. Auskünfte. Wir wollen, daß Sie die Antworten dazu schreiben. Was halten Sie von dem Projekt?«

»Ich finde, die Toten schulden uns das Leben – oder seinen Unterhalt.«

»Erlauben Sie sich keine Frechheiten mit mir, Charlie. Dieser Seitenhieb hat mir gar nicht gepaßt.«

»Das ist mir völlig schnuppe«, sagte ich. »Dieser arme Humboldt, mein Freund, war ein großer Geist, der zerstört wurde . . . das nur nebenbei. Die Schiebung mit dem Doktortitel ist eine feine Schiebung, aber ich will damit nichts zu tun haben. Außerdem beantworte ich niemals Fragebogen. Idioten fallen einem mit ihren Schriftstücken zur Last. Ich kann dergleichen nicht ertragen.«

»Nennen Sie meine Frau eine Idiotin?«

»Ich hatte nicht das Vergnügen, sie kennenzulernen.«

»Ich halte Ihnen einiges zugute. Ich habe Sie mit dem Mercedes ins Mark getroffen, und dann habe ich Sie an der Nase rumgeführt. Aber keine häßlichen Äußerungen über meine Frau.«

»Es gibt Dinge, die ich nicht tue. Dies ist eins. Ich werde Ihnen keine Antworten schreiben. Das würde Wochen dauern!«

»Hören Sie zu!«

»Da hört's auf.«

»Einen Moment.«

»Legen Sie mich um. Scheren Sie sich zum Teufel.«

»Nun gut, immer mit der Ruhe. Es gibt Dinge, die heilig sind. Ich verstehe. Aber wir können alles ausbügeln. Ich habe beim Pokerspiel zugehört, und ich weiß, daß Sie tüchtig im Schlamassel stecken. Sie brauchen jemanden, der brutal und praktisch ist, um Ihre Angelegenheiten in Ordnung zu bringen. Ich habe darüber eine Menge nachgedacht und habe allerhand Ideen für Sie. Wir machen ein Tauschgeschäft.«

»Nein, ich will nichts tauschen. Ich habe genug. Mir bricht das Herz, und ich will nach Hause.«

»Essen wir ein Steak zusammen und trinken wir den Wein aus. Sie brauchen rotes Fleisch. Sie sind einfach müde. Sie werden's doch tun.«

»Nein.«

»Wir wollen bestellen, Giulio«, sagte er.

Ich wünschte, ich wüßte, warum ich mich den Verstorbenen gegenüber so loyal fühle. Wenn ich von ihrem Tod höre, sagte ich mir oft, daß ich für sie weitermachen und ihre Arbeit leisten, ihr Werk vollenden müßte. Und das konnte ich natürlich nicht tun. Statt dessen fand ich, daß gewisse Eigenheiten von ihnen an mir hängenblieben. Im Laufe der Zeit entdeckte ich zum Beispiel, daß ich in der Art Von Humboldt Fleishers absurd wurde. Nach und nach stellte sich heraus, daß er als mein Agent gehandelt hatte. Ich für meine Person, eine recht gesetzte Persönlichkeit, hatte Humboldt gehabt, der sich stellvertretend für mich ungezügelt gehenließ und dadurch einige meiner Sehnsüchte befriedigte. Das erklärte auch meine Vorliebe für gewisse Individuen – Humboldt oder George Swiebel oder selbst so einen wie Cantabile. Dieser Typ psychologischer Übertragung hat vielleicht seinen Ursprung in der repräsentativen Regierung. Wenn jedoch ein ausdrucksstarker Freund starb, dann fiel die übertragene Aufgabe an mich zurück. Und da ich auch der ausdrucksstarke Delegierte von anderen Menschen war, wurde das mit der Zeit zur reinsten Hölle.

Weitermachen für Humboldt? Humboldt wollte die Welt in Strahlenglanz hüllen, aber er hatte nicht genügend Stoff. Sein Versuch hörte am Bauch auf. Darunter hing die zottige Nacktheit, die wir so gut kennen. Er war ein liebenswerter Mann und großzügig, mit einem goldenen Herzen. Trotzdem war das Gute an ihm etwas Gutes, das die Menschen heutzutage für veraltet halten. Die Strahlkraft, mit der er handelte, war die alte Strahlkraft, und ihr Angebot war klein. Was wir brauchten, war eine ganz und gar neue Strahlkraft.

Und jetzt waren Cantabile und seine Dissertationsfrau hinter mir her, daß ich die teuren toten Tage des Village und seiner Intellektuellen, Dichter, Zusammenbrüche, seiner Selbstmorde und Liebeshändel wieder ins Gedächtnis riefe. Dazu hatte ich wenig Lust. Ich hatte bisher noch keinen klaren Eindruck von Mrs. Cantabile, aber ich betrachtete Rinaldo als ein Exemplar des neuen geistigen Pöbels einer Welt von Emporkömmlingen, und keinesfalls hatte ich gerade jetzt Lust, mich nötigen zu lassen. Nicht daß ich etwas dagegen hätte, ehrlichen Forschern oder auch jungen strebsamen Leuten Auskunft zu geben, aber gerade damals war ich ausgelastet, furchtbar, schmerzhaft ausgelastet – persönlich und unpersönlich ausgelastet: persönlich mit Renata und Denise und Murra, dem Buchhalter und den Anwälten und dem Richter und einer großen Anzahl emotioneller Ärgernisse; unpersönlich dadurch, daß ich am Leben meines Landes und der westlichen Zivilisation und der Gesellschaft der ganzen Welt (einer Mischung von Wirklichkeit und Fantasie) teilnahm. Als Herausgeber einer bedeutenden Zeitschrift *The Ark*, die vermutlich nie erscheinen würde, dachte ich immer an Thesen, die aufgestellt, und an Wahrheiten, an die die Welt erinnert werden mußte. Die Welt, identifiziert durch eine Reihe von Daten (1789 – 1914 – 1917 – 1939) und durch Schlüsselwörter (Revolution, Technologie, Wissenschaft und so weiter), war ein weiterer Grund, daß ich ausgelastet war. Man hatte diesen Daten und Wörtern gegenüber seine Verpflichtungen. Die ganze Sache war so hochwichtig, übermannend, tragisch, daß ich am Ende nur eins wirklich wollte: mich hinlegen und schlafen. Ich habe von jeher die seltene Gabe, das Bewußtsein zu verlieren. Ich sehe mir Fotos an, die in den schlimmsten Stunden der Menschheit gemacht worden sind, und ich sehe, daß ich volles Haar habe, reizvoll jugendlich bin, einen schlecht sitzenden zweireihigen Anzug aus den dreißiger oder vierziger Jahren trage, eine Pfeife rauche, unter einem Baum stehe, Händchen halte mit einer rundlichen und hübschen Puppe – und im Stehen schlafe, tot bin für die Welt. Ich habe so manche Krise durchschlummert (während Millionen starben).

Das ist alles schrecklich belangvoll. Zunächst einmal sollte ich wohl zugeben, daß ich mich wieder in Chicago niedergelassen habe, weil ich die geheime Absicht hatte, ein bedeutendes Werk zu schreiben. Diese meine Lethargie ist mit dem Projekt verknüpft – ich hatte die Idee, über den chronischen Krieg zu arbeiten, der sich in der menschlichen Natur zwischen Schlaf und Bewußtsein abspielt. In den letzten Jahren der Präsidentschaft Eisenhowers war mein Thema »Langeweile«. Chicago war der ideale Ort, an dem ich meinen Meister-Essay schreiben konnte: »Langeweile«. Im grobschlächtigen Chicago konnte man den menschlichen Geist unter dem Industrialismus studieren. Wenn jemand mit einer neuen Schau von Glaube, Liebe und Hoffnung auftauchen sollte, dann würde er verstehen wollen, wem er sie anbot – er würde die Eigenart jenes tiefen Leidens verstehen müssen, das wir Langeweile nennen. Ich wollte versuchen, mit der Langeweile das zu leisten, was Malthus und Adam Smith und John Stuart Mills oder Durkheim mit Bevölkerung, Wohlstand oder der Arbeitsteilung geleistet hatten. Geschichte und Temperament hatten mich in eine absonderliche Lage gebracht, die ich in meinen Vorteil verkehren wollte. Ich hatte nicht umsonst die großen modernen Experten der Langeweile gelesen, die Stendhal, Kierkegaard und Baudelaire. Über die Jahre hinweg hatte ich eine Menge an diesem Essay gearbeitet. Die Schwierigkeit war, daß ich immer wieder von dem Thema überwältigt wurde wie ein Bergarbeiter von Gasdämpfen. Trotzdem machte ich nicht Schluß. Ich sagte mir, daß auch Rip van Winkle nur zwanzig Jahre geschlafen hatte. Ich hatte ihn bereits um zwei Jahrzehnte übertrumpft und war entschlossen, die verlorene Zeit der Erleuchtung dienen zu lassen. So widmete ich mich höherer geistiger Arbeit in Chicago und trat auch einem Sportklub bei, wo ich mit Warenmaklern und Gentleman-Gangstern Ball spielte, um dadurch die Kräfte des Bewußtseins zu stärken. Dann erwähnte mein hochgeschätzter Freund Durnwald im Scherz, daß der berühmte, aber mißverstandene Dr. Rudolf Steiner viel über die tieferen Aspekte des Schlafes zu sagen habe. Steiners Bücher, die ich im Liegen zu lesen begann, erweckten in mir den Wunsch aufzustehen. Er behauptete, daß zwischen die Vorstellung von einer Handlung und ihrer Ausführung durch den Willen eine Schlaflücke trete. Sie könne zwar kurz sein, aber sie sei tief. Denn eine der Seelen des Menschen sei eine Schlaf-Seele. Darin ähnelten die Menschenwesen den Pflanzen, deren ganze Existenz der Schlaf sei. Das hat mir einen sehr tiefen Eindruck gemacht. Die Wahrheit über den Schlaf konnte nur aus der Perspektive eines unsterblichen Geistes gesehen werden. Ich hatte nie bezweifelt, daß ich so etwas besaß. Aber ich hatte es ziemlich früh beiseite geschoben. Ich hatte es für mich behalten. Diese Überzeugungen, die man unter Verschluß behält, drücken einem auch aufs Hirn und versenken hinunter ins Pflanzenreich. Selbst jetzt zögerte ich, vor einem Mann wie Durnwald den Geist zu erwähnen. Er hatte für Steiner selbstverständlich nichts übrig. Durnwald war rötlich, ältlich, aber kräftig, untersetzt und kahl, ein Junggeselle mit verschrobenen Gewohnheiten, aber ein gütiger Mann. Er hatte eine herrische, knappe, knuffige, sogar knechtende Art, aber wenn er schimpfte, dann nur, weil er mich liebte – sonst hätte er sich nicht die Mühe gemacht. Ein großer Gelehrter, einer der gelehrtesten Menschen der Welt, aber ein Rationalist. Keineswegs beschränkt rationalistisch. Trotzdem konnte ich mit ihm nicht von den Kräften eines Geistes reden, der vom Körper getrennt war. Davon wollte er nichts hören. Er hatte über Steiner nur gescherzt. Ich scherzte nicht, aber wollte mich nicht für einen Träumer halten lassen.

Ich hatte begonnen, viel über den unsterblichen Geist nachzudenken. Trotzdem träumte ich nächtelang, daß ich der beste Spieler im Club geworden sei, ein Racquetdämon, daß mein Rückhandball flach die linke Wand des Spielraumes traf und ohne zu springen in die Ecke schoß, weil er angeschnitten war. Ich träumte, daß ich die ganzen besten Spieler schlug – all diese mageren, haarigen, hurtigen Burschen, die in Wirklichkeit vermieden, mit mir zu spielen, weil ich so ein Blindgänger war. Ich war von den oberflächlichen Interessen, die solche Träume verrieten, äußerst enttäuscht. Selbst meine Träume schliefen. Und wie stand's mit dem Geld? Geld ist nötig als Schutz des Schlafes. Geldausgeben treibt einen in die Wachheit. Wenn man die inneren Schlieren aus dem Auge reibt und ins höhere Bewußtsein aufsteigt, dann sollte weniger Geld vonnöten sein.

Unter den Umständen (und es sollte jetzt klarer sein, was für Umstände ich meine: Renata, Denise, Kinder, Gerichtssäle, Anwälte, Wall Street, Schlaf, Tod, Metaphysik, Kharma, das Vorhandensein des Universums in uns und unser Vorhandensein im Universum als solchem) konnte ich mir nicht die Zeit nehmen, über Humboldt nachzudenken, einen teuren Freund, der in des Todes zeitloser Nacht verborgen war, ein Kamerad aus einem früheren Dasein (fast), sehr geliebt, aber tot. Ich stellte mir zuweilen vor, daß ich ihn im künftigen Leben sehen würde, zusammen mit meiner Mutter und meinem Vater. Auch Demmie Vonghel. Demmie war eine der wichtigsten Toten, deren ich jeden Tag gedachte. Aber ich erwartete nicht, daß er zu mir kommen würde wie im Leben, mit neunzig Meilen Geschwindigkeit in seinem hochgetrimmten Buick. Zuerst lachte ich. Dann kreischte ich. Ich war gelähmt. Er fuhr mich nieder. Er schlug mich mit Segen. Humboldts Vermächtnis hat viele meiner unmittelbaren Probleme hinweggefegt.

Die Rolle, die Ronald und Lucy Cantabile dabei spielten, steht wieder auf einem anderen Blatt.

Liebe Freunde, obwohl ich im Begriff stand zu verreisen und viel Geschäftliches zu erledigen hatte, entschloß ich mich, alle praktischen Tätigkeiten einen Morgen lang auszusetzen. Ich tat das, um zu verhindern, daß ich unter der Last zusammenbrach. Ich hatte einige der meditativen Übungen gemacht, die Rudolf Steiner in seinem Buch *Wie erlangt man Erkenntnisse der höheren Welten?* empfiehlt. Und doch hatte ich nicht viel erlangt, aber schließlich war meine Seele auch schon einigermaßen bejahrt und sehr strapaziert und angeschlagen, und ich mußte geduldig sein. Typischerweise hatte ich mich zu sehr bemüht, und ich erinnerte mich wieder an den wunderbaren Rat, den ein französischer Denker gegeben hat: *Trouve avant de chercher* – es war Valéry. Oder vielleicht Picasso. Es gibt Zeiten, wo es am praktischsten ist, sich hinzulegen.

Und so nahm ich mir am Morgen nach meinem Tag mit Cantabile frei. Das Wetter war schön und klar. Ich öffnete die Netzvorhänge, die die Details von Chicago fernhielten, und ließ die helle Sonne herein und die hohe Bläue (die in ihrer Barmherzigkeit über einer Stadt wie dieser schien und sich wölbte). Frohgemut holte ich meine Humboldt-Papiere hervor. Ich stapelte Notizbücher, Briefe, Tagebücher und Manuskripte auf dem Kaffeetisch und auf dem überdeckten Heizkörper hinter dem Sofa. Dann legte ich mich nieder, seufzte und zog mir die Schuhe aus. Unter den Kopf legte ich ein Petit-point-Kissen, das von einer jungen Dame gestickt worden war (was für ein frauengefülltes Leben ich immer geführt habe. Ach, dieses sexuell gestörte Jahrhundert!), einer Miß Doris Scheldt, der Tochter des Anthroposophen, den ich ab und zu konsultierte. Sie hatte mir diese selbstgemachte Weihnachtsgabe im vorigen Jahr geschenkt. Klein und hübsch, intelligent, erstaunlich stark im Profil für eine so hübsche junge Frau, trug sie mit Vorliebe altmodische Kleider, die ihr das Aussehen von Lilian Gish oder Mary Pickford verliehen. Ihre Fußbekleidung war dagegen provokant, regelrecht *far out*. In meinem privaten Sprachgebrauch war sie die kleine »Rühr mich nicht an«. Sie wollte und wollte nicht berührt werden. Sie wußte selbst eine Menge von der Anthroposophie, und wir haben vergangenes Jahr beträchtliche Zeit miteinander verbracht, als Renata und ich uns verkracht hatten. Ich saß auf ihrem Wiener Schaukelstuhl, während sie ihre winzigen Lackstiefel auf ein Fußkissen legte und dieses rot-grüne Frisches-Gras-und-glühende-Kohlen-Kissen bestickte. Wir plauderten und so weiter. Es war ein angenehmes Verhältnis, aber es war aus. Renata und ich waren wieder zusammen.

Das soll zur Erklärung dienen, warum ich Von Humboldt Fleisher an jenem Morgen zum Gegenstand meiner Meditationen machte. Eine derartige Meditation stärkte angeblich den Willen. Und allmählich gestärkt, wurde der Wille angeblich zum Organ der Wahrnehmung.

Eine zerknitterte Postkarte fiel zu Boden, eine der letzten, die

Humboldt an mich gesandt hatte. Ich las die Geisterzüge wie eine gefiederte Schrift der Nordlichter:

> Die Maus verkriecht sich, wenn der Falke steigt;
> Falken scheuen vor Fliegern
> Flieger fürchten die Flackerflak
> Jeder fürchtet jemand.
> Nur die achtlosen Löwen
> Unter dem Booloobaum
> Schlummern eng umschlungen
> Nach ihrem Lunch von Blut –
> Das Leben nenne ich gut!

Als ich vor acht oder neun Jahren dieses Gedicht las, dachte ich: Armer Humboldt, diese Schockbehandlung und die Ärzte haben ihm das Hirn gestutzt, sie haben den Mann ruiniert. Aber jetzt sah ich das als eine Mitteilung, nicht als ein Gedicht. Die Einbildungskraft darf nicht verkümmern – das war Humboldts Botschaft. Sie muß erneut bestätigen, daß die Kunst die inneren Kräfte der Natur offenbart. Für die erlösende Kraft der Fantasie war Schlaf Schlaf, und Wachsein war wahres Wachsein. Das war, was Humboldt mir jetzt zu sagen schien. Wenn dem so war, dann war Humboldt nie geistig normaler und tapferer gewesen als am Ende seines Lebens. Und ich war in der 46th Street vor ihm davongelaufen, gerade als er mir am meisten zu sagen hatte. Ich hatte den Morgen, wie ich schon erwähnte, großartig gekleidet und in Ellipsen über New York kreisend verbracht, in jenem Hubschrauber der Küstenwacht, mit den beiden Senatoren der Vereinigten Staaten und dem Bürgermeister und Amtsträgern aus Washington und Albany und Top-Journalisten, alle in geplusterte Schwimmwesten geschnürt, und jede Weste mit einem Messer in der Scheide (ich habe mich nie über die Messer beruhigen können). Und dann, nach dem Lunch im Central Park (ich bin gezwungen, mich zu wiederholen) ging ich aus und sah Humboldt, einen sterbenden Mann, der am Prellstein eine Salzstange aß, die Erde des Grabes schon über sein Gesicht gestreut. Dann lief ich davon. Es war einer jener ekstatisch schmerzhaften Augenblicke, an denen ich nicht stillhalten konnte. Ich mußte rennen. Ich sagte: »Ach Junge, leb wohl. Wir sehen uns in der nächsten Welt!«

In dieser Welt konnte man nichts mehr für ihn tun, hatte ich festgestellt. Aber stimmte das? Die zerknitterte Postkarte ließ mich das überdenken. Mir ging auf, daß ich an Humboldt gesündigt hatte. Auf dem Gänsedaunensofa liegend, um zu meditieren, fühlte ich, wie mir Selbstkritik und Scham einheizten, und ich errötete und schwitzte. Ich zog Doris Scheldts Kissen unter dem Kopf hervor und wischte mir damit das Gesicht ab. Wieder sah ich mich, wie ich hinter den geparkten Autos in der 46th Street Deckung nahm. Und Humboldt wie ein Busch, ganz übersponnen von der Raupe des Sackträgers und verdorrend. Ich war wie vor den Kopf geschlagen, als ich meinen alten Freund im Sterben sah, und ich floh, ich ging zurück zur Plaza und rief Senator Kennedys Büro an, um zu sagen, daß ich plötzlich nach Chicago gerufen worden sei. Ich würde nächste Woche nach Washington zurückkehren. Dann nahm ich ein Taxi zum Flughafen und bestieg das erste Flugzeug nach Chicago. Ich komme immer und immer wieder auf jenen Tag zu sprechen, weil er so grauenhaft war. Zwei Drinks, die Höchstmenge beim Flug, halfen mir nicht – gar nicht! Als ich landete, trank ich mehrere doppelte Whiskys in der Flughafenbar, um zu Kräften zu kommen. Es war ein sehr heißer Abend. Ich rief Denise an und sagte: »Ich bin wieder da.«

»Du bist um Tage zu früh. Was ist passiert, Charles?«

Ich sagte: »Ich hatte ein schlimmes Erlebnis.«

»Wo ist der Senator?«

»Noch in New York. Ich gehe in ein oder zwei Tagen nach Washington zurück.«

»Na schön, dann komm nach Hause.«

Life hatte mich mit einem Artikel über Robert Kennedy beauftragt. Ich hatte jetzt fünf Tage mit dem Senator verbracht, oder wenigstens in seiner Nähe, wenn ich auf einem Sofa im Senatsgebäude saß und ihn beobachtete. Es war, von allen Seiten betrachtet, eine einzigartige Offenbarung, aber der Senator hatte mir erlaubt, daß ich mich ihm anschloß, und schien mich zu schätzen. Ich sage »schien«, weil es seine Aufgabe war, bei einem Journalisten, der über ihn schreiben wollte, einen solchen Eindruck zu hinterlassen. Ich schätzte ihn auch, vielleicht gegen meine bessere Einsicht. Seine Art, einen anzusehen, war eigentümlich. Seine Augen waren blau wie die Leere, und in der Haut seiner Lider gab es eine kleine Senkung, als hätte er darin eine Extrafalte. Nach dem Flug mit dem Hubschrauber fuhren wir vom Flughafen in einer Limousine in die Bronx, und ich fuhr mit ihm mit. Die Hitze in der Bronx war grauenhaft, aber wir waren in einer Art von Kristallvitrine. Er hatte das Bedürfnis, stets aufs laufende gebracht zu werden. Er stellte jedem in der Gruppe Fragen. Von mir verlangte er historische Informationen – »Was muß ich über William Jennings Bryan wissen?« oder »Erzählen Sie mir von H. L. Mencken« – und nahm, was ich sagte, mit einer Art innerem Glitzern entgegen, das nicht preisgab, was er dachte oder ob er derartige Fakten verwenden konnte. Wir fuhren bei einem Spielplatz in Harlem vor. Da gab es Cadillacs, Polizisten auf Motorrädern, Leibwachen, Fernsehteams. Ein freies Grundstück zwischen zwei Miethäusern war eingezäunt worden, gepflastert, eingerichtet mit Rutschen und Sandkästen. Der Spielplatzdirektor mit seiner Afrofrisur und Dassiki und Holzperlen empfing die beiden Senatoren. Kameras standen über uns auf Gerüsten. Der schwarze Direktor, strahlend, zeremoniell, hielt zwischen den beiden Senatoren einen Basketball. Es wurde Platz gemacht. Zweimal warf der schlanke Kennedy mit sorgloser Eleganz den Ball. Er nickte mit dem rötlichen, fuchsigen Kopf, auf dem die Haare hochstanden, und lächelte, als er danebenschoß. Senator Javits konnte sich nicht leisten, danebenzuschießen. Klobig und kahl lächelte auch er, aber stellte sich vor dem Korb in Positur, zog den Ball an die Brust und konzentrierte seine ganze Willenskraft auf das Ziel. Er machte zwei gelungene Schüsse. Der Ball beschrieb keinen Bogen. Er flog geradewegs zur Öffnung und hinein. Es gab Beifall. Was für ein Ärgernis, welche Anstrengung, mit Bobby mitzuhalten. Aber der republikanische Senator hielt sich sehr gut.

Und das war's, womit ich mich nach Denises Wunsch beschäftigen sollte. Denise hatte das alles für mich arrangiert, die Leute bei *Life* angerufen und die ganze Angelegenheit gedeichselt. »Komm nach Hause«, sagte sie. Aber sie war verärgert. Sie wollte mich jetzt nicht in Chicago.

»Nach Hause« war ein großartiges Haus in Kenwood, an der Südseite. Reiche deutsche Juden hatten hier Anfang des Jahrhunderts Villen im viktorianisch-edwardischen Stil gebaut. Als die Nabobs der Versandhäuser und die anderen Krösusse auszogen, zogen Universitätsprofessoren, Psychiater, Anwälte und

Schwarze Moslems ein. Da ich mich darauf versteift hatte, zurückzukehren, um der Malthus der Langeweile zu werden, kaufte Denise das Haus von Kahnheim. Sie hatte es unter Protest getan, denn sie sagte: »Warum Chicago? Wir können leben, wo wir wollen, oder nicht? Mein Gott!« Sie stellte sich ein Haus in Georgetown vor oder in Rom oder in London SW3. Aber ich blieb halsstarrig, und Denise sagte, sie hoffte, das sei kein Zeichen, daß ich einem Nervenzusammenbruch entgegenginge. Ihr Vater, der Bundesrichter, war ein scharfsinniger Jurist. Ich weiß, daß sie ihn oft in der Stadt über Eigentumsrechte, Miteigentum und Witwenrecht im Staat Illinois konsultierte. Er gab uns den Rat, die Villa von Colonel Kahnheim zu kaufen. Täglich beim Frühstück fragte mich Denise, wann ich mein Testament machen wollte.

Jetzt war es Nacht, und sie erwartete mich im ehelichen Schlafzimmer. Ich hasse Klimaanlagen. Ich hinderte Denise, sie einzubauen. Die Temperatur war etwa 35 Grad, und in heißen Nächten fühlen die Bewohner von Chicago die Stadt mit Leib und Seele. Die Schlachthöfe waren verschwunden, Chicago ist keine Schlachtstadt mehr, aber die alten Gerüche leben in der Nachthitze wieder auf. Kilometerweit waren die Nebengeleise der Eisenbahn auf der Straße früher mit roten Rindern gefüllt, und die brüllenden und stinkenden Tiere warteten auf Einlaß in die Höfe. Der alte Gestank hängt noch über der Gegend. Er kommt gelegentlich zurück, steigt überraschend aus dem geräumten Boden auf, um uns alle daran zu erinnern, daß Chicago einstmals die Welt in Schlächter-Technologie geführt hatte und daß Milliarden Tiere hier gestorben waren. Und in jener Nacht waren die Fenster weit offen, und der vertraute, bedrückende, vielschichtige Gestank von Fleisch, Talg, Blutmehl, gemahlenen Knochen, Fellen, Seife, geräucherten Fleischstücken und verbranntem Haar machte sich wieder bemerkbar. Das alte Chicago atmete wieder durch Blätter und Drahtfenster. Ich hörte Feuerwehrwagen und das Keuchen und Gellen von Krankenwagen, eingeweidetief und hysterisch. In den umliegenden Negerslums nimmt im Sommer die Brandstiftung schlagartig zu, ein Index, sagen einige, der Psychopathologie. Allerdings ist die Liebe zur Flamme auch religiös. Denise saß jedoch nackt auf dem Bett und bürstete schnell und kräftig ihr Haar. Über den See blinkten Stahlwerke. Das Lampenlicht zeigte den Ruß, der bereits auf die Blätter des Mauerefeus gefallen war. Wir hatten in diesem Jahr eine frühe Trockenheit. Chicago keuchte in dieser Nacht, die großen städtischen Maschinen fuhren, Wohnhäuser loderten in Oakwood mit großen Flammenschals, die Sirenen jaulten unheimlich, die Feuerwehr, Krankenautos und Polizeiwagen – eine Tolle-Hunde-, Lange-Messer-, Notzucht- und Mordnacht. Tausende von Hydranten offen, die aus beiden Brüsten Wasser sprühten. Ingenieure waren verblüfft, wie der Spiegel des Lake Michigan fiel, wenn diese Tonnen von Wasser sich ergossen. Kinderbanden lauerten mit Handwaffen und Messern. Und – O Gott, o Gott – dieser zartbesaitete, trauernde Mr. Charlie Citrine hatte seinen alten Spezi gesehen, einen toten Mann, der eine Salzstange in New York aß, und hatte deshalb *Life* und die Küstenwacht und Hubschrauber und zwei Senatoren stehenlassen und war nach Hause geeilt, um getröstet zu werden. Zu diesem Zweck hatte seine Frau alles ausgezogen und bürstete sich das ungewöhnlich dichte Haar. Ihre riesigen violettgrauen Augen waren ungeduldig, ihre Zärtlichkeit war mit Unmut gemischt. Sie fragte stumm, wie lange ich noch auf der Chaiselongue in meinen Socken sitzen wollte, mit wehem Herzen und voll veralteter Empfindsamkeit. Da sie eine nervöse und kritische Person war, meinte sie, daß ich an morbiden Fehlvorstellungen über die Trauer litt, daß ich mich hinsichtlich des Todes vormodern oder barock verhielt. Sie hatte oft erklärt, daß ich nur deshalb nach Chicago zurückgekehrt sei, weil meine Eltern hier begraben waren. Manchmal sagte sie mit plötzlicher Wachsamkeit: »Aha, jetzt kommt die Friedhofsmasche!« Und dazu hatte sie oft noch recht. Bald konnte ich selbst schon die kettenschleppende Monotonie meiner leisen Stimme hören. Die Liebe war das Heilmittel für diese Todesstimmungen. Und hier war Denise, ungeduldig, aber pflichtbewußt, saß entkleidet auf dem Bett, und ich zog mir nicht mal den Schlips aus. Ich weiß, daß diese Trauer einen rasend machen kann. Und es ermüdete Denise, mir die Gefühle aufzupäppeln. Sie hielt von diesen meinen Gefühlen nicht viel. »Ach, du bist wieder auf *dieser* Leier? Du mußt diesen ganzen opernhaften Firlefanz aufgeben. Sprich mit einem Psychiater. Warum bist du in die Vergangenheit vergafft und beklagst immer irgendeine Leiche?« Denise führte mit einem hellen Leuchten auf dem Gesicht aus – ein Zeichen, daß sie eine Eingebung hatte –, daß ich, während ich Tränen über meine Toten vergoß, zugleich auch ihre Gräber mit der Schaufel flachklopfte. Denn ich schrieb Biographien, und die Entschlafenen waren mein Broterwerb. Die Verstorbenen hatten mir meine französische Medaille erworben und mich ins Weiße Haus gebracht. (Der Verlust unserer Verbindungen zum Weißen Haus nach dem Tod von JFK war eine der bittersten Ärgernisse für Denise.) Man soll mich nicht mißverstehen. Ich weiß, daß Liebe und Schelte oft Hand in Hand gehen. Durnwald hat es auch an mir praktiziert. Wen der Herr liebt, den züchtiget er. Das Ganze war mit Zuneigung vermischt. Als ich, außer mir über Humboldt, nach Hause kam, war sie bereit, mich zu trösten. Aber Denise hatte eine scharfe Zunge, ja, das hatte sie. (Ich nannte sie zuweilen Rebukah.) Natürlich war der Umstand, daß ich da so traurig, so herzversehrt lag, aufreizend. Und übrigens hatte sie den Verdacht, daß ich meinen Artikel für *Life* niemals fertigschreiben würde. Und auch damit hatte sie recht.

Wenn ich so viele Gefühle auf den Tod richtete, warum wollte ich dann nicht etwas damit *unternehmen*. Diese endlose Empfindsamkeit sei gräßlich. Das war Denises Meinung. Auch dem stimmte ich zu.

»Du hast also Gewissensbisse wegen deines Freundes Humboldt«, sagte sie. »Aber wie kommt es, daß du ihn nicht besucht hast? Du hättest es seit Jahren tun können. Und warum hast du heute nicht mit ihm gesprochen?«

Das waren harte Fragen, sehr intelligent. Sie ließ mir nicht das geringste durchgehen.

»Ich hätte vielleicht sagen können: ›Humboldt, ich bin's, Charlie. Wie wär's mit einem richtigen Mittagessen? Das ›Blue Ribbon‹ ist gleich um die Ecke.« Aber ich glaube, er hätte einen Anfall kriegen können. Vor etwa zwei Jahren versuchte er, die Sekretärin eines Dekans mit einem Hammer zu schlagen. Er warf ihr vor, sein Bett mit Sex-Magazinen bedeckt zu haben. Eine Art erotisches Komplott gegen ihn. Sie mußten ihn wieder einweisen. Der arme Mann ist verrückt. Und es hat keinen Zweck, auf St. Julien zurückzugreifen und Aussätzige an die Brust zu drükken.«

»Wer hat von Aussätzigen gesprochen? Du denkst dir immer Dinge aus, auf die andere Leute auch nicht im entferntesten kommen.«

»Na schön, aber er hat fürchterlich ausgesehen, und ich war piekfein gekleidet. Und ich will dir einen komischen Zufall erzählen. In dem Hubschrauber heute morgen saß ich neben Dr. Longstaff. Und da habe ich natürlich an Humboldt gedacht. Es war Longstaff, der Humboldt ein riesiges Stipendium von der Belisha-Stiftung versprochen hat. Das war zu der Zeit, als wir noch in Princeton waren. Habe ich dir nie von der Katastrophe damals erzählt?«

»Ich glaube nicht.«

»Die ganze Sache fiel mir wieder ein.«

»Sieht Longstaff immer noch so gut aus und so vornehm? Er muß ein alter Mann sein. Und ich wette, du hast ihm mit den alten Zeiten in den Ohren gelegen.«

»Ja, ich habe ihn erinnert.«

»Sieht dir ähnlich. Und ich nehme an, es war unangenehm.«

»Es ist nicht unangenehm, die Vergangenheit vollkommen zu rechtfertigen.«

»Ich frage mich nur, was Longstaff bei den Leuten aus Washington zu suchen hatte.«

»Er hat wahrscheinlich Geld für eine seiner Philanthropien geschnorrt.«

So verlief meine Meditation auf dem grünen Sofa. Von allen medativen Methoden, die in der Literatur empfohlen werden, gefiel mir diese neue am besten. Oft saß ich am Ende des Tages da und rief mir alles, was geschehen war, ins Gedächtnis, in jeder kleinsten Einzelheit, alles, was gesehen, getan und gesagt worden war. Ich war imstande, rückwärts durch den Tag zu gehen und mich von hinten oder der Seite zu betrachten, physisch nicht anders als alle anderen. Wenn ich Renata eine Gardenie an einem Stand im Freien gekauft hatte, konnte ich mich erinnern, daß ich dafür fünfundsiebzig Cents ausgegeben hatte. Ich sah die Messingprägung der drei versilberten Vierteldollarmünzen. Ich sah den Aufschlag von Renatas Mantel, den weißen Kopf der langen Stecknadel. Ich erinnerte mich sogar an die zwei Drehungen, die die Nadel in ihrem Mantel beschrieb, und an Renatas volles Frauengesicht und ihren frohen Blick auf die Blume und an den Duft der Gardenie. Wenn das alles war, was die Transzendenz ausmachte, dann war es ein Kinderspiel, das konnte ich immerwährend tun, bis zurück zum Anfang der Zeit. Daher rief ich mir nun, auf dem Sofa liegend, die Seite der *Times* mit den Todesanzeigen ins Gedächtnis.

Die *Times* war von Humboldts Tod sehr betroffen und widmete ihm einen Artikel von zwei Spalten. Die Fotografie war groß. Denn schließlich tat Humboldt, was die Dichter im rüden Amerika tun sollen. Er rannte hinter Ruin und Tod noch eifriger her, als er hinter den Frauen hergerannt war. Er zerstörte sein Talent und seine Gesundheit und erreichte das Ende des Laufes, das Grab, in staubaufwirbelndem Schlittern. Er pflügte sich selbst unter. Okay. Das tat auch Edgar Allan Poe, der aus der Gosse von Baltimore aufgelesen worden war. Und Hart Crane über die Seite eines Schiffes. Und Jarell, der vor ein Auto fiel. Und der arme John Berryman, der von einer Brücke sprang. Aus irgendeinem Grund wird dies Fürchterliche vom geschäftlichen und technologischen Amerika besonders gewürdigt. Das Land ist stolz auf seine toten Dichter. Es spürt eine ungeheure Genugtuung, wenn die Dichter bezeugen, daß das Land zu hart, zu groß, zu viel, zu rauh, daß Amerikas Wirklichkeit überwältigend ist. Und ein Dichter zu sein ist eine Angelegenheit der Schulen, eine Angelegenheit der Weiberröcke, eine Angelegenheit der Kirchen. Die Schwäche der geistigen Kräfte wird durch die Kindlichkeit, Tollheit, Trunkenheit und die Verzweiflung dieser Märtyrer bewiesen. Orpheus versetzte Steine und Bäume. Aber ein Dichter kann keine Hysterektomie vollbringen und kein Fahrzeug aus dem Sonnensystem hinausbefördern. Wunder und Macht gehören ihm nicht mehr. Daher sind die Dichter geliebt, aber geliebt, weil sie hier verloren sind. Sie existieren, um die Ungeheuerlichkeit des furchtbaren Gewirrs zu beleuchten und den Zynismus jener zu rechtfertigen, die sagen: »Wenn *ich* nicht solch ein korrupter, gefühlloser Schweinekerl, Schleicher, Dieb und Aasjäger wäre, dann könnte ich dies auch nicht aushalten. Seht euch diese guten und zarten und weichen Männer an, unsere *Besten*. Die sind auf der Strecke geblieben, die armen Irren.« Das, meditierte ich, ist also die Art und Weise, wie erfolgreiche, bittere, hartgesottene und kannibalistische Menschen sich rühmen. Das war die

Haltung, die in dem Bild von Humboldt zutage trat, das die *Times* sich auswählte. Es war eins jener toll-verkommenen Majestätsbilder – spukhaft, humorlos, wütend blickend mit zusammengepreßten Lippen, Backen wie bei Mumps oder Skrofulose, eine narbige Stirn und die Miene erboster, geschändeter Kindlichkeit. Dies war der Humboldt der Verschwörungen, Putsche, Anklagen, Koller, der Humboldt der Nervenanstalt, der Humboldt der Prozesse. Denn Humboldt war ein Prozeßhansel. Das Wort war ihm auf den Leib geschrieben. Er drohte viele Male, mich zu verklagen.

Ja, der Nachruf war scheußlich. Der Ausschnitt war irgendwo unter den Papieren, die mich umgaben, aber ich wollte ihn mir nicht ansehen. Ich konnte mich wörtlich an das erinnern, was die *Times* geschrieben hatte. Sie sagte, in ihrem holprigen Stümperstil, daß Von Humboldt Fleisher einen glänzenden Start gehabt hätte. Geboren auf der nördlichen Westseite von New York. Im Alter von zweiundzwanzig hat er einen neuen Stil in der amerikanischen Dichtung kreiert. Anerkannt von Conrad Aiken (der einmal die Polizei geholt hatte, um ihn aus dem Haus zu schaffen). Mit Beifall bedacht von T. S. Eliot (über den er, wenn er seines Geistes nicht Herr war, die abscheulichsten, unwahrscheinlichsten sexuellen Skandale verbreitete). Mr. Fleisher war zudem ein Kritiker, Essayist, belletristischer Schriftsteller, Lehrer, prominenter literarischer Intellektueller, eine Persönlichkeit der Salons. Gute Freunde lobten sein Gespräch. Er war ein großartiger und witziger Gesprächspartner.

Hier, nicht länger meditativ, schaltete ich mich selber ein. Die Sonne schien noch recht schön, das Blau war winterlich, von Emersonschem Hochmut, aber ich fühlte mich bösartig. Ich war von harten Worten erfüllt, die ich sagen wollte, während der Himmel frostig blau war. Sehr gut, Humboldt, du hast's mit der amerikanischen Kultur geschafft, wie Hart, Schaffner & Marx es mit Mänteln und Anzügen geschafft haben, wie General Sarnoff es mit der Nachrichtenübermittlung geschafft hat, wie Bernard Baruch es auf einer Parkbank geschafft hat. Wie, Dr. Johnson zufolge, Hunde es auf den Hinterbeinen schafften und Damen auf der Kanzel – in absonderlicher Weise die natürlichen Grenzen überschreitend. Orpheus, der Sohn Greenhorns, tauchte mit seinen Balladen in Greenwich Village auf. Er liebte die Literatur, das intellektuelle Gespräch und die Debatte, liebte die Geschichte des Denkens. Ein großer, sanfter, hübscher Junge schuf sich seine eigene Kombination von Symbolismus und Straßenjargon. In diese Mischung wurden Yeats, Apollinaire, Lenin, Freud, Morris R. Cohen, Gertrude Stein, Baseballstatistiken und Hollywoodklatsch mit hineingebuttert. Er versetzte Coney Island ins Ägäische Meer und vereinte Buffalo Bill mit Rasputin. Er wollte das Sakrament der Kunst und das industrielle Amerika als gleichwertige Mächte miteinander verquicken. Geboren (wie er behauptete) auf einem Untergrundbahnsteig im Columbus Circle, wo seine Mutter in der Bahn die Wehen kriegte, beabsichtigte er, ein göttlicher Künstler zu sein, ein Mann von visionären Zuständen und Entzückungen, von platonischem Besitz. Er erhielt eine rationalistische und naturalistische Bildung im City College von New York. Das ließ sich mit dem Orphischen nicht leicht in Einklang bringen. Aber alle seine Wünsche waren widersprüchlich. Er wollte magisch und kosmisch expressiv und artikuliert sein, imstande, *alles* zu sagen; er wollte auch weise sein, philosophisch, um die gemeinsame Basis von Dichtung und Wissenschaft zu finden, zu beweisen, daß die Fantasie ebenso mächtig war wie die Maschinerie, um die Menschheit zu befreien und zu segnen. Aber er war auch darauf aus, reich und berühmt zu werden. Und natürlich waren da die Mädchen. Freud selbst glaubte, daß man dem Ruhm um der Mädchen willen hinterher sei. Aber dann hatten die Mädchen selbst etwas, hinter dem sie her waren. Humboldt sagte: »Sie suchen immer nach dem Wahren. Sie sind immer wieder von Schwindlern gebraucht worden, deshalb beten sie um das Wahre, und sie jubeln, wenn das Wahre erscheint. Deshalb lieben sie die Dichter. Das ist die Wahrheit über die Mädchen.« Humboldt war ganz gewiß das Wahre. Aber nach und nach hörte er auf, ein schöner junger Mann zu sein und der Fürst der Gesprächskünstler. Er bekam einen Bauch, er wurde dick im Gesicht. Ein Ausdruck der Enttäuschung und des Zweifels erschien unter seinen Augen.

Braune Ringe wurden dort immer tiefer, und er hatte eine Art verfärbter Blässe auf den Wangen. Das war es, was ihm sein »rasender Beruf« einbrachte. Er hatte stets gesagt, daß die Dichtkunst einer der rasenden Berufe sei, bei dem der Erfolg von der Meinung abhängt, die man von sich selber hat. Denke gut von dir, und du gewinnst. Verliere die Selbstachtung, und du bist erledigt. Aus diesem Grund entwickelt sich ein Verfolgungskomplex, weil die Leute, die nicht gut von dir sprechen, dich umbringen. Da die Kritiker und Intellektuellen das wußten oder ahnten, hatten sie einen am Wickel. Ob man's wollte oder nicht, wurde man in einen Machtkampf hineingezogen. Dann ließ Humboldts Kunst nach, während seine Raserei zunahm. Die Mädchen waren lieb zu ihm. Sie hielten ihn für das Wahre, lange nachdem er eingesehen hatte, daß nichts Wahres mehr übrig war und daß er sie hinterging. Er schluckte mehr Pillen, er trank mehr Gin. Manie und Depression trieben ihn in die Klapsmühle. Er war drinnen und draußen. Er wurde Professor für Englisch in den Bierhallen. Dort war er eine große literarische Figur. Anderswo war er, mit einem seiner eigenen Worte, ein Blindgänger. Aber dann starb er und kriegte gute Kritiken. Er hatte stets die Prominenz hochgeschätzt, und die *Times* war der Gipfel. Da er sein Talent, seinen Verstand verloren hatte, aus dem Leim gegangen und im Elend gestorben war, stieg er wieder auf dem kulturellen Index und genoß vorübergehend das Prestige eines bedeutenden Versagers.

Für Humboldt war der Eisenhower-Erdrutsch im Jahr 1952 eine persönliche Katastrophe. Ich traf ihn am folgenden Morgen mit einer schweren Depression. Sein großes blondes Gesicht war irre und trübsinnig. Er führte mich in sein Büro, Sewells Büro, das voll war mit Büchern – ich hatte das anstoßende Zimmer. Er beugte sich über den kleinen Schreibtisch, über den er die *Times* mit den Wahlergebnissen gebreitet hatte, und hielt eine Zigarette, aber seine Hände waren auch verzweiflungsvoll ineinander verkrampft. Sein Aschenbecher, eine Kaffeebüchse von Savarin, war bereits voll. Es ging nicht nur darum, daß seine Hoffnungen enttäuscht oder daß die kulturelle Evolution Amerikas zum völligen Stillstand gekommen war. Humboldt hatte Angst. »Was sollen wir jetzt tun?« sagte er.

»Wir werden auf der Stelle treten müssen«, sagte ich. »Vielleicht wird uns die nächste Regierung ins Weiße Haus lassen.«

Humboldt wollte an diesem Morgen kein leichtfertiges Gespräch zulassen.

»Hör zu«, sagte ich. »Du bist der Redakteur für Dichtung an der Zeitschrift *Arcturus*, du bist im Redaktionsstab von Hildebrand & Co. und ein bezahler Berater bei der Belisha-Stiftung, und du unterrichtest in Princeton. Du hast einen Vertrag für ein Textbuch der modernen Dichtung. Kathleen hat mir gesagt, daß du alle Vorschüsse, die du von den Verlegern erhalten hast, nicht einlösen könntest, selbst wenn du hundertfünfzig Jahre lebtest.«

»Du wärest nicht neidisch, Charlie, wenn du wüßtest, wie schwierig meine Stellung ist. Es sieht aus, als hätte ich viele Dinge, die für mich arbeiten, aber das ist alles eine Seifenblase. Ich bin in Gefahr. Du, der du überhaupt keine Aussichten hast, hast eine viel stärkere Position. Und jetzt kommt diese politische Katastrophe.« Ich spürte, daß er vor seinen Nachbarn auf dem Lande Angst hatte. In seinen Angstträumen brannten sie sein Haus nieder, er focht Schießduelle mit ihnen aus, sie lynchten ihn und schleppten seine Frau davon. Humboldt sagte: »Was tun wir jetzt? Was ist unser nächster Zug?«

»Unser Zug?«

»Entweder wir verlassen die Vereinigten Staaten während dieser Regierung, oder wir igeln uns ein.«

»Wir könnten Harry Truman um Asyl in Missouri bitten.«

»Scherze nicht mit mir, Charlie. Ich habe eine Einladung von der Freien Universität in Berlin, um dort über amerikanische Literatur zu lesen.«

»Das klingt großartig.«

Er sagte schnell: »Nein, nein! Deutschland ist gefährlich. Ich würde's mit Deutschland nicht probieren.«

»Dann bleibt noch das Einigeln. Wo willst du graben?«

»Ich habe gesagt ›wir‹. Die Lage ist sehr unsicher. Wenn du ein bißchen Verstand hättest, würdest du's auch so empfinden. Du glaubst, weil du so ein hübscher Junge bist und so gescheit und großäugig, könnte dir niemand was antun.«

Humboldt begann nun, über Sewell herzuziehen. »Sewell ist ein Schuft«, sagte er.

»Ich dachte, ihr wäret alte Freunde.«

»Lange Bekanntschaft ist nicht Freundschaft. Kannst *du* ihn leiden? Er hat dich *empfangen*. Er ließ sich herab, er war hochnäsig, du bist behandelt worden wie Dreck. Er hat nicht mal mit dir gesprochen, nur mit mir. Ich war darüber empört.«

»Davon hast du nichts gesagt.«

»Ich wollte dich nicht von vornherein aufbringen und unter einer Wolke antreten lassen. Findest du, daß er ein guter Kritiker ist?«

»Kann ein Tauber ein Klavier stimmen?«

»Aber er ist verschlagen. Er ist auf schmutzige Art ein verschlagener Mann. Unterschätze ihn nicht. Und er ist rücksichtslos im Nahkampf. Aber Professor zu werden, ohne ein Universitätsexamen abzulegen . . . das spricht für sich. Sein Vater war ein einfacher Hummerfischer. Seine Mutter war Wäscherin. Sie hat Kitredge in Cambridge die Kragen gewaschen und durchgesetzt, daß ihr Sohn die Bibliothek in Harvard benutzen durfte. Er ging als Schwächling an die Regale der Bibliothek und kam als regelrechter Titan wieder raus. Jetzt ist er ein Weißer Angelsächsischer Protestantischer Gentleman und spielt sich über uns als Herr auf. Du und ich haben ihm den Status erhöht. Er kommt mit zwei Juden daher wie ein Mogul und ein Fürst.«

»Willst du mich auf Sewell böse machen?«

»Du bist selbst zu großkotzig, um Anstoß zu nehmen. Du bist ein noch größerer Snob als Sewell. Ich glaube, du bist psychologisch vielleicht einer jener Typen, die nur auf die innere Eingebung hören und keine Verbindung zur tatsächlichen Welt haben. Die tatsächliche Welt kann dich im Arsch lecken«, sagte Humboldt wild. »Du überläßt es armen Irren wie mir, über Dinge wie Geld, Status und Erfolg, Versagen, soziale Probleme und Politik nachzudenken. Dir sind diese Dinge total schnuppe.«

»Wenn's stimmt, warum ist das so schlimm?«

»Weil du *mich* mit all diesen undichterischen Verantwortungen sitzenläßt. Du lehnst dich zurück wie ein König, unbekümmert, und läßt alle diese menschlichen Probleme geschehen. An Jesus sind keine Flecken. Charlie, du bist nicht ortsgebunden, zeitgebunden, goygebunden, judegebunden. Woran *bist* du gebunden? Andere nehmen die an uns gestellten Fragen auf sich. Du bist frei! Sewell war widerlich zu dir. Er hat dich herablassend behandelt, du bist auch wütend auf ihn, leugne das nicht. Aber du kannst nicht aufpassen. Du fantasierst dauernd in deinen innersten Gedanken über eine Art von kosmischem Geschick. Sag mir, was ist der große Plan, an dem du immer arbeitest?«

Ich lag jetzt immer noch auf meinem broccolifarbenen Plüschsofa, an diesem hochmütigen kalten blauen Dezembermorgen in Meditation befangen. Die Heizmotore des großen Gebäudes in Chicago erzeugten ein kräftiges Summen. Ich hätte ohne das auskommen können. Obwohl ich auch der modernen Ingenieurskunst dankbar war. Humboldt in seinem Büro in Princeton stand vor meinem geistigen Auge, und meine Konzentration war intensiv.

»Komm zur Sache«, sagte ich zu ihm.

Sein Mund schien trocken, aber es gab nichts zu trinken. Pillen machen durstig. Statt dessen rauchte er noch mehr und sagte: »Du und ich sind Freunde. Sewell hat mich hergebracht. Und ich habe dich hergebracht.«

»Ich bin dir dankbar. Aber du bist ihm nicht dankbar.«

»Weil er ein Schweinehund ist.«

»Mag sein.« Ich hatte nichts dagegen, wenn Sewell so bezeichnet wurde. Er hatte mich herablassend behandelt. Aber mit seinem gelichteten Haar, seinem Schnurrbart wie trockenes Cereal, dem Säufergesicht, der Prufrock-Verschlagenheit, der aufgelegten Eleganz seiner gefalteten Hände und übergeschlagenen Beine, mit seinem literarischen Genuschel war er kein schlimmer Feind. Obwohl ich Humboldt zu beschwichtigen schien, fand ich's herrlich, wie er Sewell in die Pfanne haute. Humboldts abwegiger, verrückter Einfallsreichtum befriedigte ohne Zweifel einen meiner schändlichen Triebe.

»Sewell nutzt uns aus«, sagte Humboldt.

»Wie kommst du darauf?«

»Wenn er zurückkehrt, werden wir rausgesetzt.«

»Aber ich habe von Anfang an gewußt, daß es eine Anstellung auf ein Jahr war.«

»Ah so, dir macht's nichts aus, etwas wie ein Leihartikel von Hertz, ein Rollbett oder ein Babytöpfchen zu sein?« sagte Humboldt.

Unter den Hirtenkaros seines deckenweiten Jacketts begann sein Rücken bucklig zu erscheinen (ein vertrautes Zeichen). Die Konzentration von Bisonkraft in seinem Rücken bedeutete, daß er nichts Gutes im Schilde führte. Der bedrohliche Zug um seinen

Mund und um die Augen nahm zu, und die zwei Haarwülste standen höher als gewöhnlich. Blasse, heiße, strahlenförmige Wellen erschienen in seinem Gesicht. Tauben mit grauem und sahnefarbenem Gefieder trippelten mit roten Füßen auf den Sandsteinsimsen der Fenster. Humboldt konnte sie nicht leiden. Er betrachtete sie als Princetontauben, Sewelltauben. Sie gurrten für Sewell. Zeitweise schien Humboldt sie für seine Agenten und Spione zu halten. Schließlich war dies Sewells Büro, und Humboldt saß an Sewells Schreibtisch. Die Bücher an den Wänden waren Sewells. Seit kurzem hatte Humboldt sie in Kisten geworfen. Er entfernte eine Reihe Toynbee und stellte seinen eigenen Rilke und Kafka auf. Nieder mit Toynbee, nieder auch mit Sewell. »Du und ich sind hier entbehrlich, Charlie«, sagte Humboldt. »Warum? Das will ich dir sagen. Wir sind Juden, Itzigs, Knoblauchfresser. Hier in Princeton stellen wir für Sewell keine Bedrohung dar.«

Ich erinnerte mich, daß ich darüber scharf nachgedacht und meine Stirn in Falten gelegt hatte. »Ich fürchte, ich habe immer noch nicht begriffen, worauf du abzielst«, sagte ich.

»Dann versuche, dir vorzustellen, daß du Itzig Solomon Levi bist. Es ist ungefährlich, Itzig Solomon Levi hier anzustellen und selbst ein Jahr nach Damaskus zu reisen, um dort über *The Spoils of Poynton* zu diskutieren. Wenn man zurückkommt, dann wartet die alte hochangesehene Professorenstelle auf dich. Du und ich sind keine Bedrohung.«

»Aber ich will für ihn auch gar keine Bedrohung sein. Und warum sollte sich Sewell um Bedrohungen ängstigen?«

»Weil er mit all diesen alten Knaben, all diesen Ziegenbärten, den vornehmen Scheißern, die sich nie mit ihm abgefunden haben, in Fehde liegt. Er kann weder Griechisch noch Angelsächsisch. Für sie ist er ein lumpiger Emporkömmling.«

»Na und? Er ist ein Selfmademan. Jetzt bin ich auf seiner Seite.«

»Er ist korrupt, er ist ein Schwein, er hat dich und mich mit Verachtung überschüttet. Ich fühle mich lächerlich, wenn ich die Straße entlanggehe. In Princeton sind du und ich Levi und Cohn, ein jiddischer Vaudeville-Akt. Wir sind ein Spaß – Abraham Kabibble und Co. Undenkbar als Mitglieder der Gemeinschaft von Princeton.«

»Wer braucht ihre Gemeinschaft?«

»Niemand traut diesem kleinen Gauner. Es gibt etwas Menschliches, was ihm fehlt. Die Person, die ihn am besten kannte, seine Frau – als sie ihn verließ, hat sie alle ihre Vögel mitgenommen. Du hast doch all die Käfige gesehen. Sie wollte nicht einmal einen leeren Vogelbauer, der sie an ihn erinnerte.«

»Haben die Vögel auf ihrem Kopf und ihren Armen gesessen, als sie fortging? Komm schon, Humboldt, was willst du eigentlich?«

»Ich will, daß du dich so beleidigt fühlst wie ich mich und mir nicht die ganze Angelegenheit aufbürdest. Warum bist du nicht entrüstet, Charlie? Ach ja! Du bist kein richtiger Amerikaner. Du bist dankbar. Du bist ein Fremder. Du hast diese jüdische Einwanderer-Dankbarkeit, dieses Küß-den-Boden-von-Ellis-Island. Du bist auch ein Kind der Weltwirtschaftskrise. Du hast nie geglaubt, daß du eine Stelle bekämst mit einem Büro und einem Schreibtisch und eigenen Schubladen, die nur dir zur Verfügung stehen. Das ist immer noch so lustig für dich, daß du nicht aufhören kannst zu lachen. Du bist eine jiddische Maus in diesen großen christlichen Häusern. Zugleich bist du aber zu arrogant, um überhaupt jemand anzugucken.«

»Die sozialen Kriege bedeuten mir nichts, Humboldt. Und vergessen wir doch nicht alle die harten Dinge, die du über die Jidden der vornehmen östlichen Universitäten gesagt hast. Und noch letzte Woche standest du auf Tolstojs Seite – es ist Zeit, daß wir uns einfach weigern, im Innern der Geschichte zu sein und die Komödie der Geschichte mitzuspielen, das schlimme Gesellschaftsspiel.«

Debattieren hatte keinen Zweck, Tolstoj. Tolstoj war das Gesprächsthema der letzten Woche. Humboldts großes, intelligentes, aus den Fugen gegangenes Gesicht war weiß und heiß von turbulenten dunklen Gefühlsausbrüchen und Gedankenwirbeln. Ich hatte Mitleid mit uns, uns beiden, uns allen derartig verkorksten Organismen unter der Sonne. Große Geister, die zu nahe an schwellende Seelen grenzten. Und dazu noch verbannte Seelen, die sich nach ihrer Heimatwelt sehnten. Alle Lebenden trauerten um den Verlust ihrer Heimatwelt.

In das Kissen meines grünen Sofas versunken, war mir die ganze Sache klar. Ach, was war das für eine Existenz! Was war doch das Mensch-Sein!

Das Mitleid mit Humboldts Spinnereien machte mich hilfsbereit. »Du hast die ganze Nacht durchgrübelt«, sagte ich.

Humboldt sagte mit ungewöhnlichem Nachdruck: »Charlie, du vertraust mir doch, nicht wahr?«

»Mein Gott, Humboldt! Vertraue ich dem Golfstrom? Worin soll ich dir vertrauen?«

»Du weißt, wie eng verbunden ich mich dir fühle. Verstrickt. Bruder und Bruder.«

»Du brauchst mich nicht weichzumachen. Schieß los, Humboldt, um Himmels willen.«

Er ließ den Schreibtisch klein erscheinen. Der war für geringere Figuren angefertigt. Sein Oberkörper ragte über ihn empor. Er sah aus wie ein drei Zentner schwerer Profi-Footballspieler neben einem Spielauto. Seine Finger mit abgeknabberten Nägeln hielten die Glut einer Zigarette. »Erst sehen wir zu, daß ich hier fest angestellt werde.«

»Du willst Professor in Princeton werden?«

»Einen Lehrstuhl für moderne Literatur, das will ich. Und du wirst helfen. So daß Sewell, wenn er zurückkommt, mich in Amt und Würden vorfindet. Fest angestellt. Die Regierung der Vereinigten Staaten hat ihn ausgeschickt, um die armen syrischen Kameltreiber mit *The Spols of Poynton* zu blenden und zu knechten. Nun, wenn er ein Jahr lang gesoffen und lange Sätze vor sich hin gemurmelt hat – der Scheich von Apathia, wie du ihn genannt hast, Charlie –, dann kommt er zurück und findet, daß die alten Esel, die ihn nicht mal grüßen wollten, mich zum ordentlichen Professor ernannt haben. Wie gefällt dir das?«

»Nicht sehr. Hat dich das vergangene Nacht wachgehalten?«

»Rufe deine Fantasie zu Hilfe, Charlie. Du bist zu wurschtig. Fühle die Kränkung. Werde zornig. Er hat dich angestellt wie einen Spucknapfreiniger. Du mußt die letzten Tugenden der alten Sklavenmoral abwerfen, die dich noch an die Mittelklasse binden. Ich werde etwas Härte in dich hineinbringen, etwas Eisen.«

»Eisen? Das wäre deine fünfte Anstellung. Die fünfte, von der *ich* weiß. Nehmen wir an, ich würde hart – ich würde fragen, was springt dabei für mich heraus? Wo bleibe ich bei dieser Sache?«

»Charlie!« er versuchte zu lächeln; es war kein Lächeln. »Ich habe einen Plan.«

»Das weiß ich. Du bist wie dieser Wie-hieß-er-noch, der keine

Tasse Tee trinken konnte ohne einen strategischen Plan – wie Alexander Pope.«

Humboldt schien dies für ein Kompliment zu halten und lachte zwischen den Zähnen, lautlos. Dann sagte er: »Das mußt du tun. Geh zu Ricketts und sage: ›Humboldt ist eine ganz hervorragende Persönlichkeit – Dichter, Gelehrter, Kritiker, Herausgeber. Er hat einen internationalen Ruf, und er wird einen Platz in der Literaturgeschichte der Vereinigten Staaten einnehmen‹ – was, nebenbei gesagt, alles wahr ist. ›Und hier ist Ihre Chance, Professor Ricketts, ich weiß zufällig, daß Humboldt es satt hat, wie ein Bohemien von der Hand in den Mund zu leben. Die Welt der Literatur ist schnellebig. Die Avantgarde ist nur noch Erinnerung. Es ist Zeit, daß Humboldt ein mehr mit Würden bedachtes, gesetzteres Leben führt. Er ist jetzt verheiratet. Ich weiß, daß er Princeton bewundert, er ist hier glücklich, und wenn Sie ihm ein Angebot machen würden, dann würde er das sicher in Betracht ziehen. Ich könnte ihn dazu überreden. Es wäre ein Jammer, wenn Sie diese Gelegenheit versäumten, Professor Ricketts. Princeton hat Einstein und Panofsky. Aber in der Literatur sind Sie schwach besetzt. Der Trend geht dahin, Künstler auf dem Campus zu haben. Amherst hat Robert Frost. Geraten Sie nicht ins Hintertreffen. Greifen Sie sich Fleisher. Lassen Sie ihn nicht entwischen, oder Sie fallen in den dritten Rang zurück.‹«

»Ich werde Einstein und Panofsky nicht erwähnen. Ich fange gleich mit Moses und den Propheten an. Welch gußeiserner Plan! Ike hat dich beflügelt. Das nenne ich hochgesinnte niedrige Schlauheit.«

Aber er lachte nicht. Seine Augen waren gerötet. Er war die ganze Nacht auf gewesen. Erst hatte er sich die Wahlresultate angesehen. Dann wanderte er im Haus und auf dem Campus rum, von Verzweiflung gepackt, und überlegte sich, was zu tun wäre. Dann entwarf er diesen Putsch. Dann fuhr er, mit neuem Lebensmut, in seinem Buick, wobei sein kaputter Auspuff auf den Landstraßen knallte und das große lange Auto gefährlich in den Kurven schleuderte. Ein Glück für die Murmeltiere, daß sie schon Winterschlaf hielten. Ich weiß, welche Figuren seine Gedanken beschäftigten – Walpole, Graf Mosca, Disraeli, Lenin. Während er ebenfalls, mit unzeitgemäßer Tiefe, über das ewige Leben nachdachte. Hesekiel und Plato fehlten nicht. Der Mann war edel.

Aber er war ganz schwelendes Feuer, und die Verrücktheit machte ihn auch zugleich böse und komisch. Mit schwerer Hand und gedunsenem Gesicht nahm er eine Medizinflasche aus der Mappe und schüttete sich aus der Handfläche ein paar kleine Pillen in den Mund. Vielleicht Beruhigungsmittel. Er schluckte sie trocken. Er war sein eigener Arzt. Wie Demmie Vonghel. Sie schloß sich im Badezimmer ein und nahm viele Pillen.

»Du geht also zu Ricketts«, sagte Humboldt zu mir.

»Ich dachte, der sei nur Fassade.«

»Das stimmt. Er ist ein Watschenmann. Aber die alte Garde kann ihn nicht verleugnen. Wenn wir ihn übertölpeln, müssen die ihn unterstützen.«

»Aber warum sollte Ricketts auf das hören, was ich sage?«

»Weil, mein Freund, ich die Nachricht verbreitet habe, daß dein Stück aufgeführt wird.«

»Das hast du getan?«

»Nächstes Jahr am Broadway. Die betrachten dich als erfolgreichen Dramatiker.«

»Nun, warum, zum Teufel, hast du das getan? Ich werde aussehen wie ein Falschspieler.«

»Nein, das wirst du nicht. Wir werden es wahr machen. Das kannst du mir überlassen. Ich habe Ricketts deinen letzten Essay in der *Kenyon Revue* zu lesen gegeben, und er glaubt, du bist im Kommen. Und mache mir nichts vor. Ich kenne dich. Du liebst Intrige und Schabernack. In diesem Augenblick bist du voller Wonne. Und übrigens ist es nicht nur Intrige . . .«

»Was? Zauberei! *Beschissenes sortilegio!*«

»Das ist kein *sortilegio*. Es ist Hilfe auf Gegenseitigkeit.«

»Komm mir nicht mit diesem Quatsch.«

»Erst ich, dann du«, sagte er.

Ich erinnere mich deutlich, daß meine Stimme höher stieg. Ich schrie: »Was!« Dann lachte ich und sagte: »Willst du mich auch zum Professor in Princeton machen? Glaubst du, ich könnte ein ganzes Leben lang dieses Trinken, die Langeweile, das Konversationmachen und In-den-Hintern-Kriechen aushalten? Jetzt, wo du Washington durch einen Erdrutsch verloren hast, hast du dich ziemlich schnell für diese akademische Musikbox entschieden. Danke sehr, ich finde mein Unglück auf meine Weise. Ich gebe dir zwei Jahre mit diesem Privileg der Goyim.«

Humboldt winkte mir mit den Händen ab. »Vergifte mir nicht den Verstand. Was für eine Zunge du hast, Charlie. Sage so was nicht. Ich erwarte dann, daß es eintritt. Das verseucht mir die Zukunft.«

Ich verstummte und dachte über seinen merkwürdigen Vorschlag nach. Dann sah ich mir Humboldt selber an. Sein Geist vollzog eine ernste, vertrackte Arbeit. Er schwoll und pulste krankhaft, schmerzhaft. Humboldt versuchte, das alles mit seinem fast stummen, keuchenden Lachen aus dem Weg zu räumen. Ich hörte kaum den Atem davon . . .

»Du würdest Ricketts ja nicht anlügen«, sagte er. »Wo könnten sie sonst so einen wie mich herkriegen?«

»Okay, Humboldt. Das ist eine schwer zu beantwortende Frage.«

»Ich bin schließlich einer der führenden Männer in der Literatur dieses Landes.«

»Das sicher, wenn du in Höchstform bist.«

»Etwas sollte für mich getan werden. Besonders in diesem Eisenhower-Augenblick, da sich die Dunkelheit auf das Land senkt.«

»Aber warum dies?«

»Nun, offen gestanden, Charlie, bin ich zeitweise außer Form. Ich muß wieder zu einem Zustand zurückkehren, in dem ich Gedichte schreiben kann. Aber wo ist mein Gleichgewicht? Es gibt zu viele Ängste. Sie trocknen mich aus. Die Welt drängt sich immer wieder dazwischen. Ich muß wieder zur Verzauberung zurückfinden. Ich habe das Gefühl, als hätte ich in einem Außenbezirk der Wirklichkeit gelebt und wäre hin und her gependelt. Das muß aufhören. Ich muß einen Standort finden. Ich bin hier« (er meinte, hier auf Erden), »um etwas zu tun, etwas Gutes.«

»Ich weiß, Humboldt. Hier ist aber auch nicht Princeton, und jeder Mensch wartet auf das Gute.«

Mit noch stärker geröteten Augen sagte Humboldt: »Ich weiß, daß du mich liebst, Charlie.«

»Das stimmt. Aber wir wollen's nur einmal aussprechen.«

»Du hast recht. Ich bin dir aber ein Bruder. Kathleen weiß das auch. Es ist offensichtlich, was wir füreinander fühlen, Demmie Vonghel mit eingeschlossen. Tu mir meinen Willen, Charlie. Ganz gleich, wie lächerlich dir das vorkommt. Tu mir meinen

Willen, das ist wichtig. Rufe Ricketts an und sage ihm, du wolltest mit ihm sprechen.«

»Schön. Ich tu's.«

Humboldt legte die Hände auf Sewells kleinen gelben Schreibtisch und warf sich im Stuhl zurück, daß die stählernen Laufrollen bösartig quietschten. Seine Haarspitzen waren in Zigarettenrauch getaucht. Sein Kopf war gesenkt. Er musterte mich, als sei er aus vielen Faden Tiefe gerade aufgetaucht.

»Hast du ein Girokonto, Charlie? Wo läßt du dein Geld?«

»Was für Geld?«

»Hast du ein Girokonto?«

»Bei der Chase Manhattan. Ich habe etwa zwölf Dollar.«

»Meine Bank ist die Corn Exchange«, sagte er. »Und wo hast du dein Scheckbuch?«

»In meinem Trenchcoat.«

»Zeig's her.«

Ich brachte die losen grünen Formulare zum Vorschein, die sich an den Ecken rollten. »Ich sehe, daß mein Vermögen nur noch acht Dollar beträgt«, sagte ich.

Dann griff Humboldt in sein kariertes Jackett, zog sein eigenes Scheckbuch hervor und schraubte einen seiner vielen Federhalter auf. Er war mit Füllfederhaltern und Kugelschreibern festlich behangen.

»Was tust du da, Humboldt?«

»Ich gebe dir eine *Carte-blanche*-Vollmacht, von meinem Konto abzuheben. Ich stelle einen Blankoscheck auf deinen Namen aus. Und du stellt einen auf mich aus. Kein Datum, keinen Betrag, lediglich: ›Zahlen Sie an Von Humboldt Fleisher.‹ Setz dich, Charlie, und füll's aus.«

»Aber was soll das? Das gefällt mir nicht. Ich muß verstehen, was hier gespielt wird.«

»Wo du acht Dollar auf der Bank hast, was kümmert's dich?«

»Es ist nicht das Geld ...«

Er war sehr gerührt und sagte: »Genau. Das ist es nicht. Darum dreht sich's. Wenn du jemals in Not bist, setze jeden Betrag ein, den du nötig hast, und hol ihn dir. Dasselbe gilt für mich. Wir schwören einen Eid als Freunde und Brüder, das niemals zu mißbrauchen. Es für die schlimmste Notlage aufzubewahren. Als ich von gegenseitiger Hilfe sprach, hast du mich nicht ernst genommen. Jetzt siehst du's aber.« Dann beugte er sich mit seiner ganzen Schwere auf den Schreibtisch und setzte mit winziger Schrift und mit zitterndem Nachdruck meinen Namen ein.

Meine Selbstbeherrschung war nicht viel besser als seine. Mein eigener Arm schien voller Nerven und zuckte, als ich unterschrieb. Dann hievte sich Humboldt, groß, zart und beschmutzt, von seinem Drehstuhl hoch und gab mir den Scheck der Corn Exchange Bank. »Nein, stecke ihn nicht einfach in die Tasche«, sagte er. »Ich will sehen, daß du ihn verstaust. Er ist gefährlich. Ich meine, er ist wertvoll.«

Wir schüttelten uns nun die Hände – alle vier Hände. Humboldt sagte: »Das macht uns zu Blutsbrüdern. Wir haben einen Bund geschlossen. Dies ist ein Bund.«

Ein Jahr später hatte ich einen Erfolgsschlager am Broadway, und er füllte meinen Blankoscheck aus und löste ihn ein. Er sagte, ich hätte ihn verraten, ich, sein Blutsbruder, hätte einen heiligen Bund gebrochen, ich hätte mich mit Kathleen verschworen, ich hätte ihm die Bullen auf die Fersen gesetzt, und ich hätte ihn betrogen. Sie hätten ihn in eine Zwangsjacke gesteckt und im Bellevue-Sanatorium eingesperrt, und das sei auch mein Werk gewesen. Dafür müßte ich bestraft werden. Er legte mir eine Geldstrafe auf. Er hob sechstausendsiebenhundertdreiundsechzig Dollar und achtundfünfzig Cent von meinem Konto bei der Chase Manhattan Bank ab.

Den Scheck, den er mir gegeben hatte, legte ich in eine Schublade unter einige Hemden. Innerhalb weniger Wochen war er verschwunden und ward nicht mehr gesehen.

Hier begann die Meditation wirklich schwierig zu werden. Warum? Wegen Humboldts Beleidigungen und Angriffen, die mir jetzt wieder einfielen, zusammen mit wilder Bestürzung und einstürmenden Ängsten, dicht wie Flakgeschosse. Warum lag ich hier? Ich mußte mich fertigmachen, um nach Mailand zu fliegen. Ich sollte mit Renata nach Italien reisen. Weihnachten in Mailand! Und ich mußte zu einer Verhandlung im Amtszimmer vom Richter Urbanovich und mich vorher mit Forrest Tomchek besprechen, dem Anwalt, der mich in dem von Denise angestrengten Prozeß um jeden Penny, den ich besaß, vertrat. Ich mußte auch mit Murra, dem Buchprüfer, den Steuerprozeß bereden, den die Regierung gegen mich führte. Zudem war Pierre Thaxter aus Kalifornien fällig, um mit mir über *The Ark* zu konferieren – in Wirklichkeit, um zu zeigen, warum er recht hatte, die Anleihe nicht zu bezahlen, für die ich die Sicherheit geleistet hatte – und seine Seele zu entblößen und damit auch die meine, denn wer war ich, daß ich eine verdeckte Seele haben konnte? Ja, es gab sogar ein Problem wegen des Mercedes, ob ich ihn verkaufen oder für die Reparatur bezahlen sollte. Ich war beinahe bereit, ihn als Schrott sausen zu lassen. Und was Ronald Cantabile betraf, der behauptete, den neuen Geist zu vertreten, so wußte ich, daß ich ihn jeden Augenblick erwarten konnte.

Trotzdem war ich imstande, mich gegen diesen quälenden Ansturm von Ablenkungen zu behaupten. Ich besiegte den Drang aufzustehen, als sei er eine böse Versuchung. Ich blieb auf dem Sofa, versank in die Daunen, für die die Gänse gerupft worden waren, und hielt mich an Humboldt. Die willensstärkenden Übungen, die ich gemacht hatte, waren keine Zeitverschwendung gewesen. In der Regel nahm ich mir Pflanzen zum Thema: entweder einen besonderen Rosenstrauch, der aus der Vergangenheit heraufbeschworen wurde, oder Pflanzenanatomie. Ich erhielt von einer Frau namens Esau ein großes Buch über Botanik und versenkte mich in Morphologie, in Protoplasten und ergastische Substanzen, um meinen Übungen einen realen Inhalt zu geben. Ich wollte nicht einer von den müßigen Mal-sehn-wie's-kommt-Visionären sein.

Sewell ein Antisemit? Unsinn. Es paßte Humboldt in den Kram, sich das aus den Fingern zu saugen. Was die Blutsbrüderschaft und den Bund anging, so waren die ein bißchen echter. Blutsbrüderschaft dramatisierte einen wirklichen Wunsch. Aber nicht echt genug. Und jetzt versuchte ich mich an unsere endlosen Beratungen und Anweisungen zu erinnern, bevor ich Ricketts aufsuchte. Endlich sagte ich zu Humboldt: »Genug. Ich weiß, wie ich das mache. Kein weiteres Wort.« Demmie Vonghel gab mir auch Anleitungen. Sie fand Humboldt sehr komisch. Am Morgen meiner Unterredung sah sie zu, daß ich korrekt gekleidet war, und brachte mich in einem Taxi zur Pennsylvania Station.

An diesem Morgen in Chicago fand ich, daß ich mir Ricketts ohne die geringste Schwierigkeit ins Gedächtnis rufen konnte. Er war jugendlich, aber weißhaarig. Der Bürstenschnitt saß tief in der Stirn. Er war dick, kräftig mit rotem Genick, ein gutaussehender Transportarbeitertyp. Jahre nach dem Krieg bediente er sich noch des Soldatenjargons, dieser stämmige ansprechende Mann. Ein bißchen zu schwer für Kapriolen in seiner anthrazitgrauen Flanellhose, versuchte er sich mit mir in leichter Konversation. »Ich höre, ihr Burschen seid große Klasse in Sewells Programm, das ist das Latrinengerücht.«

»Oh, Sie hätten Humboldt über *Yeats' Reise nach Byzanz* reden hören sollen.«

»Das hat man mir gesagt. Ich konnte's nicht schaffen. Verwaltung. Pech gehabt. Und wie steht's mit Ihnen, Charlie?«

»Freue mich über jede Minute hier.«

»Toll. Machen auch eigene Arbeit weiter, hoffe ich. Humboldt erzählt mir, Sie haben nächstes Jahr ein Stück am Broadway.«

»Er ist den Ereignissen ein bißchen voraus.«

»Oh, er ist ein großartiger Knabe. Wunderbare Sache für uns alle. Wunderbar für mich, mein erstes Jahr als Vorsitzender.«

»Ist es das?«

»Nun ja, es ist meine Rekrutenfahrt. Froh, euch beide an Deck zu haben. Sie sehen übrigens sehr fröhlich aus.«

»Ich fühle mich im allgemeinen fröhlich. Manche finden das unerträglich. Eine betrunkene Dame hat mich vergangene Woche gefragt, was zum Teufel mein Problem sei. Sie sagte, ich sei ein zwanghaft *heimischer* Typ.«

»Wirklich? Ich glaube, ich habe diesen Ausdruck noch nicht gehört.«

»Er war mir auch neu. Dann sagte sie mir, ich sei existentiell außer Tritt. Und das letzte, was sie mir sagte, war: ›Sie fühlen sich anscheinend sauwohl, aber das Leben wird Sie zerquetschen wie eine leere Bierdose.‹«

Unter der Bürstenschnittkrone waren Ricketts' Augen schamgetrübt. Vielleicht war auch er von meiner Fröhlichkeit bedrückt. In Wirklichkeit versuchte ich nur, die Unterredung leichter zu machen. Aber ich begann zu merken, daß Ricketts litt. Er ahnte, daß ich gekommen war, um einen Streich zu spielen. Denn warum war ich hier, was war das für ein Besuch? Daß ich Humboldts Gesandter war, war ersichtlich. Ich brachte eine Botschaft, und eine Botschaft von Humboldt bedeutete nichts als Ärger.

Da mir Ricketts leid tat, ließ ich die Katze so schnell wie möglich aus dem Sack. Humboldt und ich waren Kumpels, großer Vorzug für mich, so viel Zeit mit ihm hier verbringen zu können. Ach Humboldt! Weiser, warmer, begabter Humboldt! Dichter, Kritiker, Gelehrter, Lehrer, Redakteur, Original ...

Bereit, mir durchzuhelfen, sagte Ricketts: »Er ist einfach ein Mann von Genie.«

»Danke. Darauf läuft's hinaus. Ja, das ist's, was ich Ihnen sagen will. Humboldt würde es nicht selber sagen. Es ist ganz und gar meine Idee. Ich bin ja nur vorübergehend hier, aber es wäre ein Fehler, Humboldt nicht hierzubehalten. Sie sollten ihn nicht fortlassen.«

»Das läßt sich hören.«

»Es gibt Dinge, die nur ein Dichter über die Dichtung sagen kann.«

»Ja. Dryden, Coleridge, Poe. Aber warum sollte sich Humboldt an eine akademische Stellung binden?«

»Das ist nicht Humboldts Standpunkt. Ich glaube, er braucht eine intellektuelle Gemeinschaft. Sie können sich nicht vorstellen, wie überwältigend die große soziale Struktur des Landes auf begnadete Männer seines Typs wirkt. Wohin er sich wenden soll, ist die Frage. Nun ist es der Trend an den Universitäten, Dichter zu ernennen, und das werden Sie ebenfalls tun, früher oder später. Hier haben Sie die Chance, den besten zu kriegen.«

Während ich meine Meditation möglichst ins einzelne gehen und keine Tatsache zu klein für die Erinnerung sein ließ, konnte ich auch erkennen, wie Humboldt ausgesehen hatte, als er mir Anweisungen gab, wie ich Ricketts nehmen sollte. Humboldts Gesicht, mit einem überredenden Kürbislächeln, kam dem meinen so nahe, daß ich die Fieberwärme in seinen Wangen spürte. Humboldt sagte: »Du hast Talent für diese Art von Auftrag. Ich weiß es.« Meinte er damit, daß ich der geborene Zwischenträger war? Er sagte: »Ein Mann wie Ricketts hat's im protestantischen Establishment nicht weit gebracht. Nicht geeignet für die großen Rollen – Betriebsleiter, Vorsitzender des Aufsichtsrats, große Banken, Nationalausschuß der Republikaner, Generalstab aller Waffengattungen, Haushaltsausschuß, Bundesschatzamt. Ein

Professor dieser Art zu sein, heißt der schwächere, jüngere Bruder sein. Oder vielleicht sogar die Schwester. Die werden versorgt. Er ist wahrscheinlich ein Mitglied des Century Clubs. Ganz in Ordnung, den jungen Firestones oder Fords *The Ancient Mariner* beizubringen. Humanist, Gelehrter, Pfadfinderführer, nett, aber ein Trottel.«

Vielleicht hatte Humboldt recht. Ich konnte sehen, daß Ricketts nicht imstande war, mit mir fertig zu werden. Seine aufrichtigen braunen Augen schienen zu schmerzen. Er wartete, daß ich die Sache fortsetzte, die Unterredung beendete. Es sagte mir nicht zu, ihn in die Ecke zu treiben, aber hinter mir stand Humboldt. Weil Humboldt in der Nacht, in der Ike zum Präsidenten gewählt wurde, nicht schlafen konnte, weil er von Pillen oder Fusel beschwipst oder von Stoffwechselschlacken vergiftet war, weil sich seine Psyche nicht durch Träume erfrischte, weil er seinen Talenten entsagte, weil es ihm an seelischer Kraft mangelte oder weil er zu gebrechlich war, um sich der unpoetischen Macht der Vereinigten Staaten zu stellen, mußte ich herkommen und Ricketts auf die Folter spannen. Ricketts tat mir leid. Ich hatte nicht den Eindruck, daß Princeton der große Wurf war, den Humboldt daraus machte. Zwischen dem lärmenden Newark und dem schmutzigen Trenton war es ein Zufluchtsort, ein Zoo, ein Kurort, mit seinem eigenen Bimmelbähnchen und reizenden grünen Käfigen. Es ähnelte einem anderen Ort, den ich später als Tourist besuchen sollte – einem serbischen Bad namens Wrnatschka Banja. Aber vielleicht zählte das, was Princeton nicht war, mehr. Es war nicht die Fabrik oder das Warenhaus, nicht das große Firmenbüro oder die bürokratische Behörde, es war nicht die Job-Welt der Routine, man war Intellektueller oder Künstler. Zu ruhelos, erschüttert, aufgewühlt, zu verrückt, um acht Stunden am Tag am Schreibtisch zu sitzen, brauchte man eine Anstalt – eine gehobene Anstalt.

»Ein Lehrstuhl für Dichtung für Humboldt«, sagte ich.

»Ein Lehrstuhl für Dichtung! Ein Lehrstuhl! Oh! – Welch eine großartige Idee!« sagte Ricketts. »Wir wären begeistert. Ich spreche für alle. Wir würden alle dafür stimmen. Nur da sind die Mittel! Wenn wir nur genug Geld hätten! Charlie, wir sind regelrecht arm. Außerdem hat dieser Laden, wie jeder Laden, eine Organisationstabelle.«

»Organisationstabelle? Bitte übersetzen.«

»Ein solcher Lehrstuhl müßte geschaffen werden. Das ist eine große Sache.«

»Wie würde ein solcher Lehrstuhl eingerichtet?«

»In der Regel durch besondere Zuwendungen. Fünfzehn- oder zwanzigtausend pro Jahr auf etwa zwanzig Jahre. Eine halbe Million Dollar, mit Altersversorgung. Das haben wir einfach nicht, Charlie. Mein Gott, wir würden nur zu gern Humboldt nehmen. Das bricht mir das Herz, das verstehen Sie doch.« Ricketts war nun wunderbar fröhlich. Mein Gedächtnis, das genau registriert hat, beschwor nun, ohne daß ich es besonders darum ersuchte, den weißen Fries seines kräftigen kurzen Haares herauf, seine bräunlichen Herzkirschenaugen, die Frische seines Gesichts und seine heiteren vollen Wangen.

Ich nahm an, daß die Sache damit erledigt sei, als wir uns die Hände schüttelten. Nachdem Ricketts uns losgeworden war, war er überschwenglich freundlich. »Wenn wir nur das Geld hätten!« sagte er immer wieder.

Und obwohl Humboldt fiebernd auf mich wartete, beanspruchte ich einen Augenblick für mich in der frischen Luft. Ich stand unter einem Sandsteinbogen, auf einem abgetretenen Stein, während bettelnde Eichhörnchen von allen Seiten über die glatten Quadrate und die hübschen Pfade auf mich zukamen. Es war kalt und dunstig; die blonde trübe Novembersonne band die Zweige in Lichtringe. Demmie Vonghels Gesicht besaß eine solche blonde Blässe. In ihrem Tuchmantel mit dem Marderkragen, mit den feinen sinnlichen Knien, die sich berührten, den spitzen Füßen einer Prinzessin und den geweiteten Nasenflügeln, die fast so viel Gefühl verrieten wie ihre Augen, mit ihrem gewissermaßen hungrigen Atem hatte mich ihr warmes Gesicht geküßt und die eng behandschuhte Hand mich an sich gedrückt, während sie sagte: »Du wirst es großartig machen, Charlie. Einfach großartig.« Wir hatten uns an jenem Morgen in der Pennsylvania Station getrennt. Ihr Taxi hatte gewartet.

Ich glaubte nicht, daß Humboldt derselben Meinung sein würde.

Aber da irrte ich mich erstaunlicherweise. Als ich in der Tür erschien, schickte er seine Studenten fort. Er hatte sie alle in einen Begeisterungsrausch für die Literatur versetzt. Sie lungerten immer um ihn herum und warteten auf dem Korridor mit ihren Manuskripten. »Meine Herren«, verkündete er, »es hat sich etwas ereignet. Die Termine sind abgesagt – um eine Stunde verschoben. Elf Uhr ist jetzt zwölf. Halb drei ist halb vier.« Ich trat ein. Er verschloß die Tür des heißen, mit Büchern vollgestopften verrauchten Bürozimmers. »Nun?« sagte er.

»Er hat kein Geld dafür.«

»Er hat nicht nein gesagt?«

»Du bist berühmt, er liebt dich, er bewundert dich, will dich, aber er kann ohne Mittel keinen Lehrstuhl einrichten.«

»Und das war's, was er gesagt hat?«

»Genau das, was er gesagt hat.«

»Dann glaube ich, daß ich ihn habe, Charlie, ich habe ihn. Wir haben's geschafft!«

»Wieso hast du ihn? Wieso haben wir's geschafft?«

»Weil – hoho! – er sich hinterm Budget versteckt hat. Er hat nicht gesagt ›kommt nicht in Frage‹. Oder ›unter keinen Umständen‹. Oder ›machen Sie, daß Sie hier rauskommen!‹« Humboldt stieß sein fast stummes, keuchendes Lachen durch kleine Zähne aus, während ihn ein Rauchschal umschwebte. Er sah dabei fast aus wie die Gänsemutter aus dem Kinderbuch. Die Kuh sprang über den Mond. Der kleine Hund lachte, als er den Spaß mit ansah. Humboldt sagte: »Der Monopolkapitalismus hat die schöpferischen Menschen behandelt wie die Ratten. Nun denn, diese Phase der Geschichte geht ihrem Ende entgegen . . .« Ich konnte nicht ganz begreifen, inwiefern das eine Rolle spielte, vorausgesetzt, daß es stimmte. »Uns winkt der Erfolg.«

»Dann sag's mir.«

»Ich sag's dir später. Aber du hast dich großartig gehalten.« Humboldt hatte angefangen zu packen, seine Mappe vollzustopfen, wie er es in allen entscheidenden Augenblicken tat. Er schnallte die Riemen auf und öffnete die lose Lasche. Dann begann er, bestimmte Bücher, Manuskripte und Pillenfläschchen herauszunehmen. Dabei machte er seltsame Bewegungen mit den Füßen, als ob die Katzen sich an seine Hosenaufschläge krallten. Er füllte die zerkratzte Ledermappe mit anderen Büchern und Papieren. Er nahm den breitkrempigen Hut vom Garderobenständer. Wie der Held eines Stummfilms, der seine Erfindung in die große Stadt bringt, war er auf dem Weg nach New York.

»Schreibe eine Notiz für die Jungen. Ich bin morgen wieder da«, sagte er.

Ich begleitete ihn zum Zug, aber er teilte mir nichts weiter mit. Er sprang in den altmodischen Waggon. Er schüttelte durch das Fenster den Finger nach mir. Und er fuhr davon.

Ich hätte mit ihm nach New York zurückfahren können, weil ich eigens für die Unterredung mit Ricketts nach Princeton gefahren war. Aber er war manisch, und es war am besten, ihn sich selbst zu überlassen.

So rekonstruierte ich, Citrine, behaglich, in der Mitte des Lebens, auf einem Sofa ausgestreckt, in Cashmere-Socken (bedenkend, wie die Füße der Begrabenen sich aufriffelten wie ein Tabakblatt, Humboldts Füße), die Art und Weise, wie mein wackerer beschwingter Freund verfiel und stürzte. Sein Talent war sauer geworden. Und jetzt mußte ich daran denken, was man in diesen Tagen, in diesem Zeitalter mit dem Talent anfangen kann. Wie man den Aussatz der Seelen verhindert. Irgendwie schien es dabei auf mich anzukommen.

Ich meditierte mit Volldampf. Ich folgte Humboldt im Geiste. Er rauchte im Zug. Ich sah ihn schnell und manisch durch die Pennsylvania Station mit ihren verstaubten Kuppeln aus einfarbigem Glas eilen. Und dann sah ich ihn ein Taxi besteigen – in der Regel war die Untergrundbahn gut genug. Aber heute war jede Bewegung ungewöhnlich, noch nicht dagewesen. Und zwar deshalb, weil er auf die Vernunft nicht zählen konnte. Die Vernunft kam und ging in kürzeren Zyklen, und an einem dieser Tage konnte sie für immer ausbleiben. Und was sollte er dann tun? Sollte er sie ein für allemal verlieren, dann würden er und Kathleen eine Menge Geld brauchen. Zudem, wie er mir gesagt hatte, konnte man in einem festbegründeten Lehrstuhl in Princeton gaga sein, aber würde das jemand merken? Ach, der arme Humboldt. Er hätte so herrlich sein können – nein, er *war's*!

Jetzt war er auf einer Wolke. Augenblicklich war sein Gedanke, geradenwegs zur Spitze zu gehen. Als er dorthin gelangte, dieser angekränkelte Geist, sah die Spitze, was not tat. Humboldt traf auf Interesse und Verständnis.

Wilmoore Longstaff, der berühmte Longstaff, Erzherzog für höhere Bildung in Amerika, war der Mann, den Humboldt aufsuchte. Longstaff war zum ersten Präsidenten der neu gegründeten Belisha Foundation ernannt worden. Die Belisha war reicher als die Carnegie und Rockefeller Foundations, und Longstaff hatte Hunderte von Millionen für Wissenschaft und Gelehrsamkeit, für die Künste und den gesellschaftlichen Fortschritt auszugeben. Humboldt hatte bereits eine feste Anstellung bei der Foundation. Sein guter Freund Hildebrand hatte sie ihm verschafft. Hildebrand, der Playboy-Verleger von Avantgarde-Dichtern, selbst ein Dichter, war Humboldts Beschützer. Er hatte Humboldt im City College von New York entdeckt, er bewunderte sein Werk, liebte sein Gespräch, lieh ihm seinen Schutz und stellte ihn im Verlag Hildebrand & Co. als Herausgeber an. Das veranlaßte Humboldt, die Stimme zu senken, wenn er ihn verleumdete. »Er bestiehlt die Blinden, Charlie. Wenn der Bund der Blinden ihm mit der Post Bleistifte schickt, behält Hildebrand diese Bleistifte. Er spendet nie einen Penny.«

Ich erinnere mich, gesagt zu haben: »Geizig und reich ist nicht außergewöhnlich.«

»Ja, aber er übertreibt's. Versuche mal, bei ihm zu Hause Abendbrot zu essen. Er läßt dich verhungern. Und warum hat Longstaff Hildebrand für dreißigtausend angestellt, um ein Programm für Schriftsteller zu entwerfen? Er hat ihn meinetwegen angestellt. Wenn du eine Foundation bist, dann gehst du nicht zu den Dichtern persönlich, du gehst zu dem Mann, der einen Stall von Dichtern besitzt. Daher muß ich die ganze Arbeit tun und kriege nur achttausend.«

»Achttausend für eine Teilzeitarbeit ist nicht schlecht, oder?«

»Charlie, es ist gemein von dir, daß du mir mit dieser Gerechtigkeitsmasche kommst. Ich sage, daß ich untergebuttert werde, und dann läßt du einfließen, daß ich so privilegiert bin, was heißen soll, daß du der Unter-Unterling bist. Hildebrand kriegt von mir den vollen Wert. Er liest nie ein Manuskript. Er ist immer entweder auf einer Kreuzfahrt oder läuft Ski in Sun Valley. Ohne meinen Rat würde er Klosettpapier veröffentlichen. Ich bewahre ihn davor, ein Philistermillionär zu sein. Durch mich ist er an Gertrude Stein gekommen. Und an Eliot. Durch mich hat er Longstaff etwas zu bieten. Aber ich habe absolutes Verbot, zu Longstaff zu gehen.«

»Nein.«

»Doch! Wenn ich's dir sage«, sagte Humboldt. »Longstaff hat einen Privatfahrstuhl. Niemand von den unteren Rängen gelangt in sein Penthouse. Ich sehe ihn von ferne, wenn er kommt und geht, aber ich habe Anweisung, mich von ihm fernzuhalten.«

Jahre später saß ich, Citrine, in diesem Hubschrauber der Küstenwacht neben Wilmoore Longstaff. Er war damals recht alt, abgetakelt, vom Ruhmesglanz entblößt. Ich hatte ihn gesehen, als er oben war, und er hatte wie ein Filmstar ausgesehen, ein Fünf-Sterne-General, wie Machiavellis Fürst, wie Aristoteles' Mann mit der großen Seele. Longstaff hatte die Technokratie und die Plutokratie mit den Klassikern bekämpft. Er zwang einige der mächtigsten Menschen im Lande, über Plato und Hobbes zu diskutieren. Er ließ Luftfahrtpräsidenten, Vorsitzende, Börsendirektoren in den Aufsichtsratssälen *Antigone* spielen. Die Wahrheit ist jedoch Wahrheit, und Longstaff war in vieler Hinsicht erstklassig. Er war ein verdienter Pädagoge, er war sogar edel. Vielleicht wäre sein Leben leichter gewesen, wenn er nicht ganz so auffallend schön gewesen wäre.

Auf alle Fälle tat Humboldt das Unerhörte, so wie wir es in den alten *go-getter* Filmen gesehen hatten. Unbefugt betrat er Longstaffs privaten Fahrstuhl und drückte auf den Knopf. Nachdem er riesig und dezent im Penthouse in Erscheinung getreten war, gab er der Empfangsdame seinen Namen. Nein, er hatte keine Verabredung (ich sah die Sonne auf seinen Wangen, auf seiner beschmutzten Kleidung – sie glänzte, wie sie durch die reinere Luft in Wolkenkratzern glänzt), aber er *war* Von Humboldt Fleisher. Der Name genügte. Longstaff ließ ihn eintreten. Er freute sich, Humboldt zu sehen. Das erzählte er mir während des Fluges, und ich glaubte ihm. Wir saßen im Hubschrauber in orangefarbene geplusterte Schwimmwesten gehüllt, und wir waren mit diesen langen Messern bewaffnet. Warum die Messer? Vielleicht, um gegen die Haifische zu kämpfen, wenn einer in den Hafen fiel. »Ich hatte seine Balladen gelesen«, erzählte mir Longstaff. »Ich war der Ansicht, daß er großes Talent besaß.« Ich wußte natürlich, daß für Longstaff *Paradise Lost* die letzte wahre Dichtung der englischen Sprache war. Longstaff hatte eine Schwäche für Größe. Was er meinte, war, daß Humboldt unzweifelhaft ein Dichter und ein charmanter Mann war. Das war er. In Longstaffs Büro muß Humboldt vor Bosheit und Findigkeit fast umgefallen sein, geschwollen wie er war von manischer Energie, mit Punkten vor den Augen und Makel im Herzen. Er wollte Longstaff überreden, Sewell ausbooten, Ricketts übertölpeln, Hildebrand schädigen und das Schicksal bescheißen. Im Augenblick sah er aus wie ein Spezialklempner, der mit einem schlangenartigen Gerät verstopfte Klosettrohre wieder öfffnet. Sein Ziel war jedoch ein Lehrstuhl in Princeton. Ike hatte gesiegt, Stevenson war untergegangen, aber Humboldt schaffte den Satz in Penthäuser und darüber hinaus.

Auch Longstaff saß auf hohem Pferd. Er tyrannisierte seine Vorstandsmitglieder mit Plato und Aristoteles und Thomas von Aquin. Er hatte mehr Muskeln als sie. Und wahrscheinlich hatte Longstaff alte Rechnungen mit Princeton zu begleichen, einem Bunker des pädagogischen Establishments, auf den er seinen radikalen Flammenwerfer richtete. Ich wußte aus den *Tagebüchern* von Ickes, daß Longstaff sich Roosevelt angeboten hatte. Er wollte den Platz von Wallace und später von Truman. Er träumte davon, Vizepräsident und Präsident zu werden. Aber Roosevelt hatte ihn hingehalten, hatte ihn auf Zehenspitzen warten lassen, hat ihn jedoch nie geküßt. Das war Roosevelt, wie er leibte und lebte. Darin stand ich auf Longstaffs Seite (ein ehrgeiziger Mann, ein Despot, ein Zar in meinem geheimen Herzen).

Als so der Hubschrauber über New York hin und her schwenkte, betrachtete ich mir diesen ansehnlichen, gealterten Dr. Longstaff und versuchte zu begreifen, wie Humboldt ihm vorgekommen sein mußte. In Humboldt hatte er vielleicht ein Caliban-Amerika gesehen, das rülpste und jappte und Oden auf Fettpapier aus der Fischhandlung schrieb. Denn Longstaff hatte kein Gespür für Literatur. Aber er war entzückt gewesen, als Humboldt erklärte, er wolle, daß die Belisha Foundation ihm einen Lehrstuhl in Princeton finanziere. »Genau das Richtige!« sagte Longstaff. »Das trifft ins Schwarze!« Er ließ die Sekretärin kommen und diktierte ihr einen Brief. Dann und dort verpflichtete Longstaff die Foundation für eine längere Zuwendung. Bald darauf hielt Humboldt zitternd eine unterzeichnete Kopie des Briefes in der Hand, und er und Longstaff tranken Martinis, blickten aus dem sechzigsten Stock auf Manhattan und sprachen von den Vögeln in Dantes Bildersprache.

Sobald Humboldt Longstaff verlassen hatte, begab er sich spornstreichs mit dem Taxi in die Stadt, um eine gewisse Ginnie im Village zu besuchen, ein Mädchen aus Bennington, mit dem Demmie Vonghel und ich ihn bekannt gemacht hatten. Er hämmerte an die Tür und sagte: »Hier ist Von Humboldt Fleisher. Ich muß Sie sprechen.« Als er in die Diele trat, machte er ihr sofort einen Antrag. Ginnie sagte: »Er verfolgte mich durch die Wohnung, und es war zum Schießen. Aber ich hatte Angst um meine jungen Hunde auf dem Fußboden.« Ihr Dackel hatte gerade geworfen. Ginnie schloß sich im Badezimmer ein. Humboldt schrie: »Sie wissen nicht, was Ihnen entgeht. Ich bin ein Dichter. Ich habe einen großen Schwanz.« Und Ginnie erzählte Demmie: »Ich habe so gelacht, daß ich es sowieso nicht gekonnt hätte.«

Als ich Humboldt nach dem Vorfall fragte, sagte er: »Ich hatte das Gefühl, ich müsse feiern, und ich hatte gehört, daß dieses Mädchen vom Bennington College es mit den Dichtern hatte. Es ist ein Jammer um diese Ginnie. Sie ist sehr hübsch, aber sie ist Honig aus dem Kühlschrank, wenn du weißt, was ich damit sagen will. Kalte Süßigkeiten lassen sich nicht streichen.«

»Bist du sonst noch wohin gegangen?«

»Ich habe die erotische Entspannung sausen lassen. Ich bin herumgegangen und habe eine Menge Leute besucht.«

»Und ihnen Longstaffs Brief gezeigt?«

»Selbstverständlich.«

Wie dem auch sei, der Plan funktionierte. Princeton konnte das Geschenk von Belisha nicht zurückweisen. Humboldt wurde ernannt. Die *Times* und die *Herald Tribune* brachten beide den Bericht. Drei oder vier Monate lang lief alles weicher als Samt und Cashmere. Humboldts neue Kollegen veranstalteten für ihn Cocktail Parties und Abendgesellschaften. Auch vergaß Humboldt in seinem Glück nicht, daß wir Blutsbrüder waren. Fast täglich sagte er: »Charlie, heute hatte ich einen glänzenden Einfall für dich. Für die Titelrolle in deinem Stück . . . Victor McLaglen ist natürlich ein Faschist. Der ist unmöglich. Aber . . . ich nehme deinetwegen Verbindung mit Orson Welles auf . . «

Aber dann lehnten sich im Februar Longstaffs Vorstandsmitglieder auf. Sie hatten, wie ich vermute, genug geschluckt und sammelten sich zu Ehren des amerikanischen Monopolkapitals.

Der von Longstaff vorgelegte Haushaltsplan wurde verworfen, und er wurde gezwungen, seinen Rücktritt einzureichen. Er wurde nicht ganz mit leeren Händen fortgeschickt. Er erhielt etwas Geld, etwa zwanzig Millionen, um eine eigene kleine Stiftung zu gründen. Aber in Wirklichkeit setzten sie ihn vor die Tür. Die Zuwendung für Humboldts Lehrstuhl war ein winziger Posten in dem verworfenen Budget. Als Longstaff fiel, fiel Humboldt mit ihm. »Charlie«, sagte Humboldt, als er schließlich imstande war, darüber zu reden, »es war genau wie die Erfahrung meines Vaters, als er während der Hausse in Florida ruiniert wurde. Noch ein Jahr, und ich hätte's geschafft. Ich habe mich sogar gefragt, und es hätte mich interessiert, ob Longstaff wußte, als er den Brief schickte, daß man ihn entlassen würde . . .?«

»Das kann ich nicht glauben«, sagte ich. »Longstaff ist sicher boshaft, aber er ist nicht bösartig.«

Die Leute in Princeton benahmen sich gut und boten an, zu tun, was der Anstand gebietet. Ricketts sagte: »Sie sind nun einer von uns. Machen Sie sich keine Sorgen, wir finden schon irgendwie das Geld für Ihren Lehrstuhl.« Aber Humboldt erklärte seinen Rücktritt. Dann versuchte er im März auf einer Nebenstraße in New Jersey, Kathleen mit seinem Buick zu überfahren. Sie sprang in einen Graben, um sich zu retten.

In diesem Augenblick muß ich, fast in Form einer Feststellung, ohne Diskussion, sagen, daß meiner Überzeugung nach meine Geburt nicht meine erste Existenz begründete. Auch Humboldts nicht. Auch die keines anderen Menschen. Schon allein aus ästhetischen Gründen kann ich die Auffassung des Todes, die die meisten von uns vertreten und die ich den größten Teil meines Lebens vertreten habe, nicht hinnehmen – daher bin ich aus ästhetischen Gründen verpflichtet zu leugnen, daß etwas so Außerordentliches wie die menschliche Seele auf ewig ausgelöscht werden kann. Nein, die Toten sind um uns, ausgeschlossen, weil wir sie metaphysisch in Abrede stellen. Wenn wir nachts milliardenweise in unseren Hemisphären im Schlaf liegen, nähern sich uns unsere Toten. Unsere Ideen sollten ihre Nahrung sein. Wir sind ihr Saatbett. Aber wir sind unfruchtbar und lassen sie verhungern. Aber macht euch nichts vor, wir werden von den Toten beobachtet, auf dieser Erde beobachtet, die unsere Schule der Freiheit ist. Im nächsten Reich, wo die Dinge klarer sind, frißt die Klarheit in unsere Freiheit. Wir sind frei auf Erden wegen der Nebelhaftigkeit, wegen des Irrtums, wegen der wundersamen Begrenzung und ebensosehr wegen der Schönheit wie wegen der Blindheit und des Bösen. Diese gehen immer Hand in Hand mit dem Segen der Freiheit. Aber das ist alles, was ich jetzt über die Materie zu sagen habe, denn ich bin in Eile, unter Druck – all diese unerledigten Geschäfte!

Als ich über Humboldt meditierte, ertönte die Schnarre an der Wohnungstür. Ich habe eine dunkle kleine Diele, wo ich auf den Knopf drücke und durch die Sprechanlage auf der Straße ersticktes Geschrei vernehme. Es war Roland Stiles, der Portier. Meine Gewohnheiten, mein Lebensstil amüsierten Stiles erheblich. Er war ein hagerer, witziger alter Neger. Er war, sozusagen, in der Vorschlußrunde seines Lebens. Nach seiner Meinung galt das auch für mich. Aber ich schien es nicht so aufzufassen, aus irgendeiner seltsamen für Weiße typischen Begründung, und ich benahm mich weiter so, als sei es noch nicht Zeit, an den Tod zu denken. »Stöpseln Sie Ihr Telefon ein, Mr. Citrine. Hören Sie mich? Ihre Freundin Nummer eins versucht, Sie zu erreichen.« Gestern wurde mir mein Wagen zusammengeschlagen. Heute konnte meine schöne Geliebte mich nicht erreichen. Für ihn ersetzte ich einen ganzen Zirkus. Nachts hatte Stiles' Frau lieber Geschichten über mich als Fernsehen. Das hat er mir selbst erzählt.

Ich wählte Renatas Nummer und sagte: »Was ist los?«

»Was los ist! Mein Gott! Ich habe zehnmal angerufen. Du sollst mit dem Richter Urbanovich um halb zwei zusammentreffen. Dein Rechtsanwalt hat auch versucht, dich zu erreichen. Und der hat schließlich Szathmar angerufen, und Szathmar hat mich angerufen.«

»Halb zwei! Die haben mir den Termin verlegt! Monatelang kümmern sie sich nicht um mich, und dann geben sie mir eine zweistündige Frist, Fluch über sie.« Mein Verstand begann auf und ab zu hüpfen. »Ach, zum Teufel, ich hasse sie, diese Scheißartisten.«

»Vielleicht kannst du die ganze Angelegenheit jetzt abwickeln. Heute.«

»Wie? Ich habe fünfmal nachgegeben. Jedesmal wenn ich nachgebe, erhöhen Denise und ihr Handlanger die Forderungen.«

»In nur wenigen Tagen hole ich dich Gott sei Dank hier raus. Du hast die Sache in die Länge gezogen, weil du nicht fahren willst, aber glaube mir, Charlie, du wirst mich dafür segnen, wenn wir wieder in Europa sind.«

»Forrest Tomchek hat nicht mal genug Zeit, um den Fall mit mir durchzusprechen. Ein schöner Anwalt, den mir Szathmar empfohlen hat.«

»Hör, Charlie, wie kommst du ohne Auto in die Stadt? Ich wundere mich, daß Denise nicht versucht hat, mit dir zusammen zum Gericht zu trampen.«

»Ich nehme mir ein Taxi.«

»Ich muß Fannie Sunderland auf alle Fälle zum Möbelmarkt bringen, denn sie muß zum zehntenmal Polstermaterial für ein beschissenes Sofa aussuchen.« Renata lachte, aber sie war ungewöhnlich geduldig mit ihren Kunden. »Das muß ich noch erledigen, bevor wir nach Europa abhauen. Wir holen dich um Punkt ein Uhr ab. Sei dann fertig, Charlie.«

Vor langer Zeit habe ich einmal ein Buch gelesen mit dem Titel *Ils ne m'auront pas (Sie werden mich nicht kriegen)*, und in gewissen Augenblicken flüstere ich *»Ils ne m'auront pas«*. Das tat ich jetzt, entschlossen, meine Übung in Besinnung oder geistiger Sammlung zu beenden (die den Zweck hatte, in die Tiefen der Seele vorzudringen und die Verbindung zwischen dem Ich und den göttlichen Mächten zu erkennen). Ich legte mich wieder aufs Sofa. Sich niederzulegen war keine geringe Geste der Freiheit. Ich halte mich dabei nur an die Tatsachen. Es war dreiviertel elf, und wenn ich mir fünf Minuten für einen Becher mit einfachem Joghurt und fünf Minuten fürs Rasieren einräumte, dann konnte ich zwei weitere Stunden über Humboldt nachdenken. Dies war dafür der richtige Augenblick.

Ja, Humboldt versuchte, Kathleen mit seinem Auto zu überfahren. Sie kehrten von einer Gesellschaft in Princeton zurück, und er boxte sie, während er mit der linken Hand lenkte. An einem blinkenden Verkehrslicht, in der Nähe eines Packmaterialladens, öffnete sie die Tür und rannte in Strümpfen davon – sie hatte die Schuhe in Princeton verloren. Er verfolgte sie im Buick. Sie sprang in einen Graben, und er fuhr gegen einen Baum. Die Polizei mußte kommen und ihn befreien, weil sich die Türen beim Aufprall verklemmt hatten.

Auf alle Fälle hatten sich die Vorstandsmitglieder gegen Longstaff aufgelehnt, und der Lehrstuhl für Dichtung hatte sich in Wohlgefallen aufgelöst. Kathleen erzählte mir später, daß Humboldt ihr diese Nachricht den ganzen Tag vorenthalten hätte. Er legte den Telefonhörer nieder und kam mit seinen schlurfenden Füßen und dem Bauch eines japanischen Ringers in die Küche, um sich ein ganzes Marmeladeglas mit Gin vollzugießen. Er stand mit Turnschuhen neben dem schmutzigen Spülbekken und trank ihn aus, als wäre es Milch.

»Was war das für ein Anruf?« fragte Kathleen.

»Ricketts war am Telefon.«

»Was wollte er.«

»Nichts. Routine«, sagte Humboldt.

»Er kriegte so eine komische Farbe unter den Augen, als er den ganzen Gin trank«, erzählte mir Kathleen. »Eine Art grünliches Lila. Man sieht manchmal diese lila Schattierung in Artischokkenherzen.«

Ein wenig später am selben Morgen scheint er eine zweite Unterredung mit Ricketts gehabt zu haben. Dabei hat ihm Ricketts mitgeteilt, daß Princeton keinen Zurückzieher machen werde. Geld würde aufzutreiben sein. Aber das verhalf Ricketts zu einer moralisch überlegenen Stellung. Ein Dichter konnte nicht zulassen, daß es ihm ein Bürokrat zuvortat. Humboldt schloß sich mit der Ginflasche in seinem Büro ein und schrieb den ganzen Tag Entwürfe für einen Rücktrittsbrief.

Aber am selben Abend auf der Straße, als sie zu einer Party bei Littlewoods fuhren, begann er Kathleen zu bearbeiten. Warum hatte sie zugelassen, daß ihr Vater sie an Rockefeller verkaufte? Ja, der alte Knabe stand im Ruf, lediglich ein netter Typ zu sein, ein antiker Bohemien aus Paris, einer von der Bande um die Closerie des Lilas, aber er war ein internationaler Verbrecher, ein Dr. Moriarty, ein Luzifer, ein Zuhälter, und hatte er nicht versucht, mit seiner eigenen Tochter Geschlechtsverkehr zu haben? Na, wie war's denn mit Rockefeller? Hat Rockefellers Penis sie mehr erregt? Haben dabei die Milliarden eine Rolle gespielt? Mußte Rockefeller dem Dichter eine Frau abknöpfen, um ihn zum Stehen zu bringen? So fuhren sie im Buick, schleuderten auf dem Schotterbelag und donnerten durch Wolken von Staub. Er begann zu schreien, daß ihre ruhige und liebliche Tour ihn nicht im geringsten täusche. Er wisse mit diesen Dingen vollkommen Bescheid. Was das Bücherwissen betraf, wußte er tatsächlich eine Menge. Er kannte die Eifersucht des König Leontes im *Wintermärchen*. Er kannte Mario Praz. Und Proust – in Käfig gesperrte Ratten zu Tode gequält, Charlus ausgepeitscht von einem mörderischen Portier, einem Unmenschen aus dem Schlachthaus mit einer Geißel aus Nägeln. »Ich kenne diesen ganzen Lustmüll«, sagte er. »Und ich weiß, daß man dieses Spiel mit einem unbewegten Gesicht wie dem deinen spielen muß. Ich kenne dieses ganze weibliche Masochistenzeug. Ich verstehe deine Lüste und daß du mich einfach mißbrauchst!«

So gelangten sie zu den Littlewoods. Demmie und ich waren da. Kathleen war weiß. Ihr Gesicht sah stark gepudert aus. Humboldt kam stumm herein. Er redete nicht. Dies war allerdings seine letzte Nacht als Belisha-Professor für Dichtung in Princeton. Morgen würde die Nachricht an die Öffentlichkeit gelangen. Vielleicht war sie schon raus. Ricketts hatte sich anständig benommen, aber möglicherweise konnte er es nicht lassen, sie allen zu erzählen. Aber Littlewood schien nichts zu wissen. Er versuchte nach Kräften, seine Party erfolgreich zu machen. Seine Wangen waren rot und vergnügt. Er sah aus wie Herr Tomate in einer Saftreklame mit Zylinderhut. Er hatte gewelltes Haar und feine weltmännische Umgangsformen. Wenn er die Hand einer Dame ergriff, dann fragte man sich, was er wohl damit anfangen wolle. Littlewood war ein schwarzes Schaf höherer Gesellschaftskreise, der ungeratene Sohn eines Pfarrers. Er kannte London und Rom. Er kannte vor allem Shepards berühmte Bar in Kairo und hatte sich dort den britischen Armeejargon angewöhnt. Er hatte freundliche, sympathische Lücken zwischen den Zähnen. Er grinste gern und paradierte bei jeder Gesellschaft Rudy Vallee. Um Humboldt und Kathleen aufzuheitern, überredete ich ihn, »Ich bin nur ein liebender Landstreicher« zu singen. Das kam nicht recht an.

Ich war in der Küche dabei, als Kathleen einen schlimmen Fehler beging. Als sie ihr Getränk und eine nicht brennende Zigarette in der Hand hatte, griff sie in die Tasche eines Mannes, um sich ein Streichholz zu besorgen. Er war kein Fremder, wir kannten ihn gut, er hieß Eubanks, und er war ein Negerkomponist. Seine Frau stand neben ihm. Kathleen begann, ihr Gleichgewicht wiederzufinden, und sie war selbst etwas angeheitert. Aber als sie gerade dabei war, die Streichhölzer aus Eubanks Tasche zu holen, kam Humboldt herein. Ich sah ihn kommen. Erst stockte ihm der Atem. Dann packte er Kathleen mit fürchterlicher Heftigkeit. Er drehte ihr den Arm auf den Rücken und trieb sie aus der Küche auf den Hof. So etwas ist bei Littlewoods nichts Außergewöhnliches, und die anderen taten, als hätten sie nichts bemerkt, aber Demmie und ich eilten zum Fenster. Humboldt boxte Kathleen in den Magen, so daß sie sich krümmte. Dann zerrte er sie am Haar in den Buick. Da ein Auto hinter ihm stand, konnte er nicht rückwärts rausfahren. Er fuhr über den Rasen und über den Bürgersteig, wobei er an der Bordschwelle seinen Auspuff abbrach. Ich sah ihn dort am nächsten Morgen wie die Puppe eines Rieseninsekts, von Rostflocken bedeckt; ein Rohr stak daraus hervor. Ich fand auch Kathleens Schuhe, die mit den Absätzen im Schnee steckten. Es gab Nebel, Eis, schmutzige Kälte, die Büsche waren glasig, die Ulmenzweige bläulich verfärbt, der Märzschnee mit Ruß gesäumt.

Und jetzt erinnerte ich mich, daß der Rest der Nacht problematisch war, weil Demmie und ich Logiergäste waren, und als die Party auseinanderging, Littlewood mich beiseite nahm und von Mann zu Mann vorschlug, daß wir Partner tauschen sollten. »Ein Frauenhandel à la Eskimo. Was sagst du, machen wir uns 'ne tolle Nacht«, sagte er. »Eine Orgie.«

»Danke, nein, es ist nicht kalt genug für dieses Eskimozeug.«

»Du lehnst es auf eigene Kappe ab? Möchtest du nicht wenigstens Demmie fragen?«

»Die würde abhauen und mich verprügeln. Vielleicht versuchst du's mal bei ihr. Du würdest nicht glauben, wie fest die zuschlagen kann. Sie sieht aus wie eine modische und elegante Frau, aber sie ist in Wirklichkeit ein großes, ehrbares Kind vom Lande.«

Ich hatte meine eigenen Gründe, weshalb ich eine freundliche Antwort gab. Ich wollte nicht um zwei Uhr morgens im Warteraum der Pennsylvania Station sitzen. Da ich ein Recht auf meine acht Stunden Vergessenheit hatte und entschlossen war, sie mir zu verschaffen, ging ich in dem verräucherten Arbeitszimmer zu Bett, durch das die Party gewirbelt war. Aber jetzt hatte Demmie ihr Nachtgewand angezogen und war verwandelt. Noch vor einer Stunde im schwarzen Chiffonkleid und dem goldenen, glatt langgebürsteten Haar auf dem Kopf, das mit einem Ornament befestigt war, war sie eine junge Dame aus guter Familie. Wenn Humboldt in ausgeglichener Stimmung war, sagte er gern die sozialen Kategorien Amerikas her, und Demmie gehörte ihnen allen an. »Sie ist reines amerikanisches Qualitätsprodukt. Quäkerschulen, Bryn Mawr. Echt Klasse«, sagte Humboldt. Sie hatte mit Littlewood, dessen Fach Plautus war, über lateinische Übersetzungen und das Griechisch im Neuen Testaments geplaudert. Ich liebte die Tochter des Landwirts in Demmie nicht weniger als das Mädchen der Gesellschaft. Sie saß jetzt auf dem Bett. Ihre Zehen waren von billigen Schuhen verunstaltet. Ihre großen Schlüsselbeine bildeten Höhlen. Als sie Kinder waren, füllten sie und ihre Schwester, die ähnlich gebaut war, diese Schlüsselbeinhöhlen mit Wasser und veranstalteten Wettrennen.

Alles, um den Schlaf fernzuhalten. Demmie nahm Pillen, aber sie hatte tiefe Angst vor dem Schlaf. Sie sagte, sie hätte einen Niednagel, und saß auf dem Bett und feilte drauflos, wobei die lange biegsame Feile zickzack ging. Plötzlich lebhaft, wandte sie sich mir im Schneidersitz mit runden Knien und etwas entblößten Schenkeln zu. In dieser Haltung gab sie den salzigen Frauengeruch von sich, den bakteriellen Hintergrund der tiefen Liebe. Sie sagte: »Kathleen hätte nicht nach Eubanks Streichhölzern greifen sollen. Ich hoffe, daß Humboldt ihr nicht weh getan hat, aber sie hätte's nicht tun sollen.«

»Aber Eubanks ist ein alter Freund.«

»Humboldts alter Freund? Er kennt ihn seit langer Zeit – das ist ein Unterschied. Es bedeutet etwas, wenn eine Frau einem Mann in die Tasche greift. Und wir haben gesehen, wie sie's getan hat . . . Ich kann Humboldt nicht völlig verdammen.«

So war Demmie oft. Wenn ich gerade im Begriff war, meine Augen für die Nacht zu schließen, da ich von meinem bewußten und tätigen Ich genug hatte, wollte Demmie reden. Zu dieser Stunde zog sie aufregende Themen vor – Krankheit, Mord, ewige

Strafe und Höllenfeuer. Sie kriegte Zustände. Ihr Haar sträubte sich, und ihre Augen sanken tief vor panischer Angst, ihre verunstalteten Zehen bogen sich in alle Richtungen. Sie schloß dann ihre langen Hände über die kleingeratenen Brüste. Mit Babyzittern auf der Lippe versank sie zuweilen in ein präverbales Babygestammel. Es war nunmehr drei Uhr morgens, und ich glaubte, daß ich die lasterhaften Littlewoods über uns im ehelichen Schlafzimmer dalbern hörte, vielleicht um uns eine Vorstellung von dem zu geben, was wir versäumten. Das war vermutlich Einbildung.

Ich stand auf alle Fälle auf und nahm Demmie die Nagelfeile weg. Ich deckte sie zu. Ihr Mund war naiv geöffnet, als sie die Feile hergab. Ich brachte sie dazu, sich hinzulegen, aber sie war verstört. Das konnte ich sehen. Als sie ihren Kopf im Profil auf das Kissen legte, starrte ein großes reizendes Auge kindisch hervor. »Zu mit dir«, sagte ich. Sie schloß das starrende Auge. Ihr Schlaf kam sofort und schien tief.

Aber nach wenigen Minuten hörte ich, was ich erwartete – ihre Nachtstimme. Sie war leise, heiser, tief und fast männlich. Sie stöhnte. Sie sprach abgebrochene Wörter. Sie tat das fast jede Nacht. Die Stimme brachte das Grauen vor diesem fremden Ort, der Erde und vor diesem fremden Zustand, dem Sein, zum Ausdruck. Unter Mühen und Ächzen versuchte sie, da herauszukommen. Das war die Ur-Demmie, unter der Tochter des Landwirts, unter der Lehrerin, unter der eleganten Reiterin amerikanischer Aristokratie, der Latinistin, der vollendeten Cocktail-Schlürferin im schwarzen Chiffon mit der Himmelfahrtsnase, dieser Meisterin des modischen Gesprächs. Gedankenvoll hörte ich zu. Ich ließ sie eine Weile weitermachen. Weil ich versuchte zu verstehen. Ich bemitleidete sie und liebte sie. Aber dann machte ich dem ein Ende. Ich küßte sie. Sie wußte, wer es war. Sie drückte ihre Zehen an meine Schienbeine und hielt mich mit kräftigen Frauenarmen. Sie rief: »Ich liebe dich« mit derselben tiefen Stimme, aber ihre Augen waren immer noch blind geschlossen. Ich glaube, sie ist gar nicht richtig aufgewacht.

Im Mai, als das Trimester in Princeton beendet war, kamen Humboldt und ich zum letzten Mal als Blutsbrüder zusammen.

Tief wie die riesige Haube aus Dezember-Blau hinter mir, die mit thermalen Verzerrungen durch die Sonne in das Fenster eindrang, lag ich auf meinem Sofa in Chicago und sah alles, was geschehen war. Das Herz tat einem von einer solchen Übung weh. Man dachte: Wie traurig ist es um diesen menschlichen Unsinn bestellt, der uns von der großen Wahrheit fernhält. Aber vielleicht kann ich ein für allemal damit aufräumen, wenn ich tue, was ich jetzt tue.

Sehr gut. Broadway war damals das Wort. Ich hatte einen Produzenten, einen Regisseur und einen Agenten. Ich war, in Humboldts Sicht, Teil der Theaterwelt. Da waren Schauspielerinnen, die »Lübster« sagten, wenn sie einen sahen, und einen küßten, wenn man ihnen begegnete. Da war eine Karikatur von mir in der *Times*. Humboldt betrachtete das weitgehend als sein Verdienst. Dadurch, daß er mich nach Princeton gebracht hatte, hatte er mich in die Bundesliga befördert. Durch ihn hatte ich nützliche Leute in der vornehmen Universitätswelt getroffen. Außerdem meinte er, ich hätte von Trenck, meinen preußischen Helden, nach ihm gestaltet. »Aber sei auf der Hut, Charlie«, sagte er. »Laß dich nicht vom Glanz des Broadways und dem kommerziellen Kram ködern.«

Humboldt und Kathleen kamen in ihrem reparierten Buick mich besuchen. Ich wohnte in einem Blockhaus an der Küste von Connecticut, nicht weit von Lampton, dem Regisseur, und schrieb das Stück unter seiner Anleitung um – schrieb das Stück, das er sich wünschte, denn darauf lief es hinaus. Demmie war an jedem Wochenende bei mir, aber die Fleishers kamen an einem Mittwoch, als ich allein war. Humboldt hatte gerade in Yale gelesen, und sie waren auf dem Heimweg. Wir saßen in der kleinen Steinküche, tranken Kaffee und Gin und feierten Wiedersehen. Humboldt war »gut«, ernsthaft, hochgestimmt. Er hatte *De Anima* gelesen und steckte voller Ideen über den Ursprung des Denkens. Ich bemerkte jedoch, daß er Kathleen nicht aus den Augen ließ. Sie mußte ihm sagen, wo sie hinging. »Ich hole mir nur meine Wolljacke.« Selbst um auf die Toilette zu gehen, brauchte sie seine Genehmigung. Zudem sah es so aus, als hätte er sie ins Auge geschlagen. Sie saß ruhig und niedrig in ihrem

Stuhl mit verschränkten Armen und übereinandergeschlagenen Beinen, aber sie hatte ein blaues Auge. Humboldt sprach schließlich selbst davon. »Diesmal war ich's nicht«, sagte er. »Du wirst's nicht glauben, Charlie, aber sie ist gegen das Armaturenbrett gefallen, als ich scharf bremste. Irgendein Esel in einem Lastwagen kam aus einer Nebenstraße geschossen, und ich mußte auf die Bremse steigen.«

Vielleicht hatte er sie nicht geschlagen, aber er bewachte sie; er wachte wie ein Büttel, der einen Strafgefangenen von einem Gefängnis ins andere eskortiert. Er bewegte seinen Stuhl die ganze Zeit hin und her, während er über *De Anima* dozierte, um sich zu vergewissern, daß wir keine Blicksignale tauschten. Er trug es so dick auf, daß wir gezwungen waren, ihn zu übertölpeln. Das taten wir auch. Es gelang uns schließlich, ein paar Worte an der Wäscheleine im Garten zu wechseln. Sie hatte ihre Strümpfe ausgewaschen und kam in die Sonne, um sie aufzuhängen. Humboldt befriedigte wahrscheinlich ein natürliches Bedürfnis.

»Hat er dich geschlagen oder nicht?«

»Nein, ich bin gegen das Armaturenbrett gefallen. Aber es ist die Hölle, Charlie. Schlimmer als je.«

Die Wäscheleine war alt und dunkelgrau. Sie war geborsten und zeigte ihr weißes Eingeweide.

»Er sagt, daß ich's mit einem Kritiker treibe, einem jungen, unwichtigen, völlig unschuldigen Mann namens Magnasco. Sehr nett, aber, großer Gott! Und ich hab's satt, mich wie eine Nymphomanin behandeln und mir sagen zu lassen, daß ich es auf Feuerleitern oder im Stehen tue, in Garderobenverschlägen, bei jeder sich bietenden Gelegenheit. Und in Yale hat er mich während seines Vortrags auf dem Podium sitzen lassen. Dann hat er mir vorgeworfen, daß ich meine Beine gezeigt hätte. In jeder Tankstelle zwängt er sich mit mir in die Damentoilette. Ich kann mit ihm nicht nach New Jersey zurückkehren.«

»Was willst du tun?« fragte der eifrige, besorgte Citrine mit dem schmelzenden Herzen.

»Morgen, wenn wir nach New York zurückkehren, gehe ich verloren. Ich liebe ihn, aber ich kann's nicht länger ertragen. Ich sag's dir, um dich vorzubereiten, denn ihr zwei liebt einander, und du wirst ihm helfen müssen. Er hat etwas Geld. Hildebrand hat ihn rausgesetzt. Aber er hat ein Guggenheim-Stipendium, weißt du?«

»Ich wußte nicht mal, daß er sich beworben hatte.«

»Oh, er bewirbt sich um alles . . . Jetzt beobachtet er uns von der Küche aus.«

Und da stand in der Tat Humboldt und beulte das kupfrige Drahtgeflecht der Maschentür nach außen, wie eines Fischers seltener Fang.

»Viel Glück.«

Als sie ins Haus zurückging, wurden ihre Beine eifrig vom Maigras gepeitscht. Durch Streifen von Strächerschatten und Landsonne schlenderte die Katze. Die Wäscheleine legte den Kern ihrer Seele bloß, und Kathleens Strümpfe, die am breiten Ende hingen, wirkten jetzt wollüstig. Das war Humboldts Einfluß. Er kam geradewegs zu mir an die Wäscheleine und befahl mir, ihm zu sagen, worüber wir gesprochen hätten.

»Ach, hör auf, Humboldt, hörst du? Zieh mich nicht in dieses neurotische Superdrama.« Ich war entsetzt über das, was ich voraussah. Ich wünschte, sie würden davonfahren, in ihren Buick steigen (mehr denn je die Stabskarosse aus dem morastigen flandrischen Feldzug) und verschwinden, mich mit meinen Sorgen um Trenck, der Tyrannei von Lampton und der reinen Atlantikküste allein lassen.

Aber sie blieben über Nacht. Humboldt schlief nicht. Die hölzernen Stufen der Hintertreppe knarrten die ganze Nacht unter seinem Gewicht. Die Wasserleitung lief, und die Kühlschranktür knallte zu. Als ich am Morgen in die Küche kam, fand ich, daß der Liter Beefeater Gin, das Gastgeschenk, das sie mir mitgebracht hatten, leer auf dem Tisch stand. Die Wattebäusche seiner Pillenfläschchen waren über den ganzen Raum verstreut wie Kaninchendreck.

Dann verschwand Kathleen aus Roccos Restaurant in der Thompson Street, und Humboldt war außer sich. Er sagte, sie sei mit Magnasco zusammen, daß Magnasco sie in seinem Zimmer im Hotel Earle versteckt halte. Irgendwo verschaffte sich Humboldt eine Pistole und hämmerte mit dem Griff an Magnascos Tür, bis er das Holz zersplittert hatte. Magnasco rief den Empfang an, und der Empfang holte die Polizei, und Humboldt machte sich davon. Aber am nächsten Tag überfiel er Magnasco in der Sixth Avenue vor dem Howard Johnson. Eine Gruppe von Lesbierinnen, die sich als Schauerleute verkleidet hatten, retteten den jungen Mann. Sie saßen drinnen und tranken Eiskremsoda, und sie kamen raus, trennten die Kämpfenden und drehten Humboldt die Arme auf den Rücken. Es war ein brutheißer Nachmittag, und die gefangenen Frauen im Gefängnis der Greenwich Avenue kreischten aus den offenen Fenstern und ließen Banner von Toilettenpapier wehen.

Humboldt rief mich auf dem Land an und sagte: »Charlie, wo ist Kathleen?«

»Ich weiß es nicht.«

»Charlie, ich glaube, du weißt es. Ich habe gesehen, wie sie mit dir gesprochen hat.«

»Aber sie hat's mir nicht gesagt.«

Er legte auf. Dann rief mich Magnasco an. Er sagte: »Mr. Citrine? Ihr Freund will mir etwas antun. Ich muß einen Haftbefehl gegen ihn erwirken.«

»Ist es wirklich so schlimm?«

»Sie wissen, wie das ist, die Leute tun mehr, als sie vorgehabt haben, und wo ist man dann? Ich meine, wo bin ich? Ich rufe an, weil er mich in Ihrem Namen bedroht. Er sagt, Sie würden mich schon kriegen, wenn er's nicht tut – sein Blutsbruder.«

»Ich werde keinen Finger gegen Sie erheben«, sagte ich. »Verlassen Sie doch eine Zeitlang die Stadt.«

»Verlassen?« sagte Magnasco. »Ich bin grade erst gekommen. Von Yale.«

Ich verstand ihn. Er machte Karriere, hatte sich lange auf seine Laufbahn vorbereitet.

»Die *Trib* hat mich auf Probe als Buchkritiker angestellt.«

»Ich weiß, wie das ist. Ich habe ein Stück, das demnächst am Broadway Premiere hat. Mein erstes.«

Als ich Magnasco kennenlernte, stellte sich heraus, daß er Übergewicht und ein rundes Gesicht hatte, jung nur nach Kalenderjahren war, stetig, unbeirrbar, dazu geboren, sich im kulturellen New York durchzusetzen. »Ich lasse mich nicht vertreiben«, sagte er. »Ich zwinge ihn gerichtlich, Frieden zu wahren.«

»Nun ja, aber brauchen Sie dafür meine Genehmigung?« fragte ich.

»Es wird mich in New York nicht gerade beliebt machen, wenn ich einem Dichter so was antue.«

Ich sagte darauf zu Demmie: »Magnasco hat Angst, daß er in

New Yorker Kulturkreisen einen schlechten Namen kriegt, wenn er die Polizei ruft.«

Die nächtlich ächzende, höllengeängstigte, pillensüchtige Demmie war gleichzeitig eine höchst praktische Person, genial in der Beaufsichtigung und Programmierung. Wenn sie ihre fleißige Laune hatte, mich beherrschte und schützte, dann mußte ich denken, was für ein Generalissimo ihrer Puppen sie in der Kindheit gewesen sein mußte. »Und wo es sich um dich handelt«, pflegte sie zu sagen, »bin ich eine Tigermutter und regelrechte Furie. Ist es nicht schon etwa einen Monat her, seit du Humboldt gesehen hast? Er bleibt weg. Das heißt, daß er anfängt, dir die Schuld zu geben. Der arme Humboldt, er ist ausgeflippt, nicht wahr? Wir müssen ihm helfen. Wenn er diesen Magnasco-Typ weiter verfolgt, dann wird man ihn einsperren. Wenn ihn die Polizei nach Bellevue, der Klapsmühle, einweist, dann ist es deine Pflicht, für ihn Kaution zu stellen. Er muß ausgenüchtert, beruhigt und abgeriegelt werden. Der beste Ort dafür ist Payne Whitney. Hör zu, Charlie, Ginnies Vetter Albert ist der Aufnahmearzt im Payne Whitney. Bellevue ist die Hölle. Wir sollten Geld sammeln und ihn nach Payne Whitney überweisen. Vielleicht können wir ihm eine Art Stipendium verschaffen.«

Sie besprach das mit Ginnies Vetter Albert und rief in meinem Namen Leute an, um Geld zu sammeln. Sie erledigte das, weil ich mit *Trenck* beschäftigt war. Wir waren aus Connecticut zurückgekehrt und fingen im Belasco-Theater mit Proben an. Die tüchtige Demmie brachte etwa dreitausend Dollar zusammen. Hildebrand allein steuerte zweitausend bei, aber er war immer noch zornig auf Humboldt. Er stellte die Bedingung, daß das Geld nur für psychiatrische Behandlung und die nackten Lebensnotwendigkeiten ausgegeben werden sollte. Bei einem Rechtsanwalt der Fifth Avenue, Simkin, wurde das Ged hinterlegt. Hildebrand wußte, und inzwischen wußten wir alle, daß Humboldt einen Privatdetektiv, einen Mann namens Scaccia, angestellt hatte und daß dieser Scaccia bereits den größten Teil des Guggenheim-Stipendiums eingesteckt hatte. Kathleen selbst hatte etwas nicht Charakteristisches getan. Sie war von New York geradewegs nach Nevada geflogen, um die Scheidung zu beantragen. Aber Scaccia ließ Humboldt dauernd im Glauben, daß sie noch in New York sei und der Wollust fröne. Humboldt ersann einen neuen Proustschen sensationellen Skandal, der dieses Mal einen Lasterklub von Wallstreetmaklern verwickelte. Wenn Scaccia sie beim Ehebruch erwischen könnte, würde er den »Besitz«, die Hütte in New Jersey, kriegen, die etwa achttausend Dollar wert und mit fünftausend belastet war, wie mir Orlando Huggins erzählte – Orlando war einer jener radikalen Bohemiens, die beim Reichtum verkehrten. Im avantgardistischen New York war jeder bei der Geldaristokratie wohlgelitten.

Der Sommer verging schnell. Im August fingen die Proben an. Die Nächte waren heiß, angespannt und ermüdend. Jeden Morgen stand ich schon erschöpft auf, und Demmie gab mir mehrere Tassen Kaffee sowie auch eine Menge Ratschläge am Frühstückstisch für das Theater, für Humboldt und die Lebensführung. Der kleine weiße Terrier, Cato, bettelte um Brotrinden und schnappte mit den Zähnen, während er auf den Hinterbeinen rückwärts tanzte. Ich dachte, daß ich auch lieber den ganzen Tag auf seinem Kissen am Fenster, neben Demmies Begonien schlafen würde als in dem antiken Dreck des Belasco sitzen und öden Schauspielern zuhören. Ich begann das Theater zu hassen, die Gefühle, die von der Schauspielerei bösartig aufgebauscht wurden, alle die alten Gesten, Umarmungen, Tränen und demütigen Bitten. Zudem war *Trenck* nicht mehr mein Stück. Es gehörte dem glotzäugigen Harold Lampton, für den ich willfährig neue Dialoge in den Umkleideräumen schrieb. Seine Schauspieler waren eine Schar von Stockfischen. Alle Talente New Yorks schienen in dem Melodrama zu spielen, das vom fiebrigen, delirierenden Humboldt inszeniert wurde. Freunde und Bewunderer waren seine Zuhörerschaft im »Weißen Roß« in der Hudson Street. Dort hielt er Vorträge und machte Geschrei. Er konsultierte auch Rechtsanwälte und besuchte ein oder zwei Psychiater.

Demmie – das war mein Gefühl – konnte Humboldt besser verstehen als ich, weil auch sie geheimnisvolle Pillen schluckte. (Es gab auch andere Übereinstimmungen.) Als dickes Kind hatte sie im Alter von vierzehn Jahren zweihundertfünfzig Pfund gewogen. Sie zeigte mir Bilder, die ich kaum glauben konnte. Sie hatte Hormonspritzen und Pillen bekommen und wurde schlanker. Nach ihren vortretenden Augen zu urteilen, muß es Thyroxin gewesen sein, das man ihr verabreichte. Sie fand ihre hübschen

Brüste durch die schnelle Gewichtsabnahme entstellt. Die unbedeutenden Runzeln darin waren für sie ein Kummer. Sie rief zuweilen aus: »Die haben mir die Titten mit ihrer verdammten Medizin verdorben.« Pakete in braunem Papier kamen immer noch aus der Mount Coptic Apotheke. »Aber ich bin reizvoll.« Das war sie in der Tat. Ihr holländisches Haar versprühte wahrhaftig Licht. Sie trug es manchmal zur Seite gekämmt, manchmal mit Ponys, je nachdem, was sie mit den Nägeln ihrem Haaransatz angetan hatte. Sie kratzte sich oft. Ihr Gesicht war entweder kindlich kreisrund oder hager wie das einer Grenzläuferin. Sie war hin und wieder eine Schönheit wie ein Bild von van der Weyden, manchmal eine bekloppte Bauchrednerpuppe mit Raffzähnen, manchmal ein Ziegfeld-Girl. Das leise seidige Schaben ihrer X-Bein-Knie, wenn sie schnell ging, wurde, ich muß es wiederholen, von mir hoch geschätzt. Ich dachte, wenn ich eine Zikade wäre, dann würde mich dieses Geräusch über Bergesgipfel erheben. Wenn Demmies Gesicht mit der feinen Himmelfahrtsnase von einer Schicht Make-up bedeckt war, dann offenbarten ihre großen Augen, die um so beweglicher und klarer waren, weil sie so viel Staub aufgetragen hatte, zweierlei: eins war, daß sie ein treues Herz hatte, und das andere, daß sie ein dynamisches Leidopfer war. Mehr als einmal rannte ich in die Barrow Street, um ein Taxi herbeizuwinken und Demmie zur Unfallstation im St.-Vincent-Krankenhaus zu bringen. Sie nahm ein Sonnenbad auf dem Dach und wurde dabei so furchtbar verbrannt, daß sie delirierte. Dann zerlegte sie Kalbfleisch in Scheiben und schnitt sich dabei bis auf den Knochen in den Daumen. Sie wollte Abfall in die Verbrennungsanlage werfen, und eine auflodernde Flamme aus der offenen Klappe versengte sie. Als artiges Mädchen arbeitete sie den lateinischen Pensumplan für das ganze Trimester aus, sie packte Schals und Handschuhe in beschriftete Kartons, sie scheuerte das Haus. Als unartiges Mädchen trank sie Whisky, hatte hysterische Anfälle oder verbrüderte sich mit Dieben oder Desperados. Sie streichelte mich wie eine Märchenprinzessin oder boxte mich in die Rippen wie ein Rinderhirt. Bei heißem Wetter zog sie sich nackt aus, um den Fußboden auf den Knien rutschend zu wachsen. Dann sah man große Sehnen, schlaksige Arme, angestrengte Füße. Und wenn es von hinten zu sehen war, stand das Organ, das ich in einem anderen Zusammenhang als eng, fein, knifflig, reich an wonnigen Schwierigkeiten des Zugangs anbetete, hervor wie ein primitives Glied. Aber nach dem Wachsen, einem Anfall schweißtreibender Arbeitswut, saß sie mit lieblichen Beinen in einem blauen Kittel und trank einen Martini. Der Fundamentalist Vater Vonghel war der Eigentümer von Mount Coptic. Er war ein gewalttätiger Mann. An Demmies Kopf befand sich eine Narbe, wo er den Kopf des Kindes gegen die Heizung geknallt hatte, eine andere war in ihrem Gesicht, wo er den Papierkorb drüber gestülpt hatte – der Klempner mußte sie rausschneiden. Bei alledem kannte sie die Evangelien auswendig, war ein Hokkeystar gewesen, konnte Western-Pferde zureiten und schrieb reizende Dankbriefe auf Tiffany-Papier. Wenn sie jedoch einen Löffel von ihrem geliebten Vanillepudding aß, war sie wieder das dicke Kind. Sie schleckte die Nachspeise mit der Zungenspitze, mit offenem Mund, die großen, blauen, hochsommerlichen, ozeandunstigen Augen waren in Trance, so daß sie zusammenfuhr, als ich sagte: »Schluck deinen Pudding runter.« Abends spielten wir Backgammon, wir übersetzten Lukrez, sie erläuterte mir Plato: »Die Menschen halten ihre Tugenden für verdienstlich. Aber *er* sieht – was *kann* man denn sonst sein als tugendhaft? Es *gibt* ja nichts anderes.«

Kurz vor Labor Day bedrohte Humboldt Magnasco von neuem, und Magnasco ging zur Polizei und überredete einen Kommissar in Zivil, mit ihm zum Hotel zurückzukehren. Sie warteten in der Halle. Dann kam Humboldt hereingestürmt und ging auf Magnasco los. Der Polizist trat zwischen sie, und Humboldt sagte: »Wachtmeister, er hat meine Frau in seinem Zimmer.« Die Vernunft gebot, eine Durchsuchung vorzunehmen. Sie gingen nach oben, alle drei. Humboldt sah in die Schränke, er suchte unter den Kissen nach ihrem Nachtgewand, er fuhr mit der Hand unter das Ausschlagpapier der Schubfächer. Da war keine Unterwäsche. Nichts.

Der Polizist sagte: »Na, wo ist sie? Waren Sie das, der mit dem Pistolengriff diese Tür zu Klump geschlagen hat?«

Humboldt sagte: »Ich habe keine Pistole. Wollen Sie mich abtasten?« Er hob die Arme. Dann sagte er: »Kommen Sie in mein Zimmer und sehen Sie nach, wenn Sie wollen. Überzeugen Sie sich.«

Als sie aber in die Greenwich Street kamen, steckte Humboldt den Schlüssel ins Schlüsselloch und sagte: »Sie können nicht rein.« Er schrie: »Haben Sie einen Durchsuchungsbefehl?« Dann schnellte er ins Zimmer, knallte die Tür zu und verriegelte sie.

Danach erstattete Magnasco Anzeige oder erwirkte einen Stillhaltebefehl – ich weiß nicht, welches von beiden –, und in einer smogerfüllten, stickigen Nacht kam die Polizei zu Humboldt. Er kämpfte wie ein Ochse. Er wehrte sich auch im Polizeirevier. Ein gesalbtes Haupt rollte über den dreckigen Fußboden. Gab es eine Zwangsjacke? Magnasco schwor, daß keine gebraucht wurde. Aber Handschellen wurden gebraucht, und Humboldt weinte. Auf dem Weg zum Bellevue bekam er Durchfall, und sie sperrten ihn für die Nacht in besudeltem Zustand ein.

Magnasco ließ durchsickern, daß er und ich uns gemeinsam zu diesem Vorgehen entschlossen hätten, um Humboldt davor zu bewahren, ein Verbrechen zu begehen. Darauf sagten alle, daß der verantwortliche Mann Charles Citrine sei, Humboldts Blutsbruder und Schützling. Ich hatte plötzlich viele Verleumder und Feinde, von denen ich nichts wußte.

Und ich will erzählen, wie ich die Sache von dem plüschbezogenen Verfall und der erhitzten Düsternis des Belasco-Theaters ansah. Ich sah Humboldt auf seine Maultiere lospeitschen und in seinem irren Wagen stehen wie ein Landräuber in Oklahoma. Er raste in das Territorium des Überflusses, um sich seinen Anteil zu sichern. Der Anteil war eine aufgeblähte und zitternde Fata Morgana des Herzens.

Ich wollte damit nicht sagen: Der Dichter ist übergeschnappt . . . Holt die Polizei und zum Teufel mit den Klischees. Nein, ich litt, als die Polizei Hand an ihn legte, es stürzte mich in Verzweiflung. Was meinte ich dann wirklich? Vielleicht etwa das folgende: Nehmen wir an, der Dichter war von der Polizei zu Boden gezwungen, in eine Zwangsjacke geschnallt oder mit Handschellen versehen und holterdiepolter in einem Gummiwagen wie ein toller Hund davongefahren worden, so daß er beschmutzt ankam und tobend eingeliefert wurde! War das Kunst versus Amerika? Für mich war das Bellevue wie die Bowery: es legte negatives Zeugnis ab. Die brutale Wall Street stand für Macht, und die – so nahe gelegene – Bowery war das anklagende Symbol der Schwäche. Und ebenso das Bellevue, wo die Armen und Zerbrochenen hinkamen. Und ebenso auch das Payne Whitney, wo die wohlhabenden Wracks lagen. Und die Dichter, wie die Trinker und Asozialen oder Psychopathen, wie die Unseligen, seien sie arm oder reich, versanken in die Schwäche – traf das zu? Da sie keine Maschinen hatten, kein umwälzendes Wissen, das dem Wissen von Boeing oder Sperry Rand oder IBM oder RCA vergleichbar war? Denn konnte ein Gedicht jemand in Chicago in die Luft heben und zwei Stunden später in New York landen? Oder konnte es einen Schuß in den Weltraum errechnen? Derartige Kräfte besaß es nicht. Und Interesse lag, wo die Macht lag. In alten Zeiten war die Dichtung eine Macht, der Dichter hatte wahrhaftige Kraft in der materiellen Welt. Natürlich war damals die materielle Welt anders. Aber welches Interesse konnte ein Humboldt erwecken? Er stürzte sich in die Schwäche und wurde ein Held des Jammers. Er war mit dem Monopol der Macht und dem Interesse, der Faszination, die Geld, Politik, Gesetz, Rationalität, Technologie für sich beanspruchten, einverstanden, weil er das Nächste, das Neue, das Notwendige für die Dichter nicht finden konnte. Statt dessen tat er etwas, was schon dagewesen war. Er verschaffte sich eine Pistole, wie Verlaine, und verfolgte Magnasco.

Vom Bellevue rief er mich im Belasco an. Ich hörte seine Stimme, zitternd, schäumend, aber schnell. Er schrie: »Charlie, du weißt, wo ich bin, nicht wahr? Hör zu, Charlie, das ist nicht Literatur. Das ist Leben.«

Im Theater war ich im Reich der Illusion, während er, Humboldt, ausgebrochen war – stimmte das?

Aber nein, statt ein Dichter zu sein, war er lediglich die Figur eines Dichters. Er inszenierte »Die Leiden des amerikanischen Künstlers«. Und es war nicht Humboldt, sondern die USA, die hier im Recht waren: »Hört, amerikanische Mitbürger. Wenn ihr vom Materialismus und dem normalen Geschäft des Lebens abweicht, dann endet ihr im Bellevue wie dieses arme Schwein.«

Er hielt jetzt hof im Bellevue und veranstaltete irre Szenen. Er gab mir offen die Schuld. Skandalliebhaber schnalzten mit der Zunge, wenn mein Name genannt wurde.

Dann kam Scaccia, der Privatdetektiv, mit einer Botschaft von Humboldt zum Belasco. Er wollte das Geld, das ich gesammelt hatte, und wollte es auf der Stelle. So standen sich Mr. Scaccia und ich in dem dämmrigen, modrigen Torweg zum Bühneneingang gegenüber. Mr. Scaccia trug offene Sandalen und weiße, sehr schmutzige Seidensocken. An seinen Mundwinkeln waren fettige Speisereste.

»Das Geld ist bei einem Rechtsanwalt hinterlegt, einem Mr. Simkin in der Fifth Avenue. Es ist nur für medizinische Ausgaben bestimmt«, sagte ich.

»Sie meinen psychiatrische. Sie glauben, daß Mr. Fleisher verrückt geworden ist.«

»Ich stelle keine Diagnosen. Sagen Sie Humboldt nur, er soll mit Simkin sprechen.«

»Wir sprechen von einem genialen Mann. Wer sagt, daß ein Genie behandelt werden muß.«

»Haben Sie seine Gedichte gelesen?« fragte ich.

»Worauf Sie sich, verdammt noch mal, verlassen können. Ich werde mich nicht von Ihnen unterbuttern lassen. Sie wollen sein Freund sein? Der Mann liebt Sie. Er liebt Sie immer noch. Lieben Sie ihn?«

»Und was haben Sie dabei zu suchen?«

»Ich bin von ihm angestellt. Und für einen Klienten tue ich mein Möglichstes.«

Wenn ich dem Privatschnüffler nicht das Geld gab, dann ging er zum Bellevue und sagte Humboldt, daß ich ihn für wahnsinnig hielt. Ich hatte nicht übel Lust, Scaccia in diesem Hintereingang umzubringen. Die natürliche Gerechtigkeit war auf meiner Seite. Ich konnte diesen Erpresser bei der Kehle packen und erwürgen. Oh, was wäre das köstlich! Und wer würde mir daraus einen Vorwurf machen? Ein Schwall von Mordlust ließ mich bescheiden auf den Boden blicken. »Mr. Fleisher wird Simkin erklären müssen, wofür er das Geld braucht«, sagte ich. »Für Sie ist es nicht gesammelt worden.«

Danach kam eine Reihe von Anrufen von Humboldt. »Die Polypen haben mich in die Zwangsjacke gesteckt. Hattest du etwas damit zu tun? Mein Blutsbruder. Sie haben mich auch mißhandelt, du mieser Thomas Hobbes.«

Ich verstand die Anspielung. Er wollte sagen, daß mir nur an Macht gelegen war.

»Ich versuche zu helfen«, sagte ich. Er legte auf. Gleich danach klingelte das Telefon von neuem.

»Wo ist Kathleen?« fragte er.

»Ich weiß nicht.«

»Sie hat an der Wäscheleine mit dir gesprochen. Du weißt sehr wohl, wo sie ist. Hör mir zu, du Hübscher, du sitzt auf diesem Geld. Es ist meins. Willst du mich bei den kleinen Männern mit den weißen Kitteln aus dem Weg räumen?«

»Du mußt erst mal ruhiger werden, das ist alles.«

Er rief später am Tage an, als der Nachmittag grau und heiß war. Ich aß ein nach Blechdose schmeckendes Sandwich mit zerbröselndem nassem Thunfisch im griechischen Eßlokal über die Straße, als ich ans Telefon gerufen wurde. Ich nahm den Anruf in der Garderobe des Stars entgegen.

»Ich habe mit einem Anwalt gesprochen«, schrie Humboldt. »Ich habe die Absicht, dich wegen des Geldes zu verklagen. Du bist ein Schuft. Du bist ein Verräter, ein Lügner, ein falscher Fuffziger und ein Judas. Du hast mich einsperren lassen, während die Hure Kathleen zu Orgien ging. Ich verklage dich wegen Unterschlagung.«

»Humboldt, ich habe nur geholfen, das Geld zusammenzuholen. Ich habe es nicht. Es ist nicht in meinen Händen.«

»Sage mir, wo Kathleen ist, und ich lasse die Klage fallen.«

»Sie hat mir nicht gesagt, wo sie hingeht.«

»Du hast deinen mir gegebenen Eid gebrochen, Citrine. Und jetzt willst du mich einsperren lassen. Du beneidest mich. Du hast mich stets beneidet. Ich bringe dich ins Gefängnis, wenn ich kann. Du sollst erfahren, wie es ist, wenn die Polizei kommt, und was eine Zwangsjacke ist.« Dann, bäng, legte er auf, und ich saß schwitzend in der schmuddeligen Garderobe des Stars, während mir der verdorbene Thunfischsalat aufstieß, und ein grünes Ptomaingefühl, ein Krampf, eine sehr schmerzhafte Stelle in meiner Seite mir zusetzte. Die Schauspieler probierten an jenem Tag Kostüme an und gingen in Kniehosen, Rokokokleidern und Federhüten an der Tür vorbei. Ich brauchte Hilfe, fühlte mich aber wie ein Überlebender in einem kleinen Boot in der Arktik, ein Amundsen, Schiffen am Horizont zuwinkend, die sich als Eisberge herausstellten. Trenck und Leutnant Schell gingen mit ihren Rapieren und Perücken vorbei. Sie konnten mir nicht sagen, daß ich kein krasser falscher Fuffziger war, kein Schuft und Judas. Ich konnte ihnen nicht sagen, was meiner Meinung nach wirklich bei mir nicht stimmte; daß ich nämlich an einer Illusion litt, vielleicht einer wunderbaren Illusion oder vielleicht nur einer müßigen; daß ich nämlich in einer Art von Verzückung mich in die Luft erheben und geradewegs auf die Wahrheit zustoßen könne. Geradewegs auf die Wahrheit. Denn ich war zu hochnäsig, mich mit dem Marxismus, Freudianismus, Modernismus, der Avantgarde abzugeben oder irgendeinem Dinge, die Humboldt, als Kulturjude, so hochgehalten hatte.

»Ich fahre ins Krankenhaus, um ihn zu besuchen«, sagte ich zu Demmie.

»Das laß lieber sein. Das ist das Schlimmste, was du tun kannst.«

»Aber überleg doch, in was für einem Zustand er sich befindet. Ich muß hin, Demmie.«

»Das erlaube ich nicht. Der greift dich an. Ich könnte's nicht ertragen, daß du dich prügelst, Charlie. Er wird dich schlagen, und er ist doppelt so groß wie du und verrückt und stark. Außerdem will ich nicht haben, daß man dich stört, während du an dem Stück arbeitest. Hör zu«, ihre Stimme vertiefte sich. »Ich erledige das. Ich gehe selber hin. Und dir verbiete ich's.«

Sie hat ihn nie tatsächlich zu sehen gekriegt. Dutzende von Leuten waren nun im Spiel. Das Drama im Bellevue zog die Leute scharenweise aus Greenwich Village und Morningside Heights dorthin. Ich verglich sie mit den Einwohnern von Washington, die in Kutschen ausschwärmten, um die Schlacht am Bull Run zu sehen, und dann den Unionstruppen in den Weg gerieten. Da ich nicht mehr sein Blutsbruder war, wurde der bärtige, stammelnde Orlando Huggins Humboldts bester Freund. Huggins setzte Humboldts Entlassung durch. Dann begab sich Humboldt zum Krankenhaus Mount Sinai und ließ sich dort aufnehmen. Auf meine Anweisung zahlte der Anwalt Simkin eine Woche im voraus für private Behandlung. Humboldt verließ aber das Krankenhaus bereits am nächsten Tag und ließ sich einen nicht verbrauchten Betrag von etwa achthundert Dollar auszahlen. Davon bezahlte er Scaccias letzte Rechnung. Dann erhob er Klage gegen Kathleen, gegen Magnasco, gegen die Polizeibehörde und gegen das Bellevue. Er bedrohte mich weiterhin, erhob aber keine Anklage gegen mich. Er wollte erst abwarten, ob *Trenck* Geld einbringen würde.

Ich war immer noch im Anfängerstadium, wenn es um das

Verständnis von Geld ging. Ich wußte nicht, daß es eine Menge Menschen gab, beharrliche, erfindungsreiche, leidenschaftliche Menschen, denen es vollkommen klar war, daß *sie* das ganze Geld haben sollten. Humboldt war der Überzeugung, daß es einen Reichtum in der Welt gab – nicht sein eigener –, auf den er einen souveränen Anspruch hatte und den zu erlangen er erpicht war. Er hatte mir einmal erzählt, daß ihm bestimmt sei, einen großen Prozeß zu gewinnen, einen Millionenprozeß. »Mit einer Million Dollar«, sagte er, »habe ich die Freiheit, an nichts als Dichtung zu denken.«

»Wie wird das geschehen?«

»Jemand wird mir ein Unrecht tun.«

»Ein Millionen-Unrecht?«

»Wenn ich vom Geld besessen bin, was ein Dichter nicht sein sollte, dann gibt's dafür einen Grund«, hatte mir Humboldt gesagt. »Der Grund ist, daß wir ja schließlich Amerikaner sind. Was wäre ich für ein Amerikaner, wenn mir das Geld fremd wäre, frage ich dich? Die Dinge müssen kombiniert werden, wie sie Wallace Stevens kombiniert hat. Wer sagt ›Geld ist die Wurzel alles Übels‹? Ist es der Ablaßkrämer? Nun denn, der Ablaßkrämer ist der übelste Mann bei Chaucer. Nein, ich halte es mit Horace Walpole. Walpole sagte, es sei natürlich für freie Menschen, über Geld nachzudenken. Warum? Weil das Geld Freiheit *ist*, darum.«

In den verzauberten Tagen führten wir solche herrlichen Gespräche, die nur ein wenig von manischer Depression und Verfolgungswahn berührt waren. Aber jetzt wurde das Licht dunkel, und die Dunkelheit wurde dunkler.

Immer noch liegend, mich fest an mein gepolstertes Sofa klammernd, sah ich diese grotesken Wochen an mir vorüberziehen.

Humboldt rief aufrührerisch zum Boykott des *Trenck* auf, aber das Stück war ein Schlager. Um dem Belasco und meinem Ruhm näher zu sein, nahm ich mir eine Suite im St. Regis Hotel. Die *Art-nouveau*-Fahrstühle hatten vergoldete Gitter. Demmie unterrichtete Virgil. Kathleen spielte Siebzehn und vier in Nevada. Humboldt war zu seiner Kommandostelle in der Taverne zum Weißen Roß zurückgekehrt. Dort veranstaltete er bis tief in die Nacht literarische, artistische, erotische und philosophische Übungen. Er prägte ein neues Epigramm, das mir im Norden der

Stadt zugetragen wurde: »Ich habe noch nie ein Feigenblatt berührt, das sich nicht in ein Preisschild verwandelt hätte.« Das gab mir Hoffnung. Er konnte immer noch ein gutes Bonmot erfinden. Es klang so, als ob die Normalität vielleicht zuückkehrte.

Aber nein. Jeden Tag rasierte Humboldt sich oberflächlich, trank Kaffee, nahm Pillen, prüfte seine Notizen und fuhr in die Innenstadt, um mit seinen Anwälten zu beraten. Er hatte Anwälte die Menge – er sammelte Anwälte und Psychoanalytiker. Behandlung war nicht der Zweck seiner Besuche bei den Psychoanalytikern. Er wollte reden, sich aussprechen. Das theoretische Klima ihrer Sprechzimmer regte ihn an. Was die Anwälte betraf, so ließ er sie alle Schriftsätze anfertigen und Strategien besprechen. Anwälte trafen nicht oft mit Schriftstellern zusammen. Wie sollte ein Anwalt wissen, was gespielt wurde? Ein berühmter Dichter meldete sich für einen Termin. Empfohlen von Soundso. Das ganze Büro ist aufgeregt, die Stenotypistin legt Make-up auf. Dann kommt der Dichter, dick und krank, aber immer noch ansehnlich, blaß, gekränkt aussehend, fürchterlich erregt, in gewisser Weise verschüchtert und mit auffällig kleinen Gesten oder Zuckungen für einen so großen Mann. Selbst wenn er sitzt, zittert sein Bein, vibriert sein Körper. Zuerst kommt die Stimme aus einer anderen Welt. Wenn er zu lächeln versucht, kann der Mann nur zucken. Seltsam kleine fleckige Zähne halten eine bebende Lippe im Zaum. Obwohl er robust ist, in Wahrheit ein großer Trumm, ist er auch eine zarte Pflanze, ein Ariel und so weiter. Kann keine Faust ballen. Hat nie was von Aggression gehört. Und er spinnt eine Geschichte – man könnte denken, er sei Hamlets Vater: Betrug, Täuschung, gebrochene Versprechungen; schließlich, als er im Garten schlief, kam jemand mit einer Phiole angeschlichen und versuchte, ihm Zeug ins Ohr zu träufeln. Zuerst weigert er sich, seine falschen Freunde und Wunschmörder zu nennen. Sie sind nur X und Y. Dann spricht er von »dieser Person«. »Ich habe mich mit dieser Person X eingelassen«, sagt er. In seiner Unschuld hat er Vereinbarungen getroffen, hat Versprechen mit X, dieser Claudius-Person, ausgetauscht. Er hat zu allem ja gesagt. Er hat ein Papier unterzeichnet, ohne es zu lesen, über das Mitwohnrecht für das Haus in New Jersey. Er war auch enttäuscht über einen Blutsbruder, der ihn verpfiffen hat. Shakespeare hatte recht. Kein Wissen gibt's, der Seele Bildung im Gesicht zu lesen: er war ein Gentleman, auf den er sein ganzes Vertrauen baute. Aber jetzt, da er sich von dem Schock erholt hat, baut er einen Prozeß gegen besagten Gentleman. Prozesse bauen ist eine der bedeutendsten Beschäftigungen der Menschheit. Er hat Citrine hundertprozentig überführt – Citrine hat sein Geld gegrapscht. Aber Rückgabe ist alles, was er verlangt. Und er bekämpft die aufsteigende Wut – oder scheint sie zu bekämpfen. Dieser Citrine ist ein irreführend gutaussehender Bursche. Aber Jakob Boehme hat unrecht, das Äußere ist nicht das sichtbar gewordene Innere. Humboldt sagt, er mühe sich um Anstand. Sein Vater hatte keine Freunde, er hat keine Freunde – soviel zum menschlichen Material. Treue ist eine Sache fürs Grammophon. Aber zügeln wir uns. Nicht alle verwandeln sich in giftige Ratten, die einander beißen. »Ich will dem Schweinehund nicht weh tun. Ich will nichts als Gerechtigkeit.« Gerechtigkeit! Er wollte die Eingeweide dieses Burschen im Einkaufsbeutel.

Ja, er hat viel Zeit bei Anwälten und Ärzten verbracht. Anwälte und Ärzte konnten am besten das Drama erlittenen Unrechts und das Drama der Krankheit würdigen. Er wollte jetzt kein Dichter sein. Symbolismus, seine Schule, war aufgebraucht. Nein, diesmal war er ein ausübender Künstler, der *wirklich* war. Zurück zur unmittelbaren Erfahrung. In die weite Welt. Kein Kunstersatz mehr für das wahre Leben. Prozesse und Psychoanalyse waren wahr.

Was die Anwälte und Seelenschnüffler anlangte, so waren sie von ihm entzückt, nicht weil er die wahre Welt vertrat, sondern weil er ein Dichter war. Er zahlte nicht – er warf die Rechnungen weg. Aber diese Leute, die neugierig auf das Genie waren (das sie durch Freud und durch Filme wie *Moulin Rouge* und *The Moon and Sixpence* kennengelernt hatten), waren versessen auf Kultur. Sie hörten mit Vergnügen zu, wenn er sein Garn von Unglück und Verfolgung spann. Er kübelte Schmutz, verbreitete Skandal und prägte kräftige Metaphern. Welch eine Kombination! Ruhm, Tratsch, Wahnvorstellung, Dreck und dichterische Erfindung.

Selbst damals wußte Humboldt noch, was er im professionellen New York wert war. Endlose Förderbänder von Krankheit oder Rechtshändeln schütteten Klienten und Patienten wie fade Kartoffeln in diese Praxen. Diese langweiligen Kartoffeln zermanschten die Herzen der Psychoanalytiker mit eintönigen Charakterproblemen. Dann kam plötzlich Humboldt. Ah, Humboldt! Der war keine Kartoffel. Der war eine Papaya, eine Zitrone, eine Passionsfrucht. Er war bildschön, tief, beredt, duftig, originell – selbst wenn er ein verschwollenes Gesicht hatte, unter den Augen zerfurcht und halb zerstört aussah. Und welches Repertoire er hatte, welchen Wechsel von Stil und Tempo. Er war zuerst zurückhaltend – scheu. Dann wurde er kindlich, vertrauensvoll, dann packte er aus. Er wisse, sagte er, was Ehemänner und -frauen sagten, wenn sie sich stritten, Quengeleien, die für sie so wichtig und für andere so belanglos waren. Die Leute sagten ähhhh und blickten zur Decke, wenn man mit so was anfing. Amerikaner! mit ihren blöden Vorstellungen von Liebe und ihren häuslichen Tragödien. Wie konnte man ertragen, ihnen noch zuzuhören nach dem schlimmsten aller Kriege und den verheerendsten Revolutionen, nach Vernichtung, Todeslagern, der in Blut getränkten Erde und dem Rauch der Krematorien, der in Europa noch in der Luft hing? Worauf liefen die persönlichen Wehwehchen der Amerikaner hinaus? Mußten sie wirklich leiden? Die Welt sah den Amerikanern ins Gesicht und sagte: »Erzählt uns nicht, daß diese fröhlichen, wohlhabenden Menschen leiden!« Trotzdem hat der demokratische Überfluß seine eigenen seltsamen Schwierigkeiten. Amerika war Gottes Experiment. Viele alte Schmerzen der Menschheit wurden ausgemerzt, was die neuen Schmerzen um so seltsamer und unerklärlicher erscheinen ließ. Amerika schätzte die speziellen Werte nicht. Es haßte die Menschen, die diese speziellen Werte verkörperten. Und doch, *ohne* diese speziellen Werte – Sie verstehen, was ich sagen will, sagte Humboldt. Die alte Größe der Menschheit wurde im Mangel geschaffen. Aber was können wir von der Fülle erwarten. Bei Wagner schläft der Riese Fafnir – oder ist es ein Drache? – auf einem magischen Ring. Schläft Amerika dann auch und träumt von gleichem Recht und von Liebe? Jedenfalls bin ich nicht hier, um mich über pubertäre amerikanische Liebesmythen zu unterhalten – so sprach Humboldt. Immerhin, sagte er, sollten Sie sich das anhören. Dann begann er in seinem eigenen Stil zu erzählen. Er beschrieb und schmückte reichlich aus. Er flocht Milton über die Scheidung und John Stuart Mill über die Frauen mit ein. Danach kam Enthüllung, Beichte. Dann klagte er an, wetterte, stammelte, loderte, schrie auf. Er durchquerte das Universum wie das Licht. Er produzierte Röntgenfilme der wahren Tatsachen. Schwäche, Lügen, Verrat, schändliche Perversion, irre Lust, die Bösartigkeit gewisser Milliardäre (Namen wurden genannt). Die Wahrheit! Und dieses ganze Melodrama des Unreinen, diese ganzen aufrechten und rotgeschminkten Titten, entblößten Zähne, Schreie, Ejakulationen! Die Anwälte hatten das tausendmal gehört, aber sie wollten es noch einmal hören, von einem Mann mit Genie. War er ihr Pornograph geworden?

Ach, Humboldt war groß gewesen – stattlich, hochgestimmt, überschäumend, erfindungsreich, elektrisierend, edel. Wenn man mit ihm zusammen war, fühlte man die Süße des Lebens. Wir besprachen die höchsten Dinge – was Diotima zu Sokrates über die Liebe gesagt, was Spinoza mit der *amor dei intellectualis* gemeint hatte. Mit ihm zu sprechen erhielt, ernährte einen. Aber ich dachte immer, wenn er Menschen erwähnte, die seine Freunde gewesen waren, daß es nur eine Frage der Zeit sein könnte, bis auch ich dran glauben mußte. Er hatte keine alten Freunde, nur Ex-Freunde. Er konnte furchtbar werden, wenn er ohne Warnung den Rückwärtsgang einschaltete. Wenn das geschah, dann war es, als würde man in einem Tunnel vom Expreß überrascht. Man konnte sich nur an die Wände drücken oder betend zwischen den Schienen liegen.

Wenn man meditieren und sich hinter die Erscheinungen durcharbeiten wollte, dann mußte man ruhig sein. Ich fühlte mich nach dieser summarischen Beurteilung von Humboldt nicht ruhig, aber dachte an etwas, was er selbst gern erwähnte, wenn er guter Laune war und wir eine Mahlzeit beendeten, ein Gewirr von Tellern und Flaschen zwischen uns. Der verstorbene Philosoph Morris R. Cohen, sein Lehrer, wurde von einem Studenten in der Vorlesung über Metaphysik gefragt: »Professor Cohen, woher weiß ich, daß ich existiere?« Der scharfsinnige alte Professor antwortete: »Und *wer* fragt?«

Das richtete ich gegen mich. Nachdem ich so tief in Humboldts Charakter und Laufbahn eingedrungen war, war es nur richtig, auch einen tiefergehenden Blick auf mich zu richten, nicht einen toten Mann zu beurteilen, der nichts ändern konnte, sondern mit ihm, Sterblicher um Sterblicher, Schritt zu halten, wenn man weiß, was ich damit sagen will. Ich will sagen, daß ich ihn geliebt habe. Nun schön, *Trenck* war also ein Triumph (ich schauderte vor der Schande), und ich war berühmt. Humboldt war jetzt nur noch ein verrückter Sansculotte, der betrunken mit einem Mercurochrom-Schild zum Boykott aufrief, während boshafte Komplizen Beifall brüllten. Im Weißen Haus in der Hudson Street war Humboldt der Größte. Aber der Name in den Zeitungen, der Name, den Humboldt von Neid erstickt in der Spalte von Leonard Lyons sah, war Citrine. Ich war nun an der Reihe, berühmt zu sein und Geld zu verdienen, massenhaft Post zu kriegen, von einflußreichen Leuten anerkannt zu werden, bei Sardi zum Essen eingeladen zu werden und in gepolsterten Nischen von Frauen umworben zu werden, die sich mit Moschus besprühten, die feinste Baumwollunterwäsche zu kaufen und Reisekoffer aus Leder, und die unerträgliche Hochspannung der Bewährung zu durchleben. (Ich hatte die ganze Zeit recht gehabt!) Ich erlebte die Hochspannung der öffentlichen Kenntnisnahme. Es war, als nehme man einen gefährlichen Draht in die Hand, der für gewöhnliche Menschen tödlich ist. Es war wie die Klapperschlangen, die die Hillbillies im Zustand religiöser Ekstase in die Hand nahmen.

Demmie Vonghel, die mich die ganze Zeit beraten hatte, steuerte mich nun als mein Trainer, mein Manager, mein Koch, meine Geliebte und mein Vorarbeiter. Sie hatte sich die Arbeit zurechtgelegt und war furchtbar beschäftigt. Sie verbot mir, Humboldt im Bellevue zu besuchen. Wir stritten uns deswegen. Sie brauchte bei alldem ein bißchen Hilfe und meinte, es sei ein guter Gedanke, wenn auch ich einen Psychiater konsultierte. Sie sagte: »Wenn einer so gesammelt aussieht wie du, und zwar in dem Augenblick, wo ich weiß, daß du kaputtgehst, dann ist das einfach nicht gut.« Sie schickte mich zu einem Mann namens Ellenbogen, der seinerseits eine Berühmtheit war, in vielen Talk Shows auftrat und der Verfasser befreiender Bücher über Sex war. Ellenbogens trockenes, langes Gesicht hatte große grinsende Sehnen, gerötete Bakkenknochen, Zähne wie das schreiende Pferd in Picassos *Guernica*. Er drosch hart auf einen Patienten ein, um ihn zu befreien. Die Rationalität des Vergnügens war sein ideologischer Hammer. Er war abgebrüht, New-York-abgebrüht, aber er lächelte, und wie das alles seinen Sinn hatte, sagte er einem mit New Yorker Nachdruck. Unsere Spanne ist kurz, und wir müssen die Kürze des menschlichen Tages durch häufige, intensive sexuelle Befriedigung ausgleichen. Er war nie böse, nie gekränkt, er wies Wut und Aggression, die Fesseln des Gewissens und so weiter von sich. Alle diese Dinge waren schlecht für die Paarung. Bronzene Figurinen von Liebespärchen waren seine Bücherstützen. Die Luft in seinem Büro war muffig. Dunkle Holzverkleidung, die Bequemlichkeit von tiefem Leder. Während der Sitzungen lag er voll ausgestreckt, die unbeschuhten Füße auf einem Schemel, die langen Hände unter dem Hosenbund. Streichelte er seine Organe? Außerordentlich entspannt, gab er eine Menge Gas von sich, das sich verflüchtigte und die stehende Luft durchsetzte. Seine Pflanzen zumindest gediehen dabei.

Er belehrte mich wie folgt: »Sie sind ein schuldbewußter, ängstlicher Mann. Depressiv. Eine Ameise, die sich sehnt, ein Grashüpfer zu sein. Können Erfolg nicht vertragen. Melancholia, würde ich sagen, von Humorausbrüchen unterbrochen. Frauen müssen hinter Ihnen her sein. Wünschte, ich hätte Ihre Chancen. Schauspielerinnen. Gut denn, geben Sie den Frauen die Möglichkeit, ihnen Vergnügen zu machen, das ist in der Tat, was sie wollen. Für sie ist der Akt selbst viel weniger wichtig als die Gelegenheit, zärtlich zu sein.« Vielleicht um mein Selbstvertrauen zu stärken, erzählte er mir von seinen eigenen wundervollen Erlebnissen. Eine Frau im tiefen Süden hatte ihn auf dem Fernsehschirm gesehen und kam geradewegs in den Norden gefahren, um von ihm gevögelt zu werden, und als sie kriegte, wofür sie gekommen war, sagte sie mit einem Seufzer der Wonne: »Als ich Sie in der Flimmerkiste sah, wußte ich, daß Sie gut sein würden. Und Sie *sind* gut.« Ellenbogen war kein Freund von Demmie Vonghel, als er von ihren Methoden hörte. Er sog scharf die Luft ein und sagte: »Schlimm, ein schlimmer Fall. Armes Ding. Erpicht, geheiratet zu werden, möchte ich wetten. Entwicklung unreif. Ein hübsches Baby. Und wog dreihundert Pfund, als sie dreizehn war. Eines von jenen gierigen Wesen. Herrschsüchtig. Sie wird Sie verschlingen.«

Demmie wußte nicht, daß sie mich zum Feind geschickt hatte. Sie sagte täglich: »Wir müssen heiraten, Charlie«, und sie plante eine große kirchliche Trauung. Die Fundamentalistin Demmie wurde in New York anglikanisch. Sie sprach mit mir über ein Hochzeitskleid mit Schleier, Callas, Platzanweisern, Fotos, gravierten Anzeigen, Cutaway. Als Brautführer und Ehrenjungfer wollte sie die Littlewoods. Ich hatte ihr nie von der tollen Privatparty im Eskimostil erzählt, die mir Littlewood in Princeton angetragen hatte, mit den Worten: »Wir machen uns 'ne tolle Nacht, Charlie.« Wenn ich's Demmie erzählt hätte, wäre sie eher auf die Littlewoods böse als schockiert gewesen. Inzwischen hatte sie sich in New York eingepaßt. Das wundersame Fortleben des Guten war das Thema ihres Lebens. Gefährliche Seefahrt, Ungeheuer, die von ihrem grenzenlosen weiblichen Magnetismus angezogen waren – Zauber, Amulette, Gebete, göttlicher Schutz, der durch innere Kraft und Reinheit des Herzens erworben wurde –, so sah sie die Dinge. Die Hölle blies ihr von den Türen her über die Füße, wenn sie vorbeiging, aber sie kam sicher vorbei. Schachteln mit Pillen kamen immer noch aus der Apotheke ihrer Heimatstadt. Der Botenjunge von der Seventh Avenue kam immer und immer und immer öfter mit Flaschen Johnnie Walker, Black Label. Sie trank den besten. Schließlich war sie eine Erbin. Mount Coptic gehörte ihrem Vater. Sie war eine fundamentalistische Prinzessin, die gern trank. Nach ein paar Highballs war Demmie großartiger, stattlicher, ihre großen Augen Kreise aus Blau, ihre Liebe stärker. Sie krächzte wie Louis Armstrong: *»You are mah man.«* Dann sagte sie ernsthaft: »Ich liebe dich mit meinem Herzen. Es soll ja keinem anderen Mann einfallen, mich anzurühren.« Wenn sie eine Faust machte, war diese erstaunlich groß.

Versuche, sie zu berühren, wurden oft unternommen. Als ihr Zahnarzt an ihren Plomben arbeitete, nahm er ihre Hand und legte sie auf das, was sie für die Armlehne des Stuhles hielt. Es war nichts dergleichen. Es war sein erregtes Glied. Ihr Arzt beendete eine Untersuchung, indem er sie leidenschaftlich überall küßte, wo er hinkommen konnte. »Ich kann's dem Mann nicht übelnehmen, daß er sich hinreißen ließ, Demmie. Du hast eine Sitzfläche wie eine weiße Liebeserklärung.«

»Ich habe ihn gleich ins Genick gehauen«, sagte sie.

An einem warmen Tag, als die Klimaanlage versagt hatte, sagte ihr Psychiater zu ihr: »Ziehen Sie doch Ihr Kleid aus, Miß Vonghel.« Ein millionenschwerer Gastgeber in Long Island sprach durch den Ventilator seines Badezimmers in das ihre: »Ich brauche dich. Gib mir deinen Lei . . .« Er sagte mit erstickter, versagender Stimme: »Gib mir! Ich sterbe. Rette, rette . . . rette mich!« Und das war ein robuster, kräftiger fröhlicher Mann, der sein eigenes Flugzeug flog.

Sexuelle Vorstellungen hatten den Geist von Menschen verunstaltet, die unter Eid standen, die praktisch Priester waren. War man geneigt zu glauben, daß Manie und Verbrechen und Katastrophe das Geschick der Menschheit in diesem wüsten Jahrhundert darstellten? Demmie sammelte durch ihre Unschuld, durch Schönheit und Tugend in ihrer Umgebung massenhaft Beweise, die das bestätigten. Ein seltsamer Dämonismus offenbarte sich ihr. Aber sie war nicht eingeschüchtert. Sie erzählte mir, daß sie sexuell ohne Furcht sei. »Und die haben versucht, alles mit mir anzustellen«, sagt sie. Ich glaubte ihr.

Dr. Ellenbogen sagte, daß sie ein schlechtes Eherisiko sei. Er fand die Anekdoten, die ich von Mutter und Vater Vonghel erzählte, nicht komisch. Die Vonghels waren mit dem Bus durch das Heilige Land gefahren, wobei die feiste Mutter Vonghel ihre eigenen Gläser Erdnußbutter und der Vater seine Büchsen mit Spalierpfirsichen mitbrachte. Mutter quetschte sich in das Grab des Lazarus, konnte aber nicht wieder raus. Man mußte Araber holen, um sie zu befreien. Aber ich hatte, trotz Ellenbogens Warnungen, meine Freude an den Verschrobenheiten von Demmie und ihrer Familie. Wenn sie leidend dalag, füllten sich ihre tiefen Augenhöhlen mit Tränen, und sie packte den Mittelfinger der linken Hand krampfhaft mit den anderen Fingern. Sie fühlte sich stark zu Krankenbetten, Krankenhäusern, Krebspatienten im letzten Stadium und Beerdigungen hingezogen. Aber ihre Güte war echt und tief. Sie kaufte mir Briefmarken und Pendlerfahrkarten, sie kochte Rindfleisch und Töpfe mit *paella* für mich, schlug meine Schubladen mit Seidenpapier aus, mottete meinen Schal ein. Sie beherrschte die Grundrechnungsarten nicht, aber sie konnte komplizierte Maschinen reparieren. Von Instinkt geleitet, griff sie in die bunten Drähte und Röhren des Rundfunkgeräts und brachte es zum Spielen. Es hörte selten auf, Hillbillymusik und Gottesdienste von überallher zu verbreiten. Sie erhielt von zu Hause *Das obere Zimmer, ein Andachtsführer für die Familie und persönlichen Gebrauch* mit der Losung für den Monat: »Die erneuernde Kraft Christi.« Oder »Lies und bedenke: Habakuk 2,2–4.« Ich habe diese Veröffentlichung selbst gelesen. Das Hohelied Salomos 8,7: »Viele Wasser vermögen die Liebe nicht auszulöschen noch die Ströme sie ertränken.« Ich liebte ihre ungefügen Fingerknöchel, ihren langen mit goldenem Haar bedeckten Kopf. Wir saßen in der Barrow Street und spielten Gin-Rommé. Sie ergriff und mischte die Karten, wobei sie knurrte: »Dich werde ich rupfen, du Gimpel.« Sie knallte die Karten auf den Tisch und schrie: »Gin! Zähl deine nach!« Ihre Knie waren geöffnet.

»Es ist die offene Sicht auf Shangri-La, die mich von den Karten ablenkt, Demmie«, sagte ich.

Wir spielten auch Doppel-Solitaire, Herz und chinesisches Damespiel. Sie führte mich in Läden mit antikem Schmuck. Sie liebte alte Broschen und Ringe um so mehr, weil tote Damen sie einst getragen hatten, aber was sie natürlich am meisten wünschte, war ein Verlobungsring. Daraus machte sie kein Geheimnis. »Kauf mir diesen Ring, Charlie. Dann kann ich meiner Familie zeigen, daß die Sache ihre Richtigkeit hat.«

»Die werden mich nicht mögen, und wenn du einen noch so großen Opal bekommst«, sagte ich.

»Nein, das stimmt. Die gehen an die Decke. In dir stecken allerhand Sünden. Broadway würde die nicht beeindrucken. Du schreibst Sachen, die nicht stimmen. Nur die Bibel ist wahr. Aber Vater fliegt runter nach Südamerika, um Weihnachten in seiner Mission zu verbringen. Die, für die er so viel gespendet hat, irgendwo unten in Kolumbien, in der Nähe von Venezuela. Ich fahre mit und erzähle ihm, daß wir heiraten wollen.«

»Ach, fahre nicht, Demmie«, sagte ich.

»Da unten im Dschungel, rings umgeben von Wilden, wirst du ihm viel normaler vorkommen«, sagte sie.

»Sag ihm, wieviel ich verdiene. Das Geld sollte auch etwas helfen«, sagte ich. »Aber ich will nicht, daß du fährst. Kommt deine Mutter auch mit?«

»Bloß nicht. Das könnte ich nicht aushalten. Nein, sie bleibt in Mount Coptic und macht eine Weihnachtsfeier für die Kinder im Krankenhaus. *Die* werden's bedauern.«

Diese Meditationen sollten einen eigentlich beruhigen. Um hinter die Erscheinungen zu blicken, mußte man absoluter Ruhe pflegen. Und ich fühlte mich jetzt nicht sehr ruhig. Der schwere Schatten eines Düsenflugzeugs vom Midway-Flughafen durchquerte das Zimmer und erinnerte mich an den Tod von Demmie Vonghel. Kurz vor Weihnachten, im Jahr meines Erfolges, starben sie und Papa Vonghel bei einem Flugzeugabsturz in Südamerika. Demmie hatte meine Broadway-Kladde mit. Vielleicht hatte sie gerade begonnen, sie ihm zu zeigen, als der Absturz stattfand. Niemand wußte genau, wo das war – irgendwo in der Gegend des Orinoco. Ich habe mehrere Monate im Dschungel verbracht und nach ihr gesucht.

Es war um diese Zeit, daß Humboldt den Blutsbruder-Scheck einlöste, den ich ihm gegeben hatte. Sechstausendsiebenhundertunddreiundsechzig Dollar und achtundfünfzig Cents war eine gewaltige Summe. Aber das Geld war wirklich nicht so wichtig. Ich hatte das Gefühl, daß Humboldt meine Trauer hätte respektieren sollen. Ich dachte: Was für einen Augenblick hat er sich ausgesucht, um diesen Schritt zu tun! Wie konnte er! Zum Teufel mit dem Geld. Aber er liest die Zeitung. Er weiß, daß sie tot ist!

Ich lag jetzt da voller Trauer. Schon wieder! Das hatte ich mir nicht gewünscht, als ich mich hinlegte. Und ich war tatsächlich dankbar, als ein metallisches Hämmern an die Tür mich zum Aufstehen zwang. Anklopfer war Cantabile, der sich Zugang zu meinem Heiligtum verschaffte. Ich war ärgerlich auf den alten Stiles. Ich bezahlte Stiles, damit er Eindringlinge und Störenfriede fernhielt, während ich meditierte, aber er war heute nicht auf seinem Posten in der Empfangshalle. Kurz vor Weihnachten brauchten die Mieter Hilfe mit Bäumen und dergleichen. Er war vermutlich sehr gefragt.

Cantabile hatte eine junge Frau mitgebracht.

»Ihre Frau, wie ich annehme.«

»Nehmen Sie nichts an. Sie ist nicht meine Frau. Das ist Polly Palomino. Sie ist eine Freundin. Von der Familie ist sie eine Freundin. Sie war Lucys Zimmergefährtin im Frauencollege in Greensboro. Vor Radcliffe.«

Weißhäutig, ohne Büstenhalter trat Polly ins Licht und begann, in meinem Wohnzimmer herumzugehen. Das Rot ihres Haars war völlig natürlich. Ohne Strümpfe (im Dezember, in

Chicago), spärlichst bekleidet ging sie auf Plateauschuhen mit besonders hohen Sohlen. Männer meiner Generation haben sich nie an die Kraft, Länge und Schönheit von Frauenbeinen gewöhnen können, die früher bedeckt waren.

Cantabile und Polly untersuchten meine Wohnung. Er berührte die Möbel, sie bückte sich, um den Teppich zu befühlen und schlug die Ecke um, weil sie das Schild lesen wollte. Ja, es war ein echter Kirman. Sie musterte die Bilder. Dann setzte sich Cantabile auf das seidige, plüschbezogene Sofa und sagte: »*Dies* ist Bordell-Luxus.«

»Machen Sie sich's nicht zu bequem. Ich muß zum Gericht.«

Cantabile sagte zu Polly: »Charlies verflossene Frau verklagt und verklagt ihn.«

»Wegen was?«

»Wegen allem. Sie haben ihr doch schon 'ne Menge gegeben, Charlie?«

»'ne Menge.«

»Er ist schüchtern. Er schämt sich zu sagen, wieviel«, sagte Cantabile zu Polly.

Ich sagte zu Polly: »Anscheinend habe ich Rinaldo beim Pokern meine ganze Lebensgeschichte erzählt.«

»Polly kennt sie. Ich habe sie ihr gestern erzählt. Sie haben beim Pokerspiel am meisten geredet.« Er wandte sich an Polly. »Charlie war zu stinko, um seinen 280–SL zu fahren, deshalb habe ich ihn nach Hause gebracht, und Emil hat den Thunderbird gefahren. Sie haben mir reichlich erzählt, Charlie. Wo kriegen Sie diese eleganten Zahnstocher aus Gänsekiel? Die liegen hier überall rum. Es scheint Ihnen sehr auf die Nerven zu gehen, wenn Sie Krümel zwischen den Zähnen haben.«

»Die werden aus London geschickt.«

»Wie Ihre Cashmeresocken und Ihre Gesichtsseife von Floris?«

Ja, ich muß sehr redselig gewesen sein. Ich hatte Cantabile eine Menge Informationen gegeben, und er hatte außerdem eingehende Erkundigungen eingezogen, da er offenbar die Absicht hatte, Beziehungen zu mir aufzunehmen. »Warum lassen Sie sich von Ihrer Exfrau so schikanieren? Und Sie haben einen lausigen Prominentenanwalt. Forrest Tomcheck. Sie sehen, ich habe mich umgehört. Tomcheck ist Spitzenklasse im Scheidungs-Establishment. Er scheidet die Großkotze der reichen Firmen. Aber Sie sind nichts für ihn. Es war Ihr Kumpel Szathmar, der Sie diesem Pimmel angedreht hat, stimmt's? Und wer ist der Anwalt Ihrer Frau?«

»Ein Mann namens Maxie Pinsker.«

»Au wei! Pinsker, der menschenfressende Itzig? Sie hat den Schlimmsten ausgesucht, den es gibt. Der hackt Ihnen die Leber mit Ei und Zwiebel. Mensch, Charlie! Diese Seite Ihres Lebens ist abscheulich. Sie weigern sich, über Ihre Interessen zu wachen. Sie lassen sich als Schutthalde benutzen. Das fängt bei Ihren Freunden an. Ich weiß manches von Ihrem Freund Szathmar. Niemand lädt Sie zum Essen ein, man lädt ihn ein, und er legt seine verfluchte Charlie-Platte auf. Er schanzt den Klatschjournalisten vertrauliche Informationen über Sie zu. Dabei kriecht er Schneiderman dauernd in den Arsch, der so nah am Boden hängt, daß man in einem Schützenloch stehen muß, um ranzukommen. Der kriegt doch Prozente von Tomcheck. Tomcheck wird Sie an diesen Kannibalen Pinsker verhökern. Pinsker wird Sie dem Richter vorwerfen. Der Richter wird Ihrer Frau . . . wie heißt sie?«

»Denise«, sagte ich, gewohnheitsmäßig hilfsbereit.

»Der gibt Denise Ihre Haut, und sie hängt sie sich in die Bude. – Wie steht's, Polly, sieht Charles so aus, wie Charles aussehen sollte?«

Natürlich konnte Cantabile seine Hochstimmung nicht ertragen. Gestern nacht mußte er selbstverständlich jemandem erzählen, was er getan hatte. Wie Humboldt nach seinem Triumph bei Longstaff spornstreichs zum Village rannte, um Ginnie zu besteigen, so war Cantabile in seinem Thunderbird davongebraust, um die Nacht bei Polly zu verbringen und seinen Triumph und meine Erniedrigung zu feiern. Das brachte mich auf den Gedanken, welch eine ungeheure Macht der Wunsch, interessant zu sein, in den demokratischen Vereinigten Staaten ausübt. Darum können Amerikaner auch keine Geheimnisse bei sich behalten. Im zweiten Weltkrieg brachten wir die Briten zur Verzweiflung, weil wir nicht das Maul halten konnten. Glücklicherweise konnten die Deutschen nicht glauben, daß wir so schwatzhaft waren. Sie nahmen an, daß wir absichtlich falsche Informationen durchsickern ließen. Und das geschieht alles, um zu beweisen, daß wir nicht so langstiezig sind, wie wir scheinen, sondern von Charme und geheimen Informationen nur so überfließen. Daher sagte ich mir: Okay, sei hochgestimmt, du Saukerl mit dem Nerzschnauzer. Prahle damit, was du mir und dem 280-SL angetan hast. Ich werd' dich schon noch kriegen. Gleichzeitig war ich froh, daß Renata mich entführte, mich zwang, wieder ins Ausland zu reisen. Renata hatte den richtigen Gedanken. Denn Cantabile machte offensichtlich Pläne für unsere Zukunft. Ich war keineswegs sicher, daß ich mich gegen seinen ungewöhnlichen Angriff wehren konnte.

Polly überlegte sich, wie sie auf Cantabiles Frage antworten sollte, und er selbst, blaß und hübsch, musterte mich schon fast mit Zuneigung. Immer noch in seinen Raglanmantel geknöpft und mit dem geknifften Hut auf dem Kopf, die wunderschönen Schuhe auf meinem chinesischen Lacktischchen hatte er dunkle Stoppeln und sah müde und zufrieden aus. Er war jetzt nicht frisch, er war übel riechend, aber er war in Hochstimmung.

»Ich finde, Mr. Citrine ist noch ein gutaussehender Mann«, sagte Polly.

»Vielen Dank, mein liebes Mädchen.«

»Das muß er mal gewesen sein. Schlank, aber kräftig mit großen orientalischen Augen und wahrscheinlich einem großen Schwanz. Jetzt ist er eine verblichene Schönheit«, sagte Cantabile. »Ich weiß, das bringt ihn um. Er verliert die klare Kinnlinie. Sieh dir die Kehllappen und die Genickfalten an. Seine Nasenflügel werden groß und gewissermaßen hungrig, und sie haben weiße Haare. Das ist auch bei Beagles und Pferden ein Zeichen, wenn sie um die Schnauze weiß werden. Oh, er ist durchaus ungewöhnlich. Ein seltenes Tier. Wie die letzten der orangenen Flamingos. Er sollte als nationales Talent unter Schutz gestellt werden. Und sexy ist der kleine Schurke. Er hat mit allem unter der Sonne geschlafen. Auch furchtbar eingebildet. Charlie und sein Spezi George traben und trainieren wie ein Paar pubertäre Muskelprotze. Sie stehen auf dem Kopf, nehmen Vitamin E und spielen Racquetball. Obwohl man mir sagt, daß Sie bei diesem Spiel 'ne Niete sind, Charlie.«

»Es ist ein bißchen spät für die Olympischen Spiele.«

»Er hat eine sitzende Beschäftigung und braucht Bewegung«, sagte Polly. Sie hatte eine leicht gebogene Nase und das frische schimmernde rote Haar. Ich begann, sie gern zu haben – unpersönlich, wegen ihrer menschlichen Eigenschaften.

»Der Hauptgrund für seine sportliche Form ist, daß er eine junge Freundin hat, und junge Flunzen haben es nicht gern, von einem Schmerbauch gequetscht zu werden, außer wenn sie einen ungeheuren Sinn für Humor haben.«

Ich erklärte Polly: »Ich trainiere, weil ich an einem arthritischen Hals leide. Oder litt. Je älter ich werde, desto schwerer scheint mein Kopf und desto schwächer scheint mein Hals zu werden.«

Der Streß war vor allem ganz oben. In dem Krähennest, von dem aus die moderne autonome Person Wache hält. Aber Cantabile hatte natürlich recht. Ich war eitel, und ich hatte das Alter der Entsagung noch nicht erreicht. Was immer das sein mag. Es war jedoch nicht ausschließlich Eitelkeit. Wenn ich nicht trainierte, fühlte ich mich krank. Ich nährte die Hoffnung, daß im Laufe des Altwerdens weniger Energien für meine Neurosen zur Verfügung stehen würden. Tolstoj glaubte, die Menschen gerieten in Bedrängnis, weil sie Steak aßen, Wodka und Kaffee tranken und Zigarren rauchten. Überfüttert mit Kalorien und Aufputschmitteln und ohne nützliche Arbeit verfielen sie der Fleischlichkeit und anderen Sünden. An dieser Stelle erinnerte ich mich immer, daß Hitler Vegetarier gewesen war, so daß nicht notwendigerweise das Fleisch daran schuld war. Herzenergie war eher wahrscheinlich oder eine böse Seele, vielleicht sogar Kharma – daß man für das Böse eines vergangenen Lebens in diesem büßen mußte. Nach Steiner, den ich jetzt intensiv las, lernt der Geist durch Widerstand – der stoffliche Körper widerstrebt und widersetzt sich. In diesem Prozeß wird der Körper verbraucht. Aber ich hatte keinen guten Gegenwert für meinen Verschleiß bekommen. Wenn mich dumme Leute mit meinen jungen Töchtern sehen, dann fragen sie mich manchmal, ob es meine Enkeltöchter seien. Mich! War das möglich? Und ich bemerkte, daß ich das Aussehen einer schlecht ausgestopften Trophäe oder eines präparierten Exemplars annahm, das ich stets mit dem Alter verbunden hatte, und war entsetzt. Auch auf Fotografien erkannte ich, daß ich nicht der Mann war, der ich einst gewesen bin. Ich hätte imstande sein sollen zu sagen: »Ja, vielleicht scheine ich in mich zusammenzufallen, aber Sie sollten mal meine geistige Bilanz sehen.«

Aber bisher war ich auch nicht in der Lage, das zu sagen. Ich sehe besser aus als die Toten, selbstverständlich, aber zuweilen auch eben grade noch.

Ich sagte: »Schön, vielen Dank, daß Sie gekommen sind, Mrs. Palomino. Sie müssen mich aber leider entschuldigen. Ich habe mich noch nicht rasiert und noch nicht geluncht.«

»Wie rasieren Sie sich? Elektrisch oder Stahl?«

»Remington.«

»Der elektrische Abercrombie & Fitch ist *der* Apparat. Ich glaube, ich will mich auch rasieren. Und was gibt's zum Lunch?«

»Ich esse Joghurt. Aber ich kann Ihnen keinen anbieten.«

»Wir haben gerade gegessen. Nur Joghurt? Tun Sie was rein? Zum Beispiel hartgekochte Eier? Polly kocht Ihnen ein Ei. Polly, geh in die Küche und koch Charlie ein Ei. Wie sagten Sie, daß Sie in die Stadt kommen?«

»Ich werde abgeholt.«

»Seien Sie nicht böse wegen dem Mercedes. Ich verschaffe Ihnen drei 280–SL. Sie sind ein zu großer Mann, um mir wegen einem bloßen Auto böse zu sein. Die Lage wird sich ändern. Hören Sie, wollen wir uns nicht nach der Gerichtsverhandlung treffen und zusammen einen heben? Sie werden's brauchen. Außerdem sollten Sie mehr reden. Sie hören zu viel zu. Das ist nicht gut für Sie.«

Er machte sich's noch auffälliger bequem, legte beide Arme auf die runde Rückenlehne des Sofas, als wolle er zeigen, daß er nicht der Mann war, den ich verscheuchen könne. Er wollte außerdem den Eindruck einer genießerischen Intimität mit der hübschen und voll befriedigten Polly vermitteln. Ich hatte deswegen meine Zweifel. »Diese Art von Leben ist sehr schlecht für Sie«, sagte er. »Ich habe Männer gesehen, die aus der Einzelhaft kamen, und kenne die Anzeichen. Warum leben Sie im Süden, umgeben von den Slums? Vielleicht deshalb, weil Sie eierköpfige Freunde am Midway haben? Sie haben von diesem Professor Richard Wieheißt-er-noch erzählt.«

»Durnwald.«

»Genau der. Aber Sie haben auch erzählt, daß Ihnen ein Strolch auf der Mitte der Straße nachgejagt ist. Sie sollten sich nahe der Nordstadt in einem gutgesicherten Gebäude mit einer Tiefgarage einmieten. Oder sind Sie hier wegen der Professorenfrauen? Die

Damen von Hyde Park sind leicht aufs Kreuz zu legen.« Dann sagte er: »Haben Sie wenigstens eine Pistole?«

»Nein.«

»Lieber Gott, das ist wieder ein Beispiel für das, was ich meine. Ihr Leute seid weich angesichts der Realitäten. Dies ist eine Fort-Dearborn-Situation, wissen Sie das nicht? Und nur die Rothäute haben die Schußwaffen und Tomahawks. Haben Sie letzte Woche nicht von dem Gesicht des Taxifahrers gelesen, das von einer Flinte weggeschossen worden war? Es wird mit plastischer Chirurgie ein Jahr dauern, bis er wiederhergestellt ist. Lechzen Sie nicht nach Rache, wenn Sie so was hören? Oder sind Sie wirklich so plattgewalzt? Wenn ja, dann kann ich allerdings nicht verstehen, daß Ihr Geschlechtsleben noch intakt sein sollte. Erzählen Sie mir nicht, daß Sie keine Lustgefühle hätten, wenn Sie den Halbstarken, der Sie verfolgt hat, vernichten könnten – sich einfach umdrehen und ihn in den beschissenen Kopf schießen. Wenn ich Ihnen eine Pistole gebe, werden Sie sie tragen? Nein? Ihr liberalen Jesusse seid widerlich. Sie fahren heute in die Stadt, und es gibt wieder dieselbe Leier mit diesem Forrest Tomcheck und diesem Kannibalen Pinsker. Die machen Sie fertig. Aber Sie reden sich ein, die sind Pöbel, während Sie Klasse sind. Wollen Sie eine Pistole?« Er fuhr mit hurtiger Hand unter den Mantel. »Hier ist eine.«

Ich hatte eine Schwäche für Typen wie Cantabile. Es war kein Zufall, daß der Baron von Trenck meines Broadway-Erfolges, die Quelle des Geldes aus dem Verkauf der Filmrechte – der Blutgeruch für die Haie von Chicago, die mich nun in der Stadt erwarteten – ebenfalls überspannt, überschwenglich, impulsiv, destruktiv und querköpfig gewesen war. Dieser Typ, der impulsive Querkopf, schlug nun bei der Mittelklasse ein. Rinaldo beschimpfte mich wegen meiner Dekadenz. Kaputte Instinkte. Ich wollte mich nicht verteidigen. Seine Idee ging wahrscheinlich auf Sorel zurück (Akte exaltierter Gewalt von engagierten Ideologen, um die Bourgeoisie aufzurütteln und ihren ersterbenden Mut wiederherzustellen). Obwohl er nicht wußte, wer Sorel war, sprechen sich diese Theorien rum und finden Menschen, die sie sich zum Beispiel nehmen – Flugzeugentführer, Kidnapper, politische Terroristen, die Geiseln morden oder in die Menge feuern, die Arafats, von denen man in der Zeitung liest oder die man im

Fernsehen sieht. Cantabile verkörperte diese Tendenzen in Chicago, indem er ungehemmt ein menschliches Prinzip feierte – er wußte nicht welches. Auf meine Art wußte ich selbst nicht welches. Wie kam es, daß mir die Beziehungen zu Menschen meines eigenen geistigen Niveaus keine Freude machten? Ich fühlte mich statt dessen zu diesen lauten, angeberischen Typen hingezogen. Die taten etwas für mich. Vielleicht war das zum Teil ein Phänomen der modernen kapitalistischen Gesellschaft, die sich für die persönliche Freiheit aller stark macht und bereit ist, mit den Todfeinden der herrschenden Klasse zu sympathisieren, ja, sie sogar zu unterstützen, wie Schumpeter sagt, aktiv, mitfühlend mit wahrem oder vorgetäuschtem Leiden, bereit absonderliche Charakterverzerrungen und -belastungen auf sich zu nehmen. Es traf zu, daß die Leute meinten, sich moralisch hervorzutun, wenn sie mit Verbrechern und Psychopathen Geduld übten. Verstehen! Wir lieben es, zu verstehen und Mitleid zu zeigen! Und da war ich nun. Was die breite Masse betraf, so hatten jetzt Millionen Menschen, die arm geboren waren, Häuser und Maschinenwerkzeuge und andere Geräte und Bequemlichkeiten, und sie ertrugen den sozialen Aufruhr, indem sie sich duckten und an ihre weltlichen Güter klammerten. Im Herzen waren sie zornig, aber sie ließen diese Unregelmäßigkeiten über sich ergehen und bildeten keinen Pöbel auf den Straßen. Sie nahmen alle Kränkungen hin und warteten verbissen, bis sie vorüber waren. Keine Auflehnung. Anscheinend war ich einer von ihnen. Aber ich sah nicht ein, was es mir nützen sollte, wenn ich eine Pistole abfeuerte. Als könnte ich mich aus meinen Schwierigkeiten herausschießen – wobei die Hauptschwierigkeit mein Charakter war!

Cantabile hatte eine Menge Frechheit und Schlauheit in mich investiert und schien jetzt zu meinen, daß wir uns nie mehr trennen dürften. Außerdem wollte er, daß ich ihn hinaufzog, ihn höheren Dingen entgegenführte. Er hatte das Stadium erreicht, das von Landstreichern, Hochstaplern, Schnorrern und Verbrechern im Frankreich des achtzehnten Jahrhunderts erreicht worden war, das Stadium des intellektuell schöpferischen Menschen und Theoretikers. Vielleicht glaubte er, er sei Rameaus Neffe oder gar Jean Genet. Ich konnte das nicht als die Woge der Zukunft ansehen. Ich wollte daran nicht teilhaben. Als ich *Trenck* schuf, hatte ich natürlich meinen Teil dazu beigetragen. In den Mitternachtssendungen des Fernsehens wurde *Trenck* noch oft gezeigt, wie er Duelle focht, aus dem Gefängnis ausbrach, Frauen verführte, log und prahlte und versuchte, die Villa seines Schwagers anzuzünden. Ja, ich hatte das Meine getan. Möglicherweise gab ich auch dauernd Hinweise auf ein neues Interesse an höheren Dingen, auf einen Wunsch geistig voranzukommen, so daß es nur fair war, wenn Cantabile mich aufforderte, ihm etwas davon zu erzählen, es mit ihm zu teilen, ihm zumindest einen Tip zu geben. Er war hier, um mir nützlich zu sein, sagte er. Er war begierig, mir zu helfen. »Ich kann Sie an etwas Gutem beteiligen«, sagte er. Er beschrieb mir einige seiner Unternehmungen. Er hatte hier und da Geld hineingesteckt. Er war Präsident einer Charterfluggesellschaft, vielleicht eine von denen, die im letzten Sommer Tausende von Leuten in Europa hatten sitzenlassen. Er hatte auch einen kleinen Abtreibungsadressenring und machte in College-Zeitungen im ganzen Land als uneigennütziger Freund Reklame. *»Rufen Sie uns an, wenn dieses Malheur passiert ist. Wir werden Sie kostenlos beraten und Ihnen helfen.«* Das war durchaus richtig, sagte Cantabile. Es wurde nichts berechnet, aber die Ärzte zahlten einen Prozentsatz ihrer Einnahmen an ihn zurück. Das war ein normales Geschäft.

Polly schien sich daran nicht zu stoßen. Ich fand sie viel zu gut für Cantabile. Aber dann gibt es bei jedem Paar einen, der durch den Gegensatz gewinnt. Ich konnte sehen, daß er Polly mit ihrer weißen Haut, dem roten Haar, den schönen Beinen amüsierte. Deshalb war sie bei ihm. Er amüsierte sie wirklich. Er hingegen bot sie mir zur Bewunderung an. Er prahlte auch mit der Bildung seiner Frau – was sie alles leistete –, und er ließ mich vor Polly glänzen. Er war auf uns alle stolz. »Sieh dir Charlies Mund an«, sagte er zu Polly. »Du wirst sehen, daß der sich auch bewegt, wenn er nicht redet. Das kommt, weil er denkt. Er denkt die ganze Zeit. Hier, ich will dir zeigen, was ich meine.« Er ergriff ein Buch, das größte auf dem Tisch. »Zum Beispiel dieses Ungetüm – *Die Hastings Enzyklopädie der Religion und Ethik* –, Jesus Christus, was zum Teufel ist das? Kommen Sie, Charlie, erzählen Sie mal, was haben Sie darin gelesen?«

»Ich habe etwas über Origenes von Alexandrien nachgeschlagen. Origenes vertrat die Ansicht, daß die Bibel nicht eine Sammlung von bloßen Geschichten sein könne. Haben sich Adam und

Eva wirklich unter einem Baum versteckt, während Gott in der Kühle des Tages im Garten wandelte? Sind Engel wirklich Leitern rauf und runter gestiegen? Hat Satan Jesus auf die Spitze eines hohen Berges gebracht und ihn versucht? Offenbar haben diese Geschichten eine tiefere Bedeutung. Was bedeutet es, wenn man sagt ›Gott wandelte‹. Hat Gott Füße? Dort haben die Denker eingesetzt und . . .«

»Genug, das ist genug. Und was steht in diesem Buch *Der Triumph der Therapeutik*?«

Aus ganz persönlichen Gründen hatte ich nichts dagegen, auf diese Weise examiniert zu werden. Ich las tatsächlich eine ganze Menge. Wußte ich, was ich las? Das würden wir sehen. Ich schloß die Augen, als ich hersagte: »Darin steht, daß die Psychotherapeuten die neuen geistigen Führer der Menschheit werden könnten. Eine Katastrophe. Goethe hatte Angst, daß sich die moderne Welt in eine Klinik verwandeln könnte. Jeder Bürger ist unwohl. Die gleiche Frage wird in *Knock* von Jules Romain aufgeworfen. Ist Hypochondrie eine Schöpfung des ärztlichen Berufs? Nach Ansicht dieses Schriftstellers kommen, wenn die Kultur nicht mehr imstande ist, mit dem Gefühl der Leere und der Panik, zu welcher der Mensch disponiert ist (und er sagt ›disponiert‹ ist) fertig zu werden, andere Kräfte zum Zuge, um uns mit Therapie, mit Leim oder Schlagwörtern oder Spucke zusammenzuflicken oder, wie dieser Bursche, der Kunstkritiker Gumbein sagt, arme Würstchen werden auf der Couch wieder marktfähig gemacht. Diese Ansicht ist noch pessimistischer als die des Großinquisitors bei Dostojewsky, der gesagt hat: die Menschheit ist gebrechlich, braucht Brot, kann Freiheit nicht vertragen, aber verlangt Wunder, Mysterium und Autorität. Eine naturhafte Disposition für Gefühle der Leere und Panik ist noch schlimmer. Viel schlimmer. Denn das bedeutet wirklich, daß wir Menschen wahnsinnig sind. Die letzte Institution, die einen solchen Wahnsinn (in dieser Betrachtung) unter Kontrolle gebracht hat, war die Kirche . . .«

Er stoppte mich abermals. »Polly, siehst du, was ich meine? Nun, was ist das *Das Leben zwischen dem Tod und neuer Geburt*?«

»Steiner? Ein faszinierendes Buch über die Reise der Seele durch die Pforte des Todes hinaus. Anders als in Platos Mythos . . .«

»Brrr. Halten Sie an«, sagte Cantabile und setzte Polly auseinander: »Man braucht nichts weiter tun, als ihm 'ne Frage zu stellen, und er schnurrt ab. Kannst du dir das nicht als Nummer im Nachtklub vorstellen? Wir könnten ihn für Mr. Kelly's engagieren.«

Polly sah mit vollen rötlichbraunen Augen an ihm vorbei und mich an und sagte: »Das würde ihm nicht zusagen.«

»Das kommt drauf an, was sie ihm heute in der Stadt vor den Latz knallen. Charlie, ich hatte auf dem Weg hierher noch eine andere Idee. Wir könnten Tonbandaufnahmen machen, wie Sie Ihre eigenen Essays und Artikel lesen, und den Colleges und Universitäten ausleihen. Das würde eine hübsche kleine Einnahme für Sie bedeuten. Wie dieses Stück über Bob Kennedy, das ich in Leavenworth im *Esquire* gelesen habe. Und die Sache ›Huldigung für Harry Houdini‹. Aber nicht ›Große Langweiler der modernen Welt‹. Das konnte ich überhaupt nicht lesen.«

»Na, übernehmen Sie sich nicht, Cantabile«, sagte ich.

Es war mir völlig klar, daß es in Geschäftskreisen von Chicago ein echtes Zeichen der Liebe ist, wenn jemand einen anderen in einträgliche Pläne mit einbeziehen wollte. Aber ich konnte Cantabile in dieser augenblicklichen Stimmung nicht in den Griff bekommen oder eine navigatorische Standortsbestimmung oder eine Fixierung seines Geistes erzielen, der überall herumquirlte. Er war höchst erregt und in jenem goetheschen Hospital ein kranker Bürger. Und ich war vielleicht auch in keiner so großartigen Verfassung. Es fiel mir ein, daß mich Cantabile gestern zu einem hochgelegenen Ort gebracht hatte, nicht eigentlich, um mich zu versuchen, sondern um meine Fünfzig-Dollar-Scheine davonsegeln zu lassen. Sah er sich jetzt nicht einer Herausforderung der Fantasie gegenüber – ich meine, was er auf einen solchen Akt folgen lassen wollte? Er schien jedoch zu glauben, daß die gestrigen Ereignisse uns mit einem fast mystischen Band vereinigt hätten. Dafür gab es griechische Wörter – *philia, agape* und so weiter (ich hatte einen berühmten Theologen, Tillich den Tätigen, ihre verschiedenen Bedeutungen auseinandersetzen hören, so daß ich sie jetzt dauernd durcheinanderbrachte). Was ich sagen will ist, daß die *philia* in diesem besonderen Augenblick der menschlichen Laufbahn sich in amerikanischen Reklameideen und kommerziellen Vereinbarungen ausdrückte. Dazu trug ich am Rand meine eigenen besonderen Verzierungen bei. Ich verbreitete mich allzu ausführlich über die Motive der Menschen.

Ich sah auf die Uhr. Renata würde erst in vierzig Minuten hier sein. Sie würde duftig, frisch angemalt und sogar majestätisch in einem ihrer großen weichen Hüte ankommen. Ich wollte nicht, daß Cantabile ihr begegnete. Und was das anlangt, so wäre es vielleicht auch keine so gute Idee, daß sie Cantabile begegnete. Wenn sie einen Mann anblickte, der sie interessierte, dann hatte sie eine Art, ihren Blick ganz langsam abzuwenden. Es bedeutete nicht viel. Es war nur ihre Erziehung. Sie war im Charme von ihrer Mutter, der Señora, geschult worden. Allerdings nehme ich an, daß man seine eigenen Methoden entwickelt, wenn man mit so hübschen Augen geboren ist. In Renatas Methoden weiblicher Kommunikation waren Frömmigkeit und Inbrunst wichtig. Der springende Punkt war jedoch, daß Cantabile einen alten Mann mit einem jungen Huhn sehen würde und daß er versuchen könnte, wie man so sagt, dort den Hebel anzusetzen.

Ich möchte jedoch klarstellen, daß ich als Mensch spreche, der kürzlich Erleuchtung empfangen und erlebt hat. Ich meine nicht »Die Erleuchtung«. Ich meine eine gewissermaßen im Sein enthaltene Erleuchtung, etwas, was man nur schwer präzisieren kann, besonders in einer so gearteten Darstellung, wo so viele häßliche, irrige, dumme und täuschende Dinge, Handlungen und Phänomene im Vordergrund stehen. Und diese Erleuchtung, wie man sie auch beschreiben mag, war jetzt ein echter Bestandteil meiner selbst, wie der lebenspendende Atem. Ich hatte sie kurz erfahren, aber sie hatte lange genug gedauert, um überzeugend zu sein und zudem eine völlig unerklärliche Art von Wonne zu verursachen. Außerdem hatten das Hysterische, das Groteske in mir, das Schmähende, das Ungerechte, jener Irrsinn, an dem ich oft bereitwillig und aktiv teilgenommen hatte, jetzt einen Kontrast gefunden. Ich sage »jetzt«, aber ich habe schon lange gewußt, was diese Erleuchtung war. Nur schien ich vergessen zu haben, daß ich im ersten Jahrzehnt meines Lebens diese Erleuchtung gekannt und sogar gewußt habe, wie man sie einatmet. Aber dieses frühe Talent oder diese Gabe oder Eingebung, die ich zugunsten von Reife oder Realismus (praktischer Verwendbarkeit, Selbsterhaltung, Lebenskampf) aufgegeben hatte, schlich sich jetzt wieder ein. Vielleicht war die Vergeblichkeit gewöhnlicher

Selbsterhaltung letzten Endes zu sichtbar geworden, um sich ableugnen zu lassen. Erhaltung wofür?

Im Augenblick zollten Cantabile und Polly mir nicht allzuviel Beachtung. Er erklärte ihr, wie man eine handliche kleine Gesellschaft ins Leben rufen könne, um mein Einkommen zu schützen. Er sprach von »Vermögensplanung« mit einer einseitigen Grimasse. In Spanien stechen sich die Arbeiterfrauen mit drei Fingern in die Wangen und verziehen das Gesicht, um höchste Ironie auszudrücken. Cantabile grimassierte ebenso. Es lief darauf hinaus, dem Feind Aktivposten vorzuenthalten, Denise und ihrem Anwalt, dem Kannibalen Pinsker und vielleicht sogar dem Richter Urbanovich selbst.

»Meine Gewährsleute sagen mir, daß der Richter es mit der Dame hält. Woher wissen wir, daß er nichts dafür einstreicht? An den Wegkreuzungen wird so manches komische Geschäft gedeichselt. Gibt es in Cook County überhaupt was anderes? Charlie, haben Sie daran gedacht, sich auf den Cayman Inseln anzusiedeln? Das ist die neue Schweiz, verstehen Sie? Ich würde meinen Zaster nicht in Schweizer Banken anlegen. Nachdem die Russen bei dieser Entspannung von uns alles gekriegt haben, was sie wollten, werden sie nach Europa vorstoßen. Und Sie wissen, was mit dem Zaster passieren wird, der in der Schweiz weggesalzen ist – all der Zaster aus Vietnam und aus dem Iran und von den griechischen Obersten und der arabische Ölzaster. Nein, kaufen Sie sich eine klimagekühlte Eigentumswohnung auf den Caymans. Verschaffen Sie sich einen Vorrat Deodorant, und leben Sie glücklich.«

»Und wo ist der Zaster dafür?« fragte Polly. »Hat er ihn?«

»Das weiß ich nicht. Aber wenn er kein Geld hat, warum ziehen sie ihm dann vor Gericht das Fell über die Ohren? Ohne Narkose? Ich kann Ihnen 'ne gute Sache vermitteln, Charlie. Kaufen Sie Anteile für Termingeschäfte. Ich habe klotzig daran verdient.«

»Ja, auf dem Papier. Wenn dieser Bursche Stronson ehrlich spielt«, sagte Polly.

»Wovon redest du – Stronson? Ein Multimillionär. Hast du nicht sein großes Haus in Kenilworth gesehen? Das Marketing-Diplom der Harvard Business School an der Wand? Außerdem hat er mit der Mafia Geschäfte gemacht, und du weißt, wie ärgerlich diese Leute sind, wenn man sie reinlegt. Die würden ihn schon allein auf Vordermann bringen. Aber der ist völlig koscher. Er hat einen Sitz in der Warenbörse Mittelamerikas. Die zwanzig Riesen, die ich ihm vor fünf Monaten gegeben habe, hat er mir verdoppelt. Ich werde dir die Schriftsätze seiner Firma bringen. Auf alle Fälle braucht Charlie nur die Hand zu heben, um einen Batzen zu machen. Vergiß nicht, daß er mal 'nen Hit am Broadway hatte und einen großgehenden Film. Warum nicht noch mal? Sieh dir all das Papier an, das hier rumliegt. Diese Manuskripte und Scheißdinger könnten 'ne Menge wert sein. Hier ist wahrscheinlich eine Goldgrube verborgen, wollen wir wetten? Zum Beispiel weiß ich, daß Sie und Ihr Kumpel Von Humboldt Fleisher zusammen ein Filmszenario verfaßt haben.«

»Wer hat Ihnen das erzählt?«

»Meine forschende Frau.«

Darüber lachte ich, ziemlich laut. Ein Filmszenario!

»Erinnern Sie sich daran?« fragte Cantabile.

»Ja, ich erinnere mich. Woher hat Ihre Frau davon gehört? Von Kathleen . . .?«

»Mrs. Tigler, in Nevada. Lucy ist jetzt in Nevada, um sie zu interviewen. Ist schon etwa 'ne Woche da und wohnt in Mrs. Tiglers Gästeranch. Sie betreibt sie allein.«

»Warum? Wo ist Tigler, ist er durchgebrannt?«

»Auf immer durchgebrannt. Der Knilch ist tot.«

»Tot? Ja? Sie ist Witwe. Arme Kathleen. Sie hat kein Glück, die arme Frau. Es tut mir leid für Kathleen.«

»Sie wurde Ihretwegen auch sentimental. Lucy hat ihr erzählt, daß sie Sie kennt, und sie läßt Sie grüßen. Haben Sie ihr etwas auszurichten? Lucy und ich telefonieren jeden Tag miteinander.«

»Wie ist Tigler gestorben?«

»Bei einem Jagdunfall erschossen.«

»Das klingt wahrscheinlich. Er war ein sportlicher Mann. Früher mal ein Cowboy.«

»Und ein Arschloch?« fragte Cantabile.

»Möglich.«

»Dann haben Sie ihn persönlich gekannt. Kein großes Bedauern, oder? Alles, was Sie sagen, ist arme Kathleen. Was ist denn mit dem Filmskript, das Sie und Fleisher geschrieben haben?«

»Ach ja, erzählen Sie uns«, sagte Polly. »Wovon handelte es? Zwei Köpfe wie Sie beide in gemeinsamer Arbeit – Junge!«

»Das war Unsinn. Nichts dran. In Princeton haben wir uns mit so was die Zeit vertrieben. Einfach Blödelei.«

»Haben Sie denn keine Kopie davon? Sie sind vielleicht der letzte, der beurteilen kann, was da kommerziell drinsteckt«, sagte Cantabile.

»Kommerziell? Die Hollywoodtage des großen Geldes sind vorbei. Keine Traumpreise mehr.«

»Diese Sparte können Sie mir überlassen«, sagte Cantabile. »Wenn wir ein richtiges Objekt haben, weiß ich, wie man's anbringt – Regisseur, Star, Finanzierung, den ganzen Scheiß. Sie haben einen Laufbahnrekord, vergessen Sie das nicht, und Fleishers Name ist auch noch nicht ganz vergessen. Wir lassen Lucys Dissertation veröffentlichen, und das wird ihn wieder aufleben lassen.«

»Aber wie war die Story?« fragte Polly mit ihrer gebogenen Nase, duftend, mit den Beinen baumelnd.

»Ich muß mich rasieren. Ich brauche meinen Lunch. Ich muß zum Gericht. Ich erwarte einen Freund aus Kalifornien.«

»Wer ist das?« fragte Cantabile.

»Er heißt Pierre Thaxter, und wir bringen zusammen eine Zeitschrift mit dem Titel *The Ark* heraus. Das geht Sie sowieso nichts an . . .«

Aber natürlich ging es ihn doch was an, denn er war ein Dämon, ein Agent der Ablenkung. Sein Geschäft war es, Lärm zu machen und mich abzuleiten, irrezuführen und hilflos in den Sumpf zu treiben.

»Also erzählen Sie uns ein bißchen von dem Film«, sagte Cantabile.

»Ich will's versuchen. Nur um zu sehen, wie gut mein Gedächtnis funktioniert«, sagte ich. »Die Sache fing an mit Amundsen, dem Polarforscher, und Umberto Nobile. Zur Zeit Mussolinis war Nobile Offizier der Luftwaffe, ein Ingenieur, ein Luftschiffkommandeur, ein tapferer Mann. In den zwanziger Jahren leiteten er und Amundsen eine Expedition über den Nordpol und flogen von Norwegen nach Seattle. Aber sie waren Rivalen und begannen einander zu hassen. Bei der nächsten Expedition fuhr Nobile, mit Mussolinis Unterstützung, allein. Nur stürzte sein Luftschiff in der Arktik ab, und seine Mannschaft wurde über die Eisschollen verstreut. Als Amundsen davon hörte, sagte er: ›Mein Kamerad Umberto Nobile‹ – den er, bitte!, verabscheute – ›ist ins Meer gestürzt. Ich werde ihn retten.‹ Er mietete sich darauf ein französisches Flugzeug und füllte es mit Gerätschaften. Der Pilot warnte ihn, daß die Maschine überladen sei und nicht fliegen würde. Wie Sir Patrick Spens, erinnere ich mich, damals zu Humboldt gesagt zu haben.«

»Was für ein Spens?«

»Ein Mann aus einem Gedicht«, sagte Polly zu Cantabile. »Und Amundsen war der Mann, der der Expedition von Scott am Südpol zuvorgekommen ist.«

Erfreut, eine gebildete Puppe zu haben, die ihm Information zuschanzte, gefiel sich Cantabile in der patrizischen Haltung, daß ihm Bücherwürmer und Sklaven schon das bißchen historische Material beibringen würden, das er brauchte.

»Der französische Pilot warnte ihn, aber Amundsen sagte: ›Erzählen Sie mir nicht, wie man eine Rettungsexpedition organisiert.‹ Dann hob das Flugzeug zwar von der Startbahn ab, stürzte jedoch ins Meer. Alle wurden getötet.«

»Ist das der Film? Aber was wurde aus den Leuten auf dem Eis?«

»Die Männer auf dem Eis sendeten Funksprüche, die von den Russen aufgefangen wurden. Ein Eisbrecher namens *Krassin* wurde ausgeschickt, um sie zu finden. Er kreuzte zwischen den Eisschollen und rettete zwei Mann, einen Italiener und einen Schweden. Aber noch ein dritter hatte den Absturz überlebt – wo war er? Die gegebenen Erklärungen waren unzureichend, und der Italiener wurde des Kannibalismus verdächtigt. Der russische Arzt an Bord der *Krassin* pumpte ihm den Magen aus und identifizierte unter dem Mikroskop menschliches Gewebe. Nun, das gab einen fürchterlichen Skandal. Ein Glas mit dem Mageninhalt dieses Mannes wurde am Roten Platz ausgestellt mit einem Riesenplakat: ›Auf diese Weise verschlingen faschistische, imperialistische und kapitalistische Hunde einander. Nur das Proletariat kennt Moral, Brüderlichkeit und Aufopferung!‹«

»Was für einen beschissenen Film würde das geben«, sagte Cantabile. »Bisher ist es eine regelrechte Blindgängeridee.«

»Ich hab's Ihnen ja gesagt.«

»Ja, aber jetzt sind Sie mir böse, und Sie funkeln mich an. Sie denken, ich bin ein Dussel auf Ihrem Gebiet. Ich bin kein Künstler und bin nicht berechtigt, eine Meinung zu haben.«

»Das ist nur der Hintergrund«, sagte ich. »Der Film, so wie Humboldt und ich ihn ausgearbeitet haben, begann in einem sizilianischen Dorf. Der Kannibale, den Humboldt und ich Signor Caldofreddo nannten, ist jetzt ein gutmütiger alter Mann und verkauft Speiseeis, die Kinder lieben ihn, er hat eine einzige Tochter, die eine Schönheit ist und herzensgut. Hier erinnert sich keiner an die Nobile-Expedition. Aber ein dänischer Journalist taucht auf, um den alten Mann zu interviewen. Er schreibt ein Buch über die Rettungsaktion der *Krassin*. Der alte Mann trifft sich insgeheim mit ihm und sagt: ›Lassen Sie mich in Frieden. Ich bin seit fünfzig Jahren Vegetarier. Ich mache mein Speiseeis. Ich bin ein alter Mann. Bringen Sie mich jetzt nicht in Schande. Suchen Sie sich ein anderes Thema. Das Leben steckt voller hysterischer Situationen. Sie brauchen meine nicht. Herr, laß deinen Diener in Frieden ziehen.«

»Dann ist also der Teil mit Amundsen und Nobile um diese Sache herumgebaut«, sagte Polly.

»Humboldt bewunderte Preston Sturges. Er liebte *The Miracle of Morgan's Creek* und ebenfalls *The Great McGinty* mit Brian Donlevy und Akim Tamiroff, und Humboldt hatte die Absicht, Mussolini, Stalin, Hitler und selbst den Papst mit einzubeziehen.«

»Wieso den Papst?« fragte Cantabile.

»Der Papst gab Nobile ein großes Kreuz, das er über dem Nordpol abwerfen sollte. Und wir haben diesen Film als Vaudeville und als Posse betrachtet, aber Elemente von *Ödipus auf Kolonos* darin eingebaut. Gewaltige, aufsehenerregende Sünder erlangen im Alter magische Eigenschaften, und wenn sie zum Sterben kommen, haben sie die Kraft, zu fluchen oder zu segnen.«

»Wenn das komisch sein soll, lassen Sie den Papst aus dem Spiel«, sagte Cantabile.

»In die Ecke gedrängt, wird der alte Caldofreddo wütend. Er macht einen Anschlag auf das Leben des Journalisten. Er lockert einen Fels am Berghang. Aber dann ändert er den Sinn, er wirft sich auf den Fels und stemmt sich dagegen, bis das Auto des Mannes unten auf der Straße vorbeigefahren ist. Danach bläst Caldofreddo auf dem Dorfplatz in seine Eisverkäuferpfeife, ruft alle zusammen und legt vor den Dorfbewohnern ein öffentliches Geständnis ab. Weinend erzählt er ihnen, daß er ein Kannibale ist . . .«

»Was der Tochter ihre Romanze versaut, vermute ich«, sagte Polly.

»Ganz im Gegenteil«, sagte ich. »Die Dörfler veranstalten ein öffentliches Gericht. Der junge Mann der Tochter sagt: ›Denkt doch nur, was eure Ahnen gefressen haben. Zum Beispiel die Affen, die niederen Tiere, die Fische. Denkt, was die Tiere seit Anbeginn der Zeiten gefressen haben. Und wir danken ihnen unsere Existenz . . .‹«

»Nein, das klingt mir nicht nach Schlager«, sagte Cantabile.

Ich sagte, es sei Zeit, mich zu rasieren, und die beiden gingen mit mir zum Badezimmer.

»Nein«, sagte Cantabile abermals. »Ich glaube nicht, daß es was taugt. Aber haben Sie eine Kopie davon?«

Ich hatte meinen elektrischen Rasierapparat angestellt, aber Cantabile nahm ihn mir aus der Hand. Er sagte zu Polly: »Setz dich nicht hin. Geh und koche das Ei für Charlies Lunch. Geh schon. Geh in die Küche.« Dann sagte er: »Ich will mich erst rasieren. Ich benutze das Gerät nicht gern, wenn's heiß ist. Die Temperatur des anderen stört mich.« Er führte die summende, glänzende Maschine auf und ab, zog an seiner Haut und verzog das Gesicht. »Die wird Ihnen Ihren Lunch machen. Hübsch, nicht wahr? Was halten Sie von ihr, Charlie?«

»Ein tolles Mädchen. Auch Zeichen von Intelligenz. Ich sehe an ihrer linken Hand, daß sie verheiratet ist.«

»Ja, mit einem Tropf, der Fernsehreklame macht. Er ist ein fleißiger Arbeiter. Niemals zu Hause. Ich sehe Polly sehr oft. Jeden Morgen, wenn Lucy zur Arbeit ins Mundelein-Institut geht, kommt Polly und kriecht zu mir ins Bett. Ich sehe, daß das auf Sie einen schlechten Eindruck macht. Aber machen Sie mir nichts vor, Sie sind aufgeleuchtet, als Sie sie gesehen haben, und Sie haben versucht, bei ihr Eindruck zu schinden, indem Sie sich produzierten. Dieser kleine Extradreh. Das machen Sie nicht, wenn Sie unter Männern sind.«

»Ich gebe zu, daß ich gerne glänze, wenn Damen zugegen sind.«

Er hob das Kinn, um mit dem Rasierapparat an den Hals zu kommen. Die Zwiebel seiner blassen Nase war dunkel gesäumt. »Würden Sie's gern mit Polly treiben?« fragte er.

»Ich? Ist das eine abstrakte Frage?«

»Keineswegs abstrakt. Sie tun was für mich, ich tue was für Sie. Gestern habe ich Ihnen das Auto zertrümmert und Sie in der Stadt rumgekarrt. Jetzt sind wir auf einer anderen Basis. Ich weiß, daß Sie angeblich eine hübsche Freundin haben. Aber mir ist's wurscht, wer sie ist und was sie weiß, verglichen mit Polly ist sie Buschliga. Neben Polly sehen andere Mädchen mickrig aus.«

»In dem Fall sollte ich Ihnen danken.«

»Das bedeutet, daß Sie nicht wollen. Sie lehnen ab. Nehmen Sie Ihren Apparat, ich bin fertig.« Er steckte mir mit einem Klaps das warme kleine Gerät in die Hand. Dann trat er vom Waschbecken zurück und lehnte sich mit gekreuzten Armen und einem auf die Zehen gestellten Fuß gegen die Badezimmerwand. Er sagte: »Weisen Sie mich lieber nicht zurück.«

»Warum nicht?«

In sein Gesicht, farblos-intensiv, stieg blasse Hitze. Aber er sagte: »Da gibt's was, was wir drei zusammen tun könnten. Sie liegen auf dem Rücken. Sie legt sich auf sie und kommt zu gleicher Zeit zu mir runter.«

»Hören wir auf mit dieser Sauerei. Schluß damit. Ich kann mir das nicht mal vorstellen.«

»Machen Sie mir nichts vor. Spielen Sie nicht den Überlegenen.« Er erläuterte abermals. »Ich bin am Kopfende des Bettes, stehend. Sie liegen. Polly reitet sie und beugt sich vor zu mir.«

»Schluß mit diesen ekelhaften Vorschlägen. Ich will mit Ihrem Sexzirkus nichts zu tun haben.«

Er warf mir einen blutrünstigen Mörderblick zu, aber mir war das schnurzegal. In der blutrünstigen Mörderschlange waren viele Leute vor ihm – Denise und Pinsker, Tomchek und das Gericht, die Steuerbehörde. »Sie sind kein Puritaner«, sagte Cantabile mürrisch. Aber da er meine Stimmung spürte, wechselte er das Thema. »Ihr Freund Swiebel hat beim Spielen über eine Beryllgrube in Ostafrika gesprochen – was ist dieses Beryllzeug?«

»Man braucht es für harte Legierungen in Raumschiffen. George behauptet, Freunde in Kenia zu haben . . .«

»Oh, er hat intime Beziehungen zu ein paar Dschungelhäschen. Ich wette, die lieben ihn alle. Er ist so natürlich, gesund und menschlich. Ich wette, er ist ein sauschlechter Geschäftsmann. Sie wären bei Stronson besser bedient mit den Termingeschäften. Das ist wirklich ein gerissener Bursche. Ich weiß, Sie können's nicht glauben, aber ich versuche, Ihnen zu helfen. Die drehen Sie vor Gericht durch die Mangel. Haben Sie nicht was beiseite gebracht? So dumm können Sie doch gar nicht sein. Haben Sie nicht irgendwo 'nen Strohmann?«

»Ich habe nie an einen gedacht.«

»Sie wollen mir weismachen, daß Sie nichts kennen als Engel auf Leitern und unsterbliche Geister, aber an Ihrem Lebensstil erkenne ich, daß das nicht wahr sein kann. Zunächst einmal sind Sie ein Kleideraffe. Ich kenne Ihren Schneider. Zweitens sind Sie ein alter Sexmolch . . .«

»Habe ich Ihnen neulich abend auch vom unsterblichen Geist erzählt?«

»Das haben Sie so sicher getan, wie's 'ne Hölle gibt. Sie sagten, nachdem sie die Tore des Todes durchschritten hat – dies ist ein Zitat –, breitet sich die Seele aus und blickt zurück auf die Welt. Charlie, ich habe mir heute früh für Sie was ausgedacht – machen Sie die Tür zu. Los, machen Sie sie zu. Nun, hören Sie mal, wir könnten zum Schein eins Ihrer Kinder entführen. Sie bezahlen das Lösegeld, und ich bringe das Geld sicher auf den Cayman Inseln unter.«

»Ich würde jetzt gern einen Blick auf Ihre Pistole werfen«, sagte ich.

Er gab sie mir, und ich richtete sie auf ihn. Ich sagte: »Die werde ich mit Sicherheit gegen Sie gebrauchen, wenn Sie so etwas versuchen.«

»Tun Sie den Ballermann runter. Das ist nur ein Vorschlag. Seien Sie nicht gleich von den Socken.«

Ich nahm die Kugeln aus der Trommel und warf sie in den Papierkorb. Danach gab ich die Pistole zurück. Daß er mir einen solchen Vorschlag machte, war, wie ich erkannte, meine eigene Schuld. Die reinen Willkürmenschen können auf den rationellen Menschen lustvoll wirken. Cantabile schien zu merken, daß er für mich lustvolle Willkür verkörperte. In gewisser Weise machte er sich das zunutze. Vielleicht war es besser, die lustvolle Willkür zu verkörpern, als ein bloßer Dummkopf zu sein. Aber *war* ich denn so rationell?

»Die Entführungsidee ist zu kraß. Da haben Sie recht«, sagte er. »Nun, wie wär's, wenn wir uns den Richter vornähmen? Schließlich muß sich ein Bezirksrichter zur Wiederwahl auf den Stimmzettel setzen lassen. Richter stehen auch in der Politik, das sollten Sie lieber wissen. Es gibt kleine Typen in der Mafia, die sie auf die Stimmzettel setzen und wieder runternehmen. Für dreißig oder vierzig Riesen wird der richtige Typ den Richter Urbanovich besuchen.«

Ich blähte die Backen auf und blies die winzigen Stoppeln aus dem Rasierapparat.

»Dafür sind Sie auch nicht zu haben?«

»Nein.«

»Vielleicht ist die andere Seite schon bei ihm gewesen. Warum so ein Gentleman sein? Das ist eine Art Lähmung. Völlig unrealistisch. Hinter Glas im Field-Museum, da gehören Sie hin. Ich glaube, Sie sind in der Kindheit steckengeblieben. Wenn ich Ihnen sagen würde ›liquidieren und auswandern‹, was würden Sie antworten?«

»Ich würde sagen, daß ich des bloßen Geldes wegen die Vereinigten Staaten nicht verlassen würde.«

»Das stimmt. Sie sind kein Vesco. Sie lieben Ihr Vaterland. Nun ja, Sie sind nicht dazu geschaffen, so viel Geld zu haben. Vielleicht sollten die anderen Leute es von Ihnen kriegen. Leute wie der Präsident gaben vor, liebe saubere Amerikaner aus der *Saturday Evening Post* zu sein. Sie waren Pfadfinder, sie haben in der Morgendämmerung die Zeitungen ausgetragen. Aber sie waren Schwindler. Der wahre Amerikaner ist 'ne Mißgeburt wie Sie, ein klugscheißender Jude von der Westseite Chicagos. *Sie* sollten im Weißen Haus sitzen.«

»Dem könnte ich zustimmen.«

»Sie hätten große Freude am Schutz des Geheimdienstes.« Cantabile öffnete die Badezimmertür, um nach Polly zu sehen. Sie lauschte nicht. Er schloß sie wieder und sagte mit leiser Stimme: »Wir könnten zu einer Vereinbarung über Ihre Frau gelangen. Will sie kämpfen? Dann kann sie's haben. Da könnte ein Autounfall passieren. Sie könnte auf der Straße sterben. Sie könnte vor einen Zug gestoßen, in einen Torweg gezerrt und erstochen werden. Verrückte Gewalttäter machen Frauen rechts und links fertig, wer soll da schon was wissen? Sie quält *Sie* zu Tode – nun gut, wie wär's, wenn *sie* stürbe? Ich weiß, daß Sie nein sagen und das als Scherz behandeln – der wild gewordene Cantabile, ein Witzbold.«

»Ich würde Ihnen raten, nur zu scherzen.«

»Ich will Sie nur erinnern, daß dies immerhin Chicago ist.«

»Achtundneunzig Prozent Alptraum, deshalb meinen Sie, ich sollte's vollmachen? Ich will lieber annehmen, daß Sie Witze reißen. Es tut mir leid, daß Polly dabei nicht zugehört hat. Okay, ich bedanke mich für Ihr großes Interesse an meinem Wohlergehen. Machen Sie keine weiteren Vorschläge. Und machen Sie mir kein grausiges Weihnachtsgeschenk, Cantabile. Sie mühen sich nach Kräften, einen dynamischen Eindruck zu schinden. Machen Sie mir keine kriminellen Vorschläge mehr, haben Sie verstanden? Wenn ich davon nur noch mal flüstern höre, rufe ich die Mordkommission.«

»Nur ruhig Blut, ich rühre keinen Finger. Ich habe nur gedacht, ich stelle Ihnen die ganze Skala der Möglichkeiten vor. Es hilft, sie von Anfang bis Ende zu sehen. Es macht einem den Kopf frei. Sie wissen, daß sie verdammt froh wäre, wenn Sie tot sind, Sie Strolch.«

»Davon weiß ich nichts.«

Ich log. Sie hatte mir genau das selber gesagt. Es geschah mir wahrhaftig recht, ein derartiges Gespräch zu führen. Ich hatte es mir selbst eingebrockt. Ich hatte mir meinen Weg durch die Menschheit selbst gewühlt und gesucht und dabei Enttäuschung auf Enttäuschung eingeheimst. Was war meine Enttäuschung? Ich hatte, oder bildete es mir wenigstens ein, Bedürfnisse und Einsichten von Shakespearischer Größe. Aber sie waren nur allzu sporadisch in dieser Größenordnung. Und so mußte ich jetzt in die irren Augen eines Cantabile blicken. Ach, mein höheres Leben! Als ich jung war, glaubte ich, daß mir mein Dasein als Intellektueller ein höheres Leben sicherte. Darin waren Humboldt und ich uns völlig gleich. Auch er hätte die Gelehrsamkeit, die Rationalität, die analytische Kraft eines Mannes wie Richard Durnwald geachtet und verehrt. Für Durnwald war das einzig tapfere, das einzig leidenschaftliche, das einzig männliche Leben ein Leben des Denkens. Ich hatte ihm zugestimmt, aber dachte nicht mehr wie er. Ich hatte beschlossen, auf die Stimme des eigenen Geistes zu hören, die aus dem Innern sprach, aus meinen eigenen Tiefen, und diese Stimme sagte, daß mein Leib in der Natur war und daß auch ich war. Ich war der Natur durch meinen Leib verwandt, aber nicht mein ganzes Ich war darin enthalten.

Wegen dieser Art zu denken fand ich mich nun unter Cantabiles musterndem Blick. Er prüfte mich. Er sah dazu freundlich, besorgt, drohend, rachsüchtig und sogar tödlich aus.

Ich sagte zu ihm: »Vor Jahren gab es in den Comics einen kleinen Jungen, der der verzweifelte Ambrose genannt wurde. Vor Ihrer Zeit. Hören Sie nun auf, mit mir den verzweifelten Ambrose zu spielen. Lassen Sie mich hier raus.«

»Einen Augenblick noch. Was ist mit Lucys Doktorarbeit?«

»Zum Teufel mit ihrer Doktorarbeit.«

»Sie kommt in ein paar Tagen aus Nevada zurück.«

Ich gab keine Antwort. In ein paar Tagen war ich im Ausland und in Sicherheit – weg von diesem Irren, wenn auch wahrscheinlich mit anderen Irren zusammen.

»Und noch eins«, sagte er. »Sie können Polly durch mich haben. Nur durch mich. Versuchen Sie's nicht auf eigene Faust.«

»Beruhigen Sie sich«, sagte ich.

Er blieb im Badezimmer. Ich nehme an, er sammelte seine Kugeln aus dem Papierkorb ein.

Polly hatte den Joghurt und das Ei für mich bereit.

»Ich will Ihnen nur sagen«, erklärte sie, »lassen Sie sich nicht auf diese Termingeschäfte ein. Er wird furchtbar gerupft.«

»Weiß er's?«

»Was glauben Sie«, sagte sie.

»Dann bringt er vielleicht neue Investoren hinein, um einen Handel zu schließen, der ihm seine Verluste etwas wettmacht.«

»Das könnte ich nicht sagen. Das ist mir zu hoch«, sagte Polly. »Er ist ein sehr komplizierter Mensch. Was ist das für eine schöne Medaille an der Wand?«

»Das ist eine französische Auszeichnung, die meine Freundin gerahmt hat. Sie ist Innenarchitektin. Tatsächlich ist die Medaille ein bißchen Hochstapelei. Höhere Orden sind rot, nicht grün. Sie haben mir die Sorte gegeben, die sie Schweinezüchtern und Leuten, die bessere Mülltonnen einführen, zuerkennen. Ein Franzose hat mir voriges Jahr gesagt, daß mein grünes Band der niedrigste Rang der Ehrenlegion sein muß. Tatsächlich hätte er noch nie ein grünes Band gesehen. Er meinte, es könnte vielleicht die Mérite Agricole sein.«

»Ich finde es nicht sehr nett, daß er Ihnen das gesagt hat«, sagte Polly.

Renata war pünktlich, und sie ließ den Motor des alten gelben Pontiac im Leerlauf, weil sie gleich weiterfahren wollte. Ich gab Polly die Hand und sagte Cantabile: »Bis bald.« Ich habe Renata nicht vorgestellt. Sie bemühten sich nach Kräften, einen Blick auf sie zu werfen, aber ich stieg ein, schlug die Tür zu und sagte: »Fahr!« Sie fuhr. Der Kopf von Renatas großem Hut berührte die Decke des Wagens. Er war aus amethystfarbenem Filz und im Stil des siebzehnten Jahrhunderts geschnitten, wie man ihn auf Porträts von Frans Hals sieht. Sie trug ihr langes Haar offen. Ich hatte es lieber im Knoten, wenn es die Form ihres Halses zeigte.

»Wer sind deine Freunde und warum diese Eile?«

»Das war Cantabile, der meinen Wagen zerstört hat.«

»Der? Wenn ich das gewußt hätte. War das seine Frau?«

»Nein, seine Frau ist verreist.«

»Ich habe euch gesehen, als ihr durch die Halle kamt. Sie ist 'ne tolle Nummer. Und er ist ein gutaussehender Mann.«

»Er hätte dich für sein Leben gern kennengelernt. Hat versucht, dir durchs Fenster was abzugucken.«

»Warum bist du darüber so verstört?«

»Er hat mir eben gerade angeboten, Denise für mich umlegen zu lassen.«

Renata, lachend, schrie: »Was?«

»Ein Hiwi, ein Muskelmann, er hat ein abgekartetes Spiel vorgeschlagen. Jeder kennt inzwischen den Jargon.«

»Das muß Angeberei gewesen sein.«

»Ja, sicher. Andererseits ist mein 280–SL in der Werkstatt.«

»Es ist ja nicht so, daß Denise es nicht verdiente«, sagte Renata.

»Sie ist ein grauenhaftes Scheusal, das ist wohl wahr, und ich habe immer gelacht, wenn ich las, wie der alte Karamasow auf die

Straße gerannt ist, als er hörte, daß seine Frau tot war, und geschrien hat: ›Das Aas ist tot!‹ – Aber Denise«, sagte Citrine, der Dozent, »ist eine komische und keine tragische Persönlichkeit. Außerdem sollte sie nicht sterben, um *mir* einen Gefallen zu tun. Am wichtigsten sind die Mädchen, die eine Mutter brauchen. Und auf alle Fälle ist es idiotisch, Leute sagen zu hören: Töten, Morden, Sterben, Tod – sie haben nicht die geringste Ahnung, wovon sie reden. Es gibt unter Zehntausenden nicht einen, der irgend etwas vom Tod versteht.«

»Was glaubst du, daß heute in der Stadt passiert?«

»Oh, das Übliche. Die werden mich verarschen, wie wir früher in der Grundschule gesagt haben. Ich werde die menschliche Würde vertreten, und sie machen mich zur Schnecke.«

»Ja, mußt du denn diese Würdemasche durchziehen? Du bist damit aufgesessen, während sie den ganzen Spaß haben. Wenn du ein Mittel finden könntest, sie zu erledigen, wäre es so schön . . . So, da ist meine Kundin an der Ecke. Ist sie nicht gebaut wie ein Rausschmeißer in 'ner Eckkneipe? Du brauchst an der Unterhaltung nicht teilzunehmen, es genügt, wenn sie mich langweilt und auf die Palme bringt. Schalte einfach ab und meditiere. Wenn sie heute ihre Bezugsstoffe nicht aussucht, schneide ich ihr die Kehle durch.«

Mächtig und duftend, in schwarzweißer Seide, großen Punktmustern auf ihrem Busen (den ich mir fleischlich vorstellen konnte und es auch tat), stieg Fannie Sunderland ein. Ich zog mich auf den Hintersitz zurück, nachdem ich sie vor dem Loch im Fußboden gewarnt hatte, das von einem Blechstück überdeckt war. Die schweren Warenproben, die Renatas Exgatte, der Verkäufer, transportiert hatte, hatten tatsächlich das Metall von Renatas Pontiac verschlissen. »Leider«, sagte Renata, »ist unser Mercedes zur Reparatur in der Werkstatt.«

Für die geistige Disziplin, die ich kürzlich begonnen hatte und von der ich bereits eine gute Wirkung spürte, waren Anstand, Gleichmut und Gelassenheit die Voraussetzungen. Ich sagte zu mir: »Gelassenheit, Gelassenheit.« Wie ich beim Racquetballspiel sagte: »Tanze, tanze, tanze!« Und das hatte immer irgendwie Erfolg. Der Wille ist ein Glied, das die Seele mit der wirklichen Welt verbindet. Durch den Willen befreit sich die Seele von Ablenkung und bloßem Träumen. Aber als mir Renata sagte, ich solle abschalten und meditieren, schlug sie einen boshaften Ton an. Sie stichelte gegen mich wegen Doris, der Tochter von Dr. Scheldt, dem Anthroposophen, durch den ich unterwiesen worden war. Renata war auf Doris furchtbar eifersüchtig. »Diese Baby-Hure!« rief Renata aus. »Ich weiß, die könnte's kaum erwarten, zu dir ins Bett zu springen.« Aber das war Renatas Schuld, ihr eigener Fehler. Sie und ihre Mutter, die Señora hatten beschlossen, daß ich eine Lektion brauchte. Sie schlugen mir die Tür vor der Nase zu. Auf ihre Einladung hin kam ich eines Abends zu Renatas Wohnung zum Essen und fand mich ausgeschlossen. Ein anderer war bei ihr. Mehrere Monate lang war ich zu niedergeschlagen, um allein zu sein. Ich zog zu George Swiebel und schlief auf seinem Sofa. Nachts fuhr ich plötzlich mit einem Weinkrampf hoch und weckte dabei zuweilen George auf, der rauskam, die Lampe anmachte, wobei sein zerknautschter Pyjama kraftvolle Beine entblößte. Er gab diesen gemessenen Satz von sich: »Ein Mann in den Fünfzigern, der wegen eines Mädchens zusammenbrechen und weinen kann, ist ein Mann, den ich achte.«

Ich sagte: »Ach, zum Teufel! Wovon redest du? Ich bin ein Narr. Es ist eine Schande, so ein Lamento zu machen.«

Renata hatte sich mit einem Mann namens Flonzaley zusammengetan . . .

Aber ich greife vor. Ich saß hinter den beiden duftenden, schwatzenden Damen. Wir bogen in die 47th Street ein, die Grenze zwischen dem Kenwood der reichen und dem Oakwood der armen Leute, fuhren an der geschlossenen Taverne vorbei, die ihre Lizenz eingebüßt hat, weil ein Mann wegen einer Rechnung von acht Dollar zwanzig Stichwunden erhalten hatte. Das war's, was Cantabile mit »verrückten Halbstarken« meinte. Wo war das Opfer? Es war begraben. Wer war es? Das konnte niemand sagen. Und jetzt fuhren andere mit flüchtigem Blick in ihren Autos an der Stelle vorbei und dachten immer noch an ein »Ich« und die Aussichten dieses »Ich«. Wenn darin nichts anderes lag als ein komischer Egoismus, eine Illusion, daß sich das Schicksal übertölpeln ließe, Verkennung der Realität des Grabes, dann war's vielleicht kaum der Mühe wert. Aber das blieb abzuwarten.

George Swiebel, dieser Vitalitätsanbeter, fand es wunderbar, daß ein älterer Mann sich noch ein aktiv erotisches und lebhaft strömendes Gefühlsleben bewahrt hatte. Ich war da anderer Meinung. Aber als mich Renata anrief, am Telefon weinte und sagte, sie hätte sich nie was aus diesem Flonzaley gemacht und wollte mich wiederhaben, sagte ich: »Ach, Gott sei Dank, Gott sei Dank!« und eilte spornstreichs zu ihr. Das war das Ende von Miß Doris Scheldt, die ich sehr liebgewonnen hatte. Aber liebgewonnen genügte nicht. Ich war ein von Nymphen heimgesuchter Mann und ein Mensch entfesselter Sehnsüchte. Vielleicht waren diese Süchte nicht einmal speziell auf Nymphen gerichtet. Aber was sie auch sein mochten, Renata zog sie auf sich. Andere Damen standen ihr kritisch gegenüber. Manche sagten, sie sei gewöhnlich. Kann sein, aber sie war auch prächtig. Und man muß den schrägen Winkel oder die Neigung in Betracht ziehen, die die Strahlen der Liebe bilden müssen, um ein Herz wie das meine zu erreichen. Von George Swiebels Pokerspiel, bei dem ich so viel trank und so geschwätzig wurde, habe ich einen nützlichen Gedanken davongetragen – für einen ungewöhnlichen Fuß braucht man einen ungewöhnlichen Schuh. Wenn man nicht nur ungewöhnlich, sondern auch noch anspruchsvoll ist – ja, dann ist einem die Arbeit auf den Leib geschrieben. Und gibt es denn überhaupt noch einen gewöhnlichen Fuß? Ich will damit sagen, daß das Erotische so viel Gewicht bekommen hat, daß die gesamte Exzentrizität der Seele sich in den Fuß verlagert. Die Wirkung ist so verunstaltend, das Fleisch wird so üppig, daß nichts mehr paßt. So hat die Verunstaltung die Liebe eingeholt, und die Liebe ist eine Macht, die uns nicht allein lassen kann. Sie kann es nicht, weil wir unsere Existenz Liebesakten verdanken, die vor uns geübt wurden, weil Liebe eine dauernde Schuld der Seele ist. Das ist die Lage, wie ich sie sehe. Renata, die ein wenig den Astrologen mimt, hat es so gedeutet, daß mein Zeichen an meinen Schwierigkeiten schuld sei. Sie hatte noch nie gespaltenere, verworrenere, leidgeprüftere Zwillinge gesehen, die so unfähig waren, sich wieder zusammenzutun. »Lächle nicht, wenn ich von den Sternen spreche. Ich weiß, daß ich für dich ein schönes Dummerchen bin, ein dußliges Weib. Du hättest mich gern als dein Traummädchen aus der *Kamasutra*.«

Aber ich hatte gar nicht über sie gelächelt. Ich lächelte nur, weil ich in Renatas astrologischer Literatur noch nie eine Beschreibung des Zwillingstyps gelesen hatte, die nicht absolut richtig gewesen wäre. Ein Buch insbesondere hatte mich beeindruckt: Es sprach von dem Zwillingsgeborenen als verstandesmäßiger Gefühlsmühle, in der die Seele geschoren und zerfasert wird. Und daß sie mein *Kamasutra*-Mädchen war: sie war eine sehr feine Frau, das sage ich heute noch, aber sie war keineswegs ganz entspannt beim Geschlechtsverkehr. Es gab Zeiten, da sie traurig und still war und von ihren »Hemmungen« sprach. Jetzt wollten wir am Freitag nach Europa fahren – unsere zweite Reise in diesem Jahr. Es gab gewichtige persönliche Gründe für diese Flüge nach Europa. Und wenn ich einer jungen Frau nicht mehr reifes Mitleid bieten konnte, was hatte ich dann noch zu bieten? Aber es traf sich so, daß ich mich für ihre Probleme ehrlich interessierte; sie hatte meine volle Teilnahme.

Und trotzdem war ich es dem gemeinen Realismus schuldig, die Dinge so zu sehen, wie sie andere sehen könnten – ein alter, von Sorgen geplagter Lüstling nahm eine geldgierige Dirne mit nach Europa, um sie in Luxus zu hüllen. Dahinter stand, um das klassische Bild zu vervollständigen, die ränkeschmiedende alte Mutter, die Señora, die an einem Sekretärscollege in der State Street Handelsspanisch lehrte. Die Señora war eine Person von einigem Charme, eine jener Frauen, die im Mittelwesten gedeihen, weil sie exotisch und verrückt sind. Renatas Schönheit war nicht von ihr geerbt. Und vom Biologischen oder Evolutionären her war Renata vollkommen. Wie ein Leopard oder ein Rennpferd war sie ein »edles Tier«. Ihr mysteriöser Vater (und unsere Abstecher nach Europa wurden unternommen, um festzustellen, wer das eigentlich war) muß einer von jenen starken Männern der alten Zeit gewesen sein, der Eisenstangen bog, Lokomotiven mit den Zähnen hinter sich herzog oder zwanzig Personen auf einem Brett über den Schultern trug, eine großartige Figur von einem Mann, ein Modell für Rodin. Die Señora war, wie ich glaube, in Wirklichkeit eine Ungarin. Wenn sie Familienanekdoten erzählte, merkte ich, wie sie sie vom Balkan nach Spanien transponierte. Ich war überzeugt, daß ich sie verstand, und für diese Behauptung gab ich mir einen absonderlichen Grund: und zwar, daß ich die Singer-Nähmaschine meiner Mutter verstand. Im Alter von zehn Jahren hatte ich die Maschine auseinandergenommen und wieder zusammengesetzt. Man bewegte den Tritt aus Schmiedeeisen. Der bewegte das glatte Schwungrad, die Nadel ging auf und nieder. Man stemmte eine glatte Stahlplatte hoch und fand dort kleine und knifflige Teile, die den Geruch von Maschinenöl verströmten. Für mich war die Señora eine Person von kniffligen Teilchen und roch ein wenig nach Maschinenöl. Es war, im großen und ganzen, eine positive Gedankenverbindung. Aber gewisse Kleinigkeiten fehlten in ihrem Verstand. Die Nadel ging auf und nieder, auf der Garnrolle war Garn, aber es kamen keine Stiche zustande.

Der Hauptanspruch der Señora auf geistige Normalität gründete sich auf die Mutterschaft. Sie hatte viele Pläne für Renata. Diese waren als Zukunftsvisionen überspannt, aber in greifbarer Nähe war sie durchaus praktisch. Sie hatte eine Menge in Renatas Erziehung investiert. Sie muß ein Vermögen für Orthodontie aufgebracht haben. Das Ergebnis war von sehr hohem Rang. Es war ein Privileg, Renata den Mund öffnen zu sehen, und wenn sie mich uzte und strahlend lachte, war ich von Bewunderung erfüllt. Alles, was meine Mutter in den unwissenden alten Tagen für meine Zähne tun konnte, war, einen Deckel vom Kohleofen in Flanell zu wickeln oder heißen, trockenen Buchweizen in einen Tabaksbeutel zu stopfen und mir aufs Gesicht zu legen, wenn ich Zahnschmerzen hatte. Daher mein Respekt für diese bildschönen Zähne. Auch hatte Renata eine sanfte Stimme für eine große Frau. Wenn sie lachte, ventilierte sie ihre ganze Person – bis zum Uterus, wie mir schien. Sie steckte das Haar mit seidenen Schals hoch und zeigte dabei die Linie eines wunderbar anmutigen fraulichen Halses, und sie ging umher – wie sie umherging! Kein Wunder, daß ihre Mutter sie nicht an meine Kehllappen und meine französische Medaille wegwerfen wollte. Aber da Renata für mich eine Schwäche hatte, warum dann nicht einen Haushalt aufmachen? Die Señora war dafür. Renata ging auf die Dreißig zu, geschieden, mit einem netten kleinen Jungen namens Roger, den ich sehr gern hatte. Die alte Frau (wie Cantabile, jetzt, wo ich dran denke) forderte mich auf, eine Eigentumswohnung fast in der Nordstadt zu kaufen. Sie schloß sich selbst von diesen vorgeschlagenen Arrangements aus. »Ich brauche meine private Sphäre. Ich habe meine *affaires de cœur*.« – »Aber«, sagte die Señora, »Roger sollte in einem Haushalt leben, wo es einen Mann gibt.«

Renata und die Señora sammelten Zeitungsberichte über Mai-Dezember-Ehen. Sie schickten mir Ausschnitte über alte Ehemänner und Interviews mit ihren Frauen. In einem Jahr verloren sie Steichen, Picasso und Casals. Aber sie hatten immer noch Chaplin und Senator Thurmond und Bundesrichter Douglas. Aus den Sexspalten der *News* holte sich die Señora sogar wissenschaftliche Äußerungen über Sex für Alternde. Und selbst George Swiebel sagte: »Vielleicht wäre das eine gute Sache für dich. Renata will Sicherheit. Sie ist rumgekommen und hat eine Menge erlebt. Sie hat genug. Sie ist bereit.«

»Nun ja, sie ist auf alle Fälle keine dieser kleinen Rühr-mich-nicht-an-Typen«, sagte ich.

»Sie ist eine gute Köchin. Sie ist lebhaft. Sie hat Pflanzen und Nippessachen, und die Lichter sind an, und die Küche ist voller Dampf, und Goymusik spielt. Näßt sie für dich? Wird sie feucht, wenn du die Hand an sie legst? Hände weg von diesen trockenen geistigen Weibern. Ich muß mit dir rundheraus reden, oder du schwankst wieder. Du gehst wieder einer Frau auf den Leim, die sagt, daß sie deine geistigen Interessen teilt oder deine höheren Ziele versteht. Dieser Typ hat dir schon das Leben verkürzt. Noch eine würd' dich umbringen! Jedenfalls weiß ich, daß du bei Renata ans Ziel kommen willst.«

Und wie ich das wollte? Nur schwer kann ich aufhören, sie zu loben. Mit ihrem Hut und Pelzmantel fuhr sie den Pontiac, ihr vorgestrecktes Bein in gestreifter und gemaserter Strumpfhose, die sie in einem Spezialhaus für Theatergarderobe gekauft hatte. Ihre persönliche Ausdünstung teilte sich selbst dem Pelz der Tiere mit, aus denen ihr Mantel zusammengesetzt war. Sie deckten nicht nur ihren Körper, sondern waren auch noch darin und gaben sich Mühe. Da bestand nun eine gewisse Ähnlichkeit. Auch ich bemühte mich. Ja, ich sehnte mich, bei ihr zum Ziel zu kommen. Sie half mir, meinen irdischen Kreislauf zu krönen. Sie hatte ihre irrationalen Momente, aber sie war auch gutherzig. Gewiß, als Künstler des Fleischlichen war sie zugleich entmutigend und aufregend, weil ich mich fragen mußte, wenn ich sie mir als Ehematerial vorstellte, wo sie das alles gelernt hatte und ob sie ein für allemal ihren Doktor darin gemacht hatte. Zudem veranlaßte mich dieses Verhältnis, eitle und würdelose Gedanken zu nähren. Ein Ophthalmologe hatte mir im Downtown Club erzählt, daß ein einfacher Einschnitt die Säcke unter meinen Augen entfernen würde. »Es ist nichts als eine Hernia von einem der winzigen Muskeln«, sagte Dr. Klosterman und beschrieb die Schönheitsoperation und wie die Haut in Streifen geschnitten und wieder eingesteckt würde. Er fügte hinzu, daß ich hinten noch eine Menge Haare hätte, die oben auf den Schädel verpflanzt werden könnten. Senator Proxmire hatte das machen lassen und trug eine Zeitlang im Senat einen Turban. Er hatte es von der Steuer absetzen wollen, nur hatte die Steuerbehörde es nicht anerkannt – aber man könnte es ja noch mal versuchen. Ich dachte über diese Vorschläge nach, sah dann aber bald ein, daß ich mir diese Narrheiten aus dem Kopf schlagen mußte! Ich mußte meine ganze Aufmerksamkeit auf die großen und schrecklichen Dinge richten, die mich seit Jahrzehnten eingeschläfert hatten. Außerdem ließ sich vielleicht so manches für die Vorderseite eines Menschen tun, aber wie sah's hinten aus? Selbst wenn die Säcke unter meinen Augen und das Haar behandelt waren, war da nicht noch mein Genick? Ich habe vor nicht langer Zeit einen märchenhaften karierten Mantel bei Saks anprobiert und sah in dem dreifachen Spiegel, wie rissig und tief gekerbt ich zwischen den Ohren war.

Ich habe den Mantel trotzdem gekauft, Renata drängte mich dazu, und ich trug ihn heute. Als ich vor dem Bezirksgebäude ausstieg, sagte die gigantische Mrs. Sunderland: »Mein Gott, was für ein flotter Mantel!«

Renata und ich hatten uns in ebendiesem Wolkenkratzer, dem neuen Bezirksverwaltungsgebäude, kennengelernt, als wir als Geschworene tätig waren.

Allerdings bestand auch schon eine frühere, indirekte Verbindung zwischen uns. George Swiebels Vater, der alte Myron, kannte Gaylord Koffritz, Renatas verflossenen Ehemann. Diese beiden hatten sich in dem Russischen Bad in der Divison Street auf ungewöhnliche Weise getroffen. George hatte mir davon erzählt.

Er war ein einfacher, bescheidener Mann, Georges Vater. Alles, was er wollte, war, ewig zu leben. George hat seinen Vitalismus unmittelbar geerbt. Er übernahm ihn von seinem Vater, der ihn in primitiverer Form besaß. Myron erklärte, daß er seine Langlebigkeit der Hitze und dem Dampf verdanke, dem

Schwarzbrot, rohen Zwiebeln, Bourbon Whisky, Hering, Wurst, Karten, Billard, Rennpferden und Frauen.

Nun war in dem Dampfraum mit seinen hölzernen Bänken, seinen zischenden Steinen und Eimern mit Eiswasser die optische Verzerrung beträchtlich. Wenn man von hinten eine schmächtige Gestalt sah, mit kleinem Hintern, dann konnte man denken, es sei ein Kind, aber Kinder waren nicht da, und von vorn entdeckte man einen rosigen und verschrumpelten alten Mann. Vater Swiebel, glatt rasiert und von hinten als kleiner Junge angesehen, begegnete im Dampfbad einem bärtigen Mann und hielt *ihn* wiederum wegen seines glitzernden Bartes für viel älter, als er war. Er war jedoch erst in den Dreißigern und sehr gut gebaut. Sie setzten sich zusammen auf die Holzplanken, zwei Leiber, die mit Feuchtigkeitstropfen bedeckt waren, und Vater Swiebel sagte: »Was ist Ihr Beruf?«

Der bärtige Mann hatte keine Lust zu verraten, was sein Beruf war. Vater Swiebel drängte ihn. Das war ein Fehler. Es verstieß, im verrückten Jargon der Gebildeten, gegen das »Ethos« des Ortes. Hier wie im Downtown Club wurde von »Business« nicht gesprochen. George sagte mit Vorliebe, daß das Dampfbad wie die letzte Zuflucht in einem brennenden Wald sei, wo einander feindliche Tiere einen Waffenstillstand einhielten und das Gesetz von Zahn und Klaue außer Kraft war. Ich fürchte, er hatte das von Walt Disney. Der springende Punkt, an den er mich erinnern wollte, war der, daß es falsch war, beim Dampfbad einen Handel abzuschließen oder Sachen zu verhökern. Vater Swiebel war schuld und gab es auch zu. »Dieser Bursche mit dem Haar wollte nicht reden. Ich habe ihn gedrängt. Dann hat er's mir gegeben.«

Wo Männer so nackt sind wie die Troglodyten in den adriatischen Höhlen der Steinzeit und triefend und rot zusammensitzen wie der Sonnenuntergang im Nebel, einer einen vollen, braunen glitzernden Bart hat wie in diesem Fall, und Auge auf Auge durch strömenden Schweiß und Dampf trifft, mögen leicht seltsame Sachen gesagt werden. Es stellte sich heraus, daß der Fremde ein Verkäufer war, dessen Verkaufszweig Krypten, Gräber und Mausoleen war. Als Vater Swiebel das hörte, wollte er einen Rückzieher machen. Aber jetzt war es zu spät. Mit hochgezogenen Brauen, mit weißen Zähnen und lebendigen Lippen inmitten einem dichten Bartfell begann der Mann zu sprechen.

Haben Sie schon Vorkehrungen für Ihre letzte Ruhestätte getroffen? Gibt es ein Familiengrab? Sind Sie versorgt? Nein? Aber warum nicht? Können Sie sich ein solches Versäumnis leisten? Wissen Sie, wie man Sie begraben wird? Erstaunlich! Hat jemand mit Ihnen über die Zustände in den neuen Friedhöfen gesprochen? Nun, das sind die reinsten Elendsquartiere. Der Tod verlangt Würde. Da draußen ist die Ausbeutung furchterregend. Es ist eine der größten Grundstücksbetrügereien, die's gibt. Die hauen Sie übers Ohr. Sie geben nicht die vorgeschriebene Quadratmeterzahl. Sie müssen in alle Ewigkeit verkrampft liegen. Die Respektlosigkeit ist grausam. Aber Sie wissen ja, wie Politik und Schiebung arbeiten. Hoch oder niedrig, alle haben sie hohle Hände. In nächster Zeit gibt es eine Untersuchung durch ein Geschworenengericht und einen Skandal. Männer werden ins Gefängnis wandern. Aber für die Toten wird's zu spät sein. Die werden Ihnen nicht das Grab öffnen und Sie neu bestatten. So liegen Sie dann mit verkürzter Decke. Froschartig. Wie es sich die Kinder einander im Ferienlager antun. Und da sind Sie nun mit Hunderttausenden von Leichen in einer flachgewalzten Totenbehausung mit hochgestellten Knien. Haben Sie nicht das Recht, voll ausgestreckt zu liegen? Und auf den Friedhöfen erlauben sie Ihnen keinen Grabstein. Sie müssen sich mit einer Messingtafel begnügen, auf der Ihr Name und Ihre Daten stehen. Dann kommen Maschinen, um das Gras zu schneiden. Die gebrauchen einen gekoppelten Rasenmäher. Sie könnten ebensogut in einem öffentlichen Golfplatz begraben sein. Die Messer zerstören die Messingbuchstaben. In kurzer Zeit sind sie unleserlich. Man kann Sie nicht mal mehr orten. Ihre Kinder können die Stelle nicht finden. Sie sind auf ewig verloren –

»Aufhören!« sagte Myron. Der Mann fuhr fort:

»Aber in einem Mausoleum ist es anders. Es kostet nicht so viel, wie Sie denken. Diese neuen Dinger sind aus Fertigteilen gebaut, aber sie sind Kopien von den besten Modellen, angefangen mit den etruskischen Gräbern bis zu Bernini und dann gibt es noch Louis Sullivan, *art nouveau*. Die Menschen sind verrückt nach *art nouveau*. Sie zahlen Tausende für eine Tiffany-Lampe oder -Deckenbeleuchtung. Ein aus Fertigteilen gebautes Grabhaus im Stil der *art nouveau* ist vergleichsweise billig. Und dann stehen Sie außerhalb der Masse. Sie sind auf eigenem Grund. Sie wollen ja nicht in alle Ewigkeit in einer Art Autobahnstau oder überfüllter Untergrundbahn eingeklemmt sein.«

Vater Swiebel sagte, daß Koffritz sehr treuherzig aussah und daß er im Dampf nur ein respektvolles, barmherziges, besorgtes bärtiges Gesicht erblickte – ein Fachmann, ein Spezialist, anständig gesinnt und verständig. Aber die begleitenden Empfehlungen waren verheerend. Ich wurde auch von der Vision gepackt – der Tod, der unter der baumlosen Autobahn gärt und das stumpfe Messing namenloser Namenstafeln. dieser Koffritz mit seiner teuflischen Verkaufspoesie drückte Vater Swiebel das Herz ab. Er hatte auch meins gepackt. Denn zu der Zeit, als mir dies berichtet wurde, litt ich unter schlimmen Todesängsten. Ich ging nicht zu Beerdigungen. Ich konnte den Anblick nicht ertragen, wie ein Sarg geschlossen wurde, und der Gedanke, in einen Kasten eingeschraubt zu werden, machte mich rasend. Das wurde noch verstärkt, als ich einen Zeitungsbericht las, daß einige Kinder in Chicago einen Haufen leerer Särge neben dem Krematorium eines Friedhofs gefunden hatten. Sie schleppten sie zu einem Teich und fuhren darin Boot. Weil sie gerade in der Schule *Ivanhoe* lasen, veranstalteten sie Turniere wie die Ritter, mit Stangen. Ein Junge kenterte dabei und verfing sich im Seidenfutter. Er wurde gerettet. Aber da klaffte in meiner Vorstellung eine Ansammlung von Särgen, die mit gebauschtem rosa Taft und blaßgrünem Satin gefüttert waren, alle offen wie Krokodilrachen. Ich sah mich hingebettet, um zu ersticken und zu vermodern unter dem Gewicht von Lehm und Steinen – nein, unter Sand. Chicago ist auf Stränden und Marschen der Eiszeit (spätes Diluvium) gebaut. Zur Erleichterung versuchte ich, dies in ein ernstes, intellektuelles Denkthema umzuwandeln. Ich glaub', das habe ich ziemlich gut bewältigt – ich dachte, daß das Todesproblem *das* bürgerliche Problem ist, verwandt mit materiellem Wohlstand und einer Bewertung des Lebens als eines Zustands, der angenehm und behaglich ist, und was Max Weber über die moderne Auffassung geschrieben hat, daß das Leben eine unendliche Reihe von Segmenten sei, gewinnträchtig, vorteilhaft und »angenehm«, aber nicht das Gefühl eines Lebenskreises vermittle, so daß man nicht »voll der Jahre« sterben könne. Aber diese gelehrten hochgestochenen Übungen haben den Todesfluch nicht von mir genommen. Ich konnte nur zu dem Schluß gelangen, wie »bourgeois«

es war, daß ich so neurotisch auf das Ersticken im Grab reagierte. Und ich war wütend auf Edgar Allan Poe, weil er so haargenau darüber geschrieben hat. Seine Geschichten von Starrkrampf und Begräbnis bei lebendigem Leibe haben mir die Kindheit vergiftet und brachten mich immer noch um. Ich konnte nicht einmal vertragen, in der Nacht das Laken übers Gesicht zu ziehen oder die Füße einschlagen zu lassen. Ich verbrachte eine Menge Zeit mit Überlegungen, wie man tot sein sollte. Begräbnis auf hoher See könnte die Antwort sein.

Die Verkaufsmuster, die ein Loch in Renatas Pontiac gestoßen hatten, waren also Modelle von Krypten und Grabmälern. Als ich sie kennenlernte, hatte ich nicht nur über den Tod nachgebrütet (würde es helfen, eine hölzerne Trennwand im Grab zu haben, einen Boden direkt über dem Sarg, um das unmittelbare, erdrükkende Gewicht aufzuhalten?), sondern ich hatte auch eine neue Marotte entwickelt. Wenn ich in der La Salle Street Besorgungen machte und in schnellen Fahrstühlen aufwärts oder abwärts schwebte, begann jedesmal, wenn ich einen Bremsruck im elektrischen Tempo fühlte und die Tür sich öffnen wollte, mein Herz zu sprechen. Ganz von selbst. Es rief aus: »Mein Schicksal!« Anscheinend erwartete ich, daß dort eine Frau stände. »Endlich! Du!« Als ich mir dieser hungrigen, erniedrigenden Fahrstuhlerscheinung bewußt wurde, versuchte ich, das Richtige zu tun und wieder zu einer reifen Norm zurückzukehren. Ich versuchte sogar, wissenschaftlich zu werden. Aber die Wissenschaft kann nichts anderes für einen leisten, als wiederum zu versichern, daß eine natürliche Notwendigkeit vorliegen muß, wenn so etwas passiert. Dieses Vernünftigsein fruchtete nichts. Denn wie konnte man schon vernünftig sein, wenn man, wie ich, die Empfindung hatte, ich hätte viele tausend Jahre darauf gewartet, daß Gott meine Seele auf diese Erde schickt? Hier war mein Schicksal, ein wahres und klares Wort zu erhaschen, bevor ich zurückkehrte, wenn mein menschlicher Tag zu Ende ging. Ich hatte Angst, mit leeren Händen zurückzukehren. Die Vernunft konnte diese Furcht, den Anschluß zu verpassen, in keiner Weise lindern. Das kann jeder begreifen.

Als ich als Geschworener aufgerufen wurde, maulte ich zuerst, daß es eine Zeitverschwendung sei. Aber dann wurde ich ein glücklicher und eifriger Geschworener. Am Morgen das Haus zu verlassen wie alle anderen, war eine Wonne. Mit einem Nummernschild aus Stahl saß ich freudig mit Hunderten von anderen Menschen im Warteraum der Geschworenen, hoch oben im neuen Bezirkswolkenkratzer, ein Bürger unter Mitbürgern. Die Glaswände, die rötlichen und bläulichen Stahlpfeiler waren sehr hübsch – der große Himmel, der linierte Raum, die fernen Spulen der Speichertanks, die orangefarbenen, brüchigen, weiten, schmutzigen Slums, das Grün des Flusses, der von schwarzen Brücken überspannt war. Wenn ich aus dem Geschworenensaal ins Freie blickte, bekam ich Ideen. Ich brachte Bücher und Zeitungen mit in die Stadt (damit es nicht ein totaler Verlust wurde). Zum erstenmal las ich die Briefe durch, die mein Kollege Thaxter mir aus Kalifornien geschickt hatte.

Ich bin kein sorgfältiger Briefleser, und Thaxters Briefe waren sehr lang. Er verfaßte und diktierte sie in seinem Orangenhain bei Palo Alto, wo er in einem segeltuchbespannten Offiziersstuhl saß und nachdachte. Er trug ein schwarzes Carabiniericape, seine Füße waren bloß, er trank Pepsi-Cola, er hatte acht oder zehn Kinder, er schuldete allen Geld, und er war ein kultureller Staatsmann. Bewundernde Frauen behandelten ihn wie ein Genie, glaubten alles, was er ihnen erzählte, tippten seine Manuskripte, gebaren seine Kinder, brachten ihm Pepsi-Cola zu trinken. Als ich seine umfangreichen Memoranda las, die sich um die erste Nummer von *The Ark* drehten (welche sich seit drei Jahren im Planungsstadium befand, und die Kosten waren gigantisch), merkte ich, daß er mich gedrängt hatte, eine Reihe von Studien über die »Großen Langweiler der Modernen Welt« zu vollenden. Er schlug immer wieder neue Gesichtspunkte vor. Gewisse Typen boten sich natürlich an – politische, philosophische, ideologische, pädagogische, therapeutische Langweiler –, aber da gab es andere, die häufig übersehen wurden, zum Beispiel Erneuerungslangweiler. Ich hatte jedoch das Interesse an den Kategorien verloren und interessierte mich bald danach nur noch für den allgemeinen und theoretischen Aspekt des Projektes.

Es war eine abwechslungsreiche Beschäftigung in dem riesigen Geschworenensaal, als ich meine Notizen wieder durcharbeitete. Ich sah, daß ich mich dem Problem der Definition entzogen hatte. Gut so. Ich wollte nicht in theologische Fragen hineingezogen werden wie *accidia* und *taedium vitae*. Ich fand es nur nötig zu sagen, daß von Anfang an das Menschengeschlecht Zustände der Langeweile erlebte, aber daß noch niemand diese Materie als ein eigenständiges Thema voll ins Auge gefaßt hatte. In neuerer Zeit hatte man die Frage unter dem Namen *Anomie* oder Entfremdung behandelt, als eine Wirkung der kapitalistischen Arbeitsbedingungen, als eine Folge der Nivellierung in der Massengesellschaft, als eine Konsequenz des abnehmenden religiösen Glaubens oder des allmählichen Verschleißes der charismatischen oder prophetischen Elemente oder der Vernachlässigung der Unbewußten Kräfte oder der zunehmenden Rationalisierung in einer technologischen Gesellschaft oder des Wachsens der Bürokratie. Es schien mir jedoch, daß man mit dieser Überzeugung der modernen Welt beginnen konnte – entweder du brennst, oder du moderst. Das verband ich mit dem Befund des alten Binet, des Psychologen, daß hysterische Menschen fünfzigmal soviel Energie, Ausdauer, Darstellungsvermögen, Verstandesschärfe und Schöpfertum in ihren hysterischen Anfällen an den Tag legten wie in ihren ruhigen Perioden. Oder wie Willam James es formuliert hat, die Menschen lebten, wenn sie lebten, wirklich auf dem Gipfel ihrer Energien. Etwas wie der *Wille zur Macht*. Angenommen dann, daß man von der These ausging, die Langeweile sei eine Art Schmerz, der von den brachliegenden Kräften verursacht wurde, der Schmerz vergeudeter Möglichkeiten oder Talente, und der von Erwartungen begleitet wurde, daß man von allen Fähigkeiten den bestmöglichen Gebrauch mache. (Ich versuche, mich bei diesen geistigen Gelegenheiten vor dem sozialwissenschaftlichen Stil zu hüten.) Nichts, was wirklich geschieht, entspricht jemals der reinen Erwartung, und diese Reinheit der Erwartung ist eine große Quelle des *taedium*. Leute, die reich an Fähigkeiten, an sexuellen Gefühlen, an Geist und Erfindung sind – alle hochbegabten Menschen sehen sich jahrzehntelang auf öde Nebengeleise geschoben, verbannt, vertrieben, in Hühnerkäfige vernagelt. Die Fantasie hat sogar versucht, diese Probleme zu überwinden, indem man die Langeweile selbst zwang, Zinsen zu tragen. Diese Einsicht verdanke ich Von Humboldt Fleisher, der mir zeigte, wie James Joyce damit fertig wurde, aber alle, die Bücher lesen, können das für sich selbst entdecken. Die moderne französische Literatur hat sich besonders intensiv mit dem Thema der Langeweile beschäftigt. Stendhal hat es auf jeder Seite erwähnt, Flaubert hat ihm Bücher gewidmet, und Baudelaire war sein größter Dichter. Woran liegt nun diese besondere französische Empfänglichkeit? Kann der Grund sein, daß das *ancien régime*, das eine zweite Fronde befürchtete, einen Hof schuf, der die Provinzen von Talenten entleerte? Außerhalb des Zentrums, wo Kunst, Philosophie, Wissenschaft, Gesellschaftsformen und das Gespräch blühten, gab es nichts. Unter Ludwig XIV. erfreuten sich die höheren Schichten einer kultivierten Gesellschaft, und die Menschen hatten zumindest nicht das Bedürfnis, allein zu sein. Querköpfe wie Rousseau umgaben die Einsamkeit mit Glanz, aber vernünftige Leute waren sich einig, daß sie in Wahrheit grauenvoll sei. Dann begann im achtzehnten Jahrhundert der Aufenthalt im Gefängnis seine moderne Bedeutung zu erhalten. Man denke nur, wie oft Manon und Grieux im Gefängnis waren. Und Mirabeau und mein eigener Freund von Trenck und natürlich auch der Marquis de Sade. Die geistige Zukunft Europas wurde von Menschen bestimmt, die mit Langeweile gesättigt waren, von den Schriften Strafgefangener. Dann, im Jahr 1789, waren es junge Männer aus dem Hinterland, Provinzanwälte, Federfuchser und Redner, die das Zentrum des Interesses berannten und eroberten. Die Langeweile hat mit der modernen politischen Revolution mehr zu tun als die Gerechtigkeit. Im Jahr 1917 war dieser langweilige Lenin, der so viele langweilige Pamphlete und Briefe über organisatorische Fragen schrieb, eine kurze Zeit ganz Leidenschaft, ganz strahlendes Interesse. Die russische Revolution versprach der Menschheit ein permanent interessantes Leben. Wenn Trotzki von der permanenten Revolution sprach, meinte er in Wirklichkeit permanentes Interesse. In den frühen Tagen war die Revolution ein Werk der Begeisterung. Arbeiter, Bauern, Soldaten, waren im Zustand der Erregung und der Dichtung. Als diese kurze glänzende Phase endete, was kam danach? Die langweiligste Gesellschaft der Geschichte. Schwunglosigkeit, Schäbigkeit, Stumpfheit, uninteressante Waren, langweilige Gebäude, langweilige Unbequemlichkeit, langweilige Beaufsichtigung, eine öde Presse, öde Erziehung, langweilige Bürokratie, Zwangsarbeit, ständige Allgegenwart der Polizei, Allgegenwart der Strafe, langweilige Parteikongresse und so weiter. Was permanent war, war der Sieg über das Interesse.

Was konnte langweiliger sein als die langen Mahlzeiten, die

Stalin veranstaltete, so wie Djilas sie beschreibt? Selbst ich, durch meine Jahre in Chicago in Langeweile geübt, mariniert, ja *mithridatiert* durch die USA, war von Djilas' Beschreibung jener die ganze Nacht währenden Bankette mit zwölf Gängen entsetzt, bei denen die Gäste tranken und aßen und aßen und tranken, um sich dann um zwei Uhr morgens hinsetzen und einen amerikanischen Western mit ansehen zu müssen. Der Hintern tat ihnen weh. Sie fühlten ein Grauen im Herzen. Während Stalin plauderte und scherzte, suchte er sich im Geiste schon jene aus, die als nächste dran waren, und während sie kauten und schnauften und gluckten, wußten sie das: Sie erwarteten, demnächst erschossen zu werden.

Was – mit anderen Worten – wäre die moderne Langeweile ohne Terror? Eins der langweiligsten Dokumente aller Zeiten ist der dicke Band von Hitlers *Tischgesprächen*. Auch bei ihm sahen sich die Leute Filme an, aßen Gebäck und tranken Kaffee mit *Schlag*, während er sie langweilte, während er sprach, theoretisierte, erläuterte. Alle zitterten vor Stumpfsinn und Angst, fürchteten sich, zur Toilette zu gehen. Die Kombination von Macht und Langeweile ist niemals angemessen untersucht worden. Langeweile ist ein Werkzeug der sozialen Kontrolle. Macht ist die Macht, Langeweile zu verhängen, Stillstand zu befehlen, den Stillstand mit Angst zu verbinden. Das wahre *taedium*, tiefe *taedium* ist mit Terror und mit Tod gewürzt.

Dann gab es noch tiefer gehende Fragen. Die Geschichte des Universums wäre zum Beispiel sehr langweilig, wenn man versuchen wollte, sie in der üblichen Weise der menschlichen Erfahrung zu bedenken. Diese ganze Zeit ohne Ereignisse! Gase noch und noch und Hitze und Teilchen von Materie, die Gezeiten der Sonne und die Winde, wieder diese schleichende Entwicklung, Winziges zu Winzigem, chemische Zufälle – ganze Zeitalter, in denen fast nichts geschieht, leblose Meere, nur ein paar Kristalle, einige Proteinverbindungen in der Entwicklung. Die Langsamkeit der Evolution ist in der Betrachtung so ärgerlich. Die plumpen Fehler, die man in Museumsfossilien sieht. Wie konnten solche Knochen kriechen, gehen, rennen? Der Gedanke ist quälend, wie die Gattungen sich vorangetastet haben – all dieses Tappen, Sumpfschlurfen, Kauen, Lauern und die Fortpflanzung, die öde Langsamkeit, mit der die Gewebe, Organe und Glieder sich entwickelten. Und dann auch die Langeweile bei der Bildung der höheren Typen und schließlich der Menschheit, das langweilige Leben paläolithischer Wälder, die lange, lange Inkubationszeit der Intelligenz, die Langsamkeit der Erfindung, die Idiotie der bäurischen Zeitalter. Diese sind interessant nur im Rückblick, im Denken. Niemand könnte ertragen, das zu durchleben. Die heutige Forderung zielt auf schnelle Vorwärtsbewegung, auf Zusammenfassung, auf ein Leben mit der Geschwindigkeit des intensivsten Gedankens. Da wir uns nun durch die Technologie der Phase der augenblicklichen Verwirklichung, der Verwirklichung ewiger menschlicher Wünsche und Fantasien, der Abschaffung von Zeit und Raum nähern, kann sich das Problem der Langeweile nur noch verstärken. Das menschliche Wesen, das von den besonderen Bedingungen seiner Existenz immer mehr bedrückt wird – nur eine Runde für jeden, nicht mehr als ein einziges Leben pro Kunde –, muß sich mit der Langeweile des Todes auseinandersetzen. O diese Ewigkeiten der Nichtexistenz! Für Leute, die immerwährendes Interesse und Abwechslung ersehnt haben, wird der Tod oh! wie langweilig sein! Im Grab, an einer einzigen Stelle zu liegen, wie grauenhaft!

Sokrates hat versucht, uns zu beruhigen, das ist richtig. Er sagte, da gäbe es nur zwei Möglichkeiten. Entweder die Seele ist unsterblich, oder die Dinge würden, nach dem Tode, wieder genauso leer sein, wie sie vor der Geburt waren. Das ist auch nicht absolut tröstlich. Jedenfalls war es nur natürlich, daß die Theologie und Philosophie daran zutiefst interessiert sein mußten. Sie sind es uns schuldig, ihrerseits nun nicht langweilig zu sein. Aber diese Verpflichtung erfüllen sie nicht immer. Immerhin war Kierkegaard kein Langweiler. Ich hatte geplant, seinen Beitrag in meinem Grundessay zu untersuchen. In seiner Sicht war der Vorrang des Ethischen vor dem Ästhetischen notwendig, um das Gleichgewicht wiederherzustellen. Aber genug davon. In mir selbst konnte ich die folgenden Quellen des *taedium* feststellen: 1) Den Mangel einer *persönlichen* Verbindung mit der äußeren Welt. Ich habe schon früher beschrieben, daß ich im vergangenen Frühjahr im Zug durch Frankreich fuhr, und als ich aus dem Fenster sah, denken mußte, daß der Schleier der Maya fadenscheinig wurde. Und warum war das? Ich sah nicht, was da war, sondern nur, was jeder unter allgemeiner Anleitung sieht. Das bedeutet auch, daß unsere Weltsicht die Natur aufgebraucht hat. Die Regel dieser Sicht besagt, daß ich, ein Subjekt, die Erscheinungen sehe, die Welt der Objekte. Diese sind jedoch nicht notwendigerweise Objekte an sich, wie die moderne Rationalität die Objekte definiert. Denn im Geiste, sagt Steiner, kann ein Mensch aus sich heraustreten und die Dinge mit ihm über sich selbst sprechen lassen, über das sprechen, was nicht nur für ihn allein Sinn besitzt, sondern auch für sie. So werden die Sonne, der Mond, die Sterne zu Nicht-Astronomen sprechen, obwohl diese von der Wissenschaft nichts verstehen. Ja, es ist in der Tat höchste Zeit, daß das geschieht. Die Unkenntnis der Wissenschaft sollte den Menschen nicht im niedrigsten und trübseligsten Sektor des Seins gefangenhalten, so daß ihm der Zutritt zu unabhängigen Beziehungen mit der Schöpfung im Ganzen verwehrt ist. Die Gebildeten sprechen von der entzauberten (einer langweiligen) Welt. Aber es ist nicht die Welt, es ist mein Kopf, der entzaubert ist. Die Welt *kann nicht* entzaubert werden. 2) Für mich ist das selbst-bewußte Ich der Sitz der Langeweile. Diese zunehmende, schwellende, herrschsüchtige, schmerzhafte Selbstbewußtheit ist der einzige Rivale der politischen und sozialen Mächte, die mein Leben regieren (Business, technokratisch-bürokratische Mächte, der Staat). Man hat eine große organisierte Bewegung des Lebens, und man hat das einzelne Ich, das unabhängig bewußt ist, stolz auf sein Losgelöstsein und seine absolute Unverletztlichkeit, seine Stabilität und seine Kraft, von allem, was es auch sei, unbetroffen zu bleiben – von den Leiden der anderen oder von der Gesellschaft oder von der Politik oder von äußerem Chaos. In gewisser Weise ist ihm das schnurzegal. Es wird aufgefordert, es nicht schnurzegal zu finden, und wir drängen es oft dazu, aber der Fluch des Sich-nicht-Kümmerns liegt auf diesem schmerzlich freien Bewußtsein. Es ist frei davon, einem Glauben und anderen Seelen anzuhängen. Kosmologien, ethische Systeme? Es kann sie dutzendweise abtun. Sich seiner selbst voll bewußt zu sein bedeutet, von allen Dingen abgeschieden zu sein. Das ist Hamlets Königreich des unendlichen Raumes in der Nußschale, des »Wörter, Wörter, Wörter«, des »Dänemark ist ein Gefängnis«.

Dies waren einige der Notizen, die ich für Thaxter ausarbeiten sollte. Ich war jedoch in einer zu wenig gefestigten Verfassung.

Mehrere Male die Woche fuhr ich in die Stadt, um meine Anwälte zu besuchen und meine Probleme zu besprechen. Sie sagten mir, wie verwickelt meine Lage sei. Ihre Berichte wurden immer schlimmer. Ich schwebte in Fahrstühlen und suchte jedesmal, wenn sich eine Tür öffnete, nach Rettung in weiblicher Form. Ein Mensch in meinem Zustand sollte sich in seinem Zimmer einschließen, und wenn er nicht die Charakterstärke besitzt, Pascals Rat zu befolgen und dort zu bleiben, dann sollte er den Schlüssel aus dem Fenster werfen. Dann rollte die Tür in dem Bezirksgebäude auf, und ich sah Renata Koffritz. Auch sie hatte ein Nummernschild aus Stahl. Wir waren beide Steuerzahler, Wähler, Bürger. Aber oh, was für Bürger! Und wo war die Stimme, die sagte: »Mein Schicksal?!« Sie schwieg. War sie es also? Sie war jedenfalls ganz Frau, weich und wunderbar vollschlank, in einem Minirock und mit Kindersandalen, die mit einem einzigen Riemen festgehalten werden. Ich dachte, Gott helfe mir. Ich dachte, lieber zweimal darüber nachdenken. Ich dachte sogar, in deinem Alter würde ein Buddhist schon daran denken, auf immer im Wald zu verschwinden. Aber das war zwecklos. Vielleicht war sie nicht das Schicksal, nach dem ich Ausschau gehalten hatte, aber sie war trotzdem ein Schicksal. Sie kannte sogar meinen Namen. »Sie müssen Mr. Citrine sein«, sagte sie.

Im Jahr zuvor hatte ich vom Zick-Zack-Club, einer kulturellen Vereinigung von Bankdirektoren und Börsenmaklern Chicagos, einen Preis erhalten. Ich wurde nicht eingeladen, Mitglied zu werden. Ich habe aber eine Plakette für ein Buch erhalten, das ich über Harry Hopkins verfaßt habe, und mein Bild war in den *Daily News.* Vielleicht hatte die Dame es dort gesehen. Aber sie sagte: »Ihr Freund, Mr. Szathmar, ist mein Scheidungsanwalt, und er meinte, wir sollten uns kennenlernen.«

Ah, da hatte sie mich. Wie schnell sie mir mitteilte, daß sie geschieden wurde. Diese liebesfrommen Augen sandten bereits Botschaften von Liebe und Laster an die Abteilung Chicago-Boy meiner Seele. Ein Hauch der alten Sexmalaria der Westseite strich über mich hin.

»Mr. Szathmar ist Ihnen ergeben. Er verehrt Sie. Er schließt praktisch die Augen und sieht poetisch aus, wenn er von Ihnen spricht. Und er ist so ein solider Mann, man würde es nicht erwarten. Er hat mir von Ihrer Geliebten erzählt, die im Dschungel abgestürzt ist. Und auch von Ihrer ersten Liebe – zu der Tochter des Arztes.«

»Naomi Lutz.«

»Das ist ein irrer Name.«

»Ja, wahrhaftig, nicht wahr?«

Es traf zu, daß mein Jugendfreund Szathmar mich liebte, aber er liebte Kuppeln und Zuschanzen ebensosehr. Er hatte eine Leidenschaft, Verhältnisse zu arrangieren. Das war ihm beruflich nützlich, da es die Klienten an ihn band. In besonderen Fällen übernahm er für sie alle praktische Einzelheiten – der Geliebten eine Wohnung zu mieten, ihr Auto und ihre Kreditkonton, ihre Zahnarztrechnungen. Er deckte sogar Selbstmordversuche. Ja sogar Bestattungen. Nicht das Recht, sondern Leuten die Wege ebnen, war sein eigentlicher Beruf. Und wir zwei Jugendfreunde sollten lustvoll bis zum Ende sein, wenn es nach ihm ging. Er machte das wohlanständig. Er umgab das Ganze mit Philosophie, Poesie, Ideologie. Er zitierte, er spielte Schallplatten, und er theoretisierte über Frauen. Er versuchte, mit dem rasch wechselnden erotischen Jargon einander folgender Generationen mitzuhalten. Sollten wir also unser Leben als mösensüchtige, vertrottelte Freier beschließen, die von einer Posse Goldonis übriggeblieben waren? Oder wie Balzacs Baron Hulot d'Ervy, dessen Frau auf dem Totenbett hört, wie der alte Mann dem Dienstmädchen einen Antrag macht.

Alec Szathmar hatte vor einigen Jahren, als er übermäßig belastet war, im Safegewölbe der First National Bank einen Herzanfall erlitten. Ich liebte den törichten Szathmar. Ich sorgte mich um ihn. Sobald er aus der Intensivstation heraus war, rannte ich hin, um ihn zu besuchen, und fand, daß er schon wieder sexuell war. Nach Herzanfällen ist das anscheinend normal. Unter der starken Krone von weißem Haar, das im neuen Stil des männlichen Schmucks an den Backenknochen Büschel bildete, weiteten sich seine trüben Augen, sobald die Krankenschwester das Zimmer betrat, obwohl er im Gesicht noch violett aussah. Mein alter Freund, der jetzt beleibt und massig war, war unruhig im Bett. Er warf sich umher, strampelte die Laken los und entblößte sich, als sei das ein nervöser Zufall. Wenn ich einen Beileidsbesuch machte, dann brauchte er mein verdammtes Beileid keineswegs. Seine Augen waren grimmig und wach. Zuletzt sagte ich: »Hör zu, Alec, mach Schluß mit dieser Schaustellung. Du weißt, wovon ich rede – hör auf, jedesmal deine unteren Partien aufzudecken, wenn irgendeine arme alte Frau ins Zimmer kommt, um unter deinem Bett aufzuwischen.«

Er funkelte mich an. »Was? Du bist wohl verrückt!« sagte er.

»Ist schon gut. Hör auf, dein Nachthemd hochzuziehen.«

Schlechte Beispiele können förderlich sein – man kann schnell seinen guten Geschmack beweisen und sagen: »Der arme Alec mit seiner Schau. Mit Gottes Hilfe kann mir das nicht passieren.« Aber hier saß ich nun auf der Geschworenenbank mit einem Steifen für Renata. Ich war erregt, belustigt, ich war ein wenig beschämt. Vor uns wurde ein Fall von Körperverletzung verhandelt. In Fairness hätte ich zum Richter gehen und bitten sollen, disqualifiziert zu werden. »Hohes Gericht, ich kann mich nicht auf den Prozeß konzentrieren wegen der herrlichen Geschworenendame neben mir. Es tut mir leid, so jünglingshaft zu sein . . .« (Tut mir leid! Ich war im siebenten Himmel.) Außerdem war der Fall nur einer jener Scheinprozesse, in denen man gegen die Versicherungsgesellschaft mit der Peitsche knallt, angestrengt von einer Frau, die bei einem Taxizusammenstoß Fahrgast gewesen war. Meine persönliche Angelegenheit war wichtiger. Der Prozeß war nur die Hintergrundsmusik. Ich schlug den Takt mit metronomischen Schlägen.

Zwei Stockwerke tiefer war ich selbst Beklagter in einer Nach-Scheidungssache, die mich aller meiner Mittel berauben sollte. Man hätte meinen können, daß mich das ernüchtern würde. Nicht im geringsten!

Während der Mittagspause eilte ich in die La Salle Street, um von Alec Szathmar Erkundigungen über dieses wunderbare Mädchen einzuholen. Als ich in die Menge von Chicago geriet, fühlte ich, daß meine Pflöcke nachgaben, die Schnüre schlaffer und die Spannung niedriger wurden. Aber was wollte ich als einzelner gegen eine Kraft ausrichten, die die ganze Welt ergriffen hatte?

Alecs Büro hatte eine vornehme, fast eine Harvard-Atmosphäre, obwohl er an der Volkshochschule studiert hatte. Die Aufmachung war fürstlich, ganze Bücherkomplexe über Schadensrecht und Statuten, eine Aura von hoher Jurisprudenz, Bilder der Richter Holmes und Learned Hand. Vor der Depression war Alec ein Kind reicher Eltern gewesen. Nicht großer Reichtum, nur Nachbarschaftsreichtum. Aber ich kannte reiche Kinder. Ich hatte Kinder von der Spitze der Gesellschaft studiert – wie zum Beispiel Robert Kennedy. Von Humboldt Fleisher, der immer behauptete, daß er einer gewesen sei, war kein wirklich reicher Junge, während Alec Szathmar, der ein reicher Junge gewesen war, allen erzählte, daß er in Wirklichkeit ein Dichter sei. Im College bewies er das durch Besitz. Er besaß die Werke von Eliot, Pound und Yeats. Er lernte »Prufrock« auswendig, was ihm sehr zustatten kam. Aber die Depression traf die Szathmars schwer, und er erhielt nicht die stinkfeine Erziehung, die sein in ihn vernarrter und Pläne schmiedender alter Vater für ihn erhofft hatte. Wie Alec jedoch als Junge Fahrräder und Chemiekästen und Luftgewehre und Floretts und Tennisschläger und Boxhandschuhe und Schlittschuhe und Ukuleles gehabt hatte, so besaß er jetzt die neusten IBM-Geräte, Konferenz-Telefone, Schreibtischkomputer, Transistor-Armbanduhren, Xeroxmaschinen, Tonbandgeräte und Hunderte von dickleibigen Büchern der Rechtswissenschaft.

Er hatte seit seiner Herzkranzthrombose zugenommen, obwohl er hätte abnehmen sollen. Er war immer konservativ gekleidet und versuchte jetzt, seinen breiten Hintern mit doppelt geschlitzten Jacketts zu bedecken. So sah er aus wie eine gigantische Drossel. Das übermäßig menschliche Gesicht dieses Vogels war von stürmischen weißen Bartkoteletten umrahmt. Die warmen, braunen Augen, die voller Liebe und Freundschaft waren, waren nicht besonders ehrlich. Eine Von C. G. Jungs Beobachtungen half mir, Szathmar zu begreifen. Manche Geister, sagte Jung, gehören früheren Geschichtsperioden an. Unter unseren Zeitgenossen gibt es Babylonier und Karthager oder Typen aus dem Mittelalter. Für mich war Szathmar ein Kavallerist aus dem achtzehnten Jahrhundert, ein Gefolgsmann des Panduren von Trenck, dem Vetter meines glücklichen Trenck. Seine gepolsterten schwärzlichen Wangen, seine römische Nase, seine Koteletten, seine fette Brust, die breiten Hüften, gut geformten Füße und das männlich geteilte Kinn reizten die Frauen. Wen die Frauen in die Arme nehmen wollen, ist eins der unauslotbaren Mysterien. Aber die Rasse muß natürlich weiterbestehen. Auf alle Fälle war Szathmar nun da, um mich zu empfangen. Seine Stellung im

Stuhl deutete auf derbe, aber unerschütterliche sexuelle Reitkünste auf hübschen Frauen. Seine Arme waren gekreuzt wie die Arme von Rodins *Balzac*. Leider sah er noch ein bißchen krank aus. Fast jeder in der Stadt schien mir dieser Tage etwas angekränkelt.

»Alec, wer ist diese Renata Koffritz? Bitte um Auskunft.« Szathmar hatte ein warmes Interesse an seinen Klienten, besonders den reizenden Frauen. Sie bekamen bei ihm Mitgefühl, psychiatrische Anleitung, praktischen Rat und selbst Tupfer von Kunst und Philosophie. Und er gab mir Auskunft: einziges Kind, übergeschnappte Mutter, kein Vater in Sicht, brannte mit dem Kunstlehrer ihrer Oberschule nach Mexico durch, zurückgeholt, brannte später nach Berkeley durch, wurde in einer jener kalifornischen Berührungs-Therapiegruppen gefunden, an Koffritz verheiratet, der mit Krypten und Mausoleen handelte –

»Halt. Hast du ihn gesehen? Ein großer Mann? Brauner Bart? Ja, das ist doch der Mann, der dem alten Myron Swiebel im Bad in der Divison Street ein Verkaufsgespräch verpaßt hat!«

Szathmar war von diesem Zusammentreffen nicht beeindruckt. Er sagte: »Sie ist so ziemlich das tollste Stück, für das ich je eine Scheidung erreicht habe. Sie hat einen kleinen Jungen, der ganz süß ist. Ich habe an dich gedacht. Du kannst mit dieser Frau handelseinig werden.«

»Bist du's schon geworden?«

»Was, ihr Rechtsanwalt?«

»Komm mir nicht mit dieser ethischen Tour. Wenn du's noch nicht versucht hast, dann nur, weil sie den Vorschuß noch nicht bezahlt hat.«

»Ich kenne deine Ansicht von meinem Beruf. Für dich ist alles Geschäftliche Betrug.«

»Seit Denise auf dem Kriegspfad ist, habe ich eine Menge Geschäftliches gesehen. Du hast mich mit Forrest Tomchek verkuppelt, einem der größten Namen in diesem Zweig der Rechtswissenschaft. Das war, wie wenn man ein Endchen Konfetti vor einen Riesenstaubsauger legt.«

Mit gigantischem Stirnrunzeln sagte Szathmar »Bah!« Er spie symbolisch Luft zur Seite. »Du blödes Arschloch, ich mußte Tomchek anflehen, den Fall zu übernehmen. Er hat mir als Kollege einen Gefallen getan. Ein solcher Mann! Der würde dich nicht mal als Verzierung in sein Aquarium tun. Aufsichtsratsvorsitzende und Bankpräsidenten reißen sich um seine Zeit, du Würstchen. Tomchek! Tomchek gehört zur Familie der juristischen Staatsmänner. Und war ein As als Pilot im Pazifik.«

»Er ist trotzdem ein Gauner und außerdem noch unfähig. Denise ist tausendmal schlauer. Sie hat die Dokumente studiert und ihn augenblicklich festgenagelt. Er hat die Besitzverhältnisse nicht einmal routinemäßig nachgeprüft, um zu sehen, wem rechtlich was gehörte. Serviere *mir* nicht die Würde der Anwaltschaft, mein Freund. Aber wir wollen nicht streiten. Erzähle mir von diesem Mädchen.«

Er erhob sich von seinem Bürostuhl. Ich bin im Weißen Haus gewesen. Ich habe auf dem Stuhl des Präsidenten im Ovalen Raum gesessen, und ich schwöre, Szathmars Stuhl ist aus feinerem Leder. Gerahmte Bilder seines Vaters und Großvaters an der Wand erinnerten mich an alte Tage in der West Side. Meine Gefühle für Szathmar waren schließlich familiär.

»Ich habe sie für dich ausersehen, sobald sie durch diese Tür kam. Ich denke, an dich, Charlie. Dein Leben ist nicht glücklich gewesen.«

»Keine Übertreibung.«

»Unglücklich«, beharrte er. »Vergeudetes Talent und verplemperte Vorteile, eigensinnig wie der Teufel, pervers, stolz und verpißt alle Chancen. Alle diese Verbindungen von dir in New York, Washington, Paris, London und Rom, alle deine Leistungen, deine Gabe für Wörter, dein Glück – denn du bist glücklich gewesen. Was hätte ich damit anfangen können! Und du mußtest dieses schlampige Weibstück von der West Side heiraten, aus einer Familie von Lokalpolitikern und Lotteriebrettspielern und Süßwarenitzigs und Kanalisationsinspektoren. Dieses hochnäsige Mädchen von der besten Universität. Weil sie geredet hat wie ein Lehrbuch und du nach Verständnis und Konversation geschmachtet hast, und sie Kultur hatte. Und ich, der ich dich liebe und dich stets geliebt habe, du dummer Schweinekerl, ich, der ich diese große warme Stelle für dich in meinem Herzen trage, seitdem wir zehn Jahre alt waren, und nachts wachliege, ich denke: Wie kann ich Charlie jetzt retten, wie kann ich sein Geld schützen, ihm eine Steuerrate finden, ihm die beste juristische Verteidigung verschaffen, ihn mit guten Frauen versorgen. Ach, du

Schafskopf, du drittrangiger Halbidiot, du weißt noch nicht einmal, was eine solche Liebe bedeutet.«

Ich muß sagen, daß mir Szathmar mit solchen Tiraden Spaß machte. Während er mir so die Leviten las, glitt sein Blick immer wieder nach links ab, wo niemand stand. Wenn dort jemand stünde, irgendein objektiver Zeuge, würde der den verärgerten Szathmar unterstützen. Szathmars liebe Mutter hatte dieselbe Angewohnheit gehabt. Auch sie beschwor die Gerechtigkeit mit solchem Zornausbruch aus dem leeren Raum herauf und legte beide Hände auf ihren Busen. In Szathmars Brust schlug ein treues, männliches Herz, während ich überhaupt kein Herz hatte, nur eine Art von Hühnerklein – so sah er die Dinge. Er betrachtete sich selbst als Menschen von heroischer Vitalität, reif, klug, heidnisch und tritonenhaft. Aber seine wahren Gedanken kreisten darum, wie er eine Frau bestieg, wie er in sie eindrang und all die schmierigen Tricks, die er sexuelle Freiheit nannte. Aber er mußte auch daran denken, wie er seinen monatlichen Reibach machte. Seine Spesen waren hoch. Die Frage war, wie er seine verschiedenen Bedürfnisse unter einen Hut bringen konnte. Er hat mir einmal gesagt: »Ich machte schon in sexueller Revolution, bevor die anderen überhaupt davon gehört hatten.«

Aber ich muß noch etwas anderes sagen. Ich schämte mich für uns beide. Ich hatte kein Recht, Szathmar von oben herab anzusehen. Mein vieles Lesen hat mir schließlich doch so einiges beigebracht. Ich verstehe ein wenig die zwei Jahrhunderte währenden Mühen der Mittelklasse, sich im schönsten Licht zu zeigen, eine gewisse süße Unschuld zu bewahren – die Unschuld der Clarissa, die sich gegen die Wollust von Lovelace wehrt. Hoffnungslos! Schlimmer noch ist die Entdeckung, daß man gewisse Gefühle von Glückwunschkarten nachgelebt hat, die Bänder der mittelständischen Tugend mit Schleifchen ums Herz gebunden. Diese Art von schauderhafter amerikanischer Unschuld wird mit Recht von dieser Welt verabscheut, die sie auch in Wilson im Jahr 1919 gewittert hatte. Als Schulkinder lernten wir Pfadfinderehre und gut und höflich sein; seltsame Geister der viktorianischen Vornehmheit spuken immer noch in den Herzen der Kinder Chicagos, die inzwischen in den Fünfzigern oder Sechzigern sind. Das brach durch in Szathmars Glaube an seine eigene Großzügigkeit und Großherzigkeit und gleichzeitig in meinem Dank an

Gott, daß ich nie so vulgär wie Alec Szathmar sein würde. Zur Sühne ließ ich ihn weiter auf mich schimpfen. Als ich jedoch fand, daß er lange genug geschäumt hatte, fragte ich: »Wie geht's dir gesundheitlich?«

Das gefiel ihm nicht. Er gab keine Schwächen zu. »Mir geht's glänzend«, sagte er. »Du bist doch wohl nicht vom Gericht hergerannt, um mich das zu fragen. Ich muß nur etwas abnehmen.«

»Rasier dir auch die Koteletten ab, wenn du schon mal an deiner Verbesserung arbeitest. Du siehst damit aus wie der böse Mann in einem alten Western-Film – einer von denen, die den Indianern Gewehre und Feuerwasser verkauft haben.«

»Okay, Charlie, ich bin nichts weiter als ein verhinderter Lebemann. Ich bin ein modernder Weiberheld, während du an Höheres denkst. Du bist edel. Ich bin ein Lustmolch. Aber bist du oder bist du nicht gekommen, um dich nach dieser Frau zu erkundigen!«

»Doch. Das stimmt«, sagte ich.

»Bring dich deswegen nicht um. Es ist zumindest ein Lebenszeichen, und davon hast du gar nicht so sehr viele. Ich hatte dich schon beinahe abgeschrieben, als du diese Felicia mit den bildschönen Mammen abgelehnt hast. Das ist eine nette Frau mittleren Alters, und sie wäre dir dankbar gewesen. Ihr Mann geht fremd. Sie fand dich herrlich. Sie hätte dich bis zum Ende ihrer Tage gesegnet, wenn du sie richtig behandelt hättest. Das ist eine anständige Hausfrau und Mutter, die dich von oben bis unten versorgt hätte und gewaschen und gekocht und gebacken und eingekauft und dir sogar deine Buchführung gemacht hätte, und dazu noch gut im Bett. Sie hätte darüber den Mund gehalten, weil sie verheiratet ist. Prächtig. Aber für dich war das nichts weiter als eine meiner vulgären Ideen.« Er starrte mich zornig an. Dann sagte er: »Nun gut, ich bring's für dich mit diesem Hühnchen in Ordnung. Lade sie morgen zu einem Drink ins Palmer House ein. Ich kümmere mich um die Einzelheiten.«

Wenn ich für die Sexmalaria der West Side anfällig war, dann hatte Szathmar keine Widerstandskräfte gegen das Deichselfieber. Sein Ziel war jetzt einzig und allein, Renata und mich ins selbe Bett zu bringen, wo er im Geiste anwesend sein würde. Vielleicht hoffte er, daß es sich mit der Zeit zu einem Dreiecksverhältnis entwickeln würde. Er, genau wie Cantabile, schlug gelegentlich Fantasiekombinationen vor. »Nun hör zu«, sagte er. »Tagsüber kannst du ein Hotelzimmer zu, wie man's nennt, Konferenzpreisen bekommen. Ich will dir eins reservieren. Du hast ja Geld bei mir hinterlegt, und die können dann die Rechnung an mich schicken.«

»Woher willst du wissen, daß die Sache bis zum Zimmer führt, wenn wir nur zusammen trinken?«

»Das ist deine Angelegenheit. Der Barmixer wird den Zimmerschlüssel in Verwahrung haben. Schieb ihm fünf Dollar zu, und er wird den Briefumschlag aushändigen.«

»Auf welchen Namen wird der Umschlag lauten?«

»Nicht den makellosen Namen Citrine, wie?«

»Wie wär's mit Crawley als Name?«

»Unser alter Lateinlehrer. Der alte Crawley! *Est avis in dextra melior quam quattuor extra.*«

So gingen denn am nächsten Tag Renata und ich in die dunkle Bar im Souterrain, um ein Gläschen zu trinken. Ich versprach mir, daß dies meine absolut letzte Idiotie sein würde. Für mich formulierte ich es so intelligent wie möglich: daß wir der Geschichte nicht entrinnen können und daß dies etwas war, was die Geschichte einem jeden antat. Die Geschichte hatte angeordnet, daß Männer und Frauen sich in diesen Umarmungen erkennen sollten. Ich sollte feststellen, ob Renata wirklich mein Schicksal war, ob die wahre Jungsche *anima* in ihr wohnte. Es könnte sich herausstellen, daß sie etwas völlig anderes war. Aber eine einzige sexuelle Berührung würde mich das lehren, denn Frauen hatten eine absonderliche Wirkung auf mich, und wenn sie mich nicht ekstatisch machten, dann machten sie mich krank. Da gab's keinen Zweifel.

An diesem nassen, trüben Tag tropfte die Wabash-Hochbahn, aber Renata rettete das Wetter. Sie trug einen Plastik-Regenmantel, der in rote, weiße und schwarze Streifen unterteilt war; ein Entwurf von Rothko. In diesem schimmernden Mantel mit steifer Außenseite saß sie bis oben zugeknöpft in der dunklen Nische. Ein breiter Hut mit gebogener Krempe war Teil des Kostüms. Der nach Bananen duftende Lippenstift auf ihrem schönen Mund paßte zu dem Rothko-Rot. Ihre Bemerkungen waren wenig sinnvoll, aber sie sprach auch wenig. Sie lachte recht viel und wurde schnell äußerst blaß. Eine Kerze in einem Glas mit rundem

Boden, das sich in einem fischnetzartigen Gebilde befand, gab nur wenig Licht. Bald senkte sich ihr Gesicht tief auf die harte, sich stauchende, glänzende Plastik des Mantels und wurde sehr rund. Ich konnte nicht glauben, daß diese Art von Frau, die Szathmar beschrieben hatte – so bereit zur Tat, so erfahren, vier Martinis runterspülen würde und daß ihr Gesicht so weiß werden würde, weißer als der Mond, wenn man ihn um drei Uhr nachmittags sieht. Ich fragte mich erst, ob sie nicht Schüchternheit vortäuschte, um sich einem Mann der älteren Generation gegenüber höflich zu erweisen, aber eine kalte Gin-Feuchtigkeit brach auf ihrem schönen Gesicht aus, und sie schien mich anzuflehen, doch etwas zu tun. In alldem lag bisher ein Element des *déjà vu*, denn schließlich hatte ich das schon mehr als einmal durchgemacht. Was jetzt anders war: Ich fühlte mit dieser jungen Frau in ihrer unerwarteten Schwäche Mitleid und wollte sie beschützen. Ich dachte, ich verstünde zur Genüge, warum ich mich in der schwarzen und unter Kellertiefe gelegenen Bar befand. Die Umstände waren sehr schwierig. Man konnte es ohne Liebe nicht erfolgreich durchziehen. Warum nicht? Ich war nicht imstande, diesen Glauben zu erschüttern. Dieses Bedürfnis nach Liebe (in einem so verallgemeinerten Zustand) war ein fürchterlicher Hemmschuh. Falls es jemals öffentlich bekanntwerden sollte, daß ich »Mein Schicksal!« flüsterte, wenn sich die Fahrstuhltür öffnete, dann könnte die Ehrenlegion mit Recht ihre Medaille zurückfordern. Und die einleuchtendste Erklärung, die ich zu der Zeit finden konnte, war die Platos, daß Eros mein Begehren nutzte, um mich aus der schlimmen Lage, in der ich mich befand, der Weisheit entgegenzuführen. Das war hübsch, das hatte Klasse, aber ich glaube nicht, daß es auch nur ein kleines bißchen wahr war (zunächst einmal war vielleicht gar nicht so viel Eros übrig). Der große Name, wenn ich einen haben mußte und wenn sich irgendwelche Mächte überhaupt um mich kümmerten, war nicht Eros, es war vermutlich Ahriman, der höchste Herrscher der Finsternis. Sei dem, wie ihm sei, es wurde Zeit, Renata aus diesem Lokal zu entfernen.

Ich ging zur Bar und beugte mich diskret darüber hinweg. Ich zwängte mich zwischen die Trinker. An jedem gewöhnlichen Tag hätte ich diese Leute als Barfliegen und Säufer bezeichnet, aber jetzt schienen ihre Augen alle so groß wie Bullaugen und verbreiteten ein moralisches Licht. Der Barmixer kam zu mir. Zwischen den Fingerknöcheln meiner linken Hand stecke ein gefalteter Fünfdollarschein. Szathmar hatte mir genau beschrieben, wie man so was machte. Ich fragte den Barmixer, ob ein Umschlag auf den Namen Crawley da sei. Er nahm die fünf Dollar sofort entgegen. Er hatte eine Art von Behendigkeit, die man nur in großen Städten findet. »Nun«, sagte er, »was ist das für'n Umschlag?«

»Hinterlassen für Crawley.«

»Ich habe keinen Crawley.«

»Crawley muß da sein. Sehen Sie noch mal nach, wenn's Ihnen nichts ausmacht.«

Er klapperte wieder durch seine Umschläge. Jeder enthielt einen Zimmerschlüssel.

»Wie ist Ihr Vorname, alter Freund? Geben Sie mir noch 'nen Hinweis.«

Voller Qual sagte ich mit leiser Stimme »Charles«.

»Das ist besser. Könnten Sie das sein – C-I-T-R-I-N-E?«

»Ich weiß, wie man's buchstabiert, du großer Gott«, sagte ich schwach, aber wütend. »Der dumme beschissene Gorilla Szathmar. Hat nie in seinem Leben was richtig gemacht. Und ich! – verlasse mich immer noch auf ihn, daß er mir die Wege ebnet.« Dann merkte ich, daß mich jemand von hinten auf sich aufmerksam machen wollte, und ich drehte mich um. Ich sah eine Person mittleren Alters, die lächelte. Sie kannte mich offenbar und platzte vor Freude. Diese Dame war rundlich und sanft, hatte eine Stupsnase und einen hohen Busen. Sie wollte so gern erkannt werden, aber beichtete zu gleicher Zeit auch stumm, daß die Jahre sie verändert hätten. Aber war sie so sehr verändert? Ich sagte: »Ja?«

»Du kennst mich nicht, wie ich sehe. Aber du bist noch derselbe alte Charlie.«

»Ich kann nicht verstehen, warum es in der Bar immer so duster sein muß«, sagte ich.

»Aber Charlie, ich bin Naomi – dein Schatz aus der Schulzeit.«

»Naomi Lutz!«

»Wie wundervoll, dir so übern Weg zu laufen, Charlie.«

»Wie kommst du in die Bar von diesem Hotel?«

Eine Frau allein in einer Bar sucht in der Regel Anschluß. Naomi war zu alt für diesen Broterwerb. Außerdem war es undenkbar, daß Naomi, die mit fünfzehn Jahren mein Schatz gewesen war, zur Bardirne geworden war.

»O nein«, sagte sie. »Mein Vater ist hier. Er kommt gleich wieder. Ich bringe ihn aus dem Pflegeheim wenigstens einmal die Woche für einen Drink in die Stadt. Du weißt doch noch, wie brennend gern er früher im Loop war.«

»Der alte Doktor Lutz – nein, so was!«

»Ja, lebendig. Sehr alt. Und er und ich haben dich mit diesem bildhübschen Ding in der Nische beobachtet. Verzeih mir, Charlie, aber wie ihr Männer immer weitermacht, ist den Frauen gegenüber unfair. Wie herrlich für dich. Daddy hat gesagt, er hätte nicht zwischen uns treten sollen bei unserer kindlichen Liebe.«

»Ich war mehr als dein Schatz aus der Kinderzeit«, sagte ich. »Ich habe dich mit meiner Seele geliebt, Naomi.« Als ich das sagte, fiel mir ein, daß ich eine Frau in die Bar mitgebracht hatte und einer anderen eine leidenschaftliche Erklärung machte. Dies war jedoch die Wahrheit, eine unwillkürliche, spontane Wahrheit. »Ich habe oft gedacht, Naomi, daß ich völlig den Charakter verloren habe, weil ich mein Leben nicht mit dir verbringen konnte. Das hat mich total verbogen und ehrgeizig, schlau, kompliziert, dumm und rachsüchtig gemacht. Hätte ich dich jede Nacht seit meinem sechzehnten Lebensjahr in meinen Armen halten können, dann hätte ich mich nie vor dem Grab gefürchtet.«

»O Charlie, das kannst du deiner Großmutter erzählen. Es war immer wunderbar, wie du reden konntest. Aber einen auch abspeisen. Du hast eine Unmenge Frauen gehabt. Das konnte ich deinem Verhalten in der Nische entnehmen.«

»Ach ja – meiner Großmutter!« Ich war dankbar für diese alte Redewendung. Zunächst einmal stoppte sie meinen Erguß, der zu nichts geführt hätte. Zweitens befreite es mich von dem Gewicht eines anderen Eindrucks, der sich in der dunklen Bar verdichtet hatte. Ich verfolgte ihn bis zu der Vorstellung, daß kurz nach dem Tode, wenn der leblose Körper der Verwesung anheimfiel und sich wieder in eine Anzahl von Mineralien verwandelte, die Seele zu ihrer neuen Existenz erwachte, und gleich nach dem Tod erwartete ich, mich an einem dunklen Ort wiederzufinden, der dieser Bar ähnelte. Wo alle, die sich je geliebt hatten, sich wieder treffen konnten und so weiter. Und dies war mein Eindruck hier in der Bar. Mit dem Schlüssel zum »Konferenzzimmer« in meiner Hand, dessen Ringe klirrten, wußte ich, daß ich zu Renata zurückkehren mußte. Wenn sie immer noch ihren Martini trank, würde sie zu beschickert sein, um sich auf die Beine zu stellen und aus der Nische herauszufinden. Aber ich mußte jetzt auf Dr. Lutz warten. Und hier kam er aus der Männertoilette, sehr schwach und kahl und stupsnasig wie seine Tochter. Sein Spießertum der zwanziger Jahre war zu einer altmodischen Artigkeit verblichen. Er hatte von uns eine seltsame Höflichkeit verlangt, denn obwohl er nie ein richtiger Doktor gewesen war, nur ein Fußarzt (er hatte in der Stadt und ebenfalls zu Hause seine Praxis ausgeübt, bestand er darauf, Doktor genannt zu werden, und geriet in Wut, wenn ihn jemand Mr. Lutz nannte. Fasziniert von der Vorstellung, Arzt zu sein, behandelte er Krankheiten vielerlei Art, bis rauf zum Knie. Wenn Füße, warum nicht auch Beine? Ich erinnerte mich, daß er mich bat, ihm zu assistieren, als er ein violettes Gelee eigener Mischung auf fürchterliche Wunden legte, die die Beine einer in der Nationalen Keksfabrik beschäftigten Frau löcherten. Ich hielt für ihn das Gefäß und die Spatel, und als er die Löcher füllte, redete er zuversichtlich wie ein Kurpfuscher auf sie ein. Ich schätzte diese Frau aber, weil sie jedesmal dem Doktor eine mit Schokoladen-Marshmallow-Gebäck und Schokoladentorte gefüllte Schuhschachtel mitbrachte. Als ich daran dachte, spürte ich in der oberen Mundhöhle schwellende Schokoladensüße. Und dann sah ich mich selbst, wie ich ekstatisch in Dr. Lutz' Behandlungsstuhl saß, während ein Schneesturm die winzigen klinisch weiß getünchten Praxisräume verdüsterte, und *Herodias* las. Ergriffen von der Enthauptung Johannes' des Täufers ging ich in Naomis Zimmer. Wir waren während des Schneesturms allein. Ich zog ihr den warmen blauen Pyjama aus Frottierstoff aus und sah sie nackt. Das waren die Erinnerungen, die mir das Herz bestürmten. Naomi war mir kein fremder Körper. Das war es eben. An Naomi war nichts Fremdes. Meine Gefühle für sie drangen in ihre Zellen, ja in die Moleküle, die, da sie die ihren waren, alle ihre Eigenheiten besaßen. Weil ich Naomi ohne Verfremdung begriffen hatte, wegen dieser Leidenschaft hatte ich ein Jakob-Laban-Verhältnis zu Dr. Lutz.

Ich mußte ihm helfen, seinen Auburn zu waschen, einen himmelblauen Wagen mit weißen Gummireifen. Ich spritzte mit dem Schlauch und wienerte mit dem Leder, während der Doktor in weißen Golf-Knickerbockern dabeistand und eine Zigarre rauchte.

»Oh, Charlie Citrine, du hast es wirklich weit gebracht«, sagte der alte Herr. Seine Stimme war immer noch lyrisch, hoch und durchaus leer. Er hatte einem nie den Eindruck vermitteln können, daß er etwas im geringsten Wesentliches sagte. »Obwohl ich selbst ein Coolidge- und Hoover-Republikaner war, war ich doch sehr stolz, als dich die Kennedys ins Weiße Haus einluden.«

»Ist diese junge Frau deine Wellenlänge?« fragte Naomi.

»Das weiß ich ehrlich gesagt nicht. Und was treibst du selbst, Naomi?«

»Meine Ehe war überhaupt nicht gut, und mein Mann ist davongelaufen. Das weißt du, glaube ich. Ich habe immerhin zwei Kinder großgezogen. Du hast nicht zufällig ein paar Artikel von meinem Sohn im *Southwest Township Herald* gelesen?«

»Nein. Ich hätte auch nicht gewußt, daß sie von deinem Sohn sind.«

»Er hat aus eigenem Erleben geschrieben, wie man von Drogen loskommt. Ich wünschte, du könntest mir deine Meinung über das Geschriebene sagen. Meine Tochter ist süß, aber der Junge ist ein Problem.«

»Und du, Naomi, meine Liebe?«

»Ich tue nicht mehr viel. Ich habe einen Freund. Ein paar Stunden am Tag bin ich eine Art Schülerlotse vor der Grundschule.«

Der alte Dr. Lutz schien nichts von dem zu hören.

»Es ist ein Jammer«, sagte ich.

»Wegen dir und mir? Nein, das ist es nicht. Du und dein geistiges Leben hätten mich strapaziert. Ich bin für Sport. Mein Vergnügen ist Football im Fernsehen. Es ist immer eine große Expedition, wenn wir Karten für das Chicago Team oder fürs Eishockey kriegen. Frühes Lunch im Como Inn, wir nehmen den Bus zum Stadion, und ich warte tatsächlich auf die Kämpfe auf dem Eis und brülle, wenn sie sich gegenseitig die Zähne einschlagen. Ich fürchte, ich bin nur 'ne ganz gewöhnliche Frau.«

Wenn Naomi »gewöhnlich« sagte und Dr. Lutz »Republikaner«, dann meinten sie, daß sie sich dem großen amerikanischen Publikum eingeordnet hatten und dabei Befriedigung und Erfüllung fanden. In den dreißiger Jahren Fußpfleger im Loop gewesen zu sein, erfüllte den alten Mann mit Freude. Seine Tochter gab eine ähnliche Auskunft über sich. Sie waren mit sich einverstanden und in ihrer Ähnlichkeit glücklich. Nur ich, unbegreiflich mißraten, stand zwischen ihnen mit meinem Schlüssel. Offenbar war mein Mißgeschick, daß ich kein Ebenbild war. Ich war ein alter Freund, nur war ich nicht ganz amerikanisch.

»Ich muß gehen«, sagte ich.

»Können wir nicht mal ein Bier zusammen trinken? Ich möchte dich gern wiedersehen«, sagte Naomi. »Du könntest mir wegen Louie besser raten als alle anderen. Du hast doch selbst keine Hippie-Kinder, oder?« Und als ich mir ihre Nummer aufschrieb, sagte sie: »Sieh dir mal an, Doc, in was für ein hübsches kleines Buch er schreibt. Alles an Charlie ist so elegant. Was für ein gutaussehender alter Herr du wirst. Aber du bist nicht der Typ, den eine Frau an sich binden könnte.« Unter ihren Blicken ging ich zur Nische zurück und brachte Renata auf die Beine. Ich setzte den Hut auf, zog den Mantel an und tat so, als gingen wir nach draußen. Mir schien, daß wir alle entehrt waren.

Das Zimmer zum Konferenztarif war genau das, was Lüstlinge und Ehebrecher verdienten. Nicht viel größer als ein Besenschrank blickte es in den Luftschacht. Renata ließ sich auf einen Stuhl fallen und bestellte beim Zimmerkellner noch zwei Martinis. Ich zog die Jalousie herunter, nicht der Intimität wegen – es gab gegenüber keine Fenster – und auch nicht in meiner Rolle als Verführer, sondern nur, weil ich so ungern in Backstein-Luftschächte gucke. An der Wand stand ein Sofabett, das mit grüner Chenille zugedeckt war. Sobald ich dieses Möbel sah, wußte ich, daß es mich unterkriegen würde. Ich war sicher, daß ich es nicht aufschlagen konnte. Nachdem sich diese Herausforderung einmal im Kopf festgesetzt hatte, ließ sie sich nicht mehr vertreiben. Die trapezförmigen Schaumgummipolster hatten kein Gewicht. Ich schob sie weg und zog die passende Decke ab. Die darunterliegende Bettwäsche war absolut sauber. Dann kniete ich mich und fühlte unter dem Sofarahmen nach einem Hebel. Renata sah schweigend zu, wie mein Gesicht sich anspannte und rot wurde. Ich hockte da und zog, wütend über die Hersteller, die ein solches

Gerümpel anfertigten, und über die Direktion, die von den Nachmittagskonferenzbrüdern Geld nahm und sie geistig kreuzigte.

»Das Ding ist wie ein Intelligenztest«, sagte ich.

»So?«

»Ich bin durchgefallen. Ich kann das Ding nicht aufkriegen.«

»So? Dann laß es.«

Auf dem schmalen Bett war nur Platz für einen. Aber ehrlich gesagt, hatte ich keine Lust, mich hinzulegen.

Renata ging ins Badezimmer. Es gab zwei Stühle. Ich saß im *Fauteuil.* Der hatte Ohren. Zwischen meinen Schuhen war ein rechteckiger, gehäkelter, amerikanischer Teppich. Über mein Trommelfell zirkulierte rauschend das Blut. Ein mürrischer Zimmerkellner brachte die Martinis. Ein Trinkgeld von einem Dollar wurde ohne Dank entgegengenommen. Dann kam Renata wieder raus, deren glänzender Mantel noch bis oben zugeknöpft war. Sie setzte sich auf das Sofabett, nippte ein oder zweimal am Martini und fiel in Ohnmacht. Durch den Kunststoff versuchte ich, ihre Herztöne zu hören. Sie hatte doch keinen Herzanfall, oder? Angenommen, es war ernst. Konnte man einen Krankenwagen rufen? Ich fühlte ihren Puls, starrte blöde auf meine Uhr, verzählte mich. Zum Vergleich fühlte ich meinen eigenen Puls. Ich konnte die Resultate nicht koordinieren. Ihr Puls schien nicht schlechter als meiner. Ohnmächtig, wie sie war, war sie auf alle Fälle besser dran. Sie war feucht und fühlte sich kalt an. Ich wischte die Kälte mit einem Zipfel des Lakens von ihr ab und versuchte mir vorzustellen, was George Swiebel, mein Gesundheitsberater, in solch einem Notfall tun würde. Ich wußte genau, was er tun würde – ihr die Beine geradestrecken, die Schuhe ausziehen und ihren Mantel aufknöpfen, um die Atmung zu erleichtern. Ich tat genau das.

Unter dem Mantel war Renata nackt. Sie war ins Badezimmer gegangen und hatte die Kleider ausgezogen. Nachdem ich den obersten Knopf geöffnet hatte, hätte ich aufhören können, tat es aber nicht. Gewiß hatte ich Renata abgeschätzt und versucht, mir vorzustellen, wie sie aussehen könnte. Meine hochgespannten Erwartungen blieben weit hinter den Tatsachen zurück. Ich hatte nichts erwartet, was so groß und so makellos war. Ich hatte auf der Geschworenenbank beobachtet, daß das oberste Fingerglied fleischig war und ein wenig anschwoll, bevor es sich verjüngte. Ich vermutete, daß ihre schönen Schenkel ebenfalls in gleicher Harmonie aufeinander zuschwellen mußten. Das fand ich absolut bestätigt und kam mir eher wie ein Kunstliebhaber vor als wie ein Verführer. Mein schneller Eindruck, denn ich ließ sie nicht lange unbedeckt, war der, daß das ganze Gewebe vollkommen war, und jedes Härchen schimmerte. Der tiefe Frauengeruch stieg von ihr auf. Als ich sah, wie die Dinge lagen, knöpfte ich sie aus reiner Hochachtung wieder zu. Ich brachte alles wieder, soweit ich mich damit zurechtfand, an seinen Platz. Danach zog ich das Fenster hoch. Leider verscheuchte das ihren herrlichen Geruch, aber sie mußte frische Luft haben. Ich holte ihre Kleider hinter der Badezimmertür vor und stopfte sie in ihre große Handtasche, wobei ich darauf achtete, daß wir ihre Geschworenenplakette nicht verloren. Dann im Mantel, mit Hut und Handschuhen in der Hand, wartete ich darauf, daß sie wieder zu sich kam.

So tun wir immer das gleiche, wieder und immer wieder, mit fürchterlicher Voraussagbarkeit. Angesichts dessen mag man vielleicht Vergebung erlangen, wenn man sich wenigstens mit der Schönheit vereinigen will.

Und jetzt – mit ihrem Pelzmantel und ihrem wundervollen, weichen, vielseitigen, biegsamen Amethysthut, mit Leib und Schenkel unter einem dazwischenliegenden Futteral aus Seide – setzte mich Renata vor dem Bezirksgebäude ab. Und sie und ihre Kundin, die große mächtig wirkende Dame im gepunkteten Popeline sagten »*Ciao*, auf bald.« Und da war der hübsche Wolkenkratzer, rostbraun und gläsern, und da war die unbedeutende Skulptur von Picasso mit ihren Streben und dem Blech, keine Flügel, keine Viktoria, nur ein Andenken, ein Erinnerungsstück, nur die *Idee* eines Kunstwerks. Sehr ähnlich, dachte ich, den anderen Ideen oder Erinnerungsstücken, von denen wir lebten – keine Äpfel mehr, sondern die Idee, die Rekonstruktion eines Pomologen von dem, was ein Apfel einmal war, kein Speiseeis mehr, sondern die Idee, die Erinnerung an etwas Köstliches, nun aus Ersatz hergestellt, aus Stärke, Glukose und anderen Chemikalien, kein Sex mehr, sondern die Idee oder Erinnerung davon, und so war es auch mit der Liebe, dem Glauben, Denken und so weiter. Zu diesem Thema stieg ich in einem Fahrstuhl empor, um zu sehen, was das Gericht mit seinen Phantomen Gleichheit und Gerechtigkeit von mir wollte. Als sich die Tür des Fahrstuhls öffnete, öffnete sie sich nur, keine Stimme sagte »Mein Schicksal!« Entweder erfüllte Renata alle Anforderungen, oder die Stimme war zu sehr entmutigt worden, um zu reden.

Ich stieg aus und sah meinen Anwalt Tomchek und seinen jüngeren Sozius Billy Srole am anderen Ende des weit offenen hellen grauen Korridors vor dem Amtssaal des Richters Urbanovich warten – zwei ehrlich aussehende ränkevolle Männer. Nach Szathmars Aussage (Szathmar, der nicht mal einen einfachen Namen wie Crawley behalten konnte) wurde ich von Chicagos größten juristischen Könnern vertreten.

Ich sagte: »Warum fühle ich mich bei Tomchek dann nicht sicher?«

»Weil du hyperkritisch, nervös und ein verdammter Narr bist«, sagte Szathmar. »Auf diesem Rechtsgebiet genießt niemand mehr Achtung und hat mehr Wucht. Tomchek ist einer der mächtigsten Männer in der Juristengemeinschaft. Für Scheidung und Folgeverfahren bilden diese Burschen einen Club. Sie pendeln hin und her, sie fliegen zusammen nach Acapulco, sie spielen Golf. Hinter der Szene erzählen sie den anderen, wie die ganze Sache zu handhaben ist. Verstehst du? Das schließt die Honorare ein und die steuerlichen Konsequenzen. Alles.«

»Du meinst«, sagte ich, »die prüfen meine Steuererklärung und so weiter und beschließen dann, wie sie mich zerstückeln.«

»Mein Gott!« sagte Szathmar. »Behalte deine Meinung über Anwälte für dich.« Er war zutiefst gekränkt, ja richtig erzürnt, über meine Mißachtung seines Berufs. Oh, ich war ganz seiner Meinung, daß ich meine Gefühle für mich behalten sollte. Ich gab mir alle Mühe, Tomchek gegenüber freundlich und respektvoll zu sein, aber das gelang mir nicht sehr gut. Je mehr ich mich bemühte, bei Tomcheks Behauptungen zustimmend zu murmeln und das Richtige zu sagen, desto mehr mißtraute er mir und mißfiel ich ihm. Er notierte sich die Punktzahl. Am Ende würde ich einen hohen Preis, ein riesiges Honorar bezahlen, das wußte ich. Hier war also Tomchek. Neben ihm stand Billy Srole, der Sozius.

Sozius ist ein wunderbares Wort, eine wundervolle Kategorie. Srole war pummelig, blaß, seine Haltung höchst professionell. Er trug das Haar lang und verlieh ihm Schwung, indem er mit weißer Hand darüber fuhr und es hinter die Ohren strich. Seine Finger waren an den Spitzen zurückgebogen. Er war ein Schinder. Das waren die Extravaganzen eines Schinders. Ich kenne Schinder.

»Was ist los?« fragte ich.

Tomchek legte mir den Arm um die Schulter, und wir hatten ein kurzes intimes Gespräch.

»Nichts zu fürchten«, sagte Tomchek. »Urbanovich hatte plötzlich Zeit, sich mit beiden Parteien zu besprechen.«

»Er will die Sache zu Ende bringen. Er ist stolz auf seine Rolle als Vermittler«, sagte mir Srole.

»Sehen Sie, Charlie«, sagte Tomchek. »Das ist die Technik, deren sich Urbanovich bedient. Er wird Ihnen Angst machen. Er wird Ihnen sagen, wie sehr er Ihnen schaden kann, und wird Sie blindlings in einen Vergleich rennen lassen. Geraten Sie nicht in Panik. Juristisch haben wir Ihnen eine gute Stellung erobert.«

Ich sah die gesunden grimmigen Falten in Tomcheks glattrasiertem Gesicht. Sein Atem war säuerlich-männlich. Er verströmte einen Geruch, den ich mit altmodischen Straßenbahnbremsen verband, mit Stoffwechsel und mit männlichen Hormonen. »Nein, ich werde nicht weiter nachgeben«, sagte ich. »Das hilft nichts. Wenn ich ihre Forderungen erfülle, kommt sie gleich mit neuen. Seit der Proklamation der Sklavenbefreiung gibt es einen heimlichen Kampf in diesem Lande, um die Sklaverei mit anderen Mitteln wiedereinzuführen.« Das war die Art Aussage, die Tomchek und Srole gegen mich mißtrauisch machten.

»Okay, ziehen Sie eine Grenze und halten Sie sie«, sagte Srole. »Und überlassen Sie uns das übrige. Denise macht die Sache für ihren eigenen Anwalt schwierig. Pinsker will kein Handgemenge. Er will nur sein Geld. Ihm sagt diese Lage gar nicht zu. Sie wird übrigens nebenbei noch von diesem Burschen Schwirner rechtlich beraten. Das ist völlig unmoralisch.«

»Ich hasse Schwirner! Dieses Schwein«, sagte Tomchek heftig. »Wenn ich beweisen könnte, daß er die Klägerin vögelt und gleichzeitig in meinen Fall reinfunkt, würde ich ihm den Kopf zurechtrücken. Ich würde ihn vor die Anwaltskammer zitieren.«

»Hat Schwirner mit den Gummieiern immer noch ein Verhältnis mit Charlies Frau?« fragte Strole. »Ich dachte, er hätte gerade geheiratet.«

»Und wenn er geheiratet hat? Er hat trotzdem nicht aufgehört, dieses verrückte Weib in Motels zu treffen. Sie holt sich im Heu taktische Ideen von ihm, und dann belästigt sie Pinsker damit. Die stürzen Pinsker von einer Verwirrung in die andere. Wie gern ich diesen Schwirner zu fassen kriegte.«

Ich äußerte mich nicht dazu und schien kaum zu hören, was sie sagten. Tomchek wollte, daß ich vorschlage, einen Privatdetektiv anzustellen, um Schwirner zu überführen. Ich dachte an Von Humboldt Fleisher und Scaccia, den Privatdetektiv. Davon wollte ich nichts wissen. »Ich erwarte, daß Sie beide Pinsker in Schach halten«, sagte ich. »Lassen Sie nicht zu, daß er mir die Gedärme aus dem Leib reißt.«

»Was? In der Kammer? Er wird ganz manierlich sein. Er zerfetzt Sie im Zeugenstand, aber in einer Konferenz ist er anders.«

»Er ist ein Vieh«, sagte ich.

Sie antworteten nicht.

»Er ist ein Biest, ein Kannibale.«

Das machte einen unangenehmen Eindruck. Tomchek und Srole, genau wie Szathmar, wollten auf ihren Beruf nichts kommen lassen. Tomchek blieb stumm. Es war die Aufgabe von Srole, dem Sozius und Jasager, den nörgelnden Citrine zurechtzuweisen. Mild, unpersönlich sagte Srole: »Pinsker ist ein sehr harter Mann. Ein schwieriger Gegner. Ein furchtloser Kämpfer.«

Okay, sie wollten nicht, daß ich die Anwälte schlecht machte. Pinsker gehörte zum Club. Wer war ich schließlich? Eine nebulöse, flüchtige Figur, exzentrisch und frech. Sie konnten meinen Stil überhaupt nicht leiden. Sie haßten ihn. Aber warum sollten sie ihn auch leiden können? Plötzlich sah ich die Sache von ihrem Standpunkt. Und ich war höchst erfreut. Ja, ich hatte sogar eine Erleuchtung. Vielleicht waren diese meine verschiedenen Erleuchtungen eine Auswirkung der metaphysischen Wandlungen, die ich durchlebte. Unter dem jüngsten Einfluß von Steiner dachte ich selten mit dem früheren Grauen an den Tod. Ich spürte seit neustem nicht das erdrückende Grab oder fürchtete mich vor einer Ewigkeit der Langeweile. Statt dessen fühlte ich mich oft ungewöhnlich leicht und schnellfüßig, als sei ich auf einem gewichtslosen Fahrrad und raste durch die Sternenwelt. Gelegentlich sah ich mich mit erhebender Objektivität, buchstäblich als ein Objekt unter Objekten im physischen Universum. Eines Tages würde dieses Objekt aufhören, sich zu bewegen, und wenn der Körper zusammenbrach, würde die Seele sich einfach entfernen. So stand ich, um noch einmal von den Anwälten zu sprechen, zwischen ihnen, und da waren wir, drei nackte Egos, drei Kreaturen, die in die niederen Ränge der modernen Rationalität und Berechnung gehörten. In der Vergangenheit hatte das Ich noch Gewänder getragen, die Gewänder des Standes, des Adels oder der unteren Ränge und jedes Ich hatte seine Haltung, sein Aussehen, trug die angemessene Hülle. Jetzt gab es keine Hüllen mehr, und es war nacktes Ich mit nacktem Ich, die unerträglich brannten und Schrecken verbreiteten. Ich sah das jetzt, in einem Anfall von Objektivität. Ich fühlte mich ekstatisch.

Was war ich diesen Burschen überhaupt? Ein Querkopf und ein Kuriosum. Um sich selbst herauszustreichen, prahlte Szathmar mit mir, machte zu viel von mir her, und die Leute wurden furchtbar tückisch, weil er ihnen sagte, sie sollten mich in Bibliographien nachschlagen und von meinen Preisen, meinen Medaillen und der Zick-Zack-Plakette lesen. Er behämmerte sie damit, er sagte, sie sollten stolz sein, so einen Klienten wie mich zu bekommen, und deshalb verabscheuten sie mich, ehe sie mich gesehen hatten. Den Kern ihrer Vorurteile hatte Szathmar einmal selbst formuliert, als er die Fassung verlor und schrie: »Du bist nichts weiter als ein Schwanz mit Federhalter!« Er war so wütend, daß er sich selbst übertraf und noch lauter schrie: »Mit oder ohne Federhalter bist du ein Sauschwanz!« Aber ich war nicht beleidigt. Ich fand, es war ein knalliges Schimpfwort, und lachte. Wenn man's nur richtig formulierte, konnte man mir sagen, was man wollte. Aber ich wußte genau, wie ich Tomchek und Srole beeindruckte. Sie ihrerseits ließen mich auf einen ungewöhnlichen Gedanken kommen. Und der war, daß die Geschichte etwas Neues in den Vereinigten Staaten geschaffen hatte, nämlich Gaunerei mit Selbstachtung und Zwielichtigkeit mit Ehre. Amerika war von jeher sehr aufrecht und moralisch gewesen, ein Modell für die ganze Welt, daher hatte es die Idee der Heuchelei zu Grabe getragen und zwang sich, mit diesem neuen Imperativ der Ehrlichkeit zu leben; und das tat es auf eindrucksvolle Weise. Man stelle sich nur mal Tomchek und Srole vor: Sie gehörten einem hochgeachteten, ehrenwerten Berufsstand an; dieser Berufsstand hatte seinen eigenen hohen Standard, und alles war in Butter, bis ein unmöglicher Exote wie ich, der nicht mal eine Frau im Zaum halten konnte, ein Idiot mit dem Flair, Sätze aufzufädeln, des Weges kam und das Gefühl verbreitete, daß hier falsch gespielt wurde. Ich hatte einen alten, anklägerischen Geruch an mir. Das war, wenn man meinen Gedankengang versteht, ganz unhistorisch von mir gehandelt. Aus diesem Grund erhielt ich einen verschleierten Seitenblick von Billy Srole, als führen ihm allerhand Dinge durch den Kopf, die er mir antun könnte, nach dem Gesetz oder neben dem Gesetz, wenn ich jemals vom rechten Pfad abweichen sollte. Sei auf der Hut! Er würde mich entzweihacken, mich mit seiner juristischen Fleischaxt in kleine Stücke zerteilen. Tomcheks Augen brauchten im Gegensatz zu Sroles keinen Schleier, denn seine tieferen Ansichten drangen nie bis in den Blick. Und ich war diesem furchteinflößenden Paar völlig ausgeliefert. Das war tatsächlich Teil meiner Ekstase. Es war toll. Tomchek und Srole waren genau das, was ich verdiente. Es war goldrichtig, daß ich bezahlen mußte, weil ich so unschuldig daherkam und Schutz von den weniger Reinen erwartete, von Leuten, die sich in der gefallenen Welt durchaus heimisch fühlten. Wie sollte ich davonkommen, wenn ich die gefallene Welt allen anderen auferlegte? Humboldt hatte seinen Kredit als Dichter noch genutzt, als er schon kein Dichter mehr war, sondern nur irren Anschlägen nachhing. Und ich tat weitgehend dasselbe, denn ich war eigentlich viel zu gerissen, um eine solche Weltfremdheit in Anspruch zu nehmen. Ich glaube, das Wort ist verschlagen. Aber Tomchek und Srole würden mich zurechtstauchen. Sie wurden unterstützt von Denise, Pinsker, Urbanovich und einer nach Tausenden zählenden Truppe.

»Ich wüßte gern, warum Sie so zufrieden aussehen«, sagte Srole.

»Nur ein Gedanke.«

»Sie Glücklicher mit Ihren hübschen Gedanken.«

»Aber wann gehen wir rein?« fragte ich.

»Wenn die andere Partei rauskommt.«

»Ach so, Denise und Pinsker sprechen jetzt mit Urbanovich?

Dann gehe ich vielleicht lieber in den Gerichtssaal und ruhe mich aus, meine Füße fangen an, mir weh zu tun.« Eine kleine Prise Tomchek und Srole wirkte schon nachhaltig. Ich wollte nicht bei ihnen stehen und schwatzen, bis wir aufgerufen wurden. Mein Bewußtsein konnte nicht viel mehr von ihnen ertragen. Sie ermüdeten mich rasch.

Ich erholte mich, als ich auf der hölzernen Bank saß. Ich hatte kein Buch zu lesen und nahm daher die Gelegenheit wahr, kurz zu meditieren. Der Gegenstand, den ich für meine Meditation auswählte, war ein Busch mit roten Rosen. Ich beschwor oft diesen Busch herauf, aber manchmal drängte er sich auch von selbst auf. Er war voll, er war dicht, er war über und über mit winzigen dunklen Granatrosen und frischen, gesunden Blättern bedeckt. Deshalb dachte ich fürs erste »Rose« – »Rose« und sonst nichts. Ich sah im Geiste die Zweige, die Wurzeln, den rauhen Flaum des neuen Gewächses, der sich zu Dornen verhärtete, und dazu die ganze Botanik, an die ich mich erinnerte: Phloem, Xylem, Cambium, Chloroplasten, Erde, Sonne, Wasser, Chemie; versuchte, mich in die Pflanze selbst zu projizieren und zu denken, wie ihr grünes Blut eine rote Blüte hervorbrachte. O ja, aber das neue Gewächs war bei Rosensträuchern immer rot, bevor es grün wurde. Ich erinnerte mich sehr genau an die innere spiralförmige Anordnung der Blütenblätter, den weißlichen schwachen Schimmer über dem Rot und die langsame Öffnung, die die keimtragende Mitte freilegte. Ich konzentrierte alle Kräfte meiner Seele auf diese Vision und versenkte sie in die Blüte. Dann sah ich neben diesen Blüten eine menschliche Figur stehen. Die Pflanze, sagte Rudolf Steiner, drücke die reinen, leidenschaftslosen Gesetze des Wachstums aus, aber das menschliche Wesen, das eine höhere Vollkommenheit anstrebte, nahm eine größere Last auf sich – Instinkte, Wünsche, Gefühle. So war denn ein Strauch schlafendes Leben. Aber die Menschheit versuchte sich in den Leidenschaften. Die Chance war vorhanden, daß die höheren Kräfte der Seele diese Leidenschaften läutern könnten. Geläutert konnten sie in feinerer Gestalt wiedergeboren werden. Das Rot des Blutes war ein Symbol dieses Läuterungsprozesses. Aber selbst, wenn das alles nicht so war, verursachte mir das Nachdenken über die Rosen immer ein gewisses Wonnegefühl.

Nach einer Weile dachte ich über etwas anderes nach. Ich beschwor mir einen alten schwarzen eisernen Laternenpfahl Chicagos von vor vierzig Jahren herauf, den Typ, der einen Deckel hatte wie den Hut eines Stierkämpfers oder eine Zymbel. Jetzt war es Nacht und es schneite. Ich war ein Junge und sah vom Schlafzimmerfenster zu. Es war ein Wintersturm, der Wind und Schnee schlugen gegen die eiserne Lampe, und die Rosen drehten sich unter dem Licht. Steiner empfahl die Vorstellung eines Kreuzes, das mit Rosen umwunden war, aber aus Gründen vielleicht jüdischen Ursprungs zog ich einen Laternenpfahl vor. Der Gegenstand war unwichtig, solange man aus der physischen Welt heraustrat. Wenn man aus der physischen Welt heraustrat, konnte man Teile der Seele erwachen fühlen, die noch nie erweckt worden waren.

Ich war mit dieser Übung schon ziemlich weit fortgeschritten, als Denise aus dem Zimmer kam und durch die Schwingtür trat, um sich zu mir zu setzen.

Diese Frau, die Mutter meiner Kinder, erinnerte mich, obwohl sie mir so viel Sorgen bereitete, oft an etwas, was Samuel Johnson von schönen Damen gesagt hatte: Sie mögen dumm sein, sie mögen böse sein, aber Schönheit als solche sei sehr schätzenswert. In dieser Hinsicht war Denise schätzenswert. Sie hatte große violette Augen und eine schmale Nase. Ihre Haut hatte einen leichten Flaum – man konnte diesen Flaum erkennen, wenn das Licht entsprechend war. Das Haar war auf dem Kopf hochgesteckt und gab ihm zuviel Gewicht. Wäre sie nicht schön gewesen, hätte man diese Unausgewogenheit nicht bemerkt. Die Tatsache, daß sie selbst diese übergewichtige Wirkung ihrer Frisur nicht bemerkte, schien manchmal Beweis zu sein, daß sie ein bißchen irre war. Im Gericht, nachdem sie mich mit ihrer Klage hergezerrt hatte, wollte sie immer kameradschaftlich sein. Und da sie heute ungewöhnlich freundlich war, schloß ich daraus, daß sie eine erfolgreiche Sitzung mit Urbanovich hinter sich hatte. Die Tatsache, daß sie mich wie einen Hund prügeln konnte, setzte ihre Liebesgefühle frei. Denn sie hatte mich gern. Sie sagte: »Ach, wartest du?« und ihre Stimme war hoch und vibrierend, schlug leicht um, war aber auch kämpferisch. Die Schwachen wissen im Kampf niemals, wie schwer sie einen treffen. Sie war allerdings nicht so schwach. Die Macht der Gesellschaftsordnung stand auf ihrer Seite. Aber sie fühlte sich immer schwach, sie war eine überbeanspruchte Frau. Aus dem Bett aufstehen und Frühstück machen war fast mehr, als sie auf sich nehmen konnte. Ein Taxi zum Coiffeur nehmen war auch sehr mühsam. Der schöne Kopf war eine Bürde bis zum schönen Hals. Sie setzte sich neben mich und seufzte. Sie war in letzter Zeit nicht im Schönheitssalon gewesen. Wenn ihr Haar vom Friseur ausgedünnt war, sah sie nicht ganz so riesenäugig und mondsüchtig aus. Ihre Strümpfe hatten Löcher, aber sie trug immer Lumpen vor Gericht. »Ich bin völlig erschöpft«, sagte sie. »Ich kann vor diesen Gerichtstagen nie schlafen.«

Ich murmelte: »Tut mir schrecklich leid.«

»Dir scheint's auch nicht bestens zu gehen.«

»Die Mädchen sagen mir manchmal ›Vati, du siehst absolut blendend aus – grün und schrumplig.‹ Wie geht's ihnen, Denise?«

»So gut, wie's ihnen gehen kann. Sie vermissen dich.«

»Das ist wohl normal.«

»Nichts ist für sie normal. Sie vermissen dich schmerzlich.«

»Du verhältst dich zum Schmerz wie Vermont zum Sirup.«

»Was soll ich dazu sagen?«

»Nur ›okay‹ oder ›nicht okay‹.«

»Sirup! Sobald dir etwas in den Kopf kommt, gibst du's von dir. Das ist deine große Schwäche, deine schlimmste Versuchung.«

Dies war der Tag, an dem ich den Standpunkt des anderen einsah. Wie gewinnt ein Mensch Kraft? Denise hatte da recht – indem man die ständige Versuchung niederkämpft. Es hat Zeiten gegeben, da ich meine Kräfte zunehmen fühlte, gerade weil ich den Mund gehalten und nicht gesagt hatte, was ich dachte. Trotzdem scheine ich nicht zu wissen, was ich denke, bis ich sehe, was ich sage.

»Die Mädchen machen Pläne für Weihnachten. Du sollst sie zur Festvorstellung im Goodman Theater mitnehmen.«

»Nein, kommt nicht in Frage. Das ist deine Idee.«

»Bist du eine zu große Persönlichkeit, um sie ins Schauspiel mitzunehmen wie ein gewöhnlicher Vater? Du hast's ihnen versprochen.«

»Ich? Niemals. Das hast du selbst getan, und jetzt bildest du dir ein, daß ich's versprochen hätte.«

»Du bist doch zu Hause, oder?«

Tatsächlich war ich's nicht. Ich wollte am Freitag fahren. Ich war noch nicht dazu gekommen, Denise davon zu erzählen, und sagte auch jetzt nichts.

»Oder planst du eine Reise mit Renata Fett-Titte?«

Auf dieser Ebene war ich Denise nicht gewachsen. Wieder Renata! Sie wollte sogar den Kindern nicht erlauben, mit dem kleinen Roger Koffritz zu spielen. Einmal hat sie gesagt: »Später sind sie immun gegen diese Art von Nutteneinfluß. Aber einmal sind sie nach Hause gekommen und haben mit ihrem kleinen Hintern gewackelt, und ich wußte, du hattest dein Versprechen gebrochen, sie von Renata fernzuhalten.« Denises Informationsnetz war ungewöhnlich zuverlässig. Sie wußte zum Beispiel die ganze Affäre mit Harold Flonzaley. »Wie geht's deinem Nebenbuhler, dem Leichenbestatter?« fragte sie mich manchmal. Denn Renatas Freier Flonzaley besaß eine Kette von Bestattungsintituten. Flonzaley, ein Geschäftsfreund ihres verflossenen Mannes, hatte haufenweise Geld, aber er hatte ein Diplom von der Staatsuniversität, das läßt sich nicht leugnen, in Einbalsamierung. Das gab unserer Liebesbeziehung eine düstere Note. Ich habe mich einmal mit Renata gestritten, weil ihre Wohnung mit Blumen gefüllt war, und ich wußte, daß das überzählige Beerdigungsblumen waren, die von tieftraurigen Leidtragenden liegengelassen und in Flonzaleys speziellem Blumen-Cadillac geliefert worden waren. Sie mußte die Blumen auf mein Geheiß in den Müllschacht werfen. Flonzaley umwarb sie noch.

»Arbeitest du überhaupt?« fragte Denise.

»Nicht allzuviel.«

»Du spielst nur Racquetball mit Langobardi und erholst dich bei der Mafia? Ich weiß, daß du deine seriösen Freunde am Midway nicht besuchst. Durnwald würde dir die Leviten lesen, aber der ist in Schottland. Sehr bedauerlich. Ich weiß, er hat Fett-Titte nicht viel lieber als ich. Und er hat mir einmal erzählt, wie wenig er mit deinem Busenfreund Thaxter einverstanden ist und daß du bei *The Ark* mitmachst. Du hast wahrscheinlich ein ganzes Faß voll Geld für diese Zeitschrift ausgegeben, und wo ist die erste Nummer? *Nessuno sa.*« Denise war eine Opernliebhaberin, hatte ein Abonnement für die lyrische Oper und zitierte oft aus Mozart oder Verdi. *Nessuno sa* stammte aus *Cosi fan tutte.* Wo findet man die Treue der Frauen, singt Mozarts weltlicher Alleswisser – *dove sia? dove sia? Nessuno sa!* Wieder spielte sie auf den seltsamen Seitensprung von Renata an, und ich wußte es sehr genau.

»Wie die Dinge stehen, erwarte ich Thaxter. Vielleicht schon heute.«

»Gewiß, er wird in die Stadt einfallen wie die ganze Truppe vom *Sommernachtstraum*! Du zahlst ihm lieber die Rechnungen, als daß du deinen Kindern Geld gibst.«

»Meine Kinder haben eine Menge Geld. Du hast das Haus und Hunderttausende. Du hast die gesamten *Trenck*-Einnahmen, du und die Anwälte.«

»Ich kann diese Scheune nicht in Schuß halten. Die viereinhalb Meter hohen Decken. Du hast die Heizungsrechnungen nicht gesehen. Aber dann könntest du dein Geld auch an schlimmere Leute vergeuden als an Thaxter, und das tust du auch. Thaxter hat wenigstens einen gewissen Stil. Er hat uns sehr stilgerecht nach Wimbledon mitgenommen. Erinnerst du dich? Mit einem Korb. Mit Champagner und Räucherlachs von Harrods. Wie ich gehört habe, hat ihm damals die CIA die Spesen bezahlt. Warum sollte die CIA nicht auch *The Ark* bezahlen?«

»Warum die CIA?«

»Ich habe eure Ankündigung gelesen. Ich fand, es wäre genau die Art von seriösem intellektuellem Magazin, das die CIA für Propaganda im Ausland gebrauchen könnte. Du bildest dir doch ein, gewissermaßen ein kultureller Staatsmann zu sein.«

»Ich wollte in der Ankündigung nichts weiter sagen, als daß Amerika nicht mit Knappheit zu kämpfen habe und daß wir uns alle den Menschen gegenüber schuldig fühlten, die immer noch um Brot und Freiheit zu kämpfen hätten, die alten grundlegenden Probleme. Wir verhungerten nicht, wir würden nicht von der Polizei belästigt, für unsere Ideen in Irrenhäuser eingesperrt, verhaftet, deportiert, als Sklavenarbeiter in Konzentrationslager geschickt, um dort zu sterben. Man ersparte uns die Massenvernichtung und Nächte des Schreckens. Mit unseren Vorteilen sollten wir die neue grundlegende Frage für die Menschheit formulieren. Aber statt dessen schliefen wir. Wir schliefen und schliefen und äßen und spielten und nörgelten und schliefen wieder.«

»Wenn du ernst wirst, bist du urkomisch, Charlie. Und jetzt hast du dich der Mystik verschrieben und hältst außerdem diese fette Nutte aus und wirst außerdem ein Sportsmann und ziehst dich außerdem an wie ein Snob – alles Symptome des geistigen und körperlichen Verfalls. Das tut mir wirklich leid. Nicht nur, weil ich die Mutter deiner Kinder bin, sondern weil du auch einmal Verstand und Talent gehabt hast. Du wärst vielleicht produktiv geblieben, wenn die Kennedys noch am Leben wären. Durch ihr Wirken bist du verantwortungsbewußt und geistig normal geblieben.«

»Du sprichst wie der verstorbene Humboldt. Der wollte Kulturzar unter Stevenson werden.«

»Auch der alte Humboldt-Kater. Den hast du immer noch. Er war der letzte ernstzunehmende Freund, den du hattest.«

In diesen Gesprächen, die immer eine gewisse Traumhaftigkeit hatten, glaubte Denise besorgt, gefällig, ja sogar liebevoll zu sein. Die Tatsache, daß sie in das Sprechzimmer des Richters gegangen war und mir wieder eine juristische Grube gegraben hatte, spielte keine Rolle. In ihrer Sicht waren wir wie England und Frankreich: geliebte Feinde. Für sie war das eine Sonderbeziehung, die intelligente Auseinandersetzungen zuließ.

»Ich habe von diesem Dr. Scheldt gehört, deinem Anthroposophen-Guru. Man sagt, er sei sehr gütig und nett. Aber seine Tochter ist 'ne richtige kleine Puppe. Eine kleine Opportunistin. Sie will auch, daß du sie heiratest. Du bist eine furchtbare Herausforderung für weibliche Wesen, die deinetwegen Ruhmesträume haben. Aber du kannst dich immer hinter der armen Demmie Vonghel verstecken.«

Denise bombardierte mich mit Munition, die sie täglich in ihrem Hirn und Herzen aufspeicherte. Aber wieder waren ihre Informationen genau zutreffend. Wie Renata und die alte Señora sprach auch Miß Scheldt von Mai-Dezember-Ehen, von dem Glück und der Schöpferkraft in Picassos späten Jahren, von Casals und Charlie Chaplin und Richter Douglas.

»Renata will nicht, daß du ein Mystiker wirst, oder?«

»Renata mischt sich nicht auf diese Weise ein. Ich bin kein Mystiker. Und jedenfalls weiß ich nicht, warum Mystiker solch ein Schimpfwort sein sollte. Es bedeutet nicht viel mehr als das Wort Religion, wovon einige Leute noch mit Achtung sprechen. Was heißt Religion? Es heißt, daß es in den Menschen etwas gibt, was über den Körper und das Hirn hinausreicht, und daß wir Wissensmöglichkeiten haben, die über den Organismus und die Sinne hinausweisen. Das habe ich immer geglaubt. Vielleicht stammt mein Elend daher, daß ich die eigenen metaphysischen Ahnungen ignoriert habe. Ich bin im College gewesen und kenne daher die gelehrten Antworten. Prüfe mich über die wissenschaftliche Weltsicht, und ich kriege eine glänzende Note. Aber das ist reine Kopfarbeit.«

»Du bist ein geborener Spinner, Charlie. Als du sagtest, du wolltest diesen Essay über die Langeweile schreiben, dachte ich: Das wird was! Jetzt degenerierst du schnell, ohne mich. Manchmal habe ich das Gefühl, du bist reif fürs Irrenhaus oder die Nervenheilanstalt. Warum greifst du nicht zurück auf dein Buch über Washington in den sechziger Jahren? Das Zeug, das du in den Zeitschriften veröffentlicht hast, war großartig. Du hast mir darüber hinaus viel erzählt, was niemals gedruckt worden ist. Wenn du deine Notizen verloren hast, könnte ich dich daran erinnern. Ich kann dich noch zur Vernunft bringen, Charlie.«

»Du glaubst, daß du das kannst?«

»Ich sehe die Fehler, die wir beide gemacht haben. Und wie du jetzt lebst, ist zu grotesk – all diese Frauen und die Athletik und die Reisen und nun die Anthroposophie. Dein Freund Durnwald ist deinetwegen bekümmert. Und ich weiß, daß dein Bruder Julius sich Sorgen macht. Hör, Charlie, willst du mich nicht wieder heiraten? Erst mal könnten wir die juristische Auseinandersetzung einstellen. Wir sollten uns wieder zusammentun.«

»Ist das ein ernsthafter Antrag?«

»Vor allem wünschen sich's die Mädchen. Denke darüber nach. Du führst nicht gerade ein freudvolles Leben. Du bist in schlechter Verfassung. Ich würde ein Risiko auf mich nehmen.« Sie stand auf und öffnete ihre Handtasche. »Hier sind ein paar Briefe, die an die alte Adresse gekommen sind.«

Ich besah die Poststempel. »Die sind Monate alt. Du hättest sie mir schon früher geben können, Denise.«

»Was macht das schon aus? Du kriegst sowieso zu viel Post. Das meiste beantwortest du ja doch nicht, und wozu nützt es dir?«

»Diesen Brief hast du geöffnet und wieder zugeklebt. Er ist von Humboldts Witwe.«

»Kathleen? Die waren Jahre geschieden, bevor er starb. Wie dem auch sei, hier naht sich dein juristischer Verstand.«

Tomchek und Srole betraten den Gerichtssaal, und von der anderen Seite kam der Kannibale Pinsker in einem hellgelben doppelt gewirkten Bombenanzug, einer großen gelben Krawatte, die auf seinem Hemd lag wie eine Käseomelette, und farblich abgesetzten braunen Schuhen. Sein Kopf war brutal behaart. Er war angegraut und gab sich wie ein alter Preisboxer. Was könnte er in einer früheren Inkarnation gewesen sein, fragte ich mich. Diese Frage galt für uns alle.

Wir verhandelten schließlich doch nicht mit Denise und Pinsker, sondern nur mit dem Richter. Tomchek, Srole und ich betraten das Richterzimmer. Richter Urbanovich, ein Kroate, vielleicht auch ein Serbe, war beleibt und kahl, ein fetter Mann mit einem etwas platten Gesicht. Aber er war herzlich, er war sehr kultiviert. Er bot uns eine Tasse Kaffee an. Ich verwies seine Herzlichkeit an den Ausschuß für Wachsamkeit. »Nein, danke«, sagte ich.

»Wir haben nun fünfmal als Gericht getagt«, begann Urbanovich. »Dieser Rechtsstreit schädigt die Parteien – natürlich nicht ihre Anwälte. Im Zeugenstuhl zu sitzen ist für einen empfindsamen Menschen wie Mr. Citrine eine Tortur . . .« Der Richter wollte, daß ich das ironische Gewicht dieser Äußerung merkte. Empfindsamkeit, wenn sie echt war, war bei einem reifen Mann aus Chicago eine heilbare Form der Pathologie, aber ein Mann, dessen Einkommen in seinen Spitzenjahren zweihunderttausend Dollar überstieg, täuschte Empfindsamkeit nur vor. Empfindsame Pflanzen verdienten nicht so viel Zaster. »Es kann nicht angenehm sein«, sagte jetzt Richter Urbanovich zu mir, »von Mr. Pinsker ins Verhör genommen zu werden. Er gehört zur scharfkantigen Schule. Er kann die Titel Ihrer Bücher oder die Namen von französischen, italienischen oder auch englischen Firmen, mit denen Sie zu tun haben, nicht aussprechen. Außerdem gefällt Ihnen sein Schneider nicht und sein Geschmack für Hemden und Schlipse . . .«

In kurzen Worten, es wäre schlimm genug, diesen häßlichen, gewalttätigen Stoffel Pinsker auf mich zu hetzen, aber wenn ich mich weiter sträubte, würde der Richter ihn loslassen.

»Drei, vier, fünf verschiedene Male haben wir mit Mrs. Citrine verhandelt«, sagte Tomchek.

»Ihre Angebote waren nicht ausreichend.«

»Herr Richter, Mrs. Citrine hat große Mengen Geld erhalten«, sagte ich. »Wir bieten mehr an, und sie steigert ihre Forderungen. Wenn ich kapituliere, wollen Sie mir dann garantieren, daß ich nächstes Jahr nicht wieder vor Gericht stehe?«

»Nein, aber ich kann's versuchen. Ich kann das zur *res judicata* machen. Ihr Problem, Mr. Citrine, ist Ihre bewiesene Fähigkeit, große Summen zu verdienen.«

»Nicht in letzter Zeit.«

»Nur weil Sie vom Rechtsstreit verstört sind. Wenn ich den Rechtsstreit beende, setze ich Sie frei, und für Ihre Verdienstmöglichkeiten gibt es keine Grenzen. Sie werden mir danken . . .«

»Herr Richter, ich bin altmodisch und vielleicht sogar schon veraltet. Ich habe die Methoden der Massenproduktion nie gelernt.«

»Seien Sie deswegen nicht so nervös, Mr. Citrine. Wir haben Vertrauen zu Ihnen. Wir haben Ihre Artikel in *Life* und *Look* gesehen.«

»Aber *Life* und *Look* haben zugemacht. Sie sind ebenfalls veraltet.«

»Wir haben Ihre Steuererklärungen. Die sprechen eine andere Sprache.«

»Immerhin«, sagte Tomchek. »Nach den Bedingungen einer zuverlässigen Geschäftsvoraussage. Wie kann mein Klient versprechen, daß er produzieren wird?«

Urbanovich sagte: »Es ist undenkbar, was auch geschehen mag, daß Mr. Citrine jemals unter die fünfzig Prozent Steuerklasse absinken wird. Wenn er also Mrs. Citrine dreißigtausend pro Jahr zahlt, dann kostet es ihn nur fünfzehntausend in echten Dollars. Bis zur Großjährigkeit der jüngeren Tochter.«

»Dann muß ich also die nächsten vierzehn Jahre, oder bis ich etwa siebzig bin, einhunderttausend Dollar pro Jahr verdienen. Ich kann nicht umhin, darüber ein wenig belustigt zu sein, Herr Richter. Haha! Ich glaube nicht, daß mein Hirn kräftig genug ist, es ist mein einziges echtes Vermögen. Andere Leute haben Land, Mieteinkünfte, Inventar, Management, Kapitaleinkünfte, Preissubventionen, Abschreibungen, staatliche Unterstützung. Ich habe keine derartigen Vorteile.«

»Oh, aber Sie sind ein kluger Mann, Mr. Citrine. Selbst in Chicago ist das offensichtlich. Es besteht also keine Veranlassung, dies als gesonderten Fall zu behandeln. In der Güterteilung bei der Scheidung hat Mrs. Citrine weniger als die Hälfte erhalten, und sie behauptet, daß die Unterlagen gefälscht wurden. Sie sind ein wenig verträumt und haben das wahrscheinlich nicht bemerkt. Vielleicht wurden die Unterlagen von anderen gefälscht. Trotzdem sind Sie nach dem Gesetz verantwortlich.«

Srole sagte: »Wir stellen jede Art von Betrug in Abrede.«

»Nun, ich glaube nicht, daß Betrug hier das eigentliche Problem ist«, sagte der Richter – und machte mit offenen Händen eine wegschiebende Geste. »Fische« waren anscheinend sein astrologisches Zeichen. Er trug kleine Fisch-Manschettenknöpfe – von Kopf bis Schwanz.

»Und was Mr. Citrines verminderte Produktivität in den letzten Jahren angeht, so könnte das beabsichtigt sein, um die Klägerin zu stoppen. Oder es kann auch möglich sein, daß er sich geistig in einer Übergangsphase befindet.« Der Richter amüsierte sich, das war ihm anzusehen. Offenbar war ihm Tomchek, der Scheidungsstaatsmann, unsympathisch, er war sich bewußt, daß Srole nur ein Handlanger war, und vergnügte sich daher mit mir. »Ich habe Verständnis für die Probleme Intellektueller, und ich weiß, daß sie sich in Gedankengänge verrennen können, die nichts einbringen. Aber ich habe gehört, daß der Bursche Maharishi, der den Leuten beigebracht hat, die Zunge rückwärts zu wenden, am Gaumen vorbei, so daß sie mit der Zungenspitze in die eigene Kieferhöhle fühlen können, ein Multimillionär geworden ist. Viele Ideen sind marktgängig, und vielleicht sind Ihre eigenen Gedankengänge gewinnträchtiger, als Sie wissen«, sagte er.

Die Anthroposophie hatte deutliche Wirkungen. Ich konnte das alles nicht zu ernst nehmen. Außerweltlichkeit färbte das Ganze, und immer wieder schien sich mein Geist selbständig zu machen. Er verließ mich und flog zum Fenster hinaus, um dort ein wenig über dem Rathausplatz umherzuschweben. Oder aber die meditativen Rosen begannen in meinem Kopf zu glühen, in betautes Grün gefaßt. Aber der Richter machte mich zur Schnecke, erläuterte mir das zwanzigste Jahrhundert neu, damit ich's nicht vergaß, wenn ich mich entschied, wie ich den Rest meines Lebens verbringen wollte. Ich sollte aufhören, ein altmodischer Handwerker zu sein und mir die Methoden seelenloser Massenanfertigung (Ruskin) zu eigen machen. Tomchek und Srole, an beiden Seiten des Richterpults, stimmten im Herzen zu. Sie sagten fast nichts. Da ich mich verlassen und verärgert fühlte, sprach ich schließlich für mich.

»Dann ist es also eine halbe Million Dollar mehr. Und selbst, wenn sie wiederheiratet, verlangt sie ein garantiertes Einkommen von zehntausend Dollar?«

»Stimmt.«

»Und Mr. Pinsker verlangt ein Honorar von dreißigtausend – zehntausend Dollar für jeden Monat, den er an dem Fall gearbeitet hat?«

»Das ist wirklich nicht so unberechtigt«, sagte der Richter. »Sie sind durch Honorare nicht besonders getroffen worden.«

»Es beläuft sich auf nicht mehr als fünfhundert Dollar die Stunde. So teuer schätze ich meine Zeit ein, besonders wenn ich etwas tun muß, was mir zuwider ist«, sagte ich.

»Mr. Citrine«, sagte der Richter zu mir, »Sie haben mehr oder weniger ein Zigeunerleben geführt. Jetzt hatten Sie eine Kostprobe von der Ehe, der Familie, den Einrichtungen des Mittelstandes, und Sie wollen aussteigen. Aber wir können Ihnen nicht gestatten, so rumzuplätschern.«

Plötzlich war's mit meiner Gleichgültigkeit vorbei, und ich befand mich in großer Erregung. Ich verstand, was für Gefühle an Humboldts Herz gezerrt hatten, als sie ihn packten und fesselten und ins Bellevue beförderten. Der Mann mit Talent balgte sich mit Polizei und Krankenwärtern. Und abgesehen von der gesellschaftlichen Ordnung mußte er auch gegen seinen shakespearschen Trieb ankämpfen – den Trieb zur leidenschaftlichen Rede. Dem mußte man widerstehen. Ich hätte jetzt laut aufschreien können. Ich hätte beredt und bewegend sein können. Wenn ich aber losgeschrien hätte wie Lear vor seinen Töchtern, wie Shylock, der den Christen den Spiegel vorhielt? Es hätte mir nichts gefruchtet, flammende Worte hervorzustoßen. Die Töchter und die Christen hatten begriffen. Tomchek, Srole und der Richter begriffen nichts. Angenommen, ich würde über die Moral losbrechen, über Fleisch und Blut und Gerechtigkeit und das Böse, und was für ein Gefühl es war, ich, Charlie Citrine zu sein? War dies ein Gericht der Rechtlichkeit, ein Forum des Gewissens? Und hatte ich, auf meine wirre Art, nicht versucht, etwas Gutes in die Welt zu bringen? Ja, und nachdem ich einen höheren Zweck angestrebt hatte, wenn auch, ohne ihm nahe zu kommen, jetzt, da ich alterte, schwächer wurde, entmutigt war, an meinem Durchhaltevermögen und selbst meiner geistigen Gesundheit zweifelte, wollte man mich für das letzte Jahrzehnt vor eine noch schwerere Last schirren. Denise hatte nicht recht, wenn sie sagte, daß ich alles, was mir durch den Kopf fuhr, von mir haspelte. O nein. Ich kreuzte die Arme über der Brust und hielt den Mund, wobei ich riskierte, daß mir vor Mundhalten das Herz brach. Übrigens, was das Leiden betraf, so gehörte ich nur zur Mittelschicht, oder noch darunter. Daher schwieg ich aus Achtung vor dem wahren Artikel. Ich rangierte meine Gedanken auf ein anderes Gleis. Zumindest versuchte ich es. Ich fragte mich, worüber Kathleen Fleisher Tigler mir wohl schrieb.

Das waren sehr harte Gesellen. Ich war für sie wegen meiner weltlichen Güter interessant. Sonst wäre ich längst hinter den Stahlmaschen im Bezirksgefängnis. Und was Denise betraf, diese wunderbare Irre mit den großen Veilchenaugen, der schmalen flaumigen Nase, der gebrochenen kriegerischen Stimme – angenommen, ich würde ihr alles Geld anbieten, das ich hatte. Es würde überhaupt nichts ausmachen, sie würde mehr wollen. Und der Richter? Der Richter war aus Chicago und ein Politiker, und sein Schiebergeschäft war gleiches Recht nach dem Gesetz. Eine Herrschaft der Gesetze? Dies war eine Herrschaft der Juristen. Aber nein, nein, ein erregtes Herz und flammende Worte würden die Sache nur verschlimmern. Nein, der Name des Spiels war Schweigen, Härte und Schweigen. Ich wollte nicht reden. Eine Rose, oder etwas, das wie eine Rose glühte, trat dazwischen, wedelte einen Augenblick in meinem Kopf, und ich merkte, daß meine Entscheidung gutgeheißen wurde.

Der Richter beschoß mich nun ernstlich. »Ich habe gehört, daß Mr. Citrine oft das Land verlassen hat und plant, schon wieder ins Ausland zu reisen.«

»Das ist das erste, was ich höre«, sagte Tomchek. »Wollen Sie verreisen?«

»Über die Weihnachtsfeiertage«, sagte ich. »Gibt es einen Grund, der dagegen spricht?«

»Keinen«, sagte der Richter, »wenn Sie nicht versuchen, der Rechtsprechung zu entrinnen. Die Klägerin und Mr. Pinsker haben die Meinung geäußert, daß Mr. Citrine das Land für immer verlassen will. Sie sagen, er hätte den Mietvertrag für seine Wohnung nicht erneuert und verkaufe seine wertvolle Sammlung von Orientteppichen. Ich nehme an, es gibt keine Schweizer Nummernkonten. Aber was könnte ihn hindern, seinen Kopf, der sein großer Aktivposten ist, nach Irland oder nach Spanien zu bringen, Ländern die keine Auslieferungsabkommen mit uns haben?«

»Gibt es dafür irgendwelche Anhaltspunkte, Herr Richter?« fragte ich.

Die Anwälte begannen, diese Sache zu diskutieren, und ich fragte mich, woher Denise erfahren hatte, daß ich verreisen wollte. Allerdings erzählte Renata der Señora alles, und die Señora, die sich ihr Abendbrot durch Tratsch erschnorrte, brauchte schlagende Themen, worüber sie tratschen konnte. Wenn sie nichts Interessantes an der Abendtafel vorzubringen wußte, dann konnte sie ebensogut tot sein. Es war jedoch auch möglich, daß Denises Spionagenetz einen Kontakt in Poliakoffs Reisebüro hatte.

»Diese häufigen Flüge nach Europa sollen angeblich einen bestimmten Zweck erfüllen.« Richter Urbanovich hatte jetzt die Hand am Ventil und ließ den Druck noch weiter steigen. Sein heiterer Blick sagte funkelnd: »Nimm dich in acht!« Und plötzlich war Chicago gar nicht meine Stadt. Es war überhaupt nicht wiederzuerkennen. Ich bildete mir nur ein, daß ich hier aufgewachsen war, daß ich diesen Ort kannte, daß ich von ihm gekannt wurde. In Chicago waren meine persönlichen Ziele Quatsch, meine Ansichten eine fremdartige Ideologie, und ich begriff, was mir der Richter mitteilen wollte. Und zwar, daß ich all die Kannibalen-Pinskers gemieden und mich von unbequemen Wirklichkeiten befreit hatte. Er, Urbanovich, ein ebenso kluger Mann wie ich, mit ebensoviel Verstand und besserem Aussehen – kahl oder nicht –, hatte seinen gesellschaftlichen Tribut in voller Höhen entrichtet, hatte mit allen Pinskers Golf gespielt und mit ihnen gegessen. Er hatte sich dem als Mann und Bürger unterziehen müssen, während ich die Freiheit hatte, in Fahrstuhlschächten auf und ab zu segeln und zu erwarten, daß ein liebliches Wesen –

»Mein Schicksal!« – mich beim nächsten Türöffnen anlächeln würde. Man würde mir mein Schicksal besorgen.

»Die Klägerin hat um eine Verfügung *ne exeat* gebeten. Ich überlege, ob nicht eine Kaution am Platze wäre«, sagte Urbanovich. »Vielleicht zweihunderttausend.«

Empört sagte Tomchek: »Ohne einen Anhaltspunkt, daß mein Klient sich allem entziehen will?«

»Er ist ein sehr zerstreuter Mensch, Herr Richter«, sagte Srole. »Wenn er den Mietkontrakt nicht erneuert, ist das bei ihm ein normales Versehen.«

»Wenn Mr. Citrine einen kleinen Laden hätte, eine kleine Fabrik, wenn er eine Berufspraxis hätte oder eine Stellung in einer öffentlichen Institution«, sagte Urbanovich, »würde sich die Frage einer plötzlichen Flucht gar nicht stellen.« Mit rundäugiger furchtbarer Harmlosigkeit schaute er mich abwägend an.

Tomchek widersprach: »Citrine war sein Leben lang Bürger von Chicago, ist eine Persönlichkeit in dieser Stadt.«

»Ich habe gehört, daß ihm dieses Jahr eine große Menge Geld durch die Lappen gegangen ist. Ich zögere, das Wort vergeudet zu gebrauchen – es ist sein Geld.« Urbanovich zog seine Notizen zu Rate. »Große Verluste in einem Publikationsunternehmen genannt *The Ark*. Ein Kollege, Mr. Thaxter . . . faule Schulden.«

»Soll damit angedeutet werden, daß das keine echten Verluste sind und er Geld beiseite geschafft hat? Das sind Mrs. Citrines Behauptungen, ist ihr Verdacht«, sagte Tomchek. »Hält das Gericht das für Tatsachen?«

Der Richter sagte: »Dies ist eine Privatunterhaltung im Richterzimmer, nichts weiter. Ich finde jedoch, angesichts dieser einen unbestreitbaren Tatsache, daß so viel Geld plötzlich Flügel bekommen hat, sollte Mr. Citrine mir eine umfassende und für die Gegenwart gültige Darlegung seiner Finanzlage geben, damit ich eine Kautionssumme bestimmen kann, falls sich das als nötig erweist. Sie wollen mir das doch nicht verweigern, Mr. Citrine, oder?«

Schlimm! Sehr schlimm! Vielleicht hatte Cantabile wirklich den richtigen Gedanken gehabt – sie mit einem Lastwagen überfahren, die Furie umbringen.

»Ich muß mich mit meinem Buchhalter zusammensetzen, Herr Richter«, sagte ich.

»Mr. Citrine, Sie sehen etwas drangsaliert aus. Sie verstehen hoffentlich, daß ich unparteiisch bin, daß ich beiden Parteien gegenüber fair sein werde.« Wenn der Richter lächelte, wurden gewisse Muskeln, die hinterhältige Menschen gar nicht entwickeln, auf einmal alle sichtbar. Das war interessant. Wozu hatte die Natur solche Muskeln ursprünglich bestimmt? »Ich persönlich glaube nicht, daß Sie durchgehen wollen. Mrs. Citrine gibt zu, daß Sie ein sehr liebevoller Vater sind. Immerhin geraten Menschen in Verzweiflung, und dann lassen sie sich überreden, unüberlegte Dinge zu tun.«

Er wollte mir klarmachen, daß meine Beziehungen zu Renata kein Geheimnis waren.

»Ich hoffe, Sie und Mrs. Citrine und Mr. Pinsker wollen mir etwas übriglassen, wovon ich leben kann.«

Dann waren wir, die Gruppe des Beklagten, wieder in dem hellgrauen, gefleckten, blankpolierten Steinkorridor, und Srole sagte: »Charles, genau wie wir Ihnen gesagt haben, das ist die Technik dieses Mannes. Jetzt sollen Sie verängstigt sein und uns bitten, den Vergleich zu schließen und Sie davor zu retten, geschlachtet und in Stücke gehackt zu werden.«

»Nun, das funktioniert ja auch«, sagte ich. Ich wünschte, ich hätte von diesem amtlichen Wolkenkratzer mit seinen vielfachen Quadraten auf Nimmerwiedersehen in ein anderes Leben springen können. »Ich bin verängstigt«, sagte ich. »Und ich möchte mich für mein Leben gern vergleichen.«

»Ja, aber das können Sie nicht. Sie wird's nicht annehmen«, sagte Tomchek. »Sie wird nur so tun. Sie will von einem Vergleich nichts hören. Das ist alles vorgezeichnet, und bei jedem Essen hat mir jeder Psychoanalytiker, mit dem ich's besprochen habe, immer wieder dasselbe gesagt – Kastration, das und nichts anderes ist es, wenn eine Frau hinter dem Geld her ist.«

»Es ist mir nicht ganz klar, warum Urbanovich so versessen ist, sie zu unterstützen.«

»Für ihn ist das eine ganz große Gaudi«, sagte Srole. »Oft kommt es mir so vor.«

»Und am Ende wird der größte Teil des Geldes für Prozeßkosten draufgehen«, sagte ich. »Ich habe mich schon manchmal gefragt, warum ich nicht aufgebe und das Gelübde der Armut ablege . . .« Aber das war müßiges Theoretisieren. Ja, ich könnte mein geringes Vermögen hergeben und in einem Hotelzimmer leben und sterben wie Humboldt. Ich war besser gerüstet, ein geistiges Leben zu führen, da ich nicht manisch-depressiv war, und das könnte meinen Wünschen durchaus entsprechen. Nur würde es ihnen nicht genug entsprechen. Denn dann würde es keine Renatas mehr geben, kein erotisches Leben mehr, keine erregenden Ängste mehr, die mit dem erotischen Leben verbunden sind und die mir vielleicht sogar wichtiger waren als Sex als solcher. Ein Armutsgelübde war nicht das Gelübde, das Renata erwartete.

»Die Kaution – die Kaution ist das Schlimme. Das ist ein Tiefschlag«, sagte ich. »Ich finde wirklich, Sie hätten mehr widersprechen sollen. Kämpfen sollen.«

»Aber was ist da zu kämpfen«, sagte Billy Srole. »Das Ganze ist ein Bluff. Er hat nichts, woran er's aufhängen könnte. Sie haben vergessen, einen Mietvertrag zu unterzeichnen. Sie fahren nach Europa. Das sind vielleicht Berufsreisen. Und hören Sie mal, woher weiß die Frau jeden einzelnen Schritt, den Sie tun wollen?«

Ich war sicher, daß Mrs. Da Cintra im Reisebüro, die mit dem Wollturban, Denise die Auskünfte gab, weil Renata zu ihr unhöflich, ja sogar hochfahrend war. Und was Denises Kenntnis meiner Handlungen betraf, so hatte ich dafür eine Analogie. Vergangenes Jahr habe ich meine beiden kleinen Mädchen zum Camping in den Westen genommen, und wir besuchten einen Bibersee. Am Ufer entlang hatte die Forstverwaltung Beschreibungen vom Lebenskreis der Biber angebracht. Die Biber wußten nichts davon und nagten, bauten Dämme, fraßen und vermehrten sich weiter. Mein eigener Fall war recht ähnlich. Bei Denise war es, im Mozartschen Italienisch, das sie liebte, *Tutto tutto già si sa*. Alles, alles von mir war bekannt.

Ich sah nun ein, daß ich Tomchek gekränkt hatte, weil ich an seiner Behandlung der Kautionsfrage Kritik übte. Nein, ich hatte ihn wütend gemacht. Um jedoch das Verhältnis zu seinen Klienten aufrechtzuerhalten, ließ er's an Denise aus. »Wie konnten Sie so ein bösartiges Weib heiraten!« sagte er. »Wo zum Teufel war Ihr Verstand? Sie sind doch ein kluger Mann. Und wenn eine solche Frau beschließt, Sie zu Tode zu ärgern, was sollen da ein paar Anwälte ausrichten?« Schon außer Atem vor Zorn, konnte er nichts mehr sagen, klemmte seine Attachémappe unter den Arm und verließ uns. Ich wünschte, daß Srole auch gehen würde, aber er meinte, er müsse mir erzählen, wie stark meine rechtliche Position (dank seiner Bemühungen) wirklich war. Er stand mir im Weg und wiederholte, daß Urbanovich mein Geld nicht beschlagnahmen könne. Er hätte dafür keine Handhabe. »Aber *sollte* es zum Schlimmsten kommen und er Sie mit einer Kaution belegen, dann weiß ich einen Mann, der Ihnen einen echten Gelegenheitskauf in steuerfreien Kommunalpapieren anbieten kann, so daß Sie das Einkommen aus dem eingefrorenen Geld nicht verlieren.«

»Hübsch ausgedacht«, sagte ich.

Um ihn loszuwerden, ging ich auf die Herrentoilette. Als er mir dorthin folgte, trat ich in eine der Kabinen und war endlich imstande, Kathleens Brief zu lesen.

Wie erwartet, machte mir Kathleen Mitteilung vom Tod ihres zweiten Mannes, Frank Tigler, bei einem Jagdunfall. Ich kannte ihn gut, denn während ich meine sechs Wochen in Nevada absaß, um mich für eine Scheidung zu qualifizieren, war ich zahlender Gast auf der Gästeranch der Tiglers gewesen. Das war ein einsamer, verkommener, gottverlassener Ort am Volcano Lake. Meine Beziehungen zu Tigler waren erinnernswert. Ich konnte sogar mit Recht behaupten, daß ich ihm das Leben gerettet hatte, denn als er aus einem Boot fiel, sprang ich ins Wasser, um ihn zu retten. Retten? Dieser Vorfall schien eine solche Bezeichnung nicht zu verdienen. Aber er war ein nicht-schwimmender Cowboy, ein Krüppel, wenn er nicht auf dem Pferderücken saß. Auf dem Erdboden, mit Stiefeln und Westernhut sah er knieverletzt aus, und als er ins Wasser purzelte – das kühne bronzefarbene Gesicht mit ingwerfarbenen buschigen Brauen, die gekrümmten, vom Reiten verunstalteten Beine –, sprang ich ihm sofort nach, denn Wasser war nicht sein Element. Er war ein besonders ausgeprägter Trokkenland-Mensch. Warum saßen wir dann in einem Boot? Weil Tigler versessen war, Fische zu fangen. Er war gar nicht so sehr Fischer, als vielmehr immer darauf aus, etwas umsonst zu kriegen. Und es war Frühling, und der Toobiefisch schwärmte. Die Toobies, eine biologische Antiquität, verwandt mit dem Quastenfloßler im Indischen Ozean, lebten im Volcano Lake und kamen aus großen Tiefen herauf, um zu laichen. Menschenscharen, zumeist Indianer, zogen sie ans Land. Die Fische waren ungestalt, sonderbar anzusehen, lebende Fossilien. Sie wurden in der Sonne getrocknet und verpesteten das Indianerdorf. Wörter wie »durchscheinend« oder »galvanisch« können auf das Wasser des Volcano Lake angewendet werden. Als Tigler hineinfiel, hatte ich gleich Angst, daß ich ihn vielleicht nie wiedersehen würde, da mir die Indianer erzählt hatten, der See sei Meilen tief, und Leichen würden selten geborgen. So sprang ich also, und die Kälte war elektrisierend. Ich bugsierte Tigler wieder ins Boot. Er gab nicht zu, daß er nicht schwimmen konnte. Er gestand nichts, er sagte nichts, sondern nahm den Fischhaken und angelte damit seinen schwimmenden Hut. Seine Cowboystiefel waren voll Wasser. Anerkennung wurde weder verlangt noch gewährt. Es war ein Zwischenfall unter zwei Männern. Ich meine, mir kam es vor wie der männliche, stumme Westen. Die Indianer hätten ihn sicher ertrinken lassen. Sie wollten nicht, daß weiße Männer, erfüllt vom Etwas-Umsonst-Fieber, in ihren Booten daherkamen und ihre Toobies wegnahmen. Zudem haßten sie Tigler, weil er Preise drückte und betrog und weil er seine Pferde überall weiden ließ. Übrigens hatte Tigler mir selbst erzählt, daß die Rothäute sich dem Tod nicht in den Weg stellten, sondern ihn anscheinend einfach geschehen ließen. Einmal, sagte er mir, sei er dabeigewesen, wie ein Indianer namens Winnemucca vor dem Postamt niedergeschossen wurde. Niemand rief einen Arzt. Der Mann war auf der Straße verblutet, während Frau und Kinder, die auf Bänken und in ihren alten Autos saßen, stumm zusahen. Aber im gegenwärtigen Augenblick, hoch oben im Bezirksgebäude, konnte ich die Westerngestalt Tiglers sehen, als sei sie in Bronze gegossen und drehte sich um und um im elektrisch-eisigen Wasser, und dann sah ich mich, der ich in einem kleinen gechlorten Becken in Chicago schwimmen gelernt hatte, ihm nachspringen wie ein Otter.

Kathleens Brief entnahm ich, daß er den Heldentod gestorben war. »Zwei Burschen aus Mill Valley in Kalifornien wollten mit der Armbrust jagen«, schrieb Kathleen. »Frank war der Führer und nahm sie mit in die Berge. Dort hatten sie einen Zusammenstoß mit dem Wildhüter. Ich glaube, du hast diesen Hüter kennengelernt, einen Indianer namens Tony Calico, einen Veteranen aus dem Koreakrieg. Es stellte sich heraus, daß einer der Jäger vorbestraft war. Der arme Frank, wie du weißt, handelte gern ein wenig außerhalb der Gesetze. In diesem Fall tat er's nicht, aber eben doch ein kleines bißchen. Im Landrover befanden sich Flinten. Ich will mich nicht in Kleinigkeiten verlieren, sie sind zu schmerzlich. Frank hat nicht geschossen, aber er war der einzige, der getroffen wurde. Er verblutete, bevor Tony ihn ins Krankenhaus bringen konnte.«

»Das hat mich sehr schwer getroffen, Charlie«, fuhr sie fort. »Wir waren zwölf Jahre verheiratet, weißt du. Auf alle Fälle, um nicht zu ausführlich darauf einzugehen, gab es ein großes Begräbnis. Züchter von Reitpferden kamen aus drei Staaten. Geschäftsfreunde aus Las Vegas und Reno. Er war sehr beliebt.«

Ich wußte, daß Tigler ein Rodeoreiter und Zureiter von wilden Pferden gewesen war, ein Gewinner vieler Preise, und daß er in der Pferdewelt einige Achtung genoß, aber ich bezweifle, daß er irgendeinem lieb war außer Kathleen und seiner alten Mutter. Das Einkommen aus der Gastranch legte er, soweit es reichte, für Reitpferde an. Einige der Pferde waren nach gefälschten Urkunden registriert, weil ihre Vaterhengste wegen Doping oder verbotenen Eingriffen vom Rennplatz disqualifiziert worden waren. Eine solche Disqualifikation übertrug sich nach den strengen Vorschriften auch auf die Nachkommen dieser Hengste. Tigler versuchte das mit gefälschten Dokumenten zu umgehen. Daher war er von Rennplatz zu Rennplatz unterwegs und überließ es Kathleen, das Geschäft in Gang zu halten. Sehr viel Geschäft in Gang zu halten gab es nicht. Er zog die Einnahmen heraus, um Futter und Anhänger zu kaufen. Die Gästehütten klappten zusammen und stürzten ein. Sie erinnerten mich an Humboldts verfallene Hühnerfarm. Kathleen war in Nevada in genau derselben Klemme. Das Schicksal – das innere Schicksal – war zu mächtig für sie. Tigler überließ ihr die Ranch und sagte ihr, sie solle nichts bezahlen außer wichtigen Pferderechnungen und auch die nur, wenn Gewalt drohte.

Ich hatte selbst genug Sorgen, aber die doppelte Einsamkeit von Kathleens Leben – erst in New Jersey, dann im Westen – bewegte mich stark. Ich lehnte mich gegen die Trennwand der Klosettkabine im Bezirksgebäude und versuchte, von oben her Licht auf ihren Brief fallen zu lassen, der mit einem verblichenen Band geschrieben war. »Ich weiß, daß du Tigler mochtest, Charlie. Du hattest so viel Spaß, mit ihm Forellen zu angeln und Poker zu spielen. Das hat dich von deinen Sorgen abgelenkt.«

Das stimmte zwar, aber er war außer sich, als ich die erste Forelle fing. Wir ließen die Schnur vom Boot hängen, und ich gebrauchte seinen künstlichen Köder, deshalb, sagte er, sei es seine Forelle. Er machte eine Szene, und ich warf ihm den Fisch in den Schoß. Die Umgebung war unirdisch. Es war keine Fischlandschaft – nur nackter Felsen, keine Bäume, duftende Salbeibüsche und aufwirbelnder Mergelstaub, wenn ein Lastwagen vorbeifuhr.

Kathleen schrieb mir aber nicht, um sich über Tigler auszulassen. Sie schrieb, weil Orlando Huggins nach mir fragte. Humboldt hätte mir etwas hinterlassen. Huggins war sein Testamentsvollstrecker. Huggins, dieser alte linksgerichtete Playboy, war ein anständiger Mann, im Grunde eine ehrenhafte Person. Auch er schätzte Humboldt. Nachdem ich als falscher Blutsbruder gebrandmarkt worden war, wurde Huggins gerufen, um Humboldts Geschäftsangelegenheiten zu ordnen. Er warf sich mit Eifer auf diese Tätigkeit. Dann beschuldigte ihn Humboldt des Betrugs und drohte auch ihm mit einer Klage. Aber Humboldts Geist hatte sich offenbar kurz vor dem Ende geklärt. Er hatte seine wahren Freunde erkannt und Huggins zu seinem Testamentsvollstrecker ernannt. Kathleen und ich waren im Testament bedacht. Was sie von ihm erhielt, sagte sie nicht, aber er konnte nicht viel zu vermachen haben. Kathleen erwähnte jedoch, daß Huggins ihr einen nach dem Tod aufgefundenen Brief Humboldts übersandt habe. »Er sprach von Liebe und den menschlichen Chancen, die er versäumt habe«, schrieb sie. »Er hat alte Freunde erwähnt, Demmie und dich und die guten alten Tage im Village und draußen auf dem Land.«

Ich kann mir nicht vorstellen, was diese alten Tage so gut gemacht hat. Ich bezweifle, daß Humboldt in seinem ganzen Leben einen einzigen guten Tag verbracht hatte. Zwischen den Schwankungen und düsteren Anwandlungen von Manie und Depression hatte er gute Perioden. Vielleicht nicht so viele wie zwei aufeinanderfolgende Stunden der Gemütsruhe. Aber Humboldt mußte Kathleen mit Dingen bezaubert haben, die zu verstehen ich vor fünfundzwanzig Jahren zu unreif war. Sie war eine große, kräftige Frau, deren tiefere Gefühle unsichtbar blieben, weil sie eine so ruhige Art hatte. Was Humboldt betrifft, so besaß er selbst dann noch einen gewissen Edelmut, wenn er verrückt war. Selbst dann war er in einigen sehr großen Dingen beständig. Ich erinnere mich an das Leuchten in seinen Augen, als er die Stimme senkte, um das Wort »neu entfachen« auszusprechen, das von einem Kerl gesagt wurde, der im Begriff stand, einen Mord zu begehen, oder als er Kleopatras Worte zitierte: »Ich fühl' ein Sehnen nach Unsterblichkeit.« Der Mann hatte eine tiefe Liebe zur Kunst. Wir liebten ihn deswegen. Selbst als der Verfall schon wütete, gab es in Humboldt unverwesliche Stellen, die vom Fraß verschont blieben. Aber ich glaube, daß er von Kathleen Schutz forderte, wenn er in Zustände verfiel, in denen sich ein Dichter befinden mußte. Diese hochgespannten Traumzustände, die stets von amerikanischer Flak durchlöchert und zerrissen wurden, waren das, was Kathleen ihm bewahren sollte. Verzauberung. Sie tat ihr Bestes, um ihm mit der Verzauberung zu helfen. Aber er konnte nie mit genügend Verzauberung oder Traumstoff aufwarten, um sich darin einzukapseln. Es reichte nicht. Immerhin sah ich, was Kathleen versucht hatte, und bewunderte sie deswegen.

Der Brief ging weiter. Sie erinnerte mich an unsere langen Gespräche unter den Bäumen der Rancho Tigler. Ich nehme an, ich hatte ihr von Denise erzählt, da ich mich vor mir selber rechtfertigen wollte. Ich kann mich an die Bäume erinnern, die sie erwähnte, ein paar Eschen-Ahornbäume und Pappeln. Tigler warb mit der Fröhlichkeit des Ortes, aber die gebleichten Bretter waren rissig und fielen aus den Baracken, das Schwimmbecken war voller Sprünge und war mit Laub und schmutzigem Schaum bedeckt. Die Zäune waren niedergerissen, und Tiglers Stuten wanderten frei umher wie wunderschöne nackte Matronen. Kathleen trug Jeans, und ihr Baumwollhemd war so verwaschen, daß es Ektoplasma glich. Ich sehe noch Tigler in der Hocke, als er seine Lockenten aus Ton anmalte. Er redete zu der Zeit nicht, weil ihm jemand aus Zorn über eine Futterrechnung den Kiefer gebrochen hatte, der nun mit Draht zusammengeflickt worden war. In eben dieser Woche wurde auch die öffentliche Strom- und Wasserversorgung abgestellt, die Gäste froren, und das Wasser lief nicht. Tigler sagte, das sei der Westen, den die Gäste wirklich liebten. Sie kamen hier nicht her, um verwöhnt zu werden. Sie wollten es urwüchsig. Aber zu mir sagte Kathleen: »Ich kann damit nur noch ein oder zwei Tage fertig werden.«

Glücklicherweise kam eine Filmgesellschaft des Wegs, um einen Film über die mongolischen Horden zu drehen, und Tigler wurde als Pferdefachmann eingestellt. Er rekrutierte Indianer, die asiatische abgesteppte Kostüme tragen, kreischend einhergaloppieren und Kunststücke im Sattel vollführen sollten. Es war eine große Sache für Volcano Lake. Das Verdienst für diesen himmlischen Segen wurde von Edmund, dem anglikanischen Pfarrer, in Anspruch genommen, der in seiner Jugend ein Stummfilmstar und sehr schön gewesen war. Auf der Kanzel trug er wunderbare alte Negligés. Die Indianer waren alle filmbegeistert. Sie tuschelten, daß seine Gewänder von Marion Davies oder Gloria Swanson gestiftet worden seien. Er, sagte Pater Edmund, hätte durch seine Hollywood-Beziehungen die Gesellschaft überredet, nach Volcano Lake zu kommen. Auf alle Fälle lernte Kathleen Filmleute kennen. Ich erwähne das, weil sie in ihrem Brief davon sprach, die Ranch zu verkaufen, Mutter Tigler rauszusetzen und bei Leuten in Tungsten City in Pension zu geben, während sie, Kathleen, einen Job in der Filmbranche annahm. Leute, die sich in einer Übergangsphase befinden, entwickeln oft ein Interesse für den Film. Entweder das oder sie reden davon, daß sie wieder zur Schule gehen und einen akademischen Grad erwerben wollen. Es muß zwanzig Millionen Amerikaner geben, die davon träumen, ins College zurückzukehren. Selbst Renata war dauernd drauf und dran, sich in De Paul immatrikulieren zu lassen.

Ich ging in den Gerichtssaal zurück, um meinen jugendlichen karierten Mantel zu holen, und überlegte eingehend, wie ich mir Geld beschaffen könnte, falls Urbanovich mich mit einer Kaution belegte. Was für ein Saukerl war dieser kroatisch-amerikanische kahle Richter. Er kannte weder die Kinder noch Denise, noch mich, und welches Recht hatte er, Geld wegzunehmen, das in Gedanken und Fieber durch so seltsame Anwandlungen des Hirns verdient worden war! O ja, ich wußte auch, wie man großzügig mit Geld umging. Ja, sollten sie doch alles nehmen! Und ich konnte einen psychologischen Fragebogen so gut ausfüllen wie nur irgendeiner und dabei sicher sein, daß ich unter den ersten zehn Prozent für Großzügigkeit rangieren würde. Aber Humboldt – ich war heute voll von Humboldt – warf mir immer vor, daß ich versuchte, mein ganzes Leben in den oberen Etagen des höheren Bewußtseins zu verbringen. Höheres Bewußtsein, sagte Humboldt, als er mich zurechtwies, sei »unschuldig, sich keines eigenen Bösen bewußt«. Wenn man versuchte, völlig im höheren Bewußtsein zu leben, rein verstandesgemäß, dann sehe man Böses nur in anderen Menschen, nie in sich selbst. Anschließend behauptete Humboldt dann, daß im Unbewußten, im irrationalen Kern der Dinge, das Geld eine Lebenssubstanz sei wie das Blut oder die Säfte, die die Hirnzellen bespülten. Da er die höhere Bedeutung des Geldes immer so ernst nahm, hatte er mir vielleicht die sechstausendsiebenhundert und etwa sechzig Dollar in seinem Letzten Willen und Testament zurückerstattet? Die hatte er natürlich nicht, wie konnte er auch? Er war mittellos in einer Absteige gestorben. Aber sechstausend Dollar würden jetzt auch nicht weit reichen. Szathmar allein schuldete mir mehr. Ich hatte Szathmar Geld geliehen, um eine Eigentumswohnung zu kaufen. Dann gab es noch Thaxter. Thaxter hatte mich dadurch, daß er mir ein Darlehen nicht zurückzahlte, fünfzig IBM-Aktien gekostet, die ich als Sicherheit hinterlegt hatte. Nach vielen Warnbriefen nahm mir die Bank mit moralischen Gesten und bedauernden Worten, fast weinend, daß ich von einem hinterlistigen Freund so grausam verraten worden war, diese Aktien weg. Thaxter wies darauf hin, daß dieser Verlust von den Steuern abgesetzt werden konnte. Er sowohl wie Szathmar trösteten mich oft in dieser Weise. Auch indem sie sich auf Würde und absolute Werte beriefen. (War ich nicht auch auf Großherzigkeit aus, und war Freundschaft nicht etwas viel Größeres als Geld?) Die Menschen sorgten dafür, daß ich pleite war. Und was sollte ich jetzt tun? Ich schuldete Verlegern etwa siebzigtausend Dollar für Vorschüsse auf Bücher, die zu schreiben ich zu gelähmt war. Ich hatte völlig das Interesse daran verloren. Ich konnte meine Orientteppiche verkaufen. Ich hatte Renata gesagt, daß ich ihrer überdrüssig sei, und sie kannte einen armenischen Händler, der bereit war, sie in Kommission zu nehmen. Jetzt, wo ausländische Währun-

gen Hausse hatten und die durch Öl reich gewordenen Perser keine Lust mehr hatten, am Webstuhl zu arbeiten. Deutsche und japanische Aufkäufer und selbst Araber plünderten den Mittelwesten und trugen die Teppiche davon. Und was den Mercedes betraf, so wäre es vielleicht besser, ihn loszuschlagen. Ich war immer sehr erschüttert, wenn ich gezwungen war, mich über Geld zu ärgern. Mir war zumute wie einem fallenden Dachdecker oder einem baumelnden Fensterputzer, der von seinem Sicherheitsgurt unter den Armen aufgefangen worden ist. Ich fühlte mich um die Brust beengt und schien an Sauerstoffmangel zu leiden. Ich erwog zuweilen, einen Sauerstoffkanister im Kleiderschrank aufzubewahren, für den Fall, daß ich solche Anfälle von Verzagtheit bekam. Ich hätte natürlich in der Schweiz ein Nummerkonto eröffnen können. Woher kam es, daß ich, der ich den größten Teil meines Lebens in Chicago verbracht hatte, mir noch keinen Strohmann besorgt hatte? Und was hatte ich jetzt noch zu verkaufen? Thaxter saß auf zwei Artikeln von mir, eine Erinnerung an das Washington Kennedys (jetzt so weit hinter uns wie die Gründung des Kapuzinerordens) und einen Artikel aus der unvollendeten Reihe »Große Langweiler der Modernen Welt«. Das brachte kein Geld. Es war ausgezeichnet, aber wer wollte schon eine ernsthafte Studie über Langweiler veröffentlichen?
Ich war sogar bereit, jetzt George Swiebels Plan, in Afrika Beryll abzubauen, in Erwägung zu ziehen. Ich hatte darüber gespottet, als George den Plan vorschlug, aber verrücktere Ideen waren kommerziell ertragreich, und kein Mensch konnte wissen, welche Gestalt Dick Whittingtons Katze noch annehmen konnte. Ein Mann namens Ezekiel Kamuttu, vor zwei Jahren Georges Führer zur Olduvai-Schlucht, behauptete, einen Berg mit Beryll- und Halbedelsteinvorkommen zu besitzen. Ein Sack aus exotischer Leinwand lag in diesem Augenblick unter Georges Bett. Er war mit seltsamen Mineralien gefüllt. George hatte mir eine damit gefüllte Wollsocke gegeben und mich gebeten, sie im Field Museum von Ben Isvolsky untersuchen zu lassen. Isvolsky war ein Schulkamerad von uns und jetzt Geologe. Der nüchtern urteilende Ben sagte, sie seien echt. Sofort legte er das Gelehrtengehabe ab und bombardierte mich mit geschäftlichen Fragen. Konnten wir diese Steine in marktgängigen Mengen auf regulärer Basis beschaffen? Und mit welcher Maschinerie und wie kamen wir in den Busch

und wieder raus? Und wer war dieser Kamuttu? Kamuttu, sagte George, würde für ihn das Leben lassen. Er hatte George aufgefordert, in seine Familie einzuheiraten. Er wollte ihm seine Schwester verkaufen. »Aber«, sagte ich zu Ben, »du kennst ja Georges Herzensfreund-Komplex. Er trinkt ein bißchen mit den Eingeborenen, sie sehen, wie echt er ist und daß sein Herz größer ist als der Mississippi. Und das ist es ja auch. Aber wie können wir sicher sein, daß Kamuttu dahinter nicht einen Schwindel versteckt? Vielleicht hat er diese Beryllproben gestohlen. Oder vielleicht ist er übergeschnappt. Daran besteht keine Knappheit in der Welt.«

Da ich Isvolskys häusliche Sorgen kannte, verstand ich, warum er davon träumte, durch Mineralien zum Krösus zu werden. »Alles«, sagte er mir, »um eine Zeitlang aus Winnetka fortzukommen.« Dann sagte er: »Also, Charlie, ich weiß, was dir im Hirn spukt. Wenn du hierherkommst, um mich zu besuchen, dann soll ich dir die Vögel zeigen!« Er meinte die große Vogelsammlung des Museums, die über Jahrzehnte zusammengetragen und in klassifizierten Schubfächern aufgehoben wurde. Die riesigen Werkstätten und Laboratorien hinter der Szene, die Schuppen, Speicher und Höhlen waren unendlich viel faszinierender als die öffentlichen Ausstellungsstücke des Museums. Die mumifizierten Vögel wurden zusammengelegt, ihre Beine wurden beschildert. Und vor allem wollte ich die Kolibris sehen, Tausende und Abertausende von winzigen Körpern, manche nicht größer als meine Fingerkuppe, endlose Vielfalt, alle bis in die winzigste Einzelheit mit einem ganzen Louvre von irisierenden Farben gemustert. Also ließ mich Ben sie wieder besichtigen. Er hatte volle Wangen und wolliges Haar, einen schlechten Teint, aber ein angenehmes Gesicht. Die Museumsschätze langweilten ihn nun, und er sagte: »Wenn dieser Kamuttu wirklich einen Berg aus Beryll hat, sollten wir hinfahren und ihn uns sichern.«

»Ich fahre bald nach Europa«, sagte ich.

»Ideal. George und ich können dich da abholen. Wir können alle zusammen nach Nairobi fliegen.«

Gedanken an Beryll und Orientteppiche zeigten, wie nervös ich war und wie unpraktisch. Wenn ich in diesem Zustand war, konnte mir nur ein Mann in der ganzen Welt helfen, mein praktischer Bruder Julius, ein Grundstücksmakler in Corpus Christi,

Texas. Ich liebte meinen dicken und nun schon bejahrten Bruder. Vielleicht liebte er mich auch. Im Prinzip war er nicht für starke Familienbande. Möglicherweise betrachtete er die Bruderliebe als eine Aufforderung zur Ausbeutung. Meine Gefühle für ihn waren lebhaft, fast hysterisch in ihrer Innigkeit, und ich konnt's ihm nicht übelnehmen, daß er sich dem zu entziehen suchte. Er wünschte sich, ganz ein Mann von heute zu sein, und er hatte die Vergangenheit vergessen oder versucht, sie zu vergessen. Ohne fremde Hilfe konnte er sich an nichts erinnern, sagte er. Und für mich gab es nichts, was ich vergessen konnte. Er hat mir oft gesagt: »Du hast das unglaubliche Gedächtnis von unserem alten Herrn geerbt. Und vor ihm war dieser alte Halunke, *sein* alter Herr. Unser Großvater war einer von zehn Männern im jüdischen Block, der den babylonischen Talmud auswendig konnte. Eine Menge hat's ihm geholfen! Ich weiß nicht mal,was das ist. Aber daher hast du dein Gedächtnis.« Die Bewunderung war nicht ungemischt. Ich glaube nicht, daß er es mir immer dankte, wenn ich mich so gut erinnerte. Meine eigene Überzeugung ging dahin, daß ohne das Gedächtnis die Existenz metaphysisch beschädigt, verstümmelt war. Und ich konnte mir nicht vorstellen, daß mein eigener Bruder, der unersetzliche Julius, metaphysische Ansprüche stellte, die anders als meine waren. So sprach ich denn mit ihm von der Vergangenheit, und er antwortete: »Stimmt das? Ist das richtig? Und ich, weißt du, kann mich an überhaupt nichts erinnern, nicht einmal daran, wie Mama ausgesehen hat, und schließlich war ich doch ihr Lieblingssohn.«

»Du mußt dich erinnern, wie sie ausgesehen hat. Wie konntest du sie vergessen? Das glaube ich nicht«, sagte ich. Meine Familiengefühle haben meinen dicken Bruder manchmal gequält. Er hielt mich für eine Art Idioten. Er selbst, ein Magier mit Geld, baute Einkaufszentren, Eigentumshäuser, Motels und trug kräftig zur Veränderung seines Teils von Texas bei. Er würde mir seine Hilfe nicht verweigern. Aber das war rein theoretisch, denn obwohl der Gedanke an Hilfe immer zwischen uns in der Luft lag, habe ich ihn nie gebeten, mir zu helfen. Ich war tatsächlich äußerst zurückhaltend mit einer solchen Bitte. Ich war gewissermaßen nur von der Notwendigkeit, sie zu stellen, besessen oder erfüllt.

Als ich meinen Mantel holte, kam Urbanovichs Gerichtsdiener

zu mir und holte aus seiner Wolljacke ein Stück Papier. »Tomcheks Büro hat angerufen«, sagte er. »Da ist ein Mann mit einem ausländischen Namen – kann es Pierre sein?« sagte der alte Mann.

»Pierre Thaxter?«

»Ich habe aufgeschrieben, was sie mir gesagt haben. Er möchte, daß Sie ihn um drei am Art Institute treffen. Dann hat auch ein Paar nach Ihnen gefragt. Mann mit einem Schnurrbart, Mädchen mit rotem Haar, Minirock.«

»Cantabile«, sagte ich.

»Er hat keinen Namen hinterlassen.«

Es war jetzt halb drei. Viel war in kurzer Zeit passiert. Ich ging zu »Stop and Shop« und kaufte Stör und frische Brötchen, dazu Twinings Frühstückstee und Coopers Orangenmarmelade. Wenn Thaxter über Nacht bleiben wollte, dann mußte ich ihm das Frühstück bieten, das er gewöhnt war. Er verpflegte mich immer ganz ausgezeichnet. Er setzte seinen Stolz in das, was er auftischte, und sagte mir auf französisch, was ich aß. Ich aß keine bloßen Tomaten, sondern *salade de tomates*, nicht Brot und Butter, sondern *tartines*, und so war es auch mit *boulli*, *brûlé*, *farci*, *fumé* und hervorragenden Weinen. Er war der Kunde der besten Händler, und nichts, was man nicht gern gegessen oder getrunken hätte, wurde mir je vorgesetzt.

Tatsächlich freute ich mich auf Thaxters Besuch. Ich taf ihn immer mit großem Vergnügen. Vielleicht hatte ich sogar die Illusion, daß ich ihm mein bedrücktes Herz öffnen könnte, obgleich ich mich natürlich hüten würde. Er würde aus Kalifornien hereingeweht kommen, mit langem Haar wie ein Höfling der Stuarts, und würde unter seinem Carabiniere-Cape einen entzükkenden blausamtenen Straßenanzug von King's Road tragen. Sein breitkrempiger Hut stammte aus einem Laden für schwarze »Swingers«. Um seinen Hals würden scheinbar wertvolle Ketten hängen, neben einem Stück geknoteter, schmutziger, aber einzigartig gefärbter Seide. Seine hellbraunen Stiefel, die bis zu den Knöcheln reichten, waren auf einer Seite originell mit Segeltuch abgesetzt, und auf beiden Segeltuchseiten war je eine originelle Lederlilie. Seine Nase war stark verunstaltet, sein Gesicht hochrot, und wenn ich seine Leopardenaugen sah, hätte ich am liebsten insgeheim gejubelt. Es gab einen Grund, weshalb ich sofort fünf Dollar für Stör ausgab, als mir der Gerichtsdiener sagte, daß er in Chicago sei. Ich hatte Thaxter besonders gern. Dann also jetzt die große Frage: Wußte er, was er tat, oder nicht? Mit einem Wort: War er ein Gauner? Das war eine Frage, die ein gescheiter Mann imstande sein sollte zu beantworten, und ich konnte sie nicht beantworten. Wenn mir Renata die Ehre antat, mich als künftigen Gatten zu behandeln, sagte sie oft: »Verschwende kein Geld mehr an Thaxter. Charme? Nichts als Charme. Talent? Eimerweise. Aber ein fauler Kopp.«

»Das ist er wirklich nicht.«

»Was? Hab doch ein bißchen Selbstachtung, Charlie, bei dem, was du alles schluckst. All dieses Zeug mit den vornehmen Verbindungen.«

»Ach das! Ja, aber die Leute müssen prahlen. Sie sind tot, wenn sie nichts Gutes über sich sagen können. Gutes *muß* gesagt werden. Sei gnädig.«

»Na schön, also seine besondere Kleidung. Sein besonderer Regenschirm. Der einzige Regenschirm von Klasse ist ein Regenschirm mit Naturkrücke. Man kauft keinen Regenschirm, dessen Krücke in heißem Dampf gebogen worden ist. Zum Teufel, das muß so gewachsen sein. Dann ist da sein besonderer Weinkeller und sein besonderer Diplomatenkoffer, den man nur in einem einzigen Laden in London kaufen kann, und sein besonderes Wasserbett mit besonderen Satinlaken, auf dem er in Palo Alto mit seinem besonderen Lickerleckerliebchen gelegen hat, und sie haben sich das Davis-Cup-Tennis auf einem besonderen Farbfernseher angesehen. Nicht zu vergessen einen Gimpel namens Charlie Citrine, der für alles zahlt. Was, der Kerl ist zum Totlachen.«

Diese obige Unterhaltung hatte stattgefunden, als Thaxter anrief, er sei auf dem Weg nach New York, um mit der *France* zu fahren, und er würde in Chicago die Fahrt unterbrechen, um *The Ark* zu besprechen.

»Wozu fährt er nach Europa?« fragte Renata.

»Er ist ein überragender Journalist, wie du weißt.«

»Und warum fährt ein überragender Journalist erster Klasse auf der *France*? Hat er so viel Zeit totzuschlagen?«

»Er muß ja wohl.«

»Und wir fliegen zweiter Klasse«, sagte Renata.

»Ja, aber er hat einen Vetter, der Direktor der French Line ist.

Ein Vetter seiner Mutter. Sie zahlen nie. Die alte Dame kennt alle Plutokraten der Welt. Sie führt deren Töchter in die Gesellschaft ein.«

»Mir fällt auf, daß er die Plutokraten nicht mit fünfzig Aktien von irgendwas sitzenläßt. Die Reichen kennen ihre Schnorrer. Wie konntest du nur so was Dummes machen?«

»Wahrhaftig, die Bank hätte ein paar Tage länger warten können. Sein Scheck war von der Banco Ambrosiano in Mailand unterwegs.«

»Wie sind die Italiener in diese Sache geraten? Er hat dir doch gesagt, sein Familienvermögen läge in Brüssel.«

»Nein, in Frankreich. Verstehst du, sein Anteil an der Erbschaft seiner Tante war bei der Crédit Lyonnais.«

»Erst beschwindelt er dich, dann speist er dich mit faulen Erklärungen ab, die du überall verbreitest. All diese hohen europäischen Verbindungen stammen geradewegs aus alten Hitchcock-Filmen. Jetzt kommt er also nach Chicago, und was tut er: Er läßt dich von seiner Sekretärin ans Telefon holen. Es ist unter seiner Würde, eine Nummer zu wählen oder einen Anruf persönlich entgegenzunehmen. Aber du antwortest persönlich, und das Mäuschen sagt: ›Bitte bleiben Sie am Apparat, Mr. Thaxter kommt‹, und dann stehst du und wartest mit dem Hörer am Ohr. Und das Ganze, bitte sehr, geht auf deine Rechnung. Dann sagt er dir, er kommt, nur später, er sagt dir noch, wann.«

Soweit traf dieses insgesamt zu. Aber ich hatte Renata keineswegs alles über Thaxter erzählt. Da gab es auch schwarze Listen und Skandale in Landklubs und Gerüchte über Anzeigen wegen Diebstahl. Der Geschmack meines Freundes für kitzlige Situationen war altmodisch. Den alten Gentleman-Verbrecher gab es nicht mehr, es sei denn, daß jemand wie Thaxter, aus reiner Liebe zur alten Zeit, den Typ wiederaufleben ließ. Aber ich hatte auch das Gefühl, daß da etwas in der Tiefe am Werk war und daß Thaxters Exzentrik letztlich ein besonderes geistiges Ziel offenbaren würde. Ich wußte, daß es riskant war, die Sicherheit zu leisten, denn ich hatte gesehen, wie er andere Leute beschubst hatte. Aber nicht mich, dachte ich. *Eine* Ausnahme muß es geben. Daher setzte ich auf meine Unverletzlichkeit und verlor. Er war ein lieber Freund. Ich liebte Thaxter. Ich wußte auch, daß ich der letzte Mensch in der Welt war, dem er übel mitspielen wollte.

Aber dazu kam es dann doch. Er hatte niemand mehr übrig, den er schädigen konnte. Und da niemand sonst übrig war, stand Freundschaft gegen sein Lebensprinzip. Außerdem konnte ich mich nun einen Gönner von Thaxters Kunstform nennen. Dafür mußte man zahlen.

Er hatte gerade erst sein Haus bei San Francisco mit dem Schwimmbecken, dem Tennisplatz, dem Orangenhain, den er angepflanzt hatte, dem Stilgarten, dem MG, dem Kombiwagen und dem Weinkeller verloren.

Vorigen September war ich nach Kalifornien geflogen, um festzustellen, warum unser Magazin *The Ark* nicht erschien. Es war ein wunderbarer, angenehmer, freundschaftlicher Besuch. Wir gingen aus, um sein Grundstück unter dem kalifornischen Sonnenschein zu besichtigen. Zu der Zeit entwickelte ich gerade ein neues kosmologisches Gefühl für die Sonne. Daß sie teilweise unser Schöpfer war. Daß es in unserem geistigen Dasein ein Sonnenband gab. Daß das Licht in uns aufging und heraustrat, um dem Sonnenlicht zu begegnen. Daß dieses Sonnenlicht nicht einfach eine äußere Glorie war, die sich unseren dunklen Sinnen offenbarte, und daß der Gedanke für den Verstand war, was das Licht für die Augen war. Hier waren wir also. Ein glücklicher, gesegneter Tag. Der Himmel schenkte seine herrliche gemäßigte, pulsende, blaue Hitze, während um uns herum Orangen hingen. Thaxter trug seine Lieblingskleidung für einen Gang ins Freie, das schwarze Cape, und die Zehen seiner bloßen Füße waren zusammengepreßt wie Feigen aus Smyrna. Er ließ jetzt Rosen pflanzen und bat mich, nicht mit dem ukrainischen Gärtner zu sprechen. »Er war Wächter in einem Konzentrationslager und ist immer noch wahnsinnig antisemitisch. Ich will nicht, daß er anfängt zu toben.« So empfand ich, daß sich an diesem wunderschönen Ort das Dämonen-Ich, das Toren-Ich und das Liebes-Ich miteinander mischten. Einige von Thaxters neuesten Kindern, blond und unschuldig, durften mit gefährlichen Messern und giftigen Behältern von Rosenblütenstaub spielen. Niemand kam zu Schaden. Lunch war eine große Zeremonie und wurde neben dem glitzernden Schwimmbecken serviert, wobei er selbst in düsterer Würde und angespannter Kennerschaft zwei Weine einschenkte, mit Cape und gebogener Pfeife und verkrampften bloßen Zehen. Seine junge Frau, eine dunkle Schönheit, war fröhlich bei allen Vorbereitungen zugegen und präsidierte praktisch im Hintergrund. Sie war äußerst entzückt von ihrem Leben, und es war kein Geld da, absolut gar keins. Die Tankstelle an der Ecke weigerte sich, seinen Scheck über fünf Dollar anzunehmen. Ich mußte mit meiner Kreditkarte bezahlen. Und hinter den Kulissen vertröstete die junge Frau die Tennisplatz- und Schwimmbeckenleute, die Weinleute, die Autoleute, die Konzertflügelleute, die Bankleute.

The Ark sollte auf neuen IBM-Geräten hergestellt werden, ohne die teure Zurichtung. Niemals hat ein Land seiner Bevölkerung so viel Spielzeug gegeben oder so viele hochbegabte Menschen in den hintersten Winkel des Müßiggangs geschickt, so nah wie möglich an den Grenzen des Schmerzes. Thaxter baute einen Flügel an sein Haus an, um darin *The Ark* unterzubringen. Unsere Zeitschrift sollte eine eigene Unterkunft haben und seinem Privatleben nicht in die Quere kommen. Er heuerte ein paar Studenten zu Tom-Sawyer-Bedingungen an, um ein Fundament zu graben. Er fuhr in seinem MG umher und besuchte Baustellen, um von den Bauführern Konstruktionstips zu kriegen und Sperrholz zu schnorren. Das war ein Ausbau, den zu finanzieren ich mich weigerte. »Ich prophezeie dir, daß dein Haus in das Loch rutschen wird«, sagte ich. »Bist du sicher, daß du den Bauvorschriften genügst?« Aber Thaxter hatte den Willen zum Versuch, der Feldmarschälle und Diktatoren kennzeichnet. »Wir werfen zwanzigtausend Mann in diesen Abschnitt, und wenn wir mehr als die Hälfte verlieren, versuchen wir's andersherum.«

In *The Ark* wollten wir brillante Sachen veröffentlichen. Wo war so viel Brillanz zu finden? Wir wußten, daß sie vorhanden sein mußte. Es wäre eine Beleidigung für eine zivilisierte Nation und für die Menschheit, anzunehmen, daß sie nicht vorhanden war. Alles nur Erdenkliche mußte getan werden, um Kredit und Autorität der Kunst, den Ernst des Gedankens, die Integrität der Kultur und die Würde des Stils wiederherzustellen. Renata, die einen unbefugten Blick auf meine Bankauszüge geworfen haben mußte, wußte offenbar, wieviel ich als Schirmherr dafür ausgab. »Wer braucht eigentlich diese *Ark* von dir, Charlie? Und was sind das für Tiere, die du retten willst? Du bist doch nicht wirklich so ein Idealist – du bist voller Feindseligkeit und wild entschlossen, in deiner eigenen Zeitschrift eine Menge Leute anzugreifen und rechts und links alle zu beleidigen. Thaxters Arroganz verblaßt völlig neben deiner. Du läßt ihn denken, daß er sich alles erlauben kann, aber das stimmt wirklich nur, weil du seine Arroganz doppelt übertrumpfen kannst.«

»Mein Geld ist sowieso am Ende. Ich gebe es lieber für diese . . .«

»Gibst es nicht aus, sondern verplemperst es«, sagte sie. »Warum finanzierst du diese kalifornische Anlage?«

»Besser, als das Geld den Anwälten und der Regierung geben.«

»Wenn du anfängst, über *The Ark* zu sprechen, dann komme ich nicht mehr mit. Sag mir doch einfach mal – was, warum?«

Ich war eigentlich glücklich über eine solche Herausforderung. Als Konzentrationshilfe schloß ich die Augen, um zu antworten. Ich sagte: »Die Ideen der letzten paar Jahrhunderte sind aufgebraucht.«

»Wer sagt das? Da siehst du, was ich mit Arroganz meine!« unterbrach Renata.

»Aber, so wahr mir Gott helfe, sie sind aufgebraucht. Gesellschaftliche Ideen, politische, philosophische Theorien, literarische Ideen (armer Humboldt), sexuelle und, wie ich vermute, selbst wissenschaftliche.«

»Was weißt du von all diesen Dingen, Charlie? Du hast Hirnfieber.«

»Wenn die Massen an die Grenze des Bewußtseins stoßen, halten sie diese erschöpften Ideen für neu. Woher sollten sie's wissen? Und diese Entwürfe klappern und plappern an den papiernen Tapeten.«

»Das ist zu ernst für Zungenübungen.«

»Ich *bin* ernst. Die größten Dinge, die Dinge, die für das Leben am notwendigsten sind, sind zurückgezuckt, zurückgewichen. Die Menschen gehen buchstäblich daran zugrunde, verlieren ihr ganzes persönliches Leben, und die innere Existenz von Millionen, vielen, vielen Millionen ist dahin. Man kann verstehen, daß in vielen Teilen der Welt wegen der Hungersnöte oder Polizeidiktaturen keine Hoffnung darauf besteht, aber welche Entschuldigung haben wir hier in der freien Welt? Unter dem Druck der öffentlichen Krise wird die persönliche Sphäre geopfert. Ich gebe zu, daß die persönliche Sphäre so reizlos geworden ist, daß wir froh sind, sie loszuwerden. Aber wir nehmen die ihr zugeschriebene Schande hin, und die Menschen haben ihr Leben mit sogenannten »öffentlichen Problemen« gefüllt. Was hören wir, wenn diese öffentlichen Fragen diskutiert werden? Die gescheiterten Ideen dreier Jahrhunderte. Jedenfalls wird der Untergang des Individuums, das alle zu verachten und zu verabscheuen scheinen, unsere Vernichtung, unsere Superbomben überflüssig machen. Ich meine, wenn es nur noch törichte Hirne und hirnlose Körper gibt, dann gibt es nichts Ernstzunehmendes mehr auszurotten. In der ganzen Welt hat man in den höchsten Regierungsstellen seit Jahrzehnten schon keine Menschen mehr gesehen. Die Menschheit muß ihre Einbildungskraft zurückgewinnen, muß den lebendigen Gedanken und die wahre Existenz wiedergewinnen, darf die Beleidigungen der Seele nicht länger hinnehmen, und zwar sehr bald. Denn sonst! Und da hat Humboldt, den gescheiterten Ideen treu, seine Dichterkraft verloren und den Anschluß versäumt.«

»Aber der ist verrückt geworden. Du kannst ihm nicht allein die Schuld geben. Ich habe den Mann nie gekannt, aber manchmal finde ich dich zu hart, wenn du ihn angreifst. Ich weiß«, sagte sie, »du findest, daß er das fürchterliche Leben des Dichters genau so ausgelebt hat, wie es der Mittelstand erwartete und begrüßte. Aber niemand entspricht deinen Erwartungen. Thaxter ist nur ein privates Lieblingsspielzeug. Er entspricht bestimmt keinen Erwartungen.«

Natürlich hatte sie recht. Thaxter sagte dauernd: »Was wir brauchen, ist eine große Proklamation.« Er vermutete, daß ich eine große Proklamation in petto hatte.

Ich sagte zu ihm: »Du meinst so was wie ›Ehrfurcht vor dem Leben‹ oder ›der Yogi und der Kommissar‹? Du hast eine Schwäche für dieses scheußliche Zeug. Du würdest alles darum geben, ein Malraux zu sein und über den Westen zu sprechen. Was findest du nur an diesen zukunftsträchtigen Ideen? Proklamationen sind Geschwafel. Die Wirrnis ist hier und wird hier bleiben.« Und da ist sie – reich, verblüffend, quälend und schillernd. Und was das Streben anlangte, sich hervorzutun, so war die Szene bereits höchst abenteuerlich.

Pierre Thaxter war absolut kulturversessen. Er war Klassizist, von Mönchen streng in Latein und Griechisch unterwiesen. Er lernte Französisch von einer Gouvernante und studierte es auch auf der Universität. Er hatte sich zudem Arabisch beigebracht, las esoterische Bücher und hoffte, jedermann zu verblüffen, indem er in Fachzeitschriften Finnlands oder der Türkei Artikel veröffentlichte. Er sprach mit besonderem Respekt von Panofsky oder Momigliano. Er sah sich auch als einen Burton von Arabien oder T. E. Lawrence. Manchmal mimte er ein unheimliches Genie vom Typ Baron Corvos, schmutzig und verarmt in Venedig, wo er etwas Perverses und Leidenschaftliches, Rares und Hervorragendes verfaßte. Er konnte nicht vertragen, irgend etwas auszulassen. Er spielte Strawinsky auf dem Klavier, wußte über die *Ballets Russes* sehr gut Bescheid. Für Matisse und Monet galt er gewissermaßen als die Autorität. Er hatte eine Meinung über den babylonischen Stufenturm und Corbusier. Er konnte einem sagen – und tat es oft – was für Sachen man kaufen sollte und wo man sie erhielt. Das war's, worüber Renata gesprochen hatte. Kein echter Diplomatenkoffer wurde zum Beispiel am oberen Rand geschlossen, der Verschluß mußte an der Seite sein. Er war vernarrt in Diplomatenkoffer und Regenschirme. Es gab Plantagen in Marokko, wo die echten Regenschirmkrücken wuchsen. Und zur Krönung alles dessen charakterisierte sich Thaxter als Tolstojaner. Wenn man ihm zusetzte, erklärte er, er sei Christ, Pazifist, Anarchist, und bekannte seinen Glauben an die Einfachheit und die Reinheit des Herzens. Deshalb liebte ich Thaxter natürlich. Wie konnte ich dagegen an? Außerdem machte ihn das Fieber, daß seinem armen Kopf zusetzte, zum idealen Herausgeber. Eben durch die Vielfalt der Interessen und seine kulturelle Neugier. Er war ein hervorragender Journalist. Er war weithin anerkannt. Er hatte an guten Zeitschriften mitgearbeitet. Eine jede hatte ihn rausgeschmissen. Was er brauchte, war ein genialer und geduldiger Chefredakteur, der ihm angemessene Aufträge erteilte.

Er wartete zwischen den Löwen vor dem Institut, genau wie erwartet, mit seinem Cape, dem blauen Samtanzug und Stiefeln mit Segeltuchseiten. Die einzige Veränderung lag in seiner Haartracht, die er jetzt im Stil des Directoire angeordnet hatte: die Spitzen fielen in die Stirn. Wegen der Kälte war sein Gesicht tiefrot. Er hatte einen langen maulbeerfarbenen Mund, einen eindrucksvollen Körperbau und Warzen, die verunstaltete Nase und

Leopardenaugen. Unser Wiedersehen war immer glücklich, und wir umarmten uns. »Alter Knabe, wie geht's? Einer eurer guten Tage in Chicago. Ich habe die kalte Luft in Kalifornien vermißt. Toll. Findest du nicht? Na, da sollten wir gleich mit ein paar von diesen wunderbaren Monets anfangen.« Wir ließen Diplomatenkoffer, Regenschirm, Stör, Brötchen und Marmelade in der Garderobe. Ich zahlte zwei Dollar für den Eintritt, und wir stiegen zur Impressionistensammlung empor. Es gab dort eine norwegische Winterlandschaft von Monet, die wir immer geradewegs aufsuchten: ein Haus, eine Brücke und fallender Schnee. Durch den bedeckenden Schnee schimmerte das Rosa des Hauses, und der Frost war köstlich. Das ganze Gewicht des Schnees, des Winters wurde mühelos von der erstaunlichen Kraft des Lichtes aufgehoben. Als Thaxter dieses reine, rosige, schneeige, dämmrige Licht sah, klemmte er sein Pincenez auf den mächtigen, schiefen Nasenrücken mit einem Glitzern von Glas und Silber, und seine Farbe vertiefte sich. Er wußte, was er tat. Durch dieses Gemälde begann sein Besuch mit der richtigen Note. Nur weil ich die ganze Skala seiner Gedanken kannte, war ich sicher, daß er ebenfalls daran dachte, wie ein derartiges Meisterwerk aus dem Museum gestohlen werden könnte, und daß sein Hirn blitzschnell zwanzig gewagte Kunstdiebstähle von Dublin bis Denver, komplett mit Fluchtautos und Hehlern, erwog. Vielleicht träumte er sogar von einem viele Millionen schweren Monet-Fanatiker, der sich in einem Betonbunker einen geheimen Schrein eingerichtet hatte und bereit wäre, eine Tonne Geld für diese Landschaft zu zahlen. Großes Denken war es, wonach Thaxter sich sehnte (und ich schließlich ja auch). Trotzdem war er mir ein Rätsel. Er war entweder ein gütiger oder ein brutaler Mann, und es war eine Qual, zwischen den beiden zu entscheiden. Aber jetzt schob er sein Trick-Pincenez wieder zusammen, wandte mir sein rotes, dunkles Gesicht zu, sein Großer-Katzen-Blick war nun schwerer als zuvor, trübsinnig und sogar etwas schielend.

»Bevor die Läden zumachen«, sagte er, »muß ich im Loop etwas einkaufen. Gehen wir raus. Ich kann nach diesem Bild nichts mehr verkraften.« So holten wir uns unsere Habseligkeiten wieder ab und gingen durch die Drehtür. Im Maller-Gebäude war ein Mann namens Bartelstein, der antike Fischmesser und -gabeln verkaufte. Thaxter wollte sich einen Satz zulegen. »Man ist wegen des Silbers geteilter Meinung«, sagte er bestimmt. »Fisch auf Silber soll jetzt einen schlechten Geschmack annehmen. Aber ich glaube an Silber.«

Warum Fischmesser? Und womit und für wen? Die Bank vertrieb ihn aus seinem Haus in Palo Alto, aber trotzdem gingen ihm die Mittel nie aus. Er sprach gelegentlich von anderen Häusern, die er besaß, eins in den italienischen Alpen, eins in der Bretagne.

»Im Mallers-Gebäude?« sagte ich.

»Dieser Bartelstein hat Weltruf. Meine Mutter kennt ihn. Sie braucht die Messer für eine Kundin aus den obersten Schichten.«

In diesem Augenblick kamen Cantabile und Polly auf uns zu, beide Dezemberdampf atmend, und ich sah den weißen Thunderbird im Leerlauf am Bordstein stehen, die offenhängende Tür und die blutrote Polsterung. Cantabile lächelte, und sein Lächeln war ein wenig unnatürlich, weniger ein Ausdruck des Vergnügens als etwas anderes. Vielleicht war es eine Reaktion auf Thaxters Cape und Hut und flotte Schuhe und flammendes Gesicht. Auch ich fühlte mich rot im Gesicht. Cantabile dagegen war auffallend weiß. Er atmete die Luft, als ob er sie sich stehlen müsse. Er sah nach Eifer und Unwohlsein aus. Der Thunderbird, der Dämpfe verpaffte, behinderte allmählich den Verkehr. Weil ich mich einen großen Teil des Tages in Humboldt versenkt und Humboldt sich seinerseits in T.S. Eliot versenkt hatte, dachte ich (wie er es vielleicht getan hätte) an die violette Stunde, zu der die menschliche Maschine wartet wie ein schütterndes, wartendes Taxi. Aber das ließ ich sausen. Der Augenblick erforderte meine volle Gegenwart. Ich machte rechts und links schnell bekannt: »Mrs. Palomino, Mr. Thaxter – und Cantabile.«

»Beeilen Sie sich, schnell, steigen Sie ein«, sagte Cantabile, ein Mann, der Gehorsam fordert.

Ich ließ mir das nicht bieten. »Nein«, sagte ich. »Wir haben eine Menge zu besprechen, und ich laufe viel lieber zwei Blocks zum Mallers-Gebäude, als daß ich mit Ihnen im Verkehr steckenbleibe.«

»Zum Donnerwetter, steigen Sie ins Auto.« Er hatte sich über mich gebeugt. Aber das schrie er so laut, daß es ihn hochriß.

Polly hob ihr erfreuliches Gesicht. Sie fand das alles herrlich. Ihr glattes Haar, japanisch in der Struktur, aber sehr rot und stufig geschnitten, hob sich dicht und gleichmäßig von ihrem grünen Lodenmantel ab. Die erfreulichen Wangen besagten, daß man mit Polly sexuell Freude haben konnte. Es würde befriedigen, würde zum Erfolg führen. Woran lag es, daß manche Männer Frauen zu finden wußten, die von Natur aus erfreuten und erfreut werden konnten. An ihren Wangen und ihrem Lächeln konnte selbst ich sie erkennen – nachdem sie gefunden waren. Inzwischen fielen vereinzelte Flocken aus der grauen Unsichtigkeit des Himmels, der auf den Wolkenkratzern lag, und etwas wie ein leiser Donner war hinter uns zu vernehmen. Das konnte ein Schallmauerknall oder Düsenlärm über dem See sein, denn Donner bedeutete Wärme, und der Frost biß in unsere geröteten Gesichter. In diesem sich verdichtenden dämmrigen Grau würde die Seeoberfläche perlgrau werden, und der polare Saum des Sees hatte sich in diesem Winter schon früh gebildet, weiß – schmutzig, aber weiß. An natürlicher Schönheit hatte Chicago seinen Teil mitbekommen, trotz der Tatsache, daß sein historisches Geschick es im Großen gesehen physisch rauh, die Luft rauh, den Boden rauh machte. Das Problem war, daß solch perliges Wasser mit seinem arktischen Saum und der Schneefall aus der grauen Luft nicht genossen werden konnten, solange diese Cantabiles ihr Wesen trieben, die mich zum Thunderbird stießen und mit dem feinsten Fuchsjäger-Handschuh dabei gestikulierten. Trotzdem geht man ins Konzert, um vor dem Hintergrund der schönsten Kammermusik seinen Gedanken nachzuhängen, und man konnte von einem Cantabile den gleichen Gebrauch machen. Ein Mann, der jahrelang dicht eingesponnen gewesen war und sein tiefstes Inneres in schmerzhafter Wiederholung durchsiebt hatte, der zu dem Schluß gekommen war, daß die menschliche Zukunft von seinen geistigen Erkundungen abhing, der in all seinen Bemühungen, mit jenen Vertretern des modernen Intellekts, die er zu erreichen suchte, zu einer Übereinkunft zu kommen, schlimmsten Schiffbruch erlitten und sich daher entschlossen hatte, den geistigen Leitfäden zu folgen, die er in sich selbst gefunden hatte, um zu sehen, wohin sie eventuell führten, fand einen seltsamen Anreiz in einem Mann wie diesem Cantabile.

»Los!« blökte er mich an.

»Nein. Mr. Thaxter und ich haben unsere eigenen Angelegenheiten zu besprechen.«

»Oh, dazu ist noch Zeit. Massenhaft Zeit«, sagte Thaxter.
»Und wie steht's mit deinen Fischmessern? Plötzlich bist du nicht mehr so scharf auf Fischmesser«, sagte ich zu Thaxter.

Cantabiles Stimme war schartig und hoch vor Erbitterung. »Ich versuche, Ihnen etwas Gutes zu tun, Charlie! Fünfzehn Minuten Ihrer Zeit ist alles, und dann brause ich mit Ihnen zurück zum Mallers-Gebäude für diese Scheißmesser. Wie ist's Ihnen vor Gericht ergangen, Genosse? Ich weiß, wie's ergangen ist. Die haben ein ganzes Regal mit hübschen sauberen Flaschen, die auf Ihr Blut warten. Sie sehen jetzt schon entleert aus. Sie sehen verdammt spitz aus. Sie sind seit dem Lunch um zehn Jahre gealtert. Aber ich habe die Antwort für Sie, und ich werd's beweisen. Charlie, zehn Riesen heute bringen Ihnen fünfzehn bis Donnerstag – wenn nicht, dürfen Sie mich mit dem Schläger über den Kopf hauen, den ich für Ihren Mercedes gebraucht habe. Stronson erwartet mich. Er braucht dringend Bargeld.«

»Ich will damit nichts zu tun haben. Ich bin kein Wucherer«, sagte ich.

»Seien Sie nicht blöde. Wir müssen schnell handeln.«

Ich blickte auf Polly. Sie hatte mich vor Cantabile und Stronson gewarnt, und ich fragte stumm bei ihr an. Ihr Lächeln bestätigte die Warnung, die sie mir gegeben hatte. Aber Cantabiles Entschlossenheit, uns in den Thunderbird zu lotsen und auf die roten Lederpolster des laufenden offenen Autos zu klemmen, machte ihr kolossalen Spaß. Er gab dem Ganzen den Anstrich einer Entführung. Wir waren auf dem breiten Bürgersteig vor dem Institut, und Liebhaber der Kriminallegende konnten einem erzählen, daß der berühmte Dion O'Banion in seinem Bugatti mit 160 km genau über den Fleck zu fahren pflegte, wo wir jetzt standen, während die Fußgänger die Flucht ergriffen. Ich hatte das Thaxter gegenüber auch tatsächlich erwähnt. Wo immer er hinkam, wollte Thaxter das Charakteristische erleben, das Wesentliche. Da er nun das Wesentliche von Chicago erlebte, war er hocherfreut; er grinste und sagte: »Wenn wir jetzt nicht zu Bartelstein kommen, können wir dort morgen früh auf dem Weg zum Flughafen vorbeifahren.«

»Poll«, sagte Cantabile, »setz dich ans Steuer. Ich sehe den Streifenwagen.« Busse versuchten, sich an dem haltenden Thunderbird vorbeizuquetschen. Der Verkehr stockte. Die Polizisten ließen bereits ihr blaues Licht an der Van Buren Street rotieren. Thaxter folgte Polly zum Auto, und ich sagte zu Cantabile: »Ronald, machen Sie, daß Sie fortkommen. Lassen Sie mich in Frieden.«

Er warf mir einen Blick voll offener und furchtbarer Enthüllung zu. Ich sah einen Geist, der mit Komplikationen zu kämpfen hatten, die so dick waren wie meine eigenen, in einer anderen, weit entfernten Sparte. »Ich wollte sie nicht damit überfallen«, sagte er, »aber Sie zwingen mich, Sie zur Räson zu bringen.« Seine Finger in den hautengen Reiterhandschuhen ergriffen mich beim Ärmel. »Ihr lebenslanger Freund Szathmar steckt dick im Schlamassel oder könnte dick reingeraten – das hängt von Ihnen ab«

»Warum? Wieso?«

»Ich sag's Ihnen. Da gibt es diese hübsche junge Frau – ihr Mann ist einer von meinen Leuten –, und sie ist eine Kleptomanin. Sie ist bei Fields erwischt worden, wie sie eine Cashmere-Wolljacke klaute. Und Szathmar ist ihr Anwalt, verstanden? Ich war's, der Szathmar empfohlen hatte. Er ging vor Gericht und hat dem Richter gesagt, er solle sie nicht ins Gefängnis schicken, sie brauche psychologische Behandlung, und er werde dafür sorgen, daß sie sie kriegte. So hat sie also das Gericht freigelassen und unter Szathmars Obhut gestellt. Dann brachte Szathmar die Biene geradewegs in ein Motel und zog ihr die Kleider aus, aber bevor er sie vögeln konnte, lief sie davon. Sie hatte nicht mehr an als einen Papierstreifen, den man über die Klosettbrille spannt, als sie davonrannte. Es gibt Unmengen von Zeugen. Aber die Frau ist ehrlich. Sie schätzt diese Motelmasche nicht. Ihr einziges Laster ist Stehlen. Um Ihretwillen halte ich den Ehemann zurück.«

»Was immer ich von Ihnen höre, Cantabile, ist Unsinn, Unsinn und wieder Unsinn. Szathmar kann handeln wie ein Idiot, aber er ist kein Unmensch.«

»Na schön, dann lasse ich den Ehemann los. Glauben Sie, Ihr Busenfreund würde nicht aus der Anwaltskammer ausgeschlossen. Das würde er – worauf Sie sich verlassen können.«

»Sie haben sich das alles aus irgendeinem verrückten Grund aus den Fingern gesogen«, sagte ich. »Wenn Sie etwas gegen Szathmar auf Lager hätten, dann würden Sie ihn in diesem Augenblick erpressen.«

»Schön, ganz wie Sie wollen. Machen Sie nicht mit, und ich schlachte und zerfleische den Schweinehund.«

»Ist mir gleich.«

»Das brauchen Sie mir nicht zu sagen. Wissen Sie, was Sie sind? Sie sind ein Isolationist, das sind Sie wirklich. Sie wollen nicht wissen, in welches Unglück andere Leute geraten sind.«

Alle erzählen mir dauernd, was für Fehler ich habe, während ich mit großen hungrigen Augen dastehe und alles glaube und übelnehme. Ohne metaphysische Standfestigkeit ist ein Mann wie ich der St. Sebastian der Kritiker. Das Verrückte ist, daß ich dabei stillhalte. Wie jetzt, wo ich am Ärmel meines karierten Mantels gepackt werde, während Cantabile Intrigen und Urteile aus den Schächten seiner weißen Nase gegen mich schnaubt. Bei mir geht es nicht darum, wie jeder Anlaß mich verklagt, sondern wie ich die Anlässe nutze, um verborgene Information ans Licht zu ziehen. Die jüngste Information schien zu sein, daß ich meiner Neigung nach ein Mensch sei, der mikrokosmisch-makrokosmische Ideen brauchte oder den Glauben, daß alles, was sich in einem Menschen vollzieht, Weltbedeutung habe. Solch ein Glaube erwärmte für mich die Umgebung und brachte die süßen, glänzenden Blätter zum Vorschein, die hängenden Orangen im Hain, wo das unbesudelte Ich jungfräulich war und dankbar mit seinem Schöpfer verkehrte und so weiter. Es war möglich, daß das die einzige Möglichkeit für mich war, mein eigenes wahres Ich zu sein. Aber in diesem Augenblick standen wir auf dem breiten eisigen Pflaster des Michigan Boulevard, das Art Institute hinter uns und auf der anderen Seite uns zugewandt all die bunten Lichter des Weihnachtsbetriebs, die weißen Fassaden der Gasgesellschaft und anderer Gesellschaften.

»Was immer ich bin, Cantabile, mein Freund und ich fahren nicht mit Ihnen.« Ich rannte zum Thunderbird, um Thaxter noch zu stoppen, der schon einstieg. Er zog auch schon sein Cape um sich und sank in die roten Polster. Er sah sehr zufrieden aus. Ich steckte meinen Kopf rein und sagte: »Komm da raus. Du und ich, wir gehen zu Fuß.«

Aber Cantabile stieß mich in das Auto neben Thaxter. Er legte mir die Hände auf den Hintern und schob mich rein. Dann rammte er den Vordersitz zurück, um mich einzuklemmen. Mit der nächsten Bewegung zog er die Tür mit einem Knall zu und sagte: »Fahr los, Polly.« Genau das tat Polly.

»Was zum Teufel fällt Ihnen denn ein, daß Sie mich stoßen und hier einklemmen?« sagte ich.

»Die Polizei ist schon direkt hinter uns. Ich hatte keine Zeit mehr zu debattieren«, sagte Cantabile.

»Sie, das ist nichts anderes als eine Entführung«, sagte ich zu ihm. Und sobald ich das Wort »Entführung« aussprach, schwoll mir das Herz sofort von einem kindischen Gefühl furchtbarer Kränkung. Aber Thaxter mußte lachen, kicherte durch seinen breiten Mund, und seine Augen waren faltig und zwinkerten. Er sagte: »Hihi, mach dir nicht so viel daraus, Charlie. Das ist ein sehr komischer Augenblick. Genieße ihn.«

Thaxter war auf dem Gipfel des Glücks. Er bekam eine regelrechte Festvorstellung von Chicago geboten. Für ihn machte die Stadt ihrem Ruf alle Ehre. Als ich das bemerkte, kühlte ich ein wenig ab. Ich nehme an, daß ich meine Freunde wirklich gern unterhalte. Hatte ich nicht Stör und frische Semmeln und Marmelade gekauft, als mir der Gerichtsdiener sagte, daß Thaxter in der Stadt war? Ich hatte immer noch die Tüte von »Stop and Shop« in der Hand.

Der Verkehr war dicht, aber Polly hatte den Wagen großartig in der Gewalt. Sie brachte den weißen Thunderbird auf die linke Fahrbahn, ohne die Bremse zu berühren, ohne einmal zu rucken, mit furchtloser Geschicklichkeit, eine großartige Fahrerin.

Der ruhelose Cantabile drehte sich nach hinten um, um uns ansehen zu können, und sagte zu mir: »Sehen Sie mal, was ich hier habe. Eine Frühausgabe der morgigen Morgenzeitung. Ich habe sie von einem Mann im Presseraum gekauft. Es hat mich 'ne Menge gekostet. Wollen Sie was wissen? Sie und ich haben Mike Schneidermans Spalte geschafft. Hören Sie«, er las: »›Charlie Citrine, Chevrolet der Französischen Legion und Chicagoer Schriftgelehrter, der den Streifen *Von Trenck* geautort hat, zahlte im Playboy-Club eine Pokerschuld an eine Unterweltfigur. Beleg mal lieber ein Poker-Seminar an der Universität, Charles.‹ Was sagen Sie dazu, Charlie? Es ist ein Jammer, daß Mike nicht alle Tatsachen über Ihren Mercedes und den Wolkenkratzer und das übrige gewußt hat. Was meinen Sie *jetzt*?«

»Was ich meine? Ich lasse mir *autoren* als Verb nicht gefallen. Außerdem will ich an der Wabash Avenue aussteigen.«

Chicago war erträglicher, wenn man nicht die Zeitung las. Wir waren an der Madison Street nach Westen abgebogen und fuhren unter dem dunklen Rahmenwerk der Hochbahn durch. »Fahr nicht rechts ran, Polly«, sagte Cantabile. Es ging weiter zu den Weihnachtsornamenten der State Street, den Weihnachtsmännern und Rentieren. Das einzig stabile Element war im Augenblick Pollys wunderbare Beherrschung der Maschine.

»Erzählen Sie mir von dem Mercedes«, sagte Thaxter. »Was ist mit ihm passiert? Und wie war die Sache mit dem Wolkenkratzer, Mr. Cantabile? Sind Sie die Unterweltfigur im Playboy Club?«

»Die Wissenden wissen's«, sagte Cantabile. »Charlie, wieviel verlangen die für die Instandsetzung der Karosserie Ihres Wagens? Haben Sie ihn zum Händler zurückgebracht? Ich hoffe, Sie halten sich von diesen Abwrackspezialisten fern. Vierhundert Dollar pro Tag für einen Mechaniker. Diese Gauner! Ich kenne eine gute, billige Werkstatt.«

»Danke«, sagte ich.

»Seien Sie nicht ironisch mit mir. Aber das mindeste, was ich tun kann, ist, Ihnen etwas von dem Geld zurückzuverdienen, das die Sache kosten wird.«

Ich gab keine Antwort. Mein Herz hämmerte zu einer einzigen Melodie: Ich wollte dringend woanders sein. Ich wünschte einfach nicht, hier zu sein. Es bedeutete äußerstes Unbehagen. Dies war nicht der Augenblick, sich an gewisse Worte von John Stuart Mill zu erinnern, aber ich erinnerte mich trotzdem. Sie lauteten ungefähr so: Die Aufgaben edler Geister zu einer Zeit, da die Tätigkeiten, mit denen die meisten von uns sich befassen müssen, trivial und verächtlich sind – da-da-*da*, da-da-*da*, da-da-*da*. Nun, das einzig Wertvolle an diesen verächtlichen Tätigkeiten ist der Geist, in dem sie unternommen werden. Ich konnte im Umkreis überhaupt keine Werte erkennen. Aber wenn die Aufgaben des *durum genus hominum*, sagte der große Mill, von einer übernatürlichen Kraft ausgeführt würden und es kein Verlangen nach Weisheit und Tugend gäbe, oh, dann gäbe es für den Menschen wenig, was er im Menschen werthalten könnte. Das war genau das Problem, das Amerika für sich selbst lösen müßte. Der Thunderbird könnte als übernatürliche Kraft gelten. Und was hielt der Mensch sonst noch wert? Polly beförderte uns. Unter dieser Masse von rotem Haar lag ein Hirn, das bestimmt wußte, was es werthalten wollte, wenn jemand sich die Mühe nahm, danach zu fragen. Aber niemand fragte, und sie brauchte nicht viel Hirn, um den Wagen zu fahren.

Wir fuhren nun an den ragenden, sich emporschwingenden Simsen der First National Bank vorbei, die Schicht auf Schicht goldener Lichter enthielten. »Was ist das für ein schönes Gebäude?« fragte Thaxter. Niemand antwortete. Wir sausten die Madison Street entlang. Mit dieser Geschwindigkeit in westlicher Richtung hätten wir binnen einer Viertelstunde den Waldheim-Friedhof erreicht, der am Rand der Stadt lag. Da ruhten meine Eltern unter schneebeflecktem Gras und Grabsteinen; in der Winterdämmerung würde man Gegenstände nur undeutlich erkennen und so weiter. Aber natürlich war der Friedhof nicht unser Ziel. Wir bogen in die La Salle Street ein, wo wir von Taxis und Zeitungsautos und den Jaguars und Lincolns und Rolls-Royces der Börsenmakler und Firmenanwälte aufgehalten wurden – von den gewitzteren Dieben und höheren Politikern und der geistigen Elite des amerikanischen Business, den Adlern in der Höhe, weit über den täglichen, stündlichen und augenblicklichen Geschicken der Menschen.

»Zum Teufel, wir werden Stronson versäumen. Dieser fette kleine Hund braust in seinem Aston-Martin davon, sobald er sein Büro zuschließen kann«, sagte Cantabile.

Aber Polly saß stumm am Lenkrad. Der Verkehr staute sich. Endlich gelang es Thaxter, Cantabiles Aufmerksamkeit auf sich zu lenken. Und ich seufzte und, mir selbst überlassen, schaltete ich mich aus. Genau wie ich's gestern getan hatte, als ich praktisch mit vorgehaltener Pistole in das stinkende Klosett des russischen Bades gezwungen worden war. Und das waren meine Gedanken: Bestimmt hatten die drei anderen Seelen in der warmen Düsternis dieses glänzenden, pulsenden und lackierten Automobils Gedanken, die ebenso einzigartig waren wie die meinen. Aber sie waren sich ihrer offenbar weniger bewußt als ich. Und wessen war ich mir so bewußt? Ich war mir bewußt, daß ich mir stets eingebildet hatte, ich wüßte, wo ich stünde (wobei ich das Universum als Bezugsrahmen wählte). Aber ich irrte mich. Immerhin konnte ich wenigstens sagen, daß ich geistig tüchtig genug gewesen war, um mich nicht von Unwissenheit erdrücken zu lassen. Jetzt wurde mir jedoch klar, daß ich weder zu Chicago gehörte noch genügend darüberstand und daß Chicagos materielle und alltägliche Interessen und Ereignisse mir weder aktuell und lebendig genug noch symbolisch klar genug waren. So daß ich weder lebendige Aktualität noch symbolische Klarheit besaß und mich im Augenblick im äußersten Nirgendwo befand. Deshalb ging ich auch zu den langen geheimnisträchtigen Gesprächen mit Professor Scheldt, dem Vater von Doris, über esoterische Themen. Er hatte mir Bücher gegeben über die Ätherleiber und Astralleiber, die Intellektuelle Seele und die Bewußtseinsseele und die unsichtbaren Wesenheiten, deren Feuer und Weisheit und Liebe das Universum schufen und lenkten. Ich war von Dr. Scheldts Ausführungen viel mehr gepackt als von meiner Affäre mit seiner Tochter. Sie war wirklich ein gutes Kind. Sie war hübsch und lebhaft, eine blonde, im Ganzen großartige kleine junge Frau mit scharfem Profil. Gewiß, sie ließ immer wieder ausgefallene Gerichte auftragen wie Beef Wellington, und die Pastetenkruste war immer zu wenig gebacken, das Fleisch zu roh, aber das waren Kleinigkeiten. Ich hatte mit ihr nur deshalb angebändelt, weil Renata und ihre Mutter mich rausgeschmissen und Flonzalay an meine Stelle gesetzt hatten. Doris konnte Renata nicht das Wasser reichen. Renata? Ja, Renata brauchte keinen Zündschlüssel, um ein Auto anzulassen. Einer ihrer Küsse auf die Haube würde es starten. Ich würde für sie aufheulen. Außerdem war Miss Scheldt gesellschaftlich ehrgeizig. In Chicago sind Ehemänner mit höheren geistigen Interessen nicht leicht zu finden, und es war offensichtlich, daß Miss Scheldt Madame Chevalier Citrine werden wollte. Ihr Vater war Physiker im alten Armour-Institut gewesen, ein leitender Angestellter bei IBM, ein NASA-Berater, der das Metall verbesserte, das man in den Raumschiffen verwandte. Aber er war auch Anthroposoph. Er wollte das nicht Mystik nennen. Er betonte, daß Steiner ein Wissenschaftler des Unsichtbaren gewesen sei. Aber Doris nannte widerstrebend ihren Vater einen Spinner. Sie hat mir viele Dinge über ihn erzählt. Er war ein Rosenkreuzer und Gnostiker, er las laut für die Toten. Und zu einer Zeit, da die Mädchen erotische Dinge treiben müssen, ob sie nun dafür begabt sind oder nicht, weil die jüngsten Entwicklungen das einfach verlangen, hielt sich Doris bei mir sehr tapfer. Aber alles ging schief dabei, ich war einfach bei ihr nicht ich selber und rief im unmöglichsten Moment aus »Renata! O Renata!« Dann lag ich da, über mich selbst schokkiert und beschämt. Aber Doris hat meinen Aufschrei überhaupt nicht übelgenommen. Sie war ganz und gar verständnisvoll. Das war ihre Hauptstärke. Und als meine Gespräche mit dem Professor anfingen, war sie auch darin sehr anständig und verstand, daß ich nicht mit der Tochter meines Guru schlafen wollte.

Wenn ich im sauberen Wohnzimmer des Professors saß – ich habe selten in einem so pieksauberen Zimmer gesessen, der Parkettfußboden aus hellem Holz, durchsichtig gewachst und die Orientbrücken ohne Fusseln und der unten liegende Park mit der Reiterstatue General Shermans, die auf reiner Luft tänzelte –, war ich vollkommen glücklich. Ich respektierte Dr. Scheldt. Die seltsamen Dinge, die er sagte, waren zumindest tiefe Dinge. In diesen Tagen und in diesem Zeitalter hatten die Menschen aufgehört, derartige Dinge zu sagen. Er war aus einer völlig anderen Zeit. Er kleidete sich sogar wie das Mitglied eines Landklubs der zwanziger Jahre. Ich hatte für Männer dieses Typs die Golfstöcke getragen. Ein Mr. Masson, einer meiner Stammkunden auf dem Golfplatz in Winnetka, war das Ebenbild von Professor Scheldt gewesen. Ich nahm an, daß Mr. Masson sich inzwischen schon längst zu den Heerscharen der Toten gesellt hatte und daß es im ganzen Universum nur noch mich gäbe, der sich erinnerte, wie er aussah, wenn er aus einem Sandloch kletterte.

»Dr. Scheldt . . .« Die Sonne scheint klar, das Wasser dahinten ist so glatt wie der innere Frieden, den ich nicht gewonnen habe, so gekräuselt wie die Verwirrung, der See ist stark durch unzählige Kräfte, geduckt, hydromuskulär. Im Wohnzimmer steht eine glänzende Kristallvase mit Anemonen. Diese Blumen haben nichts weiter zu bieten als Grazie, und sie sind mit einem unbeschreiblichen Feuer gefärbt, das aus der Unendlichkeit stammt. »Also, Dr. Scheldt«, sage ich. Ich spreche zu seinem interessierten und klaren Gesicht, das ruhig ist wie das Gesicht eines Bullen, und versuche festzustellen, wie zuverlässig seine Intelligenz ist – d.h. ob wir wahrhaft hier oder wahnhaft hier sind. »Lassen Sie mich versuchen, ob ich diese Dinge überhaupt begreife – ein Gedanke in meinem Kopf ist auch ein Gedanke in der äußeren Welt. Bewußtsein im Ich schafft eine falsche Unterscheidung zwischen Objekt und Subjekt. Ist es soweit richtig?«

»Ja, ich glaube«, sagt der starke alte Mann.

»Das Löschen des Durstes ist nicht etwas, was in meinem

Mund beginnt. Es beginnt mit dem Wasser, und das Wasser ist da draußen, in der äußeren Welt. Und ebenso die Wahrheit. Die Wahrheit ist etwas, woran wir alle teilhaben. Zwei plus zwei ist auch zwei plus zwei für jeden anderen und hat nichts mit meinem Ego zu tun. Das begreife ich. Auch die Antwort auf Spinozas Behauptung, daß ein geworfener Stein, wenn er Bewußtsein hätte, denken könnte: ›Ich fliege durch die Luft‹, als täte er es aus freiem Antrieb. Wenn es ihm jedoch bewußt wäre, dann wäre er kein bloßer Stein mehr. Dann könnte er auch selber Bewegung schaffen. Denken, die Fähigkeit, zu denken und zu wissen, ist eine Quelle der Freiheit. Denken macht offenbar, daß der Geist existiert. Der physische Körper ist ein Gehilfe des Geistes und sein Spiegel. Er ist Motor und Widerschein des Geistes. Er ist die sinnreiche Denkschrift des Geistes an sich selbst, und der Geist sieht sich in meinem Körper, wie ich mein eigenes Gesicht im Spiegel sehe. Meine Nerven spiegeln das. Die Erde ist buchstäblich ein Spiegel der Gedanken. Gegenstände sind in sich leibgewordene Gedanken. Der Tod ist die dunkle Hinterseite, die der Spiegel braucht, wenn wir etwas sehen sollen. Jede Wahrnehmung verursacht eine gewisse Menge von Tod in uns, und diese Verdunkelung ist eine Notwendigkeit. Der Hellseher kann das tatsächlich wahrnehmen, wenn er lernt, die nach innen gekehrte Sicht zu erlangen. Zu diesem Zweck muß er aus sich heraustreten und weit entfernt stehen.«

»All dies steht in den Texten«, sagte Dr. Scheldt. »Ich kann nicht sicher sein, daß Sie es alles verstanden haben, aber Sie sind ziemlich genau.«

»Ja, ich glaube, daß ich es teilweise verstehe. Wenn unser Verständnis es wünscht, wird uns die göttliche Weisheit zuströmen.«

Dann spricht Dr. Scheldt über den Text *Ich bin das Licht der Welt*. Für ihn ist dieses Licht auch als die Sonne selbst zu verstehen. Dann redet er vom Evangelium des Johannes, das sich von den weisheitserfüllten Cherubim befruchten ließ, während das Evangelium des Lukas sich auf die feurige Liebe der Seraphim stützt – Cherubim, Seraphim und Throne sind dabei die höchste geistige Hierarchie. Ich bin nicht ganz sicher, daß ich folgen kann. »Ich habe nicht die geringste Erfahrung mit dieser fortgeschrittenen Materie, Dr. Scheldt, aber ich finde es trotzdem gut und tröstlich, alles gesagt zu bekommen, ausgesprochen zu hören. Ich weiß überhaupt nicht, wo ich stehe. Eines Tages, wenn das Leben ruhiger geworden ist, werde ich mich in den Ausbildungskurs versenken und Ernst damit machen.«

»Wann wird das Leben ruhiger sein?«

»Ich weiß nicht. Aber wahrscheinlich haben Ihnen schon vor mir Menschen gesagt, wie viel kräftiger sich die Seele nach einem solchen Gespräch fühlt.«

»Sie sollten nicht warten, bis sich die Dinge beruhigen. Sie müssen beschließen, sie ruhiger zu machen.«

Er sah, daß ich immer noch ziemlich skeptisch war. Ich konnte mit Sachen wie der Mond-Evolution, den Feuergeistern, den Söhnen des Lebens, mit Atlantis, mit den Lotusblumenorganen der geistigen Wahrnehmung oder der seltsamen Mischung von Abraham und Zarathustra oder der Zusammenkunft von Jesus und Buddha noch nicht ins reine kommen. Es war alles zu viel für mich. Immerhin, wenn die Lehre von etwas handelte, was ich vom Ich oder vom Schlaf oder vom Tod vermutete oder erhoffte oder wußte, dann klang es immer wahr.

Außerdem waren da die Toten zu bedenken. Wenn ich nicht völlig das Interesse an ihnen verloren hatte, wenn ich mich nicht begnügte, eine nur weltliche Trauer über meine Mutter, meinen Vater oder Demmie Vonghel oder Von Humboldt Fleisher zu empfinden, hatte ich die Pflicht zu prüfen, mich zu vergewissern, daß der Tod endgültig *war*, daß die Toten tot *waren*. Entweder erkannte ich die Endgültigkeit des Todes an und weigerte mich, andere Ahnungen zu haben, verurteilte meine kindische Sentimentalität und Sehnsucht, oder ich veranstaltete eine umfassende, regelrechte Untersuchung. Denn ich konnte einfach nicht einsehen, wie ich eine Untersuchung verweigern konnte. Ja, ich konnte mich zwingen, das Ganze wie den unersetzlichen Verlust von Schiffskameraden an den verschlingenden Zyklopen zu betrachten. Ich konnte die menschliche Szene als Schlachtfeld ansehen. Die Gefallenen werden in die Erdlöcher versenkt oder zu Asche verbrannt. Danach soll man sich nicht mehr nach dem Mann erkundigen, der einem das Leben gab, der Frau, die einen gebar, Demmie, die man zuletzt sah, als sie in Idlewild mit ihren langen blonden Beinen und ihrem Make-up und ihren Ohrringen ins Flugzeug stieg, oder den hinreißenden goldenen Meister der

Konversation Von Humboldt Fleisher, den man zuletzt in den Vierziger Straßen der Westseite, eine Brezel essend, erblickte. Man könnte einfach annehmen, daß sie auf ewig weggewischt sind, wie man selbst eines Tages weggewischt sein würde. Wenn dann also die Tageszeitungen von Morden berichteten, die auf der Straße vor Scharen neutraler Zeugen begangen wurden, dann lag in dieser Neutralität nichts Unlogisches. Nach den metaphysischen Thesen über den Tod, die anscheinend jeder in der Welt sich zu eigen gemacht hatte, würde jeder vom Tod ergriffen, geknickt, gewürgt und erstickt werden. Dieser Terror und dieses Morden waren die natürlichsten Dinge der Welt. Und diese selben Schlußfolgerungen waren in das Leben der Gesellschaft integriert und in allen Institutionen, in Politik, Erziehung, Bankwesen, Justiz vorhanden. Da ich davon überzeugt war, sah ich keinen Grund, warum ich nicht Dr. Scheldt besuchen und über Seraphim und Cherubim und Throne und Herrschaften und Exousiai und Archai und Engel und Geister reden sollte.

Ich sagte zu Dr. Scheldt bei unserer letzten Begegnung: »Ich habe nun die Broschüre mit dem Titel »Das Hineinwirken geistiger Wesenheiten in den Menschen« studiert, und sie enthält einen faszinierenden Abschnitt über den Schlaf. Er scheint zu besagen, daß die Menschheit nicht mehr zu schlafen versteht. Daß etwas während des Schlafes geschehen sollte, was einfach nicht geschieht, und daß wir deshalb aufwachen und uns so schal, so unausgeruht, steril und bitter und was sonst noch fühlen. Lassen Sie mich sehen, ob ich's richtig verstanden habe. Der physische Leib schläft, und der Ätherleib schläft, aber die Seele wandert davon.«

»Ja«, sagte Professor Scheldt. »Während Sie schlafen, betritt die Seele die übersinnliche Welt oder zumindest eine ihrer Regionen. Um es einfacher zu machen, sie betritt ihr eigenes Element.«

»Das würde ich gern glauben.«

»Warum sollten Sie es nicht?«

»Nun ja, ich will zunächst sehen, ob ich's verstehe. In der übersinnlichen Welt begegnet die Seele den unsichtbaren Kräften, die den Eingeweihten der antiken Welt als die Mysterien bekannt waren. Nicht alle Wesenheiten der Hierarchie sind den Lebenden zugänglich, nur einige von ihnen, aber diese sind unerläßlich.

Und wenn wir dann schlafen, sagt die Broschüre, vibrieren und hallen die Wörter, die wir den ganzen Tag über gesprochen haben, um uns her.«

»Nicht buchstäblich, die Wörter«, verbesserte Dr. Scheldt.

»Nein, aber die Gefühlstöne, die Freude oder der Schmerz, der Zweck der Wörter. Durch die Vibrationen und den Widerhall dessen, was wir gedacht, gefühlt und gesagt haben, sind wir im Schlaf mit den Wesenheiten der Hierarchie in geistiger Verbindung. Aber jetzt sind unsere täglichen Faxen so trübe, unsere Gedanken so niedrig, die Sprache ist so gemein geworden, die Wörter so abgestumpft und schadhaft, wir haben so dumme und langweilige Dinge gesagt, daß die höheren Wesen nur Gebrabbel und Gegrunze und Fernsehreklame hören – die Hundefutterstufe der Dinge. Das sagt ihnen nichts. Welche Freude können die höheren Wesen an dieser Art von Materialismus haben, der des höheren Denkens oder jeglicher Poesie bar ist? Folglich ist alles, was wir im Schlaf hören können, stoffliches Knarren und Zischen und Spülen, das Rascheln von Pflanzen und die Klimaanlage. So sind wir denn den höheren Wesenheiten unverständlich. Sie können uns nicht beeinflussen, und sie erleiden dadurch ihrerseits eine entsprechende Verarmung. Habe ich das richtig verstanden?«

»Ja, im großen und ganzen.«

»Das läßt mich wegen eines verstorbenen Freundes von mir fragen, der immer über Schlaflosigkeit klagte. Er war ein Dichter. Und ich kann jetzt begreifen, warum das Schlafen für ihn so zum Problem wurde. Vielleicht schämte er sich. Aus dem Gefühl heraus, daß er keine Wörter hatte, die angetan waren, in den Schlaf getragen zu werden. Vielleicht hat er die Schlaflosigkeit einer solchen nächtlichen Scham und Schande vorgezogen.«

Jetzt fuhr der Thunderbird an der »Rookery« in der La Salle Street vor. Cantabile sprang heraus. Als er für Thaxter die Tür aufhielt, sagte ich zu Polly: »Also Polly – geben Sie mir einen nützlichen Tip, Polly.«

»Dieser Knabe Stronson steckt tief im Dreck«, sagte sie, »tief, tief, tief im Dreck. Sehen Sie sich die Zeitung von morgen an.«

Wir gingen durch die gekachelte, mit Balustraden umgebene Lobby der »Rookery«, fuhren in einem schnellen Fahrstuhl hoch, wobei Cantabile wiederholte, als wolle er mich hypnotisieren: »Zehn Riesen heute bringen Ihnen fünfzehn bis Donnerstag. Das ist fünfzig Prozent in drei Tagen. Fünfzig Prozent.« Wir stiegen aus auf einen weißen Gang und gelangten zu zwei großen Türen aus Zedernholz mit der Aufschrift: *Western Hemisphere Investment Corporation.* An diesen Türen gab Cantabile ein Code-Klopfzeichen: dreimal – Pause, einmal – dann abschließend einmal. Es war sonderbar, daß das nötig sein sollte, aber schließlich mußte ein Mann, der das Geld so hoch bezahlte, versuchen, sich der Investoren zu erwehren. Eine bildschöne Empfangsdame ließ uns ein. Das Vorzimmer war dick mit Teppichen belegt. »Er ist hier«, sagte Cantabile. »Wartet nur ein paar Minuten, Leute.«

Thaxter setzte sich auf eine Art niedrigen orangefarbenen Liebessitz. Um uns herum ließ ein Mann laut seinen Staubsauger laufen; er trug eine graue Portiersjacke. Thaxter nahm seinen breiten Cowboyhut ab und glättete die Directoire-Spitzen auf der unregelmäßig geformten Stirn. Er steckte den Stiel seiner gebogenen Pfeife zwischen die geraden Lippen und sagte: »Setz dich.« Ich gab ihm den Stör und die Marmelade zu halten und überholte Cantabile an der Tür zu Stronsons Privatbüro. Ich zog ihm die Zeitung von morgen unter dem Arm weg. Er griff danach, und wir zerrten beide daran. Sein Mantel öffnete sich, und ich sah die Pistole in seinem Gürtel, aber das schreckte mich nicht mehr. »Was wollen Sie?« sagte er.

»Ich will nur einen Blick auf Schneidermans Spalte werfen.«

»Hier, ich reiße sie für Sie raus.«

»Tun Sie das, und ich gehe.«

Er stieß mir wütend die Zeitung hin und ging in Stronsons Büro. Ich durchblätterte sie rasch und fand einen Artikel auf der Finanzseite, wo die Schwierigkeiten von Mr. Stronson und der Western Hemisphere Investment Corporation beschrieben wurden. Eine Beschwerde war gegen ihn beim Börsenrat erhoben worden. Ihm wurde vorgeworfen, die Vorschriften des Aktienrechts verletzt zu haben. Er hatte Postbetrug begangen und mit nicht zugelassenen Aktien gehandelt. In einer eidesstattlichen Erklärung des Börsenrats wurde behauptet, daß Guido Stronson ein regelrechter Hochstapler sei, kein Absolvent von Harvard, sondern ohne Abschluß von einer höheren Schule in New Jersey abgegangen, dann Tankstellenwart, bis vor kurzem noch ein kleiner Angestellter bei einer Geldeintreibungsfirma in Plainfield. Er habe eine Frau und vier Kinder sitzenlassen. Sie werde jetzt im Osten von der Wohlfahrt unterstützt. Als Guido Stronson nach Chicago kam, habe er ein aufwendiges Büro in der La Salle Street eröffnet und glänzende Zeugnisse vorgelegt, unter anderem ein Diplom von der Harvard Business School. Er habe gesagt, daß er als leitender Versicherungsangestellter in Hartford auffallend erfolgreich gewesen sei. Seine Investitionsfirma habe binnen kurzem eine sehr große Kundschaft für Schweinespeck, Kakao und Golderz gewonnen. Er habe sich am Nordufer ein Haus gekauft und gesagt, er wolle Fuchsjagd betreiben. Beschwerden, die von Kunden eingesandt worden seien, hätten zu dieser Untersuchung der Bundesbehörde geführt. Der Bericht schloß mit dem Gerücht aus der La Salle Street, daß Stronson viele Kunden von der Mafia habe. Er habe diese Kunden offenbar mehrere Millionen Dollar gekostet.

Bis heute abend würde Groß-Chicago diese Tatsachen kennen, morgen würde sein Büro von betrogenen Investoren gestürmt werden, und Stronson würde Polizeischutz brauchen. Aber wer würde ihn übermorgen vor der Mafia schützen? Ich betrachtete die Fotografie des Mannes. Zeitungen verformen Gesichter auf eigentümliche Weise – ich wußte das aus eigener Erfahrung –, aber wenn diese Fotografie Stronson in irgendeiner Weise gerecht wurde, dann erweckte sie keine Sympathie. Manche Gesichter gewinnen durch die Verformung.

Warum hatte mich Cantabile nun hierher gebracht? Er versprach mir einen schnellen Gewinn, aber ich wußte immerhin *etwas* vom modernen Leben. Ich meine, ich konnte ein bißchen in dem großen geheimnisvollen Buch des großstädtischen Amerika lesen. Ich war zu anspruchsvoll und sprunghaft, um es eingehend zu studieren – ich hatte die Lebensbedingungen gebraucht, um meine Abwehrkräfte auf die Probe zu stellen; das souveräne Bewußtsein stellte sich darauf ein, die Erscheinungen zu meiden und von ihren Wirkungen unberührt zu bleiben. Trotzdem wußte ich, mehr oder weniger, wie Schwindler der Stronson-Klasse vorgingen. Sie versteckten einen ansehnlichen Teil der gestohlenen Dollar, sie wurden zu acht oder zehn Jahren verurteilt, und wenn sie rauskamen, zogen sie sich unauffällig nach Westindien oder auf die Azoren zurück. Vielleicht versuchte Cantabile jetzt, die Hände auf einen Teil des Gelds zu legen, das Stronson beiseite geschafft hatte – vielleicht in Costa Rica. Oder vielleicht, wenn er zwanzigtausend Dollar verlor (davon möglicherweise auch einiges Familiengeld der Cantabiles), wollte er eine große Szene machen. Er wollte, daß ich dabei war. Durch mich war er in Schneidermans Spalte gelangt. Er muß sich etwas noch Glänzenderes, noch sensationeller Einschlagendes ausgedacht haben. Er brauchte mich. Und warum wurde ich so oft in derartige Dinge hineingezogen? Auch Szathmar benutzte mich so; George Swiebel hatte eine Pokerparty veranstaltet, um mir einiges vorzuführen; heute nachmittag hatte sich selbst der Richter Urbanovich in seiner Kammer vor mir aufgespielt. Ich muß in Chicago mit Kunst und Bedeutung, mit gewissen höheren Werten in Verbindung gebracht worden sein. War ich nicht der Autor von *Trenck* (dem Film), geehrt von der französischen Regierung und dem Zick-zack-Club? Ich trug immer noch in meiner Brieftasche ein dünnes zerknautschtes Stückchen Seidenband für das Knopfloch. Und ach! wir armen Seelen, die wir alle so ungefestigt, unwissend, verwirrt und unruhig waren. Konnten nicht einmal die Nacht durchschlafen. Waren nicht imstande, in der Nacht Verbindung mit den gnädigen, wiederbelebenden Engeln und Erzengeln aufzunehmen, die da waren, um uns mit ihrer Wärme, ihrer Liebe und Weisheit zu stärken. Ach, arme Herzen, die wir waren, wie schlecht es uns allen ging und wie ich mich sehnte, Änderungen oder Berichtigungen oder Verbesserungen anzubringen. Irgend etwas!

Cantabile hatte sich zu seiner Besprechung mit Stronson eingeschlossen, und dieser Stronson, der in der Zeitung mit einem brutal dicken Gesicht und Haar im Pagenschnitt abgebildet war, war vermutlich der Verzweiflung nahe. Vielleicht schlug ihm Cantabile Schiebungen vor – Schiebung auf Schiebung auf Schiebung. Rat, wie er mit seinen wütenden Mafiakunden übereinkommen könnte.

Thaxter hob die Beine, um den Portier mit dem Staubsauger darunterzulassen.

»Ich glaube, wir gehen lieber«, sagte ich.

»Gehen? Jetzt?«

»Ich finde, wir sollten hier raus.«

»Ach, hör zu, Charlie, zwinge mich nicht zu gehen. Ich will sehen, was passiert. So eine Gelegenheit gibt's nicht noch mal. Dieser Mann Cantabile ist absolut märchenhaft. Er fasziniert mich.«

»Ich wünschte, du wärest nicht in seinen Thunderbird gerannt, ohne mich zu fragen. So entzückt vom Gangsterland Chicago, daß du einfach nicht warten konntest. Ich nehme an, daß du dieses Erlebnis ausschlachten willst, es an *Reader's Digest* schicken oder etwas ähnlich Blödes – du und ich haben allerhand zu besprechen.«

»Das kann warten, Charles. Weißt du, ich bin irgendwie von dir beeindruckt. Du beklagst dich immer, daß du so isoliert bist, dann komme ich nach Chicago und finde dich bäng! im Mittelpunkt des Geschehens.« Er schmeichelte mir. Er wußte, wie gern ich mich als Fachmann für Chicago gelten ließ. »Ist Cantabile einer der Ballspieler in deinem Club?«

»Ich glaube nicht, daß Langobardi ihn zulassen würde. Er läßt sich nicht gern mit kleinen Gaunern ein.«

»Ist Cantabile einer?«

»Ich weiß nicht genau, was er ist. Er beträgt sich wie ein Don der Mafia. Er ist irgendwie absurd. Er hat eine Frau, die ihren Doktor macht.«

»Du meinst diesen tollen Rotkopf mit den Plateausohlen?«

»Die ist es nicht.«

»War's nicht großartig, wie er dieses Code-Klopfzeichen an die Tür gab? Und die hübsche Empfangsdame aufmachte? Sieh dir mal diese Glasvitrinen mit der vorkolumbianischen Kunst und der Sammlung von japanischen Fächern an. Ich sage dir, Charles, niemand kennt dieses Land richtig. Das ist vielleicht ein Land! Die führenden Interpreten dieses Landes taugen nichts. Sie tun nichts weiter, als daß sie gebildete Formeln darüber austauschen. *Du*, ja *du*! Charles, solltest darüber schreiben, dein Leben Tag für Tag schildern und einige deiner Ideen darauf beziehen.«

»Thaxter, ich habe dir erzählt, wie ich meinen kleinen Mädchen die Biber im fernen Colorado gezeigt habe. Um den ganzen See hat die Forstverwaltung naturkundliche Schilder angebracht, die den Lebenszyklus der Biber beschreiben. Die Biber wußten davon überhaupt nichts. Sie fuhren einfach fort, zu nagen und zu schwimmen und Biber zu sein. Aber wir menschlichen Biber werden von den Beschreibungen über uns ganz aufgewühlt. Zu hören, was wir hören, setzt uns zu. Von Kinsey oder Masters oder Eriksen. Wir lesen von Identitätskrise, Entfremdung und so weiter, und das setzt uns alles zu.«

»Und du willst zur Entstellung deines Mitmenschen nicht durch neue Zufuhr beitragen? – Mein Gott, wie ich das Wort ›Zufuhr‹ hasse. Aber du selbst machst dauernd Analysen mit hohem Niveau. Zum Beispiel in dem Stück für *The Ark*, das du mir geschickt hast – ich glaube, es ist hier an Ort und Stelle in meinem Diplomatenkoffer –, in dem du eine ökonomische Deutung für persönliche Exzentrizitäten anbietest. Moment mal, ich bin sicher, ich habe es bei mir. Du behauptest, daß es vielleicht in dieser besonderen Phase des Kapitalismus eine Verbindung zwischen den schrumpfenden Investitionsmöglichkeiten und der Suche nach neuen Rollen oder Persönlichkeitsinvestitionen gibt. Du hast sogar Schumpeter zitiert, Charlie. Ja, hier ist's: ›Diese Dramen können sich scheinbar nur im Innern abspielen, aber sie sind vielleicht ökonomisch bedingt – wenn Menschen glauben, daß sie so fein erfinderisch oder schöpferisch sind, dann spiegeln sie nur das allgemeine Bedürfnis der Gesellschaft nach ökonomischem Wachstum.‹«

»Steck den Artikel weg«, sagte ich. »Um Gottes willen zitiere mir nicht meine großartigen Ideen. Wenn es etwas gibt, was ich heute nicht ertragen kann, dann das.«

Es war tatsächlich für mich sehr einfach, Gedanken dieser Größenordnung zu produzieren. Statt diese geläufige Schwäche mit mir zu bedauern, beneidete Thaxter mich darum. Er schmachtete danach, ein Mitglied der Intelligentsia zu werden, im Pantheon zu stehen und die große Proklamation zu verkünden wie Albert Schweitzer oder Arthur Koestler oder Sartre oder Wittgenstein. Er konnte nicht verstehen, warum ich dem mißtraute. Ich sei zu hochmütig, ja zu versnobt, sagte er höchst verstimmt. Aber so war's nun mal, ich wollte einfach nicht der Führer der Weltintelligentsia sein. Humboldt hatte das mit aller Macht angestrebt. Er glaubte an die sieghafte Analyse, er zog die »Ideen« der Dichtung vor, er war bereit, selbst das Universum für die kleine Welt höherer kultureller Werte hinzugeben.

»Wie dem auch sei«, sagte Thaxter, »du solltest in Chicago umhergehen wie Restif de la Bretonne in den Straßen von Paris und eine Chronik schreiben. Das wäre sensationell.«

»Thaxter, ich möchte mit dir über *The Ark* sprechen. Du und ich wollten dem geistigen Leben des Landes einen neuen Anstoß geben und den *American Mercury*, *The Dial* oder die *Revista de Occidente* und so weiter damit ausstechen. Wir haben es seit Jahren besprochen und geplant. Ich habe eine ganze Menge Geld dafür ausgegeben. Ich habe zweieinhalb Jahre lang alle Rechnungen bezahlt. Wo ist jetzt *The Ark*? Ich glaube, du bist ein großer Chefredakteur, ein geborener Chefredakteur, und ich glaube an dich. Wir haben unsere Zeitschrift angekündigt, und die Leute haben Beiträge eingeschickt. Wir sitzen schon seit Jahren auf ihren Manuskripten. Ich habe bittere Briefe und sogar Drohungen erhalten. Du hast mich zum Sündenbock gemacht. Sie geben alle mir die Schuld, und alle zitieren dich. Du hast dich zum Citrine-Kenner erhoben und deutest mich nach allen Richtungen – wie ich funktioniere, wie wenig ich die Frauen verstehe, alle Schwächen meines Charakters. Ich bin darüber nicht allzu böse. Aber ich wäre froh, wenn du mich nicht ganz so viel deuten würdest. Und die Worte, die du mir in den Mund legst – daß X ein Idiot und Y ein Schafskopf ist. *Ich* habe keine Vorurteile gegen X oder Y. Der sie hat, das bist du.«

»Offengestanden, Charles, der Grund, weshalb die erste Nummer noch nicht erschienen ist, ist der, daß du mir so viel anthroposophisches Material geschickt hast. Du bist kein Dummkopf, also muß an der Anthroposophie was dran sein. Aber du großer Gott, wir können nicht mit all dem Zeug über die Seele rauskommen.«

»Warum nicht? Die Leute sprechen über die Psyche, warum nicht auch über die Seele?«

»Psyche ist wissenschaftlich«, sagte Thaxter. »Du mußt die Leute allmählich an deine Terminologie gewöhnen.«

Ich sagte: »Warum hast du so einen riesigen Papiervorrat gekauft?«

»Ich wollte gerüstet sein, die ersten fünf Nummern hintereinander zu veröffentlichen, ohne mich um Vorräte zu sorgen. Übrigens haben wir günstig eingekauft.«

»Wo sind jetzt all diese Tonnen Papier?«

»Im Speicher. Aber ich glaube, es ist gar nicht *The Ark*, was dir Kopfzerbrechen macht. Es ist in Wirklichkeit Denise, die an dir nagt, die Gerichte und die Dollar und die ganzen Sorgen und Belästigungen.«

»Nein, das ist es nicht«, sagte ich. »Manchmal bin ich Denise dankbar. Du meinst, ich sollte wie Restif de la Bretonne auf der Straße sein? Ja, aber wenn Denise mich nicht verklagt hätte, dann käme ich nie aus dem Haus. Ihretwegen muß ich in die Stadt. Dadurch bleibe ich in Kontakt mit den Tatsachen des Lebens. Das ist geradezu eine Erleuchtung.«

»Inwiefern?«

»Nun, ich stelle fest, wie allgemein verbreitet der Drang ist, den Mitmenschen zu schädigen. Ich vermute, das ist dasselbe in Demokratien und Diktaturen. Nur richtet hier die Regierung des Rechts und der Rechtsanwälte eine Art Schutzwall auf. Die können dir eine Menge schaden, dir das Leben zum Grauen machen, aber sie können dich nicht tatsächlich umbringen.«

»Deine Liebe zur Bildung gereicht dir wirklich zur Ehre, Charles. Spaß beiseite. Ich kann dir das nach zwanzigjähriger Freundschaft sagen«, sagte Thaxter. »Dein Charakter ist sehr eigenartig, aber da ist eine gewisse – ich weiß nicht, wie ich's nennen soll – Würde, die du besitzt. Wenn du Seele sagst, und ich sage Psyche, dann hast du dafür wahrscheinlich deinen Grund. Du hast wahrscheinlich eine Seele, Charles. Und das ist bei jedem Menschen einigermaßen verwunderlich.

»Auch du hast eine. Auf alle Fälle glaube ich, daß wir lieber unseren Plan, *The Ark* zu veröffentlichen, aufstecken und unsere vorhandenen Aktivposten liquidieren sollten, wenn noch welche da sind.«

»Nun, Charles, nicht so hastig. Wir können diese Sache sehr leicht bereinigen. Wir haben's fast geschafft.«

»Ich kann kein Geld mehr reinstecken. Mir geht es finanziell nicht gut.«

»Du kannst deine Lage nicht mit meiner vergleichen«, sagte Thaxter. »Ich bin in Kalifornien ruiniert.«

»Wie schlimm steht es da?«

»Nun, ich habe deine Verpflichtungen so niedrig gehalten wie möglich. Du hast Blossom ihr Gehalt versprochen. Erinnerst du dich nicht an Blossom, die Sekretärin. Du hast sie im September kennengelernt.«

»Meine Verpflichtungen? Wir haben uns im September geeinigt, Blossom zu entlassen.«

»Oh, aber sie war die einzige, die wirklich wußte, wie man mit den IBM-Geräten umgeht.«

»Aber die Geräte sind nie eingesetzt worden.«

»Daran war sie nicht schuld. Wir waren bereit. Ich war zu jeder Zeit bereit.«

»Damit willst du eigentlich andeuten, daß du eine zu großartige Persönlichkeit bist, um ohne Stab auszukommen.«

»Hab ein Herz, Charles. Kurz nachdem du fort warst, wurde ihr Mann bei einem Autounfall getötet. Du wolltest doch nicht, daß ich sie zu solch einem Zeitpunkt rausschmeiße. Ich kenne dein Herz, was auch sonst sein mag, Charles. Daher habe ich es auf mich genommen, deine Haltung zu deuten. Es sind nur fünfzehnhundert Dollar. Tatsächlich ist da noch etwas anderes, das ich erwähnen muß, die Holzrechnung für den Anbau, den wir angefangen haben.«

»Ich habe dir nicht gesagt, daß du den Anbau machen sollst. Ich war entschieden dagegen.«

»Aber wir haben uns geeinigt, daß wir ein gesondertes Büro haben sollten. Du hast doch nicht erwartet, daß ich diesen ganzen Redaktionstrubel in mein Haus bringe.«

»Ich habe eindeutig gesagt, daß ich damit nichts zu tun habe. Ich habe dich sogar gewarnt, daß du die Fundamente unterminierst, wenn du dieses große Loch direkt neben deinem Haus gräbst.«

»Na ja, es ist nicht sehr ernst«, sagte Thaxter. »Die Holzfirma kann, verdammt noch mal, das Ganze abbrechen und das Holz zurücknehmen. Und was die Panne zwischen den Banken angeht – das tut mir verdammt leid, aber es war nicht mein Fehler. Die Zahlung von der Banco Ambrosiano di Milano hat sich verzögert. Das ist diese verdammte Bürokratie! Außerdem herrscht in Italien jetzt nur noch Anarchie und Chaos. Auf alle Fälle hast du meinen Scheck . . .«

»Habe ich nicht.«

»Hast du nicht? Der muß unterwegs sein. Die Postzustellung ist empörend. Es war meine letzte Rate von zwölfhundert Dollar an die Palo Alto Trust. Die hatten mich schon abgeschrieben. Die schulden dir zwölfhundert.«

»Ist es möglich, daß sie den Scheck überhaupt nie erhalten haben? Vielleicht ist er von Italien per Delphin geschickt worden.«

Er lächelte nicht. Der Augenblick war ernst. Wir sprachen schließlich von seinem Geld. »Diese krummen Hunde in Kalifornien hatten Auftrag, ihn neu auszustellen und dir einen Kassenscheck zu schicken.«

»Vielleicht ist der Scheck der Banco Ambrosiano noch nicht verrechnet«, sagte ich.

»Nun denn«, er nahm ein Aktenstück aus seinem Diplomatenkoffer. »Ich habe einen Zeitplan ausgearbeitet, wie ich dir das Geld zurückzahle, das du eingebüßt hast. Du mußt den ursprünglichen Kurs der Aktien haben. Ich bestehe unbedingt darauf. Ich glaube, du hast sie für vierhundert gekauft. Du hast zuviel gezahlt, weißt du? Sie sind jetzt ganz unten. Das ist jedoch nicht deine Schuld. Sagen wir, als du das Paket an mich schicktest, war es achtzehntausend wert. Ich will auch die Dividenden nicht vergessen.«

»Du brauchst die Dividenden nicht zu zahlen, Thaxter.«

»Nein, ich bestehe darauf. Man kann sehr leicht feststellen, was für Dividenden IBM zahlt. Du schickst mir die Zahl, und ich schicke dir den Scheck.«

»In fünf Jahren hast du weniger als tausend Dollar von diesem Darlehen zurückgezahlt. Du hast zwar die Zinsen bezahlt, aber sonst sehr wenig.«

»Die Zinsen waren unverschämt hoch.«

»In fünf Jahren hast du den Betrag der Kapitalsumme um zweihundert Dollar jährlich verringert.«

»Die genauen Zahlen fallen mir jetzt nicht ein«, sagte Thaxter. »Aber ich weiß, daß die Bank dir noch was schulden wird, nachdem sie die Aktien verkauft hat.«

»IBM steht jetzt unter zweihundert Dollar pro Aktie. Auch die Bank hat Verluste. Nicht daß es mir was ausmachte, was den Banken passiert.«

Aber Thaxter war jetzt dabei zu erklären, wie er das Geld einschließlich Dividenden und allem über einen Zeitraum von fünf Jahren zurückzahlen würde. Die gespaltenen schwarzen Pupillen seiner langen traubengrünen Augen wanderten über die Zahlen. Er wollte das Ganze elegant, mit Würde, aristokratisch und absolut ehrlich abwickeln und sich keinem Partikel seiner Verpflichtungen einem Freund gegenüber entziehen. Ich konnte sehen, daß er voll und ganz meinte, was er sagte. Aber ich wußte auch, daß dieser ausgeklügelte Plan, mir zu meinem Recht zu verhelfen, in seinem Kopf bereits bedeutete, daß er mir zu meinem

Recht verholfen hatte. Diese langen gelben Blätter seines Aktenblocks, die mit Zahlen bedeckt waren, die großzügigen Rückzahlungsbedingungen, die Sorgfalt im Detail, Freundschaftsbeteuerungen erledigten unser Geschäft ein für allemal. Das war das magische Resultat.

»Es ist gute Politik, bei dir in diesen kleinen Geschäften skrupulös genau zu sein. Für dich sind die kleinen Summen wichtiger als große. Was mich manchmal überrascht, ist, daß du und ich sich mit solchen Kleinigkeiten abgeben. Du könntest jede Menge Geld verdienen. Du kennst deine eigenen Reserven nicht. Komisch, nicht wahr? Du könntest eine Kurbel drehen, und das Geld würde dir in den Schoß fallen.«

»Welche Kurbel?« sagte ich.

»Du könntest mit einem Projekt zu einem Verleger gehen und deinen Vorschuß diktieren.«

»Ich habe bereits große Vorschüsse genommen.«

»Fliegendreck. Du könntest viel mehr kriegen. Ich habe mir selbst ein paar Sachen ausgedacht. Zunächst mal könnten du und ich den kulturellen Baedecker machen, dessentwegen ich schon immer hinter dir her bin, einen Führer für gebildete Amerikaner, die nach Europa fahren und es satt haben, florentinisches Leder oder irisches Leinen einzukaufen. Denen steht die donnernde Herde der gewöhnlichen Touristen bis oben hin. Sind diese kultivierten Amerikaner zum Beispiel in Wien? In unserem Führer finden sie Listen von Forschungsinstituten, wo sie hingehen können, von kleinen Bibliotheken, Privatsammlungen, Kammermusikgruppen, die Namen von Cafés und Restaurants, wo sie Mathematikern oder Geigenspielern begegnen, und die Adressen von Dichtern, Malern, Psychologen und so weiter wären auch aufgeführt. Besuchen Sie ihre Ateliers und Laboratorien. Unterhalten Sie sich mit ihnen.«

»Du könntest ebensogut ein Hinrichtungskommando rüberschicken und alle diese Dichter totschießen, wie eine solche Information kulturschlürfenden Touristen in die Hände spielen.«

»Es gibt kein Touristikministerium in Europa, das sich dafür nicht begeistern würde. Die würden alle hundertprozentig mitmachen. Die würden vielleicht sogar etwas Geld zuschießen. Charlie, wir könnten das für jedes Land in Europa tun, für alle bedeutenderen Städte und natürlich die Hauptstädte. Diese Idee ist für dich und mich eine Million Dollar wert. Ich würde Organisation und Forschung übernehmen. Ich würde den Hauptteil der Arbeit erledigen. Du bearbeitest das atmosphärische Zeug und die Ideen. Wir würden einen Stab für die Einzelheiten brauchen. Wir könnten in London anfangen, dann von dort nach Paris und Wien und Rom weiterreisen. Ein Wort von dir, und ich gehe zu einem der großen Verlagshäuser. Dein Name wird einen Vorschuß von zweihundertfünfzigtausend lockermachen. Das teilen wir in zwei Teile, und deine Sorgen sind ausgestanden.«

»Paris und Wien? Warum nicht Montevideo und Bogotá? Da gibt es ebenso viel Kultur. Warum fliegst du nicht nach Europa, sondern fährst mit dem Schiff?«

»Das ist meine liebste Art zu reisen, äußerst erholsam. Eine der noch bleibenden Freuden im Leben meiner Mutter ist es, eine solche Reise für ihr einziges Kind zu arrangieren. Diesmal hat sie noch mehr getan. Die brasilianischen Fußballmeister machen eine Rundreise durch Europa, und sie weiß, daß ich Fußball liebe. Ich meine überragenden Fußball. So hat sie Eintrittskarten für vier Spiele für mich rausgeschunden. Außerdem habe ich geschäftliche Gründe für die Reise. Und ich will einige von meinen Kindern sehen.«

Ich verkniff mir die Frage, wie er erster Klasse auf der *France* reisen konnte, wenn er völlig pleite war. Fragen fruchteten bei ihm nichts. Es gelang mir nie, seine Erklärungen bei mir unter einen Hut zu bringen. Ich erinnere mich jedoch an seine Worte, daß der Samtanzug mit einem blauen, im Stil von Roland Coleman geknoteten Schal einen absolut annehmbaren Abendanzug abgebe. Tatsächlich sähen die Millionäre im Smoking daneben schäbig aus. Und Frauen verehrten Thaxter. Eines Abends ließ ihm bei seiner letzten Überfahrt eine alte Dame aus Texas – wenn man ihm glauben darf – unter der Tischdecke einen Ledersack voll Edelsteine in den Schoß fallen. Er gab sie ihr diskret zurück. Er wolle reiche alte Vetteln aus Texas nicht bedienen, sagte er. Nicht einmal solche, die im Stil des Orients oder der Renaissance großzügig waren. Denn schließlich, fuhr er fort, war dies eine große Geste, die zu einem großen Ozean und einem großen Charakter paßte. Aber er war bemerkenswert würdevoll, tugendhaft und seiner Frau – allen seinen Frauen – treu. Er war seiner ausgedehnten Familie, den vielen Kindern, die er von mehreren Frauen hatte, herzlich zugetan. Selbst wenn er keine Große Proklamation von sich gab, dann würde er zumindest seinen genetischen Stempel auf der Welt hinterlassen.

»Wenn ich kein Bargeld hätte, würde ich meine Mutter bitten, mich im Zwischendeck unterzubringen. Wieviel Trinkgeld gibst du, wenn du in Le Havre das Schiff verläßt?« fragte ich ihn.

»Ich gebe dem Obersteward fünf Dollar.«

»Du hast Glück, wenn du lebendig vom Schiff runterkommst.«

»Vollkommen ausreichend«, sagte Thaxter. »Die tyrannisieren die reichen Amerikaner und verachten sie wegen ihrer Feigheit und Unwissenheit.«

Er erzählte mir jetzt: »Mein Geschäft im Ausland hat mit einem internationalen Konsortium von Verlegern zu tun, für die ich eine bestimmte Idee entwickle. Ursprünglich habe ich sie von dir gehört, Charlie, aber du wirst dich daran nicht erinnern. Du hast gesagt, wie interessant es sein würde, um die Welt zu reisen und eine Schar von zweit-, dritt- und viertrangigen Diktatoren zu interviewen – die General Amins, die Ghaddafis und die ganze Brut.«

»Die würden dich in ihrem Fischteich ertränken, wenn sie hörten, daß du sie drittrangig nennst.«

»Sei nicht verrückt, so was würde ich nie tun. Sie sind Führer der Entwicklungsländer. Aber das ist tatsächlich ein faszinierendes Thema. Die vor wenigen Jahren noch schäbige ausländische Studentenbohemiens waren, zukünftige kleine Erpresser, bedrohen jetzt die großen Nationen oder früher großen Nationen mit dem wirtschaftlichen Ruin. Würdevolle Führer der Welt kriechen ihnen in den Arsch.«

»Warum glaubst du, daß sie mit dir reden werden?«

»Sie möchten für ihr Leben gern jemand wie mich sprechen. Sie verzehren sich nach dem Kontakt mit der großen Welt, und ich habe einwandfreie Empfehlungen. Sie wollen alle von Oxford und Cambridge und New York und der Saison in London hören und über Karl Marx oder Sartre diskutieren. Wenn sie Golf oder Tennis oder Pingpong spielen wollen, das kann ich alles. Zur Vorbereitung dieser Artikel habe ich einige gute Sachen gelesen, um den richtigen Ton zu treffen – Marx über Louis Napoléon ist großartig. Ich habe auch in Sueton und Saint-Simon und Proust geguckt. Übrigens findet auch ein internationaler Dichterkongreß in Taiwan statt. Vielleicht nehme ich daran teil. Man muß das Ohr am Boden haben.«

»Immer, wenn ich das versuche, mache ich mir nur das Ohr schmutzig«, sagte ich.

»Wer weiß, vielleicht kriege ich ein Interview mit Tschiang Kai-schek, bevor er abkratzt.«

»Ich kann mir nicht denken, daß er dir was zu sagen hat.«
»Oh, das kann ich schon deichseln«, sagte Thaxter.

»Wollen wir nicht aus diesem Büro weggehen?« sagte ich.

»Warum tust du nicht ausnahmsweise mal, was ich will, und stehst diese Sache mannhaft durch. Nicht immer in Deckung gehen. Laß dem Interessanten seinen Lauf. Wie schlimm kann's schon werden. Wir können hier ebensogut reden wie anderswo. Erzähl mir, was mit dir persönlich los ist, wie's dir geht.«

Immer, wenn Thaxter und ich zusammentrafen, hatten wir mindestens ein vertrauliches Gespräch. Ich sprach mit ihm freiheraus und ließ mich gehen. Trotz seines exzentrischen Unsinns und meines eigenen gab es ein Band zwischen uns. Ich konnte mit Thaxter reden. Zuweilen sagte ich mir, daß ein Gespräch mit ihm so gut für mich war wie Psychoanalyse. Über die Jahre wären die Kosten ungefähr gleich gewesen. Thaxter konnte aus mir herauslocken, was ich wirklich dachte. Ein ernsterer, gelehrter Freund wie Richard Durnwald wollte nicht zuhören, wenn ich versuchte, die Gedanken über Rudolf Steiner zu diskutieren. »Unsinn!« sagte er. »Nichts als Unsinn! Ich habe mich damit beschäftigt.« In der gelehrten Welt war die Anthroposophie nicht respektabel. Durnwald ließ das Thema eindeutig unter den Tisch fallen, weil er seine Wertschätzung für mich bewahren wollte. Aber Thaxter sagte: »Was ist diese Bewußtheits-Seele, und wie erklärst du die Theorie, daß sich unsere Gebeine direkt aus dem Kosmos kristallisiert haben?«

»Ich bin froh, daß du mich gefragt hast«, sagte ich. Aber bevor ich anfangen konnte, sah ich Cantabile kommen. Nein, er kam nicht näher, er ließ sich zu uns auf eigentümliche Weise herab, als benütze er nicht den Fußboden mit dem Teppichbelag, sondern hätte eine andere stoffliche Basis gefunden.

»Darf ich das mal ausleihen?« sagte er und ergriff den schwarzen Cowboyhut mit der rasanten Krempe. »Also«, sagte er gebieterisch und verkrampft. »Stehen Sie auf, Charlie. Gehen wir den Mann besuchen.« Er zog meinen Körper mit einem brutalen Ruck hoch. Thaxter erhob sich auch von seinem Liebessitz, aber Cantabile stieß ihn wieder runter und sagte: »Sie nicht. Einer nach dem anderen.« Er nahm mich zur Präsidententür mit. Dort blieb er stehen. »Passen Sie auf«, sagte er. »Sie lassen mich reden. Es ist eine außergewöhnliche Situation.«

»Das ist also wieder eine von Ihren Originalproduktionen, wie ich sehe. Aber kein Geld wechselt den Besitzer.«

»Oh, das hätte ich Ihnen sowieso nicht angetan. Wer sonst als ein Mann in Not würde Ihnen drei für zwei geben? Sie haben die Sache in der Zeitung gelesen, he?«

»Allerdings«, sagte ich. »Und wenn ich's nicht gelesen hätte?«

»Ich würde aufpassen, daß Ihnen nichts passiert. Sie haben meine Probe bestanden. Wir sind Freunde. Kommen Sie und lernen Sie den Mann trotzdem kennen. Ich nehme an, es ist gewissermaßen Ihre Pflicht, die amerikanische Gesellschaft zu untersuchen, vom Weißen Haus bis zur schiefen Ebene. Jetzt will ich nichts weiter, als daß Sie stillstehen, während ich ein paar Worte sage. Sie waren gestern ein toller Stichwortgeber. Das hat doch nichts geschadet, oder?« Er zog den Gürtel an meinem Mantel fest und stülpte mir Thaxters Hut auf den Kopf. Die Tür zu Stronsons Büro öffnete sich, bevor ich mich davonmachen konnte.

Der Finanzier stand neben seinem Schreibtisch, einem jener tiefen Kommandotische vom Mussolini-Typ. Das Bild in der Zeitung war nur in einer Hinsicht irreführend – ich hatte einen größeren Mann erwartet. Stronson war ein fetter Mann mit hellbraunem Haar und gelblichem Gesicht. Im Wuchs glich er Billy Srole. Braune Locken bedeckten das kurze Genick. Er machte keinen angenehmen Eindruck. Etwas an den Wangen gemahnte an Popobacken. Er trug ein Rollkragenhemd und baumelnde Ornamente, Ketten, Amulette hingen auf seiner Brust. Der Pagenschnitt gab ihm das Aussehen eines Schweins mit Perücke. Schuhe mit dicker Sohle machten ihn größer.

Cantabile hatte mich hergebracht, um den Mann zu bedrohen. »Sehen Sie sich meinen Gehilfen gut an, Stronson«, sagte er. »Das ist er, von dem ich Ihnen erzählt habe. Sehen Sie ihn sich an. Sie werden ihn wiedersehen. Er wird Sie zu finden wissen. In einem

Restaurant, in einer Garage, in einem Kino, in einem Fahrstuhl.«

Zu mir sagte er: »Das wär's. Warten Sie draußen.« Er drehte mich zur Tür.

Ich war zu Eis erstarrt. Dann war ich entsetzt. Selbst ein Phantom zu sein, das einen Mörder verkörpert, war gräßlich. Aber bevor ich empört widersprechen, den Hut abnehmen und Cantabiles Bluff Einhalt gebieten konnte, kam die Stimme von Stronsons Empfangsdame riesig verstärkt und raumfüllend aus dem geschlitzten Kasten auf dem Schreibtisch. »Jetzt?« sagte sie.

Und er antwortete: »Jetzt!«

Sofort darauf betrat der Portier in der grauen Jacke das Büro und schob Thaxter vor sich her. Seine Polizeikarte lag offen in seiner Hand. Er sagte: »Polizei, Mordkommission!« und stieß uns alle drei an die Wand.

»Einen Augenblick. Lassen Sie die Karte sehen. Was soll das heißen, Mordkommission?« sagte Cantabile.

»Haben Sie sich etwa eingebildet, daß ich Sie hier Drohungen ausstoßen lasse und dabei stillhalte? Nachdem Sie mir gesagt hatten, wie Sie mich umbringen lassen würden, bin ich zum Staatsanwalt gegangen und habe einen Haftbefehl erwirkt«, sagte Stronson. »Zwei Haftbefehle. Einen ohne Namen für den Hiwi, Ihren Freund.«

»Sollst du etwa der gedungene Mörder sein?« fragte mich Thaxter. Thaxter lachte selten laut. Seine tiefste Freude war immer mehr als halbstumm, und in diesem Augenblick war seine Freude wunderbar tief.

»Wer ist der Hiwi, ich?« sagte ich mit einem Versuch zu lächeln.

Niemand antwortete.

»Wer braucht Ihnen noch zu drohen, Stronson«, sagte Cantabile. Seine braunen herausfordernden Augen waren mit Feuchtigkeit gefüllt, während sein Gesicht schmerzhaft trocken und bleich wurde. »Sie haben mehr als eine Million Dollar für die Männer in der Troika verloren, und Sie sind erledigt, Junge. Sie sind tot! Warum sollte sich ein anderer in den Ablauf drängen? Sie haben nicht mehr Chancen als eine Ratte im Scheißhaus. Inspektor, dieser Mann ist nicht wirklich. Sie müssen die Geschichte in der Zeitung von morgen lesen. Western Hemisphere Investment Corporation ist nicht mehr. Stronson will ein paar Leute mit sich in den Abgrund ziehen. Charlie, holen Sie die Zeitung. Zeigen Sie sie dem Mann.«

»Charlie geht nirgendwohin. Alle lehnen sich an die Wand. Ich höre, Sie tragen eine Pistole, und Ihr Name ist Cantabile. Bücken Sie sich nach vorn, mein Schatz – so ist's richtig.« Wir gehorchten alle. Seine eigene Waffe hatte er unter dem Arm. Kein Halfterknarren. Er nahm die Pistole aus Cantabiles verziertem Gürtel. »Keine gewöhnliche .38, die Spezialausgabe für Samstagabend. Das ist eine Magnum. Damit könnten Sie einen Elefanten töten.«

»Das ist sie, genau wie ich's Ihnen erzählt habe. Das ist die Waffe, die er mir unter die Nase gehalten hat«, sagte Stronson.

»Es muß in der Cantabile-Familie stecken, daß sie mit Pistolen Unfug treiben. Es war dein Onkel Moochy, nicht wahr, der die beiden jungen Burschen kaltgemacht hat? Überhaupt keine beschissene Klasse. Bescheuerte Leute. Nun wollen wir mal sehen, ob du auch ein bißchen Gras bei dir hast. Es wäre doch hübsch, wenn auch ein kleiner Bewährungsbruch dabei wäre. Wir werden's dir schon besorgen, Freundchen. Verdammte Meute von Kindermördern.«

Thaxter wurde nun unter dem Cape durchsucht. Sein Mund war breit und seine Nase stark verzogen und über den Rücken flammend von all der Heiterkeit, der Freude über dieses herrliche Chicago-Erlebnis. Ich war wütend auf Cantabile. Ich war rasend. Der Detektiv fuhr mir mit den Händen die Seiten herunter, unter die Arme, die Beine herauf und sagte: »Ihr beiden Herren könnt euch umdrehen. Ihr seid ein tolles Paar von Kleideraffen. Woher haben Sie diese Schuhe mit den Segeltuchseiten?« fragte er Thaxter. »Italien?«

»King's Road«, sagte Thaxter liebenswürdig.

Der Detektiv zog seine graue Portiersjacke aus – darunter trug er ein rotes Rollkragenhemd – und leerte Cantabiles lange schwarze Brieftasche aus Straußenleder auf den Tisch. »Und welcher soll nun der Muskelmann sein? Errol Flynn im Cape oder der karierte Mantel?«

»Der Mantel«, sagte Stronson.

»Eigentlich sollten Sie sich blamieren und ihn verhaften«, sagte Cantabile, der noch mit dem Gesicht zur Wand stand. »Machen Sie nur. Zu allem anderen.«

»Wieso, ist er wer?« sagte der Polizist. »Ein Großkotz?«

»Das können Sie singen«, sagte Cantabile. »Er ist ein bekannter, vornehmer Mann. Gucken Sie morgen in die Zeitung, und Sie werden seinen Namen in Schneidermans Spalte finden – Charles Citrine. Er ist eine bedeutende Persönlichkeit in Chicago.«

»Na wennschon, wir schicken bedeutende Persönlichkeiten dutzendweise ins Gefängnis. Gouverneur Kerner hatte nicht mal so viel Verstand, sich einen geschickten Hiwi zu verschaffen.« Dem Detektiv machte das Spaß. Er hatte ein nichtssagendes, gefurchtes Gesicht, das jetzt gutmütig war, ein durch und durch erfahrenes Polizistengesicht. Unter dem roten Hemd waren seine Brüste fett. Das tote Haar seiner Perücke stimmte nicht mit der gesunden menschlichen Farbe überein und hatte keine organische Symmetrie. Es stand an falschen Stellen vom Kopf ab. Man sah solche Perücken auf den verspielten, fröhlich bunten Sitzen der Umkleidekabinen im Downtown Club – Haarteile wie Skyeterrier warteten auf Herrchen.

»Cantabile kam heute morgen mit wilden Vorschlägen zu mir«, sagte Stronson. »Ich sagte, kommt nicht in Frage. Dann drohte er, er würde mich ermorden, und er zeigte mir seine Pistole. Er ist tatsächlich übergeschnappt. Dann sagte er, er würde mit seinem Hiwi zurückkommen. Er beschrieb, wie der zuschlagen würde. Der Bursche würde wochenlang meiner Spur folgen. Dann würde er mir das halbe Gesicht wegschießen wie eine verfaulte Ananas. Und der zertrümmerte Knochen und das Hirn und das Blut, das mir aus der Nase laufen würde. Er hat mir sogar erzählt, wie die Mordwaffe, das Beweisstück, vernichtet würde, wie der Killer sie mit einer elektrischen Bügelsäge zersägen, die Stücke flachhämmern und sie in allen Vorstädten in die Gullys werfen würde. Jede kleinste Einzelheit.«

»Sie sind sowieso tot, Fettarsch«, sagte Cantabile. »Man wird Sie in ein paar Monaten in einer Kloake finden, und man wird Ihnen die Scheiße zollweise vom Gesicht kratzen müssen, um festzustellen, wer Sie waren.«

»Er hat keinen Waffenschein. Bildschön.«

»So, nun führen Sie diese Burschen ab«, sagte Stronson.

»Wollen Sie alle verhaften lassen? Sie haben nur zwei Haftbefehle.«

»Die Anzeige gilt für alle.«

Ich sagte: »Mr. Cantabile selbst hat Ihnen gerade gesagt, daß ich mit dieser Sache nichts zu tun hätte. Mein Freund Thaxter und ich kamen gerade aus dem Art Institute, und Cantabile zwang uns herzukommen, um angeblich über eine Investition zu verhandeln. Ich habe Verständnis für Mr. Stronson. Er ist verängstigt. Cantabile ist in einer Art Großmannssucht übergeschnappt, von Eitelkeit zerfressen, voll rasender Ichsucht – Bluff. Das ist eine von seinen höchsteigenen Szenen. Vielleicht kann Ihnen der Herr Kommissar sagen, Mr. Stronson, daß ich nicht der Lepke-Typ des gedungenen Mörders bin. Ich bin sicher, daß er schon einige erlebt hat.«

»Dieser Mann hat noch nie jemand umgelegt«, sagte der Polyp.

»Und ich muß nach Europa reisen, und ich habe noch eine Menge Dinge zu erledigen.«

Dieser letzte Punkt war die Hauptsache. Das Schlimmste an dieser Situation war, daß sie mein ängstliches Vertieftsein, meine komplizierte Subjektivität beeinträchtigte. Es war mein innerer Bürgerkrieg gegen das offene Leben, das elementar ist, leicht für jeden zu verstehen und charakteristisch für diese Stadt Chicago, Illinois.

Als fanatischer Leser, von vielen Büchern eingemauert, gewohnt von den hohen Fenstern auf Polizeiautos, Feuerwehrwagen, Krankenautos hinunterzublicken, als in sich versponnener Mann, der seine Arbeit aus Tausenden von privaten Notizen und Texten schöpfte, fand ich nun eine neue Bedeutung in der Erklärung, die T. E. Lawrence für seine freiwillige Meldung bei der britischen Luftwaffe gegeben hatte – »Sich ungeschlacht unter ungeschlachte Männer zu stürzen und für mich . . .« Wie ging das noch weiter? ». . . für die noch verbleibenden Jahre meines vollen Lebens zu finden.« Derbes Spiel, Prügeleien, Kasernenobszönität, Latrinenkommando. Ja, viele Menschen, hat Lawrence gesagt, würden ohne Klage das Todesurteil entgegennehmen, um dem lebenslänglichen Urteil zu entgehen, das das Schicksal in der anderen Hand birgt. Ich verstand, was er sagen wollte. So war es denn an der Zeit, daß jemand – und warum nicht jemand wie ich? – mehr mit dieser verwirrenden und verzweifelten Frage anfing als andere bewundernswerte Männer, die es versuchten, damit anzufangen wußten. Das Schlimmste an diesem absurden

Augenblick war, daß ich außer Tritt gekommen war. Ich wurde um sieben Uhr zum Abendessen erwartet. Renata würde wütend sein. Es ärgerte sie, wenn man sie versetzte. Sie konnte jähzornig sein, ihr Jähzorn drückte sich immer in bestimmter Weise aus, und zudem war, wenn meine Vermutungen zutrafen, Flonzaley niemals weit vom Schuß. Stellvertreter spuken dauernd im Kopf der Menschen. Selbst die standhaftesten und ausgeglichensten Menschen haben irgendwo einen insgeheim erwählten Ersatz in Reserve, und Renata war keineswegs so standhaft. Da sie oft auf spontane Reime verfiel, hatte sie mich einst überrascht, als sie mit diesem herausplatzte:

Wenn die Lieben
Weggeblieben,
Fischen andre
Gern im trüben.

Ich bezweifle, daß irgendwer Renatas Witz tiefere Anerkennung zollte als ich. Er eröffnete stets atemraubende Perspektiven der Aufrichtigkeit. Aber Humboldt und ich hatten uns schon vor langem darauf geeinigt, daß ich alles hinnehmen konnte, was gut gesagt war. Das stimmte. Renata brachte mich zum Lachen. Ich war's zufrieden, mich später mit dem Terror auseinanderzusetzen, der in ihren Worten versteckt war, den nackten Perspektiven, die plötzlich enthüllt wurden. Sie hatte mir zum Beispiel auch gesagt: »Nicht nur sind die besten Dinge im Leben frei, sondern du kannst mit den besten Dingen im Leben nicht zu frei sein.«

Ein Liebhaber im Gefängnis gab Renata die klassische Gelegenheit zur freien Betätigung als Dirne. Da ich die Gewohnheit habe, derartige gemeine Überlegungen auf die theoretische Ebene zu heben, wird es niemand überraschen, daß ich über die Gesetzlosigkeit des Unterbewußtseins und seine Unabhängigkeit von den Verhaltensregeln nachzudenken begann. Aber das war lediglich antinomisch, nicht frei. Nach Steiner lebte die wahre Freiheit im wahren Bewußtsein. Jeder Mikrokosmos war vom Makrokosmos getrennt worden. In der willkürlichen Teilung zwischen Subjekt und Objekt war die Welt verlorengegangen. Das Null-Ich suchte Zerstreuung. Es wurde zum Schauspieler. Das war die

Situation der Bewußtseins-Seele, wie ich sie deutete. Aber jetzt durchlief mich ein Gefühl der Unzufriedenheit mit Steiner selbst. Das führte zurück zu einer unbequemen Stelle in Kafkas *Tagebüchern*, die mir von meinem Freund Durnwald genannt worden war, der glaubte, daß ich immer noch imstande sei, ernste geistige Arbeit zu leisten, und mich vor der Anthroposophie erretten wollte. Auch Kafka hatte sich zu Steiners Visionen hingezogen gefühlt und fand die hellseherischen Zustände, die er beschrieb, den seinen ähnlich, da er sich an der äußeren Grenze des Menschlichen fühlte. Er traf eine Verabredung mit Steiner im Victoria Hotel in der Jungmannstraße. In den *Tagebüchern* wird beschrieben, daß Steiner einen staubigen und fleckigen Prinz-Albert-Anzug trug und einen fürchterlichen Schnupfen hatte. Seine Nase lief, und er bohrte sein Taschentuch mit den Fingern tief in die Nase hinein, während Kafka, der das mit Ekel beobachtete, Steiner erzählte, daß er ein Künstler sei, der im Versicherungsgeschäft steckengeblieben sei. Gesundheit und Charakter, sagte er, hinderten ihn, eine literarische Laufbahn einzuschlagen. Wenn er der Literatur und der Versicherung die Theosophie zugesellte, was würde dann aus ihm werden? Steiners Antwort ist nicht überliefert.

Kafka selbst war natürlich bis obenhin mit dieser selben verzweifelnden tüftelnden, spöttischen Bewußtsein-Seele vollgestopft. Armer Mensch, die Art, wie er seinen Fall vortrug, hat ihm nicht viel Ehre eingebracht. Der Mann von Genie im Versicherungsgeschäft gefangen? Eine sehr banale Beschwerde, wirklich nicht viel besser als ein Schnupfen. Humboldt hätte zugestimmt. Wir haben viel über Kafka gesprochen, und ich kannte seine Ansichten. Aber jetzt waren Kafka und Steiner und Humboldt im Tod vereint, wo demnächst alle die Leute in Stronsons Büro zu ihnen stoßen würden. Um – vielleicht – nach Jahrhunderten in einer glänzenderen Welt wiederzuerscheinen. Sie brauchte nicht viel zu glänzen, um mehr zu glänzen als diese Welt. Immerhin war ich durch Kafkas Beschreibung von Steiner verstört.

Während ich in diesen Überlegungen befangen war, hatte Thaxter in die Szene eingegriffen. Er machte niemand zum Sündenbock. Er wollte die Dinge sehr freundschaftlich zurechtrükken, ohne einen allzu gönnerhaften Ton anzunehmen. »Ich kann mir wirklich nicht denken, daß Sie Mr. Citrine auf diesen Haftbefehl hin abführen wollen«, sagte er mit würdigem Lächeln.

»Warum nicht?« fragte der Polizist, der sich Cantabiles Pistole, die dicke vernickelte Magnum, in den Gürtel gesteckt hatte.

»Sie haben zugegeben, daß Mr. Citrine nicht wie ein Mordbube aussieht.«

»Er ist übermüdet und weiß. Er sollte eine Woche nach Acapulco fahren.«

»Es ist lachhaft, diese Art von Nasführerei«, sagte Thaxter. Er zeigte mir die Schönheit seiner leichten Hand, wie gut er seine amerikanischen Landsleute verstand und mit ihnen umgehen konnte. Aber mir war klar, wie exotisch der Polizist Thaxter fand, seine Eleganz, seine Schrullenhaftigkeit. »Mr. Citrine ist international als Historiker bekannt. Er ist sogar von der französischen Regierung dekoriert worden.«

»Können Sie das beweisen?« fragte der Polizist. »Sie haben Ihre Medaille nicht zufällig bei sich, oder?«

»Man trägt seine Medaillen nicht mit sich herum«, sagte ich.

»Ja, und welchen Beweis haben Sie?«

»Ich habe nur dieses Stück Band. Ich habe das Recht, es im Knopfloch zu tragen.«

»Zeigen Sie's mal her.«

Ich zog das verwurstelte, verschossene, unbedeutende bißchen limonengrüne Seide hervor.

»Das?« sagte der Polizist. »Das würde ich nicht um ein Hühnerbein binden.«

Ich war mit dem Polizisten völlig einer Meinung, und als Mann aus Chicago belächelte ich innerlich mit ihm diese windigen ausländischen Ehrungen. Ich war der Schaufelier, der vor Selbstverhöhnung brennt. Das geschah auch den Franzosen recht. Dies war nicht eins ihrer besten Jahrhunderte. Alles was sie machten, war schlecht. Was sollte es heißen, daß sie diese spärlichen Stücke verwurstelter grüner Strippe verliehen? Weil Renata in Paris darauf bestand, daß ich sie im Knopfloch tragen müsse, waren wir den Beleidigungen eines echten *chevalier* ausgesetzt gewesen, den Renata und ich beim Essen trafen, den Mann mit der roten Rosette, den »harten Wissenschaftler«, um seinen eigenen Ausdruck zu gebrauchen. Er gab mir die Abfuhr meines Lebens. »Der amerikanische Slang ist mangelhaft, nicht vorhanden«, sagte er. »Das Französische hat zwanzig Wörter für *boot*.« Dann machte er die Verhaltensforschung runter – er hielt mich für einen Verhaltensforscher – und äußerte sich roh über mein grünes Band. Er sagte: »Ich bin sicher, daß Sie irgendwelche schätzenswerte Bücher geschrieben haben, aber diese Art von Dekoration wird Leuten zugedacht, die die *poubelles* verbessern.« Die Ehrung durch die Franzosen hat mir nichts als Kummer eingebracht. Nun, das würde vorübergehen. Die einzige wirkliche Auszeichnung in diesem gefährlichen Augenblick der menschlichen Geschichte und kosmischen Entwicklung hat nichts mit Medaillen und Bändchen zu tun. Nicht einzuschlafen ist eine Auszeichnung. Alles andere ist Spreu.

Cantabile stand noch mit dem Gesicht gegen die Wand. Der Polizist, wie ich mit Freude feststellte, hatte es auf ihn abgesehen. »Du bleibst, wo du bist«, sagte er. Mir schien es, als befänden wir uns in diesem Büro unter etwas wie einer riesigen durchsichtigen Woge. Dies ungeheure durchsichtige Ding stand immer noch über uns und funkelte wie Kristall. Wir waren alle darin gefangen. Wenn sie brach und platzte, würden wir meilenweit über einen fernen weißen Strand verstreut werden. Ich hoffte beinahe, daß sich Cantabile dabei das Genick brechen würde. Aber nein, wenn das geschah, sah ich einen jeden von uns sicher und für sich auf einen nackten, weißen perlfarbenen Küstenstreifen geworfen.

Während alle Parteien weitermachten – Stronson, der über Cantabiles Vision seiner Leiche, die aus der Kloake gefischt wurde, gekränkt war, schrie in einer Art Schweins-Sopran: »Ich werde dafür sorgen, daß *Sie* jedenfalls Ihr Teil kriegen!« und während Thaxter sich von unten hocharbeitete und versuchte, überzeugend zu wirken – schaltete ich mich aus und lenkte den Geist auf eine meiner Theorien. Manche Leute ziehen ihre Gaben dankbar ans Herz. Andere haben keine Verwendung dafür und denken nur daran, ihre Schwächen zu überwinden. Nur ihre Defekte interessieren und fordern sie heraus. Daher können Leute, die die Menschen hassen, diese am besten erforschen. Misanthropen praktizieren oft Psychologie. Die Schüchternen werden Darsteller. Geborene Diebe suchen sich Vertrauensstellungen. die Ängstlichen unternehmen kühne Schritte. Man denke zum Beispiel an Stronsons Fall, eines Mannes, der sich auf verzweifelte Machenschaften einließ, um Gangster zu beschwindeln. Oder man nehme meinen Fall, einen Liebhaber der Schönheit, der sich darauf versteifte, in Chicago zu leben. Oder Von Humboldt Fleisher, einen Mann mit mächtigen gesellschaftlichen Instinkten, der sich in einer trostlosen Gegend begrub.

Stronson hatte nicht die Kraft, hart zu bleiben. Als ich sah, wie er durch sich selbst verunstaltet war, fett, aber elegant, kurz in Bein und Schinken, in Plateauschuhen, zum Quieken neigend, aber seine Stimme senkend, tat er mir leid, ja außerordentlich leid. Es kam mir so vor, als ob ihn seine wahre Natur schnell mit Beschlag belegte. Hatte er vergessen, sich am Morgen zu rasieren, oder trieb ihm die Todesangst plötzlich den Bart heraus? Und lange scheußliche Stoppeln guckten aus seinem Kragen. Er bekam das Aussehen eines Murmeltieres. Die Pagenlocke wurde strähnig vom Schweiß. »Ich will, daß all diese Burschen Handschellen angelegt bekommen«, sagte er zu dem Detektiv.

»Was, mit einem Paar Handschellen?«

»Gut, legen Sie sie Cantabile an. Los, legen Sie sie an.«

Ich war schweigend ganz seiner Meinung. Ja, fesselt diesen Schweinehund, dreht ihm die Arme auf den Rücken und schneidet ihm ins Fleisch. Aber nachdem ich diese wüsten Dinge zu mir selbst gesagt hatte, wollte ich sie nicht notwendigerweise ausgeführt sehen.

Thaxter nahm den Polizisten beiseite und sagte ihm mit gesenkter Stimme ein paar Worte. Ich fragte mich später, ob er ihm nicht ein geheimes Codewort der CIA zugeflüstert hatte. Bei Thaxter konnte man nie wissen. Bis zum heutigen Tag konnte ich mich nicht entscheiden, ob er je ein Geheimagent gewesen ist oder nicht. Vor Jahren hatte er mich eingeladen, in Yucatán sein Gast zu sein. Dreimal mußte ich das Flugzeug wechseln, um dorthin zu gelangen, und dann wurde ich an einer ungepflasterten Landebahn von einem Peon abgeholt, der mich in einem neuen Cadillac zu Thaxters Villa fuhr. Sie hatte einen kompletten indianischen Dienerstab. Da waren Autos und Jeeps und eine Ehefrau und kleine Kinder, und Thaxter hatte sich bereits den örtlichen Dialekt angeeignet und kommandierte die Leute herum. Er war ein linguistisches Genie und lernte neue Sprachen schnell. Aber er hatte Schwierigkeiten mit einer Bank in Mérida, und dann gab es in der Nachbarschaft ausgerechnet einen Landklub, wo er sein Konto überzogen hatte. Ich kam gerade an, als er am Schluß des immer gleichbleibenden Ablaufs stand. Er sagte am zweiten Tag, daß wir diesen verdammten Ort verlassen würden. Wir packten seine Schiffskoffer mit Pelzmänteln und Tennisausrüstung, mit Tempelschätzen und elektrischen Apparaten. Als wir davonfuhren, hielt ich eins seiner Babys auf dem Schoß.

Der Polizist brachte uns aus Stronsons Büro. Stronson rief uns nach: »Ihr Schweine werdet's kriegen. Das verspreche ich euch. Ganz gleich, was mit mir geschieht. Besonders Sie, Cantabile.«

Morgen würde er's selber kriegen.

Als wir auf den Fahrstuhl warteten, hatten Thaxter und ich Zeit für ein paar Worte. »Nein, ich muß nicht mit aufs Polizeirevier«, sagte Thaxter. »Das tut mir beinahe leid. Ich würde wirklich am liebsten mitkommen.«

»Ich will, daß du alle Schritte unternimmst«, sagte ich. »Ich hatte eine Ahnung, daß Cantabile so was loslassen würde. Und Renata wird sehr ärgerlich sein, das ist das schlimmste. Geh jetzt nicht einfach los und vergiß mich, Thaxter.«

»Red keinen Quatsch, Charlie. Ich setze die Rechtsanwälte gleich auf diesen Fall an. Gib mir ein paar Namen und Nummern.«

»Als erstes rufe Renata an. Schreib dir Szathmars Nummer auf. Auch Tomchek und Srole.«

Thaxter schrieb die Angaben auf eine Quittung der American Express Company. Sollte er noch eine Kreditkarte besitzen?

»Du wirst dieses jämmerliche Stück Papier verlieren«, sagte ich.

Thaxter sprach deswegen ziemlich ernst mit mir. »Paß auf, Charlie«, sagte er. »Du bist ein Nervenbündel. Dies ist ein aufreibender Augenblick, gewiß. Gerade deshalb mußt du um so mehr aufpassen. *A plus forte raison.*«

Man wußte, daß Thaxter es ernst meinte, wenn er französisch sprach. Und während George Swiebel mich immer anbrüllte, ich sollte meinen Körper nicht mißbrauchen, warnte mich Thaxter stets wegen meines Ängstlichkeitpegels. Ja, er war ein Mann, dessen Nerven für den von ihm gewählten Lebensweg stark genug waren. Und ungeachtet seiner Schwäche für französische Redensarten war Thaxter insofern ein echter Amerikaner, als er sich, wie Walt Whitman, als Archetyp anbot: »Was ich annehme, wirst auch du annehmen.« Im Augenblick half das nicht besonders. Ich war verhaftet. Meine Gefühle für Thaxter waren die eines Mannes mit vielen Bündeln, der versucht den Türschlüssel zu finden und dabei von der Hauskatze behindert wird. Aber es war tatsächlich so, daß die Leute, von denen ich Hilfe erwartete, keineswegs bei mir beliebt waren. Von Thaxter war nichts zu erwarten. Ich hatte sogar den Argwohn, daß seine Bemühungen zu helfen geradezu gefährlich sein könnten. Wenn ich schrie, daß ich ertrinke, würde er gerannt kommen und mir einen Rettungsgürtel aus solidem Zement zuwerfen. Wenn komische Füße nach komischen Schuhen verlangen, dann haben komische Seelen komische Forderungen, und die Zuneigung kommt zu ihnen in komischer Form. Ein Mann, der sich Hilfe ersehnte, war jemand zugetan, der unfähig war, Hilfe zu gewähren.

Die Empfangsdame mußte wohl nach dem blauweißen Streifenwagen geschickt haben, der jetzt auf uns wartete. Sie war eine sehr hübsche junge Frau. Ich hatte sie angesehen, als wir das Büro verließen, und gedacht: Dies ist ein sentimentales Mädchen. Gut erzogen. Reizend. Bekümmert, Menschen verhaftet zu sehen. Tränen in den Augen.

»Auf den Vordersitz, du«, sagte der Detektiv zu Cantabile, der mit seinem geknifften Hut, weiß im Gesicht, das Haar an den Seiten abstehend, einstieg. In diesem Augenblick, zerzaust, wie er war, sah er zum erstenmal echt italienisch aus.

»Die Hauptsache ist Renata. Setz dich mit Renata in Verbindung«, sagte ich zu Thaxter, als ich hinten einstieg. »Ich sitze in der Tinte, wenn du's nicht tust – in der Tinte.«

»Keine Sorge. Man wird dich nicht für immer verschwinden lassen«, sagte Thaxter.

Seine Trostworte verschafften mir den ersten Augenblick einer tieferen Angst.

Er hat in der Tat versucht, sich mit Renata und mit Szathmar in Verbindung zu setzen. Aber Renata war noch mit ihrer Kundin im Basar und suchte Stoffe aus, und Szathmar hatte bereits sein Büro geschlossen. Irgendwie vergaß Thaxter, was ich ihm von Tomchek und Srole gesagt hatte. Um die Zeit totzuschlagen, ging er daher in einen Schwarzen Kung-Fu-Film in der Randolph Street. Als die Vorführung beendet war, erreichte er Renata zu Hause. Er sagte, da sie Szathmar so gut kenne, glaube er, er könne die Sache ganz in ihre Hände legen. Schließlich sei er fremd in der Stadt. Die Boston Celtics spielten gegen die Chicago Bulls, und

Thaxter kaufte sich eine Eintrittskarte für das Basketballspiel bei einem Schwarzhändler. Auf dem Weg zum Stadion hielt das Taxi bei Zimmerman an, und er kaufte eine Flasche Piesporter. Er konnte ihn nicht richtig kühlen, aber er paßte gut zu den Störsandwiches.

Cantabiles dunkle Gestalt fuhr vor mir auf dem Vordersitz des Streifenwagens. Ich richtete meine Gedanken auf ihn. Ein Mann wie Cantabile machte sich meine mangelhafte Theorie vom Bösen zunutze, stimmte das nicht? Er füllte alle ihre Lücken unter Aufbietung sämtlicher schauspielerischer Fähigkeiten mit seinen Spekulationen und Bluffs. Oder *hatte* ich als Amerikaner überhaupt eine Theorie des Bösen? Vielleicht nicht. So betrat er mit seinen Ideen und seinem Dünkel das Feld von jener gesichtslosen und unmarkierten Seite, wo ich schwach war. Dieser Abschaum entzückte die Frauen, wie es schien – er gefiel Polly und anscheinend auch seiner Frau, der Universitätsabsolventin. Ich vermutete, daß er ein erotisches Leichtgewicht war. Aber schließlich ist es die Fantasie, die bei den Frauen am meisten zählt. So kam er also in der Welt voran mit seinen feinen Reiterhandschuhen und seinen Kalbslederstiefeln und dem hell glänzenden Flaum seines Tweeds und der Magnum, die er im Bund trug, und bedrohte alle mit Tod. Drohungen waren seine Lieblingsbeschäftigung. Er hatte mich nachts angerufen, um mir zu drohen. Drohungen hatten gestern in der Division Street seine Gedärme angegriffen. Heute morgen war er losgegangen, um Stronson zu drohen. Am Nachmittag bot er an – oder drohte –, Denise aus dem Weg räumen zu lassen. Ja, er war ein absonderlicher Mensch mit seinem weißen Gesicht, seiner langen Nase wie aus Kirchenwachs und den dunklen Nasenöffnungen. Er war sehr unruhig auf dem Vordersitz. Er schien zu versuchen, mich anzusehen. Er war beinahe gelenkig genug, seinen Kopf umzudrehen und die eigenen Rükkenfedern zurechtzuzupfen. Was konnte es bedeuten, daß er versucht hatte, mich als Mörder darzustellen? Fand er in mir dafür eine ursprüngliche Veranlagung? Oder versuchte er auf seine Weise, mich aus mir herauszuholen, mich in die Welt zu tragen, eine Welt, aus der ich mich in meinen Illusionen doch zurückzog? Auf der Stufe einer Chicago-eigenen Beurteilung hielt ich ihn reif für die Klapsmühle. Ja, er war gewiß reif für die Klapsmühle. Ich war immerhin so intellektuell, daß ich in seinem Vorschlag, wir sollten's beide mit Polly treiben, eine Spur von Homosexualität entdeckte, aber das war nicht sehr schlimm. Ich hoffte, daß sie ihn wieder ins Gefängnis stecken würden. Andererseits spürte ich, daß er etwas für mich tat. Mit seinem schimmernden Tweedfell, dessen Rauheit an Nesseln erinnerte, hatte er sich auf meinem Pfad materialisiert. Bleich und verrückt mit seinem Nerz-Schnurrbart schien er einen seelischen Dienst leisten zu müssen. Er war erschienen, um mich aus der toten Mitte herauszuholen. Weil ich aus Chicago kam, konnte kein normaler und vernünftiger Mensch dergleichen für mich tun. Ich konnte mit normalen vernünftigen Leuten nicht ich selbst sein. Zum Beispiel in meinen Beziehungen zu Männern wie Richard Durnwald. Sosehr ich Richard Durnwald bewunderte, fühlte ich mich doch bei ihm geistig nicht behaglich. Ich war ein wenig erfolgreicher bei Dr. Scheldt, dem Anthroposophen, aber ich hatte auch bei ihm meine Schwierigkeiten, Schwierigkeiten Chicagoer Ursprungs. Wenn er mit mir von esoterischen Geheimnissen sprach, hätte ich gern zu ihm gesagt: »Verschonen Sie mich mit ihrem spirituellen Geschwafel, mein Freund!« Und schließlich waren meine Beziehungen zu Dr. Scheldt ungeheuer wichtig. Die Fragen, die ich mit ihm besprach, konnten nicht bedeutungsvoller sein.

All dies kam mir in den Kopf oder strömte mir in den Kopf, und ich mußte an Humboldt in Princeton denken, als er mir zitierte: *»Es schwindelt!«* Die Worte W. I. Lenins im Smolny Institut. Die Dinge waren im Augenblick schwindelnd. War der Grund dafür, daß ich, wie Lenin, im Begriff stand, einen Polizeistaat zu gründen! Es kam von einem Fluß oder einer Überschwemmung von Gefühlen, Einsichten und Ideen.

Natürlich hatte der Kommissar recht. Im eigentlichen Sinne des Wortes war ich kein Killer. Aber ich verleibte mir andere Menschen ein und zehrte sie auf. Wenn sie starben, trauerte ich schmerzlich. Ich sagte, ich würde ihr Werk und ihr Leben fortsetzen. Aber war es nicht Tatsache, daß ich ihre Kraft der meinen hinzufügte? Hatte ich nicht schon in den Tagen ihrer Stärke und ihres Glanzes ein Augen auf sie geworfen? Und auf ihre Frauen? Ich konnte bereits die Umrisse der Aufgaben sehen, die meine Seele zur Läuterung verrichten mußte, wenn sie zur nächsten Station gelangte.

»Paß auf, Charlie«, hatte Thaxter mich gewarnt. Er trug sein

Cape und hielt den idealen Diplomatenkoffer und den Regenschirm mit natürlicher Krücke sowie auch die Störsandwiches. Ich paßte auf *A plus forte raison* auf. Und dabei bemerkte ich, daß ich in dem Streifenwagen Humboldts Fußspuren folgte. Zwanzig Jahre zuvor in den Händen des Gesetzes, hatte er mit den Polizisten gerungen. Sie hatten ihn in eine Zwangsjacke gesteckt. Er hatte im Streifenwagen Durchfall gehabt, als sie mit ihm ins Bellevue rasten. Sie versuchten es mit ihm aufzunehmen, etwas mit einem Dichter anzufangen. Was wußte die New Yorker Polizei von Dichtern! Sie kannten Betrunkene und Straßenräuber, sie kannten Triebverbrecher, sie kannten Frauen in Wehen und Süchtige, aber bei Dichtern waren sie ratlos. Dann hatte er mich von einer Telefonzelle in der Klinik angerufen. Und ich hatte in jener heißen, schmuddligen, rissigen Garderobe im Belasco den Anruf entgegengenommen. Und er hatte geschrien: »Dies ist Leben, Charlie, nicht Literatur!« Nun, ich glaube nicht, daß die Mächte, die Throne und Reiche, die Archai, die Erzengel und die Engel Gedichte lesen. Warum sollten sie? Sie formen das Universum. Sie sind beschäftigt. Und als Humboldt rief »Leben!« meinte er nicht die Throne, Exousiai und Engel. Er meinte lediglich realistisches, naturalistisches Leben. Als ob die Kunst die Wahrheit verdeckte und nur die Leiden der Wahnsinnigen sie enthüllten. *Das* war verarmte Fantasie?

Wir kamen an, und Cantabile und ich wurden getrennt. Sie behielten ihn am Aufnahmepult, ich ging ins Innere.

In Vorwegnahme der Aufgabe, die ich mir fürs Purgatorium zurechtgelegt hatte, fand ich es nicht nötig, das Gefängnis allzu ernst zu nehmen. Was war es denn schließlich? Eine Menge Trubel und Leute, die darauf spezialisiert waren, einem das Leben schwerzumachen. Sie fotografierten mich von vorn und von der Seite. Gut. Nach diesen Aufnahmen nahm man meine Fingerabdrücke. Sehr gut. Danach erwartete ich, eingesperrt zu werden. Da war ein dicker, häuslich aussehender Polizist, der darauf wartete, mich zum Eingangstor zu bringen. Der Innendienst machte die Männer unförmig. Da war er, wie eine Hausfrau mit Jacke, Pulli und Pantoffeln, mit Bauch und Pistole, einer großen schmollenden Lippe und fetten Furchen am Hinterkopf. Er geleitete mich, als jemand sagte: »Sie! Charles Citrine. Nach draußen!« Ich ging zurück zum Hauptgang. Ich fragte mich, wie

Szathmar so schnell hergelangt war. Aber es war nicht Szathmar, der mich erwartete, es war Stronsons junge Empfangsdame. Dieses schöne Mädchen sagte, daß ihr Arbeitgeber sich entschlossen habe, seine Klage gegen mich fallenzulassen. Er wolle sich auf Cantabile konzentrieren.

»Und hat Stronson Sie hergeschickt?«

Sie erklärte: »Naja, eigentlich war ich es, die kommen wollte. Ich wußte, wer Sie waren. Sobald ich Ihren Namen erfuhr, wußte ich's. Das habe ich also meinem Chef erklärt. Er ist in diesen Tagen sozusagen wie unter Schock. Sie können Mr. Stronson nicht wirklich dafür verantwortlich machen, wenn Leute kommen und sagen, daß man ihn ermorden will. Aber ich habe ihm schließlich klarmachen können, daß Sie eine berühmte Person und kein Hiwi seien.«

»Ah so. Und Sie sind ein sowohl liebes wie auch schönes Mädchen. Ich kann Ihnen gar nicht sagen, wie dankbar ich bin. Es kann nicht leicht gewesen sein, mit ihm zu sprechen.«

»Er hatte regelrecht Angst. Jetzt ist er vor allem niedergeschlagen. Warum sind Ihre Hände so schmutzig?« fragte sie.

»Fingerabdrücke. Die Tinte, die sie dabei benutzt haben.«

Sie war entsetzt. »Mein Gott! Man stelle sich vor, bei einem Mann wie Ihnen Fingerabdrücke zu machen!« Sie öffnete ihre Handtasche und begann, Papiertaschentücher anzufeuchten, um meine befleckten Fingerspitzen abzureiben.

»Nein, danke. Nein, nein, tun Sie das nicht«, sagte ich. Derartige Aufmerksamkeit treffen mich immer tief, und es schien eine schrecklich lange Zeit her zu sein, seit mir jemand eine solch intime Freundlichkeit erwiesen hatte. Es gibt Tage, an denen man zum Friseur gehen will, nicht um die Haare schneiden zu lassen, sondern nur um der Berührung willen.

»Warum nicht?« sagte das Mädchen. »Ich habe das Gefühl, als hätte ich Sie schon immer gekannt.«

»Aus Büchern?«

»Nicht Büchern. Ich glaube sogar, ich habe noch keins Ihrer Bücher gelesen. Soviel ich weiß, sind es Geschichtsbücher, und Geschichte ist nie mein Schwarm gewesen. Nein, Mr. Citrine, durch meine Mutter.«

»Kenne ich Ihre Mutter?«

»Seit meiner Kindheit habe ich gehört, daß Sie ihr Freund während der Schulzeit gewesen sind.«

»Ihre Mutter ist doch nicht etwa Naomi Lutz?«

»Doch, das war sie. Ich kann Ihnen gar nicht sagen, wie entzückt sie war, als sie und Doc Ihnen in der Bar über den Weg gelaufen sind.«

»Ja, Doc war dabei.«

»Als Doc starb, wollte Mutter Sie anrufen. Sie sagte, jetzt seien Sie der einzige, mit dem sie über die alten Zeiten reden könne. Es gibt Dinge, an die sie sich erinnern will, die sie aber nicht einordnen kann. Gerade neulich konnte sie sich nicht an die Stadt erinnern, in der ihr Onkel Asher gelebt hat.«

»Ihr Onkel Asher lebte in Paducah, Kentucky. Natürlich rufe ich sie an. Ich habe Ihre Mutter geliebt, Miss . . .«

»Maggie«, sagte sie.

»Maggie. Sie haben ihre Kurven von den Hüften abwärts geerbt. Ich habe noch nie eine so hübsche Rückenkurve gesehen bis zu diesem Augenblick, und das ausgerechnet im Gefängnis. Sie haben auch ihr Zahnfleisch und ihre Zähne, ein bißchen kurz in den Zähnen, und dasselbe Lächeln. Ihre Mutter war schön. Sie entschuldigen, daß ich das sage, es ist ein aufregender Augenblick, aber ich hatte immer das Gefühl, wenn ich Ihre Mutter vierzig Jahre lang jede Nacht, natürlich als ihre Ehemann, hätte umarmen können, dann wäre mein Leben ganz erfüllt gewesen, ein Erfolg – statt dieser Sache hier. Wie alt sind Sie, Maggie?«

»Fünfundzwanzig.«

»Mein Gott!« sagte ich, als ich meine Finger im eiskalten Trinkwasser wusch. Meine Hand reagiert auf weibliche Berührung sehr empfindlich. Ein Kuß in die Handfläche bringt mich von Sinnen.

Sie fuhr mich in ihrem Volkswagen nach Hause und weinte beim Fahren ein bißchen. Vielleicht dachte sie an das Glück, das ihre Mutter und ich verpaßt hatten. Und wann, fragte ich mich, würde ich mich endlich über alle diese Dinge erheben, das Zufällige, das bloß äußerlich Erscheinende, das unergiebig und ziellos Menschliche, und bereit sein, höhere Welten zu betreten?

Also besuchte ich Naomi, bevor ich die Stadt verließ. Ihr Ehename war Wolper.

Aber ich bin nicht sofort zu ihr gegangen. Ich hatte erst noch hundert Sachen zu erledigen.

Die letzten Tage in Chicago waren ausgefüllt. Als wolle ich die Stunden wettmachen, die Cantabiles Streich mich gekostet hatten, folgte ich einem dichtbesetzten Terminplan. Mein Buchhalter Murra widmete mir eine volle Stunde seiner Zeit. In seinen eleganten Büroräumen, die von dem berühmten Richard Himmel ausgestattet waren und den hellsten grünen Teil des Chicago River überblickten, sagte er mir, es sei ihm nicht gelungen, das Finanzamt zu überzeugen, daß es keinen Anspruch gegen mich hätte. Seine eigene Rechnung war hoch. Ich schuldete ihm fünfzehnhundert Dollar dafür, daß er nichts erreicht hatte. Als ich sein Gebäude verließ, fand ich mich im Zwielicht der Michigan Avenue vor dem Geschäft für elektrische Lampen, nahe dem Wacker Drive. Da ich mich stets zu diesem Laden mit seinen genialen Geräten, Farbtönen und Schattierungen von Glühbirnen hingezogen fühlte, kaufte ich einen 300-Watt-Flutlichtreflektor. Ich konnte mit diesem Gegenstand nichts anfangen. Ich wollte verreisen. Wozu brauchte ich ihn? Der Kauf drückte nur meinen Zustand aus. Ich stattete immer noch meinen Zufluchtsort, mein Asyl aus, mein Fort Dearborn, tief im indianischen (MATERIALISTISCHEN) Territorium. Dazu war ich von Abreiseängsten gepackt – Düsenmaschinen würden mich mit zweitausend Meilen pro Stunde vom Boden losreißen, aber wohin flog ich und wozu? Die Gründe für diese unerhörte Geschwindigkeit blieben unklar.

Nein, daß ich eine Glühbirne kaufte, half nicht viel. Große Linderung verschaffte mir aber ein Gespräch mit Dr. Scheldt. Ich befragte ihn wegen der Geister der Form, der Exousiai, die im jüdischen Altertum unter einem anderen Namen bekannt waren. Diese Gestalter des Schicksals hätten schon vor langer Zeit ihre Funktionen und Kräfte an die Archai abgeben sollen, die Geister der Persönlichkeit, die in der universalen Hierarchie den Menschen einen Rang näherstehen. Aber eine Anzahl andersdenkender Exousiai, die in der Weltgeschichte eine rückständige Rolle spielten, hatten sich jahrhundertelang geweigert, die Archai ans Ruder zu lassen. Sie hemmten die Entwicklung einer modernen

Form des Bewußtseins. Unbotmäßige Exousiai, die zu einer früheren Phase der menschlichen Evolution zählten, waren verantwortlich für Stammessucht und das Fortbestehen von einem Bauern- oder Volksbewußtsein, Haß auf den Westen und das Neue, sie nährten atavistische Verhaltensweisen. Ich fragte mich, ob das nicht erklären könnte, wie Rußland im Jahr 1917 eine revolutionäre Maske angelegt hatte, um die Reaktion zu bemänteln; und ob der Kampf dieser selben Kräfte nicht auch hinter Hitlers Aufstieg zur Macht stehen könnte. Auch die Nazis bedienten sich des Modernen als Tarnung. Aber man konnte diese Russen, Deutschen, Spanier und Asiaten nicht allein dafür verantwortlich machen. Der Terror der Freiheit und Modernität war fürchterlich. Und deshalb erschien Amerika so albern und ungeheuerlich in den Augen der Welt. Es ließ auch gewisse Länder in amerikanischen Augen monumental langweilig erscheinen. Die Russen, die darum kämpften, ihre Trägheit beizubehalten, hatten ihre unvergleichlich langweilige und erschreckende Gesellschaft geschaffen. Und Amerika brachte unter der Zuständigkeit der Archai, oder der Geister der Persönlichkeit, autonome moderne Individuen hervor, mit aller Narrheit und Verzweiflung der Freien und von hundert Seuchen infiziert, die während der langen Bauernepochen unbekannt gewesen waren.

Nachdem ich Dr. Scheldt besucht hatte, ging ich mit meinen kleinen Töchtern, Lish und Mary, schließlich doch noch zur Weihnachtsvorstellung, ausmanövriert von Denise, die sie weinend ans Telefon geschickt hatte. Unerwarteterweise war diese Schau jedoch sehr ergreifend. Ich liebe diese Aufführungen mit den brechenden Stimmen, versäumten Stichwörtern und blödsinnigen Kostümen. Alle guten Kostüme wurden von den Zuschauern getragen. Hunderte von aufgeregten Kindern wurden von ihren Mamas gebracht, und von diesen Mamas waren viele Tigerinnen der raffiniertesten Art. Und gekleidet, aufgemacht, parfümiert bis zum Äußersten! *Rip van Winkle* wurde zur Einführung gespielt. Für mich hatte das eine ungeheure Bedeutung. Man konnte natürlich den Zwergen vorwerfen, daß sie Rip betrunken gemacht hatten, aber er hatte selbst seinen guten Grund, die Besinnung zu verlieren. Das Gewicht der sinnlichen Welt ist für manche Menschen zu schwer und wird mit der Zeit immer schwerer. Seine zwanzig Jahre Schlaf, das muß ich sagen, trafen mich mitten ins Herz. Mein Herz war heute empfindsam – Sorgen, vorweggenommene Probleme und Reue machten es weich und verletzlich. Ein idiotischer alter Lüstling verließ zwei Kinder, um einer offensichtlich aufs Geld versessenen Frau ins korrupte Europa zu folgen. Als einer der wenigen Väter unter den Zuschauern fühlte ich, wie falsch das war. Ich war von weiblichem Urteil umschlossen. Die Ansichten all dieser Frauen kamen unverkennbar zum Ausdruck. Ich sah zum Beispiel, daß die Mütter das Porträt von Mrs. Van Winkle, die offensichtlich die amerikanische Furie in einer frühen Fassung darstellte, übelnahmen. Ich selber weise alle derartigen Ansichten über die amerikanische Furie zurück. Die Mütter waren jedoch zornig, sie lächelten, aber sie waren feindselig. Die Kinder dagegen waren unschuldig und klatschten und jauchzten, als man Rip mitteilte, daß seine Frau in einem Wutanfall am Schlag gestorben sei.

Ich dachte an die höhere Bedeutung dieser Dinge – natürlich. Für mich war die eigentliche Frage, wie Rip seine Zeit zugebracht hätte, wenn ihn die Zwerge nicht in Schlaf versenkt hätten. Er hatte selbstverständlich das übliche, menschliche amerikanische Recht zu jagen und fischen und mit seinem Hund in den Wäldern umherzustreifen – ganz wie Huckleberry Finn in künftigem Territorium. Die folgende Frage war persönlicher und schwieriger: Was hätte ich *getan*, wenn ich im Geist so lange geschlafen hätte? Inmitten von flattrigen, quietschenden und zappelnden Kindern, so rein von Angesicht, so duftig (selbst die kleinen Gase, die unvermeidlich von einer Kinderschar losgelassen wurden, waren angenehm, wenn man sie in väterlichem Geist einatmete), so *savable*, zwang ich mich innezuhalten und zu antworten – ich hatte die *Pflicht*, dies zu tun. Wenn man einer der Broschüren glaubte, die mir Dr. Scheldt zu lesen gegeben hatte, dann war dieses Schlafen keine geringe Sache. Unser Widerstreben, aus dem Zustand des Schlafes herauszutreten, war das Ergebnis eines Wunsches, die bevorstehende Offenbarung zu vermeiden. Gewisse geistige Wesenheiten müssen ihre Entwicklung durch die Menschen vollziehen, und wir verraten und verlassen sie durch dieses Wegtreten, diesen Willen zum Schlummer. Unsere Pflicht, sagte eine berückende Broschüre, ist es, mit den Engeln zusammenzuarbeiten. Sie erscheinen in uns (wie der *Maggid* genannte Geist sich in dem großen Rabbi Joseph Karo manifestierte). Angeleitet von dem

Geist der Form pflanzen die Engel die Samen der Zukunft in uns. Sie prägen uns gewisse Bilder ein, deren wir uns »normaler Weise« nicht bewußt werden. Unter anderem wollen sie uns die verborgene Göttlichkeit anderer menschlicher Wesen erkennen lassen. Sie zeigen dem Menschen, wie er mit Hilfe des Denkens den Abgrund überqueren kann, der ihn vom Geist trennt. Der Seele bieten sie Freiheit und dem Körper Liebe. Diese Tatsachen müssen mit wachem Bewußtsein erfaßt werden. Denn wenn der Schläfer schläft, dann *schläft* er. Große Weltereignisse berühren ihn nicht. Nichts ist gewichtig genug, um ihn aufzurütteln. Jahrzehnte von Kalendern lassen ihre Blätter auf ihn fallen, so wie die Bäume Blätter und Zweige auf Rip fallen ließen. Außerdem sind auch die Engel verwundbar. Ihre Ziele müssen in der irdischen Menschheit selbst verwirklicht werden. Schon hat sich die brüderliche Liebe, die sie uns eingepflanzt haben, in sexuelle Ungeheuerlichkeit verwandelt. Was treiben wir miteinander im Lotterbett? Die Liebe ist schändlich pervertiert worden. Dann schicken uns die Engel auch strahlende Frische, und wir machen sie durch unseren eigenen Schlaf ganz dumpf. Und in der politischen Sphäre können wir, obwohl wir nur halb bei Bewußtsein sind, das Grunzen der großen Schweine-Reiche der Erde hören. Der Gestank dieser Schweineherrschaften steigt in die oberen Luftschichten und verdunkelt sie. Ist es dann ein Wunder, daß wir den Schlummer bitten, schnell zu kommen und unsere Geister zu versiegeln? Und, sagte die Broschüre, die Engel, deren Absichten durch unseren Schlaf in den Stunden des Wachens vereitelt sind, müssen in der Nacht mit uns tun, was sie können. Aber dann kann ihr Wirken unser Fühlen oder Denken nicht berühren, denn diese sind während des Schlafes abwesend. Nur der unbewußte Leib und das erhaltende vitale Prinzip, der Ätherleib, liegen dort im Bett. Die großen Gefühle und die Gedanken sind fort. Und ebenso am Tag, wenn wir schlafwandeln. Und wenn wir nicht erwachen, wenn die geistige Seele nicht veranlaßt werden kann, an dem Wirken der Engel mitzuhelfen, dann sind wir verloren. Für mich war das entscheidende Argument, daß die Kräfte der höheren Liebe zur sexuellen Entartung erniedrigt wurden. Das traf mich wirklich ins Herz. Vielleicht hatte ich tiefer gehende, entscheidendere Gründe, mit Renata loszuziehen und zwei kleine Mädchen im gefährlichen Chicago zurückzulassen, als ich nach dem Stand meines Bewußtseins im Augenblick vorbringen konnte. Ich könnte dann möglicherweise rechtfertigen, was ich tat. Schließlich hatte auch Christian in *Pilgrim's Progress* sich davongemacht und es der Familie überlassen, das Heil zu suchen. Bevor ich den Kindern wirklich nützen konnte, mußte ich erst mal aufwachen. Die Verwaschenheit, diese Unfähigkeit, ein Ziel ins Auge zu fassen und mich zu konzentrieren, war sehr schmerzlich. Ich konnte mich sehen, wie ich vor dreißig Jahren gewesen war. Ich brauchte in kein Fotoalbum zu blicken. Diese verdammende Fotografie war unvergeßlich. Da war ich, unter einem Baum als hübscher junger Mann, der die Hand eines reizenden Mädchens hielt. Aber ich hätte ebensogut einen Flanellpyjama tragen können statt diesen flatternden doppelreihigen Anzug – das Geschenk meines Bruders Julius –, denn in der Blüte meiner Jugend und auf der Höhe meiner Kraft war ich in tiefem Schlummer.

Als ich im Theater saß, gestattete ich mir die Vorstellung, daß Geister in der Nähe seien, daß sie wünschten, an uns heranzukommen, daß ihr Atem das Rot der kleinen Kleider, die die Kinder trugen, vertiefte, genau wie Sauerstoff das Feuer aufleuchten ließ.

Dann begannen die Kinder zu schreien. Rip taumelte hoch aus der Masse des Laubs, das auf ihn gefallen war. Da ich wußte, was ihm alles bevorstand, ächzte ich. Die wirkliche Frage war, ob er wach bleiben konnte.

Während der Pause begegnete ich Dr. Klosterman vom Downtown Club. Er war derjenige, der mir in der Sauna nahegelegt hatte, zu einem Schönheitschirurgen zu gehen und mir die Säcke unter den Augen wegoperieren zu lassen – eine einfache Operation, die mich um Jahre jünger aussehen ließe. Ich hatte für ihn nicht mehr übrig als ein kaltes Nicken, als er mit seinen Kindern auf mich zukam. Er sagte: »Wir haben Sie in der letzten Zeit gar nicht mehr gesehen.«

Ja, ich war in letzter Zeit nicht mehr da gewesen. Aber erst in der vergangenen Nacht, als ich bewußtlos in Renatas Armen lag, hatte ich wieder geträumt, daß ich wie ein Champion Raquetball spielte. Meine Traum-Rückhand sauste an der linken Wand des Spielraumes entlang und schlug, tödlich genau angeschnitten, in der Ecke auf. Ich schlug Scottie, den Clubspieler, und auch den unschlagbaren griechischen Chiropraktiker, einen hageren Athleten, sehr haarig, einwärts laufend, aber ein leidenschaftlicher Kämpfer, von dem ich im wirklichen Leben niemals auch nur einen einzigen Punkt gewinnen konnte. Aber auf dem Spielfeld meiner Träume war ich ein Tiger. So überwand ich in Träumen reiner Wachsamkeit und stürmender Intensität meine Tatenlosigkeit, meine Verträumtheit und Verwaschenheit. In den Träumen hatte ich jedenfalls nicht die Absicht aufzugeben.

Als ich all dies in der Halle überdachte, erinnerte sich Lish, daß sie eine Nachricht von ihrer Mutter mitgebracht hatte. Ich öffnete den Umschlag und las: »Charles: Man hat mir mit dem Tod gedroht!«

Das war Cantabile und kein Ende. Bevor er Thaxter und mich auf dem Michigan Boulevard entführte, vielleicht in demselben Augenblick, als wir die herrliche Sandvika-Szene von Monet bewunderten, hatte Cantabile Denise am Telefon und tat, was er am liebsten tat, das heißt, er drohte.

Als George Swiebel einmal von Denise sprach, hatte er mir erklärt (obwohl ich in Kenntnis seines »Natursystems« diese Erklärung auch selber hätte liefern können): »Denises Ringen mit dir ist ihr ganzes Geschlechtsleben. Sprich nicht mit ihr, streite nicht mit ihr, es sei denn, du willst ihr immer noch Lust bereiten.« Unzweifelhaft hätte er auch Cantabiles Drohungen in derselben Weise gedeutet. »So bringt dieser Schweinehund seine Eier in Aufruhr.« Aber es war immerhin denkbar, daß Cantabiles todbringende Fantasie, seine eingebildete Rolle als höchstrangiger Vertreter des Todes auch den Zweck hatte, mich aufzuwecken – *»Brutus, du schläfst«*, und so weiter. Das war mir im Streifenwagen eingefallen.

Aber diesmal hatte er's wirklich erreicht. »Erwartet deine Mutter eine Antwort?« fragte ich das Kind.

Lish sah mich mit den Augen ihrer Mutter an, diesen großen amethystfarbenen Kreisen. »Sie hat nichts davon gesagt, Vati.«

Denise hatte unzweifelhaft Urbanovich davon in Kenntnis gesetzt, daß ein Komplott bestünde, sie zu ermorden. Das würde die Sache beim Richter entscheiden. Er traute mir nicht und mochte mich nicht, und er konnte mein Geld beschlagnahmen. Ich konnte mir diese Dollar aus dem Kopf schlagen, sie waren futsch. Was jetzt? Wieder begann ich mit der üblichen Hast und

Ungenauigkeit meine flüssigen Besitztümer zusammenzuzählen, zwölfhundert hier, achtzehnhundert da, den Verkauf meiner wunderschönen Teppiche, den Verkauf des Mercedes, sehr unvorteilhaft in seinem beschädigten Zustand. Soweit ich wußte, war Cantabile an der Ecke 20th Street und California Avenue eingesperrt. Ich hoffte, daß er einen aufs Dach kriegte. Eine Menge Leute wurden im Gefängnis umgebracht. Vielleicht würde ihn einer abmurksen. Aber ich konnte nicht glauben, daß er viel Zeit hinter Gittern verbringen würde. Rauszukommen war heutzutage sehr leicht, und er würde wahrscheinlich wieder auf Bewährung verurteilt werden. Die Gerichte waren mit diesen Urteilen jetzt so freigebig wie die Heilsarmee mit Schmalzkringeln. Nun, es war wirklich nicht wichtig, ich reiste nach Mailand.

Also machte ich, wie gesagt, einen sentimentalen Besuch bei Naomi Lutz, jetzt Wolper. Ich nahm mir bei der Autovermietung eine Limousine, mit der ich zum Marquette Park fuhr – warum sollte ich jetzt an mir geizen? Es war winterlich, naß, schneeregnerisch, ein guter Tag für einen Schuljungen, der das Wetter mit seiner Schulmappe bekämpfte und sich unerschrocken vorkam. Naomi war auf ihrem Posten und hielt den Verkehr an, während Kinder trabten, zottelten, ihre Regencapes schleifen ließen und durch die Pfützen stapften. Unter der Polizeiuniform trug sie mehrere Schichten von Pullovern. Auf dem Kopf hatte sie eine Uniformmütze, und ein breiter Lederriemen lief quer über ihre Brust – alles war da: Pelzstiefel, Fausthandschuhe, der Hals war von einem orangefarbenen langen Mützenüberzug geschützt, ihre Figur verwischt. Sie schwenkte ihre vom Mantel behinderten nassen Arme, sammelte Kinder um sich, hielt den Verkehr an, wandte sich dann um, von hinten massig, und stapfte langsam mit ihren dicken Sohlen zur Bordschwelle. Und das war die Frau, für die ich vollkommene Liebe empfunden hatte. Sie war die Person, mit der man mich vierzig Jahre lang in meiner Lieblingsstellung hätte schlafen lassen sollen (die Frau mit dem Rücken an mich geschmiegt, die Brüste in meiner Hand). Konnte in einer Stadt wie dem brutalen Chicago ein Mann wirklich erwarten, ohne eine so intime und vertrauliche Tröstung am Leben zu bleiben? Als ich mich ihr näherte, sah ich die junge Frau in der alten. Ich sah sie mit den hübschen kurzen Zähnen, dem verlockenden Zahnfleisch, dem einen Grübchen in der linken Wange. Ich meinte, ich könnte immer noch den Geruch ihrer jungen Fraulichkeit einatmen, feucht und schwer, und ich hörte das Gleiten und Ziehen ihrer Stimme, eine Angewohnheit, die sie und ich beide einmal außerordentlich reizvoll gefunden hatten. Und auch jetzt dachte ich noch: Warum nicht? Der Regen in den siebziger Jahren glich für mich der Nässe der dreißiger, als unsere pubertäre Verliebtheit eine kleine Reihe winziger Tropfen hervorbrachte, eine venezianische Maske über der Mitte ihres Gesichts. Aber ich hütete mich vor dem Versuch, sie zu berühren, ihr den Polizeimantel, die Pullover, das Kleid und das Unterzeug auszuziehen. Auch sie würde nicht wünschen, daß ich sah, was aus ihren Schenkeln und Brüsten geworden war. Das mochte für ihren Freund Hank angehen – Hank und Naomi waren zusammen alt geworden – aber nicht für mich, der ich sie vor Urzeiten gekannt hatte. Das konnte zu nichts führen. Es war nicht angezeigt, nicht angedeutet, nicht möglich. Es war nur eins von jenen Dingen, die gedacht werden mußten.

Wir tranken Kaffee in ihrer Küche. Sie hatte mich zu einem kombinierten Frühstück und Mittagessen eingeladen, und sie tischte Spiegeleier, Räucherlachs, Nußbrot und Wabenhonig auf. Ich fühlte mich völlig vertraut mit ihren alten Eisentöpfen und den handgestrickten Topflappen. Das Haus war alles, was Wolper ihr gelassen hatte, sagte sie. »Als ich sah, wie schnell er sein Geld auf die Pferde verwettete, bestand ich darauf, daß er mir das Eigentum überschrieb.«

»Klug gedacht.«

»Ein bißchen später wurden meinem Mann nur zur Warnung Nase und Knöchel von einem Wucherer gebrochen. Bis dahin wußte ich nicht, daß Wolper den Gangstern Zinsen zahlte. Er kam mit einem Gesicht, das um die Verbände ganz lila war, vom Krankenhaus nach Hause. Er sagte, ich solle den Bungalow nicht verkaufen, um sein Leben zu retten. Er weinte und sagte, er tauge überhaupt nichts, und entschloß sich zu verschwinden. Ich weiß, du bist überrascht, daß ich in diesem tschechischen Viertel lebe. Aber mein Schwiegervater, ein gescheiter alter Jude, hatte als Anlage Grund und Boden in diesem hübschen, sicheren böhmischen Bezirk gekauft. Also sind wir hier gelandet. Nun ja, Wolper war ein netter Mann. Er hat mir nicht die Sorgen gemacht, die du mir gemacht hättest. Als Hochzeitsgeschenk hat er mir ein eigenes Kabriolett und ein Kreditkonto bei Fields gekauft. Das war mein höchster Wunsch auf Erden.«

»Ich habe immer geglaubt, daß es mir Kraft gegeben hätte, wenn ich dich geheiratet hätte, Naomi.«

»Idealisiere nicht so. Du warst ein gewalttätiger Junge. Du hast mich fast erwürgt, weil ich mit irgendeinem Basketballspieler tanzen wollte. Und einmal in der Garage hast du dir einen Strick um den Hals gelegt und gedroht, dich zu erhängen, wenn ich dir nicht zu Willen wäre. Erinnerst du dich?«

»Ich fürchte, ja. Überstarke Bedürfnisse stiegen in mir hoch!«

»Wolper ist wieder verheiratet und hat einen Fahrradladen in New Mexico. Er fühlt sich vielleicht nahe der Grenze sicher. Ja, du warst faszinierend, aber ich wußte nie, worauf du hinauswolltest – mit deinem Swinburne und deinem Baudelaire und Oscar Wilde und Karl Marx. Junge, du hast wirklich Wind gemacht.«

»Das waren berauschende Bücher, und ich war im Dickicht der Schönheit und versessen auf Güte und Denken und Dichtung und Liebe. War das nicht einfach Pubertät?«

Sie lächelte mich an und sagte: »Das glaube ich eigentlich nicht. Doc hat Mutter erzählt, daß deine ganze Familie ein Klüngel von Greenhorns und Ausländern sei, viel zu gefühlsduselig eure gesamte Sippe. Doc ist letztes Jahr gestorben.«

»Deine Tochter hat es mir erzählt.«

»Ja, er ist schließlich zerfallen. Wenn alte Männer zwei Socken an einen Fuß ziehen und in die Badewanne pinkeln, dann ist das, glaube ich, das Ende.«

»Ja, wahrscheinlich. Ich persönlich glaube, daß Doc die Yankee-doodle-Masche übertrieben hat. Daß er ein Babbitt war, hat ihn fast ebenso befeuert wie Swinburne mich. Er hätte für sein Leben gern dem Judentum Lebewohl gesagt oder dem Feudalismus . . .«

»Tu mir einen Gefallen – mich überläuft's immer noch kalt, wenn du mir gegenüber ein Wort wie Feudalismus gebrauchst. Das war der Riß zwischen uns. Du kamst von Madison zu uns und hast von diesem Dichter namens Humboldt Park oder so ähnlich geschwärmt und dir meine Ersparnisse geborgt, um mit einem Greyhound-Bus nach New York zu fahren. Ich habe dich wirklich und ehrlich geliebt, Charlie, aber als du zu diesem deinem Gott abgerollt bist, bin ich nach Hause gegangen, habe mir die Nägel angemalt und das Radio angestellt. Dein Vater war wütend, als ich ihm erzählte, du hausiertest in Manhattan mit Bürsten. Er brauchte deine Hilfe im Holzgeschäft.«

»Unsinn, er hatte Julius.«

»Himmel, dein Vater war schön. Er sah aus wie der – wie wir Mädchen zu sagen pflegten – ›Spanier, der mir das Leben ruiniert hat‹. Und Julius?«

»Julius verschandelt Südtexas mit Einkaufszentren und Eigentumswohnungen.«

»Aber ihr habt euch alle geliebt. Ihr wart gewissermaßen richtig primitiv in dieser Hinsicht. Das ist vielleicht der Grund, weshalb mein Vater euch Greenhorns genannt hat.«

»Nun, Naomi, mein Vater ist auch Amerikaner geworden und Julius ebenso. Sie haben diese Einwandererliebe aufgegeben. Nur ich habe weitergemacht, auf meine kindliche Art. Mein Gefühlskonto war immer überzogen. Ich habe nie vergessen, wie meine Mutter aufschrie, wenn ich die Treppe runterfiel, oder wie sie mir eine Beule auf dem Kopf mit dem Messer gedrückt hat. Und mit was für einem Messer – es war ihr russisches Besteck mit einem Heft wie ein Polizeiknüppel. Das war es also. Ob es eine Beule auf meinem Kopf oder Julius' Geometrie war oder wie Papa die Miete zusammenkriegen konnte oder die Zahnschmerzen der armen Mama, es war für uns alle das allerwichtigste auf Erden. Ich habe diese intensive Art von Anteilnahme niemals verloren – nein, das stimmt nicht. Ich fürchte, in Wahrheit habe ich sie verloren. Ja, gewiß habe ich sie verloren. Aber ich habe sie noch verlangt. Das ist stets das Problem gewesen. Ich habe sie verlangt und anscheinend auch versprochen. Ich meine den Frauen. Für Frauen hatte ich diese utopische gefühlsschwere Liebesaura und gab ihnen die Überzeugung, daß ich ein zärtlich liebender Mann sei. Gewiß würde ich sie so lieben, wie sie alle träumten, geliebt zu werden.«

»Aber das war eine aufgelegte Pleite«, sagte Naomi, »Du hast sie auch eingebüßt. Du hast die Frauen nicht auf Händen getragen.«

»Ich habe sie eingebüßt. Obwohl etwas so Leidenschaftliches wahrscheinlich irgendwo in Kraft bleibt.«

»Charlie, du hast eine Menge Mädchen genasführt. Du mußt sie furchtbar unglücklich gemacht haben.«

»Ich wüßte gern, ob mein Fall des sehnenden Herzens so sehr die Ausnahme ist. Natürlich ist er unwirklich, verdreht. Aber er ist doch auch amerikanisch, nicht? Wenn ich sage amerikanisch, dann meine ich unbeeinflußt von der wesentlichen Geschichte des menschlichen Leidens.«

Naomi seufzte, während sie mir zuhörte, und sagte dann: »Ach Charlie, ich habe nie verstanden, wie oder warum du zu deinen Schlüssen gelangt bist. Wenn du mir deine Vorträge gehalten hast, konnte ich dir überhaupt nicht folgen. Aber als dein Stück am Broadway rauskam, warst du in ein Mädchen verliebt, wie man mir erzählt hat. Was ist aus ihr geworden?«

»Demmie Vonghel. Ja. Sie war auch die Goldrichtige. Sie ist in Südamerika mit ihrem Vater umgekommen. Er war ein Millionär aus Delaware. Sie sind von Caracas in einer DC-3 gestartet und im Dschungel abgestürzt.«

»Ach, wie traurig und entsetzlich.«

»Ich bin nach Venezuela gereist, um nach ihr zu suchen.«

»Es freut mich, daß du das getan hast. Ich wollte gerade fragen.«

»Ich habe denselben Flug von Caracas genommen. Das waren alte zusammengeflickte Flugzeuge. Indianer, die mit ihren Hühnern und Ziegen in die Gegend rumflogen. Der Pilot lud mich ein, im Cockpit zu sitzen. Da war ein großer Sprung in der Windschutzscheibe, und der Wind blies hinein. Als wir über die Berge flogen, hatte ich Angst, daß auch wir es nicht schaffen würden, und ich dachte: Mein Gott, laß mir geschehen, was Demmie geschehen ist. Als ich mir diese Berge ansah, gefiel es mir ehrlich gesagt nicht sehr, wie diese Welt gemacht war, Naomi.«

»Was meinst du damit?«

»Ach, ich weiß nicht, aber man kriegt die Natur satt mit all ihren Wundern und verblüffenden Leistungen, vom Subatomaren bis zum Galaktischen. Die Dinge gehen zu rauh mit den Menschen um. Sie scheuern sie zu hart. Sie stechen sie in die Adern. Als wir über die Berge kamen und ich den Pazifik sich in epileptischem Anfall gegen das Ufer werfen sah, dachte ich: Also zum Teufel mit *dir*. Man kann nicht immer mit der Art einverstanden sein, wie die Welt geformt wurde. Manchmal denke ich: Wer will ein ewiger Geist sein und mehrere Existenzen haben? Scheiß auf das alles! Aber ich habe dir von dem Flug erzählt. Rauf und runter etwa zehnmal. Wir landeten auf der nackten Erde. Streifen von roter Erde auf Kaffeeplantagen. Unter den Bäumen standen nackte kleine Kinder mit braunen Bäuchen und gebogenen Schwänzchen und winkten uns zu.«

»Und du hast nichts gefunden? Hast du nicht im Dschungel gesucht?«

»Natürlich habe ich gesucht. Wir haben sogar ein Flugzeug gefunden, aber nicht die vermißte DC-3. Das war eine Cessna, die mit einigen japanischen Bergbauingenieuren abgestürzt war. Ranken und Blumen überwucherten überall ihre Knochen, und Gott weiß, was für Spinnen und andere Tiere sich in ihren Schädeln häuslich niedergelassen hatten. Ich wollte Demmie nicht in diesem Zustand entdecken.«

»Der Dschungel hat dir nicht sehr gefallen.«

»Nein. Ich habe eine Menge Gin getrunken. Ich bin auf den Geschmack von unverdünntem Gin gekommen, wie mein Freund Von Humboldt Fleisher.«

»Der Dichter! Was ist aus ihm geworden?«

»Er ist auch tot, Naomi.«

»Ist dieses ganze Sterben nicht unheimlich, Charlie?«

»Das Ganze löst sich auf und setzt sich immer wieder zusammen, und man darf raten, ob es immer dieselbe Schauspielertruppe ist oder ein paar andere Charaktere.«

»Ich nehme an, daß du schließlich zur Mission gegangen bist«, sagte Naomi.

»Ja, und da gab es eine Menge Demmies, etwa zwanzig Vonghels. Sie waren alle Vettern und Kusinen. Alle mit dem gleichen langen Schädel, X-Beinen und Stupsnasen und der gleichen nuschelnden Art zu sprechen. Als ich sagte, ich sei Demmies Verlobter aus New York, glaubten sie, ich sei irgendwie übergeschnappt. Ich mußte Gottesdienste besuchen und Choräle singen, weil die Indianer nicht begreifen würden, daß ein weißer Besucher kein Christ war.«

»So hast du also Choräle gesungen, während dir das Herz brach.«

»Ich war froh, die Choräle zu singen. Und Dr. Tim Vonghel gab mir einen enzianblauen Eimer, in dem ich sitzen konnte. Er sagte mir, ich litte stark an *tinia crura*. So blieb ich also bei diesen Kannibalen und hoffte, daß Demmie wiederauftauchen würde.«

»Waren es Kannibalen?«

»Sie hatten die erste Gruppe von Missionaren, die hinkam, aufgefressen. Wenn man in der Kapelle saß und die gefeilten Zähne von Leuten sah, die einem wahrscheinlich den Bruder aufgefressen hatten – Dr. Timothys Bruder war gefressen worden, und er kannte die Burschen, die's getan hatten – weißt du, Naomi, es gibt bei den Menschen eine große Zahl eigenartiger Verdienste. Es sollte mich nicht wundern, wenn mich meine Erlebnisse im Dschungel versöhnlicher gestimmt hätten.«

»Mit wem mußtest du dich versöhnen?« fragte Naomi.

»Diesem Freund von mir, Von Humboldt Fleisher. Er hat einen von mir ausgestellten Scheck eingelöst, als ich mich Demmies wegen im Dschungel abrackerte.«

»Hat er deine Unterschrift gefälscht?«

»Ich hatte ihm einen Blankoscheck gegeben, und er hat ihn für mehr als sechstausend Dollar eingelöst.«

»Nein! Aber du hast selbstverständlich nicht erwartet, daß ein Dichter so etwas mit dem Geld macht, oder? Entschuldige, wenn ich lache. Aber du hast immer die Menschen gereizt, die schmutzige menschliche Seite zu zeigen, weil du darauf bestandest, daß sie lieb und dämlich sind. Es tut mir furchtbar leid, daß du das Mädchen im Dschungel verloren hast. Es kommt mir vor, als sei sie dein Typ gewesen. Sie war wie du, nicht wahr? Ihr hättet beide zusammen weggetreten und vollkommen glücklich sein können.«

»Ich verstehe dich, Naomi. Ich habe bisher die tiefere Seite der menschlichen Natur nicht begriffen. Bis vor kurzem konnte ich es nicht ertragen, daran zu denken.«

»Nur du konntest an diesen verrückten Kerl geraten, der Stronson bedroht hat. Diesen Italiener, den mir Maggie beschrieben hat.«

»Du magst recht haben«, sagte ich. »Und ich muß versuchen, meine Beweggründe zu analysieren, weshalb ich bei Menschen von Cantabiles Typ mitspiele. Aber stell dir nur meine Gefühle vor, als ein Kind von dir, dieses bildschöne Mädchen, kam und mich aus dem Gefängnis holte – die Tochter der Frau, die ich geliebt habe.«

»Keine Sentimentalitäten, Charlie. Bitte!« sagte sie.

»Ich muß dir sagen, Naomi, daß ich dich Zelle um Zelle geliebt habe. Für mich warst du ein völlig unfremdes Menschenwesen. Deine Moleküle waren meine Moleküle. Dein Geruch war mein Geruch. Und deine Tochter hat mich an dich erinnert – die gleichen Zähne, das gleiche Lächeln, alles das gleiche, soweit ich weiß.«

»Laß dich nicht hinreißen. Du würdest sie heiraten, nicht wahr, du alter Lustmolch. Probierst du aus, ob ich sage, tu's? Es ist ein echtes Kompliment, daß du bereit bist, sie zu heiraten, weil sie dich an mich erinnert. Nun, sie ist ein wundervolles junges Ding, aber was du brauchst, ist eine Frau mit einem Herzen so groß wie eine Waschmaschine, und das ist meine Tochter nicht. Und auf alle Fälle bist du noch mit der hübschen Person zusammen, die ich in der Bar gesehen habe – eine prachtvolle, irgendwie orientalische Frau, mit dem Wuchs einer Bauchtänzerin und großen dunklen Augen. Oder nicht?«

»Ja, sie ist prachtvoll, und ich bin noch ihr Freund.«

»Ein Freund! Ich frage mich, was mit dir los ist – ein großer bedeutender kluger Mann, der so eifrig von Frau zu Frau die Runde macht. Hast du denn nichts Wichtigeres zu tun? Junge, haben dich die Frauen vielleicht eingewickelt! Glaubst du, daß sie dir wirklich die Art von Hilfe und innere Ruhe geben werden, die du suchst? Wie angezeigt?«

»Nun, es wird so angezeigt, nicht?«

»Das ist bei Frauen wie ein Instinkt«, sagte sie. »Du teilst ihnen mit, was du haben mußt, und gleich erzählen sie dir, daß sie genau das haben, was du brauchst, obwohl sie bis zu dieser Minute noch nicht mal was davon gehört haben. Das ist nicht unbedingt gelogen. Sie haben nur den Instinkt, daß sie alles bieten können, was ein Mann verlangen kann, und sie sind bereit, jede Größe, Form oder Typ von Mann anzunehmen. So sind sie nun mal. Du gehst dann also rum und suchst eine Frau, die dir gleicht. So etwas gibt's nicht. Das kann nicht mal Demmie gewesen sein. Aber die Frauen sagen dir: ›Dein Suchen ist beendet. Halte hier. Ich bin's.‹ Dann schließt du den Pakt. Natürlich kann keine liefern, und alle werden stinkwütend. Also, Maggie ist nicht dein Typ. Warum erzählst du mir nicht von deiner Frau?«

»Bringe mich nicht in Versuchung. Schenk mir noch 'ne Tasse ein.«

»Welche Versuchung?«

»Oh, die Versuchung? Die Versuchung zu jammern. Ich könnte dir erzählen, wie schlimm Denise mit den Kindern umgeht, wie sie sie abschiebt, wenn sie nur kann, mich durch das Gericht in Knoten schlägt und durch die Anwälte wieder aufknüpfen läßt und so weiter. Nun, das ist ein Fall, Naomi. Ein Fall kann ein Kunstwerk sein, die schöne Fassung eines traurigen Lebens. Humboldt der Dichter hat seinen Fall in ganz New York ausgespielt. Aber diese Fälle sind in der Regel schlechte Kunst. Wie werden alle diese Klagen klingen, wenn die Seele ins Universum eingeströmt ist und auf die gesamte Szene des irdischen Leidens zurückblickt?«

»Du hast dich nur physisch verändert«, sagte Naomi. »So hast du auch früher gesprochen. Was soll das heißen ›die Seele strömt ins Universum‹? . . . Als ich ein unwissendes Mädchen war und dich liebte, hast du deine Ideen an mir ausprobiert.«

»Als ich mir mein Geld damit verdiente, die persönlichen Erinnerungen von fremden Leuten zu schreiben, habe ich entdeckt, daß kein Amerikaner je einen richtigen Fehler begangen, niemand gesündigt oder auch nur eine einzige Sache zu verbergen hatte; Lügner gab es nicht. Die angewandte Methode ist Vertuschung durch Offenheit, um Doppelzüngigkeit in Ehren zu garantieren. Der Schriftsteller wurde von dem Mann, der ihn gemietet hat, so abgerichtet, bis er es selber glaubte. Lies die Autobiographie eines beliebigen großen Amerikaners – Lyndon Johnson zum Beispiel –, und du wirst sehen, wie getreu die Schreiberlinge nach einer Gehirnwäsche seinen Fall nachzeichnen. Viele Amerikaner . . .«

»Verschone mich mit vielen Amerikanern«, sagte Naomi. Wie behaglich sie aussah in Pantoffeln, lächelnd in der Küche, die dikken Arme gekreuzt. Ich wiederholte mir immer wieder, daß es eine Wonne gewesen wäre, vierzig Jahre lang mit ihr zu schlafen, daß es den Tod besiegt hätte und so weiter. Aber hätte ich's wirklich ertragen können? Tatsache war, daß ich mit zunehmendem Alter immer wählerischer wurde. Jetzt war ich also moralisch verpflichtet, mich der kitzligen Frage zu stellen: Hätte ich wirklich diese verblühte Naomi bis zum Ende umarmen und lieben können? Sie sah wirklich nicht gut aus. Sie war von biologischen Stürmen umgetrieben worden (der mineralische Körper wird vom sich entwickelnden Geist verbraucht). Aber das war eine

Herausforderung, die ich hätte annehmen können. Ja, ich hätte es gekonnt. Ja, es hätte funktioniert. Molekül um Molekül war sie immer noch Naomi. Jede Zelle dieser plumpen Arme war noch eine Naomi-Zelle. Der Reiz dieser kurzen Zähne griff mir noch ans Herz. Ihr gedehntes Sprechen war wirkungsvoll wie eh und je. Die Geister ihrer Persönlichkeit hatten wahrhaftig an ihr gearbeitet. Für mich war die Anima, wie C. G. Jung es genannt hat, immer noch da. Die zugehörige Seele, die fehlende Hälfte, wie sie Aristophanes im *Symposion* beschrieben hat.

»Du reist also nach Europa mit diesem jungen Weib?« sagte sie.

Ich war erstaunt. »Wer hat dir das erzählt?«

»Ich habe George Swiebel getroffen.«

»Ich wünschte, George würde meine Pläne nicht überall ausplaudern.«

»Aber bitte, wir kennen uns alle schon ein Leben lang.«

»Diese Dinge kommen Denise zu Ohren.«

»Glaubst du, du hast Geheimnisse vor dieser Frau? Die könnte durch eine Stahlwand durchblicken, und du bist keine Stahlwand. Sie braucht dich auch gar nicht zu enträtseln, sie muß nur rätseln, was die junge Dame will. Warum fährst du mit diesem Weib zweimal im Jahr nach Europa?«

»Sie muß ihren Vater finden. Ihre Mutter ist nicht sicher, welcher von zwei Männern . . . Und letztes Frühjahr mußte ich geschäftlich nach London. Da haben wir denn auch Paris besucht.«

»Du mußt da drüben schon ganz zu Hause sein. Die Franzosen haben dich zum Ritter gemacht. Ich habe den Zeitungsausschnitt aufgehoben.«

»Ich bin der billigste Rang von unterrangigem *chevalier*.«

»Und hat es deine Eitelkeit gekitzelt, mit einer großen schönen Puppe zu reisen? Wie hat sie sich mit deinen hochvornehmen europäischen Freunden verstanden?«

»Weißt du, daß Woodrow Wilson auf seiner Hochzeitsreise mit Edith Bolling im Zug ›Oh You Beautiful Doll‹ gesungen hat? Der Schlafwagenschaffner sah ihn am Morgen, als er herauskam, tanzen und singen.«

»Das sind genau die Dinge, die du weißt.«

»Und er war so ziemlich unser würdigster Präsident«, fügte ich hinzu. »Nein, Renata war bei den Frauen im Ausland kein großer

Erfolg. Ich habe sie zu einem hochvornehmen Abendessen in London mitgenommen, und die Gastgeberin fand sie furchtbar gewöhnlich. Es war nicht ihr beiges durchsichtiges Spitzenkleid. Nein, selbst ihre wunderbaren Farben, ihre Maße, ihre lebendige Ausstrahlung. Sie war wie Sugar Ray Robinson bei den Paraplegikern. Sie hat dem Finanzminister den Kopf verdreht. Er verglich sie mit einer Frau aus dem Prado, von einem der spanischen Meister. Aber die Damen gingen hart mit ihr um, und sie hat hinterher geweint und gesagt, das käme daher, daß wir nicht verheiratet wären.«

»So hast du ihr statt dessen am nächsten Tag prachtvolle Kleider für tausend Dollar gekauft, möchte ich wetten. Aber du magst sein, wie du willst, es macht mir riesigen Spaß, dich zu sehen. Du bist ein süßer Kerl. Dieser Besuch ist eine hohe Gunst für eine arme, unscheinbare Frau. Aber würdest du mich wegen einer Sache trösten?«

»Gewiß, Naomi, wenn ich kann.«

»Ich habe dich geliebt, aber ich habe den normalen Typ des Chicagoers geheiratet, weil ich niemals wirklich gewußt habe, wovon du redest. Ich war allerdings erst achtzehn. Ich habe mich oft gefragt, jetzt, wo ich dreiundfünfzig bin, ob du mir heute verständlicher bist. Würdest du mit mir so reden, wie du mit einem deiner intelligenten Freunde redest – besser noch, wie du mit dir selbst redest? Hattest du gestern zum Beispiel einen wichtigen Gedanken?«

»Ich habe über Trägheit nachgedacht, darüber, wie träge ich gewesen bin.«

»Lächerlich. Du hast schwer geschuftet. Ich weiß das, Charlie.«

»Das ist kein eigentlicher Widerspruch. Träge Leute arbeiten am schwersten.«

»Sprich mir davon. Und denke daran, Charlie, du darfst nicht vereinfachen. Du sollst es so sagen, wie du es dir selbst sagen würdest.«

»Manche glauben, daß Trägheit, eine der Todsünden, schlichte Faulheit ist«, begann ich. »Verschlafenheit, Unaufmerksamkeit. Aber die Trägheit muß eine große Menge Verzweiflung übertünchen. Trägheit ist eigentlich ein emsiger Zustand, hyperaktiv. Diese Tätigkeit vertreibt die wunderbare Ruhe oder das Gleichgewicht, ohne die weder Dichtung noch Kunst noch Denken möglich sind – keine der höchsten menschlichen Funktionen. Diese Sünder aus Trägheit sind nicht imstande, sich mit ihrem eigenen Ich abzufinden, wie manche Philosophen sagen. Sie mühen sich ab, weil die Ruhe ihnen Angst einjagt. Die alte Philosophie hat zwischen dem Wissen unterschieden, das durch Mühe erworben wird (ratio), und dem Wissen (intellectus) der hörenden Seele, die das Wesen der Dinge vernehmen kann und das Wunderbare verstehen lernt. Aber das verlangt eine ungewöhnliche Seelenkraft. Um so mehr, als die Gesellschaft das innere Ich mehr und mehr und mehr in Anspruch nimmt und einen mit ihrer Ruhelosigkeit ansteckt. Sie trainiert uns in Ablenkung, kolonisiert das Bewußtsein mit der gleichen Schnelligkeit, mit der das Bewußtsein fortschreitet. Die wahre Haltung, die der Betrachtung oder Vorstellung, befindet sich genau auf der Grenze von Schlaf und Traum. Aber, Naomi, als ich in Amerika ausgestreckt lag, entschlossen, seinen materiellen Interessen zu widerstehen, und auf die Erlösung durch die Kunst hoffte, verfiel ich in einen tiefen Schlaf, der jahre- und jahrzehntelang dauerte. Offenbar hatte ich nicht das Rüstzeug für meine Entschlüsse. Denn verlangt wurden mehr Kraft, mehr Mut, mehr Persönlichkeit. Gewiß ist Amerika ein überwältigendes Phänomen. Aber das ist wahrhaftig keine Entschuldigung. Glücklicherweise bin ich noch am Leben, und vielleicht ist sogar noch etwas Zeit übrig.«

»Ist das wirklich ein Muster deiner geistigen Vorgänge?« fragte Naomi.

»Ja«, sagte ich. Ich wagte nicht, ihr gegenüber die Exousiai und die Archai und die Engel zu erwähnen.

»O Gott, Charlie«, sagte Naomi, der ich leid tat. Sie bemitleidete mich wahrhaftig, und indem sie sich zu mir beugte und mir liebevoll ins Gesicht atmete, tätschelte sie mir die Hand. »Natürlich bist du wahrscheinlich mit der Zeit noch eigenartiger geworden. Es ist ein Glück für uns beide gewesen, daß wir nie zusammen gelebt haben, das merke ich nun. Es hätte bei uns nichts als Mißverständnisse und Auseinandersetzungen gegeben. Du hättest dieses ganze hochgestochene Zeug mit dir selbst reden müssen und das alltägliche Kauderwelsch mit mir. Zudem ist vielleicht etwas an mir, das dich reizt, unverständlich zu werden. Auf alle Fälle hast du bereits eine Reise mit deiner Dame nach Europa unternommen und hast Väterchen nicht gefunden. Aber wenn du fortgehst, sind da noch zwei kleine Mädchen, die ihren Vater vermissen.«

»Ganz dasselbe habe ich mir auch gedacht.«

»George sagt, die kleinere ist dein Liebling.«

»Ja. Lish ist ganz wie Denise. Ich liebe Mary mehr. Ich bekämpfe jedoch mein Vorurteil.«

»Es würde mich überraschen, wenn du diese Kinder nicht auf deine verschrobene Weise liebhättest. Wie alle anderen habe ich meine eigenen Sorgen mit Kindern.

»Nicht mit Maggie.«

»Nein, mir hat die Stellung, die sie bei Stronson hatte, nicht gefallen, aber wo er jetzt hochgegangen ist, wird sie leicht eine andere finden. Aber mein Sohn macht mir Kummer. Bist du schon dazu gekommen, seine Artikel im Bezirksblatt über die Entwöhnung von Drogen zu lesen? Ich habe sie dir geschickt, um deine Meinung zu hören.«

»Ich habe sie nicht gelesen.«

»Ich gebe dir einige andere Ausschnitte. Ich will von dir hören, ob er Talent hat. Wirst du das für mich tun?«

»Es fiele mir nicht im Traum ein, das abzulehnen.«

»Gerade das sollte dir öfter im Traum einfallen. Die Leute bürden dir zu viel auf. Ich weiß, daß du dies hier auch nicht tun solltest. Du willst verreisen und mußt eine Menge zu tun haben. Aber ich will's wissen!«

»Ist der junge Mann wie seine Schwester?«

»Nein, gar nicht. Er ist mehr wie sein Vater. Du könntest etwas für ihn tun. Als guter Mensch, der ein verkorkstes Leben geführt hat, könntest du zu ihm durchkommen. Er hat bereits eine verkorkste Laufbahn begonnen.«

»Was also fehlt, ist die Gutherzigkeit, die ich angeblich habe.«

»Na ja, du bist ein Spinner, aber dein Herz ist gut. Der Junge ist ohne Vater aufgewachsen«, sagte Naomi, wobei ihr die Tränen in die Augen traten. »Du brauchst nicht viel zu tun. Er sollte dich einfach kennenlernen. Nimm ihn mit nach Afrika.«

»Ah so, hat George wegen der Beryllgrube getönt?«

Das fehlte mir noch neben meinen anderen Unternehmungen und Verpflichtungen, neben Denise und Urbanovich, neben der Suche nach Renatas Vater und den anthroposophischen Forschungen, neben Thaxter und *The Ark*. Eine Suche nach wertvollen Mineralien in Kenia oder Äthiopien. Das fehlte noch! Ich sagte: »An dieser Beryllsache ist wirklich nichts dran, Naomi.«

»Ich hab's mir eigentlich denken können. Aber wie herrlich wär's für Louie gewesen, mit dir auf Safari zu gehen. Nicht daß ich an *King Solomon's Mines* oder so was glaube. Und bevor du gehst, will ich dir einen Rat geben, Charlie. Mach dich nicht kaputt, um mit diesen Riesenweibern etwas zu beweisen. Denke daran, deine große Liebe hat mir gegolten, knapp ein Meter fünfzig hoch.«

Wir wurden auf dem Weg zum Flughafen von der trübsinnigen Señora begleitet. Im Taxi gab sie Renata geflüsterte Ratschläge und blieb bei uns, als wir zur Abfertigung gingen und die Kontrollsperre passierten. Schließlich flogen wir ab. Renata sagte mir im Flugzeug, ich solle mir keine Sorgen machen, daß ich Chicago verließe. »Endlich tust du etwas für dich«, sagte sie. »Darin bist du komisch. Du bist in dich selbst versunken, aber du beherrschst nicht einmal das Abc des Egoismus. Denke dran, ohne ein Ich gibt es weder uns noch dich.« Renata war absolut fabelhaft mit ihren gereimten Aussprüchen. Ihr Couplet für Chicago war: »Ohne den Flughafen eine von Gottes Strafen.« Und als ich sie einmal fragte, was sie von einer anderen faszinierenden Frau hielt, sagte sie: »Zu hören Paganini, zahlt Paganini nie.« Ich wünschte mir oft, daß unsere Gastgeberin in London, die sie so gewöhnlich, so banausisch gefunden hatte, sie hören könnte, wenn sie in Fahrt war. Als wir unsere Startposition erreichten und plötzlich davonsausten, uns von der Startbahn mit einem reißenden Geräusch wie von einem Heftpflaster lösten, sagte sie: »Leb wohl, Chicago. Charlie, du wolltest der Stadt etwas Gutes tun. Was für ein Volk von üblen Schuften, die verdienen hier keinen Mann wie dich. Sie verstehen Scheiße, wenn's um Qualität geht. Eine Schar von unwissenden Halunken sitzt in den Zeitungsredaktionen. Die Guten werden links liegengelassen. Ich hoffe nur, daß du deinen Essay über die Langeweile schreibst und der Stadt in die Fresse knallst.«

Wir kippten rückwärts, als die 727 stieg, und hörten das Knirschen des eingezogenen Fahrgestells. Die dunkle Wolle der Wolken und des Nebels kam zwischen uns und die Bungalows, die Industrieanlagen, den Verkehr und die Parks. Lake Michigan leuchtete einmal auf und wurde unsichtbar. Ich sagte zu ihr: »Renata, es ist lieb von dir, daß du für mich auf die Barrikaden steigst. Die Wahrheit ist, daß meine Einstellung zu den USA – und Chicago ist genau die USA – auch nicht hundertprozentig gewesen ist. Ich habe mich immer nach einer Art von kulturellem Schutz umgesehen. Als ich Denise heiratete, dachte ich, einen Bundesgenossen zu haben.«

»Vermutlich wegen ihrer akademischen Titel.«

»Sie entpuppte sich als die Spitze der fünften Kolonne. Aber jetzt begreife ich, warum das so war. Da war dieses wunderschöne schlanke Mädchen.«

»Wunderschön?« sagte Renata. »Sie sieht aus wie 'ne Hexe.«

»Diese wunderschöne, schlanke, strebsame, kriegerische, auf Bücher versessene junge Frau. Sie erzählte mir, daß ihre Mutter sie einmal im Bad gesehen und ausgerufen habe: ›Du bist ein goldenes Mädchen.‹ Und dann sei ihre Mutter in Tränen ausgebrochen.«

»Ich verstehe die Enttäuschung solcher Frauen«, sagte Renata. »Das ist in der Szene Chicagos der gehobene Mittelstand mit den antreibenden Müttern. Wozu sollen diese Töchter aufsteigen? Sie können nicht alle Jack Kennedy oder Napoleon oder Kissinger heiraten oder Meisterwerke schreiben oder in Goldlamé gekleidet vor einem lila Hintergrund Cembalo spielen.«

»Daher ist dann Denise nachts hochgefahren, hat geschluchzt und gesagt, daß sie *nichts* sei.«

»Und warst du ausersehen, sie zu etwas zu machen?«

»Ja, da fehlte aber eine Zutat.«

»Die du nie gefunden hast«, sagte Renata.

»Nein, und sie kehrte zurück zum Glauben ihrer Väter.«

»Wer waren ihre Väter?«

»Ein Haufen Kleidertrödler und Halsabschneider. Aber ich muß zugeben, daß ich kein so empfindsames Pflänzchen zu sein brauchte. Schließlich ist Chicago mein eigener Tummelplatz, und ich hätte das aushalten müssen.«

»Sie hat nachts über ihr vergeudetes Leben geweint, und das

war schuld. Du mußt deinen Schlaf haben. Du könntest nie einer Frau verzeihen, die dich mit ihren Konflikten wach hält.«

»Ich denke über empfindsame Pflänzchen im Business-Amerika nach, weil wir nach New York fliegen, um uns nach Humboldts Testament zu erkundigen.«

»Vollkommen vergeudete Zeit.«

»Und ich frage mich: Muß Philistertum so weh tun?«

»Ich spreche mit dir, und du hältst mir Vorträge. Alle unsere Abmachungen für Mailand mußten geändert werden. Und wozu! Er hatte nichts, was er dir hinterlassen konnte. Er ist in einer Absteige als Irrer gestorben.«

»Er war geistig wieder normal, bevor er starb. Das weiß ich von Kathleen. Sei kein Spielverderber.«

»Ich bin der beste Mitspieler, der dir je über den Weg laufen wird. Du verwechselst mich mit dieser verkrampften Furie, die dich vor Gericht zerrt.«

»Um aufs Thema zurückzukommen, die Amerikaner mußten einen leeren Kontinent unterwerfen. Man konnte nicht erwarten, daß sie sich gleichzeitig auf Philosophie und Kunst konzentrierten. Der alte Dr. Lutz hat mich einen verdammten Ausländer genannt, weil ich seiner Tochter Gedichte vorgelesen habe. In der Praxis im Loop Hühneraugen schneiden war ein amerikanischer Beruf.«

»Lege bitte meinen Mantel zusammen und tu ihn ins Gepäcknetz. Ich wollte, die Stewardessen würden aufhören zu tratschen und unsere Bestellungen für Getränke entgegennehmen.«

»Gewiß, mein Liebling. Aber laß mich zu Ende bringen, was ich über Humboldt sagen wollte. Du findest, daß ich zu viel rede, das ist mir klar, aber ich bin erregt, und außerdem habe ich Gewissensbisse wegen der Kinder.«

»Das ist genau, was Denise sich ›wünscht«, sagte Renata. »Wenn du verreist und keine Adresse hinterläßt, dann sagt sie dir: ›Na schön, wenn eins der Kinder getötet wird, kannst du's ja in der Zeitung lesen.‹ Aber laß dich dadurch nicht in eine tragische Stimmung versetzen, Charlie. Diese Kinder werden Weihnachten ihre Freude haben, und ich bin sicher, daß Roger sich bei seinen Großeltern in Milwaukee großartig amüsieren wird. Wie Kinder dieses spießige Familienleben lieben.«

»Ich hoffe, es geht ihm gut«, sagte ich. »Ich habe Roger sehr gern. Er ist ein liebenswertes Kind.«

»Er liebt dich auch, Charlie.«

»Um also auf Humboldt zurückzukommen.«

Renatas Gesicht nahm den Ausdruck Jetzt-knall'-ich's-dir-vor-den-Latz an, und sie sagte: »Charlie, dieses Testament ist nichts als ein Ulk aus dem Grab. Du hast selbst einmal gesagt, daß das ein posthumer Streich sein könnte. Der Kerl ist gaga gestorben.«

»Renata, ich habe die Lehrbücher studiert. Ich weiß, was die klinische Psychologie über die Manisch-Depressiven sagt. Aber sie haben Humboldt nicht gekannt. Schließlich war Humboldt ein Dichter. Humboldt war edel. Was weiß die klinische Psychologie von Kunst und Wahrheit?«

Aus irgendeinem Grund wurde Renata darüber böse. Sie wurde gereizt. »Du würdest ihn nicht so wundervoll finden, wenn er noch lebte. Das ist bloß, weil er tot ist. Koffritz hat Mausoleen verkauft und hatte daher geschäftliche Gründe für seine Todesmasche. Aber was hast du damit zu tun?«

Ich hatte fast auf der Zunge zu sagen: »Und wie steht's mit dir? Die Männer in deinem Leben sind gewesen, waren oder sind noch immer Mausoleum-Koffritz, Flonzaley, der Leichenbestatter, und der Melancholische Citrine.« Aber ich biß mir auf die Zunge.

»Und du«, sagte sie«, du erfindest Beziehungen zu den Toten, die du nie gehabt hast, als sie noch lebten. Du schaffst Verbindungen, die sie nicht zulassen würden oder zu denen du nicht fähig warst. Ich habe dich einmal sagen hören, daß der Tod für manche Menschen gut wäre. Du hast wahrscheinlich gemeint, daß dabei etwas für dich herausspränge.«

Das machte mich nachdenklich, und ich sagte: »Das ist mir auch schon durch den Kopf gegangen. Aber die Toten sind in uns lebendig, wenn wir uns entschließen, sie am Leben zu erhalten, und was du auch sagst, ich habe Humboldt Fleisher geliebt. Diese Balladen haben mich tief bewegt.«

»Da warst du noch fast ein Junge«, sagte sie. »Es war diese herrliche Zeit des Lebens. Er hat nur zehn oder fünfzehn Gedichte geschrieben.«

»Es stimmt, daß er nicht viele geschrieben hat. Aber sie waren sehr schön. Selbst eins ist, für bestimmte Dinge, eine Menge. Das solltest du wissen. Sein Versagen ist etwas, worüber man nachdenken muß. Manche meinen, daß das Versagen der einzige wahrhaftige Erfolg in Amerika ist und daß niemand, der ›ans Ziel kommt‹, jemals in die Herzen seiner Landsleute aufgenommen wird. Das legt die Betonung auf die Landsleute. Das war's vielleicht, wo Humboldt seinen entscheidenden Fehler gemacht hat.«

»Da wir gerade von Mitbürgern reden«, sagte Renata. »Wann bringen sie uns unsere Getränke?«

»Sei geduldig, und ich unterhalte dich, bis sie kommen. Es gibt ein paar Dinge, die ich mir wegen Humboldt vom Herzen reden muß. Warum hätte sich Humboldt so anstrengen sollen? Ein Dichter ist in sich selbst, was er ist. Gertrude Stein hat zwischen Personen unterschieden, die eine ›Entität‹ sind, und solchen, die eine ›Identität‹ haben. Ein bedeutender Mann ist eine ›Entität‹. ›Identität‹ ist das, was man gesellschaftlich erhält. Dein kleiner Hund erkennt dich, und daher hast du eine Identität. Eine Entität dagegen, eine unpersönliche Kraft, kann etwas Furchterregendes sein. Es ist das, was T. S. Eliot über Blake gesagt hat. Ein Mann wie Tennyson war mit seiner Umgebung verschmolzen oder von parasitischer Meinung überkrustet, aber Blake war nackt und sah den Menschen nackt, vom Mittelpunkt seines eigenen Kristalls. Da war nichts von einer ›höheren Persönlichkeit‹ an ihm, und das machte ihn erschreckend. Das ist eine Entität. Eine Identität ist für das eigene Ich leichter. Eine Identität gießt sich ein Glas ein, zündet eine Zigarette an, sucht seine menschlichen Freuden und scheut sich vor rigorosen Anforderungen. Die Versuchung, sich niederzulegen, ist sehr groß. Humboldt war eine geschwächte Entität. Dichter müssen träumen, und Träumen in Amerika ist kein Zuckerschlecken. Gott gibt Lobgesänge in der Nacht, wie das Buch Hiob sagt. Ich habe mir eine Menge Gedanken über alle diese Fragen gemacht, und ich habe mich hart auf Humboldts berühmte Schlaflosigkeit konzentriert. Aber ich glaube, daß Humboldts Schlaflosigkeit vor allem für die Kraft der Welt zeugte, der menschlichen Welt und aller ihrer wundervollen Werke. Die Welt war interessant, wahrhaft interessant. Die Welt hatte Geld, Wissenschaft, Krieg, Politik, Angst, Krankheit, Verwirrung. Sie hatte die ganze Spannung. Wenn man einmal die Hochspannungsleitung ergriffen hatte und *jemand* war, ein bekannter Name, konnte man sich von dem elektrischen Strom nicht mehr losmachen. Man war gefangen. Okay, Renata, ich fasse zusammen: Die Welt hat Kraft, und das Interesse folgt der Kraft. Wo sind Kraft und Interesse des Dichters? Sie sind im Traumzustand begründet. Dieser entsteht, weil der Dichter ist, was er in sich ist, weil eine Stimme in seiner Seele ertönt, die eine Kraft besitzt, ähnlich der Kraft von Gesellschaften, Staaten und Regierungen. Man wird nicht interessant durch Wahnsinn, Exzentrizität oder etwas dergleichen, sondern weil man die Kraft hat, die Ablenkungen, Aktivitäten, Geräusche der Welt auszuschalten, und fähig wird, das Wesen der Dinge zu vernehmen. Ich kann dir nicht beschreiben, wie fürchterlich er ausgesehen hat, als ich ihn zum letzten Mal sah.«

»Das hast du mir erzählt.«

»Ich komme darüber nicht hinweg. Du kennst die Farbe von Flüssen, die durch Städte fließen – des East River, der Themse, der Seine. Er hatte diese Schattierung von Grau.«

Renata hatte dazu nichts zu sagen. In der Regel war sie von ihren eigenen Überlegungen völlig befriedigt, und sie benutzte meine Unterhaltung als Hintergrund, um ihren eigenen Gedanken nachzuhängen. Diese Gedanken hatten, soweit ich es beurteilen konnte, mit ihrem Wunsch zu tun, Mrs. Charles Citrine zu werden, die Frau eines Pulitzer *chevalier*. Ich drehte daher den Spieß um und gebrauchte ihre Gedanken als Hintergrund für meine Gedanken. Die Boeing brauste durch Wolkenschals, der Augenblick des Aufpralls von Risiko und Tod endete mit einem musikalischen Bing! und wir gerieten in den darüberliegenden Frieden und sein Licht. Mein Kopf lag auf Lätzchen und Busen des Sitzes, und als unsere Getränke kamen, siebte ich sie durch meine unregelmäßigen verfärbten Zähne und krümmte meinen Zeigefinger über den Glasrand, um die großen durchlöcherten Eiswürfel zurückzuhalten – die tun immer zu viele rein. Der Whiskystrahl brannte angenehm in der Kehle und dann in meinem Magen wie die Sonne draußen, begann zu glühen, und die Wonne der Freiheit begann sich auch in mir auszubreiten. Renata hatte recht. Ich war auf und davon! Manchmal werde ich in die höhere Wachsamkeit hineingeschockt, ich biege um eine Ecke, sehe den Ozean, und mein Herz läuft über vor Glück – es fühlt sich so frei! Dann habe ich die Vorstellung, daß ich nicht nur erschaue, sondern auch von drüben erschaut werden kann, und daß ich kein gesondertes Objekt bin, sondern einverleibt in das übrige, in den allumfassenden Saphir, von rötlichem Blau. Denn was tut dies Meer, diese Atmosphäre in dem 25 Zentimeter großen Durchmesser deines Kopfes? (Ich sage nichts von der Sonne und der Milchstraße, die auch darin sind.) Im Zentrum des Beschauers muß Raum für das Ganze sein, und dieser Nichts-Raum ist nicht ein leeres Nichts, sondern ein Nichts, das für alles reserviert ist. Man kann dieses Nichts-Alles-Volumen mit Ekstase spüren, und das war's, was ich in der Tat im Düsenflugzeug fühlte. Während ich den Whisky schlürfte und die sich ausbreitende Wärme spürte, die im Innern aufstieg, erlebte ich ein Wonnegefühl, das, wie ich sehr wohl wußte, nicht dem Irrsinn entsprang. Sie hatten mich dort hinten nicht zur Strecke gebracht, Tomchek, Pinsker, Denise, Urbanovich. Ich war ihnen entwischt. Ich konnte nicht sagen, daß ich wirklich wußte, was ich tat, aber kam's darauf so sehr an? Ich fühlte mich trotzdem klar im Kopf. Ich konnte keinen Hauch schmachtenden Sehnens, keine Reue, keine Angst in mir entdecken. Ich war mit einer schönen Biene zusammen. Sie war so voller Anschläge und Geheimnisse wie der Hof von Byzanz. War das schlimm? Ich war ein trottliger alter Frauenjäger. Na, wenn schon.

Bevor ich Chicago verließ, hatte ich mit George Swiebel ein langes Gespräch über Renata. Wir waren genau gleichaltrig und etwa in der gleichen körperlichen Verfassung. George war furchtbar herzlich. Er sagte: »Du mußt jetzt die Kurve kratzen. Raus mit dir aus der Stadt. Ich werde für dich die Einzelheiten regeln. Du setzt dich einfach ins Flugzeug, ziehst dir die Schuhe aus, bestellst dir was zu trinken und machst dich aus dem Staub. Das wird in Ordnung gehen. Mach dir keine Sorgen.« Er verkaufte den Mercedes für viertausend Dollar. Er nahm die Perserteppiche in seine Obhut und gab mir einen Vorschuß von weiteren vier. Sie mußten fünfzehntausend Dollar wert sein, weil sie von der Versicherungsgesellschaft auf zehn geschätzt worden waren. Aber obwohl George im Schiebergeschäft für Gebäudereparaturen steckte, war er äußerst ehrenwert. Man konnte in seinem Herzen keine betrügerische Faser entdecken.

Wir tranken eine Flasche Whisky zusammen, und er hielt mir eine Abschiedsrede über Renata. Die Rede war voll von seiner eigenen Naturweisheit. Er sagte: »Nun gut, mein Freund, du verreist mit diesem Prachtweib. Sie gehört zur neuen swinging Generation, und trotz der Tatsache, daß sie körperlich so entwickelt ist, ist sie einfach keine erwachsene Frau. Charlie, die kann einen Schwanz nicht von einem Dauerlutscher unterscheiden. Ihre Mutter ist eine düstere, undurchsichtige alte Person, ein regelrechter Anglertyp. Diese Mutter ist überhaupt nicht nach meinem Geschmack. Sie hält dich für einen mösensüchtigen alten Mann. Du warst mal ein Sieger mit einem großen Ruf. Jetzt bist du ein bißchen ins Schleudern geraten, und hier ist die Chance, dich zu heiraten und ein Stück von dir zu erwischen, bevor Denise das Ganze kriegt. Vielleicht dich wieder als Geldverdiener und Namen aufzubauen. Du bist für diese Typen ein bißchen unheimlich, weil es von dir nicht viele gibt. Und Renata ist der große, große, große Preisapfel ihrer Mutter, von der Kirmes in Washington State, ein vollkommener *Wenatchee*, nach wissenschaftlichen Maßstäben gezüchtet, aber sie ist versessen darauf zu kassieren, solange Renata noch frisch und knackig ist.«

George, der sich in Erregung steigerte, sprang auf die Füße, eine breite, gesunde Figur von einem Mann, rosig und stämmig, die Nase gebogen wie bei einem Indianer und sein dünnes Haar zur Mitte gebürstet wie eine Skalplocke. Wie immer, wenn er seine Naturphilosophie zum besten gab, begann er zu schreien. »Das ist keine gewöhnliche Möse. Sie verdient es, daß man was riskiert. Nun gut, du wirst vielleicht gedemütigt, du mußt vielleicht eine Menge runterschlucken, du wirst vielleicht beraubt und geplündert, du bist vielleicht krank, und niemand kümmert sich um dich oder hast 'nen Infarkt oder verlierst ein Bein. Okay, du bist aber lebendig, ein Fleisch- und Blut-Mensch mit tapferem Instinkt. Du hast Mumm. Und ich stehe dir bei. Drahte mir von wo auch immer, und ich komme. Ich habe dich schon recht gern gehabt, als du jünger warst, aber nicht so, wie ich dich jetzt liebe. Als du jünger warst, da warst du im Werden. Du weißt das vielleicht nicht, aber du warst mit deiner Laufbahn verdammt geschickt und schlau. Aber jetzt bist du, Gott sei Dank, in einem echten Traum und Fieber wegen dieser jungen Frau. Du weißt nicht, was du tust. Und das ist es gerade, was daran so toll ist.«

»Du stellst das zu romantisch dar, George.«

»Na wenn schon«, sagte er. »Aber diese Tour mit Renatas ›wahrem Vater‹ ist Quatsch. Wir wollen uns das mal zusammen überlegen. Wozu braucht ein solches Weibstück einen wahren Vater? Sie hat bereits diese alte Zuhälter-Mutter. Renata wüßte gar nicht, was sie mit einem Vater anfangen sollte. Sie hat genau den Vater, den sie braucht, einen Sex-Vater. Nein, diese ganze Geschichte ist ein aufgelegter Schwindel, um diese Reisen nach Europa zu kriegen. Aber das ist eben das Beste daran. Geh und hau dein ganzes Geld auf den Kopf. Mach Pleite, und zum Teufel mit dieser ganzen Gerichtsbande. Nun hast du mir zwar schon einmal von dem April mit Renata in Paris erzählt, aber setz mich noch mal ins Bild.«

»So sieht's aus«, sagte ich. »Bis Renata zwölf war, glaubte sie, daß ihr Vater ein gewisser Signor Biferno sei, ein schicker Lederwarenhändler von der Via Monte Napoleone in Mailand. Das ist die große Luxusgeschäftsstraße. Aber als sie dreizehn war oder so, hat ihr die Alte erzählt, daß Biferno vielleicht nicht der Mann sei. Die Señora und Biferno waren zusammen in Cortina zum Skilaufen, sie brach sich den Knöchel, ihr Fuß war in Gips, sie stritt sich mit Biferno, und er fuhr zu seiner Frau und den Kindern nach Hause. Sie rächte sich an ihm mit einem jungen Franzosen. Als dann Renata zehn war, hatte ihre Mutter sie nach Mailand mitgenommen, um Biferno zu stellen. Sie machten sich fein und veranstalteten eine Szene auf der Via Monte Napoleone.«

»Diese alte Hexe ist eine Unruhestifterin von großem Format.«

»Die echte Mrs. Biferno rief die Polizei. Und viel später, wieder in Chicago, erzählte die Mutter Renata: ›Biferno ist vielleicht doch nicht dein Vater.‹«

»Dann bist du also nach Paris gereist, um den jungen Franzosen zu besichtigen, der jetzt ein alter Franzose ist? Das war teuflisch von der Mutter, einem Mädchen, das gerade in die Entwicklungsjahre kommt, so etwas mitzuteilen.«

»Ich mußte auf alle Fälle nach London, und wir waren im Ritz. Dann sagte Renata, sie müsse nach Paris und sich diesen Mann ansehen, der vielleicht ihr Vater sei, und sie wolle allein fahren. Sie plante, nach drei Tagen zurück zu sein. Ich brachte sie also zum Flughafen. Sie trug eine große Tasche, die offen war. Und ganz oben, wie eine große Puderdose, war ihr Etui fürs Pessar.«

»Warum hat sie ihre Geburtenkontrolle mitgenommen?«

»Man kann nie wissen, wann sich die Chance des Lebens vielleicht bietet.«

»Taktik, Charlie, nichts als dumme Taktik. Laß den anderen im unklaren. Sie hat dich verunsichern wollen. Ich glaube, sie ist in Wahrheit okay. Sie macht nur gewisse dumme Sachen. Aber eins will ich noch sagen, Charlie. Ich kenne deine Gewohnheiten nicht, aber lasse sie dich nicht lutschen. Dann wärst du in einem Jahr tot. Nun erzähl mir den Rest von Paris.«

»Nun, der Mann war homosexuell, ältlich, langweilig und geschwätzig. Als sie am vierten Tag nicht nach London zurückkehrte, suchte ich sie im Hotel Meurice. Sie sagte, sie hätte noch nicht den Mut aufgebracht, ihm gegenüberzutreten, und sie hätte eingekauft und den Louvre besucht und sich schwedische Filme angesehen – *Ich bin neugierig gelb* oder so was Ähnliches. Der alte Mann erinnerte sich an ihre Mutter, und er war erfreut, daß er vielleicht eine Tochter hatte, aber er war schlau und sagte, daß eine gesetzliche Anerkennung absolut nicht in Frage käme. Seine Familie würde ihn enterben. Aber er war sowieso nicht der Mann. Renata sagte, es bestünde keine Ähnlichkeit. Ich habe ihn mir selbst angesehen. Sie hatte recht. Gewiß kann man nie wissen, wie die Natur arbeitet. Eine wütende Frau mit einem Gipsbein angelt sich einen schwulen Skiläufer, der ihretwegen eine Ausnahme macht, und sie zeugen diese schöne Tochter mit der untadeligen Haut und den dunklen Augen und diesen Augenbrauen. Stell dir eine Schönheit von El Greco vor, die die Augen gen Himmel hebt. Dann setze statt Himmel Sex ein. Das ist Renatas frommer Blick.«

»Nun ja, ich weiß, daß du sie liebst«, sagte George. »Als sie dich vor die Tür gesetzt hat, weil sie einen anderen Mann bei sich hatte, und du weinend zu mir kamst – erinnerst du dich, was ich da gesagt habe? Ein Mann deines Alters, der wegen eines Mädchens schluchzt, ist ein Mann, den ich achte. Außerdem hast du noch deine ganze Mächtigkeit.«

»Das sollte ich auch. Ich habe sie nie richtig gebraucht.«

»Na, meinetwegen, du hast sie dir aufgehoben. Aber jetzt bist du auf der Zielgeraden, und es ist Zeit, zum Endspurt anzusetzen. Vielleicht solltest du Renata heiraten. Daß du nur auf dem Weg zum Standesamt keinen Schwächeanfall bekommst. Tu's wie ein Mann. Oder sie wird dir nie verzeihen. Oder sie verwandelt dich in einen alten Laufburschen. Armer alter Charlie mit dem Triefauge geht raus und kauft Zigarren für seine Frau.«

Wir setzten über dem stählernen Streifen abendlichen Wassers zum Landen an und erreichten den La-Guardia-Flughafen im gelbroten Sonnenuntergang. Dann fuhren wir in den niedrigen Sitzen eines dieser New Yorker Hundefänger-Taxis gefangen zum Plaza Hotel. Die geben einem das Gefühl, daß man jemand gebissen hat und nun schäumend vor Tollwut zum Abdecker geschafft wird, um umgebracht zu werden. Ich sagte das zu Renata, und sie hatte anscheinend das Gefühl, daß ich meine Fantasie benutzte, um ihr die Freude zu vergällen, die sowieso schon ein bißchen angeknackst war, weil wir ohne Trauschein als Ehepaar reisten. Der Türhüter half ihr am Plaza aus dem Wagen, und sie schritt mit ihren hohen Stiefeln unter das geheizte Vordach mit seinen glühenden orangefarbenen Stäben. Über ihrem Minirock trug sie einen langen polnischen Wildledermantel, der mit Lammfell gefüttert war. Ich hatte ihn ihr bei Cepelia gekauft. Ihr wunderbar biegsamer Samthut, der von den holländischen Porträtmalern des siebzehnten Jahrhunderts angeregt war, war aus der Stirn geschoben. Ihr Gesicht, das gleichmäßig untadelig weiß war, verbreiterte sich nach unten. Diese Fülle, die einer Kürbisflasche glich, war ihr einziger Makel. Ihr Hals war ganz zart durch irgendeine weibliche Ablagerung geringelt oder gekräuselt. Diese kleine Schwellung zeigte sich auch an ihren Hüften und an der Innenseite ihrer Schenkel. Das obere Glied ihrer Finger offenbarte dieselben Zeichen sinnlicher Überfülle. Hinter ihr, bewundernd, nachdenkend ging ich in meinem karierten Mantel. Cantabile und Stronson stimmten darin überein, daß ich darin aussah wie ein Killer. Aber ich hätte kaum weniger killerig aussehen können als eben jetzt. Mein Haar war vom Wind zersaust, so daß ich die ausstrahlende Wärme des Vordachs auf meiner kahlen Stelle spürte. Die Winterluft fuhr mir ins Gesicht und ließ meine Nase rot werden. Unter meinen Augen waren die Säcke schwer. Tanztee-Musiker im Palmenhof spielten ihre schmachtende, einschmeichelnde, arschkriecherische Musik. Ich trug Mr. und Mrs. Citrine unter einer falschen Chicagoer Adresse ein, und wir fuhren mit einem Schwarm reizender Studentinnen hoch, die für die Feiertage gekommen waren. Sie schienen ein herrliches Aroma von Unreife auszuströmen, eine Art von Grünen-Bananen-Geruch.

»Du hast dir diese süßen Kinder aber wirklich zu Gemüte geführt«, sagte Renata wieder vollkommen guter Laune – wir waren auf einem endlosen Gang mit goldenem Läufer, der endlos schwarze Voluten und Schnörkel, Schnörkel und Voluten wiederholte. Meine Art, Menschen zu beobachten, unterhielt sie. »Du bist so ein gieriger Beschauer«, sagte sie.

Ja, aber seit Jahrzehnten hatte ich meine angeborene Art, das zu tun, vernachlässigt, meine persönliche Art des Schauens. Ich sah keinen Grund, warum ich jetzt wieder damit anfangen sollte. Wer kümmerte sich drum?

»Aber was ist das?« sagte Renata, als der Page die Tür öffnete. »Was für ein Zimmer haben die uns gegeben?«

»Dies sind die Unterkünfte mit Mansardenfenstern. Der oberste Stock des Plaza. Die beste Aussicht des Hauses«, sagte ich.

»Wir hatten das letzte Mal eine herrliche Suite. Was, zum Teufel, tun wir in dieser Bodenkammer? Wo ist unsere Suite?«

»Komm, komm, Liebling. Was macht das schon? Du sprichst wie mein Bruder Julius. Der regt sich so auf, wenn Hotels ihm nicht das Beste geben – wird hochnäsig und wütend.«

»Charles, hast du wieder deine geizige Tour? Vergiß nicht, was du mir einmal vom Ende des Zuges erzählt hast.«

Jetzt tat es mir leid, daß ich sie jemals mit Gene Fowlers Ausspruch bekannt gemacht hatte, daß Geld etwas sei, das man aus dem letzten Waggon des Zuges werfen sollte. Das war journalistisches Hollywood aus dem goldenen Zeitalter, schnapsselige Nachtklubherrlichkeit der zwanziger Jahre, das Große-Geldausgeber-Syndrom. »Aber die haben recht, Renata. Dies ist der beste Platz im ganzen Hotel, um die Fifth Avenue zu sehen.«

Tatsächlich war die Aussicht, wenn man für Aussicht was übrig hatte, bemerkenswert. Ich war selbst sehr geschickt, andere Leute auf die Aussicht aufmerksam zu machen, um von mir abzulenken. Unten glühte die Fifth Avenue mit Weihnachtsdekorationen und den Scheinwerfern des gestauten Verkehrs, der zwischen den Siebziger und den Dreißiger Straßen dicht an dicht stand, und Ladenbeleuchtungen, vielfarbig, kristallinisch und wie die Zellen eines Haargefäßes im Mikroskop, die elastisch die Form änderten, pochten und pulsten. All dies sah ich in einem einzigen Augenblick. Ich war wie ein geschicktes Mädchen, das siebenmal klatschte, bevor der Ball zurücksprang. Es war wie mit Renata im vergangenen Frühjahr, als wir den Zug nach Chartres nahmen. »Ist das hier draußen nicht schön?« hatte sie gesagt. Ich sah hin, und ja, es war in der Tat schön. Nicht mehr als ein Blick war nötig. Man sparte sich damit eine Menge Zeit. Die Frage war, was man mit den Minuten anfing, die man mit diesen Sparmaßnahmen gewonnen hatte. Dies, würde ich sagen, war ganz und gar auf die von Steiner sogenannte Bewußtseinsseele zurückzuführen.

Renata wußte nicht, daß Urbanovich über die Beschlagnahme meines Geldes befinden wollte. An den Bewegungen ihrer Augen sah ich jedoch, daß Geldgedanken in ihrem Kopf spukten. Ihre Brauen hoben sich oft vor Liebe gen Himmel, aber hin und wieder überzog ein ausgesprochen praktischer Ausdruck ihr Gesicht, den ich allerdings auch sehr liebte. Aber dann warf sie schnell den Kopf zurück und sagte: »Wenn du schon mal in New York bist, könntest du auch ein paar Herausgeber besuchen und deine Essays verscheuern. Hat Thaxter sie zurückgegeben?«

»Widerstrebend. Er will sie immer noch in *The Ark* bringen.«

»Natürlich. Er ist ein ganzes Tierreich.«

»Er hat mich gestern angerufen und uns zu einer Abschiedsparty auf der *France* eingeladen.«

»Seine alternde Mutter spendiert ihm auch noch eine Party? Sie muß eine tolle alte Dame sein.«

»Sie versteht was von Stil. Jahrelang hat sie junge Mädchen in die Gesellschaft eingeführt, und sie hat Beziehungen zu den Reichen. Sie weiß immer, wo ein Chalet für ihren Jungen frei ist oder eine Jagdhütte oder eine Jacht. Wenn er sich ermattet fühlt, schickt sie ihn auf die Bahamas oder zum Ägäischen Meer. Du solltest sie mal sehen. Sie ist mager, klug, geschickt und sie sieht mich wütend an, ich bin schlechte Gesellschaft für Pierre. Sie hält Ausschau nach wohlhabenden Familien, sie verteidigt ihr Recht, sich zu Tode zu trinken, und ihr altes Privileg, überhaupt nichts darzustellen.«

Renata lachte und sagte: »Erspare mir diese Party. Sehen wir, daß wir diese Humboldt-Angelegenheit hinter uns bringen und nach Mailand weiterreisen. Ich habe deswegen schwere Ängste.«

»Glaubst du, daß dieser Biferno wirklich dein Vater ist? Besser der als der schwule Henri.«

»Offengestanden, ich würde mir über einen Vater keine Gedanken machen, wenn wir verheiratet wären. Meine unsichere Lage zwingt mich, eine solide Basis zu suchen. Du wirst sagen, daß ich ja verheiratet gewesen bin, aber die Basis mit Koffritz war nicht sehr solide. Und jetzt bin ich für Roger verantwortlich. Übrigens müssen wir Spielzeug von F. A. O. Schwarz an alle Kinder schicken, und ich habe nicht einen Cent. Koffritz ist mit seinen Zahlungen sechs Monate im Rückstand. Er sagt, ich hätte einen reichen Freund. Ich will ihn nicht vor Gericht schleppen oder ins Gefängnis werfen. Und was dich betrifft, so hast du so viele Schmarotzer am Bein, und ich möchte nicht unter diese Kategorie fallen. Wenn ich aber so viel sagen darf, dann bist du mir immerhin lieb, und ich tue dir auch etwas Gutes. Wenn du in die Hände dieser Anthroposophentochter gerietest, dieser kleinen blonden Füchsin, würdest du bald den Unterschied merken. Die ist hartgesotten.«

»Was hat Doris Scheldt mit irgendwas zu tun?«

»Was? Du hast ihr einen Brief geschrieben, bevor wir von Chicago wegfuhren. Ich habe den Abdruck auf deinem Briefblock gelesen. Mach nicht so ein ehrliches Gesicht, Charlie. Du bist der schlechteste Lügner der Welt. Ich wünschte, ich wüßte, wie viele Damen du in der Hinterhand hast.«

Ich war nicht empört über ihre Spionage. Ich machte keine Szenen mehr. Unsere Europareisen, so angenehm sie an und für sich waren, entfernten mich auch von Miß Scheldt. Renata betrachtete sie als gefährliche Person, und sogar die Señora hatte versucht, mir ihretwegen Vorwürfe zu machen.

»Aber Señora«, erwiderte ich. »Miß Scheldt ist erst durch den Flonzaley-Zwischenfall auf der Bildfläche erschienen.«

»Bitte, Charles, das Thema von Mr. Flonzaley muß fallengelassen werden. Sie sind kein Mann des Mittelstands und aus der Provinz, sondern ein Mann der Literatur«, sagte die alte spanische Dame. »Flonzaley gehört der Vergangenheit an. Renata reagiert sehr empfindlich auf Schmerz, und als der Mann vor Schmerzen fast umkam, was sollte sie da wohl tun? Sie hat die ganze Nacht geweint, als er da war. Er arbeitet in einer vulgären Branche, und zwischen ihm und Ihnen ist kein Vergleich. Sie hatte nur das Gefühl, daß sie ihm Rücksicht schuldete. Und da Sie ein *homme de lettres* sind und er ein Leichenbestatter, muß der höhere Mensch toleranter sein.«

Ich konnte mit der Señora nicht streiten. Ich hatte sie eines Morgens gesehen, bevor sie zurechtgemacht war und zum Badezimmer eilte, vollkommen gesichtslos, eine schlaffe und gelbe Bananenhaut ohne Brauen oder Wimpern und praktisch ohne Lippen. Der Jammer dieses Anblicks griff mir ans Herz, ich wollte nie wieder einen Punkt gegen die Señora gewinnen. Wenn ich mit ihr Backgammon spielte, mogelte ich gegen mich selbst.

»Die Hauptsache an Miß Scheldt«, sagte ich zu Renata, »ist ihr Vater. Ich könnte kein Liebesverhältnis mit der Tochter eines Mannes haben, der mir so viel beigebracht hat.«

»Er füllt dich mit so viel Quatsch an«, sagte sie.

»Renata, ich will dir einen Text zitieren: ›Obwohl man sagt, du lebst, bist du tot. Wach auf und lege Kraft in das, was noch übrig ist, welches sonst sterben muß.‹ Das ist aus der Offenbarung des Johannes, mehr oder weniger.«

Nachsichtig lächelnd stand Renata auf, strich ihren Minirock glatt und sagte: »Du wirst eines Tages im Loop enden, wo du barfüßig eins dieser Schilder ›Wo wirst du die Ewigkeit verbringen?‹ rumträgst. Geh ans Telefon, zum Donnerwetter, und sprich mit diesem Huggins, Humboldts Testamentsvollstrecker. Und wage nicht, mich wieder zum Abendessen zu Rumpelmayer zu führen.«

Huggins wollte zu einer Vernissage in der Kootz Galerie gehen und lud mich ein, ihn dort zu treffen, als ich mein Anliegen vorgebracht hatte.

»Ist an der Sache was dran? Was ist dieses Vermächtniszeug?« sagte ich.

»Da ist was«, erwiderte Huggins.

In den späten vierziger Jahren, als Huggins eine Berühmtheit in Greenwich Village war, war ich ein sehr unwichtiges Mitglied der Gruppe, die über Politik, Literatur und Philosophie in seiner Wohnung diskutierte. Da waren Leute wie Chiaramonte und Rahv und Abel und Paul Goodman und Von Humboldt Fleisher. Was Huggins und mich verband, war unsere Liebe zu Humboldt. Viel mehr war da nicht. In vieler Hinsicht ärgerten wir einander. Vor einigen Jahren sahen wir beim demokratischen Parteikonvent in Atlantic City, jenem alten Vergnügungsslum, Hubert Humphrey zu, der so tat, als entspanne er sich mit seiner Delegation, während ihn Johnson hängen ließ; und etwas in dieser schäbigen Trostlosigkeit, den zerrissenen Fasern von Ferienfröhlichkeit brachte Huggins gegen mich auf. Wir gingen auf der Uferpromenade spazieren, und als wir den gräßlichen Atlantik erblickten, der hier zu Salzwasserkaramell und wie vom Besen zusammengekehrten schaumigen Popcorn gebändigt war, wurde Huggins mir gegenüber unangenehm. Ohne Furcht vor den Menschen und seine Argumente mit seinem Ziegenbart von sich schleudernd, kommentierte er feindselig mein Buch über Harry Hopkins, das ich in jenem Frühjahr veröffentlicht hatte. Huggins nahm als Reporter am Konvent für die *Women's Wear Daily* teil. Ein besserer Journalist, als ich jemals sein würde, war er außerdem ein bekannter Abweichler und Revolutionär der Bohème. Warum hatte ich das New Deal so freundlich behandelt und in Hopkins so viel Verdienstvolles gesehen? Ich schmuggelte dauernd Lobsprüche auf das amerikanische Regierungssystem in meine Bücher. Ich sei ein Apologet, ein Aushängeschild und Jasager, praktisch ein Andrej Wischinsky. In Atlantic City wie auch anderswo ging er leger in olivenfarbenen Baumwollhosen und Tennisschuhen, groß, rosig, bärtig, stotternd und streitsüchtig.

Ich konnte mich jetzt selber sehen, wie ich ihn auf dieser Uferpromenade betrachtete. In meinen Augen waren Punkte von Grün und Bernsteingelb, in denen er ganze Ewigkeiten von Schlaf und Wachen hätte entdecken können. Wenn er glaubte, daß ich ihn nicht mochte, dann irrte er sich. Ich mochte ihn mit der Zeit mehr und mehr. Er war jetzt ziemlich alt, und die lieblosen Kräfte der menschlichen Hydrostatik begannen, sein Gesicht in einen verzogenen und verschrumpelten Beutel zu verwandeln, aber er hatte noch frische Farbe und war noch der Harvard-Radikalinski, einer jener stets jugendlichen, leichtgewichtigen, hochgestimmten, amerikanischen Intellektuellen, seinem Marx oder seinem Bakunin treu, seiner Isodora und Randolph Bourne, Lenin und Trotzki, Max Eastman, Cocteau, André Gide, den Ballets Russes, Eisenstein – dem wunderschönen Avantgarde-Pantheon der guten alten Tage. Er konnte sein herrliches ideologisches Kapital ebensowenig aufgeben wie die Wertpapiere, die er von seinem Vater geerbt hatte.

In Kootz' gutbesuchter Galerie sprach er mit mehreren Leuten. Er wußte, wie man ein Gespräch bei einer lärmenden Cocktailparty führt. Geräusch und Getränk regten ihn an. Er war vielleicht nicht allzu klar im Kopf, aber den eigentlichen Kopf habe ich stets anerkannt. Er war lang und hoch, von gut gebürstetem Silberhaar flankiert, wobei die ungleichen Enden langer Strähnen hinten etwas stachlig aussahen. Über dem Bauch des großen Mannes spannte sich ein Hemd mit breiten tiefroten und diabolisch lilafarbenen Streifen, wie die Bänder an einem Maibaum der Zecher. Es fiel mir auf einmal ein, daß ich vor mehr als zwanzig Jahren bei einer Strandparty in Montauk auf Long Island gewesen war, wo Huggins nackt auf dem Ende eines Baumstamms die McCarthy Verhöre gegen die Armee mit einer Dame besprach, die ihm rittlings nackt gegenüber saß. Huggins sprach mit einer Zigarettenspitze zwischen den Zähnen, und sein Penis, der vor ihm auf dem wassergeglätteten Holz lag, drückte alle Schwankungen seines Interesses aus. Und während er paffte und seine Ansichten in einem wiehernden Gestammel von sich gab, ging sein Genital hin und her wie der Zug einer Posaune. Man konnte einem Mann gegenüber, an den sich solche Erinnerungen knüpften, keine unfreundlichen Gefühle hegen.

Er fühlte sich in der Galerie mit mir nicht behaglich. Er ahnte die Eigentümlichkeiten meiner Perspektiven. Ich war nicht stolz darauf. Zudem zeigte ich eine wärmere Freundlichkeit, als er sich von mir wünschte. Wenn er nicht allzu klar im Kopf war, so war ich's auch nicht. Ich war voller unausgegorener Andeutungen und flüchtiger Gedanken und ich urteilte über niemand. Ja, ich bekämpfte sogar die Urteile, die ich in meinen ungestümen Tagen gefällt hatte. Ich sagte ihm, daß ich mich freute, ihn zu sehen, und daß er gut aussähe. Das war nicht gelogen. Seine Farbe war frisch, und trotz der zunehmenden Vulgarität seiner Nase, der Verwerfungen des Alters und der bienenstichartigen Schwellung seiner Lippen gefiel mir sein Aussehen. Den tölpelhaften Konstablerbart hätte er ebensogut weglassen können.

»Ah, Citrine, man hat dich aus Chicago rausgelassen? Willst du fort?«

»Ins Ausland.«

»Nette junge Dame, mit der du zusammen bist. Furchtbar att-att-attraktiv.« Der Fluß von Huggins Rede wurde durch das Stottern gesteigert, nicht gehindert. Die Felsen im Gebirgsstrom zeigen, wie schnell das Wasser dahinfliegt. »Du willst also dein Ver-Ver . . .?«

»Ja, aber erst mußt du mir sagen, warum du so wenig herzlich bist. Wir kennen uns schon seit über dreißig Jahren.«

»Nun, abgesehen von deinen politischen Ansichten –«

»Die meisten politischen Ansichten sind wie alte Zeitungen, die von Wespen angeknabbert sind – vergilbte Klischees und Gesumm.«

Huggins sagte: »Manchen Leuten liegt es am Herzen, wohin die Menschheit treibt. Außerdem kannst du nicht erwarten, daß ich her-her-herzlich bin, wenn du solche Witze über mich reißt. Du hast gesagt, ich sei der Tommy Manville der Linken und daß ich politische An-An-Anliegen so ins Herz schlösse, wie er Weiber heiratete. Vor-vor einigen Jahren hast du mich in der Madison Avenue beleidigt, weil ich einen Protestbonbon trug. Du hast gesagt, früher hätte ich I-I-Ideen gehabt, und jetzt hätte ich nur noch Bonbons.« Erzürnt, entflammt, mir mit offener Feindseligkeit entgegentretend, wartete er darauf, was ich zu meinen Gunsten vorzubringen hätte.

»Ich sage es nicht gern, daß du mich richtig zitierst. Ich bekenne mich zu diesem niedrigen Laster. Ich, der Hinterwäldler, fern von der Szene des Ostens, ersinne bösartige Dinge, die ich von mir gebe. Humboldt hat mich in den vierziger Jahren zu euch gebracht, aber ich bin nie Mitglied eurer Bande geworden. Wenn alle anderen mit Burnham oder Koestler beschäftigt waren, war ich irgendwo anders. Dasselbe gilt für die *Encyclopedia of Unified Science* oder Trotzkis Gesetz der kombinierten Entwicklung oder Chiaramontes Ansichten über Plato oder Lionel Abel über das Theater oder Paul Goodman über Proudhon oder fast jeder über Kafka und Kierkegaard. Es war wie die Klagen des armen alten Humboldt über Mädchen. Er wollte ihnen Gutes tun, aber sie wollten dafür nicht stillhalten. Ich wollte auch nicht stillhalten. Statt für die Gelegenheit dankbar zu sein, daß ich in das kulturelle Leben des Village in seiner besten Zeit hineingezogen wurde ...«

»Du hattest Vorbehalte«, sagte Huggins. »Aber wofür wolltest du dich vor-vor-vorbehalten? Du hattest die Starattitüde, aber wo war das Zwin-Zwin-Zwink ...«

»Vorbehalt ist das richtige Wort«, sagte ich. »Wenn andere Leute einen schlechten Inhalt hatten, so hatte ich eine überlegene Leere. Meine Sünde war, insgeheim zu denken, daß ich intelligenter sei als alle deine Enthusiasten für 1789, 1848, 1870, 1917. Aber ihr alle habt euch viel besser und fröhlicher bei euren Partys und nächtelangen Diskussionen unterhalten. Ich hatte nichts weiter als das subjektive, unsichere Vergnügen, mich für so schlau zu halten.«

»Tust du das immer noch?« fragte Huggins.

»Nein. Das habe ich aufgegeben.«

»Nun, du bist jetzt draußen in Chicago, wo man glaubt, daß die Erde flach ist und der Mond aus grünem Käse besteht. Du bist in deine geistige Heimat zurückgekehrt«, sagte er.

»Wie du meinst. Deshalb wollte ich dich nicht sprechen. Wir haben immerhin noch eine Verbindung. Wir haben beide Humboldt verehrt. Vielleicht haben wir auch sonst noch etwas gemeinsam; wir sind beide liebestolle alte Köter. Wir nehmen einander nicht ernst. Aber die Frauen tun's anscheinend noch. Was ist das also für ein Vermächtnis?«

»Was immer es ist, es ist in einem Umschlag mit der Aufschrift ›Citrine‹, und ich hab's nicht gelesen, weil Wald-Waldemar, Humboldts Onkel, es sich geschnappt hat. Ich weiß nicht, wie ich Voll-Vollstrecker geworden bin.«

»Humboldt hat dir auch Beulen versetzt, nicht wahr, nachdem du dich zu der Bande im Bellevue geschlagen hattest und er sagte, ich hätte sein Geld gestohlen. Du bist vielleicht auch beim Belasco gewesen, als sie zum Boykott gegen mich aufriefen.«

»Nein, aber es hatte einen gewissen Cha-Cha-Charme.«

Lachend paffte Huggins an seiner Zigarettenspitze. War es die alte russische Schauspielerin Ouspenskaja, die die Spitzen in den dreißiger Jahren volkstümlich gemacht hatte, oder FDR oder John Heldt jr.? Wie Humboldt und schließlich auch ich selber war Huggins ein alter Filmnarr. Humboldts Boykott und sein eigenes Benehmen im Weißen Haus sah er vielleicht als Szenen von René Clair.

»Ich habe nie geglaubt, daß du das Geld gestohlen hast«, sagte Huggins. »So viel ich weiß, hat er dir ein paar Tausend abgeknöpft. Hat er einen Scheck gefälscht?«

»Nein, wir haben einmal in sentimentaler Stimmung Blankoschecks ausgetauscht. Er hat von seinem Gebrauch gemacht«, sagte ich. »Und es waren nicht ein paar, es waren fast sieben.«

»Ich habe mich um seine Finanzen gekümmert. Ich habe Kathleen veranlaßt, auf Rechte zu verzich-zich-zichten. Aber er hat gesagt, ich kriegte dafür Prozente. Empfindlich wie'n Furunkel. Also habe ich ihn nie wiedergesehen, den armen Humboldt. Er bezichtigte eine alte Frau in der Telefon-fon-fonzentrale eines Hotels, daß sie sein Bett mit geknifften Bilderseiten aus dem *Playboy* bedeckt hätte. Nahm sich einen Hammer und versuchte, die alte Dame zu schlagen. Haben ihn fortgeschafft. Mehr Schock-Schocktherapie! Genug, um einem die Tränen in die Augen zu treiben, wenn man bedenkt, wie vif-vif, wie frisch, hübsch, wunderbar und was für Meisterwerke. Ach! Die Gesellschaft hat sich sehr schul-schuldig gemacht.«

»Ja, er war wunderbar und großherzig. Ich habe ihn geliebt. Er war gut.« Seltsame Worte bei einer lärmenden Cocktailparty. »Er wollte uns von ganzem Herzen etwas Köstliches und Zartes geben. Er hat hohe Anforderungen an sich gestellt. Aber du sagst, daß sein pferdewettender Onkel den größten Teil seiner Papiere an sich genommen hat?«

»Und Kleidungsstücke und Wertsachen.«

»Es muß ein schwerer Schlag für ihn gewesen sein, seinen Neffen zu verlieren, und wahrscheinlich war er auch zu Tode erschreckt.«

»Er kam von Co-Coney Island angewetzt. Humboldt hatte ihn in ein Pflegeheim gesteckt. Der alte Buchhalter muß gedacht haben, daß die Pa-Papiere eines Mannes, der sich einen solchen Nachruf in der *Times* verdient hatte, wertvoll sein müssen.«

»Hat Humboldt ihm Geld hinterlassen?«

»Es war eine Versicherungspolice da, und wenn er sie nicht ganz auf Pferde verwettet hat, dann geht's ihm gut.«

»War Humboldt gegen Ende wieder geistig normal, oder irre ich mich?«

»Er hat mir einen wun-wun-wunderschönen Brief geschrieben. Er hat mir einige Gedichte auf gutem Papier abgeschrieben. Das von seinem ungarischen Vater, der mit Pershings Kavallerie ausgeritten ist, um Pancho zu fangen.«

»Die zahnigen Rösser, der Klapperschlange Kastagnette, der Kaktusdorn und die knatternden Gewehre . . .«

»Du zitierst nicht ganz richtig«, sagte Huggins.

»Und du warst es, der Kathleen Humboldts Hinterlassenschaft übergeben hat?«

»Ich war's, und sie ist gegenwärtig in New York.«

»So? Wo ist sie? Ich möchte sie gern sehen.«

»Auf dem Weg nach Europa, wie du? Ich weiß nicht, wo sie wo-wohnt.«

»Ich muß es ausfindig machen. Aber erst muß ich zu Onkel Waldemar nach Coney Island.«

»Vielleicht gibt er dir nichts«, sagte Huggins. »Er ist gal-gallig. Und ich habe ihm geschrieben und ihn angerufen. Nichts zu machen.«

»Wahrscheinlich genügt ihm ein Anruf nicht. Er versteift sich auf einen richtigen Besuch. Man kann ihm das nicht übelnehmen, wenn niemand kommt. War Humboldts Mutter nicht die letzte seiner Schwestern? Er will, daß jemand nach Coney Island fährt. Er benutzt Humboldts Papiere als Köder. Vielleicht wird er sie mir geben.«

»Ich bin sicher, du wirst unwider-wid ... Du wirst unwiderstehlich sein«, sagte Huggins.

Renata war höchst verärgert, als ich ihr sagte, daß sie mit mir nach Coney Island fahren müsse.

»Was, zu einem Pflegeheim fahren? Mit der Untergrundbahn? Zieh mich da nicht hinein. Geh allein.«

»Du mußt es tun. Ich brauche dich, Renata.«

»Du verdirbst mir den Tag. Ich habe dringend etwas Berufliches zu erledigen. Es ist Geschäft. Altersheime machen mich melancholisch. Das letzte Mal, als ich meinen Fuß in eins setzte, bin ich hysterisch geworden. Erspare mir wenigstens die Untergrundbahn.«

»Es gibt keine andere Verbindung. Und mach dem alten Waldemar eine Freude. Er hat nie eine Frau wie dich gesehen, und er war ein sportlicher Mann.«

»Laß diese Schmeicheleien. Ich habe keine gehört, als das Mädchen in der Telefonzentrale mich Mrs. Citrine nannte. Du hast den Mund gehalten.«

Später auf der Bretterpromenade war sie noch ärgerlich und ging vor mir her. Die Untergrundbahn war grauenhaft gewesen, der Dreck, die Graffiti aus der Sprühdose waren unglaublich. Sie schlenkerte mit den Schößen ihres Maximantels beim Gehen, und das überstehende Schaffell flatterte vor ihr her. Der niederländische Hut mit der hohen Krempe war zurückgeschoben. Henri, der alte Freund der Señora in Paris, der Mann, der offensichtlich nicht Renatas Vater war, war von ihrer Stirn beeindruckt gewesen. *»Un beau front!«* sagte er immer und immer wieder. *»Ah, ce beau front!«* Eine schöne Stirn. Und was war dahinter? Jetzt konnte ich's nicht sehen. Sie schritt davon, beleidigt, aufgebracht. Sie wollte mich strafen. Aber ich konnte wirklich mit Renata nicht verlieren. Ich war mit ihr zufrieden, auch wenn sie verstimmt war. Die Leute sahen ihr nach, als sie vorüberging. Ich ging hinter ihr und bewunderte die Bewegung ihrer Hüften. Ich hätte vielleicht nur ungern gewußt, was sich hinter diesem *beau front* abspielte, und ihre Träume hätten mich vielleicht schockiert, aber ihr Geruch allein war ein großer Trost in der Nacht. Das Vergnügen, mit ihr zu schlafen, ging weit über das übliche Vergnügen, ein Bett zu teilen, hinaus. Selbst bewußtlos neben ihr zu liegen, war ein besonderes Ereignis. Und die Schlaflosigkeit, Humboldts Leiden: auch die machte sie angenehm. Energiespendende Einflüsse gelangten in der Nacht von ihren Brüsten in meine Hände. Ich erlaubte mir die Vorstellung, daß diese Einflüsse wie eine Art weiße Elektrizität in meine Fingerknochen drangen und aufwärts strömten bis in meine Zahnwurzeln.

Ein weißer Dezemberhimmel lag über der Düsternis des Atlantiks. Die Botschaft der Natur schien zu sein, daß die Umstände ernst, die Dinge hart, sehr hart seien und daß die Menschen einander trösten sollten. Darin, so fand Renata, tat ich nicht das Meine, denn als das Telefonfräulein im Plaza sie Mrs. Citrine genannt hatte, hatte Renata den Hörer niedergelegt und mit leuchtendem Gesicht gesagt: »Sie hat mich Mrs. Citrine genannt!« Ich gab keine Antwort. Die Leute sind tatsächlich viel naiver und einfacher, als wir gemeinhin annehmen. Es bedarf keiner großen Sache, um sie zum Leuchten zu bringen. Ich bin selbst so. Warum ihnen die Freundlichkeit vorenthalten, wenn man das Leuchten erscheinen sieht? Um Renatas Glück zu steigern, hätte ich sagen können: »Ja natürlich, Kind. Du würdest eine wunderbare Mrs. Citrine abgeben. Und warum nicht?« Was hätte mich das gekostet? Nichts als meine Freiheit. Und ich fing schließlich mit meiner kostbaren Freiheit nicht allzuviel an. Ich stellte mir vor, daß ich Welt und Zeit genug hatte, um später etwas damit anzufangen. Und was war wichtiger, dieses Becken ungenutzter Freiheit oder das Glück, nachts neben Renata zu liegen, das selbst das Entwußtsein zu einem Ereignis machte, wie eine wonnevolle Art, vom Schlag gerührt zu werden? Als diese verfluchte Telefonistin sie »Mrs.« nannte, schien mein Schweigen ihr vorzuwerfen, daß sie nur eine Nutte sei, durchaus keine Mrs. Das machte sie rasend. Die Verfolgung ihres Ideals machte Renata außerordentlich reizbar. Aber auch ich verfolgte Ideale – Freiheit, Liebe. Ich wollte allein um meinetwillen geliebt werden. Unkapitalistisch, sozusagen. Das war eine jener amerikanischer Forderungen oder Erwartungen, von denen ich als Sohn Appletons und Sprößling Chicagos zu viele hatte. Eine gewisse Furcht verursachte allerdings der Argwohn, daß die Zeit vorbei sei, da ich noch allein um meiner selbst willen geliebt werden konnte. O mit welcher Geschwindigkeit sich die Dinge verschlimmert hatten!

Ich hatte Renata gesagt, daß die Heirat warten müsse, bis mein Fall mit Denise abgeschlossen sei.

»Ach, Unsinn, die hört erst auf, dich zu verklagen, wenn du draußen in Waldheim neben deinem Vater und deiner Mutter liegst. Die hält noch den Rest des Jahrhunderts durch«, sagte Renata. »Und du?«

»Gewiß wäre ein einsames Alter fürchterlich«, sagte ich. Dann wagte ich hinzuzufügen: »Aber kannst du dich sehen, wie du meinen Rollstuhl schiebst?«

»Du verstehst echte Frauen nicht«, sagte Renata. »Denise wollte dich ausschalten. Es ist mein Verdienst, daß sie's nicht geschafft hat. Es war nicht diese blasse kleine Füchsin Doris mit ihrem Mary-Pickford-Look. Es ist alles mein Verdienst – ich habe deine sexuellen Kräfte lebendig erhalten. Ich weiß wie. Heirate mich, und du wirst mich noch mit achtzig stoßen. Und mit neunzig, wenn du's nicht mehr kannst, werde ich dich immer noch lieben.«

So gingen wir also auf der Bretterpromenade von Coney Island. Und wie ich als Junge mit meinem Stock an Zaunlatten entlanggeklappert hatte, so machte Renata die Popcorn-Verkäufer, die Karamelkorn- und Würstchenverkäufer, an denen sie vorbeiging, alle geil. Ich folgte ihr, ältlich, aber gut in Form, von Ängsten gefurcht, aber lächelnd. Tatsächlich fühlte ich mich ungewöhnlich hochgeputscht. Ich bin nicht völlig sicher, warum ich mich in dieser glänzenden Verfassung befand. Das konnte nicht nur das Resultat körperlichen Wohlbefindens sein, weil ich mit Renata schlief, oder guter Chemie. Oder weil zeitweilig die Schwierigkeiten nachließen, was gewissen grimmigen Experten zufolge alles ist, was die Menschen brauchen, um glücklich zu sein, ja sogar die einzige Quelle des Glücks ist. Nein, ich war geneigt zu glauben, als ich kraftvoll hinter Renata herging, daß ich das einer anderen Einstellung zum Tode verdankte. Ich hatte begonnen, andere Alternativen zu erwägen. Das war an sich schon genug, um mir Auftrieb zu geben. Aber noch freudiger stimmte die Möglichkeit, daß es etwas geben könnte, zu dem man aufgetrieben wurde, ein ungenutzter vernachlässigter Raum. In dieser ganzen Zeit war der umfangreichste Teil des Ganzen nicht vorhanden gewesen. Kein Wunder, daß die Menschen verrückt wurden. Denn angenommen, daß wir – wie wir in dieser stofflichen Welt sind – die höchsten aller Wesen sind. Angenommen, daß die Seins-Serie mit uns endet und es über uns hinaus nichts mehr gibt. Wer kann uns unter solchen Voraussetzungen einen Vorwurf machen, wenn wir Krämpfe kriegen? Wenn man jedoch einen Kosmos annimmt, dann hat man metaphysisch mehr Spielraum.

Dann wandte sich Renata um und sagte: »Bist du sicher, der alte Knacker weiß, daß wir kommen?«

»Bestimmt. Wir werden erwartet. Ich habe ihn angerufen«, sagte ich.

Wir betraten eine der Straßen, die aussahen wie die Gäßchen, wo Arbeiter der Bekleidungsindustrie ihre Sommerferien zu verbringen pflegten, und fanden die Adresse. Ein altes Backsteingebäude. Auf der Holztreppe standen Rollstühle und Laufwagen für Invaliden, die einen Schlag erlitten hatten.

Zu einer anderen Zeit wäre ich über das, was sich jetzt ereignete, erstaunt gewesen. Aber in diesem Augenblick, da die Welt neu gegründet wurde und die alte Struktur, Tod und dergleichen, nicht stabiler war als eine japanische Laterne, überkam mich das Menschliche mit größter Lebhaftigkeit, Natürlichkeit, ja mit Fröhlichkeit – ich darf die Fröhlichkeit nicht auslassen. Der traurigste Anblick kann ihrer teilhaftig sein. Jedenfalls wurden wir in der Tat erwartet. Auf einen Stock gestützt, hielt jemand Ausschau nach uns, zwischen Tür und Sturmtür des Pflegeheims, und kam heraus mit dem Schrei: »Charlie, Charlie«, sobald wir die Treppe erreichten.

Ich sagte zu dem Mann: »Sie sind doch nicht Waldemar Wald, oder?«

»Nein. Waldemar ist hier. Aber ich bin nicht Waldemar, Charlie. Nun sieh mich an. Hör meine Stimme.« Er begann etwas mit einem alten krächzenden Tenor zu singen. Er nahm mich bei der Hand und sang »La donna è mobile« im Stil Carusos, aber jämmerlich, der arme alte Knabe. Ich betrachtete ihn genauer, ich musterte sein Haar, das früher kraus und rot gewesen war, die eingeschlagene Nase mit aktiven Nasenlöchern, die Kehllappen, den Adamsapfel, die hagere gekrümmte Figur. Dann sagte ich: »Ach ja, du bist Menasha! Menasha Klinger. Chicago, Illinois 1927.«

»Das stimmt.« Für ihn war das der Himmel. »Ich bin's. Du hast mich erkannt.«

»Heiliger Bimbam! Welche Freude! Ich schwöre, ich verdiene eine solche Überraschung nicht.« Dadurch, daß ich meine Suche nach Humboldts Onkel aufgeschoben hatte, hatte ich anscheinend Glück, wundersame Dinge, fast Wunder versäumt. Auf der Stelle traf ich einen Menschen, den ich vor Urzeiten geliebt hatte. »Es ist wie ein Traum«, sagte ich.

»Nein«, sagte Menasha. »Das wäre es vielleicht für einen gewöhnlichen Mann. Aber wenn man eine Persönlichkeit wird, Charlie, dann ist das viel weniger Zufall, als du denkst. Es muß überall Freunde und Bekannte geben wie mich, die dich kannten, aber sie sind zu schüchtern, sich dir zu nähern und dich zu erinnern. Auch ich wäre zu schüchtern gewesen, wenn es sich nicht getroffen hätte, daß du meinen Freund Waldemar besuchen wolltest.« Menasha wandte sich an Renata. »Und das ist Mrs. Citrine«, sagte er.

»Ja«, sagte ich und blickte ihr ins Gesicht. »Das ist Mrs. Citrine.«

»Ich habe Ihren Mann als Kind gekannt. Ich habe bei seiner Familie gewohnt, als ich aus Ypsilanti, Michigan, ankam, um bei der Western Electric als Stanzer zu arbeiten. Eigentlich kam ich, um Gesang zu studieren. Charlie war ein großartiger Junge. Charlie war das gutherzigste Kind der ganzen Nordwestseite. Ich konnte mich mit ihm unterhalten, als er erst neun oder zehn war, und er war mein einziger Freund. Ich habe ihn samstags zu meinem Musikunterricht mit in die Stadt genommen.«

»Dein Lehrer«, sagte ich, »war Vsevelod Kolodny, Zimmer achtsechzehn im Haus der Künste. Basso Profundo bei der Kaiserlichen Oper in Petersburg, kahl, keine anderthalb Meter groß, trug ein Korsett und hohe Absätze.«

»Der hat mich auch erkannt«, sagte Menasha unendlich erfreut.

»Du warst dramatischer Tenor«, sagte ich. Mehr brauchte ich nicht zu sagen, als er sich schon auf die Zehenspitzen hob, seine von den Stanzmaschinen verhärteten Hände faltete und sang: »In questa tomba oscura«, wobei Tränen der Leidenschaft seine Augen füllten und seine Stimme so hahnenhaft, mit so viel Herz, so viel Schrei und Hechel und Hoffnung – tonlos war. Selbst als Junge hatte ich gewußt, daß er nie ein Star werden würde. Ich habe jedoch geglaubt, daß er vielleicht Sänger geworden wäre, wenn ihn nicht jemand im CVJM von Ypsilanti beim Boxen auf die Nase gehauen hätte und ihm damit den Weg in die Kunst verbaut hätte. Die Lieder, die durch diese zerbeulte Nase gesungen wurden, konnten niemals richtig klingen.

»Sag mir, mein Junge, woran du dich sonst noch erinnerst.«

»Ich erinnere mich an Tito Schipa, Titto Ruffo, Werrenrath, McCormack, Schumann-Heinck, Amelita Galli-Curci, Verdi und Boito. Und nachdem du Caruso in *Pagliacci* gehört hattest, war das Leben nie mehr wie zuvor, stimmt's?«

»Ach ja!«

Die Liebe machte diese Dinge unvergeßlich. In Chicago waren wir vor fünfzig Jahren auf den offenen Doppeldeckerbussen gefahren, die auf dem Jackson Boulevard zum Loop fuhren, wobei mir Menasha erklärte, was *bel canto* war, mir strahlend von *Aida* erzählte und sich in Brokatgewändern oder als Priester oder Krieger sah. Nach seinem Gesangunterricht nahm er mich mit zu Kranz zu einem Eis mit Schokoladensauce. Wir gingen zu Paul Ash's brodelnder Band, wir hörten auch abgerichtete Seehunde, die den »Yankee-doodle« spielten, indem sie in die Gummibälle von Autohupen bissen. Wir schwammen am Strand von Clarendon, wo alle ins Wasser pinkelten. Nachts brachte er mir Astronomie bei. Er erklärte mir Darwin. Er heiratete seine Flamme aus der Schulzeit in Ypsilanti. Ihr Name war Marsha. Sie war unförmig. Sie hatte Heimweh, und sie lag im Bett und weinte. Ich sah sie einmal in der Badewanne sitzen, wo sie versuchte, sich das Haar zu waschen. Sie nahm Wasser in die Hände, aber ihre Arme waren zu fett, um es in den Händen bis zum Kopf hochzukriegen. Dieses liebe Mädchen war tot. Menasha war die größte Zeit seines Lebens Elektriker in Brooklyn gewesen. Von einem dramatischen Tenor war nur noch das stark gefühlsbetonte Winseln eines alten Mannes übrig. Von seinem starren roten Haar waren nur diese orange-weißlichen Zirrusbüschel geblieben. »Sehr gutherzige Leute, die Citrines. Vielleicht nicht Julius. Er war hart. Ist Julius immer noch Julius? Deine Mutter hat Marsha so geholfen. Deine gute arme Mutter . . . Aber wir wollen gehen und Waldemar besuchen. Ich bin nur das Empfangskomitee, und er wartet. Sie haben ihn in ein Hinterzimmer neben der Küche gesteckt.«

Wir fanden Waldemar auf dem Rand seines Bettes sitzen, einen Mann mit breiten Schultern, sein Haar mit nasser Bürste behandelt wie Humboldt, das gleiche breite Gesicht und die Augen grau und weit auseinanderstehend. Innerhalb von fünfzehn Kilometern von Coney Island gab es vielleicht einen Wal, der Tonnen von Wasser einsog und siebte und Gischt aus seinem Kopf ausstieß und ähnlich liegende Augen hatte.

»Sie waren also der Busenfreund meines Neffen«, sagte der alte Spieler.

»Das ist Charlie Citrine«, sagte Menasha. »Denk mal, Waldemar, er hat mich erkannt. Der Junge hat mich richtig erkannt. Mein Gott, Charlie, das gehörte sich auch, weißt du das? Ich habe ein Vermögen an Limonade und Näschereien für dich ausgegeben. Ein bißchen Gerechtigkeit muß doch sein.«

Durch Humboldt kannte ich natürlich Onkel Waldemar. Er war einziger Sohn mit vier älteren Schwestern und einer verliebten Mutter, furchtbar verwöhnt, faul, ein Kneipenlungerer, ein Taugenichts, der bei seinen Schwestern schnorrte und ihnen aus den Geldbörsen stahl. Später erhob er auch Humboldt zum Gleichaltrigen. Wurde mehr sein Bruder als sein Onkel. Die Kinderrolle war die einzige, die er beherrschte.

Ich dachte, daß das Leben ungeheuer viel freigebiger war, als ich je erkannt hatte. Es überschüttete uns mit mehr, als unsere Sinne und unser Urteil verkraften konnten. Ein Leben mit seinen

Liebesaffären, seinen opernhaften Sehnsüchten, seinen Dollar und Pferderennen und Heiratsplänen und Altersheimen ist schließlich nur eine Blechkelle voll aus diesem riesigen Überfluß. Es stürzt auch von innen auf uns ein. Zum Beispiel ein Zimmer wie Onkel Waldemars, das nach Würstchen riecht, die fürs Lunch erhitzt wurden, wo Waldemar auf dem Bettrand hockt, für den Besuch herausgeputzt, das Gesicht, der Kopf ein verquollenes Abbild von Humboldt, aber mit dem Aussehen eines leergepusteten Löwenzahns, bei dem das ganze Gelb grau geworden ist; zum Beispiel das grüne Hemd des alten Herrn, das bis zum Kragen hinauf geknöpft ist, oder sein guter Anzug auf dem Drahtbügel in der Ecke (er wollte ein gutgekleidetes Begräbnis) oder die Handkoffer unter dem Bett und die Plakate von Pferden und Berufsboxern und das Schutzumschlagfoto von Humboldt aus den Tagen, als Humboldt noch unwahrscheinlich schön war. Wenn das buchstäblich alles ist, was das Leben ausmacht, dann traf Renatas kleiner Vers über Chicago genau den Nagel auf den Kopf: »Ohne den Flughafen eine von Gottes Strafen.« Und der Flughafen kann auch nichts weiter tun, als die Szene für uns zu wechseln und uns von Trostlosigkeit zu Trostlosigkeit, von Langeweile zu Langeweile zu versetzen. Aber warum überfiel mich eine Art Schwäche, als ich in der Anwesenheit von Menasha und Renata meine Unterredung mit Onkel Waldemar begann? Weil zu jedem Erlebnis, jeder Verbindung oder Beziehung unendlich viel mehr gehört, als das gewöhnliche Bewußtsein, das tägliche Leben des Ichs begreifen kann. Ja. Versteht ihr, das Leben gehört zu einem größeren allumfassenden Leben draußen. Das muß so sein. Da ich lernte, diese meine Existenz lediglich als die gegenwärtige Existenz zu betrachten, eine in einer Serie, war ich nicht eigentlich überrascht, Menasha Klinger zu begegnen. Er und ich besaßen offenbar die ständige Mitgliedschaft in einem größeren, weiteren menschlichen Kreis, und sein Wunsch, in Brokat gehüllt zu sein und den Rhadames in der *Aida* zu singen, war wie mein Ehrgeiz, weit, weit über die anderen Intellektuellen meiner Generation hinauszugelangen, die die Fantasie der Seele verloren hatten. Oh, ich bewunderte einige dieser Intellektuellen grenzenlos. Besonders die Fürsten der Naturwissenschaften, Astrophysiker, reinen Mathematiker und dergleichen. Aber nichts war mit dem Hauptproblem geschehen. Das Hauptproblem, wie Walt Whitman gesagt hat, war die Frage des Todes. Und Musik zog mich zu Menasha. Durch das Medium der Musik bestätigte ein Mann, daß das logisch nicht zu Beantwortende in einer anderen Form doch zu beantworten war. Klänge ohne eine definierbare Bedeutung wurden um so bedeutungsvoller, je größer die Musik war. Das war die Aufgabe eines solchen Mannes. Auch ich war trotz meiner Lethargie und Schwäche zu einem höheren Zweck hier. Was das genau war, mußte ich mir später überlegen, wenn ich auf mein Leben im zwanzigsten Jahrhundert zurückblickte. Kalender würden unter diesem Blick des Geistes zu Nichts zerflattern. Aber es würde im Dezember eine Stelle geben für eine Fahrt in der von Jugendbanden verunstalteten Untergrundbahn und für eine schöne Frau, der ich auf der Bretterpromenade folgte, während ich das knatternde Knallen der Schießbuden hörte und Popcorn und heiße Würstchen roch, an den Sex ihrer Figur, den Konsumwahn ihrer Kleidung und meine Freundschaft mit Von Humboldt Fleisher dachte, die mich nach Coney Island geführt hatte. Im Purgatorium meiner Überlegungen würde ich das Ganze aus einer anderen Perspektive sehen und vielleicht wissen, welchen Zweck alle diese charakteristischen Einzelheiten erfüllten – wissen, warum sich in mir eine gefühlsmäßige Strommündung geöffnet hatte, als ich die Augen auf Waldemar Wald richtete.

Waldemar sagte jetzt: »Wie furchtbar lange ist's her, seit mich jemand besucht hat. Ich bin vergessen. Humboldt hätte mich nie in ein solches Loch gesteckt. Das war vorübergehend. Der Fraß ist gräßlich, und das Personal ist grob. Die sagen: ›Halt's Maul, du bist bekloppt.‹ Die sind alle vom Karibischen Meer. Sonst ist alles deutsch. Menasha und ich sind praktisch die einzigen Amerikaner. Humboldt hat einmal den Witz gemacht: ›Zwei ist Gesellschaft, drei ist ein Kraut.‹«

»Aber er hat Sie hier untergebracht«, sagte Renata.

»Nur bis er einige Probleme ausbügeln konnte. Die ganze Woche vor seinem Tod hat er sich nach einer Wohnung für uns beide umgesehen. Einmal haben wir drei Monate zusammen gelebt, und das war das Himmelreich. Aufstehen am Morgen wie eine richtige Familie, Speck und Eier, und dann unterhielten wir uns über Baseball. Ich habe ihn richtig zum Fan gemacht, wissen Sie das? Vor fünfzig Jahren habe ich ihm den Handschuh eines Spielers vom ersten Mal gekauft. Ich habe ihm beigebracht, wie man einen Grundball tötet und einen Mann ins Aus spielt. Auch Football. Ich habe ihm gezeigt, wie man nach vorn abspielt. Die Eisenbahnwohnung meiner Mutter hatte einen langen, langen Korridor, in dem wir spielten. Als sein Vater stiftenging, war das Haus voller Weiber, und es war mir vorbehalten, aus ihm einen amerikanischen Jungen zu machen. Diese Weiber haben eine Menge Schaden angerichtet. Sehen Sie sich nur mal die Namen an, die sie uns gegeben haben – Waldemar! Die Kinder haben mich Walla-Walla genannt. Und er hatte es auch schwer. Humboldt! Meine bescheuerte Schwester hat ihn nach einer Statue im Central Park genannt.«

All dies war mir aus Humboldts reizendem Gedicht »Onkel Harlekin« bekannt. Waldemar Harlekin stand in den alten Tagen in der West End Avenue um elf Uhr auf, nachdem seine geldverdienenden Schwestern ins Geschäft gegangen waren, badete eine Stunde lang, rasierte sich mit einer neuen Gilletteklinge und aß zu Mittag. Seine Mutter saß neben ihm, um Butter auf die Brötchen zu streichen, einen Weißfisch für ihn zu häuten, zu entgräten und ihm Kaffee einzuschenken, während er die Zeitung las. Dann ließ er sich von ihr ein paar Dollar geben und ging aus. Er sprach abends beim Essen über Jimmy Walker und Al Smith. Er war, nach Humboldts Urteil, der Amerikaner seiner Familie. Das war seine Funktion bei den Damen und bei seinem Neffen. Wenn die Nationalkonventionen im Rundfunk übertragen wurden, dann rief er mit dem Ansager die Staaten alphabetisch auf – »Idaho, Illinois, Indiana, Iowa« – und patriotische Tränen füllten seine Augen.

»Mr. Wald, ich bin wegen einiger Papiere zu Ihnen gekommen, die Humboldt hinterlassen hat. Ich habe es Ihnen am Telefon gesagt. Ich habe einen kurzen Brief von Orlando Huggins.«

»Ja, ich kenne Huggins, diesen stinklangweiligen Kerl. Nun will ich Sie was wegen dieser Papiere fragen. Ist dieses Zeug wertvoll oder nicht?«

»Manchmal lesen wir in der *Times*«, sagte Menasha, »daß ein Brief von Robert Frost achthundert Dollar bringt. Und von Edgar Allan Poe gar nicht zu sprechen.«

»Was steht denn eigentlich in diesen Papieren, Mr. Wald?« fragte Renata.

»Nun, ich muß Ihnen sagen«, erwiderte Waldemar, »*ich* habe dieses Zeug nie verstanden. Ich bin kein großer Leser. Was er schrieb, ging weit über meinen Verstand. Humboldt konnte auf dem Spielplatz schlagen wie ein Stier. Bei diesen Schultern, stellen Sie sich nur mal vor, wieviel Muskelkraft in seinem Schwung lag. Wenn's nach mir gegangen wäre, dann hätte er die Bundesliga geschafft. Aber er fing an, in der Bibliothek der 42nd Street rumzulungern und mit diesen Landstreichern auf den Stufen zu klönen. Und dann plötzlich merkte ich, daß er hochgestochene Gedichte in den Magazinen veröffentlichte. Ich meine, in diesen Magazinen ohne Bilder.«

»Hör zu, Waldemar«, sagte Menasha. Seine Brust war von Gefühlen geschwellt, und seine Stimme wurde lauter und lauter. »Ich kenne Charlie, seit er ein Kind war. Ich möchte dir sagen, daß du Charlie trauen kannst. Vor langer Zeit, sobald er mir vor die Augen gekommen war, sagte ich zu mir: Dieses Kind trägt sein Herz direkt oben im Gesicht. Er ist auch älter geworden. Obwohl er, verglichen mit uns, noch ein kräftiger Bursche ist. Also, Waldemar, warum rückst du nicht damit raus und sagst ihm, was du auf dem Herzen hast.«

»In Humboldts Papieren als Papieren steckt wahrscheinlich nicht viel Geld«, sagte ich. »Man könnte versuchen, sie einem Sammler zu verkaufen. Aber vielleicht steckt in seiner Hinterlassenschaft etwas, was man veröffentlichen kann.«

»Es ist größtenteils ein sentimentaler Wert«, sagte Renata. »Wie eine Botschaft von einem alten Freund in der nächsten Welt.«

Waldemar sah sie eigensinnig an. »Aber angenommen, es *ist* wertvoll, warum sollte ich darum betrogen werden? Habe ich den Anspruch, etwas davon zu kriegen oder nicht? Ich meine, warum sollte ich hier in diesem lausigen Heim stecken? Gleich als sie mir Humboldts Nachruf in der *Times* zeigten – Herrgott! Stellen Sie sich vor, was das für mich bedeutete! Wie mein eigenes Kind, der letzte der Familie, mein eigen Fleisch und Blut! Ich habe mich, so schnell ich konnte, in die Untergrundbahn gesetzt und bin in sein Zimmer gegangen. Seine Habseligkeiten waren schon zur Hälfte fortgeschafft. Die Polizei und das Hotel-Management vergriffen sich daran. Das Bargeld und die Uhr und sein Füllfederhalter und seine Schreibmaschine verschwanden.«

»Was hat es für einen Zweck, auf diesem Zeug zu sitzen und zu träumen, daß du 'ne Goldgrube hast?« sagte Menasha. »Gib es jemand, der Bescheid weiß.«

»Spiel nicht den Verräter«, sagte Waldemar zu Menasha. »Wir stecken beide hier drin. So weit will ich gehen – ich will ehrlich mit Ihnen sein, Mr. Citrine. Ich hätte dieses Zeug schon längst verscherbeln können. Wenn Sie mich fragen: hier drinnen steckt ein echter Wert.«

»Dann haben Sie's also gelesen«, sagte ich.

»Zum Teufel, natürlich habe ich's gelesen. Was, zum Teufel, habe ich denn sonst zu tun? Ich hab' nicht ein Wort davon verstanden.«

»Es würde mir nicht im Traum einfallen, Sie um etwas zu betrügen«, sagte ich. »Wenn es einen Wert hat, dann sage ich's Ihnen ehrlich.«

»Wollen wir nicht einen Anwalt nehmen, der uns ein juristisches Dokument aufsetzt?« sagte Waldemar.

Er war in der Tat Humboldts Onkel. Ich gebrauchte meine ganzen Überredungskünste. Ich bin nie so überzeugend, wie wenn ich etwas mit aller Macht haben will. Ich kann es als das reine Naturrecht hinstellen, daß ich es haben solle. »Wir können die Sache juristisch so fest verankern, wie Sie wollen«, sagte ich. »Aber sollte ich es nicht alles lesen? Wie kann ich's sagen, ohne es geprüft zu haben?«

»Dann lesen Sie's hier«, sagte Waldemar.

Menasha sagte: »Du bist immer sportlich eingestellt gewesen, Charlie. Riskiere es.«

»In dieser Hinsicht ist meine Vergangenheit nicht so blütenrein«, sagte Waldemar. Ich dachte, er würde weinen, seine Stimme bebte so. So wenig stand zwischen ihm und dem Tod, mußte man wissen. Auf dem kahlen harten Rot des abgenutzten Teppichs sagte ein blasser Fleck Dezemberwärme: »Nicht weinen, alter Junge.« Unhörbare Lichtstürme, 150 Millionen Kilometer entfernt, bedienten sich eines abgenutzten Axminsters, eines Fetzens menschlicher Herstellung, um durch das schmutzige Fenster eines Pflegeheims eine Botschaft zu bringen. Mein eigenes Herz zerfloß. Ich wünschte, etwas Wichtiges zu vermitteln. Wir müssen die bitteren Pforten des Todes durchschreiten, wollte ich ihm sagen, und die geliehenen Mineralien zurückerstatten, die uns ausmachen, aber ich möchte dir sagen, Bruder Waldemar, daß ich im Innersten überzeugt bin, die Dinge sind damit nicht zu Ende. Der Gedanke an das Leben, das wir jetzt führen, könnte uns später genauso schmerzlich wie jetzt der Gedanke an den Tod sein.

Nun, schließlich habe ich ihn mit meinen Argumenten und meiner Ehrlichkeit erweicht, und wir gingen allesamt auf die Knie und begannen alle möglichen Sachen unter seinem Bett hervorzuziehen – Pantoffeln, eine alte Kegelkugel, ein Baseballspiel, Spielkarten, verschiedene Würfel, Pappkartons und Reisekoffer und endlich – eine Relique, die ich identifizieren konnte – Humboldts Mappe. Es war Humboldts alter Beutel mit den zerfledderten Riemen, derjenige, der immer mit Büchern und Pillenfläschchen vollgestopft auf dem Rücksitz seines Buick mitfuhr.

»Warten Sie, ich habe hier drin meine Kartei«, sagte Waldemar wichtigtuerisch. »Sie bringen das ganz durcheinander. Ich mache das.«

Renata, die mit uns auf dem Boden saß, wischte mit Papiertaschentüchern den Staub ab. Sie sagte die ganze Zeit: »Hier ist ein Kleenex« und zog die Tücher hervor. Waldemar nahm einige Versicherungspolicen und ein Bündel komputerperforierter Karten der Sozialversicherung heraus. Dann gab es mehrere Pferdebilder, die er als einen fast kompletten Satz der Sieger im Kentucky Derby identifizierte. Dann durchblätterte er wie ein halbblinder Postbote zahlreiche Umschläge. »Schneller!« wollte ich sagen.

»Das ist es«, sagte er.

Da stand mein Name in Humboldts enger krakeliger Schrift.

»Was ist drin? Lassen Sie mich sehen«, sagte Renata.

Ich nahm's ihm ab, einen übergroßen schweren Manila-Umschlag.

»Sie müssen mir eine Empfangsbescheinigung geben«, sagte Waldemar.

»Aber gewiß. Renata, würdest du bitte ein formelles Schreiben aufsetzen? Etwa: Erhalten von Mr. Waldemar Wald Papiere, die mir von Von Humboldt Fleisher testamentarisch vermacht worden sind. Das werde ich dann unterschreiben.«

»Papiere welcher Art? Was ist tatsächlich da drin?«

»Was drin ist?« sagte Waldemar. »Eins ist ein langer persönlicher Brief an Mr. Citrine. Dann zwei verschlossene Umschläge, die ich bisher überhaupt noch nicht geöffnet habe, weil darauf hingewiesen wird, daß irgendwas mit dem Copyright schiefgeht, wenn man sie öffnet. Auf alle Fälle sind das Duplikate oder Duplikate von Duplikaten. Ich kann's nicht sagen. Das meiste gibt für mich überhaupt keinen Sinn. Vielleicht für Sie. Aber auf alle Fälle, wenn ich, das letzte Mitglied meiner Familie, Ihnen sagen darf, was mir auf dem Herzen liegt: Meine Toten sind überall verstreut, ein Grab hier und das andere zum Teufel und wer weiß wo, meine Schwester in dem Kasten, den sie Walhalla für die deutschen Juden nennen und mein Neffe auf dem Armenfriedhof. Was ich wirklich will, ist, die Familie wiedervereinen.«

Menasha sagte: »Es frißt an Waldemar, daß Humboldt an einer schlechten Stelle begraben ist. Weit draußen im Niemandsland.«

»Wenn in diesem Vermächtnis irgendwelches Geld drinsteckt, dann sollte es in erster Linie dafür ausgegeben werden, den Jungen auszugraben und umzubetten. Es braucht nicht das Walhalla zu sein. Das war meine Schwester, die andere nachmachen wollte. Sie hatte's irgendwie mit diesen deutschen Juden. Aber ich will uns alle zusammenbringen. Meine Toten um mich versammeln«, sagte der alte Pferdenarr.

Diese Feierlichkeit kam unerwartet. Renata und ich sahen einander an.

»Du kannst auf Charlie zählen, daß er dir gegenüber fair handelt«, sagte Menasha.

»Ich schreibe Ihnen und teile mit, was ich in diesen Papieren finde«, sagte ich. »Und sobald wir aus Europa zurück sind, verspreche ich Ihnen, daß wir alles in die Hand nehmen. Sie können sich schon den Friedhof aussuchen. Selbst wenn diese Papiere keinen kommerziellen Wert haben, wäre ich durchaus gewillt, die Umbettung vorzunehmen.«

»Genau, was ich dir gesagt habe«, sagte Menasha zu Waldemar. »Ein Kind wie dieses Kind war bestimmt, zu einem Gentleman heranzuwachsen.«

Wir gingen jetzt hinaus. Ich hielt jeden der beiden alten Knaben an einem abgezehrten Arm, an den großen Doppelknoten des Ellbogens, wo Speiche und Elle zusammentreffen, und versprach, mit ihnen in Verbindung zu bleiben. Renata, die hinter uns her schlenderte, mit ihrem weißen Gesicht und großem Hut, war in ihrer Person unendlich substantieller als jeder von uns. Sie sagte unerwartet: »Wenn Charlie das sagt, dann tut Charlie das auch. Wir gehen fort, und er wird an Sie denken.«

In einer Ecke der kalten Veranda standen die Rollstühle, glitzernd, leicht, Gestänge, rostfreies Metall mit Falten wie bei Fledermäusen. »Hätte einer was dagegen, wenn ich mich in einen von diesen Rollstühlen setzte?« sagte ich.

Ich setzte mich in einen und sagte zu Renata: »Fahr mich spazieren.«

Die alten Männer wußten nicht recht, wie sie das auffassen sollten, daß ich auf der Veranda von dieser großen, lachenden, strahlenden Frau mit den wunderbaren Zähnen hin und her gekarrt wurde. »Benimm dich nicht wie eine Närrin. Du wirst sie kränken, Renata«, sagte ich. »Nur schieben.«

»Diese verdammten Griffe sind verdammt kalt«, sagte sie.

Sie zog die Handschuhe mit einem charmanten Schwung an, muß ich zugeben.

In der schütternden Geschwindigkeit der heulenden, weinenden Untergrundbahn begann ich, den langen Brief zu lesen, die Vorrede zu Humboldts Vermächtnis, und gab die Luftpostpapierseiten an Renata weiter. Ohne Neugier, nachdem sie einige von ihnen überflogen hatte, sagte sie: »Wenn du an die Story kommst, sag mir Bescheid. Ich hab's nicht so sehr mit der Philosophie.« Ich kann ihr daraus keinen Vorwurf machen. Es war nicht *ihr* teurer Freund, der in des Todes datenloser Nacht verborgen lag. Es gab keinen Grund, weswegen sie so gerührt sein sollte, wie ich es war. Sie machte nicht den Versuch, sich in meine Empfindungen zu versetzen, und ich wollte nicht, daß sie's versuchte.

»Lieber Schaufelier«, schrieb Humboldt. »Ich bin in einer schlimmen Verfassung, denn ich werde um so normaler, je schwächer ich werde. Durch eine verdammt eigenartige Regelung haben die Irren immer Energie zu verbrennen. Und wenn der alte William James recht hatte und das Glück darin besteht, daß man mit äußerster Energie lebt und wir hier sind, um dem Glück nachzustreben, dann ist der Irrsinn die reine Seligkeit und hat auch höchste politische Billigung.« Das war genau das, wogegen Renata sich auflehnte. Ich gebe zu, daß es keine friedliche geistige Gewohnheit war. »Ich lebe an einem üblen Ort«, fuhr er fort. »Und esse üble Mahlzeiten. Ich habe jetzt hintereinander sechzig oder siebzig Mahlzeiten aus dem Feinkostladen gegessen. Man kann bei einem solchen Menü keine hohe Kunst erzeugen. Andererseits scheinen *Pastrami* und gepfefferter Kartoffelsalat gelassene Urteilskraft zu fördern. Ich gehe zum Abendessen nicht aus. Ich bleibe in meinem Zimmer. Es ist ein enormer Zeitabstand zwischen Abendessen und Bettzeit, und ich sitze neben einem heruntergelassenen Rollo (wer kann achtzehn Stunden am Tag aus dem Fenster sehen?) und berichtige einige alte Fehler. Es fährt mir manchmal durch den Sinn, daß ich vielleicht den Tod ersuche, die Pfoten von mir zu lassen, weil ich in gute Werke vertieft bin. Ob ich wohl auch versuchen werde, im Tode wie beim Liebesakt die Oberhand zu behalten? – Tu dies, tu das, halt still, zappel jetzt, küsse mein Ohr, fahre mir mit den Nägeln den Rücken entlang, aber berühre nicht meine Hoden. Jedoch ist in diesem Fall der Tod der leidenschaftliche Partner.«

»Armer Kerl, ich kann ihn mir jetzt vorstellen. Ich verstehe seinen Typ«, sagte Renata.

»Und, Charlie, während diese schwächeren, normaleren Tage kommen und gehen, denke ich oft an Dich, denke mit einer endspielhaften Klarheit. Daß ich Dir Unrecht getan habe, ist ganz klar. Ich wußte sogar, als ich Dir so kunstvoll und leidenschaftlich Übles antat, daß Du in Chicago warst, wo Du versuchtest, mir Gutes zu tun, und Dich hinter meinem Rücken mit Leuten berietest, um mir eine Stellung zu verschaffen. Ich habe Dich einen Seelenverkäufer, Judas, Verräter Arschküsser, Emporkömmling, Heuchler genannt. Ich hatte erst eine tiefschwarze Wut auf Dich und dann eine rotglühende Wut. In beiden konnte man herrlich schwelgen. Tatsache ist, daß ich wegen des Blutsbruderschecks Reue verspürte. Ich wußte, daß Du den Tod von Demmie Vonghel betrauertest. Ich keuchte vor Hinterlist und habe Dir eins ausgewischt. Du warst ein ERFOLG. Und wenn das nicht genügte und Du auch eine große moralische Persönlichkeit sein wolltest, dann zum Teufel mit Dir, dann sollte es dich ein paar tausend Dollar kosten. Es war eine Falle. Ich wollte Dir die Chance geben, mir zu verzeihen. Beim Verzeihen würdest Du das Blaue vom

Himmel runterlügen. Diese dumme Gutherzigkeit würde Deinen Wirklichkeitssinn schädigen, und mit beschädigtem Wirklichkeitssinn würdest Du erleiden, was ich erlitt. All diese verrückte Tüftelei war selbstverständlich unnötig. Du mußtest sowieso leiden, weil Du mit Ruhm und Gold geschlagen warst. Dein schwindelnder Flug durch die geschwollenen Himmel des Erfolgs und so weiter! Dein angeborener Wahrheitssinn, wenn sonst nichts, würde Dich krank machen. Aber meine ›Klügelei‹ mit endlosen Formeln, wie chemische Formeln an einer Schiefertafel in der Universität, versetzten mich in Stürme des Entzükkens. Ich war manisch. Ich schnatterte von der staubigen Höhe meines irren Kopfes. Danach war ich deprimiert und stumm für lange, lange Tage. Ich lag im Käfig. Grimmige Gorilla-Tage.

Ich frage mich, warum Du so übergroß in meinen Verranntheiten und Komplexen auftratest. Du bist vielleicht einer jener Menschen, die Familiengefühle erwecken, Du bist ein Sohn-und-Bruder-Typ. Bitte, Du willst ein Gefühl erwecken, es aber nicht notwendigerweise erwidern. Du hast die Vorstellung, daß der Strom in Deine Richtung fließen soll. Du hast den Blutsbrudereid heraufbeschworen. Ich war bestimmt verrucht, aber ich habe auf eine Anregung von Dir gehandelt. Dennoch, mit den Worten des Schlagerstars: ›Mit allen Deinen Fehlern liebe ich Dich doch.‹ Du bist ein vielversprechender Blödian, und damit hat sich's.

Ich möchte ein Wort übers Geld sagen. Als ich Deinen Blutsbruderscheck gebrauchte, erwartete ich nicht, daß ihn die Bank einlösen würde. Ich habe ihn eingelöst, denn ich war außer mir, weil Du mich nicht im Bellevue besucht hast. Ich habe gelitten; Du bist nicht zu mir gekommen, wie es einem liebevollen Freund ansteht. Ich entschloß mich, Dich zu bestrafen, zu schädigen und zu schröpfen. Du hast die Strafe, und damit auch die Sünde, auf Dich genommen. Du hast meinen Geist entliehen, um ihn dem Trenck einzupflanzen. Mein Gespenst war ein Star am Broadway. Alle diese Wahnvorstellungen bei Tageslicht, verrückt, verwöhnt und schmutzig! Ich weiß nicht, wie man's sonst ausdrükken soll. Deine Freundin ist im Dschungel gestorben. Sie wollte Dich nicht ins Bellevue lassen – das habe ich erfahren. Oh! die Macht des Geldes und die Verflechtung der Kunst damit – der Dollar als der Ehemann der Seele: eine Verbindung, die noch niemand die Neugier hatte zu studieren.

Und weißt Du, was ich mit den sechstausend Dollar gemacht habe? Ich habe mit einem Teil davon einen Oldsmobile gekauft. Was ich vorhatte, mit diesem großen starken Wagen auf der Greenwich Street anzufangen, kann ich Dir nicht sagen. Es hat mich eine Menge Geld gekostet, ihn in einer Garage unterzubringen, mehr als die Miete meiner Wohnung im fünften Stock ohne Fahrstuhl. Und was ist mit diesem Auto geschehen? Ich mußte ins Krankenhaus, und als ich nach einer längeren Schockbehandlung wieder rauskam, konnte ich mich nicht erinnern, wo ich's gelassen hatte. Ich konnte weder den Kontrollabschnitt noch die Zulassung finden. Ich mußte es schießen lassen. Aber eine kurze Zeit lang habe ich einen tollen Wagen gefahren. Ich gewann die Fähigkeit, einige meiner Symptome zu beobachten. Meine Augenlider verfärbten sich vor manischer Schlaflosigkeit zu einem tiefen Lila. Spät nachts fuhr ich mit ein paar Kumpanen am Belasco vorbei und sagte: ›Da ist der Hit, der für diese mächtige Maschine bezahlt hat.‹ Ich behaupte, daß ich auf Dich so geladen war, weil Du glaubtest, ich würde der große amerikanische Dichter des Jahrhunderts werden. Du bist von Madison, Wisconsin, herabgestiegen und hast es mir selbst gesagt. Aber ich wurde es nicht! Und wie viele Leute haben auf diesen Dichter gewartet! Wie viele Seelen hofften auf die Kraft und Süße seherischer Worte, um ihr Bewußtsein vom schalen Schmutz zu reinigen, von einem Dichter zu erfahren, was mit den drei Vierteln des Lebens geschehen ist, die offensichtlich abhanden gekommen waren! Aber in diesen letzten Jahren war ich nicht einmal imstande, Dichtung zu lesen, viel weniger, sie zu schreiben. Als ich vor ein paar Monaten den *Phaedros* aufschlug, konnte ich's einfach nicht. Ich brach zusammen. Mein Getriebe ist ausgeleiert, meine Isolierung ist kaputt. Alles ist in Trümmern. Ich hatte nicht die Kraft, Platos schöne Worte zu ertragen, und fing an zu weinen. Das ursprüngliche, frische Ich ist nicht mehr da. Aber dann denke ich: Vielleicht kann ich genesen. Wenn ich es gescheit anfange. Gescheit anfangen heißt einfachere Freuden. Blake hat's richtig getroffen, daß Freude die Speise des Intellekts ist. Und wenn der Intellekt kein Fleisch verdauen kann (den *Phaedros*), dann kann man ihn mit Zwieback und warmer Milch verwöhnen.«

Als ich die Worte über das ursprüngliche frische Ich las, fing ich selber an zu weinen, und die große gutmütige Renata schüttelte bei diesem Anblick den Kopf, als wolle sie sagen »Männer!« Als wolle sie sagen: »Diese armen, geheimnisvollen Ungetüme. Man arbeitet sich vor ins Labyrinth und findet dort den Minotaurus, dem über einen Brief das Herz bricht.« Aber ich sah Humboldt in den Tagen seiner Jugend, in Regenbogen gehüllt, beschwingte Worte äußernd, liebevoll, intelligent. In jenen Tagen war das Böse nur ein winzig kleiner schwarzer Punkt, eine Amöbe. Die Erwähnung des Zwiebacks brachte mir auch die Brezel ins Gedächtnis, die er an jenem heißen Tag am Straßenrand kaute. An jenem Tag hatte ich mich schlecht bewährt. Ich benahm mich schändlich. Ich hätte zu ihm hingehen sollen. Ich hätte seine Hand ergreifen sollen. Ich hätte sein Gesicht küssen sollen. Aber stimmt es, daß solche Handlungen wirksam sind? Und er war fürchterlich. Sein Kopf war ganz grau übersponnen wie ein befallener Busch. Seine Augen waren rot, und sein großer Körper schlotterte in dem grauen Anzug. Er sah aus wie ein alter Büffelbulle vor dem Verrecken, und ich ergriff die Flucht. Vielleicht war das genau der Tag, an dem er mir diesen wundervollen Brief schrieb. »Hier, mein Junge«, sagte Renata gütig. »Trockne dir die Augen.« Sie gab mir ein duftendes Taschentuch, das mit dem Geruch den seltsamen Eindruck erweckte, als bewahrte sie es nicht in ihrer Handtasche auf, sondern zwischen ihren Beinen. Ich hielt es gegen mein Gesicht, und sonderbarerweise bewirkte es etwas, es gab mir Trost. Diese junge Frau hatte ein gutes Verständnis für gewisse fundamentale Tatsachen.

»Heute morgen«, fuhr Humboldt fort, »war die Sonne hell. Für gewisse Lebewesen war es ein sehr schöner Tag. Obwohl ich mehrere Nächte ohne Schlaf zugebracht hatte, erinnerte ich mich noch, wie es war, wenn man badete und sich rasierte und frühstückte und in die Welt hinausging. Ein mildes Zitronenlicht bespülte die Straßen. (Hoffnung für dieses wilde, zusammengeschusterte, menschliche Projekt namens Amerika?) Ich dachte, ich wollte rüber zu Brentanos Bücherstube schlendern und in ein Exemplar von Keats' *Briefen* hineinschauen. In der Nacht hatte ich an etwas gedacht, was Keats über Robert Burns gesagt hatte. Wie eine üppige Fantasie ihr Feingefühl in Gewöhnlichkeit und erreichbaren Dingen abtötet. Denn die ersten Amerikaner waren von dichten Wäldern umgeben, und dann waren sie von erreichbaren Dingen umgeben, und die waren ebenso dicht. Daraus wurde ein Glaubensproblem – eines Glaubens an die ebenbürtige Souveränität der Fantasie. Ich stand in der Buchhandlung und wollte gerade den Satz abschreiben, als ein Verkäufer zu mir kam und mir die *Briefe* von Keats aus der Hand nahm. Er dachte, ich sei von der Bowery. Daher verließ ich den Laden, und das war das Ende eines schönen Tages. Ich kam mir vor wie Emil Jannings in einem seiner Filme. Der frühere Magnat, vom Trinken und Huren ruiniert, kommt nach Hause als alter Landstreicher und versucht, in das Fenster seines eigenen Hauses zu blicken, wo die Hochzeit seiner Tochter gefeiert wird. Der Polizist befiehlt ihm weiterzugehen, und er schlurft davon, während ein Cello Massenets *Elégie* spielt.

Nun, Charles, komme ich zum Zwieback und der warmen Milch. Große Unternehmungen sind offenbar außerhalb meiner Reichweite, aber mein Verstand ist sonderbarerweise intakt. Dieser Verstand, der gelernt hat, mit den Widrigkeiten des Lebens, wirklichen oder eingebildeten, fertigzuwerden, ist mir in diesen Tagen wie ein Gefährte. Er steht mir bei, und wir kommen gut miteinander aus. Kurz gesagt, mein Sinn für Humor ist nicht verschwunden, und jetzt, da die größeren, ehrgeizigen Leidenschaften sich abgenutzt haben, ist er mit einer altmodischen Verbeugung aus Molière vor mich getreten. Eine Beziehung hat sich entwickelt.

Du erinnerst dich, wie wir uns in Princeton mit einem Szenario über Amundsen und Nobile und Caldofreddo, den Kannibalen, amüsiert haben? Ich habe stets geglaubt, daß das einen klassischen Film abgeben würde. Ich habe es einem Mann namens Otto Klinsky im RCA-Gebäude übergeben. Er hat versprochen, es zu Sir Laurence Oliviers Friseurs Kusine durchzuschleusen, die die Schwester einer Putzfrau bei *Time and Life* war, die ihrerseits die Mutter der Dame im Schönheitssalon war, die Mrs. Klinskys Haar betreute. Irgendwo auf dem Wege ist unser Skript verlorengegangen. Ich habe noch eine Kopie davon. Du wirst sie bei diesen Papieren finden.« Ja, das stimmte. Ich war begierig, es wieder zu lesen. »Aber das ist nicht mein Vermächtnis an Dich. Immerhin haben wir daran zusammen gearbeitet, und es wäre schäbig von mir, wenn ich's ein Vermächtnis nennen würde. Nein, ich habe mir eine andere Story ausgedacht, und ich glaube, sie ist ein Vermögen wert. Diese kleine Arbeit ist mir wichtig gewesen. Unter anderem hat sie mir in manchen Nächten Stunden geistig gesunder Freuden bereitet und mich von den Unheilsgedanken befreit. Das Zusammensetzen der verschiedenen Teile hat mir das Vergnügen an einem gut geschürzten Knoten verschafft. Die Heilung durch die Freude. Ich sage Dir als Schriftsteller – wir haben einige komische amerikanische Körper gehabt, die wir in die Gewänder der Kunst einpassen mußten. Das Entzücken hatte nicht genug verhüllenden Stoff für dieses monströse Mammutfleisch, für so derbe Arme und Beine. Aber diese Vorrede wird zu lang. Auf der nächsten Seite beginnt mein Treatment. Ich habe versucht, es zu verkaufen. Ich habe es mehreren Leuten angeboten, aber die hatten kein Interesse. Ich habe nicht die Kraft, nachzufassen. Die Leute wollen mich nicht sehen. Erinnerst Du Dich, wie ich Longstaff besucht habe? Das war einmal. Empfangsdamen schicken mich fort. Ich vermute, daß ich aussehe wie der Tote in Laken, der in den Straßen von Rom quiekte und schnatterte. Nun, Charlie, Du stehst noch mitten im Leben und hast viele Verbindungen. Die Leute werden dem Schaufelier Beachtung schenken, dem Verfasser von *Trenck*, dem Chronisten von Woodrow Wilson und Harry Hopkins. Dies wird Dich erst erreichen, wenn ich ins Gras gebissen habe. Aber dann wird es ein sagenhaftes Vermächtnis sein, und ich will, daß Du's bekommst. Denn Du bist gleichzeitig nicht auszustehen und doch ein liebenswerter Mann.

Der gute alte Henry James, von dem Mrs. Henry Adams sagte, daß sein Magen größer war als seine Augen, erzählt uns, daß dem schöpferischen Geist mit Andeutungen besser gedient ist als mit genauer Kenntnis. Ich habe nie unter dem Handikap der Kenntnis gelitten. Die *donnée* für dieses Treatment stammt aus den Klatschspalten, die ich immer sorgfältig gelesen habe. *Verbum sapientiae* – ich glaube, das ist der Dativ. Das Original ist anscheinend wahr.

TREATMENT

I.

Ein Mann namens Corcoran, ein erfolgreicher Schriftsteller, ist seit vielen Jahren unproduktiv. Er hat Sporttauchen als Thema versucht und Fallschirmspringen, aber es ist nichts dabei rausgekommen. Corcoran ist mit einer willensstarken Frau verheiratet.

Eine Frau ihrer Art hätte vielleicht für Beethoven eine kraftvolle Frau abgegeben, aber Beethoven wollte damit nichts zu tun haben. Für die Rolle Corcorans stelle ich mir jemand wie Mastroianni vor.

II.

Corcoran begegnet einer schönen jungen Frau, mit der er ein Verhältnis hat. Wäre sie noch am Leben, dann wäre Marilyn Monroe ideal für diese Rolle. Zum ersten Mal seit vielen Jahren erfährt Corcoran das Glück. Dann flieht er mit ihr in einem Ausbruch von Unternehmungslust, Genialität und Wagemut an einen fernen Ort. Seine unangenehme Frau muß einen kranken Vater pflegen. Das nutzt er mit seiner Freundin aus und fährt davon. Ich weiß nicht wohin. Nach Polynesien, nach New Guinea, nach Abessinien, mit Cymbeln, wunderbar und weit weg. Der Ort ist noch ganz rein in seiner Schönheit, und zauberhafte Wochen schließen sich an. Häuptlinge empfangen Corcoran und seine Freundin. Jagden werden veranstaltet und Tänze und Bankette folgen nach. Das Mädchen ist ein Engel. Sie schwimmen zusammen in Teichen, lassen sich mitten unter Gardenien und Hibiskus dahintreiben. Nachts kommen ihnen die Punkte des Himmels nahe. Die Sinne öffnen sich. Das Leben ist erneuert. Schlacke und Unreinheiten verflüchtigen sich.

III.

Bei seiner Rückkehr schreibt Corcoran ein wunderbares Buch – ein Buch von solch zwingender Kraft und Schönheit, daß man es der Welt nicht vorenthalten darf. Aber:

IV.

Er kann es nicht veröffentlichen. Das würde seine Frau verletzen und die Ehe zerstören. Er hat selbst eine Mutter gehabt, und nur wenige Leute haben Charakter genug, diesen neuen Aberglauben über Mütter und Söhne abzulegen. Ohne diese Weibs-Geschlagenheit hätte er keine Identität, wäre er nicht einmal ein Amerikaner. Wäre Corcoran kein Schriftsteller gewesen, dann hätte er das Herz dieses engelgleichen Mädchens nicht dadurch beschmutzt, daß er ein Buch über ihr Abenteuer schrieb. Leider Gottes ist er einer dieser schreibenden Typen. Er ist nichts als ein Schriftsteller. Nicht zu veröffentlichen würde ihn umbringen. Und er hat komische Angst vor seiner Frau. Diese Frau sollte matronenhaft, gutmütig, gerade heraus, ein bißchen hart, aber nicht absolut abschreckend sein. Auf ihre Weise ist sie einigermaßen reizvoll. Eine gute Frau, ein herrschsüchtiges, typisch amerikanisches Mädchen. Ich finde, sie sollte den Diätentick haben, Tigermilch trinken und Bienenköniginnenhonig essen. Vielleicht kannst du damit etwas anfangen.

V.

Corcoran bringt das Buch zu seinem Agenten, einem Griechen-Amerikaner namens Zane Bigoulis. Dies ist eine höchst wichtige Rolle. Sie sollte von Zero Mostel gespielt werden. Der ist ein genialer Komiker. Aber wenn man ihn nicht im Zaum hält, dann geht er mit allem durch. Auf alle Fälle habe ich ihn für diese Rolle im Auge. Zane liest das Buch und ruft: ›Großartig.‹ – ›Aber ich kann's nicht veröffentlichen, es würde meine Ehe zerstören.‹ Also, Charlie: *Meine Ehe!* Nachdem die Ehe eins der Stammesidole (Francis Bacon) geworden ist, ist der Grund dieser Komödie der niedere Ernst, der den hohen Ernst der Viktorianer abgelöst hat. Corcoran hat genug Fantasie, um ein wunderbares Buch zu schreiben, aber er ist ein Sklave des Mittelstandverhaltens. Wie die Bösen fliehen, wenn sie niemand verfolgt, so ringt der Mittelstand da, wo kein Gegner ist. Sie haben nach Freiheit geschrien, die wie eine Flut über sie hereinstürzte. Nichts bleibt als ein paar treibende Planken der Psychotherapie. ›Was soll ich tun?‹ ruft Corcoran aus. Sie überlegen. Dann sagte Bigoulis: ›Sie können nichts anderes tun, als mit Hepzibah dieselbe Reise zu machen, die Sie mit Laverne unternommen haben. Genau die gleiche Reise, in der Sie dem Buch sorgfältig folgen, zur gleichen Jahreszeit. Wenn Sie die Reise wiederholt haben, können Sie das Buch veröffentlichen.‹

VI.

›Ich lasse kein Wort davon ändern‹, sagt Corcoran. ›Keine Verunreinigung, kein Verrat an dem ERLEBNIS.‹ – ›Überlassen Sie das mir‹, sagt Bigoulis. ›Ich werde Ihnen überall mit Transistoren, Strumpfhosen und Taschenkomputern und so weiter vorausgehen und die Häuptlinge bestechen. Ich werde sie dazu bringen, die gleichen Jagden und Bankette anzusetzen und die Tänze genauso anzuordnen wie beim ersten Mal. Wenn Ihr Verleger dieses Manuskript sieht, wird er froh sein, die Rechnung zu begleichen.‹ – ›Es ist wirklich ein fürchterlicher Gedanke, das alles mit Hepzibah zu machen. Und ich muß Laverne anlügen. Sie hat dieselben Gefühle wie ich über unseren wundersamen Monat auf der Insel. Es ist etwas Heiliges dabei.‹ Aber, Charlie, wie *Der scharlachrote Buchstabe* zeigt, sind Liebe und Lüge in unserem Land immer Hand in Hand gegangen. Die Wahrheit ist tatsächlich tödlich. Dimmesdale sagt sie und stirbt. Aber Bigoulis macht Vorhaltungen: ›Sie wollen, daß das Buch veröffentlicht wird? Sie wollen nicht, daß Hepzibah Sie verläßt, und Sie wollen dazu noch Laverne behalten? Vom Standpunkt eines Mannes ist die Sache absolut logisch. Also . . . wir fahren zur Insel. Ich kann's für Sie deichseln. Wenn Sie dieses Buch begraben, dann verliere ich hunderttausend in Tantiemen und mit Filmrechten vielleicht noch mehr.‹

Ich sehe, Charlie, daß ich jetzt den Ort als Insel dargestellt habe. In Gedanken an *Der Sturm*. Prospero ist ein Hamlet, der seine Rache mit Hilfe der Kunst kühlt.

VII.

Also wiederholt Corcoran mit Hepzibah die Reise, die er mit Laverne gemacht hat. Oh, welch ein Unterschied! Alles ist jetzt Parodie, Entweihung, böses Gelächter. Das ertragen werden muß. Zu den hohen Märtyrergestalten hat das zwanzigste Jahrhundert den possenhaften Märtyrer gesellt. Dieser, verstehst Du, ist der Künstler. Weil er sich wünscht, im Geschick der Menschheit eine große Rolle zu spielen, wird er zum Stromer und zum Witz. Eine doppelte Strafe ist ihm auferlegt als dem Möchtegern-Vertreter von Sinn und Schönheit. Wenn der Artist-Agonist gelernt hat, versenkt zu werden und Schiffbruch zu leiden, die Niederlage hinzunehmen und sich nichts anzumaßen, seinen Willen zu unterwerfen und seine Zuweisung zur Hölle der modernen Wahrheit hinzunehmen, dann werden vielleicht seine orphischen Kräfte wiedererweckt, und die Steine werden wiedertanzen, wenn er aufspielt. Dann werden Himmel und Erde wiedervereint. Nach einer langen Scheidung. Mit welcher Freude auf beiden Seiten, Charlie! Welcher Freude!

Aber das hat keinen Platz in unserem Film. Im Film baden Corcoran und seine Frau in einem mit Hibiskus bedeckten See. Sie findet es himmlisch. Er bekämpft seine Depression und betet um die Kraft, seine Rolle zu spielen. Inzwischen reist Bigoulis vor ihnen her, arrangiert jedes Ereignis, besticht Häuptlinge und mietet Musiker und Tänzer. In dieser Insel sieht er, zum eigenen

Nutzen, die Investitionsmöglichkeit seines Lebens. Er plant bereits, hier den größten Erholungsplatz der Welt zu bauen. Nachts sitzt er mit einer Landkarte in seinem Zelt und entwirft einen Freudentempel. Die Eingeborenen werden dann Kellner, Köche, Träger und Caddies auf dem Golfplatz.

VIII.

Als die grauenhafte Reise vorbei ist, kommt Corcoran nach New York zurück und veröffentlicht sein Buch. Es ist ein Riesenerfolg. Seine Frau verläßt ihn und klagt auf Scheidung. Sie weiß, daß nicht sie die Heldin dieser zärtlichen Szenen ist. Laverne ist wütend, als sie entdeckt, daß er die gleiche Reise, die ihr heilig war, mit Hepzibah wiederholt hat. Sie kann nie, sagt sie, einen Mann lieben, der eines solchen Verrats fähig ist. Eine andere Frau unter diesen Blumen im Mondlicht zu lieben! Sie wußte, daß er ein verheirateter Mann war. Das war sie gewillt hinzunehmen. Aber nicht dies, nicht den Vertrauensbruch. Sie will ihn nie wiedersehen.

Er ist daher allein mit seinem Erfolg, und sein Erfolg ist riesig. Du weißt, was das bedeutet . . .

Charles, hier ist mein Vermächtnis an dich. Es ist hundertmal mehr wert als der Scheck, den ich eingelöst habe. Ein derartiger Film sollte Millionen einspielen und die Third Avenue ein Jahr lang mit Warteschlangen füllen. Verlange einen Anteil der Kasseneinnahmen.

Du wirst ein gutes Drehbuch aus diesem Entwurf machen, wenn Du dabei an mich denkst, wie ich an Dich gedacht habe, als ich mir dies ausdachte. Du hast meine Persönlichkeit genommen und für Deinen *Trenck* verwertet. Ich habe bei Dir eine Anleihe gemacht, um diesen Corcoran zu schaffen. Paß auf, daß die Karikaturen nicht zu kraß werden. Ich möchte Dir Blakes Meinung zu diesem Thema ins Gedächtnis rufen: ›Spaß liebe ich‹, sagt er, ›aber zuviel Spaß ist von allen Dingen das Abscheulichste. Lachen ist besser als Spaß, und Glück ist besser als Lachen. Ich fühle, daß ein Mann in dieser Welt glücklich sein kann. Und ich weiß, daß diese Welt eine Welt der Fantasie und Vision ist . . . Der Baum, der manche zu Tränen rührt, ist in den Augen anderer nur ein grünes Ding, das im Weg steht. Manche sehen die Natur nur als Lächerlichkeit und Ungestalt, und nach diesen werde ich meine Proportionen nicht bemessen.‹«

Humboldt fügte noch ein paar Sätze hinzu. »Ich habe erklärt, warum ich ein solches Treatment geschrieben habe. Ich war wirklich nicht stark genug, um die großen Lasten zu tragen. Ich bin hier gescheitert, Charlie. Um nicht beschuldigt zu werden, daß mir zuletzt der Geschmack ausgegangen ist, will ich die großen Worte lieber vermeiden. Sagen wir, daß ich mit einem Bein schon über die letzte Hürde bin und zurückblickend Dich noch weit hinten im Feld der Lächerlichkeit strampeln sehe.

Hilf meinem Onkel Waldemar, soviel Du kannst. Sei sicher, daß ich Dir nach Kräften beistehen werde, wenn es ein Leben nach dem Tode gibt. Bevor Du Dich hinsetzt, um dieses Drehbuch zu schreiben, spiele ein paar Stellen aus der *Zauberflöte* auf dem Plattenspieler oder lies *Der Sturm*. Oder E. T. A. Hoffmann. Du bist faul, widerlich, zäher, als du denkst, aber noch nicht rettungslos verloren. Teilweise bist Du menschlich zu gebrauchen. Wir haben die Pflicht, etwas für unsere Art zu tun. Verliere nicht den Verstand über das Geld. Besiege Deine Habgier. Mehr Glück mit Frauen. Und zu guter Letzt – denke daran: Wir sind nicht natürliche Wesen, sondern übernatürliche Wesen.

In Liebe, Humboldt«

»So, jetzt weiß ich, warum wir die Scala versäumt haben«, sagte Renata. »Wir hatten Karten für heute abend. All dieser Glanz – diese prächtige Aufführung von *Der Barbier von Sevilla* – die Chance, zur größten musikalischen Zuhörerschaft von Europa zu gehören! Und wir haben's geopfert. Und für was? Um nach Coney Island zu fahren. Und mit was zurückzukommen? Einem blödsinnigen Entwurf. Ich könnte darüber lachen«, sagte sie. Ja, sie lachte wirklich. Sie war guter Laune und war selten schöner gewesen, das dunkle Haar zurückgekämmt und hochgesteckt, wobei der Eindruck – ja, ein Eindruck von Rettung, seidig und wundersam, entstand. Die dunklen Töne mit dem Rot standen Renata am besten. »*Dir* ist's gleich, ob du die Scala versäumst. Allen Beglaubigungen zum Trotz machst du dir nämlich eigentlich nichts aus Kultur. Im tiefsten Innern bist du schließlich doch aus Chicago.«

»Ich will dich entschädigen. Was ist heute abend in der Met?«

»Nein, es ist Wagner, und dieser ›Liebestod‹ langweilt mich. Jetzt, da alle davon reden, wollen wir mal versuchen, ob wir *Deep Throat* sehen können. Gut, gut, ich seh' dir an, daß du im Begriff bist, eine Bemerkung über Sexfilme zu machen. Tu's nicht. Ich werde dir sagen, was deine Einstellung ist. – Wenn man's tut, macht's Spaß, und wenn man's sieht, ist es schmutzig. Und denke daran, daß deine Witzchen keinen Respekt vor mir beweisen. Erst tue ich so manches für dich, und dann werde ich eine Frau aus einer gewissen Klasse.«

Trotzdem war sie gutherzig, gesprächig und äußerst liebevoll. Wir aßen unser Lunch im Oak Room, weit weg von den Bohnen und Würstchen des Altersheims. Wir hätten diesen zwei alten Knaben eine Freude machen und sie zum Essen ausführen sollen. Bei Tisch hätte mir Menasha vielleicht eine Menge von meiner Mutter erzählt. Sie starb, als ich ein Halbwüchsiger war, und ich wollte für mein Leben gern, daß sie von einem reifen Mann beschrieben wurde, wenn Menasha einer war. Sie war zu einer geheiligten Person geworden. Julius behauptete immer, daß er sich an sie überhaupt nicht erinnern könne. Er hatte wegen meines Gedächtnisses grundsätzlich seine Bedenken. Warum diese Gier (die an Hysterie grenzte) auf die Vergangenheit? Klinisch gesprochen war das Problem wohl wirklich Hysterie. Philosophisch stand ich besser da. Plato verbindet Erinnerung mit Liebe. Aber ich konnte Renata nicht bitten, mit zwei alten Knaben auf der Bretterpromenade zu einem Fischrestaurant zu schleichen, ihnen einen ganzen Nachmittag zu helfen, die Speisekarte zu lesen und mit Muscheln fertig zu werden, ihnen die Butter von der Hose zu wischen und wegzugucken, wenn ihre Prothesen runterrutschten, nur um über meine Mutter zu sprechen. Für sie war es blödsinnig, daß ein älterer Mann wie ich so versessen war, Erinnerungen an seine Mutter zu hören. Der Kontrast zu diesen sehr alten Männern ließ mich vielleicht ein wenig jünger erscheinen, aber es war trotzdem möglich, daß sie uns in ihrer Gereiztheit alle in einen Topf warf. Auf diese Weise kamen Menasha und Waldemar um ein Vergnügen.

Im Oak Room bestellte sie Beluga-Kaviar. Sie sagte, das sei ihr Lohn dafür, daß sie mit der Untergrundbahn gefahren sei. »Und danach«, sagte sie dem Kellner, »Hummersalat. Zum Nachtisch die *profiterole*. Mr. Citrine nimmt das *omelette fines-herbes*. Ich lasse ihn den Wein bestellen.« Das tat ich auch, nachdem sie mir gesagt hatte, was sie wollte. Ich bestellte eine Flasche Pouilly-Fuissé. Als der Kellner fort war, sagte Renata: »Ich stelle fest, daß deine Augen beim Lesen der Speisekarte von rechts nach links gehen. Du hast keinen Grund für die Arme-Leute-Tour. Du kannst immer Geld machen, Unmengen. Besonders wenn du dich mit mir zusammentust, verspreche ich dir, daß wir Lord und Lady Citrine werden. Ich weiß, daß der Besuch in Coney Island dich schwermütig gemacht hat. Deshalb gebe ich dir einen Anlaß, dein Glück zu preisen. Sieh dich in diesem Speisesaal um und sieh dir die Frauen an – sieh mal an, bei was für Kreaturen die bedeutenden Makler, Generaldirektoren und großen Rechtsanwälte hängenbleiben. Dann vergleiche.«

»Du hast wirklich recht. Mein Herz blutet für alle Beteiligten.«

Der Weinkellner kam und machte die üblichen Hampeleien, zeigte das Etikett und duckte sich mit dem Korkenzieher. Dann schenkte er mir etwas Wein zum Probieren ein und belästigte mich mit den oberflächlichen Höflichkeiten, die anerkannt werden mußten.

»Immerhin war es richtig, nach New York zu kommen, das sehe ich jetzt ein«, sagte sie. »Deine Mission hier ist beendet, und das ist sehr zu begrüßen, denn es ist an der Zeit, daß dein Leben eine reale Grundlage erhält und du ein paar Tonnen Abfall wegräumst. Deine tiefen Gefühle und Empfindungen mögen dich ehren, aber du bist wie ein Mandolinenspieler. Du kitzelst jede Note zehnmal. Es ist niedlich, aber ein bißchen davon reicht. Wolltest du etwas sagen?«

»Ja, die Absonderlichkeit des Lebens auf dieser Erde ist sehr bedrückend.«

»Du sagst immer ›auf dieser Erde‹. Das klingt mir unheimlich. Dieser alte Professor Scheldt, der Vater von deinem Miezekätzchen Doris, hat dich mit seinen esoterischen höheren Welten angefüllt, und wenn du mit mir davon redest, habe ich das Gefühl, daß wir beide überkandidelt werden: Wissen, das kein Hirn braucht, Hören ohne tatsächliche Ohren, Sicht ohne Augen, die Toten sind bei uns, die Seele verläßt den Körper, wenn wir schlafen. Glaubst du das ganze Zeug?«

»Ich nehme es ernst genug, um es zu prüfen. Und was die Seele betrifft, die den Körper im Schlaf verläßt, so hat meine Mutter das fest geglaubt. Das hat sie mir erzählt, als ich ein Kind war. Ich finde daran nichts Außergewöhnliches. Nur meine Kopfkultur ist dagegen. Ich habe so eine Ahnung, daß Mutter recht hatte. Das kann mich nicht verschroben machen, ich bin bereits verschroben. Leute, die so erfinderisch, so fruchtbar im Wünschen waren wie ich und auch die mir wunderbar Überlegenen, sind in den Tod gegangen. Und was ist dieser Tod? Wiederum: *nessuno sa*. Aber daß wir den Tod nicht kennen, zerstört uns. Und das ist das Feld der Lächerlichkeit, auf dem mich Humboldt noch leiden sieht. Kein redlicher Mensch kann sich weigern, seinen Verstand, seine Seele diesem Problem der Probleme zu widmen. Der Tod hat jetzt keinen ernsten Rivalen in der Wissenschaft, der Philosophie, der Religion oder der Kunst . . .«

»Und daher glaubst du, daß die verschrobenen Theorien die besten sind?«

Ich murmelte etwas vor mich hin, denn sie hatte dieses Zitat von Samuel Daniel schon früher gehört, und ihr Vergleich mit dem Mandolinenspieler hinderte mich, es laut zu wiederholen. Es lautete: »Während ängstliches Wissen noch überlegt, hat kühne Unwissenheit schon gehandelt.« Mein Gedanke war, daß das Leben auf dieser Erde tatsächlich auch alles andere war, vorausgesetzt, daß wir lernten, es wahrzunehmen. Wenn wir das jedoch nicht konnten, wurden wir bis zum Herzzerbrechen bedrückt. *Mein* Herz brach immerzu, und ich hatte das gründlich satt.

Renata sagte: »Nein wirklich, was kümmere ich mich darum – verehre, wie du willst, ist amerikanisch und grundlegend. Nur wenn du die Augen öffnest, liegt darin so ein schummriger Schimmer. Ich fand's übrigens großartig, daß Humboldt sagte, du wärst ein vielversprechender Blödian. Das fand ich großartig.«

Ich meinerseits fand Renatas Fröhlichkeit großartig. Ihre Derbheit und Unverblümtheit waren unendlich viel besser als ihre liebevoll-fromme Masche. Die habe ich nie geschluckt – nie. Aber ihre Fröhlichkeit, als sie Kaviar, gehacktes Ei und Zwiebel für mich auf Melba-Toast legte, gab mir ein wunderbares, überschwengliches Gefühl der Behaglichkeit. »Nur«, fuhr sie fort, »du mußt aufhören zu bibbern wie ein zehnjähriges Mädchen.

Und jetzt wollen wir dieser Humboldt-Sache mal gerade ins Auge sehen. Er hat geglaubt, dir einen wertvollen Besitz zu hinterlassen. Armer Mensch. Welch ein Witz! Wer würde eine solche Story kaufen wollen? Was hat sie denn? Du würdest das Ganze zweimal machen müssen, erst mit dem Mädchen und dann mit der Frau. Das würde die Zuschauer zum Wahnsinn treiben. Produzenten versuchen, noch über *Bonnie and Clyde*, *The French Connection* und *The Godfather* hinauszugehen. Mord in der Hochbahn. Nackte Liebhaber, die auf und abspringen, wenn die Maschinengewehrkugeln in ihre Körper schlagen. Spießer auf Massagetischen, denen die Kugeln genau durch die Brillengläser dringen.« Die erbarmungslose, absolut freundliche Renata lachte, schlürfte ihren Pouilly-Fuissé, war sich bewußt, wie sehr ich ihren Hals und die weibliche Finesse seiner weißen Ringe bewunderte (hier war der Schleier der Maya so lebendig wie eh und je). »Naja, stimmt das nicht, Charlie? Und womit macht Humboldt Konkurrenz? Er träumte davon, er könne sein Publikum in Bann schlagen. Aber das konntest du auch nicht. Ohne deinen Regisseur wäre dein *Trenck* nie ein großer Kassenerfolg geworden. Das hast du mir selber gesagt. Was hast du für die Filmrechte am *Trenck* bekommen?«

»Der Preis war dreihunderttausend. Der Produzent hat die Hälfte genommen, der Agent zehn Prozent, die Regierung hat sechzig Prozent vom Rest bekommen, ich habe fünfzig in das Haus in Kenwood gesteckt, das jetzt Denise gehört ...« Wenn ich Zahlen nannte, war Renatas Gesicht wunderbar friedlich. »So verteilt sich mein geschäftlicher Erfolg«, sagte ich. »Und ich wäre nie imstande gewesen, das ganz allein zu schaffen, das gebe ich zu. Es waren vor allem Harold Lampton und Kermit Bloomgarden. Und was Humboldt betrifft, so war er nicht der erste, der zugrunde ging, weil er versuchte, weltlichen Erfolg mit poetischer Integrität zu verbinden, lodernd vor dichterischem Feuer, wie Swift sagt, und daher untauglich für Kirche, Recht oder Staat. Aber er hat an mich gedacht, Renata. Sein Szenario gibt seine Meinung über mich wieder – Narrheit, Verworrenheit, vergeudete Schlauheit, ein liebendes Herz, eine Art verschlamptes Genie, eine gewisse Eleganz der Struktur. Sein Vermächtnis ist auch sein liebevolles Urteil über mich. Und er hat sein Bestes getan. Es war eine Tat der Liebe ...«

»Charlie, sieh, man bringt dir das Telefon«, sagte Renata. »Das ist toll.«

»Sie sind Mr. Citrine?« sagte der Kellner.

»Ja.«

Er stöpselte den Apparat ein, und ich sprach mit Chicago. Der Anruf kam von Alec Szathmar. »Charlie, du bist im Oak Room?« sagte er.

»Bin ich.«

Er lachte vor Erregung. Wir beide, die wir als Kinder in einer Seitengasse mit Boxhandschuhen gespielt und einander ins Gesicht geschlagen hatten, bis uns die Puste ausging und wir benommen waren, waren jetzt Männer und in der Welt emporgekommen. Ich speiste elegant in New York, er rief mich aus seinem holzgetäfelten Büro in der La Salle Street an. Leider entsprach die Nachricht, die er mir gab, nicht diesem vornehmen Rahmen. Oder doch? »Urbanovich hat Denise und Pinsker stattgegeben. Das Gericht sagt, du mußt eine Sicherheit hinterlegen. Die Summe beträgt zweihunderttausend Dollar. Das kommt davon, wenn du nicht meinen Rat befolgst. Ich habe dir gesagt, du solltest einiges Geld in der Schweiz verstecken. Nein, du mußtest ehrlich bleiben. Du wolltest nichts Krummes tun. Das ist die Art von Snobismus, die dich vernichtet. Du willst Sparsamkeit? Nun, du bist um zweihunderttausend Dollar näher dran als gestern.«

Ein leichtes Echo verriet mir, daß er einen Verstärker benutzte. Meine Antworten konnten über die Sprechanlage des Büros gehört werden. Das bedeutete, daß seine Sekretärin Tulip zuhörte. Wegen des liebevollen Interesses, das diese Frau für meine Angelegenheiten bewies, lud Szathmar, der immer Theater spielte, sie manchmal ein, unseren Unterhaltungen zuzuhören. Sie war eine großartige Frau, etwas blaß und schwer, und gab sich im traurigen, hochherzigen Stil der alten West Side. Sie war Szathmar ergeben, dessen Schwächen sie kannte und vergab. Nur Szathmar war sich keiner Schwächen bewußt. »Woher kriegst du jetzt Geld, Charlie?« sagte er.

Als erstes war notwendig, diese Tatsachen vor Renata geheimzuhalten.

»Das ist kein dringendes Problem. Ich habe doch noch ein kleines Guthaben bei dir, nicht?«

»Wir haben uns geeinigt, die Anleihe für die Eigentumswohnung in fünf jährlichen Raten abzuzahlen, und du hast bereits die Zahlung für dieses Jahr erhalten. Ich nehme an, die Jahrzehnte kostenloser juristischer Beratung, die ich dir gegeben habe, zählen überhaupt nicht.«

»Du hast mir auch Tomchek und Srole aufgehalst.«

»Das beste Team für Familienangelegenheiten in Chicago. Sie konnten mit dir nicht arbeiten. Das könnte niemand.«

Renata gab mir noch ein Stück Melba-Toast mit Kaviar, gehacktem Ei, Zwiebel und saurer Sahne.

»Jetzt habe ich Botschaft Nummer eins durchgegeben«, sagte Szathmar. »Botschaft Nummer zwei ist, deinen Bruder in Texas anzurufen. Seine Frau hat versucht, dich zu erreichen. Es ist nichts passiert. Keine Panik. Julius muß sich einer Operation am offenen Herzen unterziehen. Deine Schwägerin sagt, man will gegen seine Angina pectoris ein paar Arterien verpflanzen. Sie meinte, sein einziger Bruder sollte Bescheid wissen. Für die Operation fahren sie nach Houston.«

»Dein Gesicht hat sich ganz verändert, was ist los?« sagte Renata, als ich den Hörer niederlegte.

»Mein Bruder muß am offenen Herzen operiert werden.«

»O-o!« sagte sie.

»Richtig. Ich muß hinfahren.«

»Du verlangst doch nicht von mir, daß ich diese Reise wieder aufschiebe?«

»Wir können ohne weiteres von Texas fliegen.«

»Mußt du hin?«

»Natürlich muß ich.«

»Ich habe deinen Bruder nicht kennengelernt, aber ich weiß, daß er ein harter Mann ist. Er würde seine Pläne für dich nicht aufgeben.«

»Hör zu, Renata, er ist mein einziger Bruder, und das sind furchtbare Operationen. Soweit ich weiß, brechen sie einem den Brustkasten auf, nehmen das Herz heraus, legen es auf ein Handtuch oder dergleichen, während sie das Blut durch eine Maschine zirkulieren lassen. Es ist eins dieser dämonischen Dinge der modernen Technologie. Arme Menschheit, wir sind jetzt alle in die gegenständliche Welt hinabgestürzt . . .«

»Uff«, sagte Renata. »Ich hoffe, sie machen aus mir niemals so ein Puzzlespiel.«

»Geliebte Renata, in deinem Fall ist bereits der bloße Gedanke blasphemisch.« Wenn der Halt durch die Kleidung wegfiel, fielen Renatas Brüste ein wenig nach rechts und links, infolge einer gewissen Fülle im Ansatz und vielleicht wegen ihrer Verbindung mit den Magnetpolen der Erde. Man dachte nicht daran, daß Renata eine Brust in der üblichen menschlichen Weise hatte – bestimmt nicht in der menschlichen Weise meines Bruders, grauhaarig und fett.

»Du willst, daß ich mit dir nach Texas komme, nicht wahr?« sagte sie.

»Es würde mir viel bedeuten.«

»Und mir auch, wenn wir Mann und Frau wären. Ich würde zweimal die Woche hinfahren, wenn du Unterstützung brauchtest. Aber bilde dir nicht ein, daß du mich in Schlepp nimmst und vor einem schmutzigen alten Mann mit mir als deiner Kebse angibst. Richte dich nicht nach meinem Benehmen als unverheiratete Frau.«

Das letzte war eine Anspielung auf die Nacht, in der sie mich ausschloß und neben Flonzaley lag, dem Bestattungskönig. Sie hatte geweint, wenn man sie's erzählen hörte, während ich verzweifelt telefonierte. »Heirate mich«, sagte sie jetzt zu mir. »Ändere meinen Status. Das brauche ich. Ich würde eine wunderbare Frau für dich sein.«

»Das sollte ich wirklich. Du bist eine herrliche Frau. Warum sollte ich mit dir über Gründe streiten?«

»Da gibt's nichts zu streiten. Ich fahre morgen nach Italien, und du kannst mich in Mailand treffen. Aber ich betrete Bifernos Ledergeschäft in einer schwachen Position. Als geschiedene Frau, die sich mit einem Liebhaber rumtreibt, kann ich nicht erwarten, daß mein Vater sehr begeistert ist, und praktisch gesprochen, wird es schwerer für ihn sein, meinetwegen eine Läuterung seiner Gefühle durchzumachen, als wenn ich ein unschuldiges Mädchen wäre. Was mich betrifft, so erinnere ich mich noch, wie meine Mutter und ich auf die Straße gesetzt wurden – mitten auf der Via Monte Napoleone, und wie ich vor dem Schaufenster mit all dem schönen Leder stand und weinte. Bis auf den heutigen Tag werde ich fast ohnmächtig, weil ich mich zurückgesetzt fühle und mir das Herz bricht, wenn ich zu Gucci hineingehe und die Luxuskoffer und Handtaschen sehe.«

Manche Aussagen sollen verklingen, manche widerhallen. Die Worte »mein Benehmen als unverheiratete Frau« klang noch wider, wie es ihre taktische Absicht gewesen war. Aber es war unmöglich, sie nur deshalb zu heiraten, damit sie ein paar Tage in Mailand ehrlich blieb.

Ich ging hinauf zum Mansardenzimmer und ließ mich vom Telefonfräulein mit meinem Bruder in Corpus Christi verbinden.

»Ulick?« sagte ich und gebrauchte den Familienspitznamen.

»Ja, Chuckie.«

»Ich komme morgen nach Texas.«

»Aha, man hat's dir erzählt«, sagte er. »Sie wollen mich am Mittwoch aufhacken. Ja, komme her, wenn du nichts Besseres zu tun hast. Ich meine, ich hätte gehört, daß du nach Europa fährst.«

»Ich kann von Houston aus ins Ausland reisen.«

Er war natürlich erfreut, daß ich kommen wollte, aber er war mißtrauisch und fragte sich, ob ich nicht nach irgendeinem Vorteil angelte. Julius liebte mich eigentlich, aber behauptete und glaubte sogar, daß er's nicht tue. Meine brüderliche Wärme schmeichelte ihm. Aber er hatte einen zu klaren Kopf, um sich was vorzumachen. Er war kein liebenswerter Mann, und wenn er in meinen Gefühlen einen wichtigen Platz einnahm und diese Gefühle kompliziert und intensiv waren, dann deshalb, weil ich entweder merkwürdig unentwickelt und unreif oder möglicherweise, ohne es zu wissen, in eine Schwindelei verwickelt war. Ulick sah überall Schiebung. Er war ein fester Charakter, mit scharfem Gesicht, gut aussehend, großen Augen, auf der Hut und schlau. Ein Schnurrbart nach Art des verstorbenen Außenministers Dean Acheson milderte die Habgier seines Mundes. Er war ein prahlerischer, schwerer, anmutiger, raffgieriger Mann, der kariert und gestreift trug, farbig, aber elegant geschnitten. Irgendwo zwischen Geschäft und Politik hatte er sich einst in Chicago ein Vermögen erworben, in Verbindung mit der Unterwelt, obwohl er ihr nicht angehörte. Aber er verliebte sich und verließ seine Frau wegen dieser anderen Frau. Bei der Scheidung wurde er ruiniert und verlor seine Besitztümer in Chicago. Er erwarb sich jedoch ein zweites Vermögen in Texas und gründete eine zweite Familie. Es war unmöglich, ihn sich ohne seinen Reichtum vorzustellen. Es war nötig für ihn, im Geld zu schwimmen, ein Dutzend Anzüge zu besitzen und Hunderte Paare von Schuhen, Hemden, die nicht zu zählen waren, Manschettenknöpfe, Ringe für den kleinen Finger, große Häuser, Luxusautomobile, eine großherzogliche Domäne, über die er herrschte wie ein Dämon. So war Julius, mein großer Bruder Ulick, den ich liebte.

»Für mein Leben«, sagte Renata, »kann ich nicht begreifen, warum du diesen deinen Bruder so abgöttisch liebst. Je mehr er dich unterbuttert, desto mehr betest du ihn an. Darf ich dir ein paar Sachen, die du mir von ihm erzählt hast, ins Gedächtnis rufen? Als du ein Kind warst und mit Spielsachen auf dem Fußboden spieltest, hat er dir auf die Finger getreten. Er hat dir Pfeffer in die Augen gerieben. Er hat dir mit einer Kelle über den Schädel gehauen. Als du ein Halbwüchsiger warst, hat er dir deine Sammlung von Marx- und Leninbroschüren verbrannt. Er hat mit allen Faustkämpfe veranstaltet, sogar mit einer schwarzen Dienstmagd.«

»Ja, das war Bama, sie war einsachtzig groß und hat ihm einen derben Schlag ans Ohr versetzt, der für ihn fällig war.«

»Er ist in hundert Skandale und Prozesse verwickelt gewesen. Er hat vor zehn Jahren auf ein Auto geschossen, das seine Einfahrt benutzte, um zu wenden.«

»Er beabsichtigte, nur auf den Reifen zu schießen.«

»Ja, aber er hat die Fenster getroffen und wurde wegen Überfalls mit einer tödlichen Waffe angeklagt – hast du mir das nicht erzählt? Es klingt so, als sei er einer der verrückten Rohlinge, die in dein Leben verwickelt sind. Oder war's umgekehrt?«

»Das Seltsame ist, daß er kein Rohling ist, er ist charmant, ein Gentleman. Aber vor allem ist er mein Bruder Ulick. Manche Menschen sind so gegenwärtig, daß sie meine kritischen Fähigkeiten über den Haufen werfen. Wenn sie einmal da sind – unbestreitbar, unverkennbar –, dann kann man nichts dagegen tun. Ihre Wirklichkeit vermag mehr als meine praktischen Interessen. Ich fühle mich ihnen nicht nur lebhaft, sondern darüber hinaus leidenschaftlich verbunden.«

Offenbar gehörte Renata selbst zu dieser Kategorie. Ich war ihr leidenschaftlich verbunden, weil sie Renata war. Sie hatte noch einen zusätzlichen Wert – sie wußte eine Menge von mir. Ich hatte ein wohlerworbenes Interesse an ihr, weil ich ihr so viel von mir erzählt hatte. Sie war über Leben und Anschauung von Citrine unterrichtet. Einen solchen Unterricht über das Leben von Renata brauchte man nicht. Man brauchte nichts weiter, als sie anzusehen. Und die Dinge lagen so, daß ich ihre Beachtung erkaufen mußte. Je mehr Fakten ich in sie investierte, desto mehr brauchte ich sie, und je mehr ich sie brauchte, desto höher wurde ihr Preis. Im künftigen Leben wird es keine solche persönliche oder erotische Versklavung geben. Man wird keine andere Seele bestechen müssen, damit sie zuhört, wenn du erklärst, was du im Sinn hast und was du vorgehabt hast und was du getan hast und was andere vorgehabt haben und so weiter. (Obwohl sich selbstverständlich die Frage erhebt, warum jemand gratis und franko solchem Zeug zuhören soll?) Die spirituelle Wissenschaft sagt, daß im künftigen Leben die moralischen Gesetze den Vorrang haben, und die sind dort so mächtig wie die Naturgesetze in der physischen Welt. Allerdings war ich noch ein Anfänger im theosophischen Kindergarten.

Aber ich meinte es durchaus ernst. Ich wollte einen seltsamen Sprung und Sturz in die Wahrheit versuchen. Ich hatte meinen Strauß mit den meisten zeitgenössischen Methoden des Philosophierens ausgetragen. Ein für allemal wollte ich feststellen, ob an den unablässigen Andeutungen der Unsterblichkeit, die sich mir darboten, etwas dran war. Zudem war das das Höchste und Revolutionärste, das man unternehmen konnte, und von größtem Wert. Gesellschaftlich, psychologisch, politisch war das innerste Wesen der menschlichen Einrichtungen ein Extrakt dessen, was wir vom Tod erwarteten. Renata sagte, daß ich den Intellektuellen gegenüber wütend und anmaßend und rachsüchtig sei. Ich behauptete immer, daß sie ihre und unsere Zeit vergeudeten und daß ich sie niedertrampeln und fertigmachen wolle. Das mag sein, wenngleich sie meine Gewalttätigkeit übertrieb. Ich hatte diese seltsame Ahnung, daß die Natur selber nicht *da draußen* sei, eine Objekt-Welt, die auf ewig von den Subjekten getrennt war, sondern daß alles Äußere lebhaft einem Inneren entspreche, daß die beiden Reiche identisch seien und auswechselbar und daß die Natur mein eigenes unbewußtes Ich sei. Das konnte ich durch geistige Arbeit, wissenschaftliche Studien und intensive Meditation kennenlernen. Jedes Ding in der Natur ist eine Verkörperung von etwas in meiner eigenen Seele. In diesem Augenblick im Plaza nahm ich eine schnelle Standortsbestimmung vor. Ich hatte ein gewisses Gefühl vom Weltraum. Der Bezugsrahmen war verschwommen und umschauerte mich. Daher war es nötig, fest zu sein und Metaphysik und Lebensführung auf praktische Weise miteinander zu verbinden.

Nehmen wir dann an, daß nach der größten, leidenschaftlichsten Lebendigkeit und zarter Glorie die Vergessenheit alles ist, was wir zu erwarten haben, die große Leere des Todes. Was für Möglichkeiten bieten sich da an? Eine Möglichkeit ist, sich allmählich in die Vergessenheit hineinzutrainieren, so daß sich keine große Änderung vollzogen hat, wenn man gestorben ist. Eine andere Möglichkeit ist, die Bitterkeit des Lebens so zu steigern, daß der Tod eine wünschenswerte Erlösung ist. (Dabei wird die übrige Menschheit nach Kräften mithelfen.) Dann gibt es noch eine selten gewählte Möglichkeit. Diese Möglichkeit ist, daß man die tiefsten Elemente im eigenen Ich ihr tiefstes Wissen enthüllen läßt. Wenn es nichts anderes gibt als Nicht-Sein und Vergessenheit, was auf uns wartet, dann haben uns die herrschenden Überzeugungen nicht irregeführt, und damit hat sich's. Das würde mich erstaunen, denn die herrschenden Überzeugungen befriedigen nur selten mein Bedürfnis nach Wahrheit. Immerhin muß die Möglichkeit zugestanden werden. Angenommen jedoch, daß Vergessenheit *nicht* der Fall ist? Was habe ich dann in etwa sechs Jahrzehnten getan? Ich glaube, ich war nie überzeugt, daß Vergessenheit der Fall *sei*, und durch etwa fünfeinhalb Jahrzehnte der Entstellung und Absurdität habe ich die angebliche Rationalität und Endgültigkeit des Vergessenheitsglaubens angefochten.

Das waren die Gedanken, die mir im obersten Stockwerk des Plaza Hotels durch den Kopf wirbelten. Renata kritisierte immer noch das Mansardenzimmer. Ich machte ihr New York immer zum großen Vergnügungsfest, gab großartig Geld aus und ließ es mir durch die Finger fließen wie ein Goldgräber von Klondike. Urbanovich hatte Gründe für seine Ansicht, daß ich ein wilder alter Mann war, daß ich Kapital über Bord warf, damit es nicht in die Hände des Feindes fiel, und daß er mich in meine Grenzen verwies. Aber es war ja nicht sein Geld, oder? Trotzdem war die Sache sehr verworren, denn alle möglichen Leute, mit denen ich kaum bekannt war, hatten Ansprüche darauf. Da war zum Beispiel Pinsker, Denises Anwalt, der haarige Mann mit der Käseomelette-Krawatte. Ich kannte den Mann nicht mal, wir hatten kein einziges persönliches Wort miteinander gewechselt. Wie geriet seine Hand in meine Tasche?

»Wie wollen wir unsere Angelegenheiten regeln?« fragte Renata.

»Für dich, in Italien? Kannst du mit tausend Dollar eine Woche lang auskommen?«

»Man erzählt sich von dir in Chicago die scheußlichsten Dinge, Charlie. Du solltest einmal hören, was für einen Ruf du hast. Natürlich sorgt Denise dafür. Sie bearbeitet sogar die Kinder, und die verbreiten ihre Ansichten auch. Du sollst unerträglich sein. Mutter hört das überall. Aber wenn man dich näher kennt, dann bist du ganz reizend – der reizendste Mann, den ich kennengelernt habe. Wie wär's, wenn wir uns liebten? Wir brauchen uns nicht ganz auszuziehen. Ich weiß, daß du's manchmal halb und halb vorziehst.« Sie zog sich unten aus, hakte den Büstenhalter zur leichten Erreichbarkeit auf und setzte sich auf eine Ecke des Bettes in Bereitschaft in aller Fülle, Weichheit und Schönheit ihrer unteren Hälfte. Das Gesicht weiß und die Brauen fromm hochgezogen. Ich stand ihr im Hemd gegenüber. Sie sagte: »Speichern wir ein bißchen Trost für unsere Trennung.«

Da begann hinter uns auf dem Nachttisch das kleine Licht des Telefons stumm zu blinken, zu pulsen. Jemand versuchte, mich zu erreichen. Wer hatte zuerst gepulst, war die Frage.

Renata fing an zu lachen. »Du kennst die begabtesten Störenfriede«, sagte sie. »Die wissen immer, wann sie dich belästigen. Nun? Nimm's ab. Die Gelegenheit ist sowieso zum Teufel. Du siehst ängstlich aus. Wahrscheinlich denkst du an die Kinder.«

Der Anrufer war Thaxter. Er sagte: »Ich bin unten. Bist du beschäftigt? Kannst du zum Palm Court kommen? Ich habe wichtige Neuigkeiten.«

»Fortsetzung folgt«, sagte Renata einigermaßen fröhlich. Wir zogen uns an und gingen nach unten, um Thaxter zu suchen. Ich erkannte ihn zunächst nicht, weil er eine neue Aufmachung trug, einen Westernhut, und seine Samthose war in Cowboystiefel gestopft.

»Was soll das?« fragte ich.

»Die gute Nachricht ist, daß ich einen Vertrag für das Buch über die reizbaren Diktatoren abgeschlossen habe«, sagte er.

»Ghaddafi, Amin und die anderen Typen. Und darüber hinaus, Charlie, können wir noch einen Vertrag kriegen. Heute. Heute abend, wenn du willst. Und ich meine, wir sollten's tun. Es wäre wirklich ein günstiger Abschluß für dich. Und, oh! Übrigens war am Haustelefon neben mir eine Dame, die dich auch sprechen wollte. Sie ist die Witwe des Dichters Fleisher, glaube ich, oder seine geschiedene Frau.«

»Kathleen? Wo ist sie hingegangen? Wo ist sie?« fragte ich.

»Ich habe ihr gesagt, daß wir ein dringendes Geschäft hätten, und sie mußte sowieso etwas einkaufen. Sie sagte, ihr könntet euch in etwa einer Stunde im Palm Court treffen.«

»Du hast sie weggeschickt?«

»Bevor du böse wirst, denke daran, daß ich auf der *France* eine Cocktailparty schmeiße. Ich bin mit meiner Zeit ein bißchen knapp.«

»Was soll diese Western-Aufmachung?« sagte Renata.

»Na ja, ich dachte, es sei ein guter Gedanke, wenn ich amerikanischer aussehe, ein Mann aus dem Herzen des Landes. Ich wollte gern zeigen, daß ich nichts mit den liberalen Medien und dem Establishment des Ostens zu tun hätte.«

»Du tust so, als nähmest du diese Burschen von der dritten Welt ernst«, sagte ich, »und dann beschreibst du sie in deinem Buch als Proleten, Dummköpfe, Erpresser und Killer.«

»Nein, die Sache hat eine ernste Seite«, sagte Thaxter. »Ich habe vor, die krasse Satire zu vermeiden. Diese Frage hat ihre ernste Seite. Ich will sie nicht nur als Soldaten-Demagogen und Bösewicht-Hampelmänner darstellen, sondern auch als Führer, die dem Westen trotzen. Ich will etwas darüber sagen, warum sie verstimmt sind, daß die Zivilisation nicht imstande war, die Welt über die Technologie und den Bankverkehr hinauszuführen. Ich beabsichtige, die Krise der Werte zu analysieren . . .«

»Laß die Finger von diesem Zeug. Versuche dich nicht an den Werten, Thaxter. Ich will dir lieber ein paar Ratschläge geben. Zunächst einmal, drängle dich nicht vor, laß dich selbst bei diesen Interviews aus dem Spiel und stelle keine langen Fragen. Zweitens, mach dich nicht gemein mit diesen Diktatoren und halte dich von Wettspielen fern. Wenn du mit ihnen Backgammon oder Pingpong oder Bridge spielst, dann läßt du dich hinreißen, und es ist aus mit dir. Du kennst Thaxter nicht«, sagte ich zu Renata,

»wenn du ihn nicht mit einem Billardstock in der Hand oder einem Pingpongschläger oder einem Tennisracket oder einem Golfschläger gesehen hast. Er ist bösartig, er springt, er mogelt, er wird hochrot im Gesicht, und er schlägt alle ohne Gnade, Mann, Frau oder Kind – kriegst du einen hohen Vorschuß?«

Er war selbstverständlich auf diese Frage vorbereitet.

»Nicht schlecht, unter den Umständen. Aber es stehen in Kalifornien so viele Pfandrechte gegen mich, daß meine Anwälte mir geraten haben, monatliche Raten zu nehmen und keine Pauschalsumme, daher lasse ich mir nur fünfhundert im Monat auszahlen.«

Im Palm Court war es still, die Musiker machten Pause. Renata langte unter den Tisch und begann, mir das Bein zu reiben. Sie nahm meinen Fuß in ihren Schoß, zog den Slipper aus, streichelte mir die Sohle und liebkoste den Spann. Danach bediente sie sich des Fußes für sich selbst, unverblümt sinnlich, und vollzog heimlich mit mir die Liebe – oder mit sich durch mich. Das war schon manchmal bei Abendgesellschaften vorgekommen, wenn die Anwesenden sie ärgerten oder langweilten. Sie trug den wunderschönen Veloursnut, der denen der *Ratsherren von Amsterdam* nachgebildet war, darunter verriet das träumerische weiße Gesicht, das nach unten zu füllig wurde, seine Belustigung, seine Zuneigung, seine Kommentare zu meinem Verhältnis zu Thaxter, seine Freude am Geheimnis. Wie leicht und natürlich ließ sie alles erscheinen – das Gute, das Böse, die Lust. Darum beneidete ich sie. Zu gleicher Zeit konnte ich nicht wirklich glauben, daß das alles wirklich so natürlich oder einfach war. Ich argwöhnte – nein, ich *wußte* es tatsächlich besser.

»Wenn du also an Bezahlung denkst, so habe ich nichts, was ich dir à conto geben könnte«, sagte Thaxter. »Statt dessen will ich dir etwas Besseres bieten. Ich bin hier, um dir einen praktischen Vorschlag zu machen. Du und ich sollten diesen kulturellen Baedeker von Europa schreiben. Das ist eine Idee, die meinen Verleger wirklich vom Stuhl gerissen hat. Stewart war richtig begeistert. Ehrlich gesagt ist dein Name für einen solchen Abschluß wichtig. Aber ich würde das ganze Projekt organisieren. Du weißt, daß ich dafür Talent habe. Und du brauchtest dich um nichts zu sorgen. Ich wäre eindeutig der Juniorpartner, und du würdest bei der Unterschrift fünfzigtausend Dollar kriegen. Du brauchst nichts weiter zu tun, als deinen Namen zu schreiben.«

Renata schien unser Gespräch nicht zu hören. Ihr entging vollkommen, daß fünfzigtausend Dollar erwähnt wurden. Sie hatte uns nun sozusagen verlassen und drückte mich immer heftiger. Ihr Bedürfnis war stark. Sie war üppig, geistreich, liebenswert, und wenn sie bei Narren aushalten mußte, dann kannte sie Maßnahmen, durch die sie sich schadlos hielt. Dafür liebte ich sie. Indessen ging unser Gespräch weiter. Ich war froh darüber, daß ich immer noch über hohe Vorschüsse gebieten konnte.

Thaxter besaß keine besonders scharfe Beobachtungsgabe. Ihm entging völlig, was Renata tat, die Erweiterung ihrer Augen und der biologische Ernst, mit dem ihr hübscher Scherz endete. Sie kam vom Spaß über Gelächter zum Glücksgefühl und schließlich zu einem Höhepunkt, bei dem sich ihr Körper auf dem rustikal-französischen Stuhl im Palm Court streckte. Mit einem herrlichen langen Schauder wurde sie beinahe ohnmächtig. Das war in seiner Köstlichkeit beinahe fischartig. Dann strahlten mich ihre Augen an, als sie sanft und ruhig meinen Fuß glättete.

Indessen sagte Thaxter: »Natürlich hast du Bedenken, mit mir zu arbeiten. Natürlich hast du Angst, daß ich mit meinem Teil des Vorschusses durchgehe und du entweder deinen Teil zurückgeben oder das Buch allein schreiben mußt. Das wäre ein Alptraum für einen Mann mit einer ängstlichen Natur wie du.«

»Ich könnte das Geld gebrauchen«, sagte ich, »aber fordere mich nicht auf, Selbstmord zu begehen. Wenn ich mit einer derartigen Verantwortung sitzengelassen werde, wenn du durchgehen würdest und ich allein arbeiten müßte, würde mein Kopf platzen wie eine Bombe.«

»Nun, du wärst nach allen Seiten gedeckt. Du könntest dich vertraglich absichern. Es würde festgelegt, daß deine einzige vertragliche Verpflichtung darin besteht, den Hauptessay über jedes der Länder zu verfassen. Sechs Länder kämen in Frage – England, Frankreich, Spanien, Italien, Deutschland und Österreich. Die Abdruckrechte für diese Essays würden ganz und gar dir gehören. Das allein, wenn du es richtig ausnützt, könnte fünfzigtausend wert sein. Das ist mein Vorschlag, Charlie: wir fangen mit Spanien an, dem einfachsten Land, und sehen, wie es läuft. Und nun hör mir zu: Stewart sagt, er zahlt dir einen Monat im Ritz von Madrid. Wenn du ja sagst. Das ist so fair, wie man nur wünschen kann. Ihr werdet es beide herrlich finden. Der Prado ist gleich um die Ecke. Der Michelin führt jetzt eine ganze Menge erstklassiger Restaurants auf, zum Beispiel das Escuadrón. Ich werde alle Interviews arrangieren. Ein Strom von Malern, Dichtern, Kritikern, Historikern, Soziologen, Architekten, Musikern und Untergrundführern wird dich im Ritz aufsuchen. Du könntest dort den ganzen Tag sitzen und dich mit ausgezeichneten Leuten unterhalten, fantastisch essen und trinken und dabei noch ein Vermögen verdienen. Innerhalb von drei Wochen könntest du einen Artikel schreiben mit dem Titel ›Zeitgenössisches Spanien, ein kultureller Überblick‹ oder etwas dergleichen.«

Renata, die zum Bewußtsein zurückgekehrt war, hörte sich jetzt mit Interesse an, was Thaxter sagte. »Würde der Verleger wirklich die Rechnung bezahlen? Madrid klingt wie ein wunderbares Geschäft«, sagte sie.

»Du weißt, wie diese Verlagsriesen sind«, sagte Thaxter. »Was bedeuten ein paar tausend Dollar für Stewart?«

»Ich werde darüber nachdenken.«

»Gewöhnlich heißt es ›nein‹, wenn Charlie darüber nachdenken will.«

Thaxter neigte sich mir mit seinem Stetsonhut zu. »Ich kann deinem Gedankengang folgen«, sagte er. »Du denkst, daß ich lieber erst mein Buch über die Diktatoren schreiben soll. Thaxter *avec tout ce qu'il a sur son assiette*? Zu viele Eisen im Feuer. Aber das ist es ja gerade. Andere Leute würden sich damit verbrennen, aber je mehr Eisen ich im Feuer habe, desto besser spure ich. Ich kann fünf Diktatoren in drei Monaten abhandeln«, versicherte Thaxter.

»Madrid klingt zauberhaft«, sagte Renata.

»Das ›alte Land‹ deiner Mutter, nicht wahr?« sagte ich.

»Hier ein kleiner Überblick über die internationale Ritz-Situation«, sagte Thaxter. »Das Ritz in London ist verschlissen – schmutzig, verkommen. Das Ritz in Paris gehört den arabischen Ölmilliardären, den Onassis-Typen und den Magnaten aus Texas. Kein Kellner wird dir dort Beachtung schenken. Im Augenblick ist bei dem Aufruhr in Portugal das Ritz in Lissabon keine Ruhestätte. Aber Spanien ist noch stabil und feudal genug, um einem die richtige alte Ritz-Behandlung angedeihen zu lassen.«

Thaxter und Renata hatten eine Gemeinsamkeit: Sie sahen sich gern als Europäer, Renata wegen der Señora, Thaxter wegen seiner französischen Gouvernante, seinen internationalen Familienverbindungen und seinem Diplom für Französisch vom Olivet College in Michigan.

Abgesehen vom Geld sah Renata in mir die Hoffnung auf ein interessantes Leben. Thaxter sah die Hoffnung auf ein höheres Leben, das vielleicht zu einer Proklamation führte. Wir tranken Tee und Sherry und aßen Gebäck mit herrlich buntem Zuckerguß, während ich auf die Ankunft von Kathleen wartete.

»Ich habe versucht, mit deinen Interessen mitzuhalten«, sagte Thaxter, »und deinen Mann Rudolf Steiner gelesen, und er ist faszinierend. Ich hatte etwas wie Madame Blavatsky erwartet, aber er entpuppt sich als ein sehr rationaler Mystiker. Wie steht er zu Goethe?«

»Fangen Sie nicht damit an, Thaxter«, sagte Renata.

Aber ich brauchte ein ernstes Gespräch. Ich sehnte mich danach. »Es ist keine Mystik«, sagte ich, »Goethe hat einfach an den Grenzen, die von der induktiven Methode gezogen waren, nicht haltmachen wollen. Er ließ seine Vorstellungskraft in Gegenstände einfließen. Ein Künstler versucht zuweilen, zu erfahren, wie weit er es schaffen kann, ein Fluß oder ein Stern zu werden, und spielt damit, das eine oder andere tatsächlich zu werden – in die Formen der gemalten oder beschriebenen Phänomene einzugehen. Einer hat sogar mal von einem Astronomen geschrieben, der ganze Sternherden, die Rinder seines Geistes, auf den Weiden des Weltraums hütete. Die fantasievolle Seele arbeitet so, und warum sollte die Dichtung sich weigern, Wissen zu sein? Für Shelley wurde Adonais im Tode ein Teil jener Lieblichkeit, die er lieblicher gemacht hatte. So war nach Goethe das Blaue des Himmels wirklich die Theorie. Das war ein Gedanke in Blau. Das Blaue wurde blau, wenn die menschliche Sicht es empfing. Ein wunderbarer Mann wie mein verstorbener Freund Humboldt war von der rationalen Orthodoxie ganz überwältigt, und weil er ein Dichter war, hat ihn das wahrscheinlich das Leben gekostet. Ist es nicht genug, ein armes, nacktes, gespaltenes Lebewesen zu sein, ohne gleichzeitig ein armer, nackter, gespaltener Geist zu sein? Muß man von der Fantasie verlangen, daß sie auf die eigene uneingeschränkte und freie Beziehung zum Universum verzichtet – dem Universum, von dem Goethe gesprochen hat? Als dem lebendigen Kleid der Gottheit? Und heute habe ich entdeckt, daß

Humboldt wahrhaftig die Menschen für übernatürliche Wesen gehalten hat. Auch er!«

»Jetzt ist er losgelassen«, sagte Renata. »Warum mußten Sie den Wasserhahn aufdrehen?«

»Der Gedanke ist wesentlicher Bestandteil des Seins«, versuchte ich fortzufahren.

»Charlie! Nicht jetzt«, sagte Renata.

Thaxter, der normalerweise höflich zu Renata war, sprach förmlich mit ihr, wenn sie in diese höheren Gespräche hineinfuhrwerkte. Er sagte: »Ich habe ein echtes Interesse für die Art, in der Charles' Geist funktioniert.« Er rauchte seine Pfeife, sein Mund war breitgezogen und dunkel unter dem großen Westernhut.

»Versuchen Sie damit zu leben«, sagte Renata. »Charlies krauses Theoretisieren tüftelt Kombinationen aus, die sich niemand anderes ausdenken kann, wie zum Beispiel die Verfahrensweise des amerikanischen Kongresses mit Immanuel Kant, russischen Gulag-Lagern, Briefmarkensammeln, Hungersnot in Indien, Liebe und Schlaf und Tod und Dichtung zu verbinden. Je weniger man über die Art redet, wie sein Verstand arbeitet, desto besser. Aber wenn du schon Guru sein mußt, Charlie, dann sei's auch richtig – trage ein Seidengewand, nimm dir einen Turban, laß dir einen Bart stehen. Du würdest einen verdammt gutaussehenden geistigen Führer abgeben mit einem Bart und den bunten Nasenlöchern, die du hast. Ich würde mich mit dir verkleiden, und wir würden umwerfend sein. Wie du schon gratis daherredest! Ich muß mich manchmal kneifen. Ich denke, ich hätte fünfzig Valium genommen und hörte Stimmen.«

»Menschen mit einem kraftvollen Intellekt sind niemals ganz sicher, ob es nicht alles ein Traum ist.«

»Aber Leute, die nicht wissen, ob sie wachen oder träumen, haben nicht notwendigerweise einen kraftvollen Intellekt«, erwiderte Renata. »Meine Theorie ist, daß du mich mit dieser Anthroposophie bestrafst. Du weißt, was ich meine. Dieser blonde Däumling hat dich ihrem Vater vorgestellt, und seither ist alles richtig gespenstisch gewesen.«

»Ich wünschte, du würdest zu Ende bringen, was du angefangen hast zu sagen«, sagte Thaxter wieder zu mir gewandt.

»Es läuft darauf hinaus, daß das Individuum keine Möglichkeit hat, das, was es im Herzen trägt, unter Beweis zu stellen – ich meine die Liebe, den Hunger nach der äußeren Welt, die anschwellende Erregung über die Schönheit, wofür es keine annehmbaren Wissensbegriffe gibt. Das wahre Wissen ist angeblich ein Monopol der naturwissenschaftlichen Weltanschauung. Aber die Menschen haben alle möglichen Arten von Wissen. Sie brauchen sich nicht um das Recht zu bewerben, die Welt zu lieben. Wenn man aber sehen will, was in dieser Hinsicht geschieht, dann denke man an das Leben eines Mannes wie Von Humboldt Fleisher . . .«

»Aha, wieder dieser Knabe«, sagte Renata.

»Stimmt es, daß in dem Maße, in dem das große Wissen zunimmt, die Dichtung zurückbleiben muß, daß die bildhafte Denkweise der Kindheit der Menschheit angehört? Ein Junge wie Humboldt, voller Herz und Fantasie, geht in die öffentliche Bibliothek und findet Bücher, führt von schönen Horizonten begrenzt ein verzaubertes Leben, liest alte Meisterwerke, in denen das menschliche Leben seinen vollen Wert besitzt, füllt sich mit Shakespeare, bei dem um jeden Menschen ein bedeutungsvoller Raum geschaffen ist, wo Worte meinen, was sie sagen, und Blicke und Gesten auch ihre volle Bedeutung haben. Oh, diese Harmonie und Süße, diese Kunst! Aber da hört's auf. Der bedeutungsvolle Raum schrumpft, die Verzauberung endet. Aber ist es die Welt, die entzaubert ist?«

»Nein«, sagte Renata. »Darauf kenne ich die Antwort.«

»Es ist eher unser Geist, der sich hat überzeugen lassen, daß es keine Macht der Vorstellung gibt, die jedes Individuum für sich allein mit der Schöpfung verbinden könnte.«

Es kam mir plötzlich in den Sinn, daß Thaxter mit seinem Präriekostüm ebensogut in der Kirche sein könnte und daß ich mich wie ein Pfarrer aufführte. Es war zwar nicht Sonntag, aber ich stand auf meiner Kanzel im Palm Court. Und die lächelnde Renata – dunkle Augen, roter Mund, weiße Zähne, glatter Hals –, obwohl sie mich während dieser Predigten unterbrach und dazwischenfunkte, hatte doch Spaß an der Art, wie ich sie vortrug. Ich kannte ihre Theorie gut. Was immer gesagt, was immer getan wurde, steigerte entweder oder minderte die erotische Befriedigung, und das war ihr praktischer Beweis für jede Idee. Verhalf sie zu einem größeren Bäng? »Wir hätten heute abend in der Scala sein können«, sagte sie, »und Teil eines großartigen Publikums, das Rossini hörte. Wissen Sie, was wir statt dessen getan haben, Thaxter? Wir sind rausgefahren nach Coney Island, damit Charlie sein Erbteil von dem lieben, toten, alten Busenfreund Humboldt Fleisher einsammeln konnte. Es ist die ganze Zeit Humboldt, Humboldt, Humboldt, wie ›Figaro, Figaro‹. Humboldts achtzigjähriger Onkel hat Charlie einen Stapel Papiere gegeben, und Charlie hat sie gelesen und geweint. Ja, einen Monat lang habe ich jetzt nichts als Humboldt gehört und Tod und Schlaf und Metaphysik und daß der Dichter der Mittelsmann des Verschiedenartigen ist, und Walt Whitman und Emerson und Plato und das Welthistorische Individuum. Charlie ist wie Lydia, die tätowierte Dame, mit Wissen bedeckt. Sie erinnern sich an den Song: ›Von Lydia kannst du 'ne Menge lernen‹?«

»Kann ich diese Papiere sehen?« fragte Thaxter.

»Komm morgen mit mir nach Italien«, sagte Renata zu mir.

»Liebling, ich treffe dich in ein paar Tagen dort.«

Das Palm Court Trio, das zurückgekehrt war, spielte nun Sigmund Romberg, und Renata sagte: »Mein Gott, es ist schon vier Uhr. Ich will *Deep Throat* nicht versäumen. Das fängt um zwanzig nach vier an.«

»Ja, und ich muß zum Pier«, sagte Thaxter. »Du kommst doch, Charlie?«

»Ich hoffe es. Ich muß hier auf Kathleen warten.«

»Ich habe meine Reiseroute zu den Diktatoren ausgearbeitet«, sagte Thaxter, »du kannst mich also erreichen, wenn du vorhast, nach Madrid zu fahren und dort mit unserem Projekt anzufangen. Nur ein Wort von dir, und ich beginne mit der Organisation. Ich weiß, daß dir die Leute in Chicago die Hölle heiß machen. Ich bin sicher, du wirst eine Menge Geld brauchen . . .« Er warf einen Blick auf Renata, die sich zum Gehen fertig machte. »Und in meinem Vorschlag steckt eine ansehnliche Summe.«

»Ich muß laufen«, sagte Renata. »Ich treffe dich hier wieder.« Sie hängte die Tasche über die Schulter und ging Thaxter über den riesigen dicken Teppich voran, Teil der Weihnachtsausstellung, eine Explosion von Gold inmitten von knisterndem Grün, und durch die Schwingtüren.

In ihrer großen Schultertasche trug Renata meinen Schuh davon. Ich stellte das fest, als ich unter dem Tisch danach suchte. Fort! Sie hatte ihn mitgenommen. Mit diesem Streich ließ sie mich wissen, was sie davon hielt, daß sie allein ins Kino gehen mußte, während ich ein sentimentales Treffen mit einer alten Freundin feierte, die vor kurzem verwitwet und möglicherweise zu haben war. Ich konnte jetzt nicht nach oben gehen; Kathleen mußte jede Minute eintreffen. So saß ich denn und wartete und fühlte meinen Fuß kalt werden, während die Musik spielte. Die hochgemute Renata hatte symbolische Gründe, weswegen sie mir den Schuh klaute: es war ihrer. War sie also auch die meine? Wenn sie besitzergreifend wurde, fühlte ich mich unbehaglich. Ich glaubte, sobald sie sich eines Mannes sicher war, gewann sie die Freiheit, ihre Zukunft mit einem anderen ins Auge zu fassen. Und ich? Offensichtlich wünschte ich mir am meisten, die Frau am meisten zu besitzen, die mich am meisten bedrohte.

»Ach, Kathleen, wie freue ich mich, dich zu sehen«, sagte ich, als Kathleen erschien. Ich stand auf, wobei mein besonderer Fuß den besonderen Schuh vermißte. Sie küßte mich – der warme Kuß einer alten Freundin auf die Wange. Die Sonne Nevadas hatte ihr keine Freiluftfarbe verliehen. Ihr blondes Haar war durch eine Beimischung von Grau heller geworden. Sie war nicht dick geworden, aber sie war fleischiger, eine kräftige Frau. Das war nur das normale Ergebnis der Jahrzehnte, ein Erschlaffen und Erweichen und eine Kümmernis der Wangen, eine reizvolle Melancholie oder Aushöhlung. Früher hatte sie blasse Sommersprossen gehabt. Jetzt hatte ihr Gesicht größere Flecke. Ihre Oberarme waren schwerer, ihre Beine dicker, ihr Rücken breiter, ihr Haar bleicher. Ihr Kleid war aus schwarzem Chiffon, dünn am Hals mit Gold gesäumt.

»Es ist herrlich, dich wiederzusehen«, sagte ich, denn das war es.

»Und dich auch, Charlie.«

Sie setzte sich, aber ich blieb stehen. Ich sagte: »Ich habe mir der Bequemlichkeit halber einen Schuh ausgezogen, und jetzt ist das Ding verschwunden.«

»Wie seltsam. Vielleicht hat ihn der Page mitgenommen. Versuche es doch mal im Fundbüro.« Daher winkte ich der Form halber dem Kellner. Ich stellte eine hervorragende Untersuchung an, sagte dann aber: »Ich muß nach oben, mir ein anderes Paar holen.«

Kathleen erbot sich, mit mir zu gehen, aber da Renatas Unterwäsche über den ganzen Fußboden verstreut lag und das Bett an der einen Ecke, die ich für kraß verräterisch hielt, zerwühlt war, sagte ich: »Nein, nein, warte doch auf mich. Diese lausige, laute Ding-Dong-Musik macht mich ganz verrückt. Ich komme gleich wieder runter, und dann gehen wir aus, um was zu trinken. Ich will mir auf alle Fälle meinen Mantel holen.«

So fuhr ich denn wieder in der eleganten Fahrstuhlkabine nach oben und überlegte, was für ein freches Original Renata war und welchen Kampf sie dauernd gegen die Gefahr der Passivität führte, die universale Gefahr. Wenn ich darüber nachdachte, mußte sie universal sein. Ich gab mich dieser Tage nicht mit Kleinigkeiten ab. Diese Universalschau war eine Besessenheit bei mir geworden, wie ich argwöhnte, als ich mir mein anderes Paar Schuhe anzog. Das waren leichte, gewichtlose rote Schuhe von Harrods, ein bißchen kurz an den Zehen, aber wegen ihrer Gewichtlosigkeit und ihres Schnitts vom schwarzen Schuhputzer im Downtown Club bewundert. Darin ging ich, ein wenig beengt, aber elegant, wieder nach unten.

Dieser Tag gehörte Humboldt, er war mit seinem Geist geladen. Ich merkte, wie sehr ich unter diesem Einfluß von meinen Gefühlen überwältigt wurde, als ich bei dem Versuch, meinen Hut zurechtzurücken, ein unkontrollierbares Zittern in den Armen spürte. Als ich auf Kathleen zuging, zuckte auch eine Hälfte meines Gesichts. Ich dachte, daß der alte Dr. Galvani in mich gefahren sei. Ich sah zwei Männer, Ehemänner, in ihrem Grab, verwesend. Die Liebe dieser schönen Dame hatte sie nicht vorm Tode bewahrt. Dann fuhr mir eine Vision von Humboldts Schatten durch den Kopf in Gestalt einer dunklen grauen Wolke. Seine Wangen waren fett, und das üppige Haar türmte sich auf seinem Kopf. Ich ging auf Kathleen zu, als die Drei-Mann-Band spielte, was Renata Napfkuchen-in-Papierkrause-Musik nannte. Sie schwelgten jetzt in *Carmen*, und ich sagte: »Gehen wir in eine dunkle, ruhige Bar. Vor allem ruhig.« Ich unterschrieb die enorme Rechnung des Kellners, und Kathleen und ich gingen in den kalten Straßen auf und ab, bis wir ein angenehmes Lokal in der 56th Street der Westseite fanden, dunkel genug für jeden Geschmack und nicht zu weihnachtlich.

Wir hatten eine Menge nachzuholen. Zunächst einmal mußten wir von dem armen Tigler sprechen. Ich brachte es nicht über die Lippen, was für ein netter Mann er gewesen sei, denn er war überhaupt nicht nett. Der alte Zänker konnte mit dem Fuß aufstampfen wie Rumpelstilzchen und Wutausbrüche haben, wenn es nicht nach seinem Willen ging. Es bereitete ihm hohe Genugtuung, wenn er Menschen prellen und betrügen konnte. Er verachtete sie desto mehr, wenn sie zu ängstlich waren, um sich zu beschweren. Seine Gäste, und ich war einer von ihnen gewesen, bekamen kein heißes Wasser. Die Lichter gingen aus, und sie saßen im Dunkeln. Wenn sie zu Kathleen kamen, um zu schimpfen, dann kamen sie voller Mitleid und Nachsicht wieder, haßten ihn und liebten sie. Sie gehörte jedoch nicht zu denen, die durch den Gegensatz profitierten. Die eigenen Verdienste waren unverkennbar bei dieser blassen, sommersprossigen stillen Frau mit den großen Gliedmaßen. Ihre Stille war äußerst wichtig. Während Humboldt den rasenden Derwisch spielte, war sie seine christliche Gefangene, die in dem mit Büchern vollgestopften Blockhauswohnzimmer im öden Hühnerland las, während die rötliche Sonne sich unablässig mühte, Farbe durch die schmutzigen schmalen Fenster zu zwingen. Dann befahl ihr Humboldt, einen Pullover anzuziehen und nach draußen zu kommen. Sie jagten einem Football nach wie zwei blondhaarige Anfänger. Rückwärts stolpernd auf klobigen Absätzen spielte er über die Wäscheleine und durch die herbstlichen Ahornbäume ab. Meine Erinnerung daran war lückenlos – wie Kathleens Stimme hinter ihr herflog, wenn sie rannte, um den Ball zu fangen, und sie die Arme ausstreckte und den wippenden Ball an ihren Busen zog, und wie sie und Humboldt auf dem Sofa zusammengesessen und Bier getrunken hatten. Ich erinnerte mich daran so vollständig, daß ich die Katzen, von denen eine einen Hitlerschnurrbart hatte, am Fenster sah. Ich hörte meine eigene Stimme. Jetzt war sie schon zweimal eine schlafende Jungfrau unter dem Bann dämonischer Liebhaber gewesen. »Weißt du, was meine Hillbilly-Nachbarn sagen«, erzählte mir Humboldt, »sie sagen, laß sie in Strümpfen laufen. Manchmal«, sagte er, »denke ich an Eros und Psyche.« Er schmeichelte sich. Eros war schön und kam und ging mit Würde. Wo war Humboldts Würde? Er konfiszierte Kathleens Führerschein. Er versteckte die Autoschlüssel. Er erlaubte ihr nicht, einen Garten anzulegen, weil, wie er sagte, die Gärtnerei den philisterhaften Verschönerungstrieb der Stadtmenschen ausdrückte, wenn sie ihr Traumhaus auf dem Land kauften. Ein paar Tomaten wuchsen an der Küchentür, aber die hatten sich selbst ausgesät, als die Waschbären die Mülltonnen umwarfen. Er sagte in vollem Ernst: »Kathleen und ich haben geistige Arbeit zu leisten. Übrigens, wenn wir Obst und Blumen hätten, würden wir uns hier verdächtig machen.« Er fürchtete sich vor in Laken gehüllten nächtlichen Reitern und brennenden Kreuzen auf seinem Hof.

Ich hatte viel Mitleid mit Kathleen, weil sie eine Schläferin war. Ich machte mir Gedanken über ihre Verträumtheit. War sie geboren, um im Dunkeln gehalten zu werden? Nicht das Bewußtsein zu finden war eine Voraussetzung für Psyches Seligkeit. Aber vielleicht gab es auch eine wirtschaftlichere Erklärung. Tiglers enge Jeans hatten einen mächtigen geschlechtlichen Kloß an der Vorderseite offenbart, und Humboldt hatte geschrien, als er Demmies Freundin in ihre Wohnung unter die jungen Dachshunde nachgerannt war: »Ich bin ein Dichter, ich habe einen großen Schwanz!« Aber meine Vermutung war, daß Humboldt den Charakter eines Tyrannen besaß, der wollte, daß ihm die Frauen stillhielten und daß sein Liebesakt rasende Diktatur war. Selbst in seinem letzten Brief an mich bestätigte er diese Deutung. Aber wie sollte man es wissen? Und eine Frau ohne Geheimnis ist überhaupt keine Frau. Und wahrscheinlich hatte Kathleen sich nur deshalb entschieden, Tigler zu heiraten, weil das Leben in Nevada so einsam war. Genug dieser geistreichen Analyse.

Ich gab meiner Schwäche nach, den Menschen zu sagen, was sie hören wollen, und sagte zu Kathleen: »Der Westen ist dir gut bekommen.« Es war übrigens mehr oder weniger wahr.

»Du siehst gut aus, aber ein bißchen spitz, Charlie.«

»Es gibt zu viele Ärgernisse im Leben. Vielleicht sollte ich selbst den Westen versuchen. Wenn das Wetter schön war, lag ich gern unter den Holunderbüschen bei deiner Ranch und betrachtete den ganzen Tag lang die Berge. Jedenfalls sagt Huggins, daß du irgendeine Tätigkeit im Filmgeschäft hast und auf dem Weg nach Europa bist.«

»Ja. Du warst doch da, als diese Gesellschaft zum Volcano Lake rauskam, um einen Film über die Äußere Mongolei zu drehen, und alle Indianer angestellt wurden, um auf ihren Ponys zu reiten.«

»Und Tigler der technische Ratgeber war.«

»Und Pater Edmund – du erinnerst dich doch, der Stummfilmstar und anglikanische Geistliche – war so aufgeregt. Der arme Pater Edmund hat nie die Weihen erhalten. Er hat jemand angestellt, der für ihn das schriftliche Theologieexamen machen sollte, und man hat sie erwischt. Das ist ein Jammer, weil die Indianer ihn liebten, und sie waren so stolz, daß seine Talare die Morgenröcke dieser Stars waren. Also ja, ich fahre nach Jugoslawien und dann nach Spanien. Die sind heutzutage großartig fürs Filmemachen. Man kann spanische Soldaten regimentweise mieten, und Andalusien ist prachtvoll für Westerns.«

»Es ist komisch, daß du Spanien erwähnst. Ich habe daran gedacht, auch dorthin zu fahren.«

»Wirklich? Nun, vom ersten März an bin ich im Grand Hotel von Almería. Wäre das nicht großartig, wenn ich dich dort treffen könnte?«

»Das ist eine gute Abwechslung für dich«, sagte ich.

»Du hast mir stets das Beste gewünscht, Charlie, das weiß ich«, sagte Kathleen.

»Dies ist ein großer Humboldttag gewesen, ein bedeutender Tag, eine sich beschleunigende Spirale seit heute morgen, und ich bin in einem sehr gefühlsseligen Zustand. In Onkel Waldemars Pflegeheim habe ich, um die Sache noch spannender zu machen, einen Mann getroffen, den ich seit meiner Kindheit kenne. Jetzt bist du hier. Ich bin ganz außer mir.«

»Ich habe von Huggins gehört, daß du nach Coney Island fahren wolltest. Weißt du, Charlie, es hat in Nevada Zeiten gegeben, da habe ich gemeint, daß du deine Anhänglichkeit an Humboldt übertreibst.«

»Das ist möglich, und ich habe versucht, sie zu zügeln. Ich frage mich selbst, woher so viel Begeisterung. Seine Leistung als Dichter und Denker war gar nicht sehr eindrucksvoll. Und ich sehne mich nicht nach den guten alten Tagen. Liegt es daran, daß die Zahl der Leute, die in den USA Kunst und Denken ernst nehmen, so klein ist, daß selbst die Gescheiterten unvergeßlich sind?« Hier waren wir dem eigentlichen Thema schon näher. Ich hatte die Absicht, das Gute und Böse in Humboldt zu deuten, seinen Verfall zu verstehen, die Schmerzlichkeit seines Lebens zu erklären, klarzumachen, warum solche Gaben unzulängliche Ergebnisse zeitigten, und so weiter. Aber das waren schwer zu besprechende Themen, selbst wenn ich in Hochstimmung war, voller Liebe zu Kathleen und voll herrlicher Schmerzen. »Für mich hatte er Charme, er hatte den alten Zauber«, sagte ich.

»Ich glaube, du hast ihn geliebt«, sagte sie. »Natürlich war ich verrückt nach ihm. Wir gingen nach New Jersey – das wäre auch die Hölle gewesen, wenn er nicht die Anfälle von Tollheit gehabt hätte. Das kleine Blockhaus erscheint mir nun als Teil eines fürchterlichen Komplotts. Aber ich wäre mit ihm in die Arktik gezogen. Und die Begeisterung der Studentin, Einlaß ins literarische Leben zu finden, war nur ein kleiner Teil davon. Ich habe mir aus den meisten seiner literarischen Freunde nicht viel gemacht. Sie kamen, um die Show anzusehen, die Humboldt abzog, seine Maschen. Wenn sie gingen und er noch beflügelt war, hat er sich an mich gehalten. Er war ein geselliger Mensch. Er sagte immer wieder, wie gern er sich in geistreichen Kreisen bewegte und Teil der literarischen Welt war.«

»Genau das. Solch eine literarische Welt hat es nie gegeben«, sagte ich. »Im neunzehnten Jahrhundert gab es mehrere höchst geniale Einzelgänger – ein Melville oder Poe hatten kein literarisches Leben. Für sie war es das Zollhaus oder der Schankraum. In Rußland haben Lenin und Stalin die literarische Welt zerstört. Die russische Situation ähnelt der unseren – Dichter tauchen, obwohl ihnen alles entgegensteht, aus dem Nirgendwo auf. Wo ist Whitman hergekommen und woher hat er gekriegt, was er hatte? Es war W. Whitman, ein unbändiges Individuum, das es hatte und das es tat.«

»Nun ja, wenn es ein reiches literarisches Leben gegeben hätte und wenn er die Möglichkeit gehabt hätte, mit Edith Wharton Tee zu trinken und Robert Frost und T. S. Eliot zweimal die Woche zu sehen, dann hätte sich der arme Humboldt unterstützt und anerkannt und für sein Talent belohnt gefunden. Er fühlte sich nur nicht fähig, die Leere, die er um sich spürte, zu füllen«, sagte Kathleen. »Natürlich war er ein Magier. Ihm gegenüber kam ich mir so langsam, langsam, langsam vor! Er erfand die brillantesten Sachen, die er mir vorwarf. Diese ganzen Erfindungen hätten in seine Dichtung einfließen sollen. Humboldt hatte zu viele persönliche Machenschaften. Zuviel Genie ist in die Machenschaften investiert worden. Als seine Frau mußte ich unter den Konsequenzen leiden. Aber wir wollen nicht weiter über ihn reden. Eine Frage ... ihr zwei habt doch mal ein Szenario geschrieben ...?«

»Nur eine Blödelei, um uns die Zeit in Princeton zu vertreiben. Du hast dieser jungen Frau, Mrs. Cantabile, etwas davon erzählt. Wie ist Mrs. Cantabile?«

»Sie ist hübsch. Sie ist höflich in einer altmodischen Knigge-Manier und schickt artige Briefchen, um einem für ein köstliches Mittagessen zu danken. Zu gleicher Zeit malt sie ihre Nägel in grellbunten Farben an, trägt auffallende Kleider und hat eine rauhe Stimme. Wenn sie mit einem spricht, dann kreischt sie. Sie klingt wie eine Pistolenmieze, aber stellt Fragen wie eine Studentin aus den höheren Semestern. Jedenfalls gehe ich jetzt ins Filmgeschäft, und ich bin neugierig wegen einer Sache, die du und Humboldt zusammen entworfen habt. Schließlich ist nach deinem Stück ein erfolgreicher Film gedreht worden.«

»Oh, unser Szenario hätte nie einen Film ergeben. In unserem Entwurf kamen Mussolini, der Papst, Stalin, Calvin Coolidge, Amundsen und Nobile vor. Unser Held war ein Kannibale. Wir hatten ein Luftschiff und eine sizilianische Stadt. W. C. Fields hätte es vielleicht wunderschön gefunden, aber nur ein verrückter Produzent würde einen einzigen Penny investieren. Natürlich kann man bei solchen Sachen nie wissen. Wer hätte im Jahr 1913 bei einem vorweggenommenen Szenario vom ersten Weltkrieg auch nur zweimal hingeguckt. Oder wenn man mir, bevor ich geboren war, die Geschichte meines eigenen Lebens vorgelegt und mich eingeladen hätte, danach zu leben, hätte ich sie dann nicht rundweg abgewiesen?«

»Aber wie war's bei deinem Erfolgsstück?«

»Kathleen, glaube mir, ich war nur der Wurm, der den Seidenfaden ausspuckt. Andere Leute haben das Broadway-Gewand geschaffen. Nun erzähle mir, was Humboldt dir hinterlassen hat.«

»Also, zunächst einmal hat er mir einen außerordentlichen Brief geschrieben.«

»Mir auch. Und einen völlig normalen.«

»Meiner ist gemischter. Er ist zu persönlich, als daß man ihn selbst heute vorzeigen könnte. Er beschrieb im einzelnen alle Verbrechen, die ich angeblich begangen hatte. Seine Absicht war, mir alles zu vergeben, was ich getan hatte, aber er vergab in jeder Einzelheit und redete immer noch von den Rockefellers. Andererseits gab es Stellen, die absolut normal waren. Richtig bewegende, wahre Dinge.«

»War das alles, was du von ihm bekommen hast?«

»Ach nein, Charlie, da war noch etwas, was er mir vermacht hat. Ein Dokument. Eine zweite Idee für einen Film. Deshalb habe ich dich nach dieser Sache gefragt, die ihr beiden in Princeton ausgedacht hattet. Erzähl mir, was hat er dir, abgesehen von dem Brief, hinterlassen?«

»Erstaunlich!« sagte ich.

»Was ist erstaunlich?«

»Was Humboldt getan hat. Krank, wie er war, sterbend, verfallend, aber immer noch so genial.«

»Ich verstehe dich nicht.«

»Sag mir, Kathleen, handelt dieses Dokument, diese Filmidee von einem Schriftsteller? Und hat der Schriftsteller eine despotische Frau? Und hat er ebenfalls eine schöne, junge Freundin? Und machen sie eine Reise? Und schreibt er ein Buch, das er nicht veröffentlichen kann?«

»Ach ja. So ist das. Natürlich. Das ist es, Charlie.«

»Was für ein Schuft. Wie großartig! Er hat alles doppelt ausgefertigt. Dieselbe Reise mit der Frau. Und dasselbe Dokument für uns beide.«

Sie musterte mich stumm. Ihr Mund bewegte sich. Sie lächelte. »Warum meinst du wohl, hat er uns beiden dasselbe vermacht?«

»Bist du ganz sicher, daß wir seine einzigen Erben sind? Ha-ha, schön, trinken wir zu seinem verrückten Gedenken. Er war ein lieber Mann.«

»Ja, er war ein lieber Mann. Und wie sehr wünschte ich – du meinst, das war alles vorausgeplant?« sagte Kathleen.

»Wer war es noch, Alexander Pope, der keine Tasse Tee ohne Kriegsplan trinken konnte? So war Humboldt auch. Und er träumte bis zuletzt vom Geldwunder. Er lag im Sterben, aber er wollte uns beide reich machen. Immerhin, wenn er seinen Sinn für Humor, zumindest krümelweise, bis zum Ende behalten hat, war das erstaunlich. Und verrückt, wie er war, schrieb er mindestens zwei normale Briefe. Ich möchte hier einen absonderlichen Vergleich machen – Humboldt mußte aus seiner Schale verhärteten Wahnsinns ausbrechen, um das fertigzubringen. Man könnte sagen, daß er vor langer Zeit in diesen Wahnsinn emigriert war. Sich dort angesiedelt hatte. Vielleicht um unsretwillen ist es ihm gelungen, die alte Heimat zu besuchen. Um seine Freunde noch einmal zu sehen? Und das mag ihm so schwergefallen sein, wie einem anderen – mir zum Beispiel –, von dieser Welt in die Welt des Geistes zu wechseln. Oder, wieder ein absonderlicher Vergleich – er entschlüpfte wie der Zauberer Houdini den verhärteten Vorstellungen des Verfolgungswahns oder der manischen Depression oder was es sonst war. Schläfer wachen tatsächlich auf. Verbannte und Emigranten kehren zurück, und das sterbende Genie kann sich neu beleben. ›Eine endspielhafte Klarheit‹, schrieb er in meinem Brief.«

»Ich glaube nicht, daß er am Ende die Kraft für zwei verschiedene Geschenke hatte, eins für jeden von uns«, sagte sie.

»Oder betrachte es von dieser Seite«, sagte ich. »Er zeigte uns, wovon er am meisten hatte – Anschläge, Komplotte, Verfolgungswahn. Er hat damit so viel erreicht, wie es nur menschenmöglich war. Erinnerst du dich an den berühmten Anschlag auf Longstaff?«

»Glaubst du denn, daß ihm vielleicht etwas anderes vorschwebte?« sagte Kathleen.

»Etwas Bestimmtes?« sagte ich.

»Eine Art posthumer Charakterprobe«, sagte sie.

»Er war absolut sicher, daß mein Charakter hoffnungslos war. Deiner vielleicht auch. Nun ja, er hat uns einen sehr lebhaften Augenblick geschenkt. Hier lachen wir und bewundern ihn, und wie traurig ist es doch. Ich bin sehr gerührt. Wir sind es beide.«

Still und groß saß Kathleen mit einem sanften Lächeln da, aber die Farbe ihrer großen Augen änderte sich plötzlich. Tränen erschienen darin. Trotzdem saß sie noch regungslos. Das war Kathleen. Es schickte sich nicht, das zu erwähnen, aber vielleicht hatte Humboldt die Idee, uns zusammenzubringen. Nicht notwendigerweise Mann und Frau zu werden, aber vielleicht unsere Gefühle für ihn zusammenzutun und eine Art von gemeinsamer Gedächtnisstätte zu schaffen. Denn nach seinem Tode würden wir (eine Zeitlang) fortfahren, innerhalb dieser wahnbefangenen menschlichen Szene zu leben und aktiv zu sein, und vielleicht wäre es eine Genugtuung für ihn und würde ihm die Langeweile des Grabes erleichtern, wenn er glauben könnte, daß wir mit seinen Unternehmungen beschäftigt waren. Denn wenn ein Plato oder ein Dante oder Dostojewskij sich für die Unsterblichkeit einsetzten, dann konnte Humboldt, ein tiefer Verehrer dieser Männer, nicht sagen: »Sie waren Genies, aber wir brauchen ihre Ideen nicht ernst zu nehmen.« Aber hatte er selbst die Unsterblichkeit ernst genommen? Er hat es nicht gesagt. Er hat zwar gesagt, daß wir übernatürlich sind, nicht natürlich. Ich hätte alles hingegeben, um zu wissen, was er meinte.

»Für diese Szenarios oder Treatments kann man sehr schwer ein Copyright kriegen«, erklärte Kathleen. »Und Humboldt muß sich wegen des Rechtsschutzes bei Fachleuten erkundigt haben . . . Er hat eine Kopie von seinem Skript in einem Umschlag verschlossen, ist zum Postamt gegangen, hat es als Einschreiben aufgegeben und dann sich selber als eingeschriebenen Brief zustellen lassen. So daß es nie geöffnet worden ist. Wir haben die Abschriften gelesen.«

»Das stimmt. Ich habe zwei solche verschlossenen Umschläge.«

»Zwei?«

»Ja«, sagte ich. »Der andere ist die Sache, die wir uns in Princeton ausgedacht haben. Jetzt weiß ich auch, wie Humboldt sich in diesem verkommenen Hotel die Zeit vertrieben hat. Er hat sie damit verbracht, das alles bis in die kleinsten Einzelheiten und mit zeremoniellen Formalitäten auszuarbeiten. Das lag ihm ganz besonders.«

»Hör zu, Charlie, wir müssen halbe-halbe machen«, sagte Kathleen.

»Gott segne dich. Kommerziell ist es eine Null«, sagte ich ihr.

»Ganz im Gegenteil«, sagte Kathleen fest. Ich sah sie wieder an, als ich das hörte. Es entsprach nicht Kathleens Charakter, der normalerweise zu zaghaft war, um so entschieden zu widersprechen. »Ich habe es Leuten von der Branche vorgelegt und habe tatsächlich einen Vertrag unterschrieben und eine Optionszahlung von dreitausend Dollar erhalten. Die Hälfte davon gehört dir.«

»Du meinst, daß jemand tatsächlich dafür Geld bezahlt hat?«

»Ich hatte zwei Angebote zur Wahl. Ich habe das von der Steinhals Produktionsgesellschaft angenommen. Wohin soll ich dir das Geld schicken?«

»Im Augenblick habe ich keine Adresse. Ich bin unterwegs. Aber nein, Kathleen, ich will von diesem Geld nichts haben.« Ich dachte daran, wie ich Renata diese Nachricht beibringen würde. Sie hatte Humboldts Vermächtnis so geistreich ins Lächerliche gezogen, und im Namen unserer schwindenden Generation, Humboldts und meiner, hatte ich mich verletzt gefühlt. »Und wird schon ein Drehbuch geschrieben?«

»Das wird sehr ernsthaft erwogen«, sagte Kathleen. Gelegentlich hob sich ihre Stimme ins mädchenhaft Schrille. Sie brach.

»Wie interessant. Wie verrückt. Eine tolle Menge von Unwahrscheinlichkeiten«, sagte ich. »Obwohl ich stets ein wenig stolz auf meine persönlichen Verschrobenheiten gewesen bin, habe ich langsam den Verdacht, daß sie vielleicht nur schwache Abbilder von tausend echten und kraftvolleren Verschrobenheiten irgendwo draußen sind – daß sie vielleicht gar nicht so persönlich sind und daß es vielleicht ein allgemeiner Zustand ist. Daher können auch Humboldts Burleske von Liebe und Ehrgeiz und die ganzen übrigen Possen für Geschäftsleute plausibel klingen.«

»Ich bin juristisch gut beraten worden, und mein Vertrag mit Steinhals ist über ein Minimum von dreißigtausend Dollar abgeschlossen worden, wenn von der Option Gebrauch gemacht wird. Wir könnten mehr als siebzigtausend erzielen, je nach Budget. Wir müßten in etwa zwei Monaten Bescheid wissen. Ende Februar. Und jetzt finde ich, Charlie, daß du und ich als Miteigentümer getrennte Verträge machen sollten.«

»Aber Kathleen, wir wollen zur Unwirklichkeit der Dinge nicht noch beitragen. Keine Verträge. Und ich brauche das Geld nicht.«

»Das hätte ich vor heute auch gedacht, da alle über dein Millionenvermögen reden. Aber bevor du die Rechnung im Palm Court unterschrieben hast, hast du sie zweimal von oben nach unten und noch einmal von unten addiert. Dir ist die Farbe aus dem Gesicht gewichen. Und dann sah ich dich wegen des Trinkgelds mit dir kämpfen. Nun, sei nicht verlegen, Charlie.«

»Nein, nein, Kathleen. Ich habe 'ne Menge. Das ist nur eine

von meinen depressiven Phasen. Übrigens, wie man hier ausgenommen wird! Das kann einen Menschen der alten Schule ärgern.«

»Aber ich weiß, daß du verklagt worden bist. Ich weiß, was passiert, wenn die Richter und Anwälte hinter einem her sind. Ich habe nicht umsonst eine Gästeranch in Nevada betrieben.«

»Sein Geld zusammenzuhalten ist natürlich schwer. Das ist, wie wenn man einen Eiswürfel mit der Hand umklammert. Und man kann's nicht einfach verdienen und dann ungestört leben. So etwas gibt es nicht. Das hat Humboldt wahrscheinlich nicht verstanden. Ich frage mich, ob er geglaubt hat, daß Geld den Unterschied zwischen Erfolg und Mißerfolg ausmacht? Dann hat er's nicht begriffen. Wenn man Geld kriegt, macht man eine Wandlung durch. Und man muß sich innerlich und nach außen mit fürchterlichen Mächten auseinandersetzen. Der Erfolg hat fast nichts Persönliches. Der Erfolg ist stets der Erfolg des Geldes als solchen.«

»Du versuchst nur, das Thema zu wechseln. Du bist immer ein hervorragender Beobachter gewesen. Jahrelang habe ich zugesehen, wie du die Menschen verstohlen beobachtet hast. Als ob du sie sähest, sie dich aber nicht sähen. Also komm schon, Charlie, du bist nicht der einzige Beobachter.«

»Würde ich im Plaza wohnen, wenn ich vor der Pleite stünde?«

»Mit einer jungen Dame vielleicht, ja.«

Diese große, veränderte, aber immer noch reizvolle Frau mit der gelegentlich brechenden, durchdringenden Stimme, die Wangen eingesunken von attraktiver Melancholie, hatte mich beobachtet. Ihr Blick, obwohl von der lange geübten Passivität immer noch ein wenig abgekehrt und schief, war warm und gütig. Ich bin schnell und tief bewegt, wenn sich jemand die Mühe macht, meine Lage zu erkennen.

»Soviel ich weiß, bist du mit dieser Dame auf dem Weg nach Europa. Das hat mir Huggins erzählt.«

»Richtig«, sagte ich. »Das stimmt.«

»Fü. . .?«

»Für was?« sagte ich. »Das weiß Gott.« Ich hätte ihr mehr erzählen können. Ich hätte beichten können, daß ich Fragen, die von vielen ernsten Leuten ernst genommen wurden, nicht mehr ernst nahm, Fragen der Metaphysik oder der Politik, die falsch gestellt waren. Gab es dann einen Grund, weshalb ich ein genaues oder wirkliches Motiv haben sollte, um mit einem wunderschönen Wesen nach Italien zu fliegen? Ich war hinter einer besonderen Zärtlichkeit, ich war hinter Liebe und Befriedigung her aus Motiven, die vielleicht vor dreißig Jahren angemessen gewesen wären. Wie würde es sein, in meinen sechziger Jahren zu erlangen, wonach ich mich in meinen zwanzigern gesehnt hatte? Was würde ich tun, wenn ich's erlangte? Ich hatte halb im Sinn, mein Herz dieser großartigen Frau zu öffnen. Ich glaubte Zeichen zu sehen, daß auch sie aus einem Zustand des geistigen Schlafes herausfand. Wir hätten eine ganze Anzahl faszinierender Themen besprechen können – zum Beispiel, warum der Schlummer den Geist der Menschen versiegelte, warum das Wachsein so verkrampft war und ob sie glaubte, daß die Seele sich unabhängig vom Körper bewegen könne, und ob sie meinte, daß es vielleicht eine Art des Bewußtseins gäbe, das keine biologische Basis brauchte. Ich war versucht, ihr zu erzählen, daß ich persönlich die Absicht hätte, etwas zum Problem des Todes zu unternehmen. Ich überlegte, ob ich ernsthaft mit ihr über die Aufgabe sprechen sollte, die Walt Whitman den Schriftstellern gegeben hatte, der überzeugt war, daß die Demokratie Schiffbruch erleiden würde, wenn ihr die Dichter nicht große Todesgedichte schenkten. Ich spürte, daß Kathleen eine Frau war, mit der ich reden konnte. Aber die Lage war peinlich. Ein alter Schürzenjäger, der seinen Kopf wegen einer schönen, geldsüchtigen Mieze verloren hatte, ein Liebessüchtiger, der die Träume seiner Jugend erfüllen wollte und dann plötzlich über das übersinnliche Bewußtsein zu reden anfing und das große Todesgedicht der Demokratie! Komm, Charlie, machen wir die Welt nicht noch perverser, als sie schon ist. Genau deshalb, weil Kathleen eine Frau *war*, mit der man reden konnte, hielt ich den Mund. Aus Respekt. Ich dachte, ich wollte lieber warten, bis ich alle Fragen reiflicher durchdacht hätte und mehr wüßte.

Sie sagte: »Ich bin nächste Woche im Metropol in Belgrad. Wir wollen in Verbindung bleiben. Ich lasse einen Vertrag entwerfen, den ich unterschreibe und dir zuschicke.«

»Nein, nein, lieber nicht.«

»Warum? Weil ich eine Witwe bin, willst du dein eigenes Geld nicht von mir annehmen? Aber *ich* will *deinen* Anteil nicht haben. Betrachte es von dieser Seite.«

Sie war eine gutherzige Frau. Und sie erkannte die Wahrheit – ich gab große Summen für Renata aus und würde schnell vor dem Nichts stehen.

»Meine Liebe, warum hast du meinen Schuh gestohlen?«

»Ich konnte nicht widerstehen«, sagte Renata. »Wie bist du mit einem Schuh nach oben gehumpelt? Was hat deine Freundin gedacht? Ich wette, es war urkomisch. Charlie, der Humor ist ein Band zwischen uns. Das ist für mich eine Tatsache.«

Humor hatte in dieser Verbindung einen Vorsprung vor der Liebe. Mein Charakter und meine Gepflogenheiten amüsierten Renata. Dieses Amüsement war so groß, daß ich glaubte, es würde allmählich in der Liebe aufgehen. Denn unter keinen Umständen hatte ich die Absicht, ohne Liebe auszukommen.

»Du hast mir auch den Schuh in Paris unter dem Tisch ausgezogen.«

»Ja, das war in der Nacht, als dieser gräßliche Kerl dir sagte, wie wertlos dein Ordensband war, und dich mit Müllkutschern und Schweinezüchtern auf eine Stufe stellte. Das war gewissermaßen Rache, Trost, Scherz, alles zugleich«, sagte Renata. »Weißt du, was ich hinterher gesagt habe, das du so komisch fandest?«

»Ja, ich weiß es noch.«

»Was habe ich gesagt, Charlie?«

»Du hast gesagt, Düften ist menschlich.«

»Düften ist menschlich, Lüften ist göttlich.« Sehr zurechtgemacht, dunkelhaarig und mit einem karminroten Reisekostüm bekleidet, lachte sie. »Ach, Charlie, laß doch diese dumme Reise nach Texas sausen. Ich brauche dich in Mailand. Es wird für mich mit Biferno nicht einfach sein. Dein Bruder erwartet deinen Besuch nicht, und du bist ihm nichts schuldig. Du liebst ihn, aber er tyrannisiert dich, und du kannst dich gegen Tyrannei nicht wehren. Du gehst mit einem wehen Herzen zu ihnen, und sie treten dich in den Arsch. Du weißt, und ich weiß, was er denken wird. Er wird denken, daß du in einem sentimentalen Augenblick angeflogen kommst, um ihn weichzumachen, daß er dich in eins seiner gewinnbringenden Geschäfte mit einbezieht. Laß mich eine Frage stellen, Charlie, hat er vielleicht teilweise recht? Ich will mich nicht in deine gegenwärtige Lage einmischen, aber ich ahne, daß du vielleicht gerade jetzt einen finanziellen Treffer brauchst. Und dann noch eins: Es wird ein Hinundhergezerre zwischen dir und seiner jetzigen Frau sein, wer rechtmäßig der Hauptleidtragende ist, wenn etwas passiert, und warum sollte er gerade seinen beiden Hauptleidtragenden ins Auge sehen, wenn er sich unters Messer begibt. Kurz gesagt, du vergeudest deine Zeit. Komm mit mir. Ich träume davon, dich in Mailand unter meinem richtigen Mädchennamen Biferno und mit meinem richtigen Vater als Brautführer zu heiraten.«

Ich wollte Renata bei guter Laune halten. Sie verdiente es, daß man ihr den Willen tat. Wir waren jetzt auf dem Kennedy-Flughafen, und in ihrem unvergleichlichen Hut und dem Wildleder-Maximantel, ihren Hermès-Schals, ihren eleganten Stiefeln konnte man sie ebensowenig privat besitzen wie den Turm von Pisa. Und doch machte sie ihre privaten Rechte geltend, das Recht auf ein Identitätsproblem, das Recht auf einen Vater, einen Ehemann. Wie dumm, wie abgeschmackt! Ich jedoch, auf der nächsten Stufe der Hierarchie, könnte einem unsichtbaren Beobachter so vorkommen, als stelle ich ähnliche Ansprüche, nämlich Ordnung, Vernunft, Besonnenheit und andere bürgerliche Werte.

»Komm, wir wollen in der Bar für Sehr Bedeutende Persönlichkeiten etwas trinken. Ich trinke nicht gern, wo es so laut ist und die Gläser kleben.«

»Aber da gehöre ich nicht mehr hin.«

»Charles«, sagte sie, »da ist doch dieser Zitterbloom – derjenige, der für dich vor einem Jahr zwanzigtausend Dollar in Ölaktien verloren hat, als er dir eigentlich Steuervorteile besorgen sollte. Rufe ihn an und laß ihn die Sache in Ordnung bringen. Er hat es selbst voriges Jahr vorgeschlagen. ›Jederzeit, Charlie.‹«

»Jetzt komme ich mir bei dir vor wie der Fischer aus *Grimms Märchen*, den seine Frau ans Seeufer schickte, um vom Zauberfisch einen Palast zu erbitten.«

»Sieh dich vor, was du sagst«, sagte sie. »Ich trieze dich nicht. Wir haben ein Recht, unseren letzten Drink ein wenig stilvoll einzunehmen und uns nicht von einer ekelhaften Menge rumstoßen zu lassen.«

Ich rief daher Zitterbloom an, dessen Sekretärin die Angelegenheit mit Leichtigkeit regelte. Ich mußte daran denken, wieviel ein Mensch von seinen Niederlagen und Verlusten noch retten könnte, wenn er sich dahinterklemmen würde. In der trüben Abschiedsstimmung schlürfte ich meine Bloody Mary und dachte darüber nach, was für ein Risiko ich um meines Bruders willen auf mich nahm und wie wenig dankbar er dafür sein würde. Trotzdem *mußte* ich zu Renata Vertrauen haben. Das verlangte die ideale Männlichkeit, und das praktische Urteil würde mit dem Gebot der idealen Männlichkeit leben müssen. Ich wollte jedoch nicht gerade jetzt voraussagen müssen, wie das Ganze verlaufen würde, denn wenn ich's voraussagen müßte, würde das alles in einem Wirbel verschwinden. »Wie wär's mit einer Flasche ›Ma Griffe‹, zollfrei?« sagte sie. Ich kaufte ihr eine große Flasche und sagte: »Die liefern sie dir im Flugzeug aus, und ich werde nicht da sein, um es zu riechen.«

»Mach dir keine Sorgen, wir sparen alles für das Wiedersehen auf. Laß dir von deinem Bruder in Texas keine Frauen andrehen.«

»Das wäre das letzte, was ihm einfiele. Aber wie steht's mit dir, Renata, wann hast du das letzte Mal mit Flonzaley gesprochen?«

»Du kannst dir Flonzaley aus dem Kopf schlagen. Wir haben endgültig gebrochen. Er ist ein netter Mann, aber ich kann mich nicht mit dem Bestattungsgeschäft abfinden.«

»Er ist sehr reich«, sagte ich.

»Verdient an Chrysanthemen für Schemen«, sagte sie in der Art, um derentwillen ich sie liebte. »Als Präsident arbeitet er nicht mehr an den Leichen, aber ich muß immer an seine mumifizierende Vergangenheit denken. Natürlich bin ich nicht mit diesem Fromm einverstanden, der gesagt hat, daß sich die Nekrophilie in die Zivilisation eingeschlichen hat. Um ganz ernst zu sein, Charlie, mit meiner Figur: Wo komme ich hin, wenn ich nicht stinknormal bleibe?«

Ich war trotzdem sehr traurig, denn ich fragte mich, welchen Teil der Wahrheit sie mir erzählte, fragte mich sogar, ob wir uns überhaupt wiedersehen würden. Aber trotz des vielfältigen Drucks, der auf mir lastete, merkte ich doch, daß ich geistig vorankam. Selbst in den besten Zeiten werde ich durch Trennungen und Abschiede entnervt, und mir war auch jetzt sehr ängstlich zumute, aber ich spürte, daß ich im Innern etwas hatte, worauf man sich verlassen konnte.

»Also tschüs, mein Liebling. Ich rufe dich morgen von Mailand aus in Texas an«, sagte Renata und küßte mich viele Male. Sie schien dem Weinen nahe, aber es kamen keine Tränen.

Ich ging durch den Tunnel der TWA, der wie ein endloser gewölbter Schlund ist oder ein Korridor in einem expressionistischen Film, und dann wurde ich nach Waffen durchsucht und bestieg ein Flugzeug nach Houston. Während des ganzen Fluges nach Texas las ich okkulte Bücher. Es gab darin einige packende Stellen, auf die ich demnächst zurückkommen werde. Ich erreichte Corpus Christi am Nachmittag und mietete mich in einem Motel ein. Dann ging ich rüber zum Haus von Julius, das groß und neu und von Palmen und Jakarandas und japanischen Mispeln und Zitronenbäumen umgeben war. Der Rasen sah künstlich aus, wie grüne Holzwolle oder Packmaterial. Teure Automobile standen in der Einfahrt geparkt, und als ich auf den Klingelknopf drückte, hörte man drinnen ein großes Gongen und Läuten, und Hunde fingen an zu bellen. Die Sicherheitsvorkehrungen waren gewaltig. Schwere Riegel wurden weggeschoben, und dann öffnete meine Schwägerin Hortense die breite Tür, die mit polynesischen Schnitzereien bedeckt war. Sie schrie die Hunde an, aber mit einem Unterton von Zuneigung. Dann wandte sie sich mir zu. Sie war eine schlichte, anständige Frau mit blauen Augen und Karpfenlippen. Ein wenig in der Sicht behindert durch den Rauch ihrer Zigarette, die sie nicht aus dem Mund nahm, sagte sie: »Charles! Wie bist du hergekommen?«

»Ich habe mir bei Avis einen Leihwagen genommen. Wie geht's, Hortense?«

»Julius erwartet dich. Er zieht sich an. Komm rein.«

Die Hunde waren nicht viel kleiner als Pferde. Sie hielt sie zurück, und ich ging zum Eheschlafzimmer. Ich begrüßte die Kinder, meine Neffen, die nichts erwiderten. Ich war mir nicht ganz sicher, daß ich für sie richtig zur Familie gehörte. Als ich eintrat, fand ich Ulick, meinen Bruder, in bonbongestreiften Boxerhosen, die ihm bis an die Knie gingen. »Ich dachte mir, daß du's sein müßtest, Chuckie«, sagte er.

»Ja, Ulick, hier bin ich«, sagte ich. Er sah nicht gut aus. Sein Bauch war groß, seine Brustwarzen waren steif. Dazwischen wuchs reichlich graue Seide. Er war jedoch, wie immer, absolut Herr der Lage. Sein langer Kopf mit der geraden Nase, gut gepflegtem, glattem, weißem Haar, einem herrischen Schnurrbart und witzigen, hart glitzernden Augen mit Tränensäcken war gebieterisch. Er hatte immer weite Unterhosen getragen, er konnte sie so besser leiden. Meine waren in der Regel kürzer und enger. Er warf mir einen seiner Blicke von unten zu. Eine ganze Lebenszeit stand zwischen uns. Für mich hatte es keine Unterbrechungen gehabt, aber Ulick war der Typ eines Mannes, der über die Bedingungen immer wieder neu verhandeln wollte. Nichts wurde als dauerhaft vorausgesetzt. Die brüderlichen Gefühle, die ich mitbrachte, verwirrten und belästigten ihn, schmeichelten ihm und erfüllten ihn mit Argwohn. War ich ein netter Mensch? War ich wirklich harmlos? Und taugte ich wirklich etwas? Ulick hatte bei mir die gleichen Schwierigkeiten, zu einem endgültigen Urteil zu kommen, wie ich bei Thaxter.

»Wenn du schon kommen mußtest, dann hättest du auch gleich nach Houston fahren können«, sagte er. »Da fahren wir morgen hin.« Ich konnte sehen, daß er gegen seine brüderlichen Gefühle ankämpfte. Sie waren immer noch gewichtig und gegenwärtig. Ulick war sie keineswegs alle losgeworden.

»Oh, dieser zusätzliche Abstecher hat mir nichts ausgemacht. Ich hatte in New York nichts Besonderes zu tun.«

»Ich muß mir aber heute nachmittag einen Grundbesitz ansehen. Willst du mitkommen oder im Schwimmbecken baden? Es ist geheizt.« Als ich das letzte Mal in das Becken gerutscht war, hatte mich einer seiner großen Hunde in den Knöchel gebissen, was einen ziemlichen Blutverlust zur Folge hatte. Und ich war nicht zum Baden hergekommen, das wußte er. Er sagte: »Na ja, es freut mich, daß du hier bist.« Er wandte sein eindrucksvolles Gesicht ab und starrte woandershin, während sein Gehirn, das im Rechnen ungeheuer geübt war, seine Chancen berechnete. »Diese Operation versaut den Kindern ihr Weihnachten«, sagte er, »und du bist nicht mal mit deinen zusammen.«

»Ich habe ihnen einen Menge Spielsachen von F. A. O. Schwarz in New York geschickt. Aber es tut mir leid, daß ich nicht daran gedacht habe, deinen Jungen Geschenke mitzubringen.«

»Was sollst du ihnen schenken? Sie haben alles. Das ist ein verfluchtes Ratespiel, für die Spielzeug zu kaufen. Ich bin bereit für die Operation. Die haben mich in Houston für alle Tests im Bett behalten. Ich habe dem Schuppen da eine Schenkung von zwanzigtausend Dollar gegeben, zum Gedenken an Papa und Mama. Und ich bin auf die Operation vorbereitet, außer daß ich ein paar Pfund zuviel wiege. Chuck, die sägen einen auf, und ich glaube sogar, die Schweine heben einem das Herz regelrecht aus der Brust. Ihr Team macht diese Herzsachen tausendfach. Ich rechne damit, etwa am ersten Februar wieder im Büro zu sein. Bist du flüssig? Hast du etwa fünfzigtausend? Ich könnte dich vielleicht an etwas beteiligen.«

Von Zeit zu Zeit rief mich Ulick aus Texas an und sagte: »Schick mir einen Scheck über dreißigtausend, nein, lieber fünfundvierzig.« Dann schrieb ich einfach den Scheck aus und steckte ihn in den Briefkasten. Es gab keine Empfangsbestätigungen. Gelegentlich kam sechs Monate später ein Vertrag. Ausnahmslos hatte sich mein Geld verdoppelt. Es machte ihm Freude, das für mich zu tun, obwohl es ihn auch ärgerte, daß ich die Einzelheiten dieser Geschäfte nicht verstehen konnte und daß ich seine geschäftliche Gerissenheit nicht würdigte. Und was meine Gewinne anbelangt, so hatte ich sie Zitterbloom anvertraut, hatte Denise damit bezahlt, Thaxter unterstützt, sie wurden mir vom Finanzamt abgenommen, sie bezahlten für Renata in den Lake Point Towers, sie gingen an Tomchek und Srole.

»Was schwebt dir vor?« sagte ich.

»Ein paar Sachen«, sagte er. »Du weißt, was der amtliche Zinssatz ist. Es sollte mich nicht wundern, wenn er ziemlich bald auf achtzehn Prozent klettern würde.« Drei verschiedene Fernsehapparate waren eingeschaltet und trugen zu dem fließenden Farbenspiel des Zimmers bei. Die Tapete war goldbossiert. Der Teppich schien eine Fortsetzung des leuchtenden Rasens zu sein. Innen und Außen ging durch ein Panoramafenster ineinander über, Garten und Schlafzimmer vermischten sich. Da stand ein blaues Trimm-dich-Rad, und auf den Regalen standen Siegestrophäen, denn Hortense war eine berühmte Golfspielerin. Riesige, extra angefertigte Schrankkammern waren dicht gefüllt mit Anzügen und Dutzenden Paar Schuhen, die auf langen Gestellen angeordnet waren, und mit Hunderten von Krawatten und Stapeln von Hutschachteln. Protzig, stolz auf seine Besitztümer, war er in Geschmackssachen ein peinlich genauer Kritiker, und er musterte meine Erscheinung, als sei er der Douglas McArthur der Kleidung. »Du warst stets ein Liederjan, Chuckie, und jetzt gibst du Geld für Kleidung aus und gehst zu einem Schneider, aber du bist immer noch ein Liederjan. Wer hat dir diese verdammten Schuhe verkauft? Und diesen Pferdedeckenmantel? Vor fünfzig Jahren haben Hausierer solche Mäntel an die Greenhorns verkauft, mit einem Stiefelknöpfer als Dreingabe. Nun sieh dir mal diesen Mantel an.« Er warf mir einen schwarzen Vicuña mit Chesterfieldkragen in die Arme. »Hier unten ist's zu warm, um was davon zu haben. Er gehört dir. Die Jungen werden deinen Mantel in den Stall bringen, wo er hingehört. Zieh ihn aus, zieh den an.« Ich tat wie befohlen. Das war die Form, in der sich seine Zuneigung ausdrückte. Er zog eine zweiseitig gewirkte Hose an, die einen wunderbaren Schnitt hatte, mit schmissigen Aufschlägen, aber er konnte sie über dem Bauch nicht zukriegen. Er schrie Hortense im Nebenzimmer zu, daß sie in der Reinigung eingelaufen sei.

»Ja, die ist eingelaufen«, antwortete sie.

Das war der Ton des Hauses. Kein vornehmes Gemurmel und keine Untertreibung.

Ich bekam auch ein Paar Schuhe. Unsere Füße waren genau gleich. Ebenso die großen vorstehenden Augen und die geraden Nasen. Ich bin mir nicht ganz klar, was diese Gesichtszüge für mich bewirkt haben. Ihm haben sie ein autokratisches Aussehen verliehen. Und da ich nun anfing, jedes irdische Leben als eins in einer Serie zu betrachten, rätselte ich über Ulicks geistige Laufbahn. Was war er vorher gewesen? Biologische Evolution und westliche Geschichte konnten bestimmt keine Person wie Ulick innerhalb von sechzig Jahren zustande bringen. Er hatte seine tieferen Eigenschaften hierher mitgebracht. Wie auch seine frühere Gestalt gewesen sein mochte, ich neigte zu dem Glauben, daß er in diesem Leben, als reicher, rauher Amerikaner, etwas an Boden verloren hatte. Amerika war eine harte Probe für den menschlichen Geist. Es sollte mich nicht wundern, wenn es jeden zurückwarf. Gewisse höhere Mächte schienen zeitweilig außer Kraft gesetzt, und der fühlende Teil der Seele bekam alles nach Wunsch, mitsamt den materiellen Vorteilen. Oh, die kreatürliche

Behaglichkeit, die tierische Verführung. Welcher Journalist hatte noch geschrieben, daß es Länder gäbe, in denen unser Abfall zu den Delikatessen zählen würde?

»Du fährst also nach Europa? Aus einem besonderen Grund? Gehst du aus beruflichen Gründen? Oder läufst du wie gewöhnlich davon? Was für eine Möse nimmst du diesmal mit? . . . Ich kann mich in diese Hose zwängen, aber wir müssen ziemlich viel fahren, und das wäre mir unbequem.« Er zog sie ärgerlich aus und warf sie aufs Bett. »Ich will dir sagen, wo wir hingehen. Das ist ein herrlicher Besitz, vierzig oder fünfzig Morgen auf einer Landzunge im Golf von Mexico, und er gehört einigen Kubanern. Irgendein General, der vor Batista Diktator war, hat ihn sich vor Jahren unter den Nagel gerissen. Ich will dir sagen, wie er das geschoben hat. Wenn die Geldscheine abgegriffen waren, wurden die alten Noten von den Banken in Havanna eingesammelt und fortgefahren, um vernichtet zu werden. Aber diese Scheine wurden nie verbrannt. O nein, sie wurden außer Landes geschafft und auf dem Konto des alten Generals deponiert. Damit kaufte er Grundbesitz in den Vereinigten Staaten. Jetzt sitzen seine Nachkommen darauf. Sie taugen überhaupt nichts, eine Horde Playboys. Die Töchter und Schwiegertöchter sitzen diesen Playboy-Erben im Nacken, daß sie sich wie Männer benehmen. Sie tun nichts anderes als segeln und trinken und schlafen und huren und Polo spielen. Drogen, schnelle Autos, Flugzeuge – du kennst die Szene. Die Frauen wollen einen Sachverständigen, der diesen Grundbesitz schätzt. Darauf bietet. Das würde in die Millionen gehen, Charlie, es ist eine ganze verdammte Halbinsel. Ich habe einige Kubaner, Verbannte, die diese Erben in der alten Heimat gekannt haben. Ich glaube, wir haben die Innenbahn. Übrigens habe ich von Denises Rechtsanwalt einen Brief wegen dir erhalten. Du hast eine Einheit in meinem Eigentumswohnungskomplex besessen, und sie wollten wissen, wieviel er wert sei. Mußt du ihnen denn alles erzählen? Wer ist dieser Bursche Pinsker?«

»Ich hatte keine Wahl. Sie haben meine Steuererklärungen beschlagnahmt.«

»Ach, du armer Trottel, du hochgebildeter Schafskopf. Du kommst aus einem guten Stall, und du bist nicht dumm geboren, du brockst es dir nur selber ein. Und wenn du schon ein Intellektueller sein mußtest, warum konntest du dann nicht ein harter Typ sein, ein Herman Kahn oder ein Milton Friedman, einer von diesen aggressiven Knaben, von denen man im *Wall Street Journal* liest. Du mit deinem Woodrow Wilson und anderen toten Nummern. Ich kann das Zeug, das du schreibst, nicht lesen. Zwei Sätze, und ich muß gähnen. Pa hätte dich ebenso rumstoßen sollen wie mich. Das hätte dich aufgeweckt. Daß du sein Lieblingssohn warst, hat dir nicht gutgetan. Dann gehst du hin und heiratest dieses wütige Weib. Die würde zu den Symbionisten passen oder zu den palästinensischen Freischärlerterroristen. Als ich ihre scharfen Zähne sah und wie die Haare sich an den Schläfen kräuselten, wußte ich, daß du der äußeren Finsternis entgegengingst. Du warst dazu geboren, den Beweis zu liefern, daß das Leben auf Erden nicht zu bewältigen ist. Okay, dein Fall ist praktisch bewiesen. Herrje, ich wünschte, ich hätte deine körperliche Verfassung. Spielst du immer noch Ball mit Langobardi? Mein Gott, man sagt, er sei jetzt ein Gentleman. Sag mir, wie steht dein Prozeß?«

»Ziemlich schlecht. Das Gericht hat angeordnet, daß ich Sicherheiten stelle. Zweihunderttausend.«

Die Zahl ließ ihn erbleichen. »Die haben dir das Geld gepfändet? Das siehst du nie wieder. Wer ist dein Anwalt, immer noch dein Jugendfreund, dieser Fettarsch Szathmar?«

»Nein, Forrest Tomchek.«

»Ich kenne Tomchek vom Jurastudium. Der gesetzestreue Staatsmanntyp von einem Halunken. Er ist glatter als ein Verdauungszäpfchen, nur enthält sein Zäpfchen Dynamit. Und der Richter ist wer?«

»Ein Mann namens Urbanovich.«

»Den kenne ich nicht. Aber er hat gegen dich entschieden, und das Ganze ist mir klar. Die haben sich an ihn rangemacht. Schmierige Machenschaften am Scheideweg. Er benutzt dich, um Abzahlungen zu leisten. Er schuldet jemand etwas und begleicht die Rechnung mit deinem Geld. Ich werde das gleich für dich untersuchen lassen. Du kennst doch einen Mann namens Flanko in Chicago?«

»Solomon Flanko? Der ist ein Anwalt der Mafia.«

»Der wird's wissen.« Ulick drückte schnell die Nummern am Telefon. »Flanko«, sagte er, als er Anschluß hatte, »hier spricht

Julius Citrine, unten in Texas. Da ist ein Mann in der Kammer für Familienrecht namens Urbanovich. Gehört der zu den Empfängern?« Er hörte angespannt zu. Er sagte: »Danke, Flanko, ich rufe später noch mal an.« Nachdem er aufgelegt hatte, wählte er ein Sporthemd aus. Er sagte: »Nein. Urbanovich scheint nicht in ihrem Sold zu stehen. Er will sich bei Gericht einen Namen machen. Er ist aalglatt. Er ist rücksichtslos. Wenn er's auf dich abgesehen hat, dann bist du von deinem Geld getrennt wie Eigelb und Eiweiß. Okay, schreib's ab. Wir verdienen dir mehr. Hast du etwas beiseite gelegt?«

»Nein.«

»Nichts in einem Geheimfach? Nirgends ein Nummernkonto? Kein Strohmann?«

»Nein.«

Er starrte mich streng an. Aber dann erweichte sich sein Gesicht, das von Alter, von Sorgen und von eingefleischten Verhaltensweisen gefurcht war, ein wenig, und er lächelte unter seinem Achesonschnurrbart. »Wenn man denkt, daß wir Brüder sind«, sagte er. »Das ist absolut ein Thema für ein Gedicht. Du solltest es deinem Busenfreund Von Humboldt Fleisher vorschlagen. Was ist übrigens aus deinem Kumpan, dem Dichter, geworden? Ich bin einmal in den fünfziger Jahren in einem Taxi angekommen und habe euch in New York in die Nachtklubs mitgenommen. Wir haben uns im Copacabana amüsiert, erinnerst du dich?«

»Diese Nacht in den Nachtklubs war großartig. Humboldt hat sie sehr genossen. Er ist tot«, sagte ich.

Ulick zog sich ein Hemd aus flammendblauer italienischer Seide an, ein wunderschönes Stück. Es schien nach einem idealen Körper zu hungern. Er zog es über die Brust. Bei meinem letzten Besuch war Ulick schlank gewesen und trug fantastische, tief auf den Hüften sitzende Hosen mit Melonenstreifen und an den Säumen mit mexikanischen Silberpeseten verziert. Er hatte diese neue Figur mit einer Wunderdiät erworben. Aber selbst damals war der Boden seines Cadillac mit Erdnußschalen bedeckt, und jetzt war er wieder fett. Ich sah den fetten alten Körper, den ich von jeher kannte und der mir völlig vertraut war – den Bauch, die Sommersprossen auf den untrainierten Oberarmen und seine eleganten Hände. Ich sah in ihm noch den unförmigen, kurzatmig aussehenden Jungen, den wollüstigen, ränkeschmiedenden Halbwüchsigen, dessen Augen unablässig seine Unschuld beteuerten. Ich kannte ihn in- und auswendig, selbst körperlich, erinnerte mich, wie er vor fünfzig Jahren im Bach in Wisconsin sich an einer zerbrochenen Flasche den Schenkel aufschnitt und daß ich auf die Lagen um Lagen von gelbem Fett starrte, durch die das Blut hervorschießen mußte. Ich kannte den Leberfleck auf dem Rücken seines Handgelenks, seine Nase, die gebrochen und wieder gerichtet war, seine wilden falschen Unschuldsblicke, sein Schnauben und seine Gerüche. Mit einem orangefarbenen Footballtrikot bekleidet und durch den Mund atmend (bevor wir uns die Nasenoperation leisten konnten), ließ er mich auf seinen Schultern reiten, damit ich mir die Parade der Bürgerkriegsveteranen auf dem Michigan Boulevard ansehen konnte. Das muß im Jahr 1923 gewesen sein. Er hielt mich an den Beinen fest. Seine eigenen Beine waren stämmig, in gerippten schwarzen Strümpfen, und er trug breitgeschnittene, schlüpferähnliche Golfknikkerbockers. Danach stand er hinter mir in der Männertoilette der Stadtbibliothek, deren hohe gelbe Urinale wie offene Sarkophage aussahen, und half mir, mein kindliches Ding aus dem komplizierten Unterzeug rauszupulen. Im Jahr 1928 arbeitete er als Gepäckdienstmann bei der American Express Company. Dann hatte er eine Stellung im Omnibusbahnhof, wo er die riesigen Reifen wechselte. Er prügelte sich auf der Straße mit Leuten, die ihn kujonieren wollten, und kujonierte selber. Er absolvierte als Abendschüler das Lewis Institute und das juristische Studium. Er erwarb und verlor Vermögen. Er nahm seinen eigenen Packard in den frühen fünfziger Jahren nach Europa mit und ließ ihn per Luftfracht von Paris nach Rom transportieren, weil es ihn langweilte, über die Berge zu fahren. Er gab für sich allein sechzig- bis siebzigtausend Dollar aus. Ich vergaß nie etwas, was mit ihm zusammenhing. Das schmeichelte ihm. Es ärgerte ihn auch. Und wenn ich so viel Herz in meine Erinnerungen legte, was bewies das? Daß ich Ulick liebte? Es gibt medizinische Experten, die glauben, daß ein derartig lückenloses Gedächtnis ein hysterisches Symptom ist. Ulick selbst sagte, er hätte ein Gedächtnis ausschließlich für Geschäftsabschlüsse.

»Also dein übergeschnappter Freund Von Humboldt ist tot. Er redete ein kompliziertes Kauderwelsch und war noch schlechter angezogen als du, aber ich konnte ihn gut leiden. Er konnte wirklich was vertragen. Woran ist er gestorben?«

»Gehirnschlag.« Ich mußte diese tugendhafte Lüge erzählen. Herzerkrankung war heute tabu. »Er hat mir ein Vermächtnis hinterlassen.«

»Was, hatte der Geld?«

»Nein. Nur Papiere. Aber als ich in das Pflegeheim kam, um sie mir von seinem alten Onkel abzuholen, weißt du, wem ich da begegnet bin? Menasha Klinger.«

»Was du nicht sagst – Menasha! Der dramatische Tenor, der Rotkopf! Der Bursche aus Ypsilanti, der bei uns in Chicago wohnte? Ich habe nie einen so völlig verdrehten Irren gesehen. Der hätte nicht mal 'ne Melodie in einem Wassereimer halten können. Hat seinen Fabriklohn für Stunden und Konzertkarten ausgegeben. Das eine Mal, wo er versuchte, sich selbst was zukommen zu lassen, hat er sich angesteckt, und dann hat der Tripperarzt sich mit dem Musiklehrer in seinen Lohn geteilt. Ist er schon so alt, daß er in ein Pflegeheim muß? Nun ja, ich bin Mitte Sechzig, und er war mir etwa acht Jahre voraus. Weißt du, was ich neulich gefunden habe? Die Urkunde über das Familiengrab in Waldheim. Da sind noch zwei Gräber frei. Du möchtest nicht etwa meins kaufen, oder? Ich will nicht rumliegen. Ich lasse mich einäschern. Ich brauche Handlung. Ich gehe lieber in die Atmosphäre. Such mich im Wetterbericht.«

Er hatte auch einen Tick mit dem Grab. Er sagte zu mir am Tag von Papas Begräbnis: »Das Wetter ist zu verdammt warm und schön. Es ist grauenhaft. Hast du schon mal einen so herrlichen Nachmittag gesehen?« Der künstliche Grasteppich wurde von den Totengräbern zurückgerollt, und darunter, in dem gelbroten Sandboden, war ein hübsches kühles Loch. Hoch oben, weit hinter dem angenehmen Maiwetter, stand etwas wie eine Kohlenklippe. Als ich merkte, daß diese Kohlenklippe sich auf den blumigen Friedhof zubewegte – Fliederzeit! –, brach ich in Schweiß aus. Eine kleine Maschine begann, auf glatt ablaufenden Stoffbändern den Sarg zu senken. Niemals war ein Mann so wenig willens, hinunterzugehen, die bitteren Pforten zu durchschreiten, wie Vater Citrine – niemals ein Mann so wenig geschaffen, stillzuliegen. Papa, dieser große Sprinter, der Renner durch das vor ihm zurückgedrängte gegnerische Team, und jetzt von der Wucht des schweren Todes gefällt.

Ulick wollte mir, wie er sagte, zeigen, wie Hortense das Kinderzimmer neu dekoriert hatte. Ich wußte, daß er nach Süßigkeiten suchte. In der Küche waren die Schränke mit Schlössern versehen, und der Kühlschrank war verbotenes Gelände. »Sie hat absolut recht«, sagte er. »Ich muß aufhören zu essen. Ich weiß, daß du immer gesagt hast, es sei alles künstlicher Hunger. Du hast mir geraten, den Finger in die Kehle zu stecken und zu würgen, wenn ich glaubte, hungrig zu sein. Was soll das bewirken, den Zwerchfellmuskel umkehren? Du warst immer ein willensstarker Bursche und ein Muskelmann, mit Klimmzügen und Keulenschwingen und Gewichtheben und Punchingballtraining im Schrankzimmer und Um-den-Block-Rennen und Vom-Baum-Hängen wie Tarzan und die Affen. Du mußt ein schlechtes Gewissen gehabt haben, wenn du dich immer in der Toilette eingeschlossen hast. Du bist ein kleiner Sexstrolch, mal abgesehen von deinem großartigen Geistesleben. Diese ganze beschissene Kunst! Ich habe das Stück, das du geschrieben, überhaupt nicht verstanden. Ich bin im zweiten Akt weggegangen. Der Film war besser, aber auch der hatte öde Stellen. Mein alter Freund Ev Dirksen hatte auch seine literarische Periode. Wußtest du, daß der Senator Gedichte für Glückwunschkarten geschrieben hat? Aber er war ein tiefgründiger alter Blender – er war ein richtiger Mann, so zynisch wie nur möglich. Er veralberte wenigstens seine eigenen Mätzchen. Sag, hör zu, ich wußte, daß das Land schweren Zeiten entgegenging, als die Kunst ans große Geld geriet.«

»Da bin ich nicht so sicher«, sagte ich. »Aus Künstlern Kapitalisten zu machen war eine humoristische Idee von einiger Tiefe. Amerika entschloß sich, die Ansprüche der Ästhetik auf die Probe zu stellen, indem es den Dollarmaßstab anlegte. Vielleicht hast du die Abschrift von Nixons Tonband gelesen, wo er sagte, er wollte mit dieser Literatur- und Kunstscheiße nichts zu tun haben. Und zwar deshalb, weil er außer Tritt geraten war. Er hatte die Berührung mit dem Geist des Kapitalismus verloren. Ihn vollkommen mißverstanden.«

»Na na, fange nicht an, mir zu predigen. Du hast uns immer bei Tisch irgendeine Theorie ausgespuckt – Marx oder Darwin oder Schopenhauer oder Oscar Wilde. Wenn's nicht die eine verdammte Sache war, dann war's 'ne andere. Du hattest die größte Sammlung von billigen Buchausgaben im ganzen Block. Und ich wette fünfzig zu eins, daß du in diesem Augenblick bis über den Arsch in einer bescheuerten Theorie drinsitzt. Ohne könntest du nicht leben. Komm, wir gehen. Wir müssen die zwei Kubaner abholen und diesen Iren aus Boston, der mitkommt. *Ich* habe mich nie für dieses Kunstzeug erwärmt, oder?«

»Du hast versucht, Fotograf zu werden«, sagte ich.

»Ich? Wann war das?«

»Bei Beerdigungen in der russisch-orthodoxen Kirche – erinnerst du dich an die Stuckkirche mit dem Zwiebelturm in der Leavitt Street, Ecke Haddon? – öffneten sie die Särge auf den Kirchenstufen und machten Bilder von der Familie mit der Leiche. Du hast versucht, mit dem Priester ins Geschäft zu kommen und zum beglaubigten Fotografen ernannt zu werden.«

»Wirklich. Eins zu null für mich!« Ulick freute sich, das zu hören. Aber irgendwie lächelte er stumm mit milder Unverrückbarkeit und war nachdenklich. Er befühlte seine Hängebacken und sagte, daß er sich heute zu scharf rasiert hätte und seine Haut empfindlich sei. Es muß ein aufsteigendes Schmerzgefühl von der Brust gewesen sein, das eine Reizung in seinem Gesicht verursachte. Dieser Besuch von mir mit der Andeutung einer endgültigen Trennung setzte ihm zu. Er anerkannte, daß ich richtig gehandelt hatte zu kommen, aber er verwünschte mich auch deswegen. Ich konnte seinen Standpunkt verstehen. Warum war ich gekommen und flatterte um ihn rum mit meiner Liebe wie die Todespest? Ich konnte es in keiner Weise richtig machen, denn wäre ich nicht gekommen, hätte er es mir übelgenommen. Er brauchte das Gefühl, daß man ihm Unrecht tat. Er suhlte sich im Ärger, und er führte Buch.

Fünfzig Jahre hatte er rituell dieselben Witze wiederholt und darüber gelacht, weil sie so infantil und dumm waren. »Weißt du, wer im Krankenhaus ist? Die Kranken.« Und: »Ich habe einmal einen Preis in Geschichte ergattert, aber man hat mich dabei erwischt und dafür gesorgt, daß ich ihn wieder zurückgab.« Und in den Tagen, als ich mich noch mit ihm stritt, sagte ich wohl: »Du bist ein echter Populist und Know-Nothing, du hast aus Patriotismus deine russisch-jüdische Intelligenz verschenkt. Du bist ein self-made Ignoramus und ein echter Amerikaner.« Aber ich hatte längst aufgehört, so etwas zu sagen. Ich wußte, daß er sich in seinem Büro mit einer Schachtel Sultaninen einschloß und Arnold

Toynbee und R. H. Tawney oder Cecil Roth und Salo Baron über jüdische Geschichte las. Wenn etwas von dieser Lektüre in einer Unterhaltung auftauchte, achtete er darauf, daß er die Schlüsselwörter falsch aussprach.

Er fuhr seinen Cadillac unter der glitzernden Sonne. Schatten, die von allen Menschen der Erde geworfen sein konnten, flickten darüber. Er war ein amerikanischer Bauunternehmer und Millionär. Die Seelen der Milliarden flatterten wie Schemen über die Politur der großen schwarzen Motorhaube. Im fernen Äthiopien schlugen ruhrkranke Menschen, die schwach und dem Untergang geweiht über Gräben hockten, Nummern der *Business Week* auf, die Touristen weggeworfen hatten, und sahen sein Gesicht oder Gesichter wie das seine. Aber mir kam es vor, als gäbe es wenige Gesichter wie seins, mit dem raffgierigen Profil, das einem das lateinische Wort *rapax* ins Gedächtnis rief oder einen von Rouaults blutrünstigen todverbreitenden Königen. Wir fuhren an seinen Projekten vorbei, dem Peony-Eigentumshochhaus, den Trumbull Arms. Wir ließen viele Bauvorhaben Revue passieren. »Peony hätte mich fast ruiniert. Der Architekt hat mich überredet, auf dem Dach ein Schwimmbecken einzubauen. Der Beton war um Tonnen und Tonnen zu wenig veranschlagt worden, ganz zu schweigen von der Tatsache, daß wir die Baufläche um dreißig Zentimeter überschritten. Niemand hat es gemerkt, ich bin die verdammte Sache losgeworden. Ich mußte sehr viel Papier reinbuttern.« Er meinte eine große zweite Hypothek. »Nun hör zu, Charlie, ich weiß, daß du eine Einnahmequelle brauchst. Diese verrückte Flunze wird sich erst zufriedengeben, wenn sie deine Leber in der Tiefkühltruhe hat. Ich bin erstaunt, regelrecht erstaunt, daß du nicht etwas Geld beiseite geschafft hast. Du mußt weich sein. Die Leute müssen dich für ganz hübsche Summen angezapft haben. Du hast eine Menge bei diesem Burschen Zitterbloom in New York investiert, der versprochen hatte, dir Unterschlupf zu gewähren, dein Einkommen vor Uncle Sam zu schützen. Der hat dich hübsch reingelegt. Von dem kriegst du nie einen Penny wieder. Aber andere müssen dir Tausende schulden. Mache ihnen Angebote. Nimm nur die Hälfte, aber in bar. Ich werde dir zeigen, wie man schmutziges Geld sauber macht, und wir lassen es verschwinden. Dann fährst du nach Europa und bleibst da. Wozu willst du ausgerechnet in Chicago sein? Hast du von diesem langweiligen Ort noch nicht genug? Für mich war es nicht langweilig, weil ich ausging und mich tummelte. Aber du? Du stehst auf, blickst aus dem Fenster, es ist grau, du ziehst den Vorhang vor und nimmst ein Buch zur Hand. Die Stadt dröhnt, aber das hörst du nicht. Wenn es dir nicht das beschissene Herz getötet hat, dann mußt du, bei deiner Lebensweise, ein Mann von Eisen sein. Hör zu, ich habe eine Idee. Wir kaufen uns zusammen ein Haus am Mittelmeer. Meine Kinder sollten eine Fremdsprache lernen, ein bißchen Kultur haben. Du kannst sie dazu anleiten. Hör zu, Chuck, wenn du fünfzigtausend zusammenkratzen kannst, dann garantiere ich dir fünfundzwanzig Prozent Gewinn, und davon kannst du im Ausland leben.«

So sprach er zu mir, und ich mußte dauernd an sein Schicksal denken. Sein Schicksal! Und ich konnte ihm meine Gedanken nicht mitteilen. Sie waren nicht zur Mitteilung geeignet. Wozu waren sie dann gut? Ihre Verstiegenheit und Ichbezogenheit waren Verrat. Gedanken sollten real sein. Wörter sollten eine bestimmte Bedeutung haben, und ein Mann sollte glauben, was er sagt. Das war Hamlets Beschwerde an Polonius, als er sagte: »Wörter, Wörter, Wörter.« Die Wörter sind nicht *meine* Wörter, die Gedanken nicht *meine* Gedanken. Es ist wunderbar, Gedanken zu haben. Sie können vom gestirnten Himmel handeln und dem moralischen Gesetz, der Majestät des einen, der Großartigkeit des anderen. Ulick war nicht der einzige, dem eine Menge Papier verpaßt wurde. Uns allen wurden Papiere verpaßt. Papiere die Fülle. Und ich hatte nicht die Absicht, Ulick gerade zu diesem Augenblick noch mehr Papiere zu verpassen. Meine neuen Ideen, ja. Die trafen die Sache schon eher. Aber ich war nicht bereit, sie ihm gegenüber zu erwähnen. Ich hätte bereit sein sollen. In der Vergangenheit waren Gedanken zu real, als daß man sie wie ein Kulturportefeuille von Aktien und Wertpapieren für sich behalten hätte. Aber jetzt haben wir geistige Vermögenswerte. So viele Weltanschauungen, wie man haben will. Fünf verschiedene Erkenntnistheorien an einem Abend. Such dir was aus. Sie sind alle angenehm, und keine ist bindend oder notwendig oder hat wahre Kraft oder spricht direkt zur Seele. Es war dieses Papiere-Verpassen, dieser Umlauf von intellektueller Währung, der mich schließlich zum Widerstand gereizt hatte. Aber mein Widerstand war langsam, zögernd gekommen. Daher war ich jetzt nicht bereit, Ulick etwas von wirklichem Interesse zu erzählen. Ich hatte meinem Bruder nichts zu bieten, der sich für den Tod wappnete. Er wußte nicht, was er davon halten sollte, und war wütend und ängstlich. Es war meine Aufgabe als nachdenklicher Bruder, ihm etwas zu sagen. Und tatsächlich hatte ich wichtige Hinweise zu vermitteln, da er dem Ende gegenüberstand. Aber Hinweise waren nicht sehr brauchbar. Ich hatte meine Hausaufgaben nicht gemacht. Er würde sagen: »Was soll das heißen, Geist! Unsterblichkeit? Meinst du das?« Und ich war noch nicht vorbereitet zu erläutern. Ich war gerade erst im Begriff, mich selbst ernsthaft damit zu befassen. Vielleicht würden Renata und ich den Zug nach Taormina nehmen, und dort konnte ich in einem Garten sitzen und mich darauf konzentrieren, ihm meinen ganzen Verstand widmen.

Unsere ernsten Eltern aus der Alten Welt hatten tatsächlich ein Paar amerikanische Clowns erzeugt – einen dämonischen Millionärsclown und einen Höheres-Denken-Clown. Ulick war ein dicker Junge gewesen, den ich angebetet hatte, er war ein Mann, der mir kostbar war; und jetzt war der tödliche Küstenstreifen vor ihm in Sicht, und ich wollte sagen, als er krank aussehend hinter dem Lenkrad saß, daß dieses glitzernde, dieses betäubende, zermalmende, köstliche, schmerzliche Ding (ich meinte das Leben), wenn es zu Ende ging, nur beendete, was wir wußten. Es beendete nicht das Unbekannte, und ich ahnte, daß noch Weiteres folgen würde. Aber ich konnte meinem hartgesottenen Bruder nichts beweisen. Er war von der nahenden Leere, der blumenreichen Schöner-Maitag-Beerdigung, mit der Kohlenklippe im Hintergrund, dem hübschen kühlen Loch im Boden in Panik versetzt. Daher konnte alles, was ich ihm wirklich sagen konnte, falls ich redete, nur so lauten: »Hör mir zu, erinnerst du dich noch, wie wir von Appleton nach Chicago zogen und in den dunklen Zimmern in der Rice Street wohnten? Und du warst ein dicker Junge und ich ein dünner Junge? Und Mama war vergafft in dich mit ihren schwarzen Augen, und Papa wurde jähzornig, weil du dein Brot in den Kakao tunktest? Und bevor er sich ins Holzgeschäft flüchtete, schuftete er in der Bäckerei, die einzige Arbeit, die er finden konnte, ein Gentleman, der aber nachts arbeitete? Und kam nach Hause und hing seine weiße Arbeitskluft hinter die Badezimmertür, so daß die Toilette immer wie ein Bäkkerladen roch und das hart gewordene Mehl schuppenweise zu Boden fiel? Und er schlief, hübsch und zornig, den ganzen Tag auf der Seite, eine Hand unter dem Gesicht und die andere zwischen den hochgezogenen Knien? Während Mama die Wäsche auf dem Kohlenherd kochte und du und ich in die Schule verschwanden? Erinnerst du dich an all das? Nun, ich will dir sagen, warum ich das alles heraufbeschwöre – es gibt gute ästhetische Gründe, warum das nicht auf ewig aus den Annalen gelöscht werden sollte. Niemand würde so viel Herz in Dinge legen, die bestimmt sind, vergessen und vergeudet zu werden. Oder so viel Liebe. Liebe ist die Dankbarkeit für das Dasein. Diese Liebe wäre Haß, Ulick, wenn das Ganze nichts weiter wäre als Schmuh.« Aber eine derartige Rede war sicher für einen der größten Bauunternehmer von Südosttexas nicht annehmbar. Solche Mitteilungen waren verboten unter den geltenden geistigen Regeln einer Zivilisation, die ihr Recht, diese Regel aufzuerlegen, durch die vielen praktischen Wunder bewies, wie zum Beispiel, daß sie mich in vier Stunden von New York nach Texas beförderte oder den Brustkorb aufsägte und neue Adern ins Herz einpflanzte. Die Endgültigkeit des Todes hinzunehmen war jedoch Teil dieses Pakets. Es blieb von uns kein Zeichen übrig. Nur ein paar Löcher im Boden. Nur die Erde gewisser Maulwurfsgänge, aufgeworfen von ausgestorbenen Kreaturen, die einst hier gewühlt hatten.

Unterdessen sagte Ulick, daß er mir helfen wolle. Für fünfzigtausend Dollar wollte er mir zwei Einheiten in einem bereits fertiggestellten Projekt verkaufen. »Das müßte sich mit etwa fünfundzwanzig bis dreißig Prozent verzinsen. Wenn du dann ein Einkommen von fünfzehntausend hast, dazu das, was du mit deinen Kritzeleien verdienst, könntest du dich behaglich in einem der billigen Länder wie Jugoslawien oder der Türkei einrichten und der Bande in Chicago sagen, sie könne dich am Arsch lekken.«

»Dann leihe mir fünfzigtausend«, sagte ich. »So viel kann ich in einem Jahr zusammenbringen und dir zurückzahlen.«

»Ich müßte selbst dafür zur Bank gehen«, sagte er. Aber ich war ein Citrine, dasselbe Blut floß in unseren Adern, und er konnte nicht erwarten, daß ich eine so offenbare Lüge schlucken würde. Er sagte dann: »Charlie, verlange nicht von mir, daß ich etwas so Geschäftswidriges tun soll.«

»Du meinst, wenn du mir das Geld vorstrecken würdest und nicht irgendwas an mir verdientest, dann würde deine Selbstachtung leiden?«

»Hätte ich dein Talent, die Dinge beim Namen zu nennen, was könnte *ich* alles schreiben«, sagte er, »da ich ja tausendmal mehr weiß als du. Natürlich muß ich einen kleinen Profit haben. Schließlich bin ich der Mann, der die Dinge zusammenhält – die ganze Wachskugel. Aber es wäre der niedrigste Anteil. Wenn du andererseits von deinem Lebensstil genug hast, und das müßtest du eigentlich, dann könntest du dich hier in Texas niederlassen und selbst stinkreich werden. Dieses Land hat große Dimensionen, Charlie, es hat Niveau.«

Aber diese Anspielung auf große Dimensionen und Niveau erfüllte mich nicht mit geschäftlichem Ehrgeiz, sie erinnerte mich nur an einen packenden Vortrag von einem Hellseher, den ich im Flugzeug gelesen hatte. Das allerdings beeindruckte mich tief, und ich versuchte es zu verstehen. Nachdem die beiden Kubaner und der Mann aus Boston in den Cadillac gestiegen waren und anfingen, Zigarren zu rauchen, so daß mir schlecht wurde, war der Gedanke an die Hellseherei mindestens so gut wie jeder andere. Der Wagen raste aus der Stadt und folgte der Küstenlinie. »Hier in der Gegend ist ein ausgezeichnetes Fischgeschäft«, sagte Ulick. »Ich halte da und kaufe für Hortense ein paar geräucherte Garnelen und geräucherten Speerfisch.« Wir fuhren vor und kauften ein. Der heißhungrige Ulick aß Stücke von dem Fisch, bevor dieser noch von der Waage genommen wurde. Bevor er noch eingewickelt werden konnte, hatte er bereits das Schwanzende abgerissen.

»Stopf dich nicht voll«, sagte ich.

Er schenkte dem keine Beachtung und hatte damit recht. Er stopfte sich voll. Gaspar, sein kubanischer Geschäftsfreund, setzte sich ans Steuer, und Ulick saß mit dem Fisch auf dem Rücksitz. Er legte ihn unter den Sitz. »Ich will ihn für Hortense aufheben, die ißt ihn für ihr Leben gern«, sagte er. Aber wenn das so weiterging, würde für Hortense nichts mehr übrig sein. Es war nicht meine Aufgabe, ein ganzes Leben von so außergewöhnlicher Freßgier wegzubeschwören, und ich hätte ihn in Frieden lassen sollen. Aber ich mußte meinen brüderlichen Senf dazugeben und ihm gerade so viel Reue verschaffen, wie man von der Familie einen Tag vor einer Operation am offenen Herzen verlangt, wenn man sich mit geräuchertem Fisch vollstopft.

Zu gleicher Zeit konzentrierte ich mich auf die Vision, die der Hellseher mit so außerordentlichen Einzelheiten beschrieben hatte. Geradeso, wie Seele und Geist den Körper im Schlaf verließen, konnten sie auch bei vollem Bewußtsein daraus entfernt werden, um das innere Leben des Menschen zu beobachten. Das erste Ergebnis dieser bewußten Entfernung ist, daß alles auf dem Kopf steht. Statt die äußere Welt zu sehen, wie wir es normalerweise mit unseren Sinnen und dem Intellekt tun, können die Eingeweihten das umschriebene Ich von außen sehen. Seele und Geist werden auf eine Welt ausgegossen, die wir normalerweise von innen erleben – Berge, Wolken, Wälder, Meere. Die äußere Welt sehen wir nicht länger – wir sind *sie*. Die äußere Welt ist jetzt die innere. Hellsichtig befindet man sich in dem Raum, den man vorher wahrgenommen hat. Von diesem neuen Umkreis blickt man zurück in die Mitte, und in der Mitte ist das eigene Ich. Dieses Ich, mein Ich, ist jetzt die äußere Welt. Du lieber Gott, da sieht man die menschliche Form, die eigene Form. Man sieht die eigene Haut und das Blut im Innern, und man sieht es, wie man einen Gegenstand draußen sieht. Aber was für ein Gegenstand! Deine Augen sind jetzt zwei strahlende Sonnen, mit Licht erfüllt. Deine Augen werden durch diese Strahlung identifiziert. Deine Ohren werden durch den Ton identifiziert. Von der Haut geht ein Schimmer aus. Von der menschlichen Gestalt strömen Licht, Ton und sprühende elektrische Kräfte. Das ist das physische Sein, gesehen vom Geist. Und selbst das Leben des Denkens ist in diesem Strahlen sichtbar. Die Gedanken können als dunkle Wellen wahrgenommen werden, die durch den Lichtkörper fließen, sagt dieser Hellseher. Und mit diesem Glanz kommt zugleich auch eine Kenntnis der Sterne, die im Weltraum sind, in dem wir früher das Gefühl hatten, regungslos zu stehen. Wir sind nicht regungslos, sondern zusammen mit diesen Sternen in Bewegung. In uns existiert eine Sternenwelt, die wahrgenommen werden kann, wenn der Geist außerhalb seines Körpers einen neuen Beobachtungsposten einnimmt. Und auch die Muskulatur ist ein Niederschlag des Geistes, und die Signatur des Kosmos ist in ihr enthalten. Im Leben und im Tod ist die Signatur des Kosmos in uns enthalten.

Wir fuhren nun durch eine sumpfige Gegend voller Riffe. Man sah Mangrovenhaine. Hier glitzerte an unserer Seite der Golf. Man sah aber auch eine große Menge Schrott, denn die Halbinsel war eine Müllkippe und ein Autofriedhof. Der Nachmittag war heiß. Der große schwarze Cadillac öffnete sich, und wir stiegen aus. Die Männer waren aufgeregt, liefen in alle Richtungen auseinander, betrachteten den Boden, versuchten, sich die Lage des Landes einzuprägen, und schlugen sich bereits mit künftigen Bauproblemen herum. Prächtige Paläste, berückende Türme und überwältigende Gärten mit kristallenem Tau erhoben sich aus ihren lodernden Hirnen.

»Massiver Felsen«, sagte der Ire aus Boston und kratzte mit einem weißen Schuh aus Kalbsleder am Boden.

Er hatte mir anvertraut, daß er überhaupt kein Ire sei, er sei Pole. Sein Name, Casey, war eine Kurzform von Casimirz. Weil ich Ulicks Bruder war, hielt er mich für einen Geschäftsmann. Mit einem Namen wie Citrine, was konnte ich da anderes sein? »Dieser Mann ist ein richtiger schöpferischer Unternehmer. Ihr Bruder Julius hat Fantasie – ein genialer Baumensch«, sagte Casey. Während er redete, bedachte mich sein flaches sommersprossiges Gesicht mit dem falschen Lächeln, das vor etwa fünfzehn Jahren das Land überschwemmt hatte. Um es zustande zu bringen, zog man die Oberlippe von den Zähnen hoch, während man dem Gesprächspartner charmant ins Auge sah. Alex Szathmar konnte es besser als alle anderen. Casey war ein großer, fast monumentaler und hohl aussehender Mann, der einem Polizeidetektiv aus Chicago glich – der gleiche Typ. Seine Ohren waren erstaunlich zerknittert, wie Chinakohl. Er sprach mit pedantischer Höflichkeit, als hätte er einen Korrespondenzkurs absolviert, der aus Bombay stammte. Das gefiel mir recht gut. Ich merkte seine Absicht, daß ich bei Ulick ein gutes Wort für ihn einlegen solle, und ich verstand sein Bedürfnis. Casey war Rentner, ein Halbinvalide, und er suchte nach einem Mittel, sein Vermögen vor der inflatorischen Schrumpfung zu retten. Außerdem wollte er sich betätigen. Tätigkeit oder Tod. Geld kann nicht auf der Stelle treten. Da ich nunmehr der geistigen Forschung verschrieben war, stellten sich mir viele Dinge in einem klareren Licht dar. Ich sah zum Beispiel, was für vulkanische Gefühle Ulick unterdrückte. Er stand auf einem Abfallhaufen, aß geräucherte Garnelen aus der Papiertüte und tat so, als betrachte er die Halbinsel kühl als Entwicklungsgebiet. »Das hat Zukunft«, sagte er. »Das hat Möglichkeiten. Aber hier sind auch fürchterliche Probleme. Man muß mit Sprengungen anfangen. Die Wasserversorgung wird verteufelte Schwierigkeiten bieten. Auch die Abwässerfrage. Und ich weiß nicht mal, wie der Bebauungsplan aussieht.«

»Aber was Sie hieraus machen könnten, ist ein erstklassiges Hotel«, sagte Casey. »Appartementhäuser auf beiden Seiten mit der Front zum Ozean, Strände, ein Jachthafen, Tennisplätze.«

»Das klingt so leicht«, sagte Ulick. O schlauer Ulick, geliebter Bruder! Ich konnte sehen, daß er sich in einer Ekstase der Verschlagenheit befand. Dies war ein Platz, der vielleicht Hunderte von Millionen wert war, und er stieß darauf, als die Chirurgen für ihn bereits die Messer wetzten. Ein fettes, bedrängtes, verstopftes, leidendes Herz drohte, ihn ins Grab zu legen, als gerade seine Seele ihre glänzendste Gelegenheit vor sich sah. Man konnte sicher sein, wenn man eben seinen schönsten Traum hatte, daß jemand an die Tür bummerte – der berühmte Fleischergeselle von Porlock. In diesem Fall war der Name des Gesellen Tod. Ich verstand Ulick und seine Leidenschaften. Warum nicht? Ich war für mein Leben auf Ulick abonniert. Daher wußte ich, was für ein Paradies er in dieser Müllkippe sah – die Türme im Meeresdunst, das importierte Gras funkelnd von Feuchtigkeit, die Schwimmbecken umgeben von Gardenien, wo Weiber ihre schönen Leiber sonnten und alle dunklen mexikanischen Bediensteten in bestickten Hemden murmelten »*Si, Señor*« – es gab viele illegale Einwanderer, die die Grenze überquerten.

Ich wußte auch, wie Ulicks Bilanz aussehen würde. Sie würde sich lesen wie Chapmans *Homer*, illustrierte Seiten, ein Reich in Gold. Wenn Bebauungspläne sich dieser Gelegenheit entgegenstellten, war er bereit, eine Million Dollar für Bestechungen hinzulegen. Das sah ich an seinem Gesicht. Er war der positive, ich der negative Sünder. Er hätte schwüle kaiserliche Farben tragen können. Ich hätte in ein Gewand von Dr. Dentons Schläfern geknöpft sein können. Allerdings hatte ich etwas Großes, wozu ich erwachen mußte, eine sehr große Herausforderung. Bisher siedete ich bloß, und es würde nötig sein, endlich richtig zum Kochen zu kommen. Ich hatte eine Verpflichtung zugunsten der ganzen Menschenrasse – eine Verantwortung, nicht nur mein eigenes Geschick zu erfüllen, sondern für gewisse gestrandete Freunde wie Von Humboldt Fleisher die Arbeit fortzuführen, dem es nicht einmal vergönnt gewesen war, sich zu einer höheren Wachsamkeit durchzuringen. Meine Fingerspitzen probten schon, wie sie die Klappen der Trompete – der Trompete der Fantasie – bearbeiten würden, wenn ich endlich bereit war, sie zu blasen. Die Töne dieses Messinginstruments wären über die Erde hinaus zu hören, bis in den Weltraum hinein. Wenn dieser Messias, diese rettende Fähigkeit, die Fantasie, geweckt war, dann könnten wir wieder mit offenen Augen auf die ganze leuchtende Erde blicken.

Der Grund, weshalb die Ulicks dieser Welt (und auch die Cantabiles) diese Gewalt über mich ausübten, lag darin, daß sie ihre Wünsche klar kannten. Diese Wünsche mochten niedrig sein, aber sie wurden in voller Wachheit verfolgt. Thoreau sah ein Murmeltier in Walden, dessen Augen viel wacher waren als die Augen irgendeines Bauern. Allerdings war dieses Murmeltier auf dem Weg, die Saat eines schwer arbeitenden Bauern zu vernichten. Es war ein leichtes für Thoreau, das Murmeltier herauszustellen und über die Farmer herzuziehen. Aber wenn die Gesellschaft eine massive moralische Fehlanzeige ist, dann haben die Bauern etwas, wofür das Schlafen sich lohnt. Oder man betrachte den gegenwärtigen Zeitpunkt. Ulick hatte einen wachen Sinn für das Geld; ich, dem das Verlangen, das Rechte zu tun, im Herzen schwoll, war mir bewußt, daß der gute liberale Schlaf der amerikanischen Jugendzeit ein halbes Jahrhundert gedauert hatte. Und selbst jetzt war ich gekommen, um etwas von Ulick zu kriegen – ich suchte wieder die Zustände meiner Kindheit auf, durch die mein Herz beflügelt worden war. Duftspuren jener erhaltenden Zeit, jener frühen und süßen Traumzeit des Guten hafteten ihm noch an. Als sich bereits sein Gesicht der (vielleicht) letzten Sonne zuwandte, wollte ich noch etwas von ihm.

Ulick behandelte seine zwei Kubaner so unterwürfig wie der polnische Casey ihn. Das waren seine unentbehrlichen Unterhändler. Sie waren mit den Eigentümern zur Schule gegangen. Zuweilen deuteten sie an, daß sie alle Vettern seien. Mir sahen sie aus wie karibische Playboys, ein erkennbarer Typ – kräftige, dickliche Männer mit frischen runden Gesichtern und blauen, nicht eben gütigen Augen. Sie waren Golfer, Wasserskisportler,

Reiter, Polospieler, Rennwagenfahrer, Piloten zweimotoriger Flugzeuge. Sie kannten die Riviera, die Alpen, Paris und New York so gut wie die Nachtklubs und Spielhöllen Westindiens. Ich sagte zu Ulick: »Das sind scharfe Burschen. Das Exil hat sie nicht abgestumpft.«

»Ich weiß, daß sie scharf sind«, sagte Ulick. »Ich muß einen Weg finden, sie an dem Geschäft zu beteiligen. Hier darf man nicht kleinlich sein – mein Gott, Chuckie, diesmal ist für jeden eine Menge da«, flüsterte er.

Bevor diese Unterhaltung stattfand, hatten wir zweimal angehalten. Als wir von der Halbinsel zurückkehrten, sagte Ulick, er wolle bei einer Farm für tropische Früchte halten, die er kannte. Er hatte Hortense versprochen, Dattelpflaumen mitzubringen. Der Fisch war aufgegessen. Wir saßen mit ihm unter einem Baum und schlürften die brustgroßen flammenfarbenen Früchte. Der Saft rann ihm über das Sporthemd, und als er sah, daß es jetzt gereinigt werden mußte, wischte er sich auch noch die Finger daran ab. Seine Augen waren eingesunken und bewegten sich in seinem Kopf schnell hin und her. Er war in diesem Moment nicht bei uns. Die Kubaner holten Hortenses Golftasche aus dem Gepäckraum und amüsierten sich damit, Bälle über das Feld zu schlagen. Sie waren großartige, kräftige Golfer, trotz ihres dicken Hinterns und der Fleischwülste, die sich unter ihrem Kinn bildeten, wenn sie sich auf den Ball konzentrierten. Sie wechselten sich ab und schlugen mit elastischem Schwung – klack! – die elastischen Bälle ins Ungewisse. Es war ein Vergnügen, dem zuzusehen. Aber als wir zum Aufbruch bereit waren, stellte sich heraus, daß die Autoschlüssel im Gepäckraum eingeschlossen waren. Man borgte sich Werkzeug vom Farmer, und innerhalb einer halben Stunde hatten die Kubaner das Schloß ausgebaut. Natürlich beschädigten sie den Lack des neuen Cadillac. Aber das machte nichts. »Nichts, nichts!« sagte Ulick. Er war natürlich auch wütend, aber diese Gonzalez-Vettern durften jetzt nicht offen gehaßt werden. Ulick sagte: »Was ist das schon – etwas Blech, ein bißchen Farbe?« Er stand schwerfällig auf und sagte: »Wir wollen jetzt irgendwohin fahren, wo wir was zu trinken und zu essen kriegen.«

Wir fuhren zu einem mexikanischen Restaurant, wo er eine Portion Hühnerbrust mit *molé*-Sauce verschlang – eine bittere gewürzte Schokoladentunke. Ich konnte meins nicht aufessen. Er nahm meinen Teller. Er bestellte Pecantorte à la mode und dann eine Tasse mexikanische Schokolade.

Als wir nach Hause kamen, sagte ich, ich wolle in mein Motel fahren und mich hinlegen; ich war sehr müde. Wir standen eine Weile zusammen in seinem Garten.

»Kannst du dir wenigstens in etwa ein Bild von dieser Halbinsel machen?« sagte er. »Mit diesem Land könnte ich das glänzendste Geschäft meines Lebens machen. Diese klugscheißenden Kubaner werden mithalten müssen, ich reiße diese Schweine einfach mit. Ich werde einen Plan entwerfen – während meiner Genesung lasse ich mir ein Gutachten und eine Landkarte anfertigen, und wenn ich mein Angebot für diese faulen spanischen Jet-set-Schufte mache, dann werde ich mit Architektenmodellen gewappnet sein und die Finanzierung geregelt haben. Ich sage *wenn*, verstehst du. Willst du ein paar von den japanischen Mispeln?« Er langte trübsinnig in einen der Bäume und pflückte Hände voller Früchte.

»Ich habe jetzt schon Gallenbeschwerden«, sagte ich, »von allem, was ich gegessen habe.«

Er stand pflückend und essend da, spuckte Kerne und Schalen aus, den Blick starr hinter mich gerichtet. Er wischte sich von Zeit zu Zeit den Acheson-Schnurrbart. Anmaßend, hohläugig war er von unaussprechlichen Gedanken erfüllt. Sie waren dicht und klein auf jeden Zoll seiner Innenfläche geschrieben. »Ich werde dich vor der Operation in Houston nicht sehen, Charlie«, sagte er. »Hortense ist dagegen. Sie sagt, du würdest mich zu sehr mit Gefühlen aufladen, und sie ist eine Frau, die weiß, wovon sie redet. Aber das will ich dir noch sagen, Charlie. Wenn ich sterbe, heirate Hortense. Sie ist eine bessere Frau, als du dir selber finden kannst. Sie ist redlich wie keine andere. Ich vertraue ihr hundertprozentig, und du weißt, was das bedeutet. Sie tut ein bißchen rauh, aber sie hat mir das Leben wunderschön gemacht. Du wirst nie mehr finanzielle Sorgen haben, das kann ich dir versichern.«

»Hast du das mit Hortense besprochen?«

»Nein, ich hab's in einem Brief geschrieben. Sie ahnt wahrscheinlich, daß ich sie mit einem Citrine verheiraten will, wenn ich auf dem Operationstisch sterbe.« Sein Blick war hart und starr, als er sagte: »Sie wird tun, was ich ihr sage. Und du auch.«

Der späte Nachmittag stand wie eine Mauer von Gold. Und

zwischen uns war Liebe massenweise, aber weder Ulick noch ich wußten, was wir damit anfangen sollten. »Na schön, auf Wiedersehen.« Er drehte mir den Rücken zu. Ich stieg in den Leihwagen und fuhr davon.

Hortense sagte am Telefon: »Nun, er hat's geschafft. Sie haben Adern aus dem Bein genommen und an sein Herz angeschlossen. Er wird jetzt stärker sein als je zuvor.«

»Dafür sei Gott gedankt. Ist er außer Gefahr?«

»O ja, und du kannst ihn morgen besuchen.«

Während der Operation hatte Hortense nicht meine Gesellschaft gewollt. Ich schob das auf eine Ehefrau-Bruder-Rivalität, aber später änderte ich meine Meinung. Ich entdeckte eine Art Grenzenlosigkeit oder Hysterie meiner Liebe, die ich an ihrer Stelle auch gemieden hätte. Aber am Telefon hörte ich einen Ton in ihrer Stimme, den ich noch nicht vernommen hatte. Hortense züchtete exotische Blumen und schrie Hunde und Männer an – das war ihr Stil. Diesmal fühlte ich jedoch, daß ich mit ihr teilte, was sie in der Regel auf die Blumen beschränkte, und meine Einstellung zu ihr änderte sich vollkommen. Humboldt pflegte mir zu sagen, und er war selbst ein harter Richter von Charakteren, daß ich alles andere als mild, sondern tatsächlich zu streng sei. Meine Besserung (wenn es eine war) hätte ihn gefreut. In diesem kritischen Zeitalter glauben die Menschen im Gefolge der Naturwissenschaft (es ist tatsächlich eine Fantasiewissenschaft), daß sie anderen gegenüber »illusionslos« sind. Das Gesetz der Kargheit macht die Herabsetzung realistischer. Daher hatte ich auch meine Vorbehalte gegen Hortense gehabt. Jetzt fand ich aber, daß sie eine gute Frau war. Ich hatte auf dem übergroßen Motelbett gelegen und einige von Humboldts Papieren gelesen sowie Bücher von Rudolf Steiner und seinen Schülern, und ich war in erregtem Zustand.

Ich weiß nicht, was ich erwartete, als ich Ulicks Zimmer betrat – Blutflecke vielleicht oder Knochenmehl von der elektrischen Säge; man hatte den Brustkasten eines Mannes aufgestemmt und sein Herz herausgenommen; man hatte es zum Stehen gebracht wie einen kleinen Motor und beiseite gelegt und es wieder angelassen, als man fertig war. Darüber kam ich nicht hinweg. Aber ich betrat ein Zimmer, das mit Blumen und Sonnenschein gefüllt war. Über Ulicks Kopf hing eine kleine Messingplatte, auf der die Namen von Papa und Mama eingraviert waren. Seine Farbe war grün und gelb, das Nasenbein trat hervor, sein weißer Schnurrbart wuchs kraß darunter. Er sah jedoch glücklich aus. Und sein Ungestüm war noch da, wie ich zu meiner Freude feststellte. Er war natürlich noch schwach, aber er war wieder ganz im Geschäft. Hätte ich ihm gesagt, daß er eine Spur jenseitig aussah, dann hätte er verächtlich zugehört. Hier war das geputzte Fenster, hier waren herrliche Rosen und Dahlien, und hier war Mrs. Julius Citrine in einem gestrickten Hosenanzug, mit stämmigen, erdnahen Beinen, eine reizvolle, kleine, starke Frau. Das Leben ging weiter. Welches Leben? Dieses Leben. Und was war dieses Leben? Aber jetzt war nicht die Zeit, metaphysisch zu werden. Ich war voller Eifer, voller Glück. Aber ich behielt die Dinge unter meinem höchsteigenen Hut.

»Na, Junge«, sagte er mit einer noch dünnen Stimme. »Du freust dich, nicht wahr?«

»Das ist wahr, Ulick.«

»Ein Herz kann repariert werden wie ein Schuh. Neu besohlt. Selbst neues Oberleder. Wie Novinson in der Augusta Street . . .«

Ich nehme an, daß ich Ulicks Nostalgieableiter war. Woran er sich selbst nicht erinnern konnte, wollte er gern von mir hören. Stammeshäuptlinge in Afrika hatten hauptamtliche Gedächtnismänner um sich; ich war Ulicks Gedächtnismann. »Novinson hatte in seinem Fenster Schützengrabensouvenirs von 1917«, sagte ich. »Er hatte Granatenhülsen aus Messing und einen Helm mit Löchern. Über seiner Arbeitsbank hing eine farbige Karikatur von seinem Sohn Izzie und zeigte einen Kunden, dem man eine Pelzkappe auf den Kopf stülpte und der in die Luft sprang und schrie ›Hilfe!‹ Das bedeutete: Laßt euch nicht für Schuhreparaturen das Fell über die Ohren ziehen.«

Ulick sagte zu Hortense: »Du brauchst ihn nur aufzuziehen.«

Sie lächelte von ihrem Polsterstuhl; die Beine hatte sie übereinandergeschlagen. Die Farbe ihres Strickhosenanzugs war alte Rose oder junger Ziegel. Sie hatte ein weißes Gesicht, wie eine gepuderte Kabukitänzerin, denn trotz ihrer hellen Augen war ihr Gesicht japanisch – das kam von den Backenknochen und den Fischlippen, die tiefrot gemalt waren.

»Also, Ulick, wo du jetzt aus dem Schlimmsten raus bist, fahre ich.«

»Hör zu, Chuck, es gibt etwas, was ich mir schon immer gewünscht habe und was du mir in Europa kaufen kannst. Eine schöne Seelandschaft. Ich habe immer Gemälde vom Meer geliebt. Nichts als das Meer. Ich will keinen Felsen sehen oder ein Boot oder irgendwelche Menschen. Nur den offenen Ozean an einem tollen Tag. Wasser, Wasser überall: Besorg mir das, Chukkie, und ich zahle dafür fünftausend, achttausend. Rufe mich an, wenn du das Richtige aufstöberst, und ich schicke dir telegrafisch das Geld.«

Damit war ausgedrückt, daß ich eine Kommissionsgebühr beanspruchen konnte – natürlich ganz unter uns. Es wäre unnatürlich für mich, nicht ein bißchen zu mogeln. Das war die Form, die seine Großzügigkeit zuweilen annahm. Ich war gerührt.

»Ich werde in die Galerien gehen«, sagte ich.

»Gut. Nun, wie steht's mit den fünfzigtausend – hast du dir mein Angebot überlegt?«

»Oh, ich würde dich bestimmt gern beim Wort nehmen. Ich brauche diese Einkünfte dringend. Ich habe bereits einem Freund von mir gekabelt – Thaxter. Er ist auf dem Weg nach Europa, auf der *France*. Ich habe ihm gesagt, ich sei bereit, nach Madrid zu fahren und mich an einem Projekt zu versuchen, das er sich ausgedacht hat. Ein Kultur-Baedeker . . . Daher reise ich jetzt nach Madrid.«

»Fein. Du brauchst Projekte. Geh wieder an die Arbeit. Ich kenne dich. Wenn du aufhörst zu arbeiten, geht's bei dir schief. Dieses Weib in Chicago hat mit ihren Anwälten deine Arbeit zum Stillstand gebracht. Sie weiß, was dieser Stillstand dir antut – Hortense, wir werden uns jetzt ein bißchen um Charlie kümmern müssen.«

»Dafür bin ich auch«, sagte Hortense. Von Minute zu Minute bewunderte und liebte ich Hortense mehr. Was für eine wunderbare und feinfühlige Frau sie in Wirklichkeit war und welche Vielfalt von Gefühlen die Kabuki-Maske verbarg. Ihre Rauhheit hatte mich irregeführt. Aber hinter dieser Rauhheit, welche Güte, welch ein Rosengarten. »Warum bemühst du dich nicht mehr, mit Denise zu einer Übereinkunft zu gelangen?« fragte sie.

»Sie will keine Übereinkunft«, sagte Ulick. »Sie will seine Eingeweide in einem Glas auf dem Kaminsims. Wenn er ihr mehr Geld anbietet, erhöht sie von neuem den Einsatz. Es ist zwecklos. Der Junge pinkelt in Chicago gegen den Wind. Er braucht Weiber, aber er sucht sich Frauen aus, die ihn verkrüppeln. Geh also wieder zurück an die Arbeit, Chuck, und fange wieder an, dein Zeug zu produzieren. Wenn du mit deinem Namen nicht vor der Öffentlichkeit wedelst, dann werden die Leute denken, daß du tot bist und sie den Nachruf versäumt haben. Wieviel kannst du aus diesem Kulturführergeschäft rausschlagen? Fünfzig? Bestehe auf hundert. Vergiß die Steuern nicht. Haben sie dich auch an der Börse erwischt? Ja, natürlich. Du bist ein amerikanischer Fachmann. Du mußt durchmachen, was das ganze Land durchmacht. Weißt du, was ich tun würde? Ich würde alte Eisenbahnobligationen kaufen. Einige sind für vierzig Cents auf den Dollar zu haben. Nur Eisenbahnen können die Kohle transportieren, und die Energiekrise bringt die Kohle wieder mächtig ins Geschäft. Wir sollten auch etwas Kohlenland kaufen. Unter Indiana und Illinois ist der ganze Mittlere Westen eine solide Kohlenmasse. Sie kann zermalmt, mit Wasser gemischt und durch Röhren gepumpt werden, aber das ist nicht wirtschaftlich. Selbst Wasser wird knapp«, sagte Ulick, der eine seiner kapitalistischen Fugen abspielte. Beim Kohlenthema war er ein romantischer Dichter, ein Novalis, der von Erdmysterien sprach. »Du kratzt dir etwas Geld zusammen. Schicke es her, und ich werde es für dich investieren.«

»Danke dir, Ulick«, sagte ich.

»Gut. Weg mit dir. Bleibe in Europa, wozu, zum Teufel, willst du zurückkommen? Kauf mir ein Seestück.«

Er und Hortense setzten sich wieder an die Entwicklungspläne für die Halbinsel der Kubaner. Er lenkte mit Ungestüm sein Genie auf Karten und Blaupausen, während Hortense für ihn Bankiers anrief. Ich küßte meinen Bruder und seine Frau und fuhr in meinem Leihwagen zum Flughafen.

Obwohl ich voller Freude war, spürte ich, daß sich die Dinge in Mailand nicht gut entwickelten. Renata machte mir Sorgen. Ich wußte nicht, was sie im Sinn hatte. Vom Motel aus hatte ich am vorigen Abend mit ihr telefoniert. Ich fragte sie, was sich abspielte. Sie sagte: »Das werde ich dir bei einem transatlantischen Anruf nicht erzählen, Charlie, es ist zu teuer.« Aber dann weinte sie zwei volle Minuten lang. Selbst Renatas interkontinentale Schluchzer waren frischer als die anderer Frauen, die ganz in der Nähe sind. Danach lachte sie, immer noch unter Tränen, über sich und sagte: »Das war also mindestens ein Vierteldollar pro Träne. Ja, ich treffe dich in Madrid, darauf kannst du dich verlassen.«

»*Ist* Signor Biferno dein Vater?« fragte ich.

»Du redest, als ob dich die Spannung umbrächte. Stell dir vor, was sie mir antut. Ja, ich glaube, Biferno ist mein Vater. Ich habe das *Gefühl.*«

»Was für ein Gefühl hat er? Er muß ein prachtvoll aussehender Mann sein. Kein Fatzke hätte eine Frau wie dich zeugen können, Renata.«

»Er ist alt und eingefallen. Er sieht aus wie jemand, den sie vergessen haben, von der Zuchthausinsel wegzuschaffen. Und er hat nicht mit mir gesprochen. Er will nicht.«

»Warum?«

»Vor meiner Reise hat mir meine Mutter nicht erzählt, daß sie im Begriff war, ihn zu verklagen. Ihre Klage wurde ihm am Tag vor meiner Ankunft zugestellt. Es ist eine Vaterschaftsklage. Kindesunterstützung. Schadenersatz.«

»Kindesunterstützung? Du bist beinahe dreißig. Und die Señora hat dir nicht erzählt, daß sie das plante?« fragte ich.

»Wenn du deinen ungläubigen Ton annimmst, deinen Ich-kann's-nicht-glauben-Ton, dann weiß ich, daß du tatsächlich fürchterlich wütend bist. Du ärgerst dich über das Geld, das diese Reise kostet.«

»Renata, warum mußte die Señora Biferno mit Vorladungen zusetzen, als du gerade im Begriff warst, das Rätsel deiner Geburt zu lösen? – zu dem sie übrigens die Antwort kennen sollte. Du machst um deines Herzen oder deiner Identität willen diesen Gang – du hast dich wochenlang mit deiner Identitätskrise gequält – und dann tut deine Mutter diesen Schritt. Du kannst mir nicht vorwerfen, daß ich verwirrt bin. Es ist verrückt. Was für einen Eroberungsplan hat das alte Mädchen ausgebrütet? All diese Brandbomben, Sieg, bedingungslose Übergabe.«

»Du hörst nicht gern, daß Frauen Männer verklagen. Du weißt nicht, was ich meiner Mutter verdanke. Ein Mädchen wie mich großzuziehen war ein ziemlich harter Brocken. Und was sie mir angetan hat: Erinnere dich, was die Leute dir antun. Dieser Cantabile, er soll in der Hölle modern, oder Szathmar oder Thaxter. Hüte dich vor Thaxter. Verbringe den Monat im Ritz, aber unterschreibe keinen Vertrag oder dergleichen. Thaxter wird sich das Geld unter den Nagel reißen und dich auf der ganzen Arbeit sitzenlassen.«

»Nein, Renata, er ist ein Sonderling, aber er ist im Grunde vertrauenswürdig.«

»Auf Wiedersehn, mein Liebster«, sagte sie. »Ich habe dich furchtbar vermißt. Weißt du noch, was du mir einst von dem britischen Löwen gesagt hast, der aufrecht mit einer Tatze auf der Weltkugel stand? Du hast gesagt, wenn du deine Tatze auf meine Weltkugel legst, dann wäre das besser als ein Empire. Die Sonne geht über Renata nie unter! Ich erwarte dich in Madrid.«

»Du scheinst von Mailand die Nase voll zu haben«, sagte ich.

Sie antwortete mir, wie Ulick, daß ich wieder anfangen müsse zu arbeiten. »Nur, um Gottes willen, schreibe nicht dieses pedantische Zeug, das du in letzter Zeit bei mir abgeladen hast.«

Aber jetzt mußte der gesamte Atlantik zwischen uns aufgewallt sein, oder vielleicht wurde der Nachrichtensatellit von glitzernden Teilchen in der äußeren Atmosphäre beschossen. Jedenfalls brach das Gespräch zusammen und endete.

Aber als das Flugzeug vom Boden abhob, fühlte ich mich ungewöhnlich frei und leicht – ausgerollt auf den gebogenen Adlerbeinen der 747, auf den großen Flügeln in den Flug gehoben, die Maschine von Stufe zu Stufe aufsteigend in immer hellere Atmosphären, während ich meine Mappe wie ein Reiter zwischen die Füße klemmte und mein Kopf auf der Wölbung des Sitzes lag. Per Saldo meinte ich, daß der bösartige und verrückte Prozeß der Señora meine Position verbesserte. Sie machte sich unmöglich. Meine Gutherzigkeit, meine Geduld, mein gesunder Menschenverstand, meine Überlegenheit würden bei Renata gewinnen. Ich brauchte nichts weiter zu tun, als den Mund zu halten und stillzusitzen. Gedanken, die sie betrafen, kamen dicht und schnell –

allerhand Dinge, die Was-schöne-Mädchen-zu-dem-sich-entfaltenden-Geschick-der-kapitalistischen-Demokratie beitrugen mit weit darüber hinausgreifenden tieferen Fragen verbanden. Versuchen wir mal, ob ich etwas davon klarmachen kann. Renata war sich beinahe, wie viele Leute heutzutage, bewußt, daß sie »ein Leben in der Geschichte« führte. Aber Renata war, als biologisch edle Schönheit, in einer falschen Kategorie – Goyas *Maya*, die eine Zigarre raucht, oder Wallace Stevens' ängstliche Konkubine, die »Pfui!« flüstert. Und zwar, weil sie die Kategorie, der sie in der öffentlichen Meinung zugeordnet war, herausfordern und überlisten wollte. Aber sie bestätigte sie damit auch. Und wenn es eine historische Aufgabe für uns gibt, dann die, daß wir mit falschen Kategorien brechen. Runter mit der Maske! Ich gab ihr einmal zu bedenken: »Eine Frau wie dich kann man nur dann ein dummes Weib nennen, wenn Sein und Wissen völlig getrennt sind. Aber wenn das Sein auch eine Form des Wissens ist, dann ist das eigene Sein in gewissem Grade eine eigene Leistung . . .«

»Dann bin ich also doch kein dummes Weib. Ich kann's nicht sein, wenn ich so schön bin. Das ist Klasse! Du bist immer nett zu mir gewesen, Charlie.«

»Weil ich dich wirklich liebe, Kind.«

Dann weinte sie ein bißchen, weil sie sexuell nicht all das war, was man sich zuraunte. Sie hatte ihre Schwächen. Manchmal klagte sie sich wild an und rief: »Die Wahrheit! Ich bin ein falscher Fuffziger! Ich hab's lieber unter dem Tisch!« Ich sagte ihr, sie soll's nicht übertreiben. Ich erklärte ihr, daß das Ego sich von der Sonne emanzipiert habe und nun den Schmerz dieser Emanzipation auf sich nehmen müsse. Die moderne sexuelle Ideologie könne dem nie entgegenwirken. Programme ungehemmter natürlicher Freude könnten uns nie von der universalen Tyrannei des Selbstseins befreien. Fleisch und Blut könnten diesen Anforderungen nie genügen. Und so weiter.

Auf alle Fälle wurden wir in einer großen 747 zu einer Höhe von zehn Kilometern emporgetragen, in einem erleuchteten Hohlraum, einem Theater, einer Cafeteria, während tief unten der Atlantik im blassen Tageslicht wütete. Dem Piloten zufolge wurden die Schiffe in dem Sturm schwer bedrängt. Aber aus dieser Höhe schienen die Erhebungen der Wogen dem Auge nicht größer, als die Wülste des Gaumens der Zunge erscheinen. Die

Stewardeß servierte Whisky und hawaiische Macademianüsse. Wir brausten über die Längengrade des Planeten, dieses tiefen Körpers, den ich als die große Schule der Seelen und den materiellen Sitz des Geistes zu erfassen lernte. Mehr als je glaubte ich, daß die Seele mit ihren gelegentlichen Wahrnehmungen des Guten nicht erwarten konnte, daß sie in einer einzigen Lebenszeit irgend etwas erreichen könne. Platos Theorie der Unsterblichkeit war nicht, wie manche Gelehrte es hinstellen wollten, eine Metapher. Er meinte es buchstäblich so. Eine einzige Spanne konnte die Tugend nur verzweifeln lassen. Nur ein Narr würde das Gute mit einer einmaligen Sterblichkeit zu versöhnen suchen. Oder wie Renata, dieses liebe Mädchen, es vielleicht formulieren würde: »Besser keins als nur eins.«

Mit einem Wort, ich gestattete mir zu denken, was mir paßte, und ließ meine Gedanken in alle Richtungen wandern. Aber ich fühlte, daß das Flugzeug und ich dem richtigen Ziel zuflogen. Madrid war eine kluge Wahl. In Spanien konnte ich beginnen, mich selbst zurechtzurücken. Renata und ich würden einen ruhigen Monat verleben. Ich nahm mir vor – mit dem Gedanken an die Wasserwaage des Tischlers –, daß vielleicht unsere beiden Libellen wieder in die Mitte geholt werden könnten. Dann konnte man die Dinge in Angriff nehmen, die alle Herzen und Hirne wirklich befriedigten, auf natürliche Weise befriedigten. Wenn sich die Leute, die vom Guten und Wahren sprachen, wie Fälscher vorkamen, dann lag das daran, daß ihre Libelle nicht auf Mitte war, weil sie glaubten, sie folgten den Regeln des wissenschaftlichen Denkens, das sie nicht im geringsten verstanden. Aber ich hatte auch keinen Grund, mit dem Feuer zu spielen oder mit den einzigen noch übriggebliebenen revolutionären Ideen zu tändeln. Versicherungsstatistisch gesprochen, hatte ich nur ein Jahrzehnt übrig, um mich für eine weitgehend vergeudete Lebenszeit schadlos zu halten. Das war nicht einmal genügend Zeit, um sie an Reue und Buße zu verschwenden. Ich hatte auch das Gefühl, daß Humboldt, da draußen im Tode, meiner Hilfe bedurfte. Die Toten und die Lebenden bildeten noch eine Gemeinschaft. Der Planet war immer noch die Operationsbasis. Da war Humboldts versautes Leben und mein versautes Leben, und an mir war es, etwas zu tun, dem Rad eine letzte günstige Drehung zu geben, moralisches Verständnis von der Erde, wo man es finden kann, zur nächsten Existenz zu übertragen, wo man es brauchte. Gewiß hatte ich auch meine anderen Toten. Es war nicht Humboldt allein. Auch ich zeigte deutliche Anzeichen von Sinnesverwirrung. Aber warum sollte meine Empfänglichkeit zu diesen Anzeichen gehören? Im Gegenteil und so weiter. Ich kam zu dem Schluß: Wir werden sehen, was wir sehen werden. Wir flogen durch unbeschattete Höhen, und in dem reinen Höhenlicht sah ich, daß das schöne braune Getränk in meinem Glas viele kristallinische Teilchen und Thermallinien einer hitzeerzeugenden kalten Flüssigkeit enthielt. Auf diese Weise unterhielt ich mich und vertrieb mir die Zeit. Wir wurden in Lissabon eine ganze Weile aufgehalten und erreichten Madrid Stunden später als vorgesehen.

Die 747 mit ihrer walfischgleichen vorderen Wölbung öffnete sich, und Passagiere strömten hinaus, unter ihnen der ungeduldige Charlie Citrine. Die Touristen übertrafen in diesem Jahr, wie ich in der Fluglinienzeitschrift gelesen hatte, an Zahl die spanische Bevölkerung um etwa zehn Millionen. Aber welcher Amerikaner konnte glauben, daß seine Ankunft in der Alten Welt kein besonderes Ereignis sei? Verhalten bedeutete unter diesen Himmeln mehr als in Chicago. Das mußte so sein. Hier war der Raum vielsagend. Das drängte sich mir auf. Und Renata, auch von vielsagendem Raum umgeben, wartete im Ritz. Unterdessen schlurften meine Landsleute vom Charterflug, eine Gesellschaft aus Wichita Falls, ermüdet durch die langen Gänge und glichen einer Truppe von ambulant behandelten Patienten in einem Krankenhaus. Ich zog wie ein Blitzstrahl an ihnen vorbei. Ich war der erste am Paßschalter, der erste am Gepäckfließband. Und dann – war mein Koffer der letzte von allen. Die Gesellschaft aus Wichita Falls war fort, und ich dachte, daß vielleicht mein Koffer mit der eleganten Kleidung, den Hermès-Krawatten, den Munkijacken des alten Lüstlings und so weiter, verloren sei, als ich ihn schwankend, einsam auf dem langen, langen Fließband erblickte. Er kam auf mich zu wie eine Frau ohne Korsett, die über Kopfsteinpflaster schlendert.

Dann im Taxi zum Hotel war ich wieder mit mir zufrieden und fand, daß ich's gut eingerichtet hatte, nachts anzukommen, wenn die Straßen leer waren. Es gab keine Verzögerung; das Taxi fuhr irrsinnig schnell, ich konnte sofort in Renatas Zimmer gehen, mir die Kleider ausziehen und mit ihr ins Bett steigen. Nicht aus Wollust, sondern aus freudiger Spannung. Ich war von einem unendlichen Bedürfnis erfüllt, Trost zu geben und zu empfangen. Ich kann gar nicht sagen, wie sehr ich mit Meister Eckart bezüglich der ewigen Jugend der Seele übereinstimmte. Von Anfang bis Ende, sagt er, bleibt sie dieselbe, sie hat nur ein Alter. Der Rest von uns ist jedoch nicht so beständig. Wenn man also diesen Unterschied außer acht läßt, den Verfall leugnet und immer das Leben wieder von neuem beginnt, dann ist das nicht sehr sinnvoll. Hier mit Renata wollte ich einen neuen Anlauf machen und schwor bei allem, was heilig ist, daß ich zärtlicher und sie treuer und menschlicher sein würde. Das war natürlich auch nicht sehr sinnvoll. Aber man darf nicht vergessen, daß ich bis zu meinem vierzigsten Lebensjahr ein völliger Idiot und danach teilweise ein Idiot gewesen bin. Ich würde immer irgendwie ein Idiot sein. Trotzdem meinte ich, daß noch Hoffnung sei, und eilte im Taxi Renata entgegen. Ich betrat die letzten Zonen der Sterblichkeit und erwartete, daß ausgerechnet hier in Spanien, hier in einem Schlafzimmer alles, was menschlich richtig war, sich – endlich! – ereignen würde.

Würdevolle Lakaien in der kreisrunden Empfangshalle des Ritz nahmen mein Gepäck und meine Mappe, und ich kam durch die Drehtür auf der Suche nach Renata. Bestimmt würde sie auf mich nicht in einem dieser imposanten Sessel warten. Eine königliche Frau konnte nicht mit dem Nachtpersonal um drei Uhr nachts in der Halle sitzen. Nein, sie mußte wachliegen, schön, feucht, ruhig atmend, und auf ihren außergewöhnlichen, ihren einen und einzigen Citrine warten. Es gab andere geeignete Männer, hübscher, jünger, energischer, aber von mir, Charlie Citrine, gab es nur einen, und Renata, wie ich glaubte, war sich dessen bewußt.

Aus Gründen der Selbstachtung hatte sie am Telefon abgelehnt, eine Suite mit mir zu teilen. »Das macht in New York nichts aus, aber in Madrid, mit verschiedenen Namen in den Pässen, ist es einfach zu hurenhaft. Ich weiß, daß es doppelt soviel kostet, aber es wird so sein müssen.«

Ich bat den Mann in der Telefonzentrale, Mrs. Koffritz anzuläuten.

»Wir haben keine Mrs. Koffritz«, war seine Antwort.

»Dann eine Mrs. Citrine?« sagte ich.

Es gab auch keine Mrs. Citrine. Das war eine böse Enttäuschung. Ich schritt unter der Kuppel über den kreisrunden Teppich zum Empfangschef. Er überreichte mir ein Telegramm aus Mailand. KLEINE VERZÖGERUNG. BIFERNO ENTWICKELT SICH. TELEFONIERE MORGEN. ICH BETE DICH AN.

Dann wurde ich zu meinem Zimmer geleitet, aber ich war nicht imstande, seine Ausstattung zu bewundern: üppig spanisch mit geschnitzten Schränken und dicken Vorhängen, mit türkischen Teppichen und *fauteuils*, ein marmornes Badezimmer und altmodische elektrische Vorrichtungen im prächtigen alten *Wagon-Lit*-Stil. Das Bett stand in einem Alkoven mit Vorhang und war mit geflammter Seide bedeckt. Mein Herz war in schlechter Verfassung, als ich nackt ins Bett kroch und meinen Kopf auf das Polster legte. Auch von Thaxter war keine Nachricht da, und er hätte inzwischen schon in Paris sein müssen. Ich mußte mit ihm in Verbindung treten. Thaxter mußte Stewart in New York Bescheid sagen, daß ich seine Einladung, einen Monat lang als sein Gast in Madrid zu bleiben, annahm. Das war eine ziemlich wichtige Angelegenheit. Ich hatte nur noch viertausend Dollar und konnte mir keine zwei Suiten im Ritz leisten. Der Dollar war sehr gedrückt, der Peso stand unrealistisch hoch, und ich glaube nicht, daß sich Biferno irgendwohin entwickelte.

Mein Herz schmerzte dumpf. Ich weigerte mich, ihm die Wörter zu geben, die es gern geäußert hätte. Ich verurteilte den Zustand, in dem ich mich befand. Es war müßig, müßig, müßig. Viele tausend Meilen von meinem letzten Bett in Texas lag ich da, steif und unendlich traurig, meine Körpertemperatur mindestens drei Grad unter normal. Ich war dazu erzogen worden, Selbstmitleid zu verabscheuen. Das war ein Teil meines amerikanischen Trainings, energisch zu sein und positiv, eine blühende Energiequelle und ein Vollbringer; und nachdem ich zwei Pulitzer-Preise und die Zick-Zack-Medaille und eine hübsche Summe Geld (das mir von einem Gericht des Rechts wieder geraubt wurde) errungen hatte, hatte ich mir eine endgültige und höhere Errungenschaft als Ziel gesetzt, nämlich eine unbedingt notwendige metaphysische Neuordnung, eine richtigere Denkmethode über die Frage des Todes! Und jetzt fiel mir ein Zitat von Coleridge ein, das Von Humboldt Fleisher in den mir hinterlassenen Papieren anführte, über verschrobene metaphysische Meinungen. Wie lautete es? Verschrobene metaphysische Meinungen in einer Stunde der Angst seien Spielsachen am Bett eines Kindes, das todkrank sei. Dann stand ich auf, um in der Mappe nach dem wörtlichen Zitat zu suchen. Aber ich ließ es sein. Ich erkannte, daß meine Furcht, Renata könnte mich sitzenlassen, etwas ganz anderes war, als todkrank zu sein. Und außerdem, verdammt noch mal, warum bereitete sie mir eine Stunde der Qual, so daß ich mich nackt bückte und wühlte und beim Licht dieser *Wagon-Lit*-Lampe die Papiere eines toten Mannes hervorzog. Ich beschied mich, daß ich nur übermüdet war und am Düsenkoller litt.

Ich wandte mich von Humboldt und Coleridge den Theorien George Swiebels zu. Ich tat, was George getan hätte. Ich ließ mir ein heißes Bad ein und stand auf dem Kopf, während sich die Wanne füllte. Ich machte eine Brücke und verlagerte mein ganzes Gewicht auf die Fersen und den Hinterkopf. Danach machte ich einige der Übungen, die von dem berühmten Dr. Jacobsen, dem Fachmann für Schlaf und Entspannung, empfohlen werden. Ich hatte sein Handbuch studiert. Man sollte dabei die Spannung Zeh um Zeh und Finger um Finger austreiben. Das war kein guter Gedanke, denn es brachte mir in Erinnerung, was Renata mit Zehen und Fingern in Augenblicken erotischer Findigkeit anfing (ich hatte das mit den Zehen nicht gewußt, bis Renata es mir beibrachte). Nach all diesem ging ich wieder zu Bett und flehte meine verwirrte Seele an, bitte eine Weile auszugehen und dem armen Körper etwas Ruhe zu gönnen. Ich nahm ihr Telegramm auf, heftete meinen Blick auf das ICH BETE DICH AN. Während ich es eingehend betrachtete, entschloß ich mich zu glauben, daß sie die Wahrheit sagte. Sobald ich diesen Akt des Glaubens vollbracht hatte, schlief ich ein. Viele Stunden lang war ich in dem mit Vorhängen versehenen Alkoven völlig bewußtlos.

Dann klingelte das Telefon. In dem durch Rollos und Vorhängen erzeugten Dunkel tastete ich nach dem Lichtschalter. Er war nicht zu finden. Ich nahm den Hörer ab und fragte die Telefonistin: »Wieviel Uhr ist es?«

Es war zwanzig Minuten nach elf. »Eine Dame ist auf dem Weg zu Ihrem Zimmer«, sagte mir die Telefonzentrale.

Eine Dame! Renata war hier. Ich zerrte die Vorhänge von den

Fenstern zurück und rannte, um mir die Zähne zu putzen und das Gesicht zu waschen. Ich zog einen Morgenrock an, bürstete über mein Haar, um die kahle Stelle zu bedecken, und trocknete mich mit einem der schweren, üppigen Handtücher ab, als der Klopfer viele Male tickte, wie eine Telegrafentaste, nur zarter, dringlicher. Ich rief: »Liebling!« ich riß die Tür auf und fand Renatas alte Mutter vor mir. Sie trug ihr dunkles Reisekostüm mit vielen eigenen Kombinationen, einschließlich Hut und Schleier. »Señora!« sagte ich.

Sie trat in ihren mittelalterlichen Gewändern ein. Als sie gerade die Schwelle überschritten hatte, faßte sie mit einer behandschuhten Hand hinter sich und brachte Renatas kleinen Sohn Roger zum Vorschein. »Roger!« sagte ich. »Warum ist Roger in Madrid? Was tun Sie hier, Señora?«

»Armes Baby. Er hat im Flugzeug geschlafen. Sie mußten ihn raustragen.«

»Aber Weihnachten bei den Großeltern in Milwaukee – was ist damit?«

»Sein Großvater hatte einen Schlaganfall. Könnte sterben. Und was seinen Vater betrifft, so können wir den Mann nicht ausfindig machen. Ich konnte Roger nicht bei mir behalten, meine Wohnung ist zu klein.«

»Und Renatas Wohnung?«

Nein, die Señora mit ihren *affaires de cœur* konnte ein kleines Kind nicht beaufsichtigen. Ich hatte einige ihrer Herrenbekanntschaften getroffen. Es war klug, ihnen das Kind nicht auszusetzen. In der Regel hütete ich mich, an ihre Liebesaffären zu denken.

»Weiß das Renata?«

»Natürlich weiß sie, daß wir kommen. Wir haben es am Telefon besprochen. Bitte bestellen Sie das Frühstück für uns, Charles. Möchtest du schöne Frosted Flakes essen, Roger, mein Liebling? Für mich heiße Schokolade und dazu einige *croissants* und ein Glas Brandy.«

Das Kind saß über die Armlehne des hohen spanischen Stuhls gekrümmt.

»Komm, Junge«, sagte ich, »leg dich auf mein Bett.« Ich zog ihm die kleinen Schuhe aus und führte ihn in den Alkoven. Die Señora sah zu, wie ich ihn zudeckte und die Vorhänge zuzog. »Renata hat Ihnen also gesagt, Sie sollten ihn herbringen.«

»Selbstverständlich. Sie sind vielleicht Monate lang hier. Das war das einzig Mögliche.«

»Wann kommt Renata?«

»Morgen ist Weihnachten«, sagte die Señora.

»Toll. Was soll diese Feststellung bedeuten? Wird sie zu Weihnachten hier sein, oder feiert sie Weihnachten mit ihrem Vater in Mailand? Macht sie Fortschritte? Wie kann sie das, wenn Sie Mr. Biferno verklagen.«

»Ich bin zehn Stunden lang in der Luft gewesen, Charles. Ich bin nicht kräftig genug, um Fragen zu beantworten. Bitte bestellen Sie Frühstück. Ich wünschte, Sie würden sich auch rasieren. Ich kann das unrasierte Gesicht eines Mannes auf der anderen Tischseite einfach nicht ertragen.«

Das verleitete nun mich, das Gesicht der Señora zu betrachten. Sie hatte eine wunderbare Würde. Sie saß in ihrem Schleier wie Edith Sitwell. Ihre Macht über ihre Tochter, die ich so dringend brauchte, war sehr groß. Um ihre Augen war eine schlangenhafte Trockenheit. Ja, die Señora war übergeschnappt. Ihre Fassung mit einem großen Maß an wilder Irrationalität war jedoch unangreifbar.

»Ich werde mich rasieren, während Sie auf Ihren Kakao warten, Señora. Warum, frage ich mich, haben Sie eigentlich eine solche Zeit gewählt, um Signor Biferno zu verklagen?«

»Ist das nicht meine Sache?«

»Ist es nicht auch Renatas Sache?«

»Sie sprechen wie Renatas Ehemann«, sagte sie. »Renata ist nach Mailand gefahren, um diesem Mann die Gelegenheit zu geben, sie als seine Tochter anzuerkennen. Aber da ist auch eine Mutter zu bedenken. Wer hat das Mädchen aufgezogen und eine so außergewöhnliche Frau aus ihr gemacht? Wer hat ihr Stil und alle wichtigen weiblichen Lektionen beigebracht? Die ganze Ungerechtigkeit sollte aufgerollt werden. Der Mann hat drei gewöhnliche häßliche Töchter. Wenn er das prachtvolle Kind will, das er von mir hatte, dann soll er die Rechnung begleichen. Versuchen Sie nicht, eine romanische Frau über solche Dinge zu belehren, Charles.«

Ich saß in meinem nicht völlig sauberen beigefarbenen seidenen Morgenrock da. Die Schärpe war zu lang, und die Trotteln schleiften nun schon seit vielen Jahren auf dem Boden. Der Kellner kam, das Tablett wurde mit Schwung aufgedeckt, und wir frühstückten. Als die Señora ihren Cognac inhalierte, betrachtete ich die Beschaffenheit ihrer Haut, die Spur von Bart auf der Lippe, die gebogene Nase mit den opernhaften Nasenlöchern und den eigenartigen Hühnerglanz ihrer Augäpfel. »Ich habe die Flugkarten für die TWA in Ihrem Reisebüro von dieser portugiesischen Dame, die einen Turban trägt, Mrs. DaCintra, erhalten. Renata sagte, ich solle Ihr Konto damit belasten. Ich hatte nicht einen Cent.« Die Señora war in dieser Hinsicht wie Thaxter – Menschen, die einem voll Stolz, ja sogar voll Wonne, erzählen konnten, wie pleite sie waren. »Und ich habe mir hier mit Roger ein Zimmer genommen. Mein Institut hat diese Woche geschlossen. Ich will Ferien machen.«

Als sie das Institut erwähnte, dachte ich an eine Irrenanstalt, aber nein, sie sprach von der Sekretärinnenschule, wo sie Handelsspanisch unterrichtete. Ich hatte stets den Argwohn gehabt, daß sie eigentlich eine Magyarin sei. Aber wie dem auch sei, ihre Schüler schätzten sie. Keine Schule, die nicht ihre aufsehenerregenden Exzentriker und Spinner hat, lohnt den Besuch. Aber sie würde sich nun bald pensionieren lassen müssen, und wer sollte den Rollstuhl der Señora schieben? War es möglich, daß sie jetzt mich in dieser Eigenschaft sah? Aber vielleicht träumte diese alte Frau wie Humboldt davon, daß sie mit einem Prozeß ein Vermögen erwerben könne. Und warum nicht? Vielleicht gab es in Mailand einen Richter wie meinen Urbanovich.

»Dann werden wir also Weihnachten zusammen verbringen«, sagte die Señora.

»Das Kind sieht sehr blaß aus. Ist es krank?«

»Das ist nur die Müdigkeit«, sagte die Señora.

Aber Roger kriegte die Grippe. Das Hotel schickte einen hervorragenden spanischen Arzt, einen Absolventen der Northwestern University, der mit mir Erinnerungen über Chicago austauschte und mich schröpfte. Ich zahlte ihm ein amerikanisches Honorar. Ich gab der Señora Geld für Weihnachtsgeschenke, und sie kaufte allerhand Gegenstände. Am Weihnachtstag dachte ich an meine eigenen Mädchen und fühlte mich recht niedergeschlagen. Ich war froh, Roger bei mir zu haben, und leistete ihm Gesellschaft, las ihm Märchen vor und schnitt aus und klebte lange Ketten aus spanischen Zeitungen. In dem Zimmer befand sich ein

Humidor, der die Gerüche von Kleister und Papier noch verstärkte. Renata rief nicht an.

Ich erinnerte mich, daß ich das Weihnachtsfest 1924 im Tuberkulose-Sanatorium verbracht hatte. Die Krankenschwestern gaben mir dickgestreifte Pfefferminzstangen und einen roten, durchbrochenen Weihnachtsstrumpf, der mit goldpapierumwikkelten Schokoldadenmünzen gefüllt war, aber es war eine bedrückende Freude, und ich sehnte mich nach Papa und Mama und sogar nach meinem bösen dicken Bruder Julius. Jetzt hatte ich dieses Angstbeben und das Herzweh überlebt und war ein ältlicher Flüchtling, die Beute der Justiz, saß in Madrid und schnitt und kleisterte unter Seufzen. Das Kind war blaß vom Fieber, sein Atem roch nach Schokolade und Klebstoff, und es war in eine Papierkette versunken, die zweimal um das Zimmer reichte und über den Kronleuchter geschlungen werden sollte. Ich versuchte, nett und ruhig zu sein, aber ab und zu brandeten meine Gefühle hoch (ach, diese lausigen Gefühle) wie das Wasser an einer Anlegestelle für Fährboote, wenn sich das breite Schiff hineinschiebt und die rückdrehenden Maschinen den Unrat und die ersoffenen Orangenschalen hochspülen. Das geschah, wenn meine Beherrschung aussetzte und ich mir vorstellte, was Renata vielleicht in Mailand anstellte, in welchem Zimmer sie sich aufhielt, welcher Mann bei ihr war, die Positionen, die sie einnahmen, die Zehen des anderen Kerls. Ich war entschlossen, daß ich, nein! nicht zulassen würde, der schmerzgequälte, seekranke, schiffbrüchige Ausgestoßene zu sein. Ich versuchte, mir Shakespeare zu zitieren – Worte mit dem Sinn, daß Caesar und die Gefahr zwei Löwen seien, die am selben Tage geworfen wurden, aber Caesar der ältere und schrecklichere sei. Aber das war zu hoch gegriffen und funktionierte nicht. Außerdem ist das zwanzigste Jahrhundert nicht leicht mit Schmerz dieser Art zu beeindrucken. Es hat alles gesehen. Nach den Verbrennungsöfen kann man ihm keinen Vorwurf machen, wenn es für private Schwierigkeiten dieser Sorte kein Interesse aufbringt. Ich sagte mir selbst eine kurze Liste der wahren vor dieser Welt liegenden Probleme her – das Ölembargo, der Zusammenbruch Großbritanniens, Hungersnöte in Indien und Äthiopien, die Zukunft der Demokratie, das Geschick der Menschheit. Das nützte mir ebensowenig wie Julius Caesar. Ich blieb persönlich niedergeschlagen.

Erst als ich in einem Armsessel aus französischem Brokat in der eigenen, aus dem achtzehnten Jahrhundert stammenden Friseurkabine des Ritz saß – ich war nicht hier, weil ich mir die Haare schneiden lassen mußte, sondern wie so oft, nur weil ich mich nach menschlicher Berührung sehnte –, bekam ich klarere Vorstellungen von Renata und der Señora. Wie kam es, zum Beispiel, daß Roger in dem Augenblick, in dem Großvater Koffritz seinen Schlaganfall erlitt und auf einer Seite gelähmt wurde, reisefertig war? Wie hatte ihm das alte Weib so schnell den Paß besorgt? Die Antwort war, daß der Paß, als ich ihn in aller Stille untersuchte, schon im Oktober ausgestellt worden war. Die Damen waren sehr gründliche Planer. Nur ich dachte nie voraus. Daher kam ich jetzt darauf, die Initiative zu ergreifen.

Es wäre ein kluger Schachzug, Renata zu heiraten, bevor sie erfahren konnte, daß ich pleite war. Das sollte nicht nur geschehen, um zurückzuschlagen. Nein, trotz ihrer Schwindeleien war ich verrückt nach ihr. Da ich sie liebte, war ich gewillt, gewisse Kleinigkeiten zu übersehen. Sie hatte mich herausgefordert, als sie mich eines Abends ausschloß, sowie durch die unübersehbare Zurschaustellung ihres Verhütungsmittels oben in der offenen Reisetasche letzten April in Heathrow, als wir uns drei Tage lang trennten. Aber war das schließlich so wichtig? Hieß das mehr, als daß man nie wissen konnte, wann einem ein interessanter Mann begegnet? Die ernste Frage war, ob ich, mit all meinen Gedanken oder gerade ihretwegen, jemals imstande sein würde, zu begreifen, was für ein Mädchen Renata eigentlich war. Ich war nicht wie Humboldt plötzlich von Eifersucht gepackt. Ich erinnerte mich, wie er in Connecticut ausgesehen hatte, als er mir in meinem Garten am Meer König Leontes zitierte: »Ich habe *tremor cordis*, mein Herz tanzt, aber nicht vor Freude, nicht vor Freude.« Dieser Tanz des Herzens war klassische Eifersucht. Ich litt nicht an klassischer Eifersucht. Renata erlaubte sich allerdings üble Machenschaften. Aber vielleicht waren das Kriegsmaßnahmen. Sie war drauf aus, mich zu kriegen, und würde ganz anders sein, wenn wir Mann und Frau wären. Ohne Zweifel war sie eine gefährliche Person, aber eine Frau, die nichts Böses tun könnte, würde mich ebensowenig interessieren wie eine Frau, die mir nicht mit ihrem Verlust drohte. Mein Herz war so beschaffen, daß es die Schwermut bezwingen und sich von vielen niederdrükkenden Gewichten befreien mußte. Die spanische Kulisse war dafür richtig. Renata verhielt sich wie Carmen, und Flonzaley, denn wahrscheinlich war es Flonzaley, war Escamillo der Toreador, während ich, zweieinhalbmal zu alt für die Rolle, als Don José agierte.

Schnell skizzierte ich die unmittelbare Zukunft. Bürgerliche Trauungen gab es wahrscheinlich nicht in einem katholischen Land. Der Knoten konnte in der amerikanischen Botschaft von dem Militärattaché, oder sogar auch, soviel ich wußte, von einem Notar geschürzt werden. Ich würde zu den Antiquitätenläden gehen (ich liebte die Antiquitätenläden in Madrid), um zwei Trauringe zu suchen, und könnte ein Champagneressen im Ritz spendieren, ohne Mailand weiter zu erwähnen. Nachdem wir die Señora nach Chicago zurückverfrachtet hatten, könnten wir drei vielleicht nach Segovia ziehen, einer Stadt, die ich kannte. Nach Demmies Tod war ich viel gereist und war daher auch schon in Segovia gewesen. Ich war von dem römischen Aquädukt entzückt, ich erinnerte mich, daß ich mich wirklich in die hohen wulstigen Steinbögen verliebt hatte – Steine, deren Natur es war, zu fallen oder zu sinken, saßen dort leicht in der Luft. Das war eine Leistung, die es mir angetan hatte – ein Beispiel für mich. Als Anlaß zur Meditation war Segovia nicht zu schlagen. Wir konnten dort *en famille* in einer der Seitenstraßen leben, und während ich versuchte, vom gedanklichen Bewußtsein zum reineren Bewußtsein des Geistes vorzustoßen, könnte es Renata amüsieren, das Städtchen nach Antiquitäten zu durchforschen, die sie Innenausstattern in Chicago verkaufen könnte. Vielleicht würde sie sogar daran verdienen. Roger könnte in den Kindergarten gehen, und schließlich könnten auch meine kleinen Mädchen zu uns stoßen, denn sobald Denise ihren Prozeß gewonnen und ihr Geld eingetrieben hatte, würde sie sie schnellstens los sein wollen. Ich hatte gerade noch genügend Bargeld, um mich in Segovia niederzulassen und Renata in ihrem Beruf zu starten. Vielleicht würde ich sogar den von Thaxter vorgeschlagenen Essay über die zeitgenössische spanische Kultur schreiben, wenn sich das ohne zuviel Schummeln bewerkstelligen ließ. Und wie würde Renata meine Täuschung aufnehmen? Sie würde sie als die gute Komödie betrachten, die sie in der Welt von allem an höchsten schätzte. Und wenn ich ihr nach unserer Trauung mitteilte, daß wir nur noch ein paar tausend Dollar übrig hatten, dann würde sie strahlend, überlebensgroß lachen und sagen: »Na, das ist ein Pferdefuß.« Ich stellte mir Renata mit strahlendem Lachen vor, weil ich in Wahrheit einen größeren Anfall meines lebenslangen Leidens hatte – der Sehnsucht, des schwellenden Herzens, der reißenden Gier der Verlassenen, des schmerzlichen Drangs, ein nicht identifiziertes Bedürfnis zu verewigen. Dieser Zustand zog sich anscheinend von meiner frühesten Kindheit bis hin zur Schwelle des Greisenalters. Ich dachte: Zum Teufel, erledigen wir das ein für allemal. Dann, weil ich nicht wollte, daß das neugierige Ritz anfing zu klatschen, ging ich zum Hauptpostamt von Madrid mit seinen hallenden Sälen und verrückten Türmchen (spanisch-bürokratische Gotik) und schickte ein Telegramm nach Mailand. WUNDERBARE IDEE, LIEBSTE RENATA. HEIRATE MICH MORGEN. DEIN DICH AUFRICHTIG LIEBENDER TREUER CHARLIE.

Danach lag ich die ganze Nacht wach, weil ich das Wort »treu« benutzt hatte. Das könnte den ganzen Plan über den Haufen werfen, weil darin ein Vorwurf enthalten war und die Spur oder der Schatten von Vergebung. Aber ich hatte wirklich nichts Böses gewollt. Ich war zwischen Tür und Angel. Ich meine, wenn ich ein echter Heuchler wäre, würde ich nicht immer wieder ins Fettnäpfchen treten. Wenn ich hingegen ein wahrhaft Unschuldiger mit einem reinen Herzen wäre, dann brauchte ich nicht die ganze Nacht über Renatas Betragen in Mailand zu grübeln oder daß sie mein Telegramm mißdeuten könnte. Aber ich habe die Nacht umsonst wach gelegen. Der Wortlaut der Botschaft spielte keine Rolle. Sie antwortete überhaupt nicht.

Daher sagte ich am Abend in dem romantischen Speisezimmer des Ritz, wo jeder Bissen ein Vermögen kostete, zu der Señora: »Sie werden sicher nicht erraten, an wen ich heute denken mußte.« Ohne eine Antwort abzuwarten, sprach ich dann den Namen »Flonzaley!« als Überraschungsangriff auf ihre Abwehrstellung aus. Aber die Señora war aus fürchterlich hartem Stoff gemacht. Sie schien kaum Notiz zu nehmen. Ich wiederholte den Namen. »Flonzaley! Flonzaley! Flonzaley!«

»Wozu so laut, was ist los, Charles?«

»Vielleicht erzählen Sie mir lieber, was los ist. Wo ist Mr. Flonzaley?«

»Warum sollte sein Aufenthaltsort mein Problem sein? Würden Sie freundlichst den *camarero* bitten, den Wein einzuschenken?« Nicht nur, weil sie eine Lady und ich der Gentleman war, wünschte die Señora, daß ich mit den Kellnern sprach. Sie sprach zwar fließend Spanisch, aber ihr Akzent war rein ungarisch. Das war jetzt nicht mehr zu bezweifeln. Ich habe von der Señora so manches gelernt. Zum Beispiel glaubte ich, daß Menschen, die am Ende des Lebens stehen, fieberhaft bedacht sind, mit ihrer Seele in Einklang zu kommen. Ich durchlebte Qualen der Vorbereitung, bevor ich Flonzaleys Namen ausstieß, und dann bat sie um mehr Wein. Und doch mußte sie es gewesen sein, die den Plan entworfen hatte, Roger nach Madrid zu bringen. Sie war es gewesen, die dafür sorgte, daß ich hier festsaß, und mich hinderte, nach Mailand zu eilen und bei Renata hereinzuplatzen. Denn Flonzaley war allerdings dort bei ihr. Er war auf sie versessen, und ich konnt's ihm nicht verdenken. Einem Mann, der mehr Menschen auf den Steinquadern des Leichenschauhauses kennenlernte als in der Gesellschaft, war kein Vorwurf zu machen, wenn er auf diese Weise den Kopf verlor. Ein Körper wie Renatas war selbst im lebendigem Fleisch nicht oft zu sehen. Und was Renata betraf, so beklagte sie zwar einen morbiden Zug in seiner Verehrung, aber konnte ich ganz sicher sein, daß das nicht auch einer seiner Reize war? Ich war überhaupt nicht sicher. Ich versuchte, mich an einer Flasche sauren Weines zu betrinken, aber ich machte gegen meine bittere Nüchternheit keine Fortschritte. Nein, ich verstand es nicht.

Die Aktivitäten des höheren Bewußtseins verbesserten nicht notwendigerweise das Verstehen. Die Hoffnung auf ein solches Verstehen waren von meinem Handbuch – *Wie erlangt man Erkenntnisse der höheren Welten?* – geweckt worden. Dieses gab spezifische Anweisungen. Eine vorgeschlagene Übung war, bei einer gegebenen Gelegenheit in den heißen Wunsch einer anderen Person einzugehen. Zu diesem Zweck mußte man alle persönlichen Ansichten, alle entgegenstehenden Urteile ablegen; man sollte weder für noch gegen diesen Wunsch sein. Auf diese Weise konnte man allmählich fühlen, was eine andere Seele fühlte. Ich hatte dieses Experiment mit meiner eigenen Tochter Mary angestellt. Zu ihrem letzten Geburtstag wünschte sie sich ein Fahrrad, eins mit zehn Gängen. Ich war nicht überzeugt, daß sie alt genug war, eins zu besitzen. Als wir den Laden betraten, war ich keineswegs sicher, daß ich ihr eins kaufen würde. Was war nun eigentlich ihr Wunsch, und was erlebte sie? Das wollte ich wissen und versuchte, es so zu wünschen, wie sie es wünschte. Dies war mein Kind, das ich liebte, und es hätte einfach sein müssen, ausfindig zu machen, was eine Seele in diesem frischen Zustand mit solcher Inbrunst wünschte. Aber ich konnte es nicht. Ich bemühte mich, bis ich in Schweiß ausbrach, von meinem Versagen gedemütigt und entehrt. Wenn ich den Wunsch dieses Kindes nicht kennen konnte, konnte ich dann irgendeinen Menschen kennen? Ich hab's bei einer großen Anzahl Menschen ausprobiert. Und dann habe ich mich, besiegt, gefragt, wo ich denn überhaupt stand. Und was wußte ich wirklich von irgendwem? Die einzigen Wünsche, die ich kannte, waren meine eigenen und die von nicht existierenden Menschen wie Macbeth oder Prospero. Diese kannte ich, weil die Einsicht und die Sprache eines Genies sie verdeutlichten. Ich kaufte Mary das Fahrrad und schrie dann: »Um Himmels willen, fahre nicht über den Rinnstein, du machst dir dein Rad kaputt.« Aber das war ein Verzweiflungsausbruch, weil ich nicht imstande gewesen war, das Herz des Kindes zu kennen. Und doch war ich zur Kenntnis bereit. Ich war zur Kenntnis bereit, in den leuchtendsten Farben, mit den tiefsten Gefühlen und im reinsten Licht. Ich war ein Ungetüm, wohlversehen mit ausgesuchten Fähigkeiten, die ich nicht zu gebrauchen verstand. Es ist nicht nötig, das noch einmal abzuhandeln und jede Mandolinennote zehnmal zu kitzeln, was mir meine liebe Freundin vorgeworfen hatte. Die Aufgabe bestand darin, ein für allemal aus der fatalen Selbstgenügsamkeit des Bewußtseins auszubrechen und meine noch bleibende Kraft auf die fantasiebegabte Seele zu übertragen. Was auch Humboldt hätte tun sollen.

Ich weiß nicht, mit wem die anderen Herren im Ritz gespeist haben mögen, die menschliche Szene war in diesem Augenblick für mich zu sehr mit undurchdringlichen Verwicklungen geschwängert, und ich kann nur sagen, daß zu meiner Freude die Ziele der zuhälterischen alten Hexe mir gegenüber lediglich konventionell waren. Wäre sie hinter meiner Seele her gewesen – was davon noch übrig war –, dann wär's aus mit mir gewesen. Aber sie wollte nichts weiter, als ihre Tochter zur Blütezeit vermarkten. Und war ich erledigt? Und war es vorbei? Ein paar Jahre lang hatte ich es bei Renata gut gehabt – die Champagner-Cocktails, der mit Orchideen geschmückte Eßtisch und diese warme Schönheit, die das Abendessen mit Federn und Schamband bekleidet servierte, während ich aß und trank und lachte über ihre erotischen Neckereien und eine burleske Vorführung der amourösen Größe von Helden und Königen, bis ich husten mußte. Ade, ade diesen wunderbaren Erlebnissen. Meins war auf alle Fälle das Eigentliche gewesen. Und wenn ihrs nicht so war, dann war sie zumindest eine echte und verständnisvolle Gefährtin gewesen. In ihrem Perkalbett. In ihrem Himmel getürmter Kissen. Das alles war wahrscheinlich vorbei.

Und was konnte man im Ritz anderes sein als ein wohlberatener Esser? Man wurde von Dienern und Chefs und Maîtres und Lakaien, Kellnern und dem kleinen *botónes* umschwirrt, der wie ein amerikanischer Page gekleidet war, die Gläser mit kristallklarem Eiswasser füllte und dazu noch die Krümel mit einer breiten Silberschaufel vom Tischtuch fegte. Er gefiel mir am besten. Unter diesen Umständen konnte ich meinem Verlangen zu schluchzen in keiner Weise nachgeben. Es war die Stunde meines gebrochenen Herzens. Denn ich hatte das Geld nicht, und die alte Frau wußte das. Diese in einen Mantel gehüllte, verwitterte Hexe, die Señora, wußte über meine Finanzen Bescheid. Flonzaley mit seinen Leichen würde nie zu wenig Geld haben. Der Lauf der Natur selber stand hinter ihm. Krebs und Aneurysmen, Koronartrombosen und Blutstürze standen hinter seinem Reichtum und garantierten ihm die Seligkeit. Alle diese Toten, wie der glänzende Hof von Jerusalem, sangen »Ewiges Leben dir, Solomon Flonzaley!« Und so kriegte Flonzaley Renata, während ich mich einen Augenblick dem bitteren Selbstmitleid hingab und mich sehr alt und benommen in der Toilette irgendeines Miethauses stehen sah. Vielleicht würde ich wie der alte Dr. Lutz zwei Socken über einen Fuß ziehen und in die Badewanne pinkeln. Das war, wie Naomi sagte, das Ende gewesen. Es war ein rechter Segen, daß der Besitztitel auf diese Gräber in Waldheim sich in Julius' Schreibtisch gefunden hatte. Ich könnte sie zur Unzeit benötigen. Morgen würde ich schweren Herzens zum Prado gehen, um mir den Velásquez, oder war es der Murillo, anzusehen, der Renata ähnelte – der, den der Finanzminister in der Downing Street erwähnt hatte. So saß ich also in dieser Szene mit Silberbesteck und Brandyflammen und dem herrlichen Blitzen von Wärmeplatten.

»Ich habe Renata gestern telegrafiert und sie gebeten, mich zu heiraten«, sagte ich.

»Wirklich? Wie nett. Das hätte schon lange kommen sollen«, sagte die unerbittliche Señora. »Man kann stolze Frauen nicht so behandeln. Aber ich wäre glücklich, einen so bedeutenden Schwiegersohn zu haben, und Roger liebt Sie wie seinen eigenen Vater.«

»Aber sie hat mir nicht geantwortet.«

»Die Post funktioniert nicht. Haben Sie nicht gehört, daß Italien vorm Zusammenbruch steht?« sagte sie. »Haben Sie auch telefoniert?«

»Ich hab's versucht, Señora. Ich telefoniere nicht gern mitten in der Nacht. Auf alle Fälle bekomme ich niemals eine Antwort.«

»Vielleicht verbringt sie den Feiertag mit ihrem Vater. Vielleicht besitzt Biferno noch das Haus in den Dolomiten.«

»Warum setzen Sie Ihren Einfluß nicht für mich ein, Señora«, sagte ich. Diese Kapitulation war ein Fehler. An gewisse eigenwillige Mächte zu appellieren ist das Schlimmste, was man tun kann. Diese vulkanisierten Herzen, sie werden nur noch widerstandsfähiger, wenn man um Gnade bittet. »Sie wissen, daß ich in Spanien bin, um an einem neuen Baedekertyp zu arbeiten. Im Anschluß an Madrid würden Renata und ich, wenn wir verheiratet sind, nach Wien, Rom und Paris fahren. Ich will mir einen neuen Mercedes-Benz kaufen. Wir könnten für den Jungen eine Gouvernante anstellen. In dieser Sache steckt eine Menge Geld.« Jetzt begann ich, mit großen Namen um mich zu schmeißen, ich prahlte mit meinen Verbindungen in europäischen Hauptstädten, ich schwatzte. Sie war immer weniger beeindruckt. Vielleicht hatte sie mit Szathmar gesprochen. Ich weiß nicht warum, aber Szathmar verriet gar zu gern Geheimnisse. Dann sagte ich: »Señora, wollen wir nicht ins Flamenco-Kabarett gehen – dem Dingsbums, das überall Reklame macht? Ich mag so gern kräftige Stimmen und Leute, die mit den Absätzen hämmern. Wir können uns für Roger einen Sitter nehmen.«

»Oh, sehr gut«, sagte sie.

Wir verbrachten den Abend bei den Zigeunern, und ich spielte mich auf und benahm mich wie ein Mann mit viel Geld. Ich sprach mit der verrückten alten Frau über Ringe und Hochzeitsgeschenke, jedesmal wenn die Gitarrenmusik und das Händeklatschen aufhörten.

»Haben Sie bei Ihren Rundgängen in Madrid etwas gesehen, was Renata gefallen könnte?« fragte ich sie.

»Oh, das eleganteste Leder und Wildleder. Mäntel und Handschuhe und Handtaschen und Schuhe«, sagte sie. »Aber ich habe eine Straße gefunden, wo sie ausgesucht schöne Capes verkaufen, und ich habe mit dem Präsidenten der Internationalen Cape-Gesellschaft gesprochen, Los Amigos de la Capa, und er hat mir, mit und ohne Kapuze, die atemberaubendsten Stücke aus dunkelgrünem Samt gezeigt.«

»Ich kaufe ihr gleich morgen früh eins«, sagte ich.

Wenn die Señora auch nur mit dem kleinsten Hauch abgewinkt hätte, dann hätte ich gewußt, woran ich war. Aber sie hatte nur einen trockenen Blick für mich. Ein Zwinkern ging über den Tisch. Es schien sogar von dem unteren Auge nach oben zu wandern, wie eine Blinzelhaut. Ich hatte die Vorstellung eines Waldes und einer Lichtung, von der sich eine Schlange entfernte, als ich gerade an einem trockenen und goldenen Herbstnachmittag, der nach moderndem Laub duftete, dort ankam. Ich erwähne das nur so. Es hat wahrscheinlich nichts auf sich. Aber ich war zum Prado gewandert, um die Ecke vom Ritz, und hatte mir in jeder freien Minute seltsame Bilder angesehen, insbesondere die burlesken Visionen von Goya und die Gemälde von Hieronymus Bosch. Daher war mein Hirn auf erscheinende Bilder und selbst Halluzinationen vorbereitet.

»Ich gratuliere Ihnen, daß Sie endlich etwas Sinnvolles sagen«, sagte die alte Frau. Sie sagte allerdings nicht, daß ich das rechtzeitig tat. Sie sagte: »Ich habe Renata dazu erzogen, für einen ernstgesinnten Mann eine vollkommene Frau zu sein.«

Als geborener Trottel schloß ich daraus, daß ich der ernstgesinnte Mann war, den sie meinte, und daß diese Frauen noch keine unwiderrufliche Entscheidung getroffen hatten. Ich feierte diese Möglichkeit, indem ich große Mengen Lepranto-Brandy trank. Infolgedessen schlief ich fest und erwachte ausgeruht. Am Morgen öffnete ich die hohen Fenster und freute mich am Verkehr, der sich in der Sonne fortwälzte, an der würdigen Plaza mit dem weißen Palace Hotel auf der gegenüberliegenden Seite. Köstliche Brötchen und Kaffee wurden mit bildverzierter Butter und Marmelade gebracht. Zehn Jahre lang hatte ich elegant gelebt, mit gutgeschneiderten Anzügen, maßangefertigten Hemden, Kaschmirstrümpfen und seidenen Schlipsen, ästhetisch befriedigend. Jetzt hatte dieser dumme Glanz ein Ende, aber ich, der ich noch die Weltwirtschaftskrise erlebt hatte, kannte Kargheit sehr gut. Ich hatte den größten Teil meines Lebens darin verbracht. Die Härte lag nicht darin, daß man in einer Pension wohnte, sondern daß man ein alter Mann unter vielen wurde, der nicht mehr imstande war, die Köpfe hübscher Damen mit Berechnungen über das Mai-Dezember-Verhältnis zu beflügeln oder mit Visionen, Herrin eines Schlosses zu sein wie Mrs. Charlie Chaplin und von einem herbst- bis winterlichen Ehemann von großem Ruhm zehn Kinder zu haben. Konnte ich das Leben ertragen, ohne diese Wirkung auf Frauen auszuüben. Aber dann liebte mich Renata vielleicht, ja, vielleicht genug, um den Zustand der Kargheit auf sich zu nehmen. Bei einem Einkommen von fünfzehntausend Dollar, das mir von Julius versprochen war, wenn ich bei ihm fünfzigtausend Dollar investieren würde, konnte in Segovia etwas sehr Hübsches in die Wege geleitet werden. Ich konnte mich sogar mit der Señora für den Rest ihres Lebens abfinden. Der hoffentlich nicht mehr lang war. Nichts für ungut, bitte schön, aber es wäre nett, sie bald los zu sein.

Ich versuchte, Thaxter in Paris zu erreichen – das Hotel Pont-Royal war seine dortige Adresse. Ich meldete auch ein Gespräch mit Carl Stewart in New York an. Ich wollte den kulturellen Baedeker mit Thaxters Verleger lieber selbst besprechen. Ich wollte mich auch versichern, daß er meine Rechnung im Ritz bezahlen würde. Thaxter war im Pont-Royal nicht registriert. Vielleicht wohnte er bei der Freundin seiner Mutter, der Prinzessin Bourbon-Sixte. Ich war nicht beunruhigt. Nachdem ich die Einzelheiten des New Yorker Anrufs mit der Telefonzentrale durchgesprochen hatte, gewährte ich mir zehn Minuten der Stille am Fenster. Ich genoß die Winterfrische der Sonne. Ich versuchte, die Sonne nicht als einen strudelnden thermonuklearen Haufen von Gasen und Spaltungen zu erleben, sondern als eine Existenz, eine Entität mit einem eigenen Leben und eigenem Sinn, wenn man meinem Gedankengang folgen kann.

Dank Penicillin war Roger wohl genug, daß er mit seiner Großmama zum Retiro gehen konnte, daher war ich an diesem

Morgen nicht verantwortlich für ihn. Ich machte dreißig Liegestütze und stand auf dem Kopf, dann rasierte ich mich und schlenderte hinaus. Ich verließ die großen Boulevards und fand meinen Weg in die Hintergassen der Altstadt. Meine Absicht war, für Renata einen schönen Mantel zu kaufen, aber ich erinnerte mich an Julius' Wunsch nach einem Seestück, und da ich eine Menge Zeit hatte, ging ich in Antiquitätenläden und Kunstgalerien, um mich umzusehen. Aber in all dem Blau und Grün, Gischt und Sonnenschein, in Ruhe und Sturm fand sich immer ein Fels, ein Segel, ein Schornstein, und davon wollte Julius nichts wissen. Niemand hatte den Wunsch, das reine Element zu malen, das unmenschliche Wasser, die Mitte des Ozeans, die gestaltlose Tiefe, die weltumspannende See. Ich mußte an Shelley in den euganäischen Bergen denken:

> Manch grüne Insel ist sicher nicht weit
> Im unendlichen Meer von menschlichem Leid . . .

Aber Julius sah nicht ein, warum irgend etwas in irgendeinem Meer sein mußte. Wie ein umgekehrter Noah schickte er seinen Taubenbruder, schön gekleidet, sehr bekümmert, nach Renata lechzend, daß er nichts als Wasser finde. Ladenangestellte, Mädchen, sie alle in schwarzen Kitteln, brachten alte Seestücke aus den Kellern, weil ich ein schweifender Amerikaner war mit Reiseschecks in der Tasche. Ich fühlte mich Spaniern gegenüber nicht als Fremder. Sie glichen meinen Eltern und meinen eingewanderten Tanten und Vettern. Wir wurden getrennt, als die Juden im Jahr 1492 vertrieben wurden. Wenn man mit der Zeit nicht übermäßig geizte, war das wirklich nicht so lange her.

Und ich fragte mich, wie amerikanisch mein Bruder Ulick letzten Endes war. Von Anfang an hatte er der Ansicht gehuldigt, daß Amerika das materiell erfolgreiche, glückliche Land sei, das sich keine Sorgen zu machen brauche, und er hatte die Kultur der Vornehmen und ihre Ideale und Ziele von sich gewiesen. Jetzt war sich der berühmte Santayana in gewisser Weise mit Ulick einig. Die Vornehmen konnten ihre Ideale nicht erreichen und waren sehr unglücklich. Das vornehme Amerika war von einer Auszehrung der Seele befallen, einer Dünne des Temperaments und Knappheit des Talents. Das neue Amerika von Ulicks Jugend verlangte nichts als Bequemlichkeit, Geschwindigkeit und Fröhlichkeit, Gesundheit und Alkohol, Footballspiele, politische Kampagnen, Ausflüge und fröhliche Beerdigungen. Aber dieses neue Amerika offenbarte jetzt eine neue Tendenz, einen neuen Dreh. Die Periode des angenehmen, arbeitsamen Überschwangs und der praktischen Kunstfertigkeiten und Techniken, die streng im Dienst des materiellen Lebens gestanden hatten, ging auch ihrem Ende entgegen. Warum wollte Julius die neuen Adern, die an sein Herz durch eine märchenhafte medizinische Technologie angeschlossen worden waren, dadurch feiern, daß er ein Seestück kaufte? Weil er auch nicht mehr ausschließlich Business war. Er fühlte jetzt eben auch metaphysische Impulse. Vielleicht war er mit der immer auf dem Sprung befindlichen, praktischen amerikanischen Seele am Ende. In sechs Jahrzehnten hatte er alle Schiebungen durchschaut, allen Unrat gerochen und hatte es satt, der absolute und kranke Meister und Chef des inneren Ich zu sein. Was besagte ein Seestück, das keine Wahrzeichen aufwies? Bedeutete es nicht die elementare Freiheit, die Entlassung aus täglicher Routine und dem Grauen der Spannung? Mein Gott, Freiheit!

Ich wußte, daß ich einen Maler finden würde, der mir ein Seestück malte, wenn ich zum Prado ging und mich dort erkundigte. Wenn er mir zweitausend Dollar berechnete, konnte ich fünf von Julius kriegen. Aber ich wies den Gedanken von mir, an meinem Bruder zu verdienen, mit dem mich Bande von so unirdischem Satin verknüpften. Ich sah mir alle Seestücke in einem Viertel von Madrid an und ging dann zu dem Capeladen.

Dort verhandelte ich mit dem Präsidenten der internationalen Gesellschaft Los Amigos de la Capa. Er war dunkelhäutig und klein, stand etwas schief wie ein verklemmtes Akkordeon, hatte Zahnbeschwerden und roch schlecht aus dem Mund. Auf seinem dunklen Gesicht waren weiße Sykamorflecken. Da Amerikaner derartige Unvollkommenheiten nicht an sich dulden, merkte ich, daß ich in der Alten Welt war. Der Laden selbst hatte einen schadhaften Holzfußboden. Mäntel hingen überall von der Decke. Frauen mit langen Stangen holten diese prächtigen Gewänder herunter – samtgefüttert, mit Brokat geschmückt – und zogen sie für mich an. Thaxters Karabinierekostüm sah im Vergleich dazu jämmerlich aus. Ich kaufte einen rotgefütterten schwarzen Mantel (schwarz und rot – Renatas beste Farben) und berappte dafür zweihundert Dollar in amerikanischen Reiseschecks. Viele Danksagungen und Höflichkeitsfloskeln wurden getauscht. Ich schüttelte allen die Hand und konnte nicht erwarten, mit dem Paket zum Ritz zurückzukehren, um es der Señora zu zeigen.

Aber die Señora war nicht da. In meinem Zimmer fand ich Roger auf dem Sofa, die Füße auf seinem gepackten Koffer. Ein Kammermädchen paßte auf ihn auf. »Wo ist die Großmama?« fragte ich. Das Kammermädchen erzählte mir, daß die Señora vor etwa zwei Stunden dringend abgerufen worden sei. Ich rief den Kassierer an, der mir mitteilte, daß mein Gast, die Dame im Zimmer 482, abgereist sei und daß ihre Rechnung auf meiner Rechnung erscheinen werde. Dann rief ich den Empfangschef an. O ja, sagte er, eine Limousine habe Madame zum Flughafen gefahren. Nein, Madames Bestimmungsort sei nicht bekannt. Man habe ihn nicht beauftragt, Flugtickets für sie zu besorgen.

»Charlie, hast du Schokolade?« sagte Roger.

»Ja, mein Junge, ich habe dir welche mitgebracht.« Er brauchte alle Süßigkeiten, die er bekommen konnte, und ich gab ihm eine ganze Tafel. *Das* war jemand, dessen Wünsche ich begriff. Er wünschte sich seine Mama. Wir wünschten uns dieselbe Person. Armes Kerlchen, dachte ich, als er das Silberpapier von der Schokolade abzog und sich den Mund vollstopfte. Ich hatte eine echte Zuneigung für diesen Jungen. Er war in dem fiebrigen, schönen Zustand einer blassen Kindheit, in der wir alle Pulse schlagen fühlen – nichts als ein sehnendes, wehrloses, gieriges Herz. Ich erinnerte mich an diesen Zustand recht gut. Als das Kammermädchen feststellte, daß ich etwas Spanisch konnte, fragte sie mich, ob Roger mein Enkel sei. »Nein!« sagte ich. Es war schlimm genug, daß er mir aufgebürdet worden war, mußte ich dann auch noch Großvater sein? Renata war auf der Hochzeitsreise mit Flonzaley. Da sie selbst nie verheiratet gewesen war, war die Señora erpicht, ihrer Tochter Ehrbarkeit zu verschaffen. Und Renata war trotz ihrer ganzen erotischen Entwicklung eine gehorsame Tochter. Vielleicht fühlte sich die Señora, wenn sie für ihre Tochter Intrigen spann, jugendlicher. Mich so an der Nase herumzuführen, muß sie um Jahrzehnte verjüngt haben. Und was mich betrifft, so sah ich jetzt die Verbindung zwischen ewiger

Jugend und Dummheit. Wenn ich nicht zu alt war, um hinter Renata her zu sein, war ich jung genug, um jünglinghaftes Herzeleid zu empfinden.

Ich sagte daher dem Kammermädchen, daß ich mit Rogelio nicht verwandt sei, obwohl ich durchaus alt genug sei, um sein *abuelo* zu sein, und gab ihr hundert Pesetas, um eine weitere Stunde auf ihn aufzupassen. Obwohl ich dem Bankrott entgegenging, hatte ich noch Geld genug für gewisse feinere Bedürfnisse. Ich konnte es mir leisten, wie ein Gentleman zu leiden. Im Augenblick konnte ich mich mit dem Kind nicht abgeben. Ich fühlte den Drang, zum Retiro zu wandern, wo ich mich gehenlassen, mir die Brust schlagen, mit den Füßen stampfen oder fluchen oder weinen konnte. Als ich das Zimmer verließ, klingelte das Telefon, und ich nahm den Hörer ab, weil ich hoffte, Renatas Stimme zu hören. Es war jedoch New York, das anrief.

»Mr. Citrine? Hier spricht Stewart in New York. Wir sind uns noch nicht begegnet. Ich weiß natürlich von Ihnen.«

»Ja, ich wollte Sie etwas fragen. Sie veröffentlichen doch ein Buch von Pierre Thaxter über Diktatoren?«

»Wir setzen große Hoffnungen darauf.«

»Wo ist Thaxter jetzt, in Paris?«

»Er hat sich im letzten Moment anders entschlossen und ist nach Südamerika geflogen. Soviel ich weiß, ist er in Buenos Aires und interviewt Peróns Witwe. Sehr aufregend. Das Land geht in Stücke.«

»Die wissen vermutlich«, sagte ich, »daß ich in Madrid bin, um die Möglichkeiten für einen kulturellen Führer durch Europa auszuloten.«

»Ach ja?« sagte er.

»Hat Ihnen das Thaxter nicht gesagt? Ich dachte, wir hätten Ihren Segen.«

»Ich weiß davon überhaupt nichts.«

»Sind Sie sicher? Sie erinnern sich nicht?«

»Was soll das alles, Mr. Citrine?«

»Um es kurz zu machen«, sagte ich, »nur diese Frage: Bin ich als Ihr Gast in Madrid?«

»Nicht daß ich wüßte.«

»¡Ay, que lio!«

»Wie bitte?«

In dem mit Vorhängen versehenen Alkoven kroch ich, plötzlich kalt geworden, mit dem Telefon ins Bett. »Das ist ein spanischer Ausdruck wie *malentendu* oder *snafu* oder wieder angeschmiert. Entschuldigen Sie die Inbrunst. Ich stehe unter Druck.«

»Vielleicht haben Sie die Güte, mir das in einem Brief zu erklären«, sagte Mr. Stewart. »Arbeiten Sie an einem Buch? Wir wären interessiert, verstehen Sie?«

»Nichts«, sagte ich.

»Aber falls Sie anfangen sollten . . .«

»Ich schreibe Ihnen einen Brief«, sagte ich.

Ich bezahlte dieses Gespräch.

Jetzt sehr verdüstert verlangte ich von der Zentrale, Renata noch einmal zu versuchen. Diesem Aas werde ich einiges an den Kopf werfen, dachte ich. Aber als ich den Anschluß kriegte, sagte Mailand, daß sie fort sei und keine Adresse hinterlassen habe. Als ich schließlich zum Retiro kam und versuchte, mir Luft zu machen, war keine Luft mehr übrig. Ich unternahm einen nachdenklichen Spaziergang. Ich gelangte zu denselben Schlüssen, zu denen ich in der Kammer von Richter Urbanovich gelangt war. Was würde es mir nützen, wenn ich Renata beschimpfte? Wütende und wohlformulierte Reden, mit perfekter Logik und reifem Urteil, tief in ihrem weisen Zorn, himmlisch in ihrer Poesie waren bei Shakespeare angebracht, aber sie würden für mich nicht das geringste bewirken. Das Verlangen, mich auszutoben, war zwar noch vorhanden, aber der Empfänger für meine leidenschaftliche Tirade fehlte. Renata wollte sie nicht hören, sie hatte andere Dinge im Sinn. Immerhin vertraute sie mir Rogelio an, und wenn es ihr paßte, würde sie nach ihm schicken. Indem sie mich auf diese Weise abservierte, hatte sie mir wahrscheinlich einen Dienst geleistet. Zumindest würde sie es so sehen. Ich hätte sie vor langer Zeit heiraten sollen. Ich war ein kleingläubiger Mann, mein Zögern war beleidigend, und es war durchaus richtig, daß ich mich schließlich um ihr Kind kümmern mußte. Außerdem hatten die Damen wahrscheinlich damit gerechnet, daß Rogelio mir ein Klotz am Bein sein und eine Verfolgung verhindern würde. Nicht daß ich die Absicht gehabt hätte, jemand zu verfolgen. Inzwischen konnte ich es nicht einmal bezahlen. Denn erstens war die Rechnung im Ritz ungeheuerlich. Die Señora hatte viele Male in

Chicago angerufen, um mit einem gewissen jungen Mann in Kontakt zu bleiben, dessen Beruf es war, Fernsehapparate zu reparieren – ihrer gegenwärtigen *affaire de cœur*. Außerdem hatten das Weihnachtsfest in Madrid, Rogers Krankheit eingerechnet und die Geschenke für ihn, die Feinschmeckermahlzeit und Renatas Mantel meine Barschaft um fast ein Drittel verringert. Viele Jahre lang, seit dem Erfolg von *Trenck* oder etwa der Zeit von Demmie Vonghels Tod, hatte ich mit vollen Händen Geld ausgegeben, hoch dahergelebt, aber jetzt mußte ich zu dem alten Mietzimmer-Standard zurückkehren. Um im Ritz zu bleiben, hätte ich eine Gouvernante anstellen müssen. Es war ohnedies unmöglich. Ich ging der Pleite entgegen. Die beste Alternative war, in eine *pensión* zu ziehen.

Ich mußte irgendeine Erklärung wegen dieses Kindes erfinden. Wenn ich mich als seinen Onkel hinstellte, würde das Argwohn erregen. Wenn ich mich Großvater nannte, müßte ich mich wie ein Großvater benehmen. Es war am besten, Witwer zu sein. Rogelio nannte mich Charlie, aber bei amerikanischen Kindern war das normal. Übrigens *war* der Junge in gewisser Hinsicht eine Waise, und ich war ohne Übertreibung Opfer eines schmerzlichen Verlustes. Ich ging aus und kaufte mir Trauertaschentücher, einige sehr feine schwarze Seidenschlipse und einen kleinen schwarzen Anzug für Rogelio. Ich gab der amerikanischen Botschaft eine außerordentlich einleuchtende Darstellung, wie ich den Paß verloren hätte. Glücklicherweise kannte der junge Mann, der diese Sachen bearbeitete, meine Bücher über Woodrow Wilson und Harry Hopkins. Als Student der Geschichte an der Cornell-Universität hatte er mich einmal gehört, als ich bei einer Tagung der Historischen Gesellschaft Amerikas eine Abhandlung verlas. Ich sagte ihm, meine Frau sei an Blutkrebs gestorben und meine Brieftasche sei in einem Bus hier in Madrid gestohlen worden. Der junge Mann erwiderte, daß diese Stadt von jeher wegen ihrer Taschendiebe berüchtigt sei. »Die Taschen von Priestern werden unter der Soutane bestohlen. Die sind hier wirklich aalglatt. Viele Spanier prahlen damit, daß Madrid das Weltzentrum des Taschendiebstahls sei. Um das Thema zu wechseln – vielleicht könnten Sie einen Vortrag für die USIA halten.«

»Ich bin zu deprimiert«, sagte ich. »Außerdem bin ich hier, um zu forschen. Ich arbeite an einem Buch über den Spanisch-Amerikanischen Krieg.«

»Wir hatten Fälle von Blutkrebs in meiner Familie«, sagte er. »Diese langsame Todesart macht einen fertig.«

In der *pension* La Roca erzählte ich der Pensionswirtin, daß Rogers Mutter von einem Lastwagen getötet worden sei, als sie in Barcelona die Fahrbahn betrat.

»Oh, wie entsetzlich!«

»Ja«, sagte ich. Ich hatte mich sorgfältig präpariert und das spanische Lexikon herangezogen. Absolut fließend setzte ich hinzu: »Meine arme Frau – ihre Brust wurde zermalmt, ihr Gesicht wurde zerstört, ihre Lungen wurden durchbohrt. Sie starb unter Qualen.«

Blutkrebs, fand ich, war viel zu gut für Renata.

In der *pensión* gab es jede Menge geselliger Menschen. Einige sprachen Englisch, einige Französisch, und Verständigung war möglich. Ein Armeehauptmann und seine Frau wohnten da und außerdem einige Damen von der Dänischen Botschaft. Eine von ihnen, die auffallendste, war eine schneidige Blondine von etwa fünfzig. Ab und zu können ein scharfes Gesicht und vorstehende Zähne angenehm sein, und sie war eine recht angenehm aussehende Person, obwohl die Haut an ihren Schläfen ein bißchen seidig geworden war (die Äderchen), und sie war sogar ein bißchen bucklig. Aber sie war eine jener gebieterischen Persönlichkeiten, die ein Speisezimmer oder ein Wohnzimmer beherrschen, nicht weil sie viel sagen, sondern weil sie das Geheimnis kennen, ihre Überlegenheit geltend zu machen. Was die Bedienung anbelangt, die Zimmermädchen, die auch als Kellnerinnen fungierten, so waren sie ganz besonders gutherzig. Schwarz bedeutet im protestantischen Norden viel weniger. In Spanien hat die Trauer ein großes Gewicht. Rogelios kleiner schwarzer Anzug war noch wirkungsvoller als mein gesäumtes Taschentuch und meine Armbinde. Als ich ihn zum Mittagessen fütterte, stand das Haus kopf. Es war nichts Ungewöhnliches für mich, dem Kind sein Fleisch zu zerkleinern. Ich tat das normalerweise in Chicago. Aber irgendwie war es in dem kleinen fensterlosen Speisezimmer der *pensión* wie eine Offenbarung – diese unerwartete Enthüllung mütterlicher Gewohnheiten der amerikanischen Männer nahm andere für sie ein. Meine Fürsorge für Roger muß unerträglich traurig ausgesehen haben. Die Frauen begannen, mir zu helfen. Ich versicherte mich der Dienste der *empleadas del hogar*. Nach ein paar Tagen sprach er Spanisch. Morgens ging er in den Kindergarten. Am späten Nachmittag führte ihn eins der Dienstmädchen in den Park. Ich hatte Muße, in Madrid umherzuwandern oder auf meinem Bett zu liegen und zu meditieren. Mein Leben war ruhiger. Völlige innere Ruhe war etwas, was ich unter den Umständen nicht erwarten konnte.

Das war nicht das Leben, das ich mir in dem kleinen Plüschsitz der 747, die über den tiefen atlantischen Strom brauste, ausgemalt hatte. Dann, wie ich es für mich formuliert hatte, könnte die kleine Tischlerlibelle wieder auf Mitte gebracht werden. Jetzt war ich nicht sicher, daß ich überhaupt eine Libelle hatte. Aber außerdem war Europa zu bedenken. Für kundige Amerikaner war das Europa dieser Tage nicht sonderlich gut. Es führte die Welt in nichts. Man mußte schon eine rückständige Person sein (eine vulgäre Flunze, eine Renata – um die Dinge beim Namen zu nennen), um mit ernsthaften kulturellen Erwartungen herzukommen. So etwas, was von Modezeitschriften für Damen angepriesen wurde. Ich fühle mich aber verpflichtet zu bekennen, daß auch ich diesmal mit frommen Idealen oder den Überbleibseln solcher Ideale hergekommen war. Die Menschen hatten hier einmal vom Geist beflügelt große Dinge getan. Es gab hier noch Reliquien der Heiligkeit und Kunst. Man würde St. Ignatius, St. Theresa, Johannes vom Kreuz, El Greco, den Escorial an der 26th Street und California Avenue oder im Playboy Club von Chicago nicht finden. Aber dann gab es auch keine kleine Citrine Familiengruppe in Segovia, in der der Pappi versuchte, die Trennung des Bewußtseins von seiner biologischen Basis zu erreichen, während die sexuell aufreizende Mammi sich mit dem Antiquitätenhandel beschäftigte. Nein, Renata hatte mir meine Beulen versetzt, und sie hatte es in einer Weise getan, daß meine persönliche Würde schwer angeschlagen war. Die Trauerkleidung, die ich trug, verhalf mir ein wenig zur Genesung. Schwarze Kleidung stellte mich auf höflichen und zuvorkommenden Fuß mit den Spaniern. Ein leidender Witwer und ein blasser ausländischer Waisenknabe rührten die Ladenverkäufer, besonders die Frauen.

In der *pensión* bekundete die Sekretärin von der dänischen Botschaft ein besonderes Interesse für uns. Sie war sehr bleich, und ihre Blässe hatte ganz andere Ursachen als Rogers. Sie hatte ein trockenes, hektisches Aussehen, und sie war so weiß, daß der Lippenstift auf ihrem Mund tobte. Sie benutzte ihn nach dem Abendessen mit heftiger Wirkung. Ihre Absichten waren jedoch nicht schlecht. Sie nahm mich an einem Sonntagnachmittag, als ich nicht in bester Form war, auf einen Spaziergang mit. Sie setzte sich einen Glocken- oder Topfhut auf, und wir gingen langsam, denn sie hatte ein Hüftleiden. Als wir mit der Festtagsmenge den Pfad entlanggingen, redete sie mir wegen der Trauer ins Gewissen.

»War Ihre Frau schön?«

»Oh, sie war sehr schön.«

»Ihr Amerikaner gebt euch dem Schmerz zu sehr hin. Wie lange ist sie schon tot?«

»Sechs Wochen.«

»Vergangene Woche haben Sie gesagt drei.«

»Ja, da sehen Sie, ich habe mein ganzes Zeitgefühl eingebüßt.«

»Na also, Sie müssen wieder ins Gleichgewicht kommen. Es gibt Zeiten, wo man weiteren Verlust verhüten muß. Wie nennt man das? Die Sache ausspinnen. Ich habe in meinem Zimmer noch etwas Brandy. Kommen Sie zu einem Glas herüber, wenn der Junge schläft. Sie müssen ein Doppelbett mit ihm teilen, nicht wahr?«

»Man versucht, für uns zwei Einzelbetten aufzutreiben.«

»Ist er nicht unruhig? Kinder zappeln viel.«

»Er ist ein ruhiger Schläfer. Ich kann sowieso nicht schlafen. Ich liege und lese.«

»Wir können für Sie eine bessere nächtliche Betätigung finden«, sagte sie. »Was hilft all das Grübeln? Sie ist dahin.«

Sie war allerdings dahin. Das war jetzt eindeutig bestätigt. Sie hatte mir aus Sizilien geschrieben. Am Samstag, gestern erst, als ich im Ritz nach Post fragte, wurde mir ihr Brief ausgehändigt. Deshalb war ich am Sonntag nicht in bester Form; ich war die ganze Nacht auf gewesen und hatte Renatas Worte studiert. Wenn ich mich nicht sehr auf Miß Rebecca Volsted einstellen konnte, diese rasend weiße, hinkende Frau, dann deshalb, weil ich litt. Ich hätte beinahe wünschen können, daß Roger kein so artiges Kind wäre. Er zappelte nicht einmal im Schlaf. Er verursachte mir kein Kopfzerbrechen. Er war ein liebes Kerlchen.

Renata und Flonzaley hatten in Mailand geheiratet und verbrachten ihre Flitterwochen in Sizilien. Ich nehme an, sie fuhren nach Taormina. Sie ging nicht ins einzelne. Sie schrieb: »Du bist der beste Mensch, dem ich Roger anvertrauen kann. Du hast oft bewiesen, daß Du ihn um seiner selbst willen liebst und ihn nie benutzt hast, um Dich bei mir lieb Kind zu machen. Mutter ist zu beschäftigt, um sich um ihn zu kümmern. Du glaubst das jetzt nicht, aber Du wirst das überwinden und ein guter Freund bleiben. Du wirst zornig und bitter sein und mich eine ränkeschmiedende schmierige Möse nennen – so redest Du, wenn Du wütend bist. Aber Du hast Gerechtigkeit im Herzen, Charles. Du schuldest mir etwas, und Du weißt es. Du hattest Deine Chance, ehrlich an mir zu handeln. Die hast Du versäumt! Oh, Du hast sie versäumt! Ich konnte Dich nicht überreden, ehrlich an mir zu handeln!« Renata brach in Trauer aus. Ich hatte es verdorben. »Die Rolle, die Du mir zugeschanzt hast, war die des dummen August. Ich war Dein großartiger Sex-Clown. Du hast mich Essen kochen lassen mit einem Zylinder auf dem Kopf und einem nackten Hintern.« Nicht so, nicht so, das war ihre eigene Idee. »Ich war ein guter Kamerad und ließ Dich Deinen Spaß haben. Mir hat's auch Spaß gemacht. Ich habe Dir nichts vorenthalten. Du hast mir hingegen eine Menge vorenthalten. Du wolltest Dich nicht erinnern, daß ich die Mutter eines Jungen war. Du hast mich in London als Deinen aufsehenerregenden Bettschatz aus Chicago, der täppischen Stadt, zur Schau gestellt. Der Finanzminister hat bei mir mal verstohlen nachgefühlt. Das hat er getan, das Schwein. Ich ließ das hingehen wegen Englands verflossener Größe. Aber er hätte es nicht getan, wäre ich Deine Frau gewesen. Du hast mir die Hurenrolle verpaßt. Ich glaube, man braucht kein Anatomieprofessor zu sein, um den Arsch mit dem Herzen in Zusammenhang zu bringen. Hättest Du gehandelt, als hätte ich ein Herz in der Brust, genau wie Deine ausgezeichnete Hoheit, der Chevalier Citrine, dann hätten wir's vielleicht geschafft. Ach Charlie, ich werde nie vergessen, wie Du für mich Zigarren aus Montreal geschmuggelt hast. Du hast ihnen die Banderolen von *Cyrus der Große* übergezogen. Du warst gütig und komisch. Ich glaubte Dir, als Du sagtest, ein besonderer Fuß brauche einen besonderen Schuh und daß wir Schuh und Fuß, Fuß und Schuh zusammen seien. Ja, wenn Du nur das Naheliegende gedacht hättest: ›Das ist ein Kind, das in Hotellobbys groß geworden ist und dessen Mutter niemals verheiratet war‹, dann hättest Du mich in jedem Rathaus und in jeder Kirche Amerikas geheiratet und hättest mir endlich Schutz gewährt. Dieser Rudolf Steiner, mit dem Du mich zum Wahnsinn getrieben hast, hat, glaube ich, gesagt, daß Du, wenn Du diesmal ein Mann bist, als Frau wiedergeboren wirst und daß der Ätherleib (nicht daß ich genau wüßte, was ein Ätherleib ist; es ist der lebenswichtige Teil, der dem Leib das Leben gibt, nicht?) immer dem anderen Geschlecht angehört. Aber wenn Du in Deinem nächsten Leben eine Frau bist, dann mußt Du zwischendurch noch lernen. Ich will Dir auf alle Fälle etwas sagen. So manche Frau würde zugeben, wenn sie ehrlich ist, daß sie den Mann wirklich verehren würde, der aus vielen Männern zusammengesetzt ist, einen zusammengebastelten Liebhaber oder Ehemann. Sie liebt das an X und jenes an Y und wieder etwas anderes an Z. Nun bist Du charmant, wunderbar, rührend und für gewöhnlich ein großartiger Gefährte. Du hättest mein X und teilweise mein Y sein können, aber du bist ein absoluter Blindgänger in der Z-Sparte.

Ich vermisse Dich in dieser Minute, und Flonzaley weiß das auch. Aber ein Vorteil seines Berufes ist, daß er das Grundlegende begreift. Du hast mir einmal gesagt, Flonzaleys Gesichtspunkt müsse sehr plutonisch sein – was immer das heißen sollte. Ich sage es so: Sein Beruf ist gruftig, sein Charakter ist luftig. Er besteht nicht darauf, daß ich Dich nicht lieben darf. Vergiß nicht, daß ich nicht mit einem Fremden durchgegangen bin. Ich bin zu ihm zurückgekehrt. Als wir in Idlewild Abschied nahmen, wußte ich noch nicht, daß ich's tun würde. Aber ich habe die Geduld mit Dir verloren. Es gibt zu viele Zickzacks in Deinem Temperament. Wir beide brauchen ehrliche Verhältnisse.«

Einen Augenblick bitte. Sie hat das und jenes gesagt, aber hat sie mich aufgegeben, weil mir das Geld ausging? Das wäre nie ein Problem bei Flonzaley. Wahrscheinlich wußte Renata, daß ich an einen kargeren Lebensstil dachte. Ich hatte meinem Geld nicht aus Prinzip abgeschworen. Urbanovich nahm es mir ab, und das hatte sein Gutes. Aber ich begann, die amerikanische Jagd nach dem Dollar als das zu erkennen, was sie war. Sie hatte die Proportionen einer kosmischen Kraft angenommen. Sie stand zwischen uns und den wahren Kräften. Aber kaum hatte ich das gedacht, da verstand ich auch einen von Renatas Gründen, weshalb sie mich fallenließ – sie ließ mich fallen, weil ich solche Gedanken dachte. Auf ihre eigene Weise teilte sie mir das mit.

»Jetzt kannst Du Deinen großen Essay über die Langeweile schreiben, und vielleicht wird Dir das Menschengeschlecht dankbar sein. Es leidet, und Du willst ihm helfen. Es ist wunderbar, daß Du Dich über diese tiefen Probleme zuschanden machst, aber ich persönlich habe keine Lust, dabeizusein, wenn Du's tust. Ich gebe zu, daß Du klug bist. Das ist mir durchaus recht. *Du* solltest Leichenbestattern gegenüber ebenso tolerant sein wie *ich* gegenüber Intellektuellen. Wenn es um Männer geht, sind meine Urteile völlig weiblich-menschlich, ohne Ansehen von Rasse, Glaube oder früherem Zustand der Sklaverei, wie Lincoln gesagt hat. Meine Glückwünsche, Deine Intelligenz ist toll. Trotzdem stimme ich mit Deiner alten Flamme, Naomi Lutz, überein. Ich will mich nicht in all dieses geistige, intellektuelle, universelle Zeug hineinziehen lassen. Als schöne Frau, die noch jung ist, ziehe ich vor, die Dinge so zu nehmen, wie es Milliarden von Menschen im Laufe der ganzen Geschichte getan haben. Man arbeitet, man verdient sein Brot, man verliert ein Bein, küßt einige Männer, hat ein Baby, lebt achtzig Jahre und macht alle verrückt oder wird gehängt oder ersäuft. Aber man vergeudet nicht die Jahre mit dem Versuch, sich einen Ausweg aus dem menschlichen Zustand auszutüfteln. Für mich ist das langweilig.« Ja, als sie das sagte, sah ich geniale Denker, die Netze von Glauben und Absicht über die Köpfe der Menge warfen. Ich sah, wie sie das Menschengeschlecht mit ihren Vorstellungen, Programmen und Weltanschauungen belästigten. Nicht daß das Menschengeschlecht selbst schuldlos war. Aber es hatte unglaubliche Fähigkeiten zu arbeiten, zu fühlen, zu glauben, die es hier oder da nach dem Willen derer einsetzen sollte, die überzeugt waren, daß sie es am besten wüßten und die Menschheit für ihre Projekte mißbrauchten. »Und du hast mich nie gefragt«, fuhr sie fort, »aber ich habe meine eigenen Überzeugungen. Ich glaube, daß ich in der Natur lebe. Ich glaube, daß man tot ist, wenn man tot ist, und damit hat sich's. Und dafür ist Flonzaley ein Beispiel. Tot ist tot, und der Beruf des Mannes hat mit Leichen zu tun, und ich bin jetzt seine Frau. Flonzaley leistet der Gesellschaft einen praktischen Dienst. Wie der Klempner, die Kanalisationsabteilung oder die Müllabfuhr, sagt er. Aber Du tust den Menschen Gutes, und dann drehen sie sich um und haben ein Vorurteil gegen Dich. In gewisser Weise ist es wie meine eigene persönliche Lage. Flonzaley nimmt den Makel des Berufs hin, aber das kostet ein bißchen was, und er setzt es auf seine Rechnung. Einige Deiner Ideen sind gespenstischer als sein Geschäft. Er beläßt die Dinge, wo sie hingehören. Die Farbe von einem Fach läuft nicht in die des nächsten.«

Hier war sie nicht ehrlich. Dieser strahlende Mensch Renata war wunderbar für mich, weil sie im biblischen Sinne unrein war, hatte mein Leben mit dem Reiz des Unkonventionellen, der gebrochenen Gesetze bereichert. Wenn Flonzaley wegen der Verseuchung durch die Toten für sie vergleichsweise wunderbar war, warum sagte sie es dann nicht geradeheraus – ich nahm an, daß er in der Z-Sparte, und Renata teilte mir nicht mit, was das war, alles das war, was ich nicht war. Das verletzte mich sehr tief, es bereitete mir Herzweh. Altmodisch gesagt, sie traf mich mitten ins Leben. Aber sie hätte Flonzaleys moralisches Mäntelchen ersparen können, warum er die trauernden Hinterbliebenen schröpfte. Ich kannte Chicagos Geschäftsdenker, ich hatte die Philosophie vieler reicher Chicagoer gehört. Ich wußte mit diesem vermeintlichen Shawschen Witz Bescheid, den man bei der Abendmahlzeit am Lake Shore Drive hören konnte: Man wollte aus Flonzaley einen Unberührbaren und Tschandala machen, einen Fledderer, aber er nahm ihr Gold mit in seine Düsternis und war dort ein Fürst – ich konnte ohne diesen Quatsch auskommen. Trotzdem war Renata wunderbar. Natürlich wollte sie mir etwas Großartiges vormachen und mir zeigen, wie gut sie's getroffen hatte. Ich hatte eine wundervolle Frau verloren. Ich litt um Renata. Sie marschierte sozusagen mit Stiefeln und Federbusch davon und ließ mich schmerzlich überlegen, was was war und wie und was zu tun war. Und auszuklamüsern, was Z war.

»Du hast immer gesagt, daß die Art, wie dir das Leben geschah, so anders sei, daß du nicht in der Lage seist, die Wünsche anderer Menschen zu beurteilen. Es ist tatsächlich wahr, daß Du die Menschen nicht von innen kennst oder verstehst, was sie wollen – wie Du nicht verstanden hast, daß ich gesicherte Verhältnisse wollte

– und vielleicht wirst Du's nie wissen. Das hast du verraten, als Du mir erzählt hast, wie Du Dich in die Gefühle der kleinen Mary wegen des Fahrrads mit den zehn Gängen versetzen wolltest, aber nicht konntest. Schön, ich leihe dir Roger. Kümmere Dich um ihn, bis ich ihn holen lassen kann, und bemühe Dich um seine Wünsche. Er ist es, den Du jetzt brauchst, nicht ich. Flonzaley und ich fahren nach Nordafrika hinüber. Sizilien ist nicht so warm, wie ich's gern habe. Darf ich Dir raten, solange Du auf grundlegende Gefühle zurückgreifst, Deinen Freunden Szathmar, Swiebel und Thaxter einige Gedanken zu widmen. Deine Leidenschaft für Von Humboldt Fleisher hat die Verschlechterung unserer Beziehungen beschleunigt.«

Sie sagte nicht, wann sie den Jungen holen lassen würde.

»Wenn Du meinst, daß Du zu einem so speziellen Zweck auf der Erde bist, dann weiß ich nicht, warum Du Dich an den Gedanken des Glücks mit einer Frau oder eines glücklichen Familienlebens klammerst. Das ist entweder dumpfe Unschuld oder aber der Gipfel der Unehrlichkeit. Du bist wirklich *far out*, und Du verbindest Dich mit einer Frau, die auf ihre Weise *far out* ist, und dann erzählst Du Dir, daß Du in Wirklichkeit ein einfaches, liebevolles Verhältnis wünschst. Nun, Du hattest die Wärme und den Charme, daß ich dachte, Du wolltest und brauchtest mich. Stets Deine liebevolle Freundin.« Sie hatte das Papier vollgeschrieben, und der Brief endete hier.

Ich mußte weinen, als ich das las. In der Nacht, als Renata mich ausschloß, hatte mir George Swiebel gesagt, wie sehr er mich respektierte, weil ich in meinem Alter Liebesqualen erleiden konnte. Er nahm deswegen vor mir den Hut ab. Aber das war die vitalistische Jugendpose, die Ortega, ein Autor aus Madrid, den ich gelesen hatte, in *Die Aufgabe unserer Zeit* verächtlich machte. Ich war seiner Meinung. Jedoch im hinteren Schlafzimmer dieser drittklassigen *pensión* war ich genau die Sorte von altem Narr, der sich aufführte wie ein Jüngling. Ich war kahler und runzliger als je zuvor, und die weißen Haare hatten begonnen, in meinem Augenbrauen lang und wild zu wachsen. Jetzt war ich ein sitzengelassener alter Kauz, der unter der Verunglimpfung einer schönen Dirne schmählich schluchzte. Ich vergaß, daß ich wohl ebenfalls ein welthistorisches Individuum (gewisser Art) war, daß ich vielleicht die Aufgabe hatte, den intellektuellen Unsinn eines Zeitalters zu beseitigen, oder etwas tun mußte, um dem menschlichen Geist zu helfen, aus seinem geistigen Sarg auszubrechen. Sie hielt nicht viel von diesen Vorsätzen, nicht wahr? Wenn man ihre Flucht mit Flonzaley, der mit Kadavern handelte, als Ausdruck einer Meinung betrachten will. Und selbst als ich weinte, blickte ich auf die Uhr und stellte fest, daß Roger in fünfzehn Minuten von seinem Spaziergang zurückkehren würde. Wir wollten Domino spielen. Plötzlich schaltet das Leben in den Rückwärtsgang. Man ist wieder in der ersten Schulklasse. Mit beinahe sechzig Jahren muß man wieder von vorne anfangen und versuchen, ob man die Wünsche eines anderen verstehen kann. Die Frau, die man liebt, macht gereifte Fortschritte im Leben, schreitet in Marrakesch oder sonstwo munter voran. Sie braucht keinen Rosenpfad. Überall, wo sie geht, wachsen Primeln.

Natürlich hatte sie recht. Als ich mich mit ihr einließ, hatte ich das Unglück heraufbeschworen. Warum? Vielleicht war der Zweck solchen Unglücks, mich tiefer in den Bereich abseitiger, aber notwendiger Gedanken zu führen. Einer dieser eigenartigen Gedanken kam mir jetzt. Er besagte, daß die Schönheit einer Frau wie Renata nicht ganz passend war. Sie war unzeitgemäß. Ihre körperliche Vollkommenheit gehörte zum Typ des klassischen Griechentums oder der Hochrenaissance. Und warum war diese Art der Schönheit historisch unpassend? Nun, sie ging zurück auf eine Zeit, da der menschliche Geist gerade anfing, sich von der Natur loszulösen. Bis dahin war es dem Menschen nicht eingefallen, an sich als einzelnen zu denken. Er hatte seine eigene Existenz nicht von der natürlichen Existenz unterschieden, sondern war ein Teil davon. Aber sobald der Intellekt erwachte, wurde er von der Natur getrennt. Als Individuum sah er sich um und erblickte die Schönheit der Außenwelt, einschließlich der menschlichen Schönheit. Das war ein Augenblick, der heilig ist in der Geschichte – das goldene Zeitalter. Viele Jahrhunderte später versuchte die Renaissance dieses erste Gefühl für die Schönheit wiederzubeleben. Aber selbst damals war es schon zu spät. Intellekt und Geist waren fortgeschritten. Eine andere Art von Schönheit, mehr verinnerlicht, hatte ihre Entwicklung begonnen. Diese verinnerlichte Schönheit, die sich in der romantischen Kunst und Dichtung niederschlug, war das Ergebnis einer freien Verbindung des menschlichen Geistes mit dem Geist der

Natur. Daher war Renata in Wirklichkeit ein eigenartiges Phantom. Meine Leidenschaft für sie war die Leidenschaft des Antiquars. Das schien ihr selbst bewußt zu sein. Man denke daran, wie sie sich aufspielte und den Hanswurst mimte. Attische oder Botticellische Lieblichkeit raucht keine Zigarren. Sie steht nicht auf und benimmt sich vulgär in der Badewanne. Sie steht nicht in einer Gemäldegalerie still und sagt: »Das ist ein Maler mit Eiern.« So spricht sie nicht. Aber welch ein Jammer! Wie ich sie vermißte! Was für eine reizende Frau sie war, diese Verbrecherin! Aber sie war ein Überbleibsel aus einer anderen Zeit. Ich konnte nicht behaupten, daß *ich* die neue Art von verinnerlichter Schönheit besaß. Ich war ein dummer alter Tropf. Aber ich hatte von dieser Schönheit gehört, sie war mir angekündigt worden. Was wollte ich mit dieser neuen Schönheit anfangen? Das wußte ich noch nicht. Im Augenblick wartete ich auf Roger. Er wollte unbedingt Domino spielen. Ich wollte unbedingt einen Abglanz seiner Mutter in seinem Gesicht sehen, als ich ihm mit den gepunkteten Steinen gegenübersaß.

Die hagere dänische Dame, Rebecca Volsted, kam und ging mit mir im Retiro spazieren. Ich ging langsam, und sie hinkte nebenher. Ihr Glockenhut war tief ins Gesicht gezogen. Ihr Gesicht mit den bitteren Zuckungen war blitzbleich. Sie befragte mich eingehender. Sie fragte, warum ich so viel Zeit in meinem Zimmer verbrachte. Sie fühlte sich von mir geschnitten. Nicht gesellschaftlich. Gesellschaftlich sei ich sehr freundlich. Ich schnitte sie nur – nun, im wesentlichen. Sie schien sagen zu wollen, daß ich, wenn ich leidenschaftlich mit ihr in ihrem Bette rang, sie mich – schlimme Hüfte oder nicht – von dem heilen könne, was mich schmerzte. Mich hatte aber, ganz im Gegenteil, die Erfahrung gelehrt, daß ich, wenn ich ihrem Vorschlag folgte, mir nur einen weiteren (und möglicherweise geistesgestörten) Abhängigen einhandeln würde.

»Was tun Sie den ganzen Tag in Ihrem Zimmer?«

»Ich muß meine Korrespondenz aufarbeiten.«

»Ich nehme an, Sie müssen die Leute vom Ableben Ihrer Frau in Kenntnis setzen. Wie ist sie übrigens gestorben?«

»Sie ist an Wundstarrkrampf gestorben.«

»Wissen Sie, Mr. Citrine, ich habe mir die Mühe gemacht, Sie in *Who is Who in the United States* nachzuschlagen.«

»Warum in aller Welt haben Sie das getan?«

»Ach, ich weiß nicht«, sagte sie. »Eine Eingebung. Zum Beispiel betragen Sie sich nicht wie ein richtiger Amerikaner, obwohl Sie einen amerikanischen Paß haben. Ich meinte, an Ihnen müsse etwas dran sein.«

»Dann haben Sie also entdeckt, daß ich in Appleton, Wisconsin, geboren bin. Genau wie Harry Houdini, der jüdische Entfesselungskünstler – ich frage mich, warum er und ich Appleton als Geburtsstadt ausgesucht haben.«

»Hat man da eine Wahl?« sagte Rebecca. Mit ihrem Glockenhut, feuerbleich und neben mir im spanischen Park herhinkend, bekannte sie sich zur Rationalität. Ich verlangsamte ihretwegen meinen Schritt, als wir sprachen.

Ich sagte: »Gewiß ist die Wissenschaft auf Ihrer Seite. Trotzdem ist die Sache recht sonderbar. Leute, die nur etwa zehn Jahre auf der Erde sind, fangen plötzlich an, Fugen zu komponieren oder verwickelte mathematische Theoreme zu lösen. Es kann ja sein, daß wir eine große Anzahl von Kräften mit uns bringen, Miss Volsted. Die Chronik berichtet, daß Napoleons Mutter, bevor er geboren wurde, besonders gern Schlachtfelder besucht hat. Aber ist es nicht möglich, daß der kleine Halunke, Jahre vor seiner Geburt, sich schon eine schlachtenfreudige Mutter ausgesucht hat? So ist es mit der Bach-Familie, der Mozart-Familie und der Bernoulli-Familie. Derartige Familiengruppen könnten musikalische oder mathematische Seelen angelockt haben. Wie ich in einem Artikel, den ich über Houdini verfaßt habe, ausführte, war Rabbi Weiss, der Vater des Zauberkünstlers, ein absolut orthodoxer Jude aus Ungarn. Aber er mußte die Alte Welt verlassen, weil er ein Duell mit Säbeln ausgefochten hatte, und er war auf alle Fälle ein Sonderling. Woran liegt es übrigens, daß Houdini und ich, beide aus Appleton, so schwer mit dem Todesproblem ringen?«

»Hat Houdini das getan?«

»Ja, dieser Houdini trotzte allen Formen von Fesselung und Einkerkerung, einschließlich dem Grab. Er brach aus allem aus. Sie begruben ihn, und er entkam. Sie versenkten ihn in Kisten, und er entkam. Sie steckten ihn in eine Zwangsjacke, legten ihm Handschellen an und hingen ihn kopfunter an einem Knöchel an den Fahnenmast des Bügeleisen-Wolkenkratzers in New York. Sarah Bernhardt kam, um sich das mit anzusehen, und saß in ihrer Limousine in der Fifth Avenue, während er sich befreite und in die Sicherheit kletterte. Ein Freund von mir, ein Dichter, hat darüber eine Ballade geschrieben mit dem Titel ›Harlekin-Harry‹. Die Bernhardt war bereits sehr alt, und ihr Bein war ihr abgenommen worden. Sie schluchzte und hing an Houdinis Hals, als sie im Auto fortgefahren wurden, und bat ihn, ihr das Bein wiederzugeben. Er konnte alles! Im zaristischen Rußland hat ihn die Ochrana nackt ausgezogen und in ein eisernes Polizeiauto eingeschlossen, das für die Deportationen nach Sibirien benutzt wurde. Auch daraus hat er sich befreit. Er entkam aus den sichersten Gefängnissen der Welt. Und immer, wenn er von einer triumphalen Reise nach Hause kam, ging er geradewegs auf den Friedhof. Er legte sich auf das Grab seiner Mutter und auf dem Bauch, durch das Gras hindurch, erzählte er ihr flüsternd von seinen Reisen, wo er gewesen war und was er getan hatte. Später machte er jahrelang Spiritualisten madig. Er entlarvte alle Tricks des Medium-Betruges. In einem Artikel habe ich einmal Überlegungen angestellt, ob er nicht schon Ahnungen von den Vernichtungslagern hatte und sich Möglichkeiten ausdachte, aus den Todeslagern zu entkommen. Ach! Wenn nur das europäische Judentum gelernt hätte, was er wußte. Aber dann wurde Houdini bei einem Experiment von einem Medizinstudenten in den Leib geboxt und starb an Bauchfellentzündung. Sie sehen also, daß niemand den endgültigen Tatsachen der materiellen Welt entrinnen kann. Glitzernde Rationalität, loderndes Bewußtsein, die genialste Geschicklichkeit – nichts hilft gegen den Tod. Houdini hat eine Forschungslinie bis zum Ende verfolgt. Haben Sie in letzter Zeit einmal in ein offenes Grab geschaut, Miß Volsted?«

»An dieser Stelle Ihres Lebens ist eine so krankhafte Voreingenommenheit verständlich«, sagte sie. Sie blickte hoch, ihr Gesicht brannte weiß. »Dagegen gibt's nur eins. Das ist klar.«

»Klar?«

»Stellen Sie sich nicht dumm«, sagte sie. »Sie kennen die Antwort. Sie und ich könnten gut zusammenpassen. Bei mir würden Sie frei bleiben – bedingungslos. Könnten kommen und gehen, wie Sie wollten. Wir sind nicht in Amerika. Aber was tun Sie wirklich in Ihrem Zimmer. *Who is Who* sagt, Sie hätten Preise für Biographien und Geschichte bekommen.«

»Ich habe vor, über den Spanisch-Amerikanischen Krieg zu schreiben«, sagte ich. »Und ich arbeite meine Korrespondenz auf. Tatsächlich muß ich diesen Brief einwerfen . . .«

Ich hatte an Kathleen in Belgrad geschrieben. Ich hatte Geld nicht erwähnt, hoffte aber, daß sie meinen Anteil an der Optionszahlung für Humboldts Szenario nicht vergessen hatte. Die Summe, die sie genannt hatte, war fünfzehnhundert Dollar gewesen, und ich würde sie bald brauchen. Ich wurde aus Chicago gemahnt – Szathmar schickte mir die Post nach. Es stellte sich heraus, daß die Señora erster Klasse nach Madrid geflogen war. Das Reisebüro forderte mich auf, den Betrag prompt zu überweisen. Ich hatte bei George Swiebel brieflich angefragt, ob das Geld für meine Kirman-Teppiche schon bezahlt war, aber George war kein prompter Briefschreiber. Ich wußte, daß Tomchek und Srole eine haarsträubende Rechnung dafür schicken würden, daß sie meinen Prozeß verloren hatten und daß Richter Urbanovich dem Kannibalen Pinsker gestatten würde, sich an meinem beschlagnahmten Vermögen schadlos zu halten.

»Sie scheinen in Ihrem Zimmer vor sich hin zu murmeln«, sagte Rebecca Volsted.

»Ich bin sicher, Sie haben nicht an meiner Tür gelauscht«, sagte ich.

Sie errötete – das heißt, sie wurde noch bleicher – und antwortete: »Pilar sagt mir, daß Sie da drin mit sich selber sprechen.«

»Ich lese Roger Märchen vor.«

»Aber nicht, wenn er in der Schule ist. Oder vielleicht proben Sie den bösen Wolf . . .«

Was war das für ein Murmeln? Ich konnte Miss Rebecca Volsted von der dänischen Botschaft nicht verraten, daß ich esoterische Experimente anstellte, daß ich den Toten vorlas. Ich kam ihr schon so seltsam genug vor. Angeblich ein Witwer aus dem Mittelwesten und Vater eines kleinen Jungen, entpuppte ich mich nach *Who is Who* als preisgekrönter Biograph und Dramatiker und als *chevalier* der Ehrenlegion. Der *chevalier*-Witwer mietete das schlechteste Zimmer in der *pensión* (gegenüber dem Luftschacht von der Küche). Seine braunen Augen waren vom Weinen gerötet, er kleidete sich mit hoher Eleganz, obwohl die Küchengerüche seine Kleidung merkbar ranzig machten, er versuchte mit beharrlicher Eitelkeit sein dünnes und ergrauendes Haar über die kahle Schädelmitte zu kämmen und war stets betrübt, wenn er merkte, daß seine Kopfhaut im Lampenlicht glänzte. Er hatte eine gerade Nase wie John Barrymore, aber die Ähnlichkeit hörte da auf. Er war ein Mann, dessen leibliche Hülle schadhaft wurde. Er begann, unter dem Kinn, hinter den Ohren und unter den traurigen, warmherzigen Augen, die intelligent in die falsche Richtung blickten, runzlig zu werden. Ich hatte immer hygienisch auf regelmäßigen Geschlechtsverkehr mit Renata gerechnet. Ich war offenbar mit George Swiebel der Meinung, daß man ins Unheil geriet, wenn man normale sexuelle Beziehungen vernachlässigte. In allen zivilisierten Ländern ist das eine grundlegende Überzeugung. Natürlich gab es auch eine entgegengesetzte Lesart – ich kannte immer eine entgegengesetzte Lesart. Diese Lesart stammte von Nietzsche und vertrat die interessante Meinung, daß der Geist von der Enthaltsamkeit bedeutend gestärkt werde, weil die Spermatozoen wieder in das System absorbiert würden. Nichts sei besser für den Intellekt. Sei dem, wie ihm sei, ich wurde gewahr, daß ich Ticks entwickelte. Ich vermißte mein Paddleballspiel im Downtown Club – die Unterhaltung mit meinen Clubgefährten, muß ich sagen, vermißte ich überhaupt nicht. Denen konnte ich sowieso nicht mitteilen, was ich wirklich dachte. Sie sprachen mir gegenüber auch nicht ihre Gedanken aus, aber diese Gedanken waren wenigstens aussprechbar. Meine waren unverständlich und wurden die ganze Zeit unverständlicher.

Ich wollte hier ausziehen, wenn mir Kathleen diesen Scheck schickte, aber inzwischen mußte ich mich sehr einschränken. Das Finanzamt, teilte mir Szathmar mit, hätte meine Erklärung von 1970 erneut in Angriff genommen. Ich schrieb, das sei nun Urbanovichs Problem.

Jeden Morgen weckten mich kräftige Kaffeedüfte. Danach kam der Ammoniakgeruch von bratendem Fisch und die Gerüche von Kohl, Knoblauch, Saffran und Erbsensuppe, die mit einem

Schinkenknochen gekocht wurde. *Pensión* La Roca gebrauchte ein schweres Olivenöl, an das man sich erst gewöhnen mußte. Zuerst ging es schnell durch mich hindurch. Das Wasserklosett im Korridor war hoch und sehr kalt, mit einer langen Kette aus grünem Messing. Wenn ich dorthin ging, trug ich das Cape, das ich für Renata gekauft hatte, über dem Arm und legte es mir um die Schultern, während ich saß. Sich auf die frostige Brille zu setzen war eine Art St.-Sebastian-Erlebnis. Wenn ich in mein Zimmer zurückkehrte, machte ich fünfzig Liegestütze und stand auf dem Kopf. Wenn Roger im Kindergarten war, ging ich in den Seitenstraßen spazieren oder ging zum Prado oder saß in den Cafés. Ich widmete den Steiner-Meditationen lange Stunden und tat mein Bestes, den Toten nahezukommen. Das bewegte mich stark, und ich konnte die Möglichkeit, mit ihnen Verbindung aufzunehmen, nicht länger vernachlässigen. Den gewöhnlichen Spiritualismus wies ich von mir. Meine Theorie besagte, daß in jedem Menschen ein ewiger Kern stecke. Wäre dies ein geistiges oder logisches Problem gewesen, dann hätte ich mich logisch damit auseinandergesetzt. Es war jedoch nichts dergleichen, sondern ich mußte mich mit einer lebenslangen Ahnung auseinandersetzen. Diese Ahnung mußte entweder eine hartnäckige Illusion oder die tief vergrabene Wahrheit sein. Die geistige Ehrbarkeit guter Mitglieder der gebildeten Gesellschaft war etwas, was ich inzwischen von ganzem Herzen verabscheute. Ich gebe zu, daß ich von Verachtung getragen wurde, wenn mich die esoterischen Texte beunruhigten. Denn es gab Abschnitte bei Steiner, die mich zur Weißglut brachten. Ich sagte zu mir selbst, das sei Spinnerei. Dann sagte ich, das ist Poesie, eine große Vision. Aber ich machte damit weiter und verwandte auf alles, was er uns über das Leben der Seele nach dem Tode sagte, große Mühe. Kam es übrigens darauf an, was ich mit mir anfing? Ältlich, im Herzen getroffen, in Küchengerüchen meditierend, Renatas Mantel auf dem Lokus tragend – sollte es irgendwen kümmern, was eine solche Person mit sich anfing? Die Absonderlichkeit des Lebens: Je mehr man sich ihm widersetzte, desto härter traf es einen. Je mehr der Verstand sich dem Gefühl der Absonderlichkeit entgegenstemmte, desto größere Verzerrungen erzeugte er. Was wäre, wenn man einmal ausnahmsweise nachgäbe? Darüber hinaus war ich überzeugt, daß es in der stofflichen Welt nichts gab, was die feineren Wünsche und Wahrnehmungen der Menschen erklären könne. Darin stimmte ich mit dem sterbenden Bergotte in Prousts Roman überein. Die Erfahrung hatte keine Basis für das Gute, das Wahre und Schöne. Und ich war zu verblasen, arrogant, um den achtbaren Empirismus näher zu untersuchen, in dem ich erzogen worden war. Zu viele Dummköpfe machten ihn sich zu eigen. Außerdem waren die Menschen nicht wirklich überrascht, wenn man mit ihnen über die Seele und den Geist sprach. Wie komisch! Niemand war überrascht. Die geistig Anspruchsvollen waren die einzigen, die Überraschung zeigten. Vielleicht könnte die Tatsache, daß ich gelernt hatte, abseits von meinen Schwächen und den Absurditäten meines Charakters zu stehen, bedeuten, daß ich selbst schon ein bißchen tot war. Dieses Losgelöstsein war eine ernüchternde Erfahrung. Ich dachte manchmal, wie sehr es die Toten ernüchtern müsse, durch das »bittere Tor« zu schreiten. Kein Essen, Bluten, Atmen mehr. Ohne den Stolz der physischen Existenz würde die erschütterte Seele sicher verständnisvoller werden.

Ich war der Auffassung, daß die uneingeweihten Toten in ihrer Unwissenheit Schnitzer machten und litten. Besonders in den ersten Phasen fühlte die Seele, die leidenschaftlich mit ihrem Körper vereint und mit Erde befleckt und dann plötzlich getrennt war, eine Lücke, so wie die Amputierten ihre fehlenden Beine spüren. Die erst kürzlich Gestorbenen sahen von Anfang bis Ende alles, was ihnen zugestoßen war, das ganze beklagenswerte Leben. Sie brannten vor Schmerz. Die Kinder, die toten Kinder insbesondere, konnten ihr Leben nicht verlassen und blieben unsichtbar nahe bei denen, die sie liebten, und weinten. Für diese Kinder brauchten wir Rituale – tut etwas für die Kinder, um Himmels willen! Die älteren Toten waren besser gerüstet und kamen und gingen bedächtiger. Die Hingeschiedenen wirkten im unbewußten Teil einer jeden lebendigen Seele, und einige unserer höchsten Vorhaben waren möglicherweise von ihnen eingegeben. Das Alte Testament befahl uns, keinen Umgang mit den Toten zu haben, und zwar deshalb, wie die Lehre sagte, weil die Seele in ihrer ersten Phase in eine Sphäre des leidenschaftlichen Fühlens nach dem Tode eintrat, was irgendwie einem Zustand von Blut und Nerven glich. Niedere Impulse könnten durch den Kontakt mit den Toten in der ersten Phase geweckt werden. Sobald ich zum Beispiel an Demmie Vonghel dachte, bestürmten mich heftige Eindrücke. Ich sah sie immer schön und nackt, wie sie gewesen war, und so aussehend, wie sie während ihrer Orgasmen ausgesehen hatte. Der war immer von Zuckungen begleitet gewesen, einer ganzen Reihe, und ihr Gesicht war dabei stark gerötet. Es war immer ein leicht verbrecherischer Einschlag in der Art, wie Demmie es tat, und ich hatte stets etwas leicht Komplizenhaftes, wenn ich böse Beihilfe leistete. Jetzt wurde ich von sexuellen Gedankenverbindungen überspült. Zum Beispiel Renata: Bei Renata fehlte jede Spur von Gewalt, sie lächelte immer und benahm sich wie eine Kurtisane. Oder Miß Doris Scheldt, sie war eine zierliche Frau, fast ein blondes Kind, obwohl ihr Profil ahnen ließ, daß ein wenig Savonarola in ihr steckte und daß sie sich zu einer willensstarken kleinen Frau entwicklen würde. Das Reizvollste an Miß Scheldt war, daß sie fröhlich in Gelächter ausbrach, wenn der Geschlechtsakt zu Ende ging. Das am wenigsten Reizvolle war ihre dunkle Angst vor der Schwangerschaft. Sie hatte Angst, wenn man sie nachts nackt umarmte, daß ein verirrter Samenfaden ihr Leben ruinieren könnte. Es scheint eben doch so, als gäbe es keine Leute ohne Eigenheiten. Daher suchte ich nach der Bekanntschaft mit den Seelen der Toten. Die *müßten* eigentlich etwas zuverlässiger sein.

Da ich bloß im Zustand der Vorbereitung und kein Eingeweihter war, konnte ich nicht erwarten, daß ich meine Toten erreichte. Trotzdem meinte ich, ich sollte es versuchen, da die schmerzlichen Erfahrungen des Lebens manche Menschen in den Stand setzen, in ihrer spirituellen Entwicklung schneller voranzukommen. Ich versuchte, mich in einen angemessenen Zustand für einen solchen Kontakt zu versetzen, und konzentrierte mich besonders auf meine Eltern und Demmie Vonghel und Von Humboldt Fleisher. Die Lehrbücher sagten, tatsächliche Kontaktnahme mit einem Menschen, der gestorben war, sei möglich, wenn auch schwierig, erfordere aber Disziplin und Wachsamkeit und das scharfe Bewußtsein, daß die niedersten Impulse aufbrechen und einem die Hölle bereiten könnten. Eine reine Absicht müsse diese Ausbrüche in Schach halten. Soviel ich wußte, war meine Absicht rein. Die Seelen der Toten hungerten nach der Vollendung ihrer Läuterung und nach der Wahrheit. Ich, in der *Pensión* La Roca, sandte ihnen meine aufs äußerste gesammelten

Gedanken mit der ganzen Wärme, die ich besaß. Und ich sagte mir: Wenn man nicht den Tod als einen brutalen Guerillero auffaßt und als Entführer, der die ergreift, die wir lieben, und wenn man nicht feige ist und sich dem Terror unterwirft, wie es die zivilisierten Menschen in jeder Sparte des Lebens heute tun, dann muß man jede Möglichkeit verfolgen, untersuchen und erforschen und überall suchen und alles versuchen. Wirkliche Fragen an die Toten müssen mit wirklichen Gefühlen durchtränkt sein. Aus sich heraus werden Abstraktionen nicht auf Reisen gehen. Sie müssen durch das Herz hindurch, um übermittelt zu werden. Die Zeit, die Toten etwas zu fragen, sind die letzten Augenblicke des Bewußtseins vor dem Schlaf. Die Toten hingegen erreichen uns am leichtesten, wenn wir gerade erwachen. Das sind aufeinanderfolgende Augenblicke im Zeitgefühl der Seele, die acht dazwischenliegenden Uhrstunden sind dagegen nur biologisch. Eine okkulte Eigentümlichkeit, an die ich mich nicht gewöhnen konnte, war, daß die Frage, die wir stellten, nicht uns entsprang, sondern den Toten, an die sie gerichtet war. Wenn die Toten antworteten, war es eigentlich die eigene Seele, die sprach. Solch eine spiegelhafte Umkehrung war schwer zu begreifen. Ich habe lange darüber nachgegrübelt.

Und auf diese Weise verbrachte ich Januar und Februar in Madrid, las helfende Texte, *sotto voce*, an die Dahingeschiedenen und versuchte, mich ihnen zu nähern. Man hätte denken können, daß diese Hoffnung, mich den Toten zu nähern, meinen Geist schwächen würde, wenn sie nicht schon tatsächlich im Schwachsinn ihren Ursprung hatte. Nein. Obwohl ich für meine Behauptung nur die eigene Autorität anführen kann, schien sich mein Geist zu festigen. Erst einmal schien ich eine unabhängige und persönliche Verbindung mit der Schöpfung, mit der ganzen Hierarchie des Seins wiederzufinden. Die Seele des zivilisierten und vernunftgelenkten Menschen soll zwar frei sein, ist aber in Wahrheit sehr eng begrenzt. Obwohl er der Form nach glaubt, mit völliger Freiheit überall umherzuschweifen und daher ein großer Held zu sein, fühlt er sich in Wirklichkeit äußerst unbedeutend. Doch die Unsterblichkeit der Seele auf wie verschrobene Weise auch immer anzuerkennen, von dem Gewicht des Todes, das jeder mit sich trägt, frei zu sein, bietet, wie die Erlösung von jeder Besessenheit (der Geldbesessenheit oder der sexuellen Besessenheit), eine ungeheure Möglichkeit. Man stelle sich vor, daß man an den Tod nicht so denkt, wie zu denken alle vernünftigen Leute in ihrem höheren Wirklichkeitssinn übereingekommen sind. Das erste Resultat ist ein Überschuß, ein Überfluß, den man guthat. Der Schrecken des Todes schlägt diese Energie in Bann, aber wenn sie frei wird, kann man das Gute versuchen, ohne die Peinlichkeit zu fühlen, daß man unhistorisch, unlogisch, masochistisch passiv oder schwachsinnig ist. Das Gute ist demnach nicht etwa das Martyrium gewisser Amerikaner (man wird erkennen, wen ich meine), die in der Schule von der Dichtung erleuchtet wurden und dann den Glanz ihres (unbeweisbaren, unwirklichen) Guten dadurch bezeugten, daß sie Selbstmord verübten – in großem Stil, dem einzigen Stil für Dichter.

Obwohl ich in einem fremden Land der Pleite entgegenging, war ich nicht beunruhigt. Das Problem des Geldes war fast nicht vorhanden. Es störte mich zwar, daß ich ein falscher Witwer war, der den Damen der *pensión* für ihre Hilfe an Rogelio Dank schuldete. Rebecca Volsted mit ihrem Gesicht in sengendem Weiß machte mir die Hölle heiß. Sie wollte mit mir schlafen. Aber ich setzte meine Übungen einfach fort. Manchmal dachte ich: Ach, die dumme Renata, kannte sie denn nicht den Unterschied zwischen einem Leichen-Mann und einem angehenden Seher? Ich hüllte mich in ihren Mantel, ein wärmeres Kleidungsstück als die *vicuña*, die Julius mir gegeben hatte, und trat ins Freie. Sobald ich in die frische Luft hinaustrat, war Madrid für mich ganz und gar Schmuck und Kunst, die Gerüche anregend, die Perspektiven reizvoll, die Gesichter anziehend, die Winterfarben des Parks ein frostiges Grün und mit den senkrechten Strichen der leicht überwinternden Bäume und dem Mund- und Schnauzendampf von Menschen und Tieren erfüllt, die straßauf, straßab zu sehen waren. Renatas kleiner Junge und ich gingen Hand in Hand. Er war ein erstaunlich gesetzter und hübscher kleiner Junge. Wenn wir zusammen im Retiro umherwanderten und alle Rasenflächen ein dunkles und frostiges atlantisches Grün zeigten, konnte mich dieser kleine Roger fast davon überzeugen, daß bis zu einem gewissen Grade die Seele der Künstler des eigenen Körpers war, und es kam mir vor, als könnte ich spüren, wie er in sich arbeitete. Ab und zu hatte man fast die Empfindung, daß man mit einem

Menschen zusammen ist, der auf wundersame Weise empfangen wurde, bevor er körperlich empfangen wurde. In der frühen Kindheit mag diese unsichtbare Arbeit des empfangenden Geistes noch weitergehen. Ziemlich bald würde der Meisterbildner des kleinen Roger mit seinem Werk aufhören, und dieses außergewöhnliche Menschenwesen würde sich ganz gewöhnlich und langweilig betragen oder gar verderblich wie seine Mutter und Großmama. Humboldt hatte dauernd von etwas gesprochen, was er »die Heimat-Welt« nannte, nach Wordsworth oder Plato, bevor das Kerkergehäuse seine Schatten warf. Das ist sehr möglicherweise der Punkt, an dem die Langeweile einsetzt, die Zeit der Ankunft. Humboldt war im Gewand des überlegenen Menschen, im Stil der hohen Kultur, mit allen seinen konformen Abstraktionen langweilig geworden. Viele Hunderttausende von Menschen trugen nun dieses Kostüm des höheren Elends. Ein fürchterliches Gezücht, diese gebildeten Nissen, geistigen Langweiler schweren Kalibers. Die Welt hatte ihresgleichen bisher noch nicht gesehen. Armer Humboldt! Welch ein Irrtum! Nun, vielleicht konnte er's noch mal versuchen. Wann? Oh, in ein paar hundert Jahren könnte seine Seele wiederkehren. Inzwischen konnte ich ihn als wunderbaren und großzügigen Mann mit goldenem Herzen im Gedächtnis tragen. Hin und wieder blätterte ich in den Papieren, die er mir hinterlassen hatte. Er hatte so fest an ihren Wert geglaubt. Ich stieß einen skeptischen Seufzer aus, war traurig und steckte sie in seine Mappe zurück.

Die Welt meldete sich gelegentlich bei mir, Berichte trafen von verschiedenen Teilen der Erdkugel ein. Renatas Brief war der ersehnteste. Ich wollte unbedingt hören, daß es ihr leid tat, daß sie sich mit Flonzaley langweilte und entsetzt über das war, was sie getan hatte, daß er scheußliche Leichenbestattergewohnheiten hatte, und ich probte in meinem Kopf den großherzigen Moment, da ich sie wieder zu mir nahm. Wenn ich weniger nett war, gab ich dem Stück einen Monat mit ihrem Millionärs-Balsamierer. Wenn ich zornig-deprimiert war, dachte ich, daß letzten Endes Frigidität und Geld, wie jeder seit dem Altertum weiß, eine stabile Kombination abgaben. Wenn man den Tod hinzutat, das stärkste Fixiermittel der Welt, dann hatte man etwas bemerkenswert Dauerhaftes. Ich stellte mir vor, daß sie inzwischen Marrakesch verlassen hatten und am Indischen Ozean Flitterwochen feierten. Renata hatte immer gesagt, daß sie auf den Seychellen überwintern wollte. Es war immer mein geheimer Glaube gewesen, daß ich Renata von dem heilen könne, was sie krank machte. Dann erinnerte ich mich, indem ich die Spitze der Erinnerung gegen mich selbst kehrte, daß Humboldt immer den Mädchen etwas Gutes antun wollte, daß sie jedoch dafür nicht stillhielten und daß er von Demmies Freundin Ginnie im Village gesagt hatte: »Honig aus dem Kühlschrank . . . Kalte Süßigkeiten lassen sich nicht streichen.« Nein, Renata schrieb nicht. Sie konzentrierte sich auf ihre neue Beziehung, und sie brauchte sich nicht um Roger zu sorgen, während ich ihn betreute. Im Ritz holte ich Postkarten ab, die an das Kind adressiert waren. Ich hatte richtig geraten. Marokko hielt das Paar nicht lange. Ihre Karten zeigten jetzt Marken aus Äthiopien und Tansania. Er erhielt auch welche von seinem Vater, der in Aspen und Vail Ski lief. Koffritz wußte, wo sich sein Kind befand.

Kathleen schrieb aus Belgrad und sagte, es mache sie glücklich, von mir zu hören. Alles liefe ganz ausgezeichnet. Mich in New York gesehen zu haben, war unvergeßlich wunderbar. Sie sehnte sich, wieder mit mir zu sprechen, und sie erwartete, daß sie demnächst auf ihrem Weg nach Almería, wo sie an einem Film arbeiten mußte, durch Madrid kommen werde. Sie hoffte, daß sie mir höchst erfreuliche Dinge erzählen könne. In ihrem Brief befand sich kein Scheck. Offenbar hatte sie keine Ahnung, daß ich Geld so dringend nötig hatte. Ich war so viele Jahre lang wohlhabend gewesen, daß so etwas niemand einfiel. Gegen Mitte Februar kam ein Brief von George Swiebel, aber auch George, der über meine finanzielle Situation recht gut Bescheid wußte, erwähnte das Geld nicht. Das war verständlich, weil sein Brief aus Nairobi kam, daher konnte er meinen Appell und meine Fragen wegen der Orientteppiche nicht erhalten haben. Er war seit einem Monat in Kenia und suchte im Busch nach der Beryllgrube. Oder war es eine Ader? Ich stellte mir lieber eine Grube vor. Falls George eine solche Grube gefunden hatte, dann wäre ich als gleichberechtigter Teilhaber für immer frei von Geldsorgen. Es sei denn, daß das

Gericht ein Mittel fand, mir auch das wegzunehmen. Richter Urbanovich hatte aus irgendwelchen Gründen beschlossen, mein Todfeind zu werden. Er war darauf aus, mich nackt auszuziehen. Ich weiß nicht, warum das so war, aber es war so.

George schrieb wie folgt: »Unser Freund vom Field-Museum war nicht imstande, diese Reise mit mir zu unternehmen. Ben konnte es einfach nicht durchsetzen. Suburbia ließen ihn nicht ziehen. Er hat mich zum Sonntagessen eingeladen, damit ich einmal mit eigenen Augen sehe, was für eine Hölle sein Leben ist. Es hat mir nicht allzu schrecklich ausgesehen. Seine Frau ist dick, aber sie sieht gutmütig aus, und dann gibt's ein nettes Kind und eine Art Standard-Schwiegermutter und eine englische Bulldogge und einen Papagei. Er sagt, seine Schwiegermutter lebe ausschließlich von Mandelkringeln und Kakao. Sie muß in der Nacht essen, weil er noch nie gesehen hat, daß sie einen Bissen zu sich nimmt, nicht in fünfzehn Jahren. Na, dachte ich, der hat gut maulen. Sein zwölfjähriger Sohn ist vernarrt in den Bürgerkrieg, und er und Vati und der Papagei und die Bulldogge sind eine Art Club. Außerdem hat er den hübschen Beruf, sich um seine Fossilien zu kümmern, und jeden Sommer gehen er und sein Sohn in einem Campingauto auf Reisen und bringen mehr Gestein nach Hause. Worüber stänkert er dann? Um alter Zeiten willen habe ich ihn in unser Projekt mit aufgenommen, aber er war's nicht, den ich mit nach Afrika genommen habe.

Ehrlich gesagt wollte ich die lange Reise nicht allein unternehmen. Dann hat mich Naomi Lutz zum Essen eingeladen, damit ich ihren Sohn kennenlernte, der für die Südstadt-Zeitung diese Artikel verfaßt hat, wie er sich von der Drogensucht befreit hat. Ich habe die Artikel gelesen und ein echtes Interesse für diesen jungen Mann gefaßt. Naomi hat gesagt, warum läßt du ihn nicht mit dir kommen? Und tatsächlich habe ich auch gedacht, der wäre vielleicht ein guter Gefährte.«

Ich unterbreche, um anzumerken, daß George Swiebel sich im Ungang mit jungen Leuten für besonders begabt hielt. Die haben *ihn* nie als komischen alten Kerl angesehen. Er war stolz auf seine Verständnisbereitschaft. Er hatte viele spezielle und privilegierte Beziehungen. Er wurde von der Jugend, den Schwarzen, den Zigeunern und Mauren, von Arabern in der Wüste und Eingeborenen in jedem abgelegenen Winkel, den er besuchte, akzeptiert.

Bei Exoten war er ein Hit, hatte sofort menschlichen Kontakt, wurde in ihre Zelte eingeladen, in ihre Keller und ihre intimsten privaten Kreise. Wie Walt Whitman mit Rollkutschern, Muschelsuchern und Rowdys, wie Hemingway mit der italienischen Infanterie und spanischen Stierkämpfern, so verbrüderte sich George immer in Südostasien oder in der Sahara oder in Lateinamerika oder wo er sonst hinkam. Er machte Reisen dieser Art, sooft er nur konnte, und die Eingeborenen waren stets seine Brüder und verrückt nach ihm.

Sein Brief ging weiter: »Naomi wollte eigentlich, daß der Junge mit Dir zusammen sei. Erinnerst Du Dich, daß wir uns in Rom treffen wollten? Aber als ich abreisen wollte, hatte Szathmar noch nichts von Dir gehört. Mein Gewährsmann in Nairobi wartete, und als Naomi mich anflehte, ihren Sohn Louie mitzunehmen – er brauche den Einfluß erwachsener Männer, und ihr eigener Freund, mit dem sie Bier trinkt und zum Hockeyspiel geht, sei nicht der Typ, der helfen könne, und sei sogar teilweise an den Problemen des Jungen schuldig –, war ich durchaus geneigt. Ich dachte, ich würde sowieso gern etwas über die Drogenszene erfahren, und der Junge müsse schon Charakter haben, wenn er sich diesen Affen vom Buckel geschafft hat (wie man zu unserer Zeit zu sagen pflegte), ohne sich von außen helfen zu lassen. Naomi tischt tüchtig auf, es gab eine Menge zu essen und zu trinken, ich wurde einigermaßen sentimental und sagte zu Louie mit dem Bart: ›Okay, Junge, triff mich Donnerstag halb sechs auf dem Flughafen, TWA Flug soundso.‹ Ich habe Naomi gesagt, daß ich ihn auf der Rückreise bei Dir absetzen würde. Sie ist eine gute alte Frau. Ich finde, Du hättest sie vor dreißig Jahren heiraten sollen. Sie ist von unserer Art. Sie drückte mich zum Dank an sich und weinte ziemlich viel. Also am Donnerstag zur Flugzeit lungert dieser hagere junge Geselle mit Bart in Turnschuhen und Hemdsärmeln am Ausgang herum. Ich sage zu ihm: ›Wo ist dein Mantel?‹, und er antwortet: ›Wozu brauche ich in Afrika einen Mantel?‹ Und: ›Wo ist dein Gepäck?‹ sagte ich. Er sagte mir, daß er gern leicht reise. Naomi hatte ihm die Flugkarte gegeben, aber sonst nichts. Ich habe ihn aus meinem eigenen Seesack ausgestattet. Er brauchte eine Windjacke in London. Ich nahm ihn mit zur Sauna, um ihn aufzuwärmen, und spendierte ihm ein jüdisches Abendessen im East End. Bis dahin war der Junge ein guter Gesellschafter und erzählte mir eine Menge über die Drogenszene. Verdammt interessant. Wir flogen weiter nach Rom und von Rom nach Khartum und von Khartum nach Nairobi, wo mein Freund Ezekiel mich treffen sollte. Aber Ezekiel erschien nicht. Er war im Busch und sammelte Beryll. Statt dessen wurden wir von seinem Vetter Theo abgeholt, diesem fantastischen großen schwarzen Mann, der gebaut ist wie ein Windhund und schwarz, schwarz, glänzend tiefschwarz. Louie sagte: ›Ich bin versessen auf diesen Theo. Ich werde Suaheli lernen und geh mit ihm stehlen.‹ Okay, fein. Am nächsten Tag mieteten wir einen Volkswagen-Minibus von der Deutschen Touristen Agentur, für die Lady Ezekiel arbeitete. Sie hatte die Reise organisiert, die ich mit ihm vor vier Jahren unternommen hatte. Dann kaufte ich Kleidung für den Busch und sogar ein Paar Wüstenstiefel aus Wildleder für Louie und Eisenbahnermützen und blaue Brillen und eine Menge anderes Zeug, und wir machten uns auf in den Busch. Wo unser Bestimmungsort lag, wußte ich nicht, aber ich entwickelte sehr schnell ein Verhältnis zu Theo. Ehrlich gesagt, ich war glücklich. Du weißt, daß ich immer geglaubt habe, Afrika sei der Ort, wo die Menschheit ihren Ursprung hatte. Das war das Gefühl, das mich überkam, als ich die Olduvai-Schlucht auf meiner letzten Reise besuchte und dabei Professor Leakey traf. Der hat mich absolut davon überzeugt, daß der Mensch von hier stamme. Ich wußte aus eigener Intuition, wie bei einer Heimkehr, daß Afrika meine Wiege war. Und selbst wenn das nicht zutraf, dann war es immer noch besser als Süd-Chicago, und ich begegne lieber einem Löwen, als daß ich die öffentlichen Verkehrsmittel benutze. Zum Wochenende vor meiner Abreise aus Chicago wurden fünfundzwanzig Morde berichtet. Ich denke nicht gern daran, wie hoch die richtige Zahl gewesen sein muß. Als ich das letzte Mal in der Hochbahn zum Jackson Park fuhr, schnitten zwei Neger einem Mann die Hosentasche mit Rasierklingen auf, während er so tat, als schliefe er. Ich war einer von zwanzig Leuten, die zusahen. Konnte nichts dagegen machen.

Bevor wir Nairobi verließen, besuchten wir den Wildpark und sahen eine Löwin, die auf Wildschweine lossprang. Das Ganze war wirklich herrlich. Dann fuhren wir davon und schwankten nach kurzer Zeit in dem tiefen roten Staub der Landstraßen, fuhren unter dem Schatten prächtiger großer Bäume, deren Wurzeln gleichsam in der Luft hingen, und alle schwarzen Menschen schienen Schlafwandler zu sein, weil sie diese nachthemd- und pyjamaähnlichen Gewänder trugen. Wir kamen zum Beispiel in ein Dorf, wo eine ganze Anzahl Eingeborene an einer alten Singer-Nähmaschine mit Fußpedal unter freiem Himmel arbeiteten, und dann waren wir wieder draußen zwischen riesigen Ameisenhügeln, die in der ganzen Landschaft wie Schnuller emporragten. Du weißt, wie sehr ich gesellige und herzliche Situationen genieße, und ich hatte ein tolles Vergnügen an diesem wunderbaren schwarzen Mann Theo. Es dauerte nicht lange, und wir waren wirklich sehr eng befreundet. Der Haken war Louie. In der Stadt war er erträglich, aber sobald wir in den Busch kamen, war er völlig anders. Ich weiß nicht, was mit diesen Jungen los ist. Sind sie schwach, krank oder was? Die Generation der sechziger Jahre, jetzt etwa achtundzwanzig, besteht bereits aus Invaliden und Rollstuhlfällen. Er lag den ganzen Tag da und schien wie im Tran. Hundemüde kamen wir in unserem Minibus in einem Dorf an, und der junge Mann, der zwei Stunden lang geschimpft und gestöhnt hatte, schrie nach seiner Milch. Ja, das stimmt. Auf Flaschen gezogene, pasteurisierte amerikanische Milch. Er hatte sie stets gehabt und mußte sie haben. Es war leichter, die Heroinsucht loszuwerden als die Milchsucht. Das klang unschuldig genug und sogar komisch, warum sollte ein Junge von Cook County, Illinois, nicht seine lausige Milch haben? Aber ich sage Dir, Charlie, die Sache wurde schon zwei Tage außerhalb von Nairobi verzweifelt. Er lernte von Theo das Suaheli-Wort für Milch, und wenn wir in eine kleine Ansammlung von Hütten hineinfuhren, beugte er sich aus dem Fenster und schrie: ›*Mizuah! Mizuah! Mizuah! Mizuah!*‹, während wir über die Wagenspuren holperten. Man hätte denken können, daß er nach seinem Fix Todesqualen ausstand. Was wußten die Eingeborenen von diesem seinem verdammten *Mizuah*? Sie hatten ein paar kleine Dosen für den Tee der Engländer und verstanden nicht, was er meinte, hatten nie ein Glas Milch gesehen. Sie taten ihr Bestes mit einigen Tropfen von dem kondensierten Zeug, während ich mir – ehrlich gesagt – gedemütigt vorkam. Das war nicht die Art, in der Wildnis zu reisen. Nach ein paar Tagen mit diesem hageren Typ, mit seinem Haar und Bart, der scharfen Nase und völlig verständnislosen Augen – wir hatten einfach keinen Kontakt. Meine Gesundheit verschlechterte sich. Ich begann, schlimme Stiche in der Seite vom Bauch zu kriegen, so daß ich weder bequem sitzen noch mich hinlegen konnte. Meine gesamte Mitte entzündete sich, wurde empfindlich – grauenhaft! Ich versuchte, mit der natürlichen Umgebung und dem primitiven Leben, den Tieren und so weiter Fühlung aufzunehmen. Das wäre eine Wonne für mich gewesen. Ich konnte diese Wonne beinahe vor mir sehen wie Hitzeflimmern auf dem Weg, aber ich konnte sie nicht einholen. Ich hatte mich selbst darum beschissen, weil ich so nett sein wollte. Und es wurde nur schlimmer. Ezekiel hatte am Weg Botschaften hinterlassen, und Theo sagte, wir müßten ihn innerhalb weniger Tage einholen. Ich hatte bisher noch kein Beryll gesehen. Ezekiel besuchte angeblich alle Beryllfundstellen. Die konnten wir in unserem Minibus nicht erreichen. Man brauchte dazu einen Landrover oder einen Jeep. Ezekiel hatte einen Jeep. So fuhren wir also weiter und gelangten gelegentlich auch zu einem Touristenhotel, wo Louie *Mizuah* verlangte und sich das beste Essen sicherte. Wenn es dort Sandwiches gab, nahm er sich den Braten und ließ mir nur noch Käse und Frühstücksfleisch übrig. Wenn es ein bißchen heißes Wasser gab, badete er als erster und ließ mir nichts als Dreck übrig. Der Anblick seines knochigen Arsches, wenn er sich abtrocknete, füllte mich mit dem heißen Wunsch, ihn entweder mit einem tüchtigen Brett auf den Hintern zu hauen oder ihm einen mächtigen Tritt zu versetzen.

Der Höhepunkt kam, als er von Theo verlangte, ihm Suaheli-Wörter beizubringen, und natürlich als erstes fragte, was das Wort für ›Mutterficker‹ sei. Charlie, so etwas gibt es in Suaheli überhaupt nicht. Aber Louie konnte sich mit der Tatsache nicht abfinden, daß dieser Ausdruck im tiefsten Herzen von Afrika nicht existieren sollte. Er sagte zu mir: ›Mann, dies ist doch schließlich Afrika. Dieser Theo muß Witze machen. Ist es ein Geheimnis, das sie einem weißen Mann nicht verraten wollen?‹ Er schwor, er würde nicht nach Amerika zurückkehren, wenn er es nicht sagen könnte. Die Wahrheit war, daß Theo sich den Begriff nicht einmal vorstellen konnte. Er hatte keine Schwierigkeiten mit Teil eins, dem Sex-Akt. Und er verstand natürlich auch Teil zwei, die Mutter. Aber die beiden zusammenzubringen überstieg sein Begriffsvermögen. Mehrere Tage mühte sich Louie, ihm das

Wort zu entlocken. Dann eines Abends verstand Theo endlich. Er brachte diese beiden Dinge zusammen. Als ihm die Idee aufging, sprang er auf, nahm die Kurbel vom Wagenheber unseres Minibusses und schlug nach Louies Kopf. Er landete ziemlich hart auf dessen Schulter und lähmte sie. Das verschaffte mir eine gewisse Genugtuung, aber ich mußte die beiden trennen. Ich mußte Theo zu Boden werfen, meine Knie auf seine Arme setzen und seinen Kopf halten, während ich ihm zuredete. Ich sagte, das sei ein Mißverständnis. Aber Theo war völlig erschüttert und sprach mit Louie nicht mehr, nachdem die Mutterlästerung bei ihm eingeschlagen hatte. Louie hingegen murrte und schimpfte so lange über seine Schulter, daß ich Ezekiel nicht länger folgen konnte. Ich entschloß mich, in die Stadt zurückzukehren und dort auf ihn zu warten. Tatsächlich hatten wir einen riesigen Kreis beschrieben und waren nur etwa fünfzig bis sechzig Meilen von Nairobi entfernt. Es sah mir nicht nach Beryllgruben aus. Ich schloß daraus, daß Ezekiel hier und da Beryll gesammelt oder vielleicht auch gestohlen hatte. In Nairobi ließen wir von dem jungen Burschen eine Röntgenaufnahme machen. Nichts war gebrochen, aber der Arzt band seinen Arm in eine Schlinge. Bevor ich ihn zum Flughafen brachte, saßen wir in einem Café im Freien, wo er mehrere Flaschen Milch trank. Er war mit Afrika fertig. Unter dem Einfluß der Zivilisation war es zum Schwindel geworden und verleugnete seine Erbschaft. Er sagte: ›Ich bin zutiefst erschüttert. Ich fahre geradewegs nach Hause.‹ Ich nahm ihm die Ausstattung ab, die ich zu seinem Gebrauch im Busch gekauft hatte, und gab sie Theo. Dann sagte Louie, er müsse für Naomi afrikanische Souvenirs mitbringen. Wir gingen in Touristenläden, wo er seiner Mutter einen todhäßlichen Masai-Speer kaufte. Er sollte flugplanmäßig Chicago um drei Uhr morgens erreichen. Ich wußte, daß er kein Geld in der Tasche hatte. ›Wie kommst du vom Flughafen nach Hause?‹ sagte ich. ›Na, ich rufe natürlich Mutter an.‹ – ›Weck deine Mutter nicht auf. Nimm dir ein Taxi. Du kannst am Mannheim Road nicht hitchhiken mit diesem beschissenen Speer.‹ Ich gab ihm einen Zwanzig-Dollar-Schein und fuhr ihn zum Flughafen. Zum ersten Mal seit einem Monat glücklich, sah ich ihn in Hemdsärmeln und Armschlinge die Treppe hinaufsteigen; den Assegai für Mutter nahm er in die Maschine mit. Dann – mit etwa tausend Meilen Bodengeschwindigkeit – hob er ab nach Chicago.

Was nun das Beryll angeht, so tauchte Ezekiel mit einem ganzen Faß davon auf. Wir gingen zu einem englischen Anwalt, dessen Name ich Alec Szathmar verdanke, und versuchten, zu einer Vereinbarung zu gelangen. Ezekiel brauchte für etwa fünftausend Dollar Ausrüstung, einen Landrover, einen Lastwagen und so weiter. ›Gut‹, sagte ich. ›Wir haben eine Partnerschaft geschlossen, und ich hinterlege hier diesen Scheck, und er wird ihn dir auszahlen, sobald du ihm den Besitztitel für die Grube vorlegst.‹ Kein Titel ist gekommen und auch kein Beweis, daß diese Halbedelsteine gesetzmäßig erworben wurden. Ich fahre jetzt an die Küste, um die alten Sklavenstädte zu besuchen und mich womöglich etwas von dieser doppelten Katastrophe zu erholen: Naomis Sohn und dem geplatzten Beryllhandel. Es tut mir leid, sagen zu müssen, daß da eine afrikanische Hochstapelei im Gange war. Ich glaube nicht, daß Ezekiel und Theo ehrlich gespielt haben. Szathmar hat mir Deine Adresse über einen seiner Kollegen in Nairobi geschickt. Nairobi ist eleganter als je zuvor. In der Innenstadt sieht es mehr nach Skandinavien aus als nach Ostafrika. Ich nehme den Nachtzug nach Mombassa. Fahre nach Hause via Addis Abeba und vielleicht sogar Madrid. Herzlichst Dein.«

Während ich damit beschäftigt war, eine Scheibe *merluza* für Roger zu entgräten, kam Pilar in das Speisezimmer und flüsterte, indem sie sich mit ihrem hochgeschürzten Busen über mich beugte, daß ein amerikanischer Herr nach mir fragte. Ich war hoch erfreut. Auf alle Fälle gerührt. Niemand hatte nach mir gefragt, zehn Wochen lang nicht. Konnte das George sein? Oder Koffritz, der gekommen war, um Roger abzuholen? Auch Pilar mit kühler Schürze, warmem weißem Gesicht, großen braunen Augen, die sich mir mit ihrem Puderduft zuneigte, war äußerst diskret. Hatte sie die Witwergeschichte nie geschluckt? Wußte sie trotzdem, daß ich in tiefer berechtigter Trauer war und gute Gründe hatte, mich schwarz zu kleiden? »Soll ich den Señor bitten, in den *comedor* zu kommen und Kaffee zu trinken?« sagte Pilar und bewegte die Augen von mir zum Kind und wieder zurück zu mir. Ich sagte, ich würde mit dem Besucher im Salon sprechen, wenn sie für mich neben dem Waisenjungen Platz nehmen und zusehen würde, daß er seinen Fisch aß.

Dann ging ich in den Salon, ein selten benutztes Zimmer, das mit alten plüschigen, staubigen Gegenständen gefüllt war. Es wurde dunkel gehalten wie eine Kapelle, und ich hatte bisher noch niemals die Sonne darin gesehen. Jetzt strömte das Licht herein und enthüllte auf den Wandsimsen viele religiöse Bilder und Nippesschätze. Auf dem Boden lagen ausgediente fußangelhafte Brücken. Das alles hatte die Wirkung einer Epoche, die zugleich mit den Empfindungen, die man für diese Epoche aufbrachte, und den Menschen, die diese Empfindungen gehegt hatten, entschwand. Mein Besuch stand am Fenster, wo er wußte, daß ich das staubwimmelnde Sonnenlicht genau in die Augen kriegen und daher sein Gesicht nicht erkennen würde. Staub wirbelte überall. Ich war so dicht mit Sonnenstaub umgeben wie ein Aquariumsfisch mit Wasserbläschen. Mein Besucher zog gerade am Vorhang, um noch mehr Sonne einzulassen, und schüttelte den Staub eines ganzen Jahrhunderts herab.

»Sie?« sagte ich.

»Ja«, sagte Rinaldo Cantabile. »Ich bin's. Sie haben gedacht, ich wäre im Gefängnis.«

»Gedacht und gewünscht. Und gehofft. Wie haben Sie mich hier ausfindig gemacht, und was wollen Sie?«

»Sie sind zornig auf mich. Na gut, ich gebe zu, daß es eine schlimme Szene war. Aber ich bin hier, um's wiedergutzumachen.«

»Wozu sind Sie hergekommen? Was Sie für mich tun können, ist verschwinden. Das wäre mir am liebsten.«

»Ehrlich, ich bin gekommen, um Gutes für Sie zu tun. Wissen Sie«, sagte er, »als ich ein kleines Kind war, wurde meine Großmutter in einem Bestattungsinstitut der Taylor Street mit einer Tonne Blumen aufgebahrt. Junge, ich habe nicht gedacht, daß ich noch einmal ein Zimmer voll von solch altmodischem Scheißdreck sehen würde. Aber überlaßt das nur Charlie Citrine. Sehen Sie sich diese Zweige vom Palmsonntag vor fünfzig Jahren an. Es stinkt auf der Treppe, und Sie sind ein peinlich sauberer Typ. Aber es muß Ihnen hier bekommen. Sie sehen okay aus – ja, besser sogar. Sie haben nicht mehr diese braunen Ringe, die Sie in Chicago unter den Augen hatten. Wissen Sie, was ich annehme?

Dieses Paddleballspiel hat Ihnen zu sehr zugesetzt. Sind Sie hier allein?«

»Nein, ich habe Renatas kleinen Jungen.«

»Den Jungen? Und wo ist sie?« Ich antwortete nicht. »Sie hat Sie abserviert. Aha. Sie sind pleite, und sie ist nicht der Typ für eine vergammelte Pension wie diese. Sie hat sich mit jemand anderm zusammengetan und hat Sie als Babysitter zurückgelassen. Sie sind, was die Briten eine Nanny nennen. Das ist zum Schießen. Und wofür ist die schwarze Armbinde?«

»Hier bin ich Witwer.«

»Sie sind ein Schwindler«, sagte Cantabile. »Also das gefällt mir.«

»Was anderes ist mir nicht eingefallen.«

»Ich werde Sie nicht verraten. Ich finde das toll. Ich kann mir nicht denken, wie Sie in solche Situationen geraten. Sie sind ein superintelligenter, erstklassiger Mensch, der Freund von Dichtern, selbst eine Art Dichter. Aber in einem Loch wie diesem den Witwer zu spielen ist allerhöchstens ein Witz für zwei Tage, und Sie sind schon zwei Monate hier, das verstehe ich nicht. Sie sind ein lebhafter Typ. Als Sie und ich auf dieser Laufplanke des Wolkenkratzers bei starkem Wind sechzig Stockwerke hoch entlangschlichen, heda, war das nicht was? Ehrlich gesagt war ich mir nicht sicher, ob Sie den Mumm hatten.«

»Ich war eingeschüchtert.«

»Sie haben dabei aber richtig mitgemacht. Aber ich will Ihnen etwas erzählen, das ein bißchen ernster ist – Sie und dieser Dichter Fleisher, Sie waren wirklich ein hochgradiges Team.«

»Wann sind Sie aus dem Gefängnis gekommen?«

»Machen Sie Witze? Wann war ich im Gefängnis? Sie kennen die eigene Stadt überhaupt nicht. Jedes kleine polnische Mädchen weiß an seinem Firmungstag mehr als Sie mit allen Ihren Büchern und Preisen.«

»Sie hatten einen geschickten Anwalt.«

»Strafe ist überholt. Die Gerichte glauben nicht mehr daran. Die Richter wissen, daß keine realistische normale Person in Chicago ohne Schutz rumläuft.«

Ja, da war er also. Er kam in einer Art Wirbel an, als sei der Rückwind, der sein Düsenflugzeug vor sich hertrieb, irgendwie in ihn gefahren. Er war angeregt, aufgekratzt, angeberisch, und er vermittelte das übliche Gefühl von Grenzenlosigkeit, von übersteigerten Gefahren – er nannte es Gewagtheit. »Ich bin gerade erst von Paris rübergehüpft«, sagte er, blaß, dunkelhaarig, fröhlich. Seine herausfordernden Augen glitzerten unter den dolchheftartigen Brauen, seine Nase war voll und am unteren Ende weiß. »Sie verstehen doch was von Schlipsen? Wie finden Sie den, den ich in der rue de Rivoli gekauft habe?« Er war mit glänzender Eleganz gekleidet in einem doppelt gewirkten, gerippten Kammgarnanzug und schwarzen Eidechsenschuhen. Er lachte, Nerven zuckten in seinen Wangen und Schläfen. Er kannte nur zwei Stimmungen, diese und die drohende.

»Sind Sie mir durch Szathmar auf die Spur gekommen?«

»Wenn Szathmar Sie in einen Straßenkarren kriegen könnte, würde er Sie scheibchenweise in der Maxwell Street verhökern.«

»Szathmar ist auf seine Weise ein guter Mann. Von Zeit zu Zeit spreche ich unfreundlich über Szathmar, aber in Wirklichkeit liebe ich ihn, müssen Sie wissen. Sie haben sich dieses ganze Zeug mit dem kleptomanischen Mädchen aus den Fingern gesogen.«

»Na ja, und wennschon. Es hätte wahr sein können. Nein, ich habe Ihre Adresse nicht von ihm erfahren. Lucy hat sie von Humboldts Witwe gehört. Sie hat sie in Belgrad angerufen, um einige Fakten zu klären. Sie ist mit ihrer Doktorarbeit fast schon fertig.«

»Sie ist sehr beharrlich.«

»Sie sollten ihre Dissertation lesen.«

»Niemals«, sagte ich.

»Warum nicht?« Er war beleidigt. »Sie ist klug. Sie könnten sogar was lernen.«

»Könnte sein.«

»Aber Sie wollen von Ihrem Kumpel nichts mehr hören, liegt es daran?«

»So ungefähr.«

»Warum, weil er's versaut hat – er sich lächerlich gemacht hat? Dieser große muntere Typ mit den vielen Talenten krachte zusammen, ein beschissener Versager, verrückt und ein Schnorrer, also Schluß mit ihm?«

Ich wollte nicht erwidern. Ich sah keinen Sinn darin, so etwas mit Cantabile zu bereden.

»Was würden Sie wohl sagen, wenn ich Ihnen erzählte, daß

Humboldt aus dem Grabe einen Schlager gelandet hat. Ich habe mit dieser Frau Kathleen selbst gesprochen. Es gab einige Punkte, die ich mit ihr bereden wollte, und ich dachte, sie wüßte vielleicht die Antworten. Nebenbei gesagt, sie ist Ihnen sehr ergeben. Sie haben da eine Freundin.«

»Was soll das mit dem Schlager aus dem Grabe? Worüber haben Sie mit ihr gesprochen?«

»Ein gewisses Film-Szenario. Und zwar das, das Sie Polly und mir kurz vor Weihnachten in Ihrer Wohnung erzählt haben.«

»Der Nordpol? Amundsen, Nobile und Caldofreddo?«

»Caldofreddo, den meine ich. Caldofreddo. Haben Sie das geschrieben? Oder Humboldt. Oder beide?«

»Wir haben's zusammen gemacht. Es war reiner Unfug. Eine humoristische Ader, die wir beide hatten. Kinderei.«

»Charlie, hören Sie zu, Sie und ich müssen zu einer vorherigen Übereinkunft kommen, wir müssen uns miteinander verständigen. Ich habe bereits eine gewisse Verantwortung übernommen, Geld und Mühe investiert, Vereinbarungen getroffen. Ich habe Anspruch auf mindestens zehn Prozent.«

»In einer Minute frage ich Sie, wovon, zum Teufel, Sie überhaupt reden. Aber erzählen Sie mir erst von Stronson. Was ist mit ihm passiert?«

»Kümmern Sie sich jetzt nicht um Stronson. Vergessen Sie Stronson.« Cantabile schrie auf einmal: »Scheiß auf Stronson!« Das mußte man in der ganzen *pensión* gehört haben. Danach wackelte sein Kopf mehrmals, wie durch Vibration oder einen Rückstoß. Aber er faßte sich, zog seine Manschetten unter den Jackenärmeln hervor und sagte in einem ganz anderen Tonfall: »Ach, Stronson. Ja, da gab es in seinem Büro einen Aufruhr von Leuten, die beschissen wurden. Aber er war nicht mal anwesend. Seine Hauptsorge sollte Ihnen klar sein. Er hatte eine Menge Mafia-Geld verloren. Die besaßen ihn. Er mußte alles tun, was sie sagten. Dann vor etwa einem Monat wurde er in die Pflicht genommen. Haben Sie von dem Einbruch bei Fraxo in Chicago gelesen? Nicht? Es war eine sensationelle Beute. Und wer flog wohl hinterher nach Costa Rica mit einem Sack, einem großen Koffer voller Dollar, um sie wegzusalzen?«

»Stronson wurde erwischt?«

»Die Beamten von Costa Rica steckten ihn ins Gefängnis. Er

sitzt jetzt im Gefängnis. Charlie, können Sie tatsächlich beweisen, daß Sie und Von Humboldt Fleisher tatsächlich diese Sache von Caldofreddo geschrieben haben? Haben Sie Beweismittel?«

»Ich glaube.«

»Aber Sie wollen wissen, warum. Das Warum ist sonderbar, Charlie, und Sie werden's kaum glauben. Sie und ich müssen aber zu einer Verständigung gelangen, bevor ich die Dinge erläutere. Es ist kompliziert. Ich habe mich dafür engagiert. Ich habe einen Plan entworfen. Ich habe Leute, die Hilfe leisten. Und ich habe es vorwiegend aus Freundschaft getan. Nun sehen Sie sich das an. Ich habe einen Schrieb angefertigt, den Sie unterschreiben sollen.« Er legte das Dokument vor mich hin. »Nehmen Sie sich Zeit«, sagte er.

»Das ist ein regelrechter Vertrag. Ich kann einfach diese Dinger nicht lesen. Was wollen Sie, Cantabile? Ich habe in meinem ganzen Leben noch keinen Vertrag gelesen.«

»Aber Sie haben sie unterschrieben, nicht wahr? Zu Hunderten, möchte ich wetten. Dann unterschreiben Sie den auch.«

»Mein Gott, Cantabile, Sie sind wieder da, um mich zu belästigen. Ich fing gerade an, mich hier in Madrid so wohl zu fühlen. Und ruhiger. Und kräftiger. Plötzlich sind Sie hier.«

»Wenn Sie ins Schleudern geraten, Charlie, sind Sie hoffnungslos. Versuchen Sie sich zu beherrschen. Ich bin hier, um Ihnen einen gewaltigen Gefallen zu tun, du großer Gott. Haben Sie kein Vertrauen zu mir?«

»Das hat mich Von Humboldt Fleisher einmal gefragt, und ich habe gesagt: ›Habe ich Vertrauen zum Golfstrom oder dem Magnetischen Südpol oder dem Kreislauf des Mondes?‹«

»Charles« (um mich zu beruhigen, gebrauchte er die formelle Anrede), »worüber regen Sie sich so auf? Zunächst einmal ist dies ein einmaliges Abkommen. Für mich steht eine regelrechte Agentenprovision fest – zehn Prozent von Ihren Totaleinnahmen bis zu fünfzigtausend Dollar, fünfzehn Prozent für die nächsten fünfundzwanzig und zwanzig Prozent für das Weitere, mit einem Limit von einhundertfünfzigtausend. Ich kann also aus der Sache nicht mehr als zwanzig Riesen rausschlagen, wie Sie's auch immer betrachten. Ist das ein ungeheures Vermögen? Und ich tue es mehr um Ihretwegen und um des Spaßes willen, Sie Armleuchter. Was bei Ihnen alles auf dem Spiel steht! Sie sind ein beschissener Babysitter in einer spanischen Pension.«

Diese letzten paar Wochen war ich der Welt weit entrückt gewesen, betrachtete sie etwas befremdet und aus einer beträchtlichen Höhe. Dieser weißnasige, ultranervöse, hochstapelnde, orkanartige Cantabile hatte mich hundertprozentig zurückgeholt. Ich sagte: »Einen Augenblick lang hatte ich mich beinahe gefreut, Sie wiederzusehen, Rinaldo. Ich habe immer etwas für Leute übrig, die zu wissen scheinen, was sie wollen, und sich entschlossen aufführen. Aber ich bin sehr glücklich, Ihnen jetzt mitzuteilen, daß ich kein Papier unterschreiben werde.«

»Sie wollen's nicht mal lesen?«

»Absolut nicht.«

»Wenn ich wirklich ein übler Kerl wäre, dann würde ich jetzt fortgehen und Ihnen ein ganzes Vermögen durch die Lappen gehenlassen, Sie Trottel. Dann wollen wir also ein mündliches Abkommen treffen. Ich bringe Sie auf hunderttausend Dollar. Ich leite die ganzen Verhandlungen, und Sie versprechen mir zehn Prozent.«

»Aber wovon?«

»Sie lesen anscheinend nie *Time* oder *Newsweek*, außer wenn Sie warten, daß Ihnen ein Zahn aufgebohrt wird. Aber es läuft ein sensationeller Film, der größte Hit des Jahres. In der Third Avenue ist die Schlange der Kartenkäufer etwa drei Blocks lang und ebenso in London und Paris. Kennen Sie den Namen von diesem Hit? Er heißt *Caldofreddo* und beruht auf dem Szenario, das Sie und Humboldt verfaßt haben. Das muß Millionen einspielen.«

»Und es ist dasselbe? Sind Sie sicher?«

»Polly und ich haben's uns in New York angesehen, und wir haben uns beide daran erinnert, was Sie uns in Chicago erzählt haben. Sie brauchen mir nicht zu glauben. Sie können ihn sich selber ansehen.«

»Wird er in Madrid aufgeführt?«

»Nein, Sie müssen mit mir nach Paris fliegen.«

»Ja, Caldofreddo ist allerdings der Name, den wir unserem Helden gegeben haben. Ist er einer der Überlebenden, als Umberto Nobiles Luftschiff in der Arktik abstürzte?«

»Ißt Menschenfleisch! Von den Russen als Kannibale entlarvt! Geht zurück in sein sizilianisches Dorf! Ein Speiseeisverkäufer! Alle Kinder im Dorf lieben ihn.«

»Sie meinen, jemand hat aus solch einem Mischmasch etwas gemacht?«

Cantabile rief aus: »Das sind Schufte, Schufte, Schufte! Diese Schweine haben Sie blindlings bestohlen! Sie haben aus Ihrer Idee einen Film gemacht. Wie sind sie überhaupt dazu gekommen?«

»Ja«, sagte ich, »ich weiß nur, daß Humboldt den Entwurf einem Mann namens Otto Klinsky im RCA-Gebäude gegeben hat. Er hatte die Vorstellung, daß er Sir Laurence Oliviers Friseur durch eine Verwandte einer Putzfrau erreichen könne, die die Mutter einer Freundin von Mrs. Klinsky war. Sind sie tatsächlich zu Olivier durchgedrungen? Spielt er die Rolle?«

»Nein, es ist irgendein anderer Engländer, mehr vom Typ Charles Laughton oder Ustinov. Charlie, es ist ein verteufelt guter Film. Und, Charlie, wenn Sie Ihre Urheberschaft beweisen können, dann haben wir diese Burschen wirklich am Kanthaken. Ich habe ihnen nämlich gesagt, daß wir sie zu Wurst verarbeiten werden. Ich bin in der Lage, ihnen die Eier zu schleifen.«

»Drohen können Sie wie kaum ein anderer«, sagte ich.

»Naja, man mußte sie unter Druck setzen, wenn man keine langen Prozeßverhandlungen führen will. Wir bemühen uns um einen schnellen Vergleich. Was für Beweise haben Sie?«

»Humboldt hat folgendes gemacht«, erklärte ich, »er hat sich eine Kopie des Szenarios per Einschreiben zugeschickt. Die Sendung ist nie geöffnet worden.«

»Sie haben sie?«

»Ja, ich habe sie unter den Papieren gefunden, die er mir mit einem alles erläuternden Brief hinterlassen hat.«

»Warum hat er die Idee nicht unter Copyright gestellt?«

»In solchen Fällen gibt es keine andere Möglichkeit. Aber die Methode ist absolut legal. Humboldt hat so was gewußt. Er hatte stets mehr Anwälte als das Weiße Haus.«

»Diese Filmschweine haben mir nicht mal die Tageszeit geboten. Jetzt werden wir sehen. Unser nächster Schritt ist der«, sagte er. »Wir fliegen nach Paris . . .«

»Wir?«

»Ich strecke die Kosten vor.«

»Aber ich will nicht fort. Ich dürfte jetzt nicht mal hier sein. Nach dem Mittagessen sitze ich für gewöhnlich in meinem Zimmer.«

»Wozu? Sie sitzen bloß?«

»Ich sitze und ziehe mich in mich zurück.«

»Das ist verteufelt egoistisch von Ihnen«, sagte er.

»Im Gegenteil, ich versuche, die äußere Welt ohne Nebengeräusche von innen – einem leeren Gefäß und völlig still – zu vernehmen.«

»Und was soll das für Sie tun?«

»Nun, nach meinem Handbuch soll, wenn man ruhig genug sitzt, alles in der äußeren Welt, jede Blume, jedes Tier, jede Handlung schließlich ungeahnte Geheimnisse enthüllen – das ist ein Zitat.«

Er starrte mich mit wagemutigen Augen und Dolchbrauen an. Er sagte: »Verdammt noch mal, Sie wollen sich doch nicht in einen von diesen transzendentalen Geisterfritzen verwandeln? Sie haben doch wohl keinen Spaß daran, nur stillzusitzen?«

»Ich genieße es zutiefst.«

»Kommen Sie mit mir nach Paris.«

»Rinaldo, ich will nicht nach Paris.«

»Sie widersetzen sich an der falschen Stelle und sind passiv an der falschen Stelle. Bei Ihnen ist alles arschverkehrt. Sie fliegen mit nach Paris und sehen sich diesen Film an. Das dauert nur ein, zwei Tage. Sie können im Hotel George V. oder im Meurice wohnen. Das wird Ihren Fall untermauern. Ich habe zwei gute Anwälte bestellt, einen Franzosen und einen Amerikaner. Wir werden den geschlossenen Umschlag vor vereidigten Zeugen öffnen müssen. Vielleicht sollten wir's in der amerikanischen Botschaft vornehmen, in Anwesenheit des Handelsattachés und des Militärattachés. Kommen Sie schon, packen Sie Ihren Koffer, Charlie. Unser Flugzeug geht in zwei Stunden.«

»Nein, ich glaube, ich will nicht. Es stimmt zwar, ich habe kein Geld mehr, aber ich bin ohne Geld besser zurechtgekommen als jemals mit Geld. Und ich will das Kind nicht zurücklassen.«

»Tun Sie nicht wie eine Oma wegen dieses Kindes.«

»Und überhaupt, ich kann Paris nicht leiden.«

»Sie können Paris nicht leiden? Was haben Sie gegen Paris?«

»Ein Vorurteil. Für mich ist Paris eine Geisterstadt.«

»Sie sind wahnsinnig. Sie sollten die Warteschlangen auf den Champs-Elysées sehen, die Karten für *Caldofreddo* haben wollen. Und das ist Ihr Werk. Das sollte Ihnen ein Gefühl von geheimer Macht verschaffen – einen Nervenkitzel. Ich weiß, Sie sind vergrätzt, weil die Franzosen Sie zu einem komischen Ritter gemacht haben und Sie das als Kränkung empfanden. Oder vielleicht hassen Sie sie wegen Israel. Oder wegen ihres Verhaltens im letzten Krieg.«

»Reden Sie keinen Quatsch.«

»Wenn ich ausklamüsern will, was Sie denken, muß ich Quatsch versuchen. Sonst würde ich in einer Million Jahre nicht daraufkommen, weshalb Paris eine Geisterstadt ist. Würden ehemalige Stadträte aus Chicago sich in eine Geisterstadt zurückziehen, um ihre Bestechungsgelder zu verjubeln? Kommen Sie, Charlie, wir essen heute abend Ente in der *Tour d'Argent.*«

»Nein, solche Speisen machen mich krank.«

»Gut, dann geben Sie mir das Zeug, damit ich's mitnehmen kann – den Umschlag, den Humboldt an sich selbst zugeschickt hat.«

»Nein, Cantabile, das werde ich auch nicht tun.«

»Und warum, zum Teufel, nicht?«

»Weil Sie nicht vertrauenswürdig sind. Aber ich habe noch eine Kopie davon. Die können Sie haben. Und ich bin bereit, einen Brief zu schreiben. Einen notariell beglaubigten Brief.«

»Das würde nicht genügen.«

»Wenn Ihre Freunde das Original sehen wollen, können Sie zu mir nach Madrid kommen.«

»Sie bringen mich zur Weißglut«, sagte Cantabile. »Ich gehe gleich an die Decke.« Wutentbrannt funkelte er mich an. Dann machte er einen weiteren Vorschlag zur Vernunft. »Humboldt hat doch noch Familie, nicht wahr? Ich habe Kathleen gefragt. Es lebt noch ein alter Onkel in Coney Island.«

Ich hatte Waldemar Wald vergessen. Der arme alte Mann lebte auch in einem Hinterzimmer und inmitten von Küchengerüchen. Er hatte es bestimmt nötig, aus dem Altersheim erlöst zu werden. »Sie haben recht, ein Onkel lebt noch«, sagte ich.

»Und was ist mit seinem Anteil? Wie, nur weil Sie so 'nen geistigen Fimmel gegen Paris haben? Sie können das Dienstmädchen bezahlen, damit sie sich um das Kind kümmert. Das ist eine große Sache, Charlie.«

»Naja, vielleicht sollte ich mitkommen«, sagte ich.

»Das läßt sich hören.«

»Ich packe eine Reisetasche.«

Also flogen wir. Am selben Abend waren Cantabile und ich auf den Champs-Elysées und warteten mit unseren Eintrittskarten, um in den riesigen Filmpalast nahe der Rue Marbeuf eingelassen zu werden. Selbst für Paris war das Wetter schlecht. Ein Eisregen fiel. Ich fühlte mich zu dünn bekleidet und merkte, daß meine Schuhsohlen durchgelaufen waren und meine Füße naß wurden. Die Schlange war dicht, die jungen Leute in der Menge waren einigermaßen fröhlich, aber Cantabile und ich waren beide unzufrieden. Humboldts versiegelter Umschlag war ins Hotelsafe geschlossen worden, und ich hatte die Marke dafür. Rinaldo hatte sich mit mir um den Besitz der Messingscheibe gestritten. Er wollte sie in seiner Tasche zum Zeichen, daß er mein bona-fide-Vertreter war.

»Geben Sie sie mir«, sagte er.

»Nein, warum sollte ich?«

»Weil ich der gegebene Mann bin, um sie aufzubewahren. Das steht mir zu.«

»Ich bewahre sie auf.«

»Sie ziehen Ihr Taschentuch raus und verlieren diese Marke«, sagte er. »*Sie* wissen nicht, was Sie tun. Sie sind zerstreut.«

»Ich behalte sie.«

»Sie haben auch wegen des Vertrages Sperenzchen gemacht. Sie wollten ihn nicht mal lesen«, sagte er.

Das Eis traf mich auf Hut und Schultern. Mir war der Rauch von französischen Zigaretten besonders widerlich. Über uns hingen mächtige angestrahlte Plakate von Otway als Caldofreddo und von der italienischen Schauspielerin Silvia Sottotutti oder so ähnlich, die die Rolle seiner Tochter spielte. Cantabile hatte in gewisser Weise recht: es war ein sonderbares Erlebnis, der unerkannte Ursprung einer öffentlichen Attraktion zu sein und im Eisregen zu stehen – man fühlte sich wie eine phantomhafte Erscheinung. Nach zwei Monaten, die ich in Madrid praktisch in Abgeschiedenheit zugebracht hatte, fühlte ich mich hier wie ein Abtrünniger, im Nebel und Geglitzer der Champs-Elysées, unter diesem Eishagel. Im Flughafen von Madrid hatte ich ein Exemplar von Baudelaires *Intimen Tagebüchern* gekauft, um es im Flugzeug zu lesen und mich vor Cantabiles krampfhaftem Geschwätz abzuschirmen. Bei Baudelaire hatte ich das folgende Stück von seltsamem Rat gefunden: Wenn du einen Brief von einem Gläubiger erhältst, schreibe fünfzig Zeilen über ein außerirdisches Thema, und du wirst gerettet sein. Das schien zu sagen, daß die *vie quotidienne* einen von der Erdkugel vertrieb, aber der tiefere Sinn war, daß das wahre Leben zwischen *hier* und *dort* dahinströmte. Das wahre Leben war eine Beziehung zwischen *hier* und *dort*. Cantabile, der tausendprozentig *hier* war, machte das deutlich. Er spielte sich auf. Er war wie im Fieber mit mir wegen der Aufbewahrungsmarke. Er stritt sich mit der *ouvreuse*, die uns zu unseren Plätzen geleitete. Sie war über das kleine Trinkgeld, das er ihr gab, erzürnt. Sie nahm seine Hand und knallte ihm die Münze in die Handfläche.

»Sie Aas!« brüllte er sie an und wollte ihr den Gang hinauf nachsetzen.

Ich erwischte ihn am Arm und sagte: »Ruhig Blut.«

Wieder saß ich unter französischen Zuschauern. Im vorigen April waren Renata und ich in eben dieses Theater gekommen. Ich hatte ja im Jahr 1955 in Paris gelebt. Ich erkannte schnell, daß dies nicht der Ort für mich war. Ich brauchte etwas mehr Sympathie, als man hier als Ausländer erwarten kann, und ich litt noch unter Demmies Tod. Jetzt war jedoch nicht die Zeit, an derartiges zu denken. Der Film fing an. Cantabile sagte: »Fühlen Sie in die Tasche, versichern Sie sich, daß Sie noch die Marke haben. Wir sind die Dummen, wenn Sie sie verloren haben.«

»Sie ist hier. Ruhig Blut, Junge«, sagte ich.

»Geben Sie sie her. Ich will am Film Freude haben«, sagte er. Ich beachtete ihn nicht.

Dann begann mit großem Musikgedröhn der Film zu laufen. Er fing an mit Aufnahmen aus den zwanziger Jahren in der alten Wochenschaumanier – die erste Eroberung des Nordpols durch Amundsen und Umberto Nobile, die in einem Luftschiff von Skandinavien nach Alaska flogen. Das wurde von hervorragenden Schauspielern gespielt, sehr stilisiert. Ich war ungeheuer befriedigt. Sie waren köstlich. Wir sahen den Papst, der die Expedition segnete, und Mussolini, der von seinem Balkon eine Rede schwang. Die Rivalität zwischen Amundsen und Nobile wuchs sich zur Feindschaft aus. Als ein kleines Mädchen Amundsen mit einem Strauß beehrte, riß Nobile ihn weg; Amundsen gab Befehle, Nobile gab Gegenbefehle. Die Norweger stritten sich mit den Italienern im Luftschiff. Allmählich erkannte man hinter dem

Wochenschaustil dieser Ereignisse die Anwesenheit vom alten Mr. Caldofreddo, der jetzt in seinem altertümlichen sizilischen Dorf lebte. Diese Episoden der Erinnerung überlagerten die tägliche Existenz dieses liebenswerten alten Herrn, des Eisverkäufers, der von den Kinderchen geliebt wird, des liebenden Vaters von Silvia Sottotutti. In seiner Jugend war Caldofreddo mit Nobile auf zwei Flügen über den Pol dabeigewesen. Der dritte, unter Nobiles alleinigem Befehl, endete in einer Katastrophe. Das Luftschiff stürzte ins Eismeer. Die Mannschaft wurde über mehrere Eisschollen verstreut. Der russische Eisbrecher *Krassin*, der Radiosignale von den Überlebenden aufgefangen hatte, kam zur Rettung. Amundsen wurde ein Telegramm, das von der Katastrophe Nachricht gab, während eines Umtrunks bei einem Bankett überreicht – laut Humboldt, der über alles private Information besaß, hatte der Mann getrunken wie ein Fisch. Er verkündete auf der Stelle, daß er eine Expedition organisieren wolle, um Nobile zu retten. Es war genauso, wie wir es vor vielen, vielen Jahren in Princeton entworfen hatten. Amundsen charterte sich ein Flugzeug. Er stritt sich heftig mit seinem französischen Piloten, der ihn warnte, daß das Flugzeug gefährlich überladen sei. Er befahl ihm, trotzdem zu starten. Sie stürzten ins Meer. Ich war entsetzt zu sehen, wie wirkungsvoll die komische Deutung des Unglücks war. Ich erinnerte mich jetzt, daß Humboldt und ich uns über diese Szene gestritten hatten. Er hatte darauf bestanden, daß sie furchtbar komisch sein werde. Und das war sie. Das Flugzeug sank. Tausende von Menschen lachten. Ich fragte mich, wie ihm das gefallen hätte.

Der nächste Teil des Filmes stammte ganz von mir. Ich hatte nachgeforscht und die Szenen geschrieben, in denen der gerettete Caldofreddo an Bord der *Krassin* tobsüchtig wurde. Die Sünde, Menschenfleisch gegessen zu haben, war für ihn nicht zu ertragen. Zum Erstaunen der russischen Crew rannte er Amok und schrie sinnloses Zeug. Er hackte mit einem großen Messer auf einen Tisch los, er versuchte, kochendes Wasser zu trinken, er warf seinen Körper gegen die Schotten. Die Matrosen rangen ihn zu Boden. Der argwöhnische Schiffsarzt pumpte ihm den Magen aus und fand unter dem Mikroskop menschliches Gewebe. Ich war auch für die große Szene verantwortlich, in der Stalin anordnet, daß der Inhalt von Caldofreddos Magen in einem Glas auf dem

Roten Platz ausgestellt würde, unter großen Spruchbändern, die den kannibalistischen Kapitalismus anklagten. Ich hatte auch Mussolinis Zorn über diese Nachricht und Calvin Coolidges Ruhe im Weißen Haus hinzugefügt, als er sich zu seinem täglichen Mittagsschlaf ins Bett legen wollte. All dies sah ich mir jetzt in einem Zustand der freudigen Erregung an. Meins! All dies war vor zwanzig Jahren in Princeton, New Jersey, in meinem Kopf entstanden. Es war keine große Leistung. Es läuteten keine Glokken im fernen Universum. Es tat nichts gegen Brutalität, Unmenschlichkeit, es klärte nicht viel und verhinderte nichts. Trotzdem war etwas dran. Es erfreute Hunderttausende, Millionen Zuschauer. Allerdings war auch die Regie genial, und George Otway als Caldofreddo war ein großartiger Darsteller. Dieser Otway, ein Engländer in den Dreißigern, sah Humboldt sehr ähnlich. In dem Augenblick, als er sich gegen die Kabinenwände warf, wie ich es bei wütenden Affen im Affenhaus gesehen habe, die mit herzzerreißender Rücksichtslosigkeit gegen die Trennwände anrennen, fühlte ich den Stich des Gedankens, wie Humboldt gegen die Polizei gekämpft hatte, als sie ihn ins Bellevue einliefern wollte. Ach, du armer Mensch, armer, kämpfender, wütender, weinender, brüllender Humboldt. Seine Blüten waren schon in der Zwiebel erstickt. Die Farben kamen nie ans Licht, sie faulten in seiner Brust. Und die Ähnlichkeit zwischen Otway in der Kabine und Humboldt war so unheimlich, daß ich zu weinen anfing. Während das ganze Theater sich vor Vergnügen wiegte und vor Lachen schrie, schluchzte ich laut. Cantabile sagte mir ins Ohr: »Was für ein Film, he? Was habe ich Ihnen gesagt? Selbst Sie lachen sich tot.«

Ja, und jetzt war Humboldt irgendwo gebettet, seine Seele in einem anderen Bereich der Schöpfung, dort, wo die Seelen auf einen Beistand warteten, den nur wir, die Lebenden, von der Erde schicken konnten, wie Getreide nach Bangla Desch. Wehe uns, zu Millionen geboren, zu Milliarden, wie die Blasen eines schäumenden Getränks. Ich erlebte einen weltweiten, vernebelten Ausblick auf die Lebenden und Toten, auf die Menschheit, die sich entweder totlachte, während die Bilder einer Menschenfresser-Komödie auf der Leinwand abrollten oder in großen Todeswogen, in Flammen- und Schlachtenqualen, in verhungernden Kontinenten verschwanden. Und dann hatte ich eine Teilvision, daß ich blind durch die Dunkelheit flog, bis ich durch eine Lücke über einer Metropole herauskam. Es glitzerte auf dem Boden in eisigen Tropfen, weit unten. Ich versuchte zu erraten, ob wir landen oder weiterfliegen wollten.

»Folgen die Ihrem Entwurf? Machen sie davon Gebrauch?« sagte Cantabile.

»Ja, sie machen es sehr gut. Sie haben eine Menge eigene Ideen hinzugefügt.«

»Versuchen Sie nicht, so großzügig zu sein. Ich will, daß Sie morgen in Kampfstimmung sind.«

Ich sagte Cantabile: »Die Russen haben nach dem Gutachten des Arztes ihre Theorie nicht nur dadurch bewiesen, daß sie den Magen auspumpten, sondern auch durch die Untersuchung der Exkremente des Mannes. Der Stuhl eines Hungernden ist hart und trocken. Dieser Mann behauptete, nichts gegessen zu haben. Aber es war klar, daß er auf seiner Eisscholle nicht viele Mahlzeiten ausgelassen hatte.«

»Das hätten sie auch einbauen können. Stalin hätte nicht gezögert, eine Scheißwurst auf dem Roten Platz auszustellen. Und heutzutage kann man das in einem Film zeigen.«

Die Szene war nun in Caldofreddos sizilianisches Städtchen hinübergewechselt, wo niemand seine Sünde kannte, wo er lediglich ein netter alter Mann war, der Eis verkaufte und in der Dorfkapelle spielte. Als ich seinem Gedudel lauschte, spürte ich, daß in dem Kontrast zwischen seinen kleinen Arpeggios und der fürchterlichen, modernen Verwicklung seiner Lage etwas Bedeutendes ausgedrückt war. Glücklich ist der Mann, der nichts weiter zu sagen oder zu spielen hat als diese leichten Melodien. Gibt es noch solche Leute? Es war auch schmerzlich, ein Humboldt so ähnliches Gesicht zu sehen, als Otway an der Trompete die Bakken aufblies. Und da Humboldt in den Film geraten war, sah ich mich auch nach mir um. Ich fand, daß etwas von meiner Natur in Caldofreddos Tochter zu entdecken war, die von Silvia Sottotutti gespielt wurde. Ihre Person drückte eine Art schmerzlicher Bereitwilligkeit aus oder freudiger Angst, die auch ich zu besitzen glaubte. Ich hatte für den Mann, der die Rolle ihres Verlobten spielte, mit seinen kurzen Beinen, der stumpfwinkligen Kinnpartie, dem platten Gesicht und der recht niedrigen Stirn nichts übrig. Es war möglich, daß ich ihn mit Flonzaley identifizierte.

Ein Mann war uns einmal in die Möbelausstellung gefolgt, der Flonzaley gewesen sein mußte. Signale waren zwischen Renata und ihm hin und her gegangen ... Ich hatte mir übrigens ausgerechnet, daß Renata als Mrs. Flonzaley in Chicago ein sehr beschränktes gesellschaftliches Leben führen würde. Leichenbestatter konnten keine sehr beliebten Gäste bei Mahlzeiten sein, außer bei anderen Leichenbestattern. Um sich von diesem beruflichen Fluch zu befreien, würde sie mit ihm eine Menge reisen müssen, und selbst bei einer Kreuzfahrt im Karibischen Meer müßte sie am Kapitänstisch hoffen und beten, daß niemand aus der Heimatstadt auftauchte und sagte: »Sie sind doch nicht zufällig Flonzaley von Flonzaleys Bestattungsinstitut, oder?« So wäre dann Renatas Glück gestört, wie die Pracht des sizilianischen Himmels für Caldofreddo durch diese düstere Tat in der Arktik befleckt war. Das bemerkte ich sogar bei seinem Trompetenspiel. Ich meinte, daß eine Klappe seiner Trompete ihm genau ins Herz zielte, wenn er sie niederdrückte.

Jetzt kam der skandinavische Journalist in das Dorf, der für ein Buch über Amundsen und Nobile Nachforschungen anstellte. Er spürte den armen Caldofreddo auf und begann, ihm zuzusetzen. Der alte Mann sagte: »Sie haben den Falschen. Das war ich nie im Leben.« – »Nein, Sie sind schon der Richtige«, sagte der Journalist. Er war einer jener emanzipierten Menschen aus dem Norden Europas, die Scham und Düsternis aus der menschlichen Brust verbannt haben – eine glänzend besetzte Rolle. Die beiden Männer hatten ein Gespräch an einem Bergabhang. Caldofreddo flehte ihn an, wegzugehen und ihn in Ruhe zu lassen. Als der Journalist das ablehnte, erlitt Caldofreddo einen ähnlichen Anfall wie auf der *Krassin*. Aber dies war vierzig Jahre später, der Tobsuchtsanfall eines alten Mannes. Er enthielt mehr Kraft und Bosheit der Seele als des Körpers. In diesem Anfall von Flehen und Wut, Schwäche und dämonischer Verzweiflung war Otway einfach überragend.

»Stand es so in Ihrem Entwurf?« sagte Cantabile.

»Mehr oder weniger.«

»Geben Sie mir die Marke«, sagte er. Er steckte seine Hand in meine Tasche. Ich merkte, daß ihn Caldofreddos Anfall ermutigt hatte. Er war so aufgewühlt, daß er den Kopf verlor. Mehr zur Verteidigung, als weil ich die Marke behalten wollte, packte ich ihn am Arm. »Nehmen Sie die Hand aus meiner Tasche, Cantabile.«

»Ich muß sie in meine Obhut nehmen. Sie haben kein Verantwortungsgefühl. Ein Mann, der sich von einer Möse prügeln läßt. Nicht bei rechtem Verstand.«

Wir waren im offenen Kampf. Ich konnte nicht sehen, was der Irre auf der Leinwand tat, weil dieser andere Irre mir so zusetzte. Wie einer meiner Gewährsmänner sagte: Der Unterschied zwischen »befehlen« und »überzeugen« ist der Unterschied zwischen Demokratie und Diktatur. Hier war ein Mann, der verrückt war, weil er sich nie zu etwas überreden mußte! Plötzlich war ich über diesen Gedanken ebenso verzweifelt wie über den Kampf mit Cantabile. Diese Denkerei würde mich noch zum Schwachkopf machen. Wie damals, als Cantabile mich mit Baseballschlägern bedrohte und ich an Lorenz' Wölfe oder an Stichlinge dachte und er mich in eine Toilettenkabine zwang, und ich dachte ... Alle Vorkommnisse wurden in Gedanken umgesetzt, und dann verklagten mich die Gedanken. An diesen intellektuellen Verdrehtheiten würde ich noch sterben. Die Leute hinter uns begannen zu rufen: *»Dispute! Bagarre! Emmerdeurs!«* Sie schrien: *»Dehors ...!«* oder *»Flanquez les à la porte!«*

»Die rufen nach dem Rausschmeißer, Sie Idiot!« sagte ich. Cantabile nahm seine Hand aus meiner Tasche, und wir wandten unsere Aufmerksamkeit wieder der Leinwand zu, um gerade noch zu sehen, wie Caldofreddo einen Felsblock losbrach, der in Richtung auf den Journalisten in seinem Volvo den Bergabhang hinunterpolterte, während der alte Mann, über sich selbst entsetzt, Warnschreie ausstieß und dann auf die Knie fiel und der Jungfrau dankte, als der Skandinavier mit dem Leben davonkam. Nach diesem Mordversuch legte Caldofreddo auf dem Dorfplatz ein öffentliches Geständnis ab. Schließlich wurde er von den Dorfbewohnern in den Ruinen eines griechischen Theaters am sizilianischen Bergabhang einem Verhör unterzogen. Das endete mit einer chorischen Szene der Vergebung und Versöhnung – genau wie Humboldt, dem *Ödipus auf Kolonos* vorschwebte, es sich gewünscht hätte.

Als die Lichter angingen und Cantabile sich zum nächsten Gang wandte, ging ich durch den weiter entfernten hinaus. Er holte mich auf den Champs-Elysées ein und sagte: »Seien Sie nicht böse, Charlie. Ich bin eben so gebaut, daß ich Gegenstände wie diese Safemarke schütze. Was wäre, wenn Sie überfallen und beraubt würden? Wer weiß denn, in welchem Fach sich der Umschlag befindet? Und morgen kommen fünf Leute, die das Beweisstück in Augenschein nehmen wollen. Na schön, ich bin ein nervöser Mensch. Ich will, daß alles richtig läuft. Und Sie sind von dieser Flunze so gekränkt worden, daß Sie hundertmal weniger zurechnungsfähig sind als in Chicago. Das meine ich mit ›von einer Möse geprügelt‹. Na, wie wär's, wenn wir ein paar französische Nutten aufgabelten. Ich zahle. Um Ihrer Selbstachtung etwas auf die Beine zu helfen.«

»Ich geh' jetzt schlafen.«

»Ich versuche nur, das wiedergutzumachen. Ich weiß, es ist schwer für jemand wie Sie, daß er die Erde mit einem Tollkopf wie mir teilen muß. Kommen Sie, wir wollen was trinken. Sie sind völlig verwirrt und erregt.«

Aber tatsächlich war ich gar nicht erregt. Ein schwerer voller Tag, selbst wenn er voller Unsinn ist, befreit mich von pflichtwidriger Unterlassung, befriedigt mein Gewissen. Nach vier Gläsern Calvados in der Hotelbar ging ich zu Bett und schlief fest.

Am Morgen kamen wir mit Maître Furet und dem amerikanischen Anwalt, einem fürchterlich aggressiven Mann namens Barbash, zusammen, genau dem Mann, den sich Cantabile aussuchen würde. Cantabile war äußerst glücklich. Er hatte versprochen, mich und den Beweis vorzuführen – ich verstand jetzt auch, warum er sich wegen der Aufbewahrungsmarke so angestellt hatte –, und hier waren wir, wie vorgesehen, alles großartig koordiniert. Die Produzenten von *Caldofreddo* wußten, daß ein gewisser Charles Citrine, Verfasser des Broadwaystücks *Trenck*, aus dem später ein so erfolgreicher Film gemacht wurde, behauptete, der Verfasser der Originalgeschichte zu sein, auf die sich ihr weltweiter Filmschlager stützte. Sie hatten zwei Harvard-Business-School-Typen geschickt, um sich mit uns auseinanderzusetzen. Der arme Stronson, der jetzt im Gefängnis saß, war hinter dem Harvard-Image um Meilen zurückgeblieben. Diese beiden reinlichen, redegewandten, kenntnisreichen, maßvollen, völlig kahlen, äußerst bestimmten jungen Männer warteten in Barbashs Büro.

»Meine Herren, haben Sie beide absolute Handlungsvollmacht?« sagte Barbash zu ihnen.

»Das letzte Wort bleibt unseren Chefs vorbehalten.«

»Dann bringt die Chefs, die Burschen mit den Muskeln. Wozu verplempern wir unsere Zeit!« sagte Cantabile.

»Ruhig, ruhig Blut«, sagte Barbash.

»Citrine ist wichtiger als eure beschissenen Chefs, jederzeit!« schrie Cantabile sie an. »Er ist auf seinem Gebiet führend, Gewinner des Pulitzer-Preises, ein *chevalier* der Ehrenlegion, ein Freund des verstorbenen Präsidenten Kennedy und des verstorbenen Senators Kennedy, und der verstorbene Von Humboldt Fleisher, der Dichter, war sein Kumpel und Mitarbeiter. Machen Sie uns hier keine Scheiße vor! Er ist mit wichtigen Forschungen in Madrid beschäftigt. Wenn er sich die Zeit nehmen kann, um herzukommen, dann können das auch Ihre lausigen Chefs. Er würde sich nicht aufspielen. Ich bin hier, um mich für ihn aufzuspielen. Bringen Sie das in Ordnung, oder Sie werden uns vor Gericht wiedersehen.«

Diese Drohung auszustoßen, erleichterte ihn wunderbar von irgendwas. Seine Lippen (die nicht oft stumm waren) verlängerten sich zu einem stummen Lächeln, als einer der jungen Männer sagte: »Wir haben alle schon von Mr. Citrine gehört.«

Jetzt übernahm Mr. Barbash die Führung der Aussprache. Sein Problem war selbstverständlich, Cantabile zu kuschen. »Dies sind die Tatsachen. Mr. Citrine und sein Freund Mr. Fleisher haben den Entwurf dieses Filmes schon im Jahr 1952 verfaßt. Wir sind bereit, das zu beweisen. Mr. Fleisher hat sich eine Kopie des Szenario im Januar 1960 selbst zugeschickt. Wir haben dieses Beweisstück hier an Ort und Stelle in einem verschlossenen Umschlag, mit Poststempel und Empfangsbescheinigung.«

»Wir wollen zur Botschaft der Vereinigten Staaten gehen und es vor Zeugen öffnen«, sagte Cantabile. »Und diese Chefs sollen ihre Ärsche ebenfalls zur Place de la Concorde bewegen.«

»Haben Sie den Film *Caldofreddo* gesehen?« sagte Barbash zu mir.

»Ich habe ihn gestern abend gesehen. Großartige Darstellung von Mr. Otway.«

»Und ähnelt er der Originalstory von Ihnen und Mr. Fleisher?«

Ich sah nun, daß eine Stenotypistin in der Ecke auf ihrem Dreifuß saß und ein Protokoll dieses Gesprächs anfertigte. Eine Spur von Urbanovichs Gericht! Ich wurde Citrine der Zeuge. »Er könnte aus keiner anderen Quelle stammen«, sagte ich.

»Wie sind dann diese Burschen darangekommen? Sie haben's gestohlen«, sagte Cantabile. »Sie könnten ein Verfahren wegen Plagiats an den Hals kriegen.«

Als der Umschlag zur Prüfung herumgereicht wurde, fühlte ich so etwas wie einen Schlag durch den Unterleib. Was war, wenn der rasende, verrückte Humboldt den Umschlag mit Briefen, mit alten Rechnungen, mit fünfzig Zeilen über ein außerirdisches Thema vollgestopft hatte?

»Sie stellen fest«, sagte Maître Furet, »daß dies das ungeöffnete Original ist? Das geht dann so zu Protokoll.«

Die Harvard-Business-Typen bestätigten, daß die Sache ihre Richtigkeit habe. Dann wurde der Umschlag aufgeschlitzt – er enthielt ein Manuskript mit der Aufschrift: »Ein Original-Filmtreatment. – Ko-Autoren Charles Citrine und Von Humboldt Fleisher.« Als die Seiten von Hand zu Hand gingen, konnte ich wieder atmen. Der Fall war bewiesen. An der Echtheit des Manuskripts bestand kein Zweifel. Szene um Szene, Einstellung um Einstellung folgte der Film unserem Entwurf. Barbash gab eine ausführliche und eingehende Erklärung zu Protokoll. Er hatte sich eine Kopie des Drehbuchs verschafft. Es gab fast keine Abweichungen von unserer Handlung.

Humboldt, er sei gesegnet, hatte diesmal alles richtig gemacht.

»Dies ist absolut legitim«, sagte Barbash. »Unbestreitbar echt. Ich vermute, daß Sie gegen derartige Ansprüche versichert sind?«

»Was kümmert uns das!« sagte Cantabile.

Natürlich waren sie versichert.

»Ich glaube nicht, daß unsere Drehbuchautoren in irgendeiner Weise von einer Originalfassung gesprochen haben«, bemerkte einer der jungen Männer.

Nur Cantabile spielte verrückt. Er hatte die Vorstellung, daß alle im Fieber sein sollten. Aber für Geschäftsleute war es nur eine Sache von vielen. Ich hatte so viel Lässigkeit und Würde nicht erwartet. Die Herren Furet, Barbash und die Harvard-Business-Absolventen einigten sich, daß lange kostspielige Prozesse vermieden werden sollten.

»Und was ist mit Mr. Citrines Ko-Autor?«

Das war also alles, was der Name Von Humboldt Fleisher diesen Diplomkaufleuten von einer unserer größten Universitäten bedeutete!

»Tot!« sagte ich. Das Wort erweckte nur in mir ein Echo des Gefühls.

»Irgendwelche Erben?«

»Einer, soviel ich weiß.«

»Wir werden unseren Chefs die Angelegenheit unterbreiten. In welcher Größenordnung denken Sie sich die Zahl, meine Herren?«

»Einer großen«, sagte Cantabile. »Einem Prozentsatz Ihrer Einspielung.«

»Ich glaube, wir sind berechtigt, eine Offenlegung Ihrer Einkünfte zu verlangen«, erklärte Barbash.

»Wir wollen doch realistischer sein. Das wird allgemein nur als kleinere Schadensforderung betrachtet werden.«

»Was soll das heißen, kleinerer Schaden. Es ist der ganze Film«, schrie Cantabile. »Wir können Ihre Gruppe ruinieren.«

»Etwas ruhiger, Mr. Cantabile, bitte. Wir haben hier eine ernsthafte Forderung«, sagte Barbash. »Wir würden gern hören, was Sie nach ernsthafter Überlegung zu sagen haben.«

»Bestünde Interesse«, sagte ich, »an einer anderen Spielfilmidee aus derselben Quelle.«

»Gibt es das?« fragte einer der Geschäftsleute von Harvard. Er antwortete mir höflich, ohne Überraschung. Ich konnte nicht umhin, seine bewundernswerte Schulung zu bewundern. Einen solchen Mann konnte man nicht überrumpeln.

»*Gibt* es? Sie haben's doch gehört. Wir sagen es Ihnen«, sagte Cantabile.

»Ich habe hier einen zweiten versiegelten Umschlag«, sagte ich. »Er enthält einen zweiten Originalentwurf für einen Film. Übrigens hat Mr. Cantabile damit nichts zu schaffen. Er hat bisher noch nie etwas von seinem Vorhandensein gehört. Seine Teilnehmerschaft ist ausschließlich auf *Caldofreddo* begrenzt.«

»Hoffentlich wissen Sie, was Sie tun«, sagte Ronald zornig.

Diesmal wußte ich es sehr genau. »Ich möchte die Herren Furet und Barbash bitten, mich auch in dieser Angelegenheit zu vertreten.«

»Uns!« sagte Cantabile.

»Mich«, wiederholte ich.

»Nur Sie, selbstverständlich«, sagte Barbash schnell.

Ich hatte nicht umsonst Geld tonnenweise verloren. Ich beherrschte endlich den kommerziellen Jargon. Und wie Julius bemerkt hatte, ich war von Geburt ein Citrine. »Dieser verschlossene Umschlag enthält ein Treatment von demselben Kopf, der *Caldofreddo* hervorgebracht hat. Möchten Sie, meine Herren, nicht die Leute, die Sie vertreten, fragen, ob sie sich die Sache ansehen wollen. Mein Preis fürs Ansehen – nur fürs Ansehen, wenn ich bitten darf – ist fünftausend Dollar.«

»Das ist unsere Forderung«, sagte Cantabile.

Aber man beachtete ihn nicht. Und ich fühlte mich durchaus obenauf. Das war also Business. Julius, wie ich schon erwähnt habe, drängte mich immer, anzuerkennen, was er gern die Romanze des Business nannte. Und war dies die berühmte Romanze des Business? Mein Gott, das war nichts weiter als Frechheit, Schnelligkeit, Unverschämtheit. Das Gefühl, daß man dabei die Oberhand behielt, war schal. Verglichen mit der Befriedigung, mit der man eine Blume betrachtete, oder mit etwas Ernstem – zum Beispiel dem Versuch, mit den Toten in Berührung zu treten –, war es nichts, überhaupt nichts.

Paris war nicht besonders attraktiv, als Cantabile und ich an der Seine entlanggingen. Das Ufer war jetzt eine Stadtautobahn. Das Wasser sah aus wie alte Medizin.

»Na, die hab' ich für Sie festgenagelt, wie? Ich habe versprochen, daß ich Ihnen Geld verdienen würde. Was ist jetzt Ihr Mercedes? Hühnerkacke. Ich will zwanzig Prozent.«

»Wir haben uns auf zehn geeinigt.«

»Zehn, wenn Sie mich an dem anderen Skript beteiligen. Sie dachten wohl, Sie könnten mich da ausschließen?«

»Ich werde Barbash schreiben, daß er Ihnen zehn Prozent auszahlen soll. Für *Caldofreddo*.«

Er sagte: »Sie sind undankbar. Sie lesen nie die Zeitung, Sie Trottel, und das Ganze wäre ohne mich an Ihnen vorübergerauscht. Genau wie die Sache mit Thaxter.«

»Welche Sache mit Thaxter?«

»Sehen Sie? Sie wissen gar nichts. Ich wollte Sie nicht verbiestern, indem ich Ihnen von Thaxter erzählte, bevor die Verhandlungen anfingen. Sie wissen nicht, was Thaxter passiert ist? Er ist in Argentinien gekidnappt worden.«

»Unmöglich! Von wem, Terroristen? Aber warum? Warum Thaxter? Haben sie ihn verletzt?«

»Amerika sollte Gott für seine Gangster danken. Die Mafia ist zumindest vernünftig. Diese politischen Figuren wissen nicht, was zum Teufel sie tun. Die grapschen und morden ohne Sinn und Verstand in ganz Südamerika. Woher soll ich wissen, warum sie ihn ausgesucht haben. Er muß sich wie ein Großkotz betragen haben. Sie ließen ihn einen Brief schicken, in dem er Ihren Namen erwähnt hat. Und Sie haben nicht mal gewußt, daß Sie in der gesamten Weltpresse standen.«

»Was hat er gesagt?«

»Er wandte sich an den international berühmten Historiker und Dramatiker Charles Citrine um Hilfe. Er sagte, Sie würden für ihn bürgen.«

»Diese Burschen wissen nicht, was sie tun. Ich hoffe, Sie werden Thaxter kein Leid antun.«

»Sie werden stinkwütend sein, wenn sie entdecken, daß er ein Scharlatan ist.«

»Ich begreife es nicht. Was hat er vorgespiegelt? Für wen haben sie ihn gehalten?«

»Sie sind in all diesen Ländern völlig durcheinander«, sagte Cantabile.

»Ach ja, mein alter Freund Professor Durnwald hat wahrscheinlich recht, wenn er sagt, wie schön es wäre, wenn man die westliche Halbkugel am Isthmus durchhacken würde und den südlichen Teil wegtreiben ließe. Nur gibt es so viele Teile der Erde, für die das jetzt gelten könnte.«

»Charles, je mehr Prozente Sie mir bezahlen, desto weniger werden Sie für die Terroristen übrig haben.«

»Ich? Wieso ich?«

»Oh, an Ihnen wird's schon hängenbleiben«, sagte Cantabile.

Daß Thaxter von den Terroristen gefangen war, bedrückte mich. Mein Herz tat mir weh, wenn ich mir vorstellte, wie er in einem schwarzen Keller mit Ratten eingesperrt war und schreckliche Angst vor der Folter ausstand. Er war schließlich doch eine unschuldige Sorte Mensch. Gewiß, er war nicht absolut aufrichtig, aber seine Missetaten waren großenteils einfach Delirium. Ruhelos, auf der Suche nach Sensationen war er nun unter noch heftiger irregeführten Banden, die Ohren abschnitten und Bomben in Briefkästen legten oder Düsenflugzeuge entführten und die Passagiere abschlachteten. Das letzte Mal, als ich mir die Mühe nahm, eine Zeitung zu lesen, erfuhr ich, daß eine Ölgesellschaft immer noch nicht imstande war, einen ihrer Generaldirektoren von seinen argentinischen Entführern auszulösen, nachdem sie zehn Millionen Dollar gezahlt hatte.

An jenem Nachmittag schrieb ich vom Hotel aus an Carl Stewart, Thaxters Verleger. Ich schrieb: »Ich habe gehört, daß Pierre entführt worden ist und daß er in seinem Hilfeappell mich genannt hat. Nun will ich natürlich alles, was ich habe, hergeben, um ihn zu retten. Auf eine ihm ganz eigene Art ist er ein wunderbarer Mann, und ich liebe ihn; ich bin seit über zwanzig Jahren sein treuer Freund. Ich nehme an, daß Sie mit dem Außenministerium und ebenfalls mit der U.S.-Botschaft in Buenos Aires Verbindung aufgenommen haben. Trotz der Tatsache, daß ich über politische Themen geschrieben habe, bin ich kein politischer Mensch. Ich will es einmal so ausdrücken: Vierzig Jahre lang habe ich während der schlimmsten Zivilisationskrisen regelmäßig die Zeitung gelesen, und dieses regelmäßige Lesen hat nichts gefruchtet. Nichts wurde dadurch verhindert. Allmählich hörte ich auf, Zeitung zu lesen. Es kommt mir jedoch jetzt so vor, und ich sage das als leidenschaftsloser Betrachter, daß zwischen einer Kanonenbootdiplomatie auf der einen Seite und dem Stillhalten bei Piratenstücken auf der anderen eine Mittelhaltung für eine große Macht gegeben sein sollte. In dieser Hinsicht ist die Laschheit der Vereinigten Staaten enttäuschend. Machen wir uns erst jetzt die Lehren des Ersten Weltkrieges zu eigen? Wir haben von Sarajewo gelernt, uns nicht durch Terrorakte in Kriege stürzen zu lassen, und von Woodrow Wilson, daß kleine Nationen Rechte haben, die große respektieren müssen. Aber das ist es gerade, und wir sind vor sechs Jahrzehnten steckengeblieben und geben der Welt ein jämmerliches Beispiel, indem wir uns tyrannisieren lassen.

Um auf Thaxter zurückzukommen, so mache ich mir heftige Sorgen um ihn. Noch vor drei Monaten wäre ich imstande gewesen, ein Lösegeld von $ 250000 anzubieten. Aber das ist mir durch einen unseligen Prozeß genommen worden. Ich habe kein weiteres Geld in Aussicht. Ich werde vielleicht demnächst in der Lage sein, mit zehn- oder sogar zwanzigtausend Dollar aufzuwarten, und ich bin bereit, so viel zur Verfügung zu stellen. Ich glaube nicht, daß ich höher als fünfundzwanzigtausend gehen kann. Sie würden es vorstrecken müssen. Ich würde Ihnen einen Schuldschein geben. Vielleicht ließe sich ein Weg finden, aus Pierres Tantiemen an mich zurückzuzahlen. Wenn diese südamerikanischen Banditen ihn laufenlassen, dann wird er Mordsberichte über seine Erlebnisse verfassen. Das ist der Dreh, den die Dinge genommen haben. Früher bereicherten die bittersten Unglücksfälle des Lebens nur die Herzen der Lumpen oder waren ausschließlich von spirituellem Wert. Aber jetzt kann jedes fürchterliche Ereignis zur Goldgrube werden. Ich bin sicher, wenn der arme Thaxter es schafft und sie ihn freilassen, dann wird er ein Buch schreiben und ein Vermögen verdienen. Hunderttausende von Menschen, die sich in diesem Augenblick nicht im geringsten für ihn interessieren, werden inbrünstig mit ihm leiden. Ihre Seelen werden von Schmerz überwältigt sein, und sie werden stöhnen und schreien. Das ist tatsächlich sehr wichtig. Ich finde, daß die Kraft des Mitleids jetzt durch das unmögliche Ausmaß der Anforderungen geschwächt wird. Aber darauf brauchen wir nicht einzugehen. Ich wäre Ihnen für eine Benachrichtigung sehr dankbar, und Sie dürfen diesen Brief als ein bindendes Angebot betrachten, daß ich Thaxter mit Dollar zur Verfügung stehe. Er muß mit seinem Stetson und den Westernstiefeln geprunkt und angegeben haben, bis er diese lateinischen Maoisten und Trotzkisten beeindruckt hat. Ich nehme an, daß es eins jener welthistorischen Vorkommnisse ist, die für unsere Zeit charakteristisch sind.«

Ich schickte diesen Brief nach New York und flog dann nach Spanien zurück. Cantabile brachte mich in einem Taxi nach Orly, wobei er jetzt Gründe für fünfzehn Prozent vorbrachte und anfing zu drohen.

Sobald ich die *Pensión* La Roca erreichte, wurde mir eine Botschaft auf dem Briefpapier des Ritz ausgehändigt. Sie stammte von der Señora. Sie schrieb: »Übergeben Sie mir freundlicherweise Roger morgen um 10 Uhr 30 in der Hotelhalle. Wir fahren zurück nach Chicago.« Ich verstand, warum sie die Hotelhalle vorschlug. Unter den Augen der Öffentlichkeit würde ich mich nicht an ihr vergreifen. In ihrem Zimmer könnte ich sie bei der Kehle packen oder in der Klosettschüssel ertränken. Ich traf daher am Morgen mit dem Jungen die alte Dame, diese außergewöhnliche Verdichtung wilder Vorurteile. In dem großen Rondell der Ritz-Lobby übergab ich ihr das Kind. Ich sagte: »Leb wohl, Roger, mein Liebling, du fährst jetzt nach Hause.«

Der Junge fing an zu weinen. Die Señora konnte ihn nicht beruhigen und bezichtigte mich, daß ich ihn verdorben und mit Schokolade an mich gebunden hätte. »Sie haben den Jungen mit Süßigkeiten bestochen.«

»Ich hoffe, daß Renata in ihrem neuen Familienstand glücklich ist.«

»Das ist sie ganz gewiß. Flonzaley ist ein hoher Typ von Mann. Sein Intelligenzquotient ist überirdisch. Bücherschreiben ist kein Beweis dafür, daß man klug ist.«

»Oh, wie wahr das ist«, sagte ich. »Und schließlich ist die Beerdigung ein großer Schritt vorwärts. Vico hat gesagt, es habe eine Zeit gegeben, in der man die Leichen auf dem Boden verwesen ließ und Hunde und Ratten die Teuren und Lieben fraßen. Man kann ja die Toten nicht überall rumliegen haben. Obwohl Stanton, ein Mitglied von Lincolns Kabinett, seine tote Frau fast ein Jahr bei sich behalten hat.«

»Sie sehen abgekämpft aus. Sie haben zu viel im Kopf«, sagte sie.

Das kommt bei mir vom inbrünstigen Gefühl. Ich weiß, daß es stimmt, höre es aber äußerst ungern. Verzweiflung steigt in mir auf. »*Adiós*, Roger. Du bist ein guter Junge, und ich liebe dich. Ich sehe dich bald in Chicago wieder. Guten Flug mit Oma. Weine nicht, Junge.« Ich war selbst den Tränen nahe. Ich verließ die Halle und ging zum Park. Die Gefahr, von rasenden Autos angefahren zu werden, die in Massen aus allen Richtungen angeschossen kamen, hinderte mich, mehr Tränen zu vergießen.

In der *pensión* sagte ich, ich hätte Roger nach Hause zu seinen Großeltern geschickt, bis ich mich wieder gefangen hätte. Die dänische Dame aus der Botschaft, Miß Volsted, war in ständiger

Bereitschaft, um meinetwillen das Menschliche zu tun. In meiner Wehmut über Rogers Abreise war ich beinahe genügend demoralisiert, um sie beim Wort zu nehmen.

Cantabile telefonierte jeden Tag aus Paris. Es war für ihn von größter Wichtigkeit, in diesen Abmachungen eine Rolle zu spielen. Ich hätte gedacht, daß Paris mit seinen vielen Möglichkeiten, die es einem Mann wie Cantabile bot, diesen vom Geschäft ablenken würde. Nicht im geringsten. Er war nichts als Geschäft. Er blieb Maître Furet und Barbash auf den Fersen. Er ärgerte Barbash gewaltig, als er über seinen Kopf hinweg unabhängig zu verhandeln suchte. Barbash beklagte sich von Paris aus bei mir. Die Produzenten, erzählte mir Cantabile, boten jetzt zwanzigtausend Dollar für eine Regelung. »Die sollten sich schämen. Und was für einen Eindruck hat Barbash auf sie gemacht, daß er so ein mickriges, beleidigendes Angebot bekommt! Er taugt nichts. Unsere Zahl ist zweihunderttausend.« Am nächsten Tag berichtete er: »Die sind jetzt auf dreißigtausend geklettert. Ich habe meine Meinung wieder geändert. Dieser Barbash ist wirklich zäh. Ich glaube, er ist wütend auf mich und läßt es an denen aus. Was ist zweihunderttausend für die bei diesem Kassenerfolg? Ein Pikkel am Arsch. Eins noch – wir müssen an die Steuern denken und ob wir die Bezahlung in fremder Währung nehmen. Ich weiß, daß wir in Lire mehr kriegen können. *Caldofreddo* ist in Mailand und Rom ein tolles Geschäft. Die Idioten stehen in Zehnerriegen. Ich frage mich, warum der Kannibalismus die Italiener so packt, die mit *pasta* aufgewachsen sind. Jedenfalls, wenn Sie Lire nehmen, kriegen Sie viel mehr Geld. Allerdings fällt Italien auseinander.«

»Ich nehme Dollar. Ich habe einen Bruder in Texas, der sie für mich in etwas Gutes investieren kann.«

»Sie haben Glück, daß Sie einen netten Bruder haben. Beißen Sie die Ameisen da unten im Pfefferland?«

»Keineswegs. Ich fühle mich völlig zu Hause. Ich lese Anthroposophie, und ich meditiere. Ich besichtige den Prado Zoll um Zoll. Wie steht's mit dem zweiten Szenario?«

»Da bin ich nicht beteiligt, warum fragen Sie mich?«

Ich sagte: »Nein, das sind Sie nicht.«

»Dann weiß ich nicht, warum ich darüber ein verdammtes Wort verlieren sollte. Aber ich sag's Ihnen trotzdem, schon aus reiner Höflichkeit. Die haben Interesse. Die haben verfluchtes

Interesse. Sie haben Barbash dreitausend Dollar für eine dreiwöchige Option geboten. Sie sagen, sie brauchten Zeit, um es Otway zu zeigen.«

»Otway und Humboldt sehen sich sehr ähnlich. Vielleicht hat die Ähnlichkeit etwas zu bedeuten. Ein unsichtbares Bindeglied. Ich bin überzeugt, daß Otway von Humboldts Story angetan sein wird.«

Am nächsten Nachmittag kam Kathleen Tigler in Madrid an. Sie war auf dem Weg nach Almería, um die Arbeit an einem neuen Film aufzunehmen. »Ich muß dir leider sagen«, sagte sie, »daß die Leute, an die ich die Option für Humboldts Szenario vergeben hatte, sich nicht zur Annahme entschließen konnten.«

»Wie war das?«

»Du erinnerst dich an den Entwurf, den Humboldt uns beiden hinterlassen hat?«

»Selbstverständlich.«

»Ich hätte dir deinen Anteil an den dreitausend überweisen sollen. Daß ich nach Madrid komme, hat teilweise den Zweck, mit dir darüber zu reden, einen Vertrag zu schließen und mit dir abzurechnen. Du hast die ganze Sache wahrscheinlich vergessen.«

»Nein, ich hab's nicht vergessen«, sagte ich. »Aber es ist mir gerade eingefallen, daß ich versucht habe, denselben Besitz auf eigene Faust an eine andere Gruppe zu verkaufen.«

»Soso«, sagte sie. »Dasselbe an zwei Parteien verkaufen. Das wäre sehr peinlich geworden.«

Die ganze Zeit, versteht ihr, nahm das Geschäft seinen Gang. Business, mit der eigentümlichen Eigengesetzlichkeit des Business, nahm seinen eigenen Lauf. Ob wir's wollten oder nicht, wir dachten seine Gedanken und sprachen seine Sprache. Was kümmerte es Business, daß ich in der Liebe eine Niederlage erlitten hatte oder daß ich mich Rebecca Volsted mit ihrem dringlich flammenden Gesicht verweigerte, daß ich die Lehren der Anthroposophie erkundete? Business, das seiner transzendenten Kräfte sicher ist, brachte uns alle dazu, das Leben nach seinen Praktiken zu interpretieren. Selbst jetzt, da Kathleen und ich so viele Privatangelegenheiten, Angelegenheiten von größter menschlicher Wichtigkeit, zu bedenken hatten, sprachen wir von Verträgen, Optionen, Produzenten und Geldsummen.

»Natürlich«, sagte sie, »könntest du gesetzlich nicht an ein Abkommen gebunden sein, das ich geschlossen habe.«

»Als wir uns in New York trafen, sprachen wir von einem Filmtreatment, das Humboldt und ich in Princeton ausgekocht hatten . . .«

»Das, nach dem mich Lucy Cantabile gefragt hat? Ihr Mann hat mich auch in Belgrad angerufen und mit mysteriösen Fragen behelligt.«

». . . um uns zu zerstreuen, während Humboldt plante, den Lehrstuhl für Dichtung zu ergattern.«

»Du hast mir gesagt, das Ganze sei Blödelei, und ich habe nicht weiter darüber nachgedacht.«

»Es war zwanzig Jahre oder so verloren, und dann gelang es jemand, unser Originalszenario zu stehlen, und verwandelte es in den Film *Caldofreddo*.«

»Nein! Daher stammt *Caldofreddo*! Du und Humboldt?«

»Hast du's gesehen?«

»Ja, natürlich. Otways Riesen-Riesenschlager ist von euch beiden ausgedacht worden. Das ist nicht zu glauben.«

»Ja, in der Tat. Ich komme gerade aus Paris, wo ich den Produzenten unsere Urheberschaft bewiesen habe.«

»Wollen die sich mit dir vergleichen? Das müßten sie wohl. Das Recht ist doch wirklich auf deiner Seite, nicht wahr?«

»Ich gehe ein, wenn ich nur an einen neuen Prozeß denke. Noch einmal zehn Jahre vor Gericht? Das würde vier- oder fünfhunderttausend Dollar an Honoraren für meine Anwälte bedeuten. Aber für mich, einen Mann, der auf die Sechzig zugeht und die Siebzig anpeilt, bliebe kein Penny übrig. Ich nehme jetzt meine vierzig- oder fünfzigtausend.«

»Wie bei einem kleinen Schadensanspruch?« sagte Kathleen empört.

»Nein, wie ein Mann, der das Glück hat, daß ihm seine höheren Tätigkeiten noch ein paar Jahre subventioniert werden. Ich will das Geld natürlich mit Onkel Waldemar teilen. Kathleen, als ich von Humboldts Testament hörte, dachte ich, das sei seine Art, über das Grab hinaus dieselbe rührende Narretei fortzusetzen. Aber die juristischen Schritte, die er unternahm, waren alle gut abgesichert, und mit dem Wert seiner Papiere hatte er, verdammt noch mal, recht. Er hatte immer die wilde Hoffnung, den großen

Schlager zu schaffen. Und was sagst du jetzt? Er hat's geschafft. Und es war nicht sein ernstes Werk, für das die Welt Verwendung fand. Sondern diese Kapriolen.«

»Auch deine Kapriolen«, sagte Kathleen. Wenn sie still lächelte, zeigte sie in ihrer Haut eine Unmenge kleiner Linien. Es tat mir leid, diese Alterszeichen bei einer Frau zu sehen, an deren Schönheit ich mich so gut erinnerte. Aber man konnte damit leben, wenn man den richtigen Standpunkt einnahm. Schließlich waren diese Runzeln das Ergebnis vieler, vieler, vieler Jahre der Liebenswürdigkeit. Sie waren der Sterblichkeitszoll, der von einer guten Sache erhoben wurde. Ich begann zu begreifen, wie man sich mit derartigen Veränderungen versöhnen konnte. »Aber was, meinst du, hätte Humboldt tun sollen, um ernst genommen zu werden?«

»Wie kann ich das sagen, Kathleen? Er tat, was er konnte, und lebte und starb ehrenhafter als die meisten. Daß er verrückt wurde, war der logische Schluß des Witzes, in den Humboldt seine große Enttäuschung verwandeln wollte. Er war tief innerlich enttäuscht. Alles, was ein Mann seiner Art wirklich verlangt, ist eine Möglichkeit, sich an einer hohen Aufgabe die Seele aus dem Leibe zu arbeiten. Menschen wie Humboldt – sie drücken einen Sinn des Lebens aus, sie erklären die Gefühle ihrer Zeit oder sie entdecken Bedeutungen oder entlarven die Wahrheiten der Natur, indem sie von den Möglichkeiten Gebrauch machen, die ihre Zeit ihnen bietet. Wenn diese Möglichkeiten groß sind, dann herrscht Liebe und Freundschaft zwischen allen, die im selben Unterfangen vereint sind. Das kannst du an Haydns Lob für Mozart erkennen. Wenn die Möglichkeiten geringer sind, dann gibt es Mißgunst und Wut, Tollheit. Ich bin beinahe vierzig Jahre mit Humboldt vereint gewesen. Es war eine ekstatische Verbindung. Die Hoffnung, Dichtung zu erfahren – die Freude, einen Mann zu kennen, der Dichtung geschaffen hat. Verstehst du? In Amerika ist die außergewöhnlichste, unerhörteste Dichtung vergraben, aber keine der konventionellen Methoden, die der Kultur bekannt sind, kann auch nur hoffen, sie ans Licht zu bringen. Aber jetzt trifft das auf die ganze Welt zu. Die Qual ist zu tief, die Verwirrung zu groß für künstlerische Unternehmungen, die nach alter Art angegangen werden. Jetzt verstehe ich, was Tolstoj meinte, als er die Menschheit aufforderte, die falsche und unnötige Komödie der Geschichte fahrenzulassen und einfach mit dem Leben anzufangen. Das wurde mir durch Humboldts Seelenschmerz und Tollheit immer klarer. Er vollzog alle stürmischen Schritte dieser Prozedur. Diese Darstellung war schlüssig. Das – soviel ist jetzt absolut klar – kann nicht weitergehen. Jetzt müssen wir insgeheim auf den Klang der Wahrheit hören, den Gott in uns eingepflanzt hat.«

»Und das ist es, was du die höhere Tätigkeit nennst – und das ist es, was das Geld von *Caldofreddo* unterstützen soll ... Ich verstehe«, sagte Kathleen.

»Nach der gemeinhin verbreiteten Annahme können die Gemeinplätze des Lebens nur absurd sein. Der Glaube *wurde* absurd genannt. Aber jetzt wird der Glaube vielleicht die Berge der gemeingläubigen Absurdität versetzen.«

»Ich wollte vorschlagen, daß du von Madrid weggehst und nach Almería mitkommst.«

»Ah so. Du machst dir Sorgen um mich. Ich sehe schlecht aus.«

»Nicht ganz. Aber ich merke, daß du unter einer schweren Belastung gestanden hast. Das Wetter am Mittelmeer wird jetzt angenehm.«

»Das Mittelmeer, ja. Wie gern ich einen Monat gesegneten Frieden genießen würde. Aber ich habe nicht viel Geld, mit dem ich jonglieren kann.«

»Du bist pleite? Ich dachte, du wärest geladen.«

»Man hat mich entladen.«

»Es war schlecht von mir, dir die fünfzehnhundert Dollar nicht zu schicken. Ich hatte angenommen, die seien eine Kleinigkeit.«

»Nun ja, bis vor wenigen Monaten war es eine Kleinigkeit. Kannst du mir in Almería etwas zu tun geben?«

»Das würdest du nicht wollen.«

»Ich weiß nicht, was ›das‹ ist.«

»Eine Arbeit in diesem Film zu übernehmen – *Memoiren eines Kavaliers*. Nach Defoe. Es gibt darin Belagerungen und dergleichen.«

»Würde ich ein Kostüm tragen?«

»Das ist nichts für dich, Charlie.«

»Warum nicht. Hör zu, Kathleen, wenn ich einen Augenblick gutes Englisch sprechen darf ...«

»Sei mein Gast.«

»Um fünf Jahrzehnte alte Fehler auszumerzen oder Schäden zu reparieren, bin ich bereit, alles zu versuchen. Ich bin mir nicht zu gut, um im Film zu arbeiten. Du kannst dir gar nicht vorstellen, wieviel Spaß es mir machen würde, als Statist in diesem historischen Film mitzumachen. Könnte ich Schaftstiefel und Pluderhosen tragen? Einen Helm oder einen Hut mit Federn? Das würde mir unendlich wohl tun.«

»Würde dich das geistig nicht zu sehr ablenken? Du hast ... einiges zu tun.«

»Wenn das, was ich zu tun habe, diese Berge von Absurdität nicht umgehen kann, dann gibt es keine Hoffnung dafür. Es ist nicht so, daß meine Gedanken frei wären, weißt du. Ich mache mir Sorgen um meine Töchter, und ich sorge mich schrecklich um meinen Freund Thaxter. Er ist von argentinischen Terroristen entführt worden.«

»Ich habe mir seinetwegen Gedanken gemacht«, sagte Kathleen. »Ich hab's in der *Herald Tribune* gelesen. Ist das derselbe Mr. Thaxter, den ich im Plaza kennengelernt habe? Er trug einen Cowboyhut und hat mich gebeten, später wiederzukommen. Dein Name war in dem Artikel erwähnt. Er hat dich um Beistand gebeten.«

»Ich bin darüber bekümmert. Armer Thaxter. Wenn die Szenarios Geld bringen, dann muß ich es vielleicht für ihn als Lösegeld bezahlen. Das macht mir nicht allzuviel aus. Meine eigene Romanze mit dem Reichtum ist vorbei. Was ich jetzt vorhabe, ist nicht sehr kostspielig ...«

»Weißt du, Charles, Humboldt hat oft wunderbare Sachen gesagt. Daran erinnerst du mich. Tigler war sehr kurzweilig. Er war ein aktiver, fesselnder Mann. Wir waren immer unterwegs mit Jagen und Fischen – machten irgendwas. Aber er war nicht sehr fürs Gespräch, und niemand hat seit langer, langer, langer Zeit so mit mir geredet, und ich habe das Zuhören verlernt. Ich liebe es, wenn du dich aussprichst. Aber es ist mir nicht sehr klar.«

»Das überrascht mich nicht, Kathleen. Das liegt an mir. Ich rede zu viel mit mir selbst. Aber die Menschen stecken viel zu tief in dieser falschen, unnötigen Komödie der Geschichte – in Ereignissen, in Entwicklungen, in Politik. Die gemeinsame Krise ist durchaus Wirklichkeit. Lies alle Zeitungen – diese ganze Kriminalität und Dreck, Mord, Perversität und Grauen. Wir können davon nicht genug kriegen – wir nennen es das Menschliche, die menschliche Skala.«

»Aber was gibt es sonst?«

»Eine andere Skala. Ich weiß, daß Walt Whitman uns abschätzig mit den Tieren verglichen hat. Die winseln nicht über ihren Zustand. Ich verstehe seinen Standpunkt. Ich habe lange die Spatzen beobachtet. Ich habe die Spatzen immer geliebt. Ich tu's immer noch. Ich verbringe Stunden im Park und sehe zu, wie sie picken und rumhüpfen und Staubbäder nehmen. Aber ich weiß, daß sie weniger geistiges Leben haben als die Affen. Orang-Utans sind sehr charmant. Ein Orang-Utan als Freund, der mit mir die Wohnung teilt, würde mich sehr glücklich machen. Aber ich weiß, daß er weniger verstehen würde als seinerzeit Humboldt. Die Frage ist die: warum sollten wir annehmen, daß die Reihe mit uns aufhört? Tatsache ist, wie ich vermute, daß wir einen Punkt in einer großen Hierarchie bilden, die weit über uns hinausreicht. Die herrschenden Meinungen stellen das in Abrede. Wir fühlen uns erstickt und wissen nicht warum. Die Existenz einer Seele ist unter den herrschenden Gegebenheiten nicht zu beweisen, aber die Menschen benehmen sich weiterhin, als hätten sie trotzdem Seelen. Sie benehmen sich, als kämen sie von einem anderen Ort, einem anderen Leben, und sie haben Eingebungen und Wünsche, die nichts in dieser Welt, keine unserer gegenwärtigen Gegebenheiten begründen können. Nach den herrschenden Gegebenheiten ist das Schicksal der Menschheit ein sehr genial erdachtes sportliches Ereignis. Faszinierend. Wenn es nicht langweilig wird. Das Gespenst der Langeweile spukt durch die sportliche Geschichtsauffassung.«

Kathleen sagte wieder, daß sie Gespräche dieser Art in ihrem Eheleben mit Tigler, dem Roßhändler, vermißt hätte. Sie hoffte auf alle Fälle, daß ich nach Almería kommen und als Hellebardier arbeiten würde. »Es ist eine so angenehme Stadt.«

»Ich bin auch fast soweit, aus der *pensión* auszuziehen. Man macht mir da das Leben sauer. Aber ich will lieber in Madrid bleiben, um den Dingen auf der Spur zu sein – Thaxter, Paris. Ich muß vielleicht sogar wieder eine Zeitlang nach Frankreich. Ich habe da zwei Anwälte, und das ist doppelte Last.«

»Du hast zu Anwälten nicht viel Vertrauen.«

»Nun, Abraham Lincoln war ein Anwalt, und ich habe ihn stets verehrt. Aber der ist jetzt nichts weiter als ein Name auf den Nummernschildern des Staates Illinois.«

Es war jedoch nicht notwendig, nach Paris zu fahren. Ein Brief traf ein von Stewart, dem Verleger.

Er schrieb: »Ich sehe, daß Sie die Zeitungen einige Zeit nicht verfolgt haben. Es ist wahr, daß Pierre Thaxter in Argentinien entführt worden ist. Wie oder warum und ob er noch in ihren Händen ist, bin ich nicht imstande zu sagen. Aber ich sage Ihnen im Vertrauen, da Sie sein alter Freund sind, daß mir die ganze Sache zweifelhaft erscheint und ich mich gelegentlich frage, ob sie wirklich stimmt. Bitte, ich mag nicht andeuten, daß es eine schlichtweg betrügerische Entführung war. Ich will gern glauben, daß die Leute, die Thaxter auf dem Bürgersteig ergriffen, von seiner Wichtigkeit überzeugt waren. Auch gibt es keine Hinweise auf eine abgekartete Entführung, wie es vielleicht bei Miß Hearst und den Symbionisten der Fall gewesen ist. Aber ich lege einen Artikel von unserem Freund Thaxter bei, der auf der dem Leitartikel gegenüberliegenden Seite der *New York Times* erschienen ist. Er soll von dem geheimen Ort oder dem Verlies geschickt worden sein, wo sie ihn versteckt halten. Wie kommt es, so frage ich Sie, daß er imstande war, diesen kleinen Essay über seine Entführung zu schreiben und an die *Times* zu schicken? Vielleicht werden Sie, wie ich, bemerken, daß er sich sogar um Lösegeldzahlungen bemüht. Man berichtet mir, daß mitleidige Leser bereits Schecks an die US-Botschaft in Argentinien geschickt haben, um ihn wieder mit seinen neun Kindern zu vereinen. Er hat nicht nur keinen Schaden davongetragen, sondern er hat sich einen großen Namen geschunden, und wenn ich mich nicht täusche, hat das Erlebnis sogar seinen literarischen Stil geschliffen. Dies ist Publicity ohnegleichen. Ihre Vermutung, daß er in eine Goldgrube gefallen ist, trifft wahrscheinlich zu. Wenn er sich nicht den Hals bricht, wird er reich und berühmt.«

Thaxter schrieb auszugsweise: »Drei Männer hielten mir Pistolen an den Kopf, als ich ein Restaurant in einer belebten Straße von Buenos Aires verließ. In diesen drei Pistolenläufen sah ich die Eitelkeit aller von mir ersonnenen geistigen Strategien, um der Gewalt ein Schnippchen zu schlagen. Bis zu jenem Moment hatte ich nie begriffen, wie oft ein moderner Mensch diesen kritischen Moment gedanklich vorwegnimmt. Mein Kopf, der jetzt vielleicht aufgeknackt werden sollte, war voller Pläne gewesen, wie ich mich retten könnte. Als ich in das wartende Auto einstieg, dachte ich, ich sei verloren. Ich wurde körperlich nicht mißhandelt. Mir wurde bald klar, daß ich in den Händen von feingeistigen Menschen war, die fortschrittliche politische Gedanken hegten und den Grundsätzen der Freiheit und Gerechtigkeit, wie sie sie verstanden, absolut ergeben waren. Meine Entführer glauben, daß sie vor der zivilisierten Meinung eine Sache zu vertreten hätten, und sie haben mich ausgewählt, sie für sie vorzutragen, nachdem sie sich versichert hatten, daß ich als Essayist und Journalist genügend bekannt sei, um die Leute aufhorchen zu lassen.« (Auch jetzt machte er noch für sich Reklame.) »Als Guerillas und Terroristen würden sie gern bekanntmachen, daß sie keine herzlosen und verantwortungslosen Fanatiker sind, sondern daß sie auf eine eigene hohe Tradition zurückblicken. Sie zitieren Lenin und Trotzki als Gründer und Stifter, die erkannten, daß die Gewalt ihr unerläßliches Werkzeug sei. Sie kennen die Klassiker dieser Tradition, vom Rußland des neunzehnten Jahrhunderts bis zum Frankreich des zwanzigsten. Ich bin von meinem Keller nach oben gebracht worden, um Seminaren über Sorel und Jean-Paul Sartre beizuwohnen. Diese Leute sind auf ihre Weise ernst und von hohen Grundsätzen beseelt. Sie haben überdies die Eigenschaft, der García Lorca den Namen *Duende* gab, eine innere Kraft, die im Blut brennt wie gemahlenes Glas, eine geistige Inbrunst, die nicht vorschlägt, sondern befiehlt.«

Ich traf Kathleen in einem Café und zeigte ihr den Zeitungsausschnitt. Das ging im gleichen Tonfall weiter. Ich sagte: »Thaxter hat eine furchtbare Schwäche für Proklamationen. Ich glaube, ich würde eher darum bitten, daß die drei Pistolenläufe mir an den Kopf gesetzt und der Abzug gedrückt würde, als daß ich diese Seminare über mich ergehen ließe.«

»Urteile nicht zu hart über ihn. Der Mann will sein Leben retten«, sagte sie. »Die Sache ist auch wirklich faszinierend. Wo spielt er aufs Lösegeld an?«

»Hier ... ›einen Preis von fünfzigtausend Dollar, die beizusteuern ich bei dieser Gelegenheit meine Freunde und Mitglieder meiner Familie bitten möchte. In der Hoffnung, meine kleinen Kinder wiederzusehen‹ und so weiter. Die *Times* serviert ihren

Lesern reichlich Sensationen. Das ist wahrlich eine verwöhnte Leserschaft, die diese Seite liest.«

»Ich glaube aber nicht, daß die Terroristen ihn eine Apologie an die Weltmeinung schreiben lassen, um ihn dann umzulegen«, sagte sie.

»Gewiß, es wäre nicht hundert Prozent logisch. Wer weiß, was diese Burschen vorhaben. Aber ich bin etwas erleichtert. Ich glaube, die Sache wird gut ausgehen.«

Kathleen hatte mich eingehend befragt, was ich tun wollte, wenn Thaxter außer Gefahr sei, wenn das Leben ruhiger und gesetzter würde. Ich antwortete ihr, daß ich dann wahrscheinlich einen Monat in Dornach bei Basel verbringen würde, in dem Schweizer Steiner-Zentrum, dem Goetheaneum. Vielleicht würde ich mir dort ein Haus mieten, wo Mary und Lish den Sommer mit mir verbringen könnten.

»Du müßtest eine ziemlich hohe Summe von den *Caldofreddo*-Leuten kriegen«, sagte sie. »Und es sieht so aus, daß Thaxter sich da rauswindet, falls er jemals richtig drin war. Wer weiß, vielleicht ist er bereits in Freiheit.«

»Das stimmt. Ich habe immer noch vor, mit Onkel Waldemar zu teilen und ihm Humboldts vollen Anteil zu geben.«

»Und wie hoch schätzt du die Vergleichssumme?«

»Oh, dreißigtausend Dollar«, sagte ich. »Allerhöchstens vierzig.«

Aber diese Schätzung war bei weitem zu konservativ. Barbash schraubte schließlich die Produzenten bis auf achtzigtausend hoch. Sie zahlten darüber hinaus fünftausend, um Humboldts Szenario zu lesen, und ließen sich letzten Endes auch eine Option dafür geben. »Sie konnten sich nicht leisten, so etwas auszulassen«, sagte Barbash am Telefon. Cantabile war in diesem Augenblick im Anwaltsbüro und sprach laut und dringlich. »Ja, er ist bei mir«, sagte Barbash. »Er ist der schwierigste Halunke, mit dem ich je zu tun hatte. Er hat mich übergangen, er ist laut, und in letzter Zeit hat er angefangen zu drohen. Er ist eine wirkliche Nervensäge, und wenn er nicht Ihr Bevollmächtigter wäre, Mr. Citrine, hätte ich ihn schon lange rausgeschmissen. Lassen Sie mich seine zehn Prozent auszahlen und verschonen Sie mich mit ihm.«

»Mr. Barbash, Sie haben meine Einwilligung, ihm seine achttausend Dollar auf der Stelle auszuzahlen«, sagte ich. »Was für Angebote liegen für das zweite Szenario vor?«

»Sie haben mit fünfzigtausend angefangen. Aber ich habe dagegengehalten, daß offenbar der verstorbene Mr. Fleisher einen echten Schlager hätte. Zeitgemäß, verstehen Sie, was ich meine? Genau die Kost, nach der das Publikum jetzt hungerte. Vielleicht haben Sie's auch, Mr. Citrine. Wenn Sie mir die Äußerung gestatten, so glaube ich, daß Sie jetzt nicht abspringen sollten. Wenn Sie für den neuen Entwurf das Drehbuch schreiben möchten, kann ich Ihnen ein tolles Angebot machen. Würden Sie's für zweitausend die Woche tun?«

»Ich fürchte, daß ich daran kein Interesse habe, Mr. Barbash. Ich habe andere Pläne.«

»Wie schade. Möchten Sie sich's nicht noch mal überlegen? Die haben mehrmals gefragt.«

»Nein, danke. Nein, ich bin mit ganz anderen Dingen beschäftigt«, sagte ich.

»Wie wär's mit einer Unterredung?« sagte Mr. Barbash. »Diese Leute haben nichts als Geld, und sie würden gern zwanzigtausend Dollar zahlen, bloß weil Sie Von Humboldt Fleishers geistige Vorstellungen kannten. *Caldofreddo* stellt die Welt auf den Kopf.«

»Sagen Sie nicht zu allem nein.« Das war Cantabile, der den Hörer genommen hatte. »Und hören Sie zu, Charlie, ich sollte an dieser anderen Sache beteiligt werden, denn wenn ich nicht gewesen wäre, hätte das Ganze gar nicht stattgefunden. Außerdem haben Sie Schulden bei mir für Flugzeug, Taxis, Hotels und Mahlzeiten.«

»Mr. Barbash wird mit Ihnen abrechnen«, sagte ich. »Nun machen Sie sich davon, Cantabile, unsere Beziehungen sind hiermit beendet. Seien wir uns wieder fremd.«

»Oh, Sie undankbares, intellektuelles Arschloch von einem Schweinehund«, sagte er.

Barbash ergriff wieder den Hörer. »Wo kann ich Sie erreichen? Bleiben Sie noch eine Zeitlang in Madrid?«

»Vielleicht fliege ich auf eine Woche oder so nach Almería und kehre dann in die Vereinigten Staaten zurück«, sagte ich. »Ich habe ein ganzes Haus voller Sachen in Chicago zu erledigen. Kinder zu besuchen, und ich muß mit Mr. Fleishers Onkel sprechen.

Wenn ich diese notwendigen Dinge geregelt und alles wieder in Schwung gebracht habe, kehre ich nach Europa zurück. Um eine andere Art Leben zu beginnen«, fügte ich hinzu.

Fragen Sie nur ein bißchen, und ich erzähle Ihnen alles. Ich gab immer noch ausführliche Erklärungen über mich an Leute ab, denen das völlig Wurscht war.

So kam es, daß im warmen April Waldemar Wald und ich, zusammen mit Menasha Klinger, Humboldt und seine Mutter Seite an Seite in neue Gräber des Walhalla-Friedhofs umbetteten. Ich machte mir ein sehr trauriges Vergnügen daraus, das feierlich und regelrecht stilvoll durchzuführen. Humboldt war zwar nicht auf dem Armenfriedhof, aber weit draußen in Deathsville, New Jersey, begraben worden, einem jener gigantischen nekropolitanischen Großprojekte, die Koffritz, Renatas erster Mann, dem alten Myron Swiebel im Dampfraum des Bades in der Division Street beschrieben hatte. »Sie hauen einen übers Ohr«, hatte er von diesen Plätzen gesagt, »sie knapsen, sie geben einem nicht die vorgeschriebene Quadratmeterzahl. Man liegt da mit angezogenen Beinen, verkürzt. Hat man nicht das Anrecht, voll ausgestreckt zu liegen in alle Ewigkeit?«

Als ich mich erkundigte, erfuhr ich, daß Humboldts Beerdigung seinerzeit von jemand aus der Belisha-Stiftung angeordnet worden war. Irgendein empfindsamer Mensch, Untergebener von Longstaff, der sich erinnerte, daß Humboldt einmal ein Angestellter gewesen war, hatte ihn aus dem Leichenschauhaus geholt und ihn von der Riverside-Kapelle aus überführen lassen.

So wurde Humboldt also ausgegraben und in einem neuen Sarg über die George Washington Bridge gebracht. Ich hatte die alten Knaben in ihrer vor kurzem gemieteten Wohnung an der Upper West Side abgeholt. Eine Frau kam, um für sie zu kochen und zu putzen, und sie waren anständig untergebracht. Daß ich Waldemar eine so große Summe aushändigte, beunruhigte mich, und ich sagte es ihm. Er antwortete: »Charlie, mein Junge, hör zu – alle Pferde, die ich je gekannt habe, sind für mich schon vor Jahren zum Spuk geworden. Und ich wüßte auch nicht, wie man mit einem Buchmacher in Verbindung tritt. Das ist in dem alten Bezirk jetzt alles puertorikanisch. Auf alle Fälle paßt Menasha auf mich auf. Ich will nur soviel sagen, Junge, nicht viele jüngere Leute hätten mir meinen vollen Anteil gegeben, wie du's getan hast. Wenn am Ende noch etwas übrig ist, dann kriegst du's zurück.«

Wir warteten in der gemieteten Limousine am New Yorker Ende der Hängebrücke, den Hudson vor uns, bis der Leichenwagen herübergekommen war, und folgten ihm zum Friedhof. Ein böiger Tag wäre leichter zu ertragen gewesen als dieser schwere, wäßrig seidenblaue, stickige Tag. Auf dem Friedhof wanden wir uns zwischen dunklen Bäumen hindurch. Diese hätten bereits Schatten spenden sollen, aber sie standen spröde und schematisch zwischen den Gräbern. Für Humboldts Mutter war auch ein neuer Sarg beschafft worden, und der stand schon bereit, in die Erde gesenkt zu werden. Zwei Angestellte öffneten den Leichenwagen, als wir von hinten vorkamen und uns langsam näherten. Waldemar trug alles Schwarze, was er in seiner Spielergarderobe hatte auftreiben können. Hut, Hose und Schuhe waren schwarz, aber sein Sportjackett hatte große rote versetzte Karos, und im Sonnenschein eines verspäteten zu warmen Frühlingstages sah man die Fasern glänzen. Menasha, traurig, lächelnd mit seinen dicken Brillengläsern, fühlte sich seinen Weg über Gras und Kies, mit um so vorsichtigerem Schritt, als er zu den Bäumen emporblickte. Er konnte nicht viel erblickt haben, ein paar Sykamoren und Ulmen und Vögel und die Eichhörnchen, die unregelmäßig kamen und gingen. Es war ein schwermütiger Augenblick. Ein mächtiges Hemmnis lag drohend in der Luft, als könnte ein Generalstreik gegen die Natur ausbrechen. Was wäre, wenn das Blut nicht kreisen, die Speise nicht verdaut werden, der Atem zu atmen aufhören sollte, wenn der Saft die Schwere der Bäume nicht überwinden konnte? Und Tod, Tod, Tod, Tod wie so viele Stiche, wie Mord – der Bauch, der Rücken, die Brust, das Herz. Dies war ein Augenblick, den ich kaum ertragen konnte. Humboldts Sarg war zum Transport bereit. »Sargträger?« sagte einer der Bestattungsdirektoren. Er musterte uns drei. Nicht viel Manneskraft hier. Zwei alte Zittergreise und eine gepeinigte Kreatur, die ihnen im Alter nicht viel nachstand. Wir nahmen am Sarg Ehrenstellungen ein. Ich hielt den Griff – mein erster Kontakt mit

Humboldt. Drinnen war nur sehr wenig Gewicht. Natürlich glaubte ich nicht mehr, daß irgendein menschliches Schicksal mit solchen Überresten und Überflüssigkeiten in Verbindung gebracht werden konnte. Die Knochen waren möglicherweise die Signatur geistiger Kräfte, die Projektion des Kosmos in gewisse Kalziumbildungen. Aber vielleicht waren auch diese eleganten weißen Formen, Schenkelknochen, Rippen, Knöchel, Schädel hinüber. Beim Ausgraben konnten die Totengräber gewisse Fetzen und rußige Haufen menschlichen Ursprungs zusammengeschaufelt haben, nicht viel von dem Charme, dem Schwung und der fieberhaften Erfindungsgabe, der unglückschaffenden Verrücktheit von Humboldt. Humboldt, unser Freund, unser Neffe und Bruder, der das Gute und Schöne liebte und der mit einer seiner weniger bedeutenden Erfindungen das Publikum in der Third Avenue und auf den Champs-Elysées unterhielt und in diesem Augenblick haufenweise Dollars für alle verdiente.

Die Arbeiter lösten uns ab, setzten Humboldts Sarg auf die Segeltuchbänder des elektrischen Versenkungsgeräts. Die Toten waren nun Seite an Seite in ihren klobigen Kästen.

»Haben Sie Bess gekannt?« fragte Waldemar.

»Habe sie einmal gesehen, in der West End Avenue«, sagte ich.

Vielleicht dachte er an das Geld, das vor langen Jahren aus ihrer Börse genommen und beim Pferderennen verloren worden war, an Zänkereien und Skandalszenen und Flüche.

In den langen Jahren, seit ich meiner letzten Beerdigung beigewohnt hatte, hatte man mehrere technische Verbesserungen eingeführt. Da stand eine niedrige, gelbe, kompakte Maschine, die anscheinend das Graben erledigte und dann die Erde wieder festwalzte. Sie hatte auch einen Kran. Als ich das sah, begann ich mit der Art von Überlegung, in der mich Humboldt selbst geübt hatte. Die Maschine war in jedem Quadratzentimeter Metall das Resultat der Zusammenarbeit zwischen Ingenieuren und anderen Fachleuten. Ein System, das sich auf die Entdeckungen vieler großer Geister gründete, besaß stets größere Kraft als das, was nur durch die Anstrengung eines einzigen Verstandes, der aus sich selbst heraus so wenig tun kann, hervorgebracht wird. So sprach der alte Dr. Samuel Johnson und fügte in derselben Rede hinzu, daß die französischen Schriftsteller oberflächlich seien, weil sie keine Gelehrten seien und allein aus der Kraft des eigenen Geistes produzierten. Ja, aber Humboldt hatte diese französischen Schriftsteller bewundert und eine Zeitlang allein aus der Kraft des eigenen Geistes geschaffen. Dann begann er, für sich selbst, die kollektiven Phänomene zu betrachten. Als sein eigenes Ich hatte er den Mund aufgetan und einige köstliche Verse hervorgebracht. Aber dann hatte er nicht mehr das Herz dafür. Ach, Humboldt, wie sehr schmerzt mich das. Humboldt, Humboldt – und das ist es, was aus uns wird.

Der Bestattungsdirektor sagte: »Möchte jemand ein Gebet sprechen?«

Niemand schien ein Gebet zu haben oder zu kennen. Aber Menasha sagte, er wolle etwas singen. Das tat er denn auch. Sein Stil hatte sich nicht geändert.

Er kündigte an: »Ich singe ein Stück aus *Aida*, ›In questa tomba oscura‹.« Der gealterte Menasha setzte sich sich nun in Positur. Er wandte das Gesicht nach oben. Der Adamsapfel, der dadurch zum Vorschein kam, war nicht mehr, was er gewesen war, als er ein junger Mann war und eine Stanze in einer Chicagoer Fabrik bediente, aber er war noch vorhanden. Und auch die alte Erregung. Er faltete die Hände, hob sich auf die Zehen, und so gefühlsbetont wie in unserer Küche in der Rice Street, schwächer in der Stimme, immer noch falsch und krähend, aber gerührt, unsäglich gerührt, sang er seine Arie. Aber das war nur zum Warmlaufen. Als er fertig war, erklärte er, er wolle »Goin' home«, ein altes Negro-Spiritual, vortragen – das von Dvořák in seiner Symphonie *Aus der Neuen Welt* benutzt worden war, fügte er als Programmnotiz hinzu. Dann, mein Gott! fiel mir ein, daß er nach Ypsilanti Heimweh gehabt hatte und daß er sich in den zwanziger Jahren nach seiner Liebsten verzehrt und gesungen hatte: »Goin' home, goin' home, I'm a' goin' home«, bis meine Mutter gesagt hatte: »Um Himmels willen, dann gehen Sie doch schon.« Und als er zurückkam mit dieser fettsüchtigen, sanften, weinenden Braut, diesem Mädchen, das in der Wanne saß, mit Armen, die zu fett waren, um das Wasser bis zu ihrem Kopf hochzubringen, ging Mama ins Badezimmer und wusch ihr das Haar und trocknete es mit dem Handtuch ab.

Sie waren alle dahin bis auf uns.

Und in offene Gräber zu sehen war nicht erfreulicher als früher. Brauner Lehm und Klumpen und Kieselsteine – warum muß das alles so schwer sein? Es war zu viel Gewicht, oh, viel zuviel zu tragen. Ich beobachtete jedoch eine andere Neuerung bei Begräbnissen. Im Grab war ein offener Behälter aus Beton. Die Särge senkten sich nieder, dann bewegte sich die kleine gelbe Maschine vorwärts, und der kleine Kran hob mit einem kehligen Krächzen einen Betonquader hoch und legte ihn auf den Behälter. So war der Sarg eingeschlossen, und die Erde lag nicht unmittelbar darauf. Aber wie kam man dann wieder raus? Das ging nicht, ging nicht! Man blieb, man blieb! Man hörte ein trockenes leichtes Knirschen, wie von Tonware, wenn die Berührung stattfand, eine Art Zuckerdosengeräusch. So wirkte sich die Verdichtung gemeinsamer Intelligenzen und vereinter Fantasien, deren Drähte sich stumm abspulten, auf den vereinzelten Dichter aus. Das gleiche geschah mit der Mutter des Dichters. Ein grauer Deckel wurde auch auf sie gesetzt, und dann ergriff Waldemar den Spaten, stach schwach Erdklöße aus und warf einen in jedes Grab. Der alte Spieler weinte, und wir wandten uns ab, um ihn zu schonen. Er stand neben den Gräbern, während die Walzen ihre Arbeit aufnahmen.

Menasha und ich gingen zur Limousine. Die Seite seines Fußes fegte einige von den Blättern des letzten Sommers beiseite; und er sagte mit einem Blick durch seine Schutzbrille: »Was ist das, Charlie, eine Frühlingsblume?«

»Jawohl, das wird ja schließlich doch noch kommen müssen. An einem warmen Tag wie heute sieht alles zehnmal toter aus.«

»Dann ist es also eine kleine Blume«, sagte Menasha. »Da hat man sich den Witz von dem Kind erzählt, das seinen grämlichen alten Herrn fragte, als sie im Park spazierengingen: ›Wie heißt diese Blume, Papa?‹, und der Alte ist schlecht gelaunt, und er schreit: ›Woher soll ich das wissen? Bin ich ein Putzmacher?‹ Hier ist noch eine, aber wie heißt die wohl, Charlie?«

»Keine Ahnung«, sagte ich. »Ich bin selbst ein Kind der Großstadt. Das müssen Krokusse sein.«

Siegfried Lenz

Der Mann im Strom
Roman
102

Brot und Spiele
Roman
233

Stadtgespräch
Roman
303

Es waren Habichte in der Luft
Roman
542

Deutschstunde
Roman
944

Jäger des Spotts
Geschichten aus dieser Zeit
276

Das Feuerschiff
Erzählungen
336

Der Spielverderber
Erzählungen
600

So war das mit dem Zirkus
Fünf Geschichten aus Suleyken
Mit Bildern von Klaus Warwas
7163

Haussuchung
Hörspiele
664

Beziehungen
Ansichten und Bekenntnisse zur Literatur
800